麦子花开了

老雍⊙著

中国财富出版社有限公司

图书在版编目（CIP）数据

麦子花开了/老雍著. —北京：中国财富出版社有限公司，2020. 11
ISBN 978 - 7 - 5047 - 7246 - 6

Ⅰ. ①麦…　Ⅱ. ①老…　Ⅲ. ①长篇小说—中国—当代　Ⅳ. ①I247. 5

中国版本图书馆 CIP 数据核字（2020）第 185586 号

策划编辑　张彩霞　李小红　　**责任编辑**　齐惠民　李小红
责任印制　梁　凡　　**责任校对**　张营营　　**责任发行**　董　倩

出版发行　中国财富出版社有限公司
社　　址　北京市丰台区南四环西路 188 号 5 区 20 楼　　**邮政编码**　100070
电　　话　010 - 52227588 转 2098（发行部）　010 - 52227588 转 321（总编室）
010 - 52227588 转 100（读者服务部）　010 - 52227588 转 305（质检部）
网　　址　http：//www. cfpress. com. cn　　**排　　版**　宝蕾元
经　　销　新华书店　　**印　　刷**　天津市仁浩印刷有限公司
书　　号　ISBN 978 - 7 - 5047 - 7246 - 6/I・0318
开　　本　710mm × 1000mm　1/16　　**版　　次**　2021 年 1 月第 1 版
印　　张　25. 5　　**印　　次**　2021 年 1 月第 1 次印刷
字　　数　486 千字　　**定　　价**　68. 00 元

麦子花，不是麦子的花。

——题记

当你打开这本书的时候，如果书里有你，那就对了，说明我不是瞎写的；如果书里的哪件事曾在你身边发生过，那也对了，说明我不是胡编的。有你，像你，但不是你，因为这是一本小说。

——作者

目　录

第一章　雅玛桥上

夏连春在家门口的石头地里干了一天活，明天就要去县中学报到上学了，傍晚时分，他想到村南边的雅玛河里洗个澡，可河水太凉，不敢下，他就独自坐在雅玛河大桥上，望着不远处的赤麓山出神。山顶上的皑皑白雪，斜阳下，反射出一颗颗耀眼的光，像金星。雅玛河河水就是从那山顶上流下来的，一路奔腾着向西流去。

夏日里，这里还能看到雪，即便身上冒着汗，河水却凉得不能洗澡，这种情景，在他的老家皖州是绝对不可想象的，就是说给老家人听，也绝对没有人信。

夏连春，用他自己的话说，他是叫着别人"爸爸""妈妈"长大的孩子。刚出生的时候，就有人说他命硬，腊月生人，出生那天立春，所以小名就叫"立春"。羊尾猴头的生辰，两边都沾，两边不靠，命里与父母相克，需过继于人。父母年轻，初为人父人母，正在喜悦之中，哪舍得把亲生儿子，而且是长子送给别人，遂求得了一个化解的办法，变相过继。孩子改口，把堂伯叫爸、伯母叫妈，反过来又随着堂伯家的孩子把亲生父母叫叔叫婶。用家乡土话，叫"大佬""大婶"。

有人说他命狠。看似属猴，实则为羊。羊虽温驯，但有两角，会顶死他下面的两个同胞。果然，在随后的困难时期，他的一个弟弟、一个妹妹还真在家里粮食不够吃的时候夭折了，是不是他的"两只角"顶的不得而知，但母亲为了保他的命而亏欠了两个小生命那倒是真的。所以他一直以来都觉得对不住夭折的弟弟妹妹，要不是因为他，那他们可能也死不了。长大以后，他把这种愧疚弥补到后面的几个弟弟妹妹身上。一直以来，他对他的弟弟妹妹都特别好。

还有人说他命苦。属羊的人注定一生辛苦劳顿，四处奔波找饭吃。尤其他是冬天里出生的"羊"，正是缺草少料的季节，免不了会有吃不饱穿不暖、挨饿受冻的时候。但鉴于猴年生人的灵性，他不会固守在一个地方等着受苦受穷，终老一生，他会寻求改变，另谋出路，乃至远走他乡。

现实中，有些人有些事有些话你还真别不当回事，一语中的、一语道破、一语成谶的事还是常有的。这不，夏连春现在正坐在离家乡十万八千里之外的雅玛河大桥上。

去年，麦子花开的季节，皖东大地一场干旱，夏秋两季的收成全没了，原本紧巴的日子，现在更加难以为继，夏连春的父亲在家里实在揭不开锅的时候，果断做出一个大胆的决定——到西边去。父亲带着母亲和弟弟妹妹走了，唯独把大儿子夏连春留在家里跟着奶奶和叔叔，让他继续在公社中学读高中，说是怕耽误了学业。

父亲把母亲和弟弟妹妹带去了哪里，父亲没说，家里人也不清楚，夏连春只知道他们朝着村子的西北方向走了，最终走到了什么地方，他也不知道。很长时间以后，父亲来了一封信，信封上有地址，省、县、公社、大队、小队都写得很具体，但世世代代没出过远门的乡亲们哪知道那省、那县、那公社、那大队、那小队在哪儿呀。有聪明的人说那是大西北，是个很远的地方，到底有多远，远到什么程度，他用了一个形象的比喻，"我们头顶上的天就像是倒扣着的一口大圆锅，我们在大圆锅底下的中间位置，他们一家人就在倒扣下来的大圆锅的边缘上，在'天边'"。还有人煞有介事地说锅的外面就是外国了，他们一家现在一迈腿就可以到国外去了。

冬去春来，转眼就是夏天，暑期快到的时候，父亲给夏连春寄来五十块钱，并且要把他也接到"天边"去。夏连春从地理课本上知道了，他要去的那是一个对东边来说叫西边，对南方来说叫北方，古人叫塞外，今人叫塞外江南的地方。

要走了，免不了就生发出些舍不得的情怀来，他舍不得奶奶，舍不得叔叔，舍不得家乡。户下的人都催着他赶快去吧，说："那一定是个好地方，你父亲才去了不到一年的时间，一下子就能寄来五十块钱，那还能是个穷地方？"本家的一个爷爷唤了声："立春，到那边告诉你'大佬'，好好干几年，能挣够五百块钱就赶快回来。在家千日好，出门一时难，外面再好也不是自己的家。"

动身之前，夏连春托人找关系，在粮站用稻谷兑换了五十斤全国通用粮票，这可是个金贵的东西，随身带着这个好，谁知道"天边"缺不缺粮食呢？奶奶把这五十斤全国通用粮票和父亲寄来的五十块钱叠好放到一起，用一块白粗布缝到孙子贴身的裤腰间。叔叔准备了一瓶香油、一瓶散装白酒、几斤绿豆、几斤糯米、几斤大米，让侄儿带上。这些东西都是家乡的精品，别的地方未必有，有也未必有家乡的好。大米装在一个粮站装面粉用的白布袋子里，香油和白酒插到大米里，绿豆和糯米也分装在袋子里。这样放不占地方，扛在肩上，好带。

奶奶、叔叔和几个同学、伙伴，走了二十里路，把夏连春送到离家最近的火车站。这一走，也不知何年何月才能回来。同学说："西出阳关无故人，到那边可要常想着我们呀。"

奶奶更是拉着孙子不放手，止不住就哭了："也不知道'立春'以后还能不能见到奶奶了……"

按照父亲信上交代的，夏连春先花八毛钱坐短途列车到了一个大站，又在大站花三十九块七毛钱买了一张直达终点的长途火车票。长途火车上的人真多，比短途火车上的人还多，过道上站着人，座位底下躺着人，连下脚的空都没有。沿途车站多是上车的，少有下车的，出远门的人还真不少。

夏连春被挤着站在车厢的过道上，车行了好几站，他旁边的一个座位底下才爬出来一个人，那人急急忙忙要去找厕所，估计已经憋坏了。趁这空，夏连春赶紧把他装粮食的面袋子塞到这个人刚腾出来的座位底下，人也跟着钻进去蜷缩起来。夏连春感激叔叔给他准备的这个面袋子，头枕在上面舒服，人离开的时候还可以用面袋子占位子。

躺在座位底下，夏连春像是贴在火车轨道上一般，脑子里全是火车轱辘撞击铁轨发出的"咣当""咣当"的声音，那声音，虽有节奏，但很吃力。火车吭吭哧哧地背着一车人朝着既定的方向，不分昼夜地奔跑着，像一个得了气喘病的老人。

夏连春躺在座位底下，与外面的世界隔绝了。没有了时间概念，不知道车窗外的日落日出；没有了空间概念，不知道了东南西北；没有了地域概念，不知道翻越了多少座山，穿过了多少条河，也不知道火车已经到了哪里。当他听到跑累了的火车终于长长舒出一口气，稳稳地停了下来的时候，他也随着那"呼哧"一声的大喘气，从车厢到了站台上。他知道，他到了，到了西边的省城。

站台上黑乎乎的都是人，到站的，接站的，很乱，很挤，好多三轮车在拉客。按照父亲信上的交代，他现在要坐三轮车到省城的一个老乡家里，然后再由老乡帮他安排下一段行程。省城只是路过，不是他的最终目的地。

"到哪儿去?"一个三轮车车夫走到夏连春跟前。

"幸福路。多少钱?"

"五块。"

"两块行不行?"

三轮车车夫话也没搭，头一扭，蹬着车子走了。夏连春心想，这里的人咋这样?

不大一会儿，刚才那三轮车车夫又转了回来，看着还蹲在面袋子旁边的夏连春："来，小伙子，你今天走运，我没拉上活，三块钱把你送过去吧。"

夏连春看着一脸真诚的车夫，说道："实话实说，我还有两块四毛钱，给你两块三毛钱，你把我送过去，留下一毛钱我明天发一封信。"

三轮车车夫再没说话，装上行李，拉着夏连春，径直往幸福路去。走了好长时间的路，七拐八拐的，好半天都没到。夏连春心想，这两块三毛钱花得还真值。要不是这个三轮车车夫没拉上活又拐回来找他，他今晚该咋办呀？

夏连春到了幸福路老乡家才知道，他父母还在省城西边，还要坐两天的汽车，车票要十八块三毛钱，可他现在口袋里只有一毛钱，明天发信之后，他连一分钱都没有了。

老乡亲自在省城老乡们当中为夏连春筹钱，尽管省城的老乡们都不富有，手头都不宽裕，但这家五毛那家一块的，都能慷慨解囊，不几天就筹集了三十块钱。

俗话说，穷家富路。夏连春从老家过来的时候，那么远的路，身上只有五十块钱。买完火车票之后，手里只剩九块五毛钱，路上花了七块一毛钱，到了省城火车站还剩两块四毛钱。现在从省城去父母那儿，要比从老家过来近很多，身上有三十块钱的路费，其中十八块三毛钱用来买一张汽车票，还剩十一块七毛钱，一路上吃饭住宿，已经很多了。

按照父亲信上的交代，从省城出发前，夏连春先给父亲发了封电报。到了西边的小城，鹿川市，他在一个叫群众饭店的旅馆住下，在旅馆进门过道的留言板上给父亲留言，用粉笔写下他的房间号，等着父亲来接他。父亲在信上说好了，要来接他的。

父亲第一天没来，第二天也没来。夏连春有点急了，可别在这儿等得太久了，从省城出来时带在身上的十一块七毛钱可禁不住花，要是今天再开一晚住宿票，钱就所剩无几了。好在昨晚开的住宿票还在自己手里，旅馆并没收走，那就在原来的房间原来的床铺再睡一晚上吧。焦急无助的时候，他陡然生出一种占便宜的心理。

晚上，夏连春在昨晚睡过的床上刚睡下不久，一个风风火火的年轻人走过来喊道："这是我的床位，你怎么睡在这儿？"

夏连春探起身，抬起头，看着年轻人，理直气壮地回道："这是我的床位。"

年轻人说："把你的票给我看看。"

夏连春很傻，掏出昨晚的住宿票递给他。年轻人比夏连春还傻，只看了房间号和铺位号，没看开票日期，回过头来到开票窗口："票开重了，那个床上有人了。"开票的人更傻，问也没问，就给年轻人重新开了票。经这么一折腾，夏连春算是明白了，人家开出来的票是不用收回去的，开几天你就住几天，不开票就说明你不住了，自己走人，别人来了再开票进来。

第三天上午，父亲还没来。夏连春再不敢吃那五毛钱一盘的大半斤拉面了，他开始吃一毛钱一个的烤饼和五分钱一公斤的苹果。而且他也知道了这个地方的人都讲公斤、公里、米和厘米，不讲丈、尺、寸，不讲斤和两，但爱把长度和重量单位混用，厘米和克都讲公分。

半下午了，父亲还是没有出现。夏连春没开住宿票，也不敢离开这个房间，但昨晚上那张床是不能再睡了。他把行李放在房间的墙角处，人靠着墙，坐在行李旁边，不时出去到过道留言板上看看，别让人把他的留言擦了。

房间里的老房客就夏连春一个人了，昨天住宿的今天都退房走了。小地方，很少有长住的客人，一般都只住一个晚上。这会儿房间里新来一个中年男子，中等个，小平头，穿一身洗旧发白了的黄军装，挎着一个洗旧发白了的黄书包，就住夏连春这两天睡的那张床。中年男子面善，进来就朝夏连春笑笑，算是打招呼。中年男子把黄书包挂在墙上的钉子上，房间有些热，他把黄上衣也脱下来挂在钉子上，里面的白背心前面印有“农垦团场”四个红字，红字下面是阿拉伯数字“9”，这大概是他在某项体育运动里的编号。

中年男子从黄书包里掏出一本书，靠在床头看。房间里就中年男子和夏连春两个人，夏连春坐卧不宁进进出出的举动引起了中年男子的注意。他看看夏连春，合上了书，问道：“小伙子，你是从哪儿来的？”

“皖州。”

“到哪儿去？”

“吉宁县太阳升公社。”

“你没开住宿票？”

“是的。”

“没钱了？”

“是的。”

“你去太阳升公社的什么地方？”

“上水湾。”

中年男子问，太阳升公社的上水湾他不知道，他知道太阳升公社有个下水湾，下水湾就在雅玛河旁边，当地人叫它“洋葱头”，“洋葱头”有很多皖州人。

夏连春一听中年男子说起下水湾和“洋葱头”，很高兴，他也知道下水湾，听父亲说的，上水湾下面就是下水湾，下水湾又叫“洋葱头”，那里有好多皖州老乡。

中年男子问："那你没钱住宿了，怎么还不走，待在旅馆干什么?"

夏连春说他第一次到这里来，等着父亲来接他，他从省城出来的时候给他父亲发过电报了。

中年男子说："你不要等了，等不上的，你父亲可能还没收到电报呢。下水湾那个地方，一封电报没有十天半个月是收不到的。"中年男子说他也是皖州人，在农垦团场工作，他们团场离下水湾不远。他叫夏连春晚上跟他一起睡，第二天跟他一起走，他可以把他送到下水湾，然后再让皖州老乡把他送到上水湾。

夏连春很感激，但又很警惕，受骗了咋办？于是就说他还是想坐车到县里，从县里再去上水湾，这样按照父亲信上的地址走比较好。

中年男子看出来他有些迟疑，便不勉强，只是好心嘱咐："那你就不要再等了，明天就走吧。鹿川城东有一个叫大上坡的地方，去吉宁县的班车就在大上坡下面的广场发车，你明早就从那儿走。"

这一夜，夏连春和衣睡在中年男子的另一头，虽然一夜没睡着，却假装睡得很香，一动不动，连身都不翻，害怕影响脚那头的叔叔睡觉。半夜里，旅馆查铺的人问："你怎么一张床睡了两个人?"

中年男子说："这是一个刚从老家来的娃娃，他没钱了，我带他睡一晚上，明早他就走了。"

夏连春蜷缩着，真的就像个娃娃。中年男子和查铺人的对话他听得很仔细，一字不落，他这一辈子都不会忘掉的。

夏连春终没等到父亲来接他，他听了中年男子的话，自己坐车去了吉宁。可到了吉宁他又犯难了，县里到太阳升公社不通班车，十几公里的路，怎么走啊？步行他倒不怕，农村长大的孩子哪有怕走路的，但他带的东西怎么办，特别是那一面袋子的粮食怎么拿？背着扛着肯定不行。

夏连春想看看车站里有没有寄存行李的地方。车站极其简易，只有一间不大的房子，卖票的，连候车厅都没有，哪会有寄存行李的。路边熙熙攘攘，有很多做小生意的。

就在夏连春犯难的时候，他看到邮局的人来班车上接邮包，如果能把他的东西暂存到邮局就好了，邮局可是个让人放心的地方。接邮包的人正弯着腰往板车上装邮包，夏连春赶紧凑了过去，说他是从老家来的，要去太阳升公社的上水湾，他带的东西拿不动了，想把行李在邮局搁两天，不知道行不行。邮局的人抬头看看他，很痛快地说："可以。"

夏连春把自己的东西放到板车上，转身过来想帮着拉板车，邮局的人不让。好在人家不让，要是真让他拉估计他也拉不了，他没拉过板车，他在老家出门就是庄稼地，没什么大路，只有田埂，他拉不了板车，只能挑担子。

邮局的人是个瘦高个，因为瘦，显得更高，夏连春跟在他旁边，像是小孩跟着大人。到了邮局，夏连春把东西放进邮包房，临走时问："叔叔贵姓?"

邮局的人笑笑："我叫肉子。"

肉子，这是什么名？难道是外号？瘦子？好像也不对，夏连春心想，一定是自己搞错了，人家讲的是普通话，跟自己的老家话发音不同，不能按老家话的音来理解。可能不是肉子，也不是瘦子，是肉泽，也可能不是"肉"，是"楼"，或是"刘"，第二个字也可能不是"子"，是"志"，对，可能是刘志。刘志，这才像个人名，多好听。

太阳升公社在吉宁县最东边，是吉宁县太阳升起最早的地方，所以就叫太阳升公社。一路上，夏连春迎着太阳往东走，嘴里不停地念叨着肉子、瘦子、肉泽、楼子、刘子、刘志……他害怕搞错人家的名字，不礼貌，他也害怕忘记人家的名字，下次来邮局找谁啊。

上水湾是太阳升公社所在地，就在山脚下。山叫赤麓山，不是很高大，但很秀美，绵延百余公里，山峦起伏，状如游龙，远看有势，近观有形，每一条依山而下的山沟，都有一条由山里流出的小河或小溪，每一条小河或小溪两旁，由下往上都聚居着村落，散落着人家，本地人，外地人，全国各地的人都有。

上水湾就坐落在漫山遍野的苞谷地里，被一个巨大的扇形水湾环绕着，当地人又称上水湾为苞谷洼。夏连春的老家只有小麦和水稻，偶尔有一些豆类杂粮，这么壮观的苞谷地他还是头一回见到，也不知道自己要去的家在哪里。父亲通信地址上写的是五大队五小队，这五大队五小队难不成就在这一眼望不到边的苞谷地里?

公社门口的路边上，有几个年轻人蹲在那儿吃西瓜。夏连春走过去问路："请问五大队在哪儿?"

人家随手递过一牙儿西瓜："吃瓜。"夏连春不好意思，客气着。递瓜的年轻人说："你吃了瓜就告诉你。"

吃完瓜，人家一跟他讲五大队在哪儿，他着急了。原来这上水湾是个半农半牧、半山半水的村落，居民分山里山外两部分，山里的一部分以放牧为主，山下的一部分以种地为主。五大队是牧业队，在山里头。

现在已经是半下午，夏连春没走过山路，也不知道这山路有多远，他匆匆谢过指路的年轻人便离开了，赶路要紧。

山路难走，芨芨草没过膝盖，转来转去好像还在山沟里。好不容易爬到山脊上，只见满眼枯黄的小草和牛羊马匹踩出的一条条小道。天空中一只老鹰舒展着翅膀滑翔着，脚下的小道上不时有些屎壳郎之类的小动物爬过。山里好静，夏连春有些害怕。

一只拖着毛茸茸长尾巴的小松鼠站在小道上，调皮地看着夏连春。夏连春驻足观望，突然发现小松鼠旁边盘着一条土公蛇，老家人说，“蛇吃鼠半年，鼠吃蛇半年”，现在正是蛇吃鼠半年的时候。原来刚才小松鼠看夏连春的神态不是调皮而是求援，但夏连春一点忙也帮不上，他天生怕蛇。

夏连春想绕道走过去，但心里又充满了对小松鼠的怜悯。六目相视中，突然天空一道黑影俯冲而下，抓起土公蛇又扑啦啦腾空而起飞走了，是那只一直滑翔在天空的老鹰。

夏连春惊魂未定，吓得不轻，出了一身冷汗，想着赶快离开这个是非之地。

不远处走来一个骑马的牧民，夏连春老远就跟人家招手打招呼，问五大队在哪儿。牧民马鞭子一指，拖着长音：“那——哒——”指完了路，他也不知道五大队在哪儿。

继续往前走，又见一骑马的牧民，他又老远跟人家招手打招呼，问五大队在哪儿。牧民马鞭子一指，拖着长音：“那——哒——”指完了路，他还是不知道五大队在哪儿。

他怀疑，这两次问的是不是同一个人，着装一样，长相一样，指路的方式也一样。

天渐渐暗了下来，夏连春依然没问出个所以然来，他干脆不问了。再问，就问哪里有村落有人家。

终于见到了村落，找到了人家。这人家一听说他要去五小队，就说：“你找错地方了。五大队在山里头，放羊的；五大队的五小队在山下头，种地的。你父亲他们在山下，不在山上。这里到山下还有十几公里路呢，不过山下有几个人今天在山上旱田拾麦子，现在应该还没下山，你到旱田上看看，如果在，你就跟他们一起回去，如果不在，你晚上就到我家来住。”

夏连春千恩万谢地告别人家，顺着山路往旱田上走。没走多远，就见到几个背着口袋的人往山下走来，其中居然就有他母亲。夏连春不顾一切跑了过去，抑制不住内心的激动，喊了一声：“我大婶！”

“立春？”母亲吃惊不小。她扔下肩上的口袋，一把搂过儿子，“你怎么上山来了？”

母亲知道儿子最近要来，但不知道哪一天到。这会儿，她以为儿子是已经到家，又专门上山来找她的。

夏连春说他是按照父亲信上的地址找到山里来的，他还没到家呢，没想到找错了地方，却在山里碰到了母亲。

母亲感叹，还是老夏家的祖坟埋得高，要不然，母子俩怎能在这荒山野外的旱田梁上相遇，世上哪有这么巧的事？

下得山来，再过了上水湾，夏连春才发现自己走了多少冤枉路，如果下午问路时直接把五大队五小队说全，指路的人肯定就不会让他左转进山，而该是右转下坡，不大工夫他就可以到家了。父亲说这事也怨他，信上要是再讲清楚一点就好了。

夏日的上水湾，到处都是苞谷的色彩。树木、村庄、院落，看得见的，看不见的，统统淹没在苞谷里，唯有夏连春的家孤零零地“委身”在大路边上一片石头地里，四周长着稀稀拉拉的苦豆草，家门口的几丛麦子花倒是为这个简陋的新居平添了一抹艳丽，十分抢眼。这花的种子是母亲从老家带来的。

“咱们家为什么没种苞谷？”夏连春问父亲。

“咱们家的地在石头滩上，种不了苞谷。”父亲说，“种苞谷的地土层要厚，土质要肥，土壤透气性要好。”

“咱们家的地为什么在石头滩上？”夏连春又问。

“生产队连片的宅基地都已经划完了，只有大路边上这一片石头地了。”父亲又说，“石头地好，盖房子结实。”

“那这石头地里能种什么？”

“洋葱。”

“这石头地能开荒吗？”

“只要你有力气。”

夏连春有的是力气，一个多月下来，他基本上每天都在自家房前屋后的石头地里忙活着。

“你是老夏的儿子？”一个来雅玛河挑水的大胡子，打断了夏连春的思绪，他赶忙向人家点头称是。

“长得不像嘛。”大胡子这话显然已经不是很友好了。夏连春不再理他。

夏连春一直想不明白一个问题，父亲是一个地地道道的农民，哪来这么大的胆识，就敢把一家人带到这么远的“天边”来。父亲说，都是因为那个疯子。

疯子姓凤，人们记不住他的名字，都叫他疯子。在老家，父亲和疯子一起搞过河网化建设，父亲肚子里有些墨水，在河网化指挥部坐守办公室。一天下午收工的时候，父亲问疯子想不想去西边，疯子问去西边搞什么，父亲说他接到上面来的电话，要从水利上抽两个人去西边支边。疯子说：“你去我就去，反正我是寡汉条一个，不像你还有老婆孩子。”

父亲和疯子到了西边，到了省城，进了一家化工厂。化工厂造雷管，造炸药，还造其他一些挖煤用的爆破材料，车间主任以上的基本上都是东北人，车间主任以下的工人基本上都是皖州人。皖州人方言重，东北人听不大懂。东北人害怕语言不通误事，发生事故，就要求皖州工人学说普通话。

可学语言哪有那么快的？车间主任给疯子安排工作，疯子高高兴兴接受，顺便来了句表达感情色彩的话：“我滴乖来。”车间主任一听就火了，说疯子骂他，任疯子怎么解释车间主任也不听。

父亲觉得疯子和车间主任有了隔阂总是不好，抽了空，和疯子一起去找车间主任出来“呱呱蛋”（说说话）。车间主任非说疯子是去找他打架，还带了个老乡一起。

从此疯子和车间主任结下了梁子，两人间的矛盾越积越深。直到有一天，车间主任上班时在自己换下的鞋里放了一支雷管，下班时大喊大叫，说有人在他鞋里放雷管要炸死他。

厂保卫科调查后说雷管是疯子放的。疯子被抓后送到了公安局，等待法办。

厂里的皖州老乡一下炸开了锅，父亲挑头，上书，上访，控诉车间主任搞陷害。疯子最后被无罪释放。但厂里以疯子方言太重，不适合从事化工爆炸品生产为由，把疯子退回了原籍。

疯子拿了一笔退职金走了，但他没回原籍，而是去了省城西边，有人说他叛逃到国外了。父亲不相信疯子会叛逃到国外，但他去了哪里，父亲也不知道。真是个疯子。

疯子走后时间不长，父亲从化工厂被调到了化工医院，工作到年底，化工医院劳资部门说他的调动手续不全，把他退回原单位。他也搞不清自己的调动手续里缺了什么，可他回到原单位，化工厂说他早已经被调走了，他们不再接收。

由此，父亲就在新单位退回、原单位不接收之中失去了工作，成了新老两个单位脚下的一颗球，被踢过来踢过去，直到球被踢瘪了，踢得无处安身了，父亲便想去省城西边找疯子。但疯子一点消息也没有，父亲只好硬着头皮回了老家。

去年，父亲不知道突然从哪儿知道了疯子在西边，在鹿川，在一个叫下水湾的地方，于是他就带着一家人奔着疯子跑到西边的下水湾来了。

下水湾又叫“洋葱头”，因为家家户户都种洋葱，生产队集体也种洋葱。父亲之前给夏连春寄回去的五十块钱，就是一家人春天里在洋葱地里挖捡洋葱卖的钱。

下水湾共有四个小队，清一色的外地人。一小队以华东人为主，二小队以华中人为主，三小队以华北人为主，四小队以西北人为主。一个小小的下水湾，居然聚集了全国多个地方的人，成了五湖四海的精缩版。

疯子是一小队皖州人的老大，皖州人都尊称他为大哥。大哥到底多大，没人知道，他自己也说不清。谁要跟他论年龄，都得别人先说，最后他总比对方大一岁。

疯子的老婆说他们刚认识的时候他比她大十岁，领了结婚证比她大十二岁，有了孩子以后比她大十五岁。谁知道他多大，他本来就是个疯子。

父亲到了下水湾才知道，这些年，来下水湾投亲靠友的各个地方的家乡人实在太多，下水湾的人口已经饱和，再也无力接纳外来人口。大队里做了一个不近人情的决定——今后，无论任何人来，一律不接受落户。

疯子出面："落户到上水湾吧，上水湾也不错，我当年刚过来的时候就在上水湾。上水湾离我近，也好有个照应。"

父亲现在最后悔的就是，去年办理一家人落户手续的时候，为什么不把大儿子的户口一并落了，要不然也不会有现在的波折了。

有人质疑，老夏两口子那么年轻，怎么能有这么大的儿子？如果是儿子，为什么不跟他爹娘一起来上水湾，偏要等到一年后才来？而且既然是儿子，为什么不叫爸爸妈妈，却叫"大佬""大婶"？这是什么称呼，是"叔叔""婶婶"？

所有这些质疑都是针对夏连春落户这件事来的，而且质疑的人大都是些和夏连春家情况类似的人——从外地流落到上水湾的。人家当地人才不管你是不是你父母的儿子呢，可流落到这儿的外地人则不一样。在外漂泊，生存不易，自己得到了就不想再让别人拥有，别人再来好像就要从他的饭碗里分食一样。

夏连春对围绕在他身上发生的有关户口方面的一些事不甚明了。这些日子，他的心思和精力都在家门口的这片石头地里。心中若无烦心事，便是人生好时节。第二天就要去县里上学了，他心里充满了期待。

第二章　初见同学

一大早，父亲就赶着毛驴车送夏连春去县里上学。毛驴车是自己家的。春天的时候，父亲向别人借了几十块钱，买了一头毛驴，一副车轱辘，自己找了些木料，请队上的小木匠帮忙打的车架。

上水湾家家户户都有毛驴车，干农活，拉东西，都靠它。闲来无事，碰到赶集的日子，一家人坐一辆毛驴车，跑到集市上转转看看，随便买点什么，或是吃一碗酿皮子凉粉，也是逛了一趟街了。讲究一点的人，出门的时候穿一双布鞋，毛驴车上放一双皮鞋，到了集上，脱了布鞋，换上皮鞋。赶集回来的时候，随便买一点瓜子什么的，吃一吃，嗑一嗑，表明是从集上回来的。

夏连春来上水湾一个多月的时间，就已经三上县城了，比他在老家十七年时间去县城的机会都多。第一趟是从老家刚来的时候；第二趟是和父亲去邮局取行李的时候，那趟他们还给邮局的人带了一些洋葱，表达谢意；这一趟是到县里上学。

本来，他是不想让父亲送的，去县里的路他已经熟了，十几公里的路程对他来说也不算什么。在老家，他在公社中学上学，走读，早出晚归，每天一个来回要十多公里，早练就了两条能走路的腿和一副能负荷的身板。但父亲一定要送，一来转学的事是父亲早先联系好的，他亲自送去才放心；二来夏连春要住校，带的东西多，有铺盖，有生活用品，有学习用具，有到学校食堂入伙的粮油，他怕儿子背不动。更多的还是一种父爱吧。

吉宁县城不大，跟夏连春老家的公社差不多。一条马路横贯东西，机关、单位、商店，像在大街上办展览一样，全部陈列在马路两侧，自然地形成了一条所谓的东西大街。大街不长，七八百米的样子，街东喊一嗓子街西就能听得见。

县城绿化很好，街道两旁都是清一色的杨树，高大挺拔。城外有很多苹果园、杏园和绿化得很好的居民小院。当地居民爱种树，爱养花，爱干净，室内室外都打扫得干干净净，爱往地上洒水，以防灰尘浮起，连那水泥窗台都擦得油光锃亮。家家户户都有庭院，每一个庭院都有几棵果树、几簇鲜花，房屋都用石灰刷白，白里带着蓝。

县中学就坐落在这绿树掩映的县城东头。半上午的时候，爷儿俩到了学校门口。父亲从毛驴车上跳下来，抖了抖腿，说："到了。"

学校好大，快顶上半个县城了。大门临街，门是木制的，双扇，平时敞开，一般不锁。大门旁边有个传达室，传达室的老头好像不管人员进出，只管收发报纸和推闸打铃。

父亲把毛驴缰绳拴在学校大门口旁边的老杨树上，提上粮油，拿上行李，领着夏连春，走进校园。

校园里有一个很大的操场，还有一大片菜地，一大片果园，随处可见一棵棵年代久远的大榆树和高大粗壮的钻天杨。老一点的房子都是清一色的大屋顶、斜坡面，校园里的建筑好像要早于街面上的建筑，一种厚重的文化气息扑面而来。

父亲把夏连春领到校长室。校长南方人的口音，北方人的身板，言谈举止有一种亲和感，也有一种豪气，他接过转学证，就把父子俩领到教务处办理入学手续。

夏连春被分到了高二（2）班。班主任徐佩利，长头发，小胡子，一口京腔，穿条喇叭裤。夏连春一个在农村长大的孩子，哪见过这样的，他提着行李，默然地站在那里，憨憨的，很羞涩的样子。徐老师简单询问了一些情况，说道："从现在开始，你就是我的学生了。"随即从挂在墙上的日历本上撕下当天的那页，一九七三年八月三十一日，在这页上记下"夏连春同学转入"，夹入记事本。这是徐老师的记事方式。

学校九月一日才正式开学，前一天只有住校生提前到校，这一会儿校园里的人不是很多。徐老师领着夏连春先去学生食堂，把面粉和清油交给食堂管理员，换成饭票，然后又和他一起提上行李，去了学生宿舍。

学生宿舍在校园东南角，三排平房，北面是菜地，东面、南面是围墙，西面是教室。宿舍房间很大，跟教室差不多。高二（2）班男生宿舍已经住了十二个人，六张床，上下铺。现在又加上夏连春，一共十三个人，七张床。夏连春睡下铺，上铺空着。

宿舍里的同学在忙着收拾自己的东西，看到徐老师领来一个新同学，都放下手里的事，围拢过来。夏连春站在那里，没说话，憨憨的，很羞涩的样子。

夏连春的床是总务处才从别的宿舍临时调过来的，冲门放着，床上没有床板。徐老师让一个同学从外面抱来一捆苇子铺上，铺好苇子，徐老师伸手向夏连春要褥子，夏连春递给他一个粗布床单。徐老师没接，问："褥子呢？"夏连春没听懂，不知道什么叫褥子。

徐老师说："你下面铺的东西呢？"

夏连春又把手里的粗布单子递过去："就这个。"

徐老师接过粗布单子看了看，问道："就这个？"

"就这个。"

"没别的？"

"没别的。"

徐老师把粗布单子铺在苇子上，又把枕头和被子放好，然后对着旁边的一个同学说："田光耀，夏连春刚来，你们多关照些。"说完，扭头走了。徐老师的眼睛有些湿润。

田光耀是高二（2）班的班长，个子高，腿长胳膊长，但人有些单薄，眼睛没神，整个人看上去没精打采的。他是班上年龄最大的。田光耀初中毕业时，县里没有高中，他就回家务农了，据说还在大队当了一年多团支部书记，还入了党。他在家务农两年后，县里有了高中，他又接着来读高中。

徐老师离开宿舍后也就到了午饭的时间，田光耀招呼夏连春和其他同学去食堂打饭。

学校食堂好大，刚才夏连春跟着徐老师来过。这里也是大屋顶，屋顶是斜坡面，像个大礼堂，可以容纳好几百人，学校的一些大型活动平常也在这里举行。

打饭以班级为单位，男女生一起，每个班两个大铝盆，一个盆盛饭，一个盆打茶水。吃饭地点可以在饭堂，可以在外面的空地上，也可以在宿舍。早晚一般是一人一个烤饼、一碗茶。茶是砖茶，放点咸盐。中午一般是半个烤饼或一个馍馍和一碗面片。

今天中午是新学期的第一顿饭，简单，就是烤饼和茶。平时每个班都由值日生打饭，今天没排值日生，有一个叫高庆阳的男生主动给大家打饭。

高庆阳壮实，热情，爱说话，陇州口音，有时候听不清楚他在说什么。

"夏连春，拿烤饼。"高庆阳看着夏连春站在那里不好意思往饭盆跟前凑，边喊边递给他一个烤饼，"自己打茶水，别像个丫头子一样。"

夏连春脸红红地接过烤饼，自己打了茶水，像其他同学一样，站在那里吃，憨憨的，很羞涩的样子。

"你是从哪里转来的？"班长田光耀走到夏连春跟前问。

"皖州。"夏连春说。

"你们家现在在哪儿？"班长又问。

“太阳升公社上水湾。”

夏连春的话音刚落，吃饭的同学一下子就都笑了起来。他们笑他一口浓重的老家方言。其实夏连春刚才总共才说了十个字。

“笑什么笑!”班长回过头对大家说，“人家刚从老家来，方言味肯定重，过一阵就好了。”

就是因为这一笑，让本来话就不多的夏连春很长时间都不敢在同学面前说话，怕同学们笑话。

“你看这个高庆阳，来鹿川都这么长时间了，还是一股子洋芋蛋味。”田光耀话锋一转指着高庆阳说。

“大干部!”高庆阳刚对田光耀喊了声“大干部”，下面的话还没说出来，估计也不是什么好听的话，就被同学们的疯狂大笑声给打断了。女同学一个个都把头埋在自己的茶水碗里，脸红红地互相翻眼偷瞄别人，不说话。

田光耀气得大骂一声：“高庆阳你个地主崽子!”就追了过去，高庆阳撒腿就跑，碗里的茶水洒了一地。

田光耀在后面把半碗茶水泼了过去，结果茶水没泼到高庆阳，反倒被风吹回来洒了自己一身。

夏连春正在纳闷为什么高庆阳一声“大干部”，田光耀反应那么强烈，男同学反应那么亢奋，女同学反应那么羞涩时，徐老师一手拿着烤饼，一手端着茶水来到同学们中间，问大家：“这么热闹，是因为来了新同学吗?”

听到徐老师问话，男同学笑得更加疯狂，女同学也忍不住低着头，红着脸，哧哧地笑了起来。

平常，学校单身老师也和同学们一起在食堂吃饭。徐老师从京城师范大学英语专业毕业后，被分配到吉宁县团结农场接受再教育，县中学筹办高中班时才从农场选调过来。他随性幽默，喜欢跟学生混在一起，同学们也都喜欢他。刚才，徐老师打饭时听到这边疯狂大笑的声音便走了过来，现在他一看这情景便知道不是什么好事，也就不问了。

徐老师转而问夏连春，吃没吃过烤饼。夏连春看着徐老师，若有所思地说了句：“吃过。”

前不久，他刚到鹿川的时候，因为身上的钱不多了，一毛钱一块烤饼很便宜，也很填肚子，他就知道了这烤饼是个好东西。到了上水湾，他又知道了一家人去年冬天要饭吃烤饼的事，虽然心酸，但对烤饼却是满怀深情。

徐老师比画着手里的烤饼，用纯正的京腔对夏连春说，鹿川烤饼本来是鹿川当地经典的传统食品，但它现在已经成了所有人都喜欢吃的主食了。徐老师说他每年回京城都要带些烤饼，家里人也都喜欢吃。烤饼虽然是经面粉发酵，但它不放碱，只放盐，所以口感好。烤饼不在铁锅里烤，而在土坑里烤，要是刚从土坑里烤制出来，热的，那就更好吃了。

刚才大家还围着那两个空饭盆站着，这会儿又都围着徐老师站着。众人聚在一起还是要有个中心的。

吃完手里的烤饼，同学们三三两两往宿舍走。田光耀告诉夏连春，他也是太阳升公社的，他在下水湾，离上水湾很近，只一河之隔。夏连春一听班长是下水湾的，心里一下子就亲近起来。田光耀说他对上水湾不很熟，上水湾主要是当地人，外地人不多，他听说上水湾有一家外地人要过饭。夏连春本想说，那家要饭的外地人就是他的家人，但他没说。

去年父亲带着一家人到上水湾落户的时候，错过了分口粮的时间，生产队虽然也给调剂了一些，主要是苞谷，粗粮细粮倒不打紧，关键是家里人多粮少不够吃。疯子也拿来了一些小麦和清油，但终究不能从根本上解决问题。一家人勉强过冬还可以，但怎么度春呢?

父亲带着一家人从老家跑出来，就是为了解决吃饭问题的，现在跑了这么远又为吃饭犯愁，真是头疼的事。生产队和老乡们都已经做得很好了，特别是疯子，都过去这么多年了，他还能像当年和父亲在一起的时候一样，该帮的帮，该做的做，该给的给，再不好向人家张口添麻烦了。

疯子倒说得好，他和父亲两个人可是一个火车皮拉到西边来的，那一火车皮上一百多号人，现在就他们两个在一起，彼此还有啥说的。疯子要是知道父亲当年是因为他才失去工作的，估计他会感动得痛哭流涕的。

活人还能被尿憋死？这么老远的路都走过来了，总不能最后时刻病死在医院门口吧？克服眼前的困难，只能自己想办法，自己能想的办法只有一个，趁着冬天没事的时候，出去要饭，把粮食结余下来，留待开春干活的时候吃。

要饭乞讨毕竟是丢脸面的事，这个决定是很难做的，父亲尤其担心对孩子们的成长不利，害怕给他们留下抹不掉的记忆。但吃饭毕竟是第一位的，眼睁睁地饿肚子也总是不行。

父母商量，坚守三条：一是去远一点的地方要，不能让下水湾的疯子知道，他若知道是肯定不同意的；二是不能带女儿要饭，只能委屈两个半大的儿子了，只带他们两个出去；三是不能让老家的大儿子知道，将来也不让他知道。

第一趟出去要饭，收获就很大，只半天的时间，夫妻俩和两个儿子，四个人每个人都背回来大半袋子烤饼，够一家人吃半个月的。烤饼好吃，还好放，放很长时间都不会坏。天无绝人之路，吃饭问题不用愁了。

上水湾一带，很少有或者根本就没有要饭的，往谁家门口一站，谁家都给。尤其当地人，非常友善，有爱心，他们信奉“祖先留下来的财富，有一部分是留给客人的”。因此只要他家里有，一次就会给你很多。

夏连春的两个弟弟说，他们刚开始要饭的时候最害怕当地人家里的狗，而当地人家里都养狗，尤其是牧民家的院子里有时候会睡着一条好大的狗。一开始，兄弟俩一看到狗或是听到狗叫就不敢往人家门口去了，后来才发现，这些狗都是用绳子或铁链拴着的，他俩慢慢胆子就大了。两个人给夏连春讲这些的时候，可有成就感了，尽管父母再三交代要饭的事不要对他说，但两个人还是沉不住气，找个时间就给夏连春讲了，而且讲得津津有味。

夏连春坐在宿舍床上，整理自己的东西。他觉得被单下面的苇子有点戳屁股，不舒服，要是能在苇子上铺一层软和的草就好了，不知道校园里能不能找到麦草、稻草或是别的什么草，他想出去看看。

同学们陆续都出去了，刚才给大家打饭的那个高庆阳从外面进来，看到夏连春没什么事，不由分说拉上夏连春就往外走，说带他到集市上看看。

学校在城东，集市在城西。城西有一条河坝，河坝外面有一处老鸹林，集市就在这老鸹林里。

高庆阳属于自来熟的那种，他和夏连春走着聊着，老同学似的，一点也不陌生。他给夏连春讲一些学校的、班上的和宿舍的事，聊到高兴处，突然扭过头来问夏连春：“知道为什么田光耀叫‘大干部’吗？”

夏连春说：“是不是因为他年龄大，又是班长？”

高庆阳哈哈大笑：“既不是因为他年龄大，也不是因为他当班长，是因为……”高庆阳突然很神秘地压低了声音，“是因为他那东西长得大。”

高庆阳说，宿舍同学一开始都把田光耀叫田大锤。上个学期的一个中午，田大锤躺在下铺睡午觉，可能是做春梦了。那情形被趴在上铺抽烟的蔡团长看到了。蔡团长追问他刚才在梦里干啥了。

田大锤说：“穿着裤子能干啥？干布。”

蔡团长哈哈大笑：“田光耀做春梦，干布，大干部！”

“大干部”就这样被叫起来，很快全班都知道了。

夏连春恍然大悟，这个蔡团长也够有才的。

高庆阳说，这个蔡团长可是一个惹不起的人。田光耀“干布”之后提出要跟蔡团长换铺，他睡上铺，蔡团长睡下铺。蔡团长问他为什么要换铺，他说上铺安全，不被人偷窥。蔡团长说：“你是对我看你‘干布’有意见了？我就喜欢在上面偷窥你。”

去年刚入学分宿舍的时候，蔡团长就嚷嚷着要睡下铺，不愿睡上铺，说他睡觉迷糊，害怕从上铺掉下来，又说他抽烟，害怕在上面把被子烧了，但没人愿意跟他换。

现在田光耀主动提出来要跟他换铺，他当然很高兴。但他嘴上却说不换，他说他睡上铺都快一年了，习惯了，不想换。其实心里暗想：你想换就换，不想换就不换，没那么便宜，至少也得吊吊你。田光耀拿他没办法，以为他真不愿换。这个蔡团长本就是个难缠的主，不换就不换吧。

田光耀这边想着不换了，蔡团长那边却突然又说："哪能呢，班长的话怎能不听？逗你玩呢，换吧。"

这之后，宿舍的同学才知道，田光耀得了难以启齿的怪病，经常跑马，整个人看上去昏昏沉沉的。他现在体力不好，精力不好，注意力不集中，每天都吃药，可是效果不大。

蔡团长说："怨不得你头发少，眼神无光，整天萎靡不振，心烦气躁，原来是这事整的。那你这病是怎么得上的呀？是不是你在大队当团支部书记时想妇女主任想的？"

蔡团长说话向来是高一句低一句，有一搭没一搭，不靠谱不着调，但这几句话还真被田光耀当真了。他说他们大队的妇女主任长得可漂亮了，大家不叫她主任，都叫她"美人"，就是年龄大了一些。

蔡团长说年龄大的女人好，知道心疼小男人。田光耀说他最想干的事就是将来毕业回去能当"美人"的女婿，"美人"有七个女儿，一个比一个长得好。

蔡团长说："那你也只能找老大不能找老小，老小才几岁呀，总不能老嫩通吃吧？"

田光耀咽了一口吐沫："那肯定是找老大了。"

高庆阳说，田光耀和蔡团长这两个人都是在社会上混过的，他们俩说话别人插不上嘴，搭不上话，只有听的份。田光耀一般不把人放在眼里，在他们宿舍，他们班，也只有蔡团长敢跟田光耀那么说话。

蔡团长本名蔡传长，是农垦团场的，年龄和田光耀差不多，他也是初中毕业后在团场连队劳动了两年又来上学的。蔡团长个头没有田光耀高，但比田光耀壮实，而且他本就是一个不省事的主，没事都要找点事，有事还能让着你？田光耀有点让着他，实际上是有点怕他。

蔡传长的父亲是团场子校的校长，文化人。蔡传长的名字就是他父亲起的，取自"忠厚传家远，诗书继世长"，本意是想让儿子忠厚为人，饱读诗书，家族传承。没想到蔡传长长大后却成了混世魔王，上学时就捣蛋，下连队时更是没人敢惹，就像连队里来了个团长一样。有好事的就势把蔡传长叫成“蔡团长”，一叫就响，很快被叫开了。

他父亲觉得蔡传长被叫成“蔡团长”真是胡闹，认为这名字没取好，要把儿子名字改了。可蔡传长不愿意，觉着“蔡团长”这名字怎么了？响亮！

蔡团长来县中学上学不久，团场来了几个朋友看他，晚上在外面喝酒，喝多了，喝高了，很晚回来，回到宿舍动静有点大，把同学们都吵醒了。田光耀叫他赶快睡觉，说话时声音有点高，显得不耐烦。蔡团长听了不舒服，但同学之间也不便搞得太僵，翻脸总是不好，但忍气吞声、一声不响地睡下去也不是他蔡团长能做到的。

蔡团长走到田光耀床前，就在同学们不知道他要干啥的时候，他突然一把将田光耀的被子掀开。

田光耀没想到蔡团长会来这么一招，刚想翻脸，蔡团长一把将他摁住，嬉皮笑脸地说：“不就看看嘛，干吗这么激动？”

田光耀知道拗不过他，他这会儿又喝了酒，若搞急了还不知道他会做出什么出格的事来，手一松也就随他了。

蔡团长不看不要紧，一看直吓得倒吸一口冷气，整个人都惊呆了，酒也醒了。田光耀这家伙居然光屁股睡觉，连裤头都不穿。

蔡团长说班长是个怪物，让同学们快来看。同学们看这两个人虽闹，但还平安无事，而且田光耀也很配合，想着反正也睡不着了，就都围过来看热闹。

这次折腾之后，田光耀虽觉有失颜面，但作为同学间的一场嬉闹也没往心里去，反倒是和蔡团长的关系却突兀地比以前好了起来。

高庆阳和夏连春说笑之中就到了老鸹林。鹿川人不把老鸹叫老鸹，叫“老哇”，高庆阳开口说“老哇林”的时候，夏连春觉得倒也形象，但他就是不喜欢那“哇哇”的叫声，就像是要死人的感觉。上小学时他就知道乌鸦喝水的故事，但他老觉得不是真的。

这老鸹林里的集市是当地老百姓做些小买卖而自发形成的。平日里，白天人少一些，怕被逮着了，因为自由市场是受限制的。傍晚以后人多一些，一些当地和附近的人都会到这里做些小生意。

这片老鸹林好大，杨树为主，看不到林子的边缘。老鸹很多，蹦蹦跳跳，哇哇乱叫，杨树顶上到处都是老鸹的窝。卖东西的人自由分散在相对集中的一片区域，每个人选择一棵杨树蹲在下面，面前摆放的都是些自产的土特产品，吃的用的居多。

高庆阳带夏连春来这里主要是想给他买一个床上垫的毡子。他说集市上没有褥子卖，因为鹿川不产棉花，棉花凭票供应，很贵，也买不到。但羊多，羊毛多，羊毛擀的毡子多。毡子便宜，还隔潮，铺在床上也很好。

毡子一般都是铺在地上、炕上或者大床上的，铺在单人床上的很少。高庆阳领着夏连春在林子里转了一圈，好不容易找到了一个可以铺在单人床上的毡子，棕色的，粗糙一些，但很厚实，比较软和。高庆阳说这种毡子是土种羊毛擀制成的，还便宜。

卖毡人笑看高庆阳，手持草帽悠闲地扑扇着。夏连春心里疑惑：不热呀，扇什么，扇灰尘？扇飞虫？或是无意识的动作？高庆阳蹲下问毡子多少钱，卖毡人说十块钱。高庆阳说贵了，两块钱还差不多。卖毡人看高庆阳蹲下来问价钱，是真想买的样子，便很干脆地说了句："拿去吧。"

卖毡人放下草帽，弯腰卷毡，毡子还没卷好，放在身边的草帽就被老鸹叼走了。卖毡人伸手想"鸹口夺帽"，那老鸹已经飞到杨树枝丫上去了，不大会儿的工夫，几只老鸹就把卖毡人的草帽撕成一绺一绺扔到树下。

卖毡人向高庆阳抱怨："卖你一个毡子，损失一顶草帽。"

高庆阳说："谁叫你自己大意，没把你口袋里的钱叼走就已经便宜你了。"夏连春突然觉得小学课本上的"乌鸦喝水"没准就是真的呢。

夏连春本舍不得花两块钱买个毡子的，但高庆阳要掏钱给他买，于是他赶快把钱付了。虽然口袋里只有不到三块钱。

买了毡子往回走，高庆阳问夏连春为什么没带褥子来，是不是忘了。夏连春说不是，他们老家祖祖辈辈从来没有垫过褥子，他们那儿都是床上铺高粱秆，高粱秆上铺稻草，稻草上面铺床单。床单都是农家织布机织出的土布，人睡在上面挺厚实的。

他们那儿有些人家里连床都没有，就直接在地上墙角处铺上厚厚的稻草，稻草边用一根粗一点的木头或是土块挡一下，不让稻草搞得满屋子都是。人睡在上面，起来时经常沾一头稻草。所以当徐老师给他铺床时问褥子在哪儿，他没听懂，不知道褥子是什么。

高庆阳说这里没有铺稻草的，连稻子都没有，在学校住宿没有褥子是不行的，还好夏连春的床没有床板，铺了苇子，要不然床板上铺单子怎么睡呀？夏连春铺床的苇子就是高庆阳从外面抱来的，那会儿他就想着要带夏连春到集市上买块毡子用。

"谢谢你。"夏连春感激地说。

高庆阳说不客气，大家都是同学嘛。他问夏连春他们家是不是才来鹿川不久。夏连春说是的，他父母去年来的，他是这个暑假才来。高庆阳说刚到这边来的人都一样，穷，过几年就好了。

高庆阳老家在陇州，家庭成分不好，是地主。父亲早死了，母亲健在。他只有一个姐姐，前几年姐姐和姐夫带着孩子来了鹿川，到吉宁县农村落了户。后来姐姐、姐夫就把他和母亲也接了过来，还让他继续上学。一开始姐夫待他们母子还挺好的，但慢慢因为生活负担重，压力大，姐夫经常和姐姐吵架，有时还对他姐姐拳脚相加。

有一次周末回家，高庆阳刚好碰到姐夫又在院子里打姐姐，他一气之下上去就把姐夫打了。他想这下完了，姐夫肯定要把他和母亲赶走了。他已做好准备，要是真的到了那一步，他就不上学了，他带着母亲自己过，没什么大不了的。

高庆阳告诉姐姐："不要怕姐夫，他以后再敢动你一根手指头，咱们就带着母亲另过，不和他一起了。"说完这个气话，也是大话，高庆阳家也没进，扭头回了学校。

他说那个星期他在学校过的不是人过的日子，每天都提心吊胆，总害怕家里出事。他这个样子同学们都不习惯。平日里他整天乐乐呵呵、没心没肺的，从来不知道愁滋味，想说什么就说什么，想干什么就干什么，怎么一下变得愁眉苦脸、闷闷不乐了呢？

田光耀打趣他："高庆阳你个地主崽子，这几天怎么了？是想反攻倒算呢，还是对人民当家作主怀恨在心？"

蔡团长紧跟着就给高庆阳编了几句歌词唱道：

我叫高庆阳
我叫大地主
两个都是十八岁
个头差不离
真像亲兄弟

高庆阳心里那个气，恨死这两个哈㞞了，但又不便发作，只有不听，站起来走人。

走出宿舍，高庆阳在校园里碰到同班女同学花丽艳。花丽艳老远就向他招手叫他过去。

"你干吗呢，愁眉苦脸的？"花丽艳问。

"没事，出来走走。"高庆阳说。

“遇到什么事了?”花丽艳紧接着说,“快给我说说。”

“家里有些事。”高庆阳很随意地说。

听高庆阳说家里有事,花丽艳也就不再追问,就说不管有什么事都会过去的,不必把自己搞得愁眉苦脸的。花丽艳的几句话,让高庆阳一个星期来的心理压力一下子释放了,心中敞亮了。

高庆阳提醒似的给夏连春说,田光耀、蔡团长这两个哈㞞不行,本来他们俩在班上是年龄最大的,田光耀又是班长,应该对全班这些比他们小好几岁的男同学女同学关怀备至才对,但他们俩却经常一唱一和,狼狈为奸,联合起来欺负那些比他们年龄小的人。这两个哈㞞,现在在学校就这个样子,将来走向社会还不知道会变成啥样子,肯定没有个好。

高庆阳接连说了好几遍哈㞞,夏连春不懂,就问高庆阳哈㞞是什么意思。高庆阳说就是坏蛋的意思。

说到这儿,高庆阳的话锋一转,又说,花丽艳可不一样,她特别会关心人,对人好,长得也好。同学们都说她的名字起得好,有特点。她爸爸姓花,五十年代随部队到了鹿川,就地转业到吉宁县团结农场工作;她妈妈是当地人,农场农工,名叫马丽艳。花丽艳的名字就是取了爸爸的姓,妈妈的名,叫起来很有点意思,艳丽的花朵。

高庆阳给夏连春讲花丽艳的时候很是得意,也很幸福。夏连春想,高庆阳和花丽艳肯定有故事。

第三章　同桌的你

新学年开学的第一天。方小青去县中学报到前，她给自己设定了一个游戏，规则是：如果同桌是女生，就做好姐妹；如果同桌是男生，就做男朋友。

她希望同桌是女生，她需要一个姐妹。在省城，像她这样十五六岁的同龄人都会有好多兄弟姐妹，三四个、四五个、五六个，甚至七八个的都有。但她一个都没有，就她自己，真的好孤单，平时连个说悄悄话的人都没有。没人跟她玩，没人跟她吵架，没人跟她抢东西。从小到大就她和母亲两个人，要是这次能遇到一个好姐妹该多好啊！

她更希望同桌是个男生，她想有个男朋友。她的女同学中，有谈恋爱的，看他们一起上学，一起回家，一起看电影，一起出去玩，多亲热呀！那样子，一天不见对方跟丢了魂似的。她身边虽然也有好多男同学，但他们都把她当成大姐姐看，甚至当成男孩子看。大家都追随她，但没有哪个追求她。她也想谈恋爱，尝尝恋爱的滋味。

可是这个男生要是有女朋友了咋办呢？那就抢，把他抢过来。要是人家看不上自己呢？那就追，变着法子把他追到手。要是自己没看上他呢？这倒是个问题。她得好好想想。想你个头呀！自己设定的游戏规则，难道自己还想毁约呀？认命吧！

带着这样一些稀奇古怪的想法，方小青一大早就走进了县中学的大门。

学校真土。房子是土的，地面是土的，道路是土的，操场、篮球场都是土的，四周围墙也是土的，临街一面墙粉刷了白石灰，其他三面的土围墙都有坍塌的豁口，邻近居民可以随便出入，偶尔还会有几只牛羊光顾。

方小青懒散地打量着校园，这就是自己的学校了？从现在起，就要在这里读完两年高中？真没劲，好好的省城不待，却要跑到这么个小县城来。

报完到，领了书，走进教室之前，她想起了自己给自己设定的游戏，突然又兴奋起来。她怀揣小兔子似的窃想着游戏会出现哪一种情况。她？还是他？漂亮吗？英俊吗？会有意外的惊喜吗？

教室里的人稀稀拉拉的，坐得很散，因为刚开学，没什么要紧的事，同学们三三两两凑在一起说着话。一个暑假，大家差不多两个月没见了。

方小青从教室的最前排走过，教室里的目光都投向了她：黄军装，蓝裤子，活脱脱的一个假小子，要不是一边一个小刷刷，还真看不出是个女孩子来。

这一身装束，在这个农村学生居多的县城中学，算是很潮很前卫的了。

方小青迎着投向她的目光，径直走向自己的座位。最后一排，左手的课桌，空着，没人。她问旁边同学，她的同桌是谁，同学说这张课桌是刚才新搬进来的，没人。

天哪！怎么是这样？自己一个人坐？

她有些沮丧，怎么就没想到会有这样一个结果呢？这老天爷也太捉弄人了，连这么个小小的游戏都不让她玩下去。

就在方小青一个人百无聊赖地坐在座位上发呆的时候，班长田光耀领着一个小男生走到她跟前："这是刚转来的新同学，夏连春，你们俩同桌。"

方小青被这突如其来的事情搞得有点蒙。刚才还是一个人，瞬间的工夫，天上就掉下来个小男孩——憨憨的，羞涩的样子，尤其看女生的时候；一身粗布衣服，很土，一看就是从老家来的，西边哪有穿粗布衣服的。

方小青站起来，浅浅一笑："你坐里面。"有种大姐姐招呼小弟弟的感觉。

他们的座椅是那种带靠背的双人座，她坐下的时候胳膊不小心碰到了他，他赶紧往墙角处让了让。她侧目看着他往墙角躲的样子，又浅浅一笑。

"你叫夏连春？"她主动问。

"嗯。"他没看她。

"我叫方小青，"她接着说，"也是新转来的。"

"啊？这么巧？"他侧过来看看她，脸一下子就红了。

"你怎么这么腼腆呀？"方小青说，"咱们俩以后可要在这一条凳子上坐两年呢。"

他点了点头。她摇了摇头。

中午回到宿舍，同学们开始议论夏连春的同桌。

"那丫头也太有几分姿色了吧？"蔡团长，五大三粗的，斜靠在床铺上，手里夹着一根纸卷的炒烟，赞不绝口地说着，嘴里的口水都快流出来了。

有姿色吗？夏连春在心里说。因为他真的没敢多看，只知道她像个假小子，站起来的时候比他还高。

"人家那叫大气。"班长田光耀说，"人家是大地方来的，不像我们这儿的女生，没见过啥世面。"

“大地方来的，好啊!”蔡团长说，“想办法拍她!”

“你不要胡来!”田光耀说，“人家可是干部子弟。父亲是县医院的院长，母亲是县小学的校长。”

田光耀的这些话是听徐老师说的。

“不管她是哪儿来的，不管她是谁家子弟，她都是来找拍的。”蔡团长说，“你看她那一身打扮，宽大处理的衣裳，提高警惕的裤子，一分为二的头，黑白分明的鞋，你还看不明白？你们等着看我的好戏吧!”蔡团长说，“我可要先下手为强了，你们别跟我抢噢。”蔡团长好像是在下战书，又好像是在宣示主权，这女孩儿是他的了，其他人都别动。

“哎！梆梆，你以后可不要挡我的道哦。”蔡团长又很突兀地补充了一句。大家不知道他在说谁。

“哎，就那个老家来的娃娃，说你呢!”这下明白了，他在说夏连春。夏连春是刚转来的新同学，蔡团长有可能还不知道他的名字，也有可能知道，但就是不想叫他的名字，故意的。但夏连春不知道他在说谁，自然也就没理会他。

“你装呢是吧?”蔡团长突然无由头地发起火来，对着夏连春嚷嚷，“你个老家来的梆梆。”

夏连春突然意识到蔡团长好像在说他。虽然他不知道“梆梆”是什么意思，但他知道一定不是什么好话，估计也就是“土包子”之类看不起人的意思。夏连春不明白，自己又没惹他，他凭什么要说自己。

田光耀及时出来打了圆场：“你要做什么跟人家夏连春有什么关系？人家刚从老家转过来，又没碍着你什么事。”

蔡团长却说：“真是傻人有傻福，你一个刚从老家来的梆梆，一到班上身边就坐个漂亮丫头。鲜花插到了牛粪上。”

夏连春明显感觉到，这个地方的人看不起外地人，特别是老家来的农村人。也不知道他们的优越感是从哪里来的。

田光耀说：“那你坐过去？鲜花插到你身上?”

蔡团长说：“这件事可以考虑。梆梆愿意吗?”蔡团长又把矛头对准了夏连春。看来夏连春躲都躲不掉了。

田光耀和蔡团长的对话别人都没插嘴，夏连春也没搭话，尽管蔡团长用的是歧视性语言，但夏连春就当成没听懂算了。

宿舍的同学都担心夏连春跟蔡团长干起来，蔡团长可是什么事都能做出来的人，他本就是在挑衅，暗暗希望夏连春千万别上当，否则会吃亏的。

夏连春面子上可以装着不理，但心里却窝着火，烧得慌。他想：还是自己太懦弱了，要是自己足够强大，他敢吗？“人㞞被人欺，马㞞被人骑”，这是他们老家三岁小孩都懂的道理。从这一刻起，夏连春就在心里告诫自己，必须不断成长，必须变得强大，必须不被人欺负。但现在，必须学会忍耐。

本来，当夏连春第一次听说蔡团长是农垦团场的人的时候，还觉得好亲切呢，因为他心里记得鹿川群众饭店的那一夜恩情，他觉得农垦团场的人都是好人。没想到，这么快，蔡团长就把他心中的美好颠覆了。这一会儿，夏连春突然明白，怨不得昨天高庆阳反复给他说，蔡团长这个哈㞞不行呢。

“拍婆子”是那个年代绕搭女孩子、与女孩子交朋友的流行词。大街上、商店里、汽车上、电影院、学校门口，几个男孩女孩或一对男孩女孩，相随而行或面对面站着，有一搭没一搭找着话说，好像认识又好像不认识，有些也就是刚认识，这或许就是正在拍婆子。

蔡团长觉得方小青身上有一股子劲，有一股子能激发男人力量的劲。为了这股子劲，他一定要勇往直前。这丫头身板笔直，目不斜视，一副高傲的样子。他注意了一下，这丫头一天下来除了和她同桌那个梆梆说笑几句外，基本上没理过人，径直走进教室，径直走出校门，让人没法接近。这样的女孩最有意思，他必须尽快把她绕搭到手。

放学以后，蔡团长骑上一辆自行车，远远地跟在方小青后面尾随着。他从田光耀那儿已经知道方小青的家在县医院的院子里。快到县医院门口时，他快速骑到她的前面，一个急刹车，把车子横在她面前，一只脚搭在自行车横梁上，一只脚点着地，扶着车把，歪着身子和她搭话。

“你住县医院？”

“干吗？”

他说：“我们是同学。”

她说：“我不认识你。”

他说：“我们现在认识一下，我叫蔡团长。”

方小青“扑哧”一声笑了出来，“你是团长？”随即又收住了笑，“我现在没时间，到学校再说。”然后说了声“让开”，径直走了。

蔡团长被方小青一笑一怼，搞蒙了，愣愣地站在那里，傻了。半天才回过神来，真是个带刺的玫瑰，不好惹。

蔡团长心想：到学校再说？到学校怎么说？她又不跟人接触，径直走进来，径直走出去，目不斜视的样子，谁也不理，我能跟她说得上话吗？

方小青已经走了好半天，蔡团长还杵在原地没动。现在怎么办？他突然想起了一个人，就是那个老家来的“梆梆”夏连春。

吃晚饭的时候，夏连春心里纳闷，这蔡团长是不是吃错药了，中午的时候还那么凶，怎么这会儿好像突然换了个人似的，不仅不叫他“梆梆”了，还主动喊他一起吃晚饭，甚至还有些献殷勤的味道。吃饭和他蹲在一起，回宿舍也和他走在一起。夏连春不太适应蔡团长这种变化，也不太想理他，这样的人离远一点的好。但冤家宜解不宜结，既然人家已经示好，自己又何必拒人于千里之外呢？夏连春不知道他葫芦里卖的什么药，但知道蔡团长这是醉翁之意不在酒，肯定是想利用自己和方小青做同桌的便利为他帮忙，除此以外不可能有别的什么原因。

蔡团长叫夏连春一起去看电影，夏连春不想去，但又不好拒绝。恭敬不如从命。看个电影又能怎么样？

电影院就在县中学侧面，一路之隔。电影院门前人特别多，有卖炒烟的，卖各种小吃、小食品和其他小商品的，也有众多没事闲逛的。

吉宁县城晚上最热闹的地方基本上就三处：一处是城西老鸹林里的集市，一处是公共汽车站门前的小吃摊，再一处就是这电影院。

看电影的人好像特别多，什么电影都有人看，一毛钱一张票，什么时候看什么时候买票，好像随时都能买上票，电影院里基本也都能坐满。

卖票窗口在电影院大门旁边，厚厚的电影院墙上开了个只能伸进一只胳膊的四方洞口。买票的看不到卖票的，伸进去一毛钱拿出来一张票；伸进去两毛钱拿出来两张票；伸进去一块钱，若只买两张票，你就在洞里面伸出两个手指头，如若不伸，十张票就塞到你的手心里了。

凡是热闹的地方都是不排队的地方，就是个挤。挤了更热闹。有时候要是有一部好电影，买票的人在售票窗口外面能挤成个大大的人堆，窗口前买票的人头顶上爬的都是人，反正买电影票这样的事女生肯定是干不了。

蔡团长花了四毛钱，买了两张电影票，一杯瓜子，一杯炒烟，他们俩提前进了电影院。离电影开演还有半个多小时，电影院里已经坐了不少人，其实有些人来电影院并不是为了看电影，而是消磨时光，要不这漫漫长夜干吗去呢？

电影院里可以抽烟嗑瓜子，可以吃东西。有时候十几个当地小青年聚在一起聊天说笑话，说到可笑处齐声“哇——”的一声大喊怪叫，把电影院的人都吓一大跳。反正夏连春第一次听到那笑声、叫声和口哨声的时候是被吓着了。他不知道出了什么事。现在这种笑声、叫声和口哨声已经听不到了。

蔡团长和夏连春是中间座位，免了有人出来进去的打扰和麻烦。蔡团长抽烟，夏连春嗑瓜子。蔡团长说想请夏连春帮个忙，约方小青出来看场电影。夏连春说恐怕不行，他今天才认识人家，哪有这个面子约人家看电影。

蔡团长说："我也不为难你，你就帮我给她带个话，说我请她看电影就行了，看她怎么说。"

夏连春说："就这么一句话的事，你还不如自己跟她说呢。"

蔡团长说他今天下午已经找过她了，她好像不太想理他。

夏连春说："人家不想理你你还找人家干吗？"

蔡团长说："哪天我教教你，你亲自拍一拍就知道了。但你首先得把你这一身行头变一变，穿一身粗布衣服肯定是不行的，没有哪个女孩子会看得上你。哪天我给你找一件黄军装，找一顶黄军帽，首先样子得像。你最好再学会抽烟，然后你就去找你喜欢的女孩子，这就要看你的本事了。"

蔡团长说他比较喜欢两种女孩，一种是方小青这样的，有品位，但不容易拍上，一旦拍上就很有面子，可以拿得出去。还有一种像花丽艳那样的。"花丽艳知道吗？就是班里那个长得有别样特点的丫头。"

夏连春点点头，心里想那不是高庆阳喜欢的女孩吗？

夏连春心想，蔡团长这个忙还真不好帮，也不能帮，这不是助纣为虐吗？但为了应付他，他只好说试试吧。

上午课间休息，同学们纷纷走出教室，方小青坐在课桌外侧，她不动弹，夏连春也不好动弹，他也不想动弹。教室里就剩夏连春和方小青两个人，这样坐着也挺好。两个人都是新来的，一时还很难融入到其他同学中去，两个人不自觉地就亲近起来，仿佛两个人原本就是一起上学的同学。

课余时间，两个人一声不响地坐在一起总显得有点别扭，夏连春不知怎的突然就想起了蔡团长的事来，很不好意思地对方小青说："有人想请你看电影。"

"谁呀？"方小青用调侃的口吻，"不是你吧？"

夏连春一下子脸红到了耳朵根，赶忙把头摇得跟拨浪鼓似的："是别人。"

"别人请我看电影你脸红什么呀？"方小青一脸的无所谓，"那是谁呀，才到这儿上学的第二天，就有人请我看电影，好啊！"

夏连春说："这个人你得小心点。"

"那你还替人说话？"她不解地问，"你被人收买了？"

"哪能！"他说，"他就是让我给你带个话，就这样一开始我也没答应他。"

"是那个叫蔡团长的吗？"她问。

"你怎么知道？"他很疑惑。

"你甭管了。你给他回话，就说今天晚上我和他电影院门口见。"方小青用很理解的口气对夏连春说，"人家让你带个话你都不带，也太不够意思了。以后你不要害怕，也不要为难，他让你对我说什么你都答应他，不要拒绝。至于怎么做，我自己决定就是了。再说人家是好心约我看电影，又不是什么坏事，怕什么呀?”

夏连春被方小青镇住了，也被搞糊涂了，这是什么套路? 不知道她心里怎么想的。

中午，夏连春给蔡团长回话，说方小青答应晚上和他一起看电影。蔡团长那个高兴，一拳打在夏连春的左肩膀上：“你行，够哥们!”

晚上，夏连春一直提心吊胆的，躺下睡觉了心也静不下来，老是担心方小青吃亏。他先是后悔为蔡团长带话，要是发生点什么事，真是罪过。后又后悔自己没买张票也去看电影，万一有个什么事他也好出个面，帮帮方小青。直到熄灯以后蔡团长回来了，他提着的心才放下来。

一夜过去，早起，蔡团长迫不及待地给夏连春讲他昨晚上的战况。“战况”这词是蔡团长说的，他说真像打了一场硬仗。

“这丫头性子真烈!”蔡团长说。她一进电影院就告诉他，她之所以答应和他看一场电影，一是看夏连春的面子，二是来告诉他别再打她主意。

方小青真会说话，夏连春心里想。

“我一下就火了，”蔡团长说，“我大声说，要是我不答应呢?”

“你白费劲!”方小青很平静地说。

电影开演了。蔡团长伸手抓她的手，她把手挪开。他对着她耳朵说：“你最好乖点。”

“为什么?”她冷冷地问。

“那样对你好。”他说。

“要是我不乖呢?”她又问。

“你会吃亏的。”他狠狠地说。

她再没理他，他也再没说话，各自想着心事。

他又把手伸了过去，她没有拒绝。“咦? 服软了? 怎么不烈了? 被我的话吓着了? 镇住了?”他抓住她的手心里窃喜，看来也不是刀枪不入嘛!

“女人对付男人的办法是一哭、二闹、三上吊，我这对付女人一哄、二骗、三胡闹的招数也还行嘛。”蔡团长心里想。

她手上的肉不多，紧实，抓到手里能给人传递一种力量。不像花丽艳的手那样软乎，好像没骨头一样，能把男人融化。但男人有时候也需要补充一种能量。

她手上的肉是紧的，身上的肉也是紧的吗? 他很想得寸进尺地把手放到他很想放的地方，但他不敢。

她那雕塑一般的神情让他心里发虚，还没上阵已经败了下来。

看完电影，送她回去，一路无话。到了家门口，他提出：“明早早自习时我和你坐一起行吗?”

“干什么?”她又是冷冷地问。

“我想体会一下和你同桌的感觉。”他赖赖地说。

“就这个要求？好啊!”她答应了，非常痛快。

这一声“好啊”让他兴奋不已。他坐在她旁边看电影都没什么感觉，连大着胆子抓她手时都没冲动，就像抓了一块木头在手里头，甚至觉得要是她一使劲就会把他的手弄疼了似的。现在他有感觉了，而且很冲动。

他这一大早就急着给夏连春报告战况，就是为了早自习时要跟夏连春换位子，他要坐到方小青旁边去。

他这是什么意思呢，夏连春不明白。他是想用这么个方式来证明方小青和他好了，还是真的是想借机和夏连春换位子？夏连春真不想换。

但方小青是怎么想的呢？真像蔡团长感觉的那样吗？凭夏连春的直觉，方小青不会喜欢蔡团长这种人，她好像是在演戏。那她为什么要和他演这么一出呢？夏连春觉得这里头一定有戏，没准这早自习就有好戏看。

早自习时间，夏连春和蔡团长同时走进教室，方小青已经坐在座位上，她看着夏连春，嘴角露出笑意，好像是在给他传递什么。

夏连春坐到蔡团长的座位上，蔡团长坐到夏连春的座位上，有同学抬起头来看看他们，也没觉得有什么异样。

大家都在静静地看书或写作业。早自习做作业的同学基本上都是昨晚上没来得及做，现在忙着抄别人的。班里经常会有一个同学的作业做好了全班学生都会做了的情况。

寂静之中，教室的后排突然传来“啊”的一声惨叫，是蔡团长。同学们回过头去，只见蔡团长正两腿跪地，一只手撑在地上，一只手被方小青抓在手里。

大家不知道发生了什么，纷纷围拢过来。

田光耀拉蔡团长起来，蔡团长浑身无力，站不起来。田光耀问：“怎么回事?”

方小青说：“你问他。”

田光耀问：“要不要送医院?”

方小青说：“不用，是他手贱，一会儿就好了。”

方小青抓住蔡团长的手腕子，轻轻一捏，用力一提，他站起来了。

蔡团长站起来愣了一会儿，定定神，突然抬起胳膊，举起手，照着方小青面部就打了过去。但挥手无力，拳头绵柔，没有任何攻击性。方小青左手一架，右手一抓，蔡团长的手腕又被方小青捏在了手掌里。随之，蔡团长又“啊”的一声跪在地上不动了。

这一下大家算是看明白了，方小青好像有武功。但大家又好像什么都没看明白，方小青坐在座位上动都没动，但出手之快，谁都没来得及看清，蔡团长就又跪到地上了，这不是武功是什么。

田光耀又来拉蔡团长起来，还是拉不起来。田光耀叫方小青把他拉起来。方小青又是抓着蔡团长的手腕子，轻轻一捏，用力一拉，他站了起来。

蔡团长站起来愣了一会儿，定定神，照着方小青双手抱拳：“你厉害!”

“现在怎么办?”方小青冷冷地说。

“我改名换姓。”蔡团长突然对着同学们说，“从今往后，我再不叫蔡传长了，改姓王，名字叫八蛋。”

同学们一下都笑了起来。田光耀调侃说：“八蛋这个名字不错。蔡团长，爱称八蛋。”

夏连春预感到的一出戏终于上演了，也收场了，而且是一场好戏、大戏。现在看来，这出戏至少有三大看点：

一是方小青会武功出人意料，而且很快在学校传开了，并且越传越神，传到最后连方小青自己都不相信自己了。她俏皮地问夏连春：“你信吗?”

二是蔡团长成了八蛋出人意料，而且他愿赌服输。没想到蔡团长能被一个小女生驯服了。有人觉得解气，有人觉得过瘾，有人觉得不可思议。也有人觉得这件事不那么简单，蔡团长看似是一条汉子，输了就是输了，栽了就是栽了，认输认栽，能屈能伸，但背地里还不知道他会干出什么卑鄙下作的事来呢。

三是夏连春终于明白方小青为什么要演这一出了。方小青说，蔡团长第一次堵截她的时候，她就知道这是个难缠的主，不好惹。第二次约她看电影的时候，她就知道这家伙很赖，不好对付。第三次提出要坐她旁边上早自习的时候，她就觉得这是一次解决问题的好机会，不容错过。

早自习时，蔡团长没说两句话，就试图拉方小青的手。方小青说不行。他说他要硬拉，她说他拉不上。两个人就打了个赌：如果拉上了，她就立即在班里宣布做他的女朋友；如果拉不上，他就当着全班同学的面宣布自己改名换姓，并且从此再不纠缠她。

于是就有了早自习时的那一出。

这件事之后，方小青在同学中的名气大了，班上的一些小女生都把她尊奉为“青姐”。她对这个称谓很受用，让夏连春也叫她青姐。

夏连春说："你没我大。"

她说："就叫青姐，你大也叫我青姐。"

那几天，经常有别的班的同学到高二（2）班教室门前转，就是为了看看方小青长什么样。好长一段时间，方小青走到哪里，都会有人认出来："就是她！"

方小青成了女生中的男生，男生中的儿子娃娃。

方小青问夏连春，她是不是不像女孩子。夏连春说像，女孩子就应该像她这样，不仅能够保护好自己，还要能够震慑住别人。方小青说她姥爷也是这么对她说的。

方小青从小就没有父亲，家里就她们母女两个。她父母原本都是京城医学院学医的，方小青还在母亲肚子里的时候，她父亲被打成右派，遣送到北方劳动改造去了。母亲受此影响，被发派到西边，在一家省城医院从事挂号、拿药的工作。

方小青小学毕业那年暑假，母亲带着她回了趟冀州老家，经过京城时见了一个多年未见的老同学，打听到方小青的父亲在几年前的一次劳动中发生事故遇难去世了，这无疑是对母亲的致命打击，但同时也是一种让母亲重获新生的解脱。母亲再不用苦守苦熬了。

从老家探亲回来，母亲像是换了个人似的。过去是活着的心死了，什么都不想，就想着方小青的父亲；现在是死了的心又活了，什么都不用等了，什么也等不来了，一切只有靠自己。不久，母亲当上了医院办公室主任，后来又通过别人介绍，认识了吉宁县医院的院长，再后来这院长就成了方小青的继父。因为在小县城里工作的继父调不到省城去，她们母女俩就从省城来到了这个小县城。

方小青的武功就是那年回冀州老家时姥爷传授给她的。本来"方氏功夫"传男不传女、传内不传外，但姥爷对她们母女俩的境况放心不下，他就把祖传的推拔擒拿绝技和经络点压功夫传授给了方小青，要她在千里之外，保护好母亲，保护好自己。

方小青说她自从练了武功之后，整个人的精气神都变了。小时候她胆子可小了，家里就她和妈妈两个人，有些居心叵测的男人经常想打母亲的主意，她就像个跟屁虫一样，整天怯怯地跟在母亲的身后。那些年，经常有男人叫她母亲喝酒，想把她母亲灌醉。一开始母亲不敢喝，害怕。后来一点一点慢慢喝，没反应。再后来大杯大杯端着喝，还是没反应。再到后来，一桌子想把她母亲灌醉的人都醉了，她母亲还是好好的。后来的后来，再没人找她母亲喝酒了。别人喝多是醉了，她母亲喝多是饱了，谁还敢再和她喝？

方小青停了一下，突然问夏连春，像她们母女这样的女人是不是不讨男人喜欢。

“喜欢！谁说不喜欢?”夏连春赶紧说。

方小青真想问问眼前这个憨憨的羞涩的小男孩，“愿意做我男朋友吗?”但她没问，怕吓着他。

第四章　老乡情怀

西边的鹿川与东边的老家有两个小时时差，这里早上七八点天还不亮，晚上九十点太阳还老高。夏连春很不适应这里的作息时间，早上早早就醒了，躺在厚厚的毡子上，还是睡不着，如卧针毡。

睁眼觉难睡，与其在床上翻来覆去烙饼子，还不如起来算了。他轻手轻脚地爬起来，轻手轻脚地走出去，尽量不发出声响，怕影响其他同学。

天还没有完全放亮，夏连春从宿舍东面围墙的豁口走出去，到校园外面看看。围墙外面的墙根处，有一条打围墙时取土留下的沟。沟里扔满了同学们丢弃不用的物品，一片狼藉，乱糟糟脏兮兮的。沟外是林带，小路，农田，静悄悄的村野情调。

夏连春越过墙外的沟时，看到了几双丢弃的旧鞋，只是旧了，不是很破，补一补都可以穿。他随手捡了一双鞋底脱胶的皮鞋，捡了两双鞋帮裂口的回力鞋，找一块干净的地方，用手扒些土把鞋埋起来，今天正好周末，下午回家时把这几双鞋带回去，父亲可以穿。

夏连春做这些的时候心很虚，怕被人看到，那样子不像捡旧鞋，好像在偷新鞋。待把捡到的鞋子埋藏好，他拍拍手上的土，快速地从围墙外回到校园，心情一下轻松了。

北方的季节和南方差别很大，才刚刚九月份，夏天还没完全过完，就已经有了秋的感觉。校园里大榆树和钻天杨的叶子有的已经泛黄，稀稀落落飘洒在地上，偶尔一阵轻风拂过，撩起一缕尘土和几片落叶，空气里便弥漫着淡淡的泥土的味道。

校园里的操场上，已有跑步锻炼的人。夏连春只是漫无目的地走着。他一个农村长大的孩子，还从来没有晨练过呢，如果有时间也是起早贪黑地到地里干活，哪还有时间跑什么步、锻什么炼，白浪费时间。

学校的体育课项目中，夏连春就会跑步，速度还不快，其他的他都不会，连打篮球的三步上篮也不会。打乒乓球，小时候在课桌上、土台子上，用书或是木板和同学推挡过，但从没用球拍在案子上打过；跳鞍马，每次都是使了很大劲起跑，到了跟前就放慢下来，不敢起跳，手往鞍马上一扶，又退回来了。

英语他也不会。报到时，见到徐老师他心就慌了。徐老师是英语老师，又是班主任，徐老师的课都不会，这可如何是好？他在老家上学曾经历过三任英语老师，但每次都是刚把音标教完英语课就停了，而且到现在他连音标都不能准确发音，因为三任英语老师的音标发音都不一样。

早饭后，宿舍同学等着凑在一起往教室走。田光耀抬起手腕看看表："差不多了，走吧。"同学们不约而同地都抬起手腕子看表。宿舍的同学都戴手表，这是夏连春没想到的。据说，在这些戴手表的同学当中，数高庆阳的手表金贵，是他爷爷传下来的，那可是老古董了。

夏连春他们老家，连工作的人都很少有戴手表的。不仅是钱的问题，而且有钱也不一定买得上表。手表是紧缺产品。

老家人想知道时间就看天。早上，中午，晚上。天黑，半夜，天亮。白天看太阳，晚上看星星，什么都没得看了，就听公鸡打鸣。鸡叫头遍，鸡叫二遍，鸡叫三遍。夏连春就是立春那天鸡叫二遍时出生的。

老家有个干部模样的叔叔，手上戴个手表，但他不认识几点几分。有人问他几点了。他看看表，再看看天，说快到几点了吧。

直到现在，有一个问题夏连春一直都没搞清楚，收音机里经常听到"刚才最后一响"是北京时间十三点整或是二十一点整之类的报时，但钟表里最多只有十二点，没有十三点及其以后的时间。也就是说，钟表是十二小时，人们日常也是十二小时，但收音机里报时却使用二十四小时，这是为什么？是因为钟表太小写不下二十四小时？他不好意思问别人。

夏连春一大早就惦记着下午回家的事，想家了。田光耀告诉他，新学年学校要评定助学金，徐老师让他回去从大队开个证明带过来。他在老家上学时也有评助学金的，钱很少，一个学期也就是块儿八毛的，但不住校评不上，所以跑校的他从来没拿过。现在说学校要给他评助学金，他心里还挺激动的。

田光耀问夏连春下午怎么回，他说步行。田光耀说骑车子带他，两个人一起走。夏连春不想让田光耀带，一来骑车子带人太累，麻烦人家；二来他要把早上捡的鞋带回去，不方便。但田光耀坚持，说上水湾和下水湾在同一个方向，正好顺路。礼让不过，只好同行，早上捡的那三双鞋就先不带了。

夏连春在老家只骑过牛，没骑过自行车，也没坐过自行车，这是头一回。他连自行车后捎架都坐不上去，田光耀就把自行车停着让他先坐上，再勉强把自行车蹬起来。好在田光耀腿长，还不是太费力。

夏连春坐在自行车后捎架上，紧紧抓住田光耀的衣服，不敢往两边看，太快；也不敢低头看，头晕。闭上眼睛，头更晕。慌乱中，他们在路上还摔了一跤。

上水湾在坡上，山口洼地；下水湾在坡下，坡下平地。浩浩荡荡的雅玛河从中间流过，把两个村子分隔在南北两岸，直线距离三公里。“一条大河波浪宽，风吹稻花香两岸”，只是这里不种稻子。

从县里回去有两条路可走，一条北线，先走上水湾，上坡，骑车子会很累，但可以直接把夏连春送到家；一条南线，先走下水湾，平路，但到了下水湾，夏连春还要再步行三公里回家。

田光耀选择北线，先走上水湾，自然是为了把夏连春送到家。夏连春的家在上水湾去下水湾的大路边上，三间干打垒的土房子，春天才盖的，周围没遮没挡，光秃秃的，倒是家门口的几丛麦子花，为这个简陋的新居平添了不少色彩。

农村人盖房子很简单，请几个壮劳力帮忙，打土墙，拓土块，上几根檩子，搭几根椽子，都是杨木的。铺上高粱秆、苞谷秆和麦草，上土盖顶，抹泥防水，安门支窗，挡风避雨，大功告成。假期里，夏连春从老家过来的时候，一家人刚住进新房不久。

父亲是个只求数量不求质量的人，春天盖房子的时候麦草还没下来，他就地取材，割了一些戈壁石头滩上干枯的苦豆草铺到房顶上。苦豆草的蓬土性没有麦草好，遇到下雨的天气，外面的雨停了，屋内还在下，漏的雨滴到挂在房梁下的馍馍篮子里，馍馍都是苦的。父亲说，房子虽然简陋，但毕竟有了自己的家，再说了，一个农村人，房子还能有多好，还真能楼上楼下电灯电话?

平时，男孩子的心思一般是不跟家里人说的，但这个周末，夏连春一回到家，他就迫不及待地把徐老师给他铺床时看他没褥子的伤感，高庆阳带他去集市上买了一个两块钱的毡子，徐老师要他回来从大队开证明到学校评定助学金的事，一股脑地都跟父母说了。父亲叹了口气，母亲抹了抹眼泪。

父亲晚上就去找大队文书开证明，可文书不在家，到山里牧业队去了，说要过几天才能回来。

父亲对夏连春说：“明天去下水湾找你凤伯伯。”夏连春一开始没反应过来，平时听惯了疯子，一下改“疯子”为“凤伯伯”，夏连春觉得有点奇怪。

夏连春问：“凤伯伯能开吗?”父亲说他老婆谷阿姨是大队妇女主任，她可以开上。

夏连春自从来了到现在还没见过凤伯伯，不知道这个人称疯子的凤伯伯是怎样的人。父亲说，他就是个疯子。

疯子瘦小，精明，热情，能说一口别人听不懂却能看得懂的家乡方言和当地土话，手舞足蹈的肢体语言总能把他想说的事比画清楚。知道他的人都说，听疯子说话很着急，看疯子说话很享受。

疯子的全部精气神都在那两只眼睛里，两只眼睛滴溜转，一转一个点子。他身上有好多谜一样的东西，让人捉摸不透。有人问他是什么时候来西边的，他用一口浓重的皖州话说："来得也不知道有多早。"问他是怎么来的，他说是"自己杠来的"。他的回答一点毛病也没有，但其间不想告诉你实情的狡黠一听便知。

下水湾的人都知道疯子最早是在上水湾赶马车的，而且马车赶得好，鞭子功夫了得，想打哪儿打哪儿。他说他这辈子就干了三件事，一件是赶马车，一件是赶马车时捡了个老婆，还有一件就是老婆给他生养了七个水灵灵的小丫头。

父亲说："你把河网化建设和化工厂的事都忘了？"

疯子说："记那事搞什么？"

疯子爱马，没事的时候他最爱干的事就是用刷子为马刷毛，把马毛刷得顺滑光亮，不能亏待马。马不喝脏水，无论在哪里，他都要尽量找到干净的水给马喝。马号里，他最爱看马在槽子里吃草料的样子，最爱听马吃草料的声音。

他爱马车，有时候就在马车上过日子。不管什么时候，他车上都带有五样东西：一个水壶，一袋烤饼，一个手电筒，一件羊皮大衣，一张狗皮褥子。他还会为马备上饮水的水桶、应急的饲草料和进城用的接马粪的粪兜。

那年秋天，上水湾生产队接了一个从公社煤矿给鹿川城里中学拉煤的活，并把这活交给了疯子。煤矿到城里三十多公里，来回七十公里，算上装车卸车的时间，一天一个来回有点紧张，时间长了马也受不了，他就头天去，第二天回，两天一个来回，晚上住车马店。

那天下午，他从学校卸完煤赶车出来，在校门口遇到了一个女老师。女老师拦住他，要跟他说件事。他给学校拉煤已经好一阵子了，学校老师都认识他，对他印象也不错。女老师指着身边一个女孩对他说："这个丫头是从老家来的，来投奔她的一个亲戚，她亲戚原来在我们学校当老师，但上个月她亲戚犯了错误，出了问题，被抓起来送到了外地，回不来了。这丫头已在这儿待了一天，我看她怪可怜的，刚才问了她的情况，她没地方可去，家也回不了，只有留在这里了。"

"小伙子，我看你人不错，"女老师突然对疯子说，"你要是没结婚就把她带走，你要是结婚了就在你们那儿给她介绍一个婆家。怎么样？"

疯子重新打量一眼这姑娘，年龄不大，长得好看，在上水湾的女人里，绝对是盖帽了。“我没结婚，可以带她走。她愿意跟我走吗?”

“她同意。”女老师说，“你刚才卸煤的时候，我已经跟她说了。”

“你愿意跟我走?”他自己又问一遍女孩。

女孩点点头。

“那上车吧!”他显得有些兴奋。

女孩随身没带什么东西，只有一个蓝布包袱，提起来就上车了。

“你要好好待她呀!”女老师说，“我以后可是要去看她的啊。”那意思是说：你要是待她不好，我会去找你的。

“放心吧，过一阵子我会带她来看你的。”

疯子带着女孩回到车马店，卸了马，喂草料。人进屋，坐到大通铺上，他拿出布袋里的烤饼给她吃，拿出水壶倒水给她喝。女孩吃得好香，她饿了，已经一天没吃饭了。他坐在旁边看得入神。

他原本今晚是要住车马店的，但就在女孩吃饼的时候，他在旁边看着看着，突然决定：回上水湾。

夕阳照在回家的路上，欢快的马蹄踩碎了一路阳光。赶车的人回头看看坐在马车上的女孩，晚霞披在女孩身上，风起，她的刘海在动，秀发在飘，两个小辫虽有些凌乱，但在马车的颠簸中上下跳动，十分撩人。

女孩看到他在看她，羞怯地低下了头。

她叫谷秀芬，正在读着初中，还没毕业，但家里突然要她嫁人。她不想把自己的一生交给大山，她想从大山里走出去。她给远在西边小城中学当老师的表哥写信，说她想到西边去。表哥回信叫她来。她来了，表哥却走了。

她不知道表哥出了什么事，也不知道表哥去了哪里。但她隐约感到表哥肯定是出了大事了，肯定是回不来了。学校的人一听说她是表哥的表妹就避之不及的样子让她害怕。她好绝望、好恐惧。直觉告诉她，她不能离开学校这个院子，不管怎么说，她和这个院子还算有点关系，若是死在外面可能连收尸的人都没有。

她在这门口待了大半天也没人理她，直到半下午才遇到了这个好心的女老师，才遇到这个愿意收留自己的赶车人。

车到了一个村庄的麦场附近，疯子收紧缰绳，一声长长的“吁——”，马车稳稳地停了下来。他下车把车架后面的挡板挡上，去麦场抱了一抱麦草放在车上，人坐在草上软乎。

他从左侧车辕踩着脚镫坐了上来，长长的马鞭一甩，炸雷般地响。马蹄踏起，马车启动，女孩往后面仰了一下。疯子的身子随着车的颠簸上下抖动，脸上一副潇洒得意的神情。

太阳落山了，天气凉了下来。西边的天气就是这样，有太阳的时候很暖和，太阳一下山马上就凉了。

女孩穿得太少，太单薄了。疯子把缰绳绑在车架上，把鞭子插在车辕上，让马自己走。老马识途，认得回家的路。

他挪过身子坐在女孩的旁边，伸手把女孩搂了过来。女孩的身子和肩膀一阵颤动。他不说话，就这样搂着，女孩慢慢平静下来。

其实这些举动都是他计划之中的。他在车马店的时候，看着女孩洗完脸、吃着烤饼，她白白嫩嫩的手，莲藕一样，小巧玲珑的，太可爱了。瞬间他就拿定主意，今晚不住车马店，回家，回他的马号小屋。说回就回，立即就走。

这一路上，他什么话都没说，就想一件事——今天要把生米做成熟饭。不能等，他怕夜长梦多。他们年龄差距太大，他的生存条件也实在太差，养活自己都很勉强，再养活一个女孩还真是个问题，以他现在的状况，他怕女孩缓过劲来就不跟他了。

天完全黑了下去，在这人烟稀少的旷野，只有他这一辆马车在夜幕下移动。他把刚才抱到车上的麦草铺开，把他的狗皮褥子铺在麦草上，拉过女孩让她躺在狗皮褥子上，再把那件羊皮大衣盖在女孩身上，然后他自己也不慌不忙地在女孩身边躺下。

女孩特别乖，特别听话，他更加喜欢。

马拉着车平稳地走着。他在羊皮大衣下做着他想做的事，在他伸手解女孩裤带的时候，女孩一把抓住他的手，但马上又松开了。

他终于如愿以偿，大功告成，拉车的马儿“嗤”“嗤”打了两个响鼻。

他爱怜地把女孩搂在怀里，她就是他的女人了。他在心里盘算着今后怎样好好待她，要让她过上好日子。

半夜时分，他带着女孩回到了他那间马号里隔出来的小屋，小屋里有一个土炕，土炕上乱扔着衣服和被子，炕下是随意堆放的粮食和杂物，这就是他的生存空间。

进了小屋，点上马灯，放下她的包袱，他快速地把土炕打扫了一下，铺好被子，让她躺炕上休息。他从炕下装粮食的布袋子里摸出几个鸡蛋，在炕前的锅灶上打了荷包蛋端给她吃，又快速地烧了一盆热水让她洗个脚。

疯子一进小屋接连做的这几件事，深深打动了女孩，她暗下决心，一定要跟他好好过日子。

疯子找队长请假，说他要结婚了。队长很高兴，说：“你结婚，别人拉煤。”

上水湾的人见到疯子带回马号里的女孩，都有一个感觉，鲜花插到了马粪上。谷秀芬自己倒不以为然，诙谐地说："马粪比牛粪好，好闻。"

结婚那天晚上，两个人躺在炕上，她问他为什么那天从城里回来的路上，在车上就猴急猴急地要。他说他怕她后悔变卦，他想把生米做成熟饭，不让她跑了。

他问她："当时好像想拒绝，最后为什么又松手了呢?"

她说："我那时已经是走投无路了，你就是我要抓住的一根救命稻草，我可不敢撒手。我怕我一拒绝，你就不要我了，把我赶下去，那我咋办?"

疯子很感动，说以后一定好好待她。谷秀芬也很感动，说一定跟他好好过日子。

在此后的日子里，他们都很好地兑现了自己的诺言，他好好待她，一直对她疼爱有加。她也跟他好好过日子，十年时间，一口气为他生了七个女儿，个个水灵。

但她心里也有一丝遗憾，未能给他生个儿子。

他最早也确实很想要个儿子，但她老是生不出儿子来，他也就心甘了。她说，人家都说七女八男，再要一个说不定就是儿子。

也可能是天意，不知道为什么，自从老七出生以后，他突然不行了，起不来了，怎么努力也没用。他伤感地说："对不住啊，让你守活寡了。"

她说："你别这么说，都这么大年纪了，不想那事了。"

他说："你才三十多岁。"

她搂着他："别灰心，说不定哪天就好了。"

周日上午，夏连春跟着父亲到下水湾凤伯伯家，凤伯伯和谷阿姨在家做月饼，后天是中秋节，大女儿在县中学上学，他们提前做些月饼让她带到学校吃。

门东边锅灶下坐着一女孩正在烧火，他们进来的时候她站起来叫了声"夏叔叔好"，同时扫了一眼夏连春，就又坐下烧火。

"叫大哥!"疯子指着夏连春对女孩说。

女孩侧过脸来看着夏连春，给了他一个甜甜的笑。笑的瞬间，灶膛内跳动的火光映照在她的脸上和笑意中，美极了，夏连春一下呆在那里，完全被融化了。

"你大妹妹，月琴。"疯子又指着女孩对夏连春说。

夏连春回过神来，看了看她的背影，脑海里还定格着她刚才那摄魂的一笑，以至这一幅美妙的画面永久地印在了他的脑海里。

父亲给疯子讲了他们的来意，想从下水湾开一个家庭经济情况证明，儿子到学校评助学金用。

听到开证明的事，锅灶前的月琴，回过头来看看夏连春，随即又回过头去。

谷秀芬让他们父子俩稍坐一会儿，等她把剩下的这锅月饼做完再去大队，要不然待会儿这月饼皮和馅就干了。

疯子说做月饼是她的拿手好戏，和面，擀面饼，拌馅团，把馅团包入面饼揉成面球，把面球放入模具压成月饼，刷上一层鸡蛋，放进平锅里烙烤二十分钟，香甜的月饼就做成了。

夏连春看着谷阿姨做月饼，听着凤伯伯讲月饼，可他的一门心思却都在烙烤月饼的锅灶前。

月饼咋这么快就做完了？他们跟着谷秀芬去大队开证明，疯子给他们装了几块烙好的月饼带回去，锅灶前的女孩，对，叫月琴，站起来冲他们笑笑算是送行了。

下午回学校的路上，夏连春莫名兴奋，满脑子都是那张灶前的笑脸。

眼前的秋景秋色很美，如少女般艳丽。红的，黄的，粉的，白的，绿的。少年的心装满了希望和收获。

脚下的田野是辽阔的，十几公里的上学路上，沿途只有三五个村庄，路上的行人也很少，正是放飞思想的好时候。十七年了，他还从没有过今天这种感觉、经历和体验呢！太美妙了，太摄人心魄了，魂都丢了似的。

很小的时候，他还叫立春的时候，没取大名夏连春的时候，父亲就在老家给他定了一门娃娃亲，还正式举行过定亲仪式呢，家里大人最爱逗他的一句话就是“立春的老马子”。来西边的时候，大人们还叮嘱过，不管走到哪里，定下的这门亲事不能变，要守信。

定娃娃亲的事是父辈们的事，对夏连春来说只是个记忆，没什么感觉，当然也没什么约束。他和定亲的女娃离得比较远，她家在南，他家在北，两家相距几十里地，打小就没见过。如果是同学，是亲友，有交往，两个人可能也会拉扯得近一些、紧一些。

现在，夏连春对娃娃亲的记忆只有两个，一个是那女孩叫麦姐，夏天出生，比自己小三岁。老家女孩子的名字都爱带姐，金姐、银姐、豆姐、米姐。另一个是定亲过礼时母亲送给麦姐一块银圆，洋钱，站洋，英国造的。因为这块站洋是母亲从娘家带过来的，她很在意，时常提起，所以夏连春记忆较深。别的他就一无所知了。

立春和麦姐的事，充其量只是孩提时代的往事，连故事都算不上，它能在人生的长河中保留多久呢？这不，仅仅是去了一趟老乡家里找人家帮忙开个证明，少年的心就变了。

第五章　良药苦口

这几天，蔡团长像只斗败的小公鸡，话少了，人也蔫了，宿舍一下安静了。不知道蔡团长心里在想些什么，但他正受着煎熬是肯定的。从目前情况看，他想要在方小青那儿翻盘显然是不可能的。但就这样栽在一个女人手里一辈子不得翻身？他咬牙切齿地想，只有把这个女人骑到自己身下才能解恨，哪怕以自己的一生来换取对这个女人的一次占有，他觉得也值了，不枉为男人。

他使劲抽烟，本来烟瘾就大，是个大烟鬼，现在抽得更多了。白天抽，晚上抽，课间休息都要到教室外面抽。

他抽的是一种当地产的炒烟，鹿川炒烟。炒烟跟烤烟不一样，烤烟抽的是烟叶，烟秆当柴火烧了或是丢弃不要了。炒烟抽的主要是烟秆，烟秆晾干，粉碎成颗粒，炒制成金黄色，烟叶晒成绿色，揉碎，烟秆颗粒和烟叶混在一起。烟劲的大小，主要靠烟叶的多少来调配，喜欢劲大的，多掺一些烟叶，喜欢劲小的，少放一些烟叶。

炒烟是舶来品，二十世纪三十年代从邻国传过来的。电影里，“二战”士兵抽的就是这种炒烟，战场上的士兵没有卷烟纸，就用报纸，散发着油墨味的报纸，卷上烟粒，抽起来更有一股清香味。现在抽炒烟的人大都用报纸卷烟就是这么来的。但并不是所有的报纸都适合卷烟，抽过炒烟的人都知道，那种纯白的、有蜡的、拿到手里发出脆脆响声的报纸就不行，报纸颜色暗黄、手感柔软的可以。有些地方小报为了增加发行量，专门用能卷炒烟的纸张印刷。

鹿川炒烟是鹿川男人的喜好，抽烟的人多，卖烟的人也多。车站，路口，商店，电影院门前，凡人多的地方，都能看到卖烟人坐个小凳子，面前摆放两个装着炒烟的布袋子，一个袋子里的烟劲大，一个袋子里的烟劲小。每个袋子里放个比茶杯小、比酒杯大的杯子，一毛钱一杯。一杯烟可以抽好几天，一块钱的烟够抽一两个月。

抽烟的人都说抽炒烟好处多。一种说法是止咳化痰，清早起来，坐在床上或是站在门口，空着肚子抽一口，一阵剧烈咳喘，把胸腔里的浓痰浊气都咳出来了，一天都舒服。另一种说法是驱虫避害，在野外歇息时，往周围撒上一些炒烟粒，蚊虫都不敢近身咬你。

抽炒烟的人至少有两个明显标志：一个是衣服上总有烟粒烫烧出的小洞，再一个就是身上总有一股炒烟味。抽烟的人喜欢把炒烟装在衣服口袋里，买烟的时候就把衣服口袋撑着，让卖烟人直接把炒烟倒进衣服口袋里。抽烟人的口袋底总有残留的烟粒和油乎乎的烟末，这是家里人洗衣服的时候最烦的事。

抽烟的人没出息是出了名的。要是哪天口袋里没烟了，烟瘾又上来了，怎么办？就会在那些墙角旮旯里找烟把，要是能找到一个抽了两口就扔掉的长长的炒烟把，那简直如获至宝一样。捡起来的烟把，拆开来往卷烟的报纸片上一倒，两个烟把够卷起一个新的烟卷，别人抽过的烟把卷起来再抽会更香。抽炒烟的人都有过捡烟把的经历。

这几天，蔡团长没事就坐在床沿上，用裁撕成两指宽、三寸长的报纸片，卷起一小撮烟粒，拧住一头放在手里转，转紧了，开口处放舌头上一抹，用唾沫粘好，封住，叼在嘴上，划一根火柴，点着就抽。看他那酥麻的神情，好像所有的不愉快和烦心事都烟消云散了。

让蔡团长最为感动的是，田光耀这几天总会时不时地出现在他身边，有意无意地用胳膊肘子碰碰他，递给他一纸烟粒。蔡团长什么话也不说，接过，卷好，点燃，吸入，呼出，好温暖。两个人的心一下子就近了。

蔡团长知道田光耀这是在关心他，安慰他。患难之中见真情，他要报答田光耀。他总想为田光耀做点什么，看着田光耀整天无精打采的样子，他觉得眼下田光耀最需要帮助的就是把病治好。

蔡团长的团场有一个服过刑的人，姓胡，会治病，会治疑难杂症，找他看病的人不少，有领导，有家属，还有团场以外的人，大家私底下都叫他胡神医。胡神医看病不收钱，但收礼，你手里提着东西去找他看病他不拒绝，你空着手去找他看病他也给你看。

蔡团长周六下午一回到家，就从柜子里翻出两瓶瓶装白酒，装在书包里，提着去找胡神医。

胡神医很客气地接待了他，一来白酒紧缺，二来蔡团长是蔡校长的儿子，校长的公子是不能怠慢的。

蔡团长给胡神医讲了田光耀的情况，胡神医一听，说田光耀这病病根很深。胡神医说田光耀在少不更事的时候一定做了什么劳伤之事，精元不固。这病要是去医院，免不了就是几盒治虚扶表的药，但只能是越治越糟，越吃越坏，反而贻误了治病的时机。

蔡团长急问：“那咋办？”

胡神医说："你来找我就找对了，我给你配两味标本兼治的药，你带回去给他吃，一味是汤药，喝下去之后，腹内会火烧火燎，如翻江倒海，连喝三天，反反复复，一周之后他会内外通畅。第二味是丸药，一天一丸，连吃三天，一周之后他会药到病除。"

听了胡神医的话，蔡团长云里雾里的，有些云山雾罩，又好像茅塞顿开。他将信将疑地把两味药收好，装在书包里，回家藏在自己床头，可不能让父母看到。

周日下午，蔡团长早早回到学校，在宿舍等田光耀回来。可田光耀偏偏那天回来得特别晚，吃完饭了才回来，可把蔡团长等急了。

田光耀一回来，蔡团长就把他拉到宿舍东边围墙外的小路上，给田光耀讲了他去找胡神医为他看病的情况，讲了胡神医说他的病根在哪里，还带回来胡神医为他配的两味药。

他讲这些时，底气不足，害怕田光耀不信，害怕田光耀说他胡说八道，可他没想到的是，田光耀听得目瞪口呆，眼都直了。

他真心地感谢蔡团长，坚信自己的病有治了。眼下，他要抓紧时间吃药，马上就吃，一刻也不能等。

蔡团长拿出两味药，汤药是用三个玻璃瓶装的紫黑色的液体，像酱油一样，一天一瓶，田光耀拿到手上打开一瓶就喝了。

丸药是在一块小塑料布里包着的三颗深褐色的泥蛋蛋，鸽子蛋大小，也是一天一粒，连吃三天，但要到下周才能吃。

田光耀收好药，爬到上铺，把药装在一个小布袋里，放在床头里边靠墙处。这小布袋是田光耀的储藏袋、百宝箱，平时吃的、用的、不想让人看到的小东西都装在这小布袋里，他一直吃着的从医院开的小药丸也装在这里。现在得赶紧把这些小药丸停了，他再不能整天抱着这个不治病的药瓶了。

田光耀喝完汤药两个小时后，开始呕吐，接着腹泻，而且情况逐渐加重，呕吐不止，腹泻不停。然后出现火烧火燎的情况，肚子里烧、身上烧，浑身上下、里里外外都在烧。

蔡团长先是陪着田光耀蹲在厕所里不起来，后又扶着他去学校食堂外的水龙头处直接喝自来水，用自来水洗头。这个办法是胡神医交代的。

看着田光耀这个样子，蔡团长有点害怕，不会出人命吧？但田光耀自己有信心，良药苦口能治病。就这样坚持了三天，药停了，田光耀渐渐恢复，人也精神了，轻松了。

他想马上就吃那丸药，但胡神医交代必须等到下周才能吃。好不容易等到下一周，他连吃三天药丸后，果然灵验，整个人都精神起来，突然有一种老鼠站起来，寻找猫在哪里的感觉。

他迫不及待地等待周末，迫不及待地等待回家。

田光耀两岁的时候母亲死于难产，父亲再未婚娶。儿子小时候是家里的宝贝，父亲就叫他宝儿。上学了，找人给取个大名，田光耀，光宗耀祖。

宝儿的母爱来自表婶小玉，她家庭出身不好，十六岁时嫁给了宝儿的表叔，二十几岁时，表叔拉麦草从马车顶的草垛上摔下来，再没站得起来。久病床前无孝子，更何况年轻的妻子？小玉嫌自己身边整天躺个死人一样的男人，不言不语，人事不知，散发着一种死人的味道，她害怕。她把男人搬到西面的一间房分开住。宝儿有时候过来跟小玉表婶做伴。

突然有一天，宝儿对小玉表婶说，他病了。表婶让他赶紧去医院看看。田光耀骑上自行车就去县里看医生，医生开了药，交代他要注意心理健康。

田光耀看完病，拿了药，从医院出来，又去县中学看老师。初中毕业两年了，再没到学校来过。老师说："今年秋天县里要办高中，你还想不想再来上学？"

他不假思索地说："上，一定上。"

他原本以为上学以后他的病就会好的，没想到这一年多，四处求医，天天吃药，他的病还是不见好转。这次蔡团长真是救了他的命，找了神医，吃了神药，让他找回了做人的感觉。

周日返校的路上，田光耀的思绪就像脚下自行车的轮子一样不停地飞速运转。王者归来。他现在要做的事情有很多，眼下，最迫切的就是要把班长当好，要像当好大队干部一样当好学生干部。

人这一辈子，总要有点精神，总要做点事情。田光耀觉得，做事需要能力，也需要条件。一要有个好身体，自己这两年病歪歪的，别说做事了，连做人的自信和尊严都没了。二要有个好脑子，要有想干事、能干事、会干事的办法和点子，否则就是蛮干。三要有个好帮手，干大事的人，身边没有几个忠心耿耿听从招呼的人怎么行？眼前的蔡团长，就是最好的帮手。

两个人要想成为好朋友，不仅要有福同享有难同当，最重要的是要看能不能一起共事。只干好事的人是好朋友，光干坏事的人是坏朋友，好事坏事都能干的人才是真朋友。任何事都要搞得清清楚楚明明白白，你是你我是我，这样的人成不了朋友。田光耀觉得蔡团长就是那种好事坏事都能干的人。

自打蔡团长为他找神医治好病之后，田光耀就把蔡团长当成大爷一样对待了。两个人情同手足，形影不离，连睡觉都经常挤在一个床上，把头蒙在被窝里，嘀嘀咕咕，有说不完的话。同学们也不知道这两个人一天到晚在说啥。高庆阳说，这两个哈屄在一起，准没好事。

田光耀躺在蔡团长的床上睡午觉，睡着睡着，田光耀突然大呼了一声“八蛋”，翻身坐起，把紧掐着的右手大拇指与食指放在左手手心松开，一只灰白色的小东西在手心里蠕动。

“你被子里有虱子。”田光耀对着蔡团长喊。

两个人赶快把蔡团长的被子翻过来再找，在被子褶皱处又捉了几只虱子。

蔡团长羞愧难当地把被子窝成一团，扯下床单把被子一包，往自己自行车后捎架上一放，对着田光耀说：“我请假，回家洗被子。”

田光耀觉得蔡团长的自理能力也太差了点，再怎么邋遢也不能搞出一身虱子来。蔡团长说：“邋遢是男人的天性，要不要女人干什么?”

田光耀说：“要女人肯定不是为了给你捉虱子的。”

蔡团长说：“那女人是干什么用的？你看我们团场的团长，连队的连长，身边都有女人，你这个班长也应该有个女人才好。做大事的男人身边怎能缺少女人？我觉得做班长身边的女人，花丽艳最合适。”

田光耀说：“你真是个‘八蛋’，说你呢，怎么扯到我头上来了?”嘴上这么说，心里却突然无端地惦记起下水湾的美人谷秀芬来，惦记起谷秀芬的女儿来，她的大女儿现在也在县中学上学。随即他又无端地来了一句：“我一定要当你的女婿。”

蔡团长说：“当女婿的事可以以后考虑，找女人的事眼下就可以办。花丽艳那儿我给你撮合撮合?”

田光耀跑偏了的思绪又被蔡团长拉了回来，其实，刚入学的时候，田光耀就注意到花丽艳了，他觉得她身上有一种让男孩子想入非非的东西。但他那时不敢想，因为他是个废人。后来他知道花丽艳和徐老师好，还听说她和蔡团长好，他还在心里妒忌过呢。现在他敢想，也想想，但又能怎么样呢？她会理他吗？让蔡团长撮合撮合试试？肯定不需要。

按照田光耀的性格，他完全可以直接找花丽艳谈，就说“我喜欢你”，他也想直接找她谈，讲明自己的心思。而且以他对花丽艳的了解，她也是一个敢爱敢恨的主，自己完全可以直截了当地和她谈。

但谈什么呢？谈恋爱？说我爱你？不对，不是谈恋爱，也不是找对象。他还是要找一个合适的、不太唐突的、自然一点的方式试探试探，看看她的反应再说比较好，那样即使谈不好，也不至于尴尬。

田光耀开始和班里的同学谈话，听取大家对做好班级工作的意见。跟男生谈话主要是在教室和宿舍，比较轻松随意一些。跟女生谈话主要是在校园里，如操场这样的公众场合，比较正式公开一些。

其他班同学开始议论田光耀在干什么，天天下午和女同学在校园里操场上谈话，谈什么？谈恋爱？这种办法还真不错，我就在你们眼皮底下谈恋爱，你们还说不出什么来。这种事也只有田光耀这样有大智慧的人才能做得出来。

田光耀和花丽艳的谈话单刀直入，就谈英语补习。英语补习是徐老师安排的。班上成立了一个英语补习小组，由英语课代表花丽艳当补习小组组长，夏连春、高庆阳、蔡团长等十多名英语基础差的同学参加补习。

夏连春原以为就他的英语差呢，没想到班上还有这么多同学英语都学得不好。好多同学还提出不想学英语，有一半的同学要求把英语课砍掉不上了。

徐老师说砍掉英语课是肯定不行的，一来他没这个权利，二来他就是教英语的，把英语课砍掉他干什么去？所以英语课还是要上，而且要上好。但可以改进教学方法，提高同学们的学习兴趣，同时要因材施教，对英语基础差的同学进行课外补习辅导。

第一次英语补习课，花丽艳把补习小组的同学召集到学校后面的操场上，操场旁边有一块草地，大家在草地上围成一圈，席地而坐。花丽艳一张口，听她的发音和口语就是一种享受。夏连春觉得，就花丽艳现在的水平，比他在老家时的三任英语老师的都要强。

蔡团长连课堂上老师讲的都不认真听，花丽艳在草地上讲的课他能认真听？花丽艳让他集中注意力，不要影响别人。他反问花丽艳学这英语有什么用，能出国吗？还不如学点管用的。

高庆阳刚想帮花丽艳圆圆场，蔡团长对着高庆阳就是一句："你先把汉语说好了再说英语的事。"夏连春觉得这句话好像也是在说他。

"就你话多。"在班上，也只有花丽艳敢这样和蔡团长直面对话。"你看人家夏连春。"花丽艳又补充了一句。

"哈哈，夏连春？"蔡团长大笑，"夏连春怎么了？他又不是哑巴，他那是怕别人笑话他的梆梆话不敢张嘴而已，要不他早说了。"

蔡团长的话虽然不恭不敬，但意思还是说对了。夏连春平时除了和方小青、高庆阳、田光耀、蔡团长少数几个同学多说几句话以外，基本上和其他同学都没怎么说过话。他确实不敢开口，真的害怕别人笑话。

其实，人与人在一起，话多话少有时候真没有多大关系，有时候甚至可以不说话，不是每个人都在乎你说什么。最经典的一句话就是"你不说话没人把你当哑巴”。

田光耀和花丽艳的谈话，英语只是个引子，接下来他漫不经心地提出一个很私密的问题：“听说你和徐老师、蔡团长走得都很近。”

花丽艳脸一沉：“什么意思?”

田光耀说同学当中有人议论，他怕大家说多了对她影响不好。

花丽艳说：“这个跟班长跟班级有关系吗?”站起来走人了。

田光耀没想到花丽艳对这个问题反应会这么激烈，这有点不太像花丽艳的一贯风格。花丽艳的呛场，让他有些措手不及，有些下不来台。不仅使他想说的话没说出来，想表达的意思没表达到位，而且他认为这使他的整个谈话都归于失败。尤其是假若花丽艳一冲动把他的谈话内容跟徐老师说了，还不知道徐老师会怎样。他赶紧让蔡团长出来救场，让他找花丽艳好好说说。好在花丽艳并没有打算对徐老师说这件事，同时她也很给蔡团长面子，表示不计较班长的谈话。

田光耀决定和花丽艳进行第二次谈话，谈话前，他先找夏连春谈了话，他需要以夏连春的谈话作为与花丽艳谈话的铺垫。夏连春各科成绩都很好，就是英语太差，田光耀问他有没有信心把英语补上去，夏连春说有。田光耀说那就好，他安排花丽艳除了在补习小组补习以外，再对夏连春进行单独补习。他说：“我们这些农村来的学生，一点不比他们城里的差，只要我们肯用功，没准我们学得比他们还要好。”

田光耀和花丽艳第二次谈话地点选在学生会办公室，田光耀不仅是班长，还是学校学生会副主席，民兵连副连长。选在学生会办公室谈话是蔡团长的主意，他觉得花丽艳思想单纯，虚荣心强，比较认这个。

田光耀直截了当谈了想让她单独给夏连春补习英语的事，花丽艳满口答应：“按班长交代的办。”田光耀觉得这次谈话开局不错，正准备转入另一话题的时候，突然有人敲门。

敲门的是高庆阳，高庆阳报告田光耀，总务处让各个班级和宿舍去领炉子，快入冬了。田光耀让高庆阳叫上生活委员一起去办。

高庆阳又对花丽艳说，徐老师叫她去办公室有事。花丽艳赶忙站起来对田光耀说：“那班长要是没别的事我就走了。”

田光耀心里很不舒服，觉得是高庆阳在捣鬼，但他又不好说出来。转念又想，也可能是花丽艳事先布的局，是她让高庆阳来叫她的。不管是哪种情况，田光耀都得出一个明确的结论：花丽艳不喜欢他！

第六章　爱你在心

初升的阳光洒在校园的小路上，柔和温暖。夏连春站在小路尽头的榆树下读着英语。小路的那一头，一个穿着朴素的女生也在榆树下读书。好一幅“校园晨读”的美景。

班上的同学都知道花丽艳在给夏连春单独补习英语。方小青调侃地问：“英语补得好吗?”夏连春说很好。

“是英语好，还是人好?”

他知道她什么意思，故意说：“英语好，人也好。”

“闻到她身上的奶香味了吗?”

“我闻到了羊膻味。”他夸张地说。

她“扑哧”一声笑了出来，笑得很得意。前头的同学都回头看他们俩。

夏连春知道班上同学私下里有人说花丽艳身上有股香味，所以她吸引男生。夏连春以前没有和她这么近距离接触过，当近距离走近她的时候，她身上还真有吸引人的地方。

是气味还是气质？是香味还是品位？反正她经得住你看，经得住你闻，经得住你想。

但夏连春胆子小，只顾学英语了，没敢多看，没敢多闻，没敢多想。若干年后他才知道那时说花丽艳身上有香味可能是对的。科学解释：少女发育中是有奶香味的，只是有的能闻到，有的闻不到，有些女孩还有体香。

人体是有味道的，而且味道是不一样的。有的两口子一辈子恩爱不愿分开，有感情的因素，也有气味相投的因素。

夏连春说花丽艳身上有羊膻味也可能是对的。西边的人吃牛羊肉、奶制品多，身上有一种羊膻味是正常的。闻惯了的人说是奶香味，外地人闻不惯的就说是羊膻味。

还有一种可能，没准花丽艳有狐臭。当地有狐臭的人不少，不喜欢闻的说臭，喜欢闻的说香，就像乾隆皇帝的香妃，有人说香妃的“香”就是狐臭，可乾隆爷就说是香，你能怎样。

不管怎么说，花丽艳身上散发着一种淡淡的香味这是真的，而且花丽艳因此让男生喜欢、女生嫉妒也是真的。你看现在的方小青不是嫉妒又是什么？

你再看，夏连春单独补习一周后，高庆阳也来了，他也要补习。蔡团长也来了，他也要补习。可以肯定地说，这两个人不是冲着学英语来的。

所以才会有方小青式的调侃和打趣："这英语补习得好啊，英语补上去了，话也开始多起来了，有效果啊！"

夏连春的英语补习确实效果明显，几节课下来，他不仅敢开口读英语了，而且和同学之间的话也开始多了起来。他这一阵在英语课上下的功夫，要比在其他各科上加起来的都要多，整天满脑子都是英语单词，走着记，站着记，躺着记，吃饭的时候也记。经常可以听到他嘴里嘀嘀咕咕念叨着。有时候他脑子里记单词，手指头还要比画着写单词，以至于后来他养成了一个改不掉的习惯，大凡坐在哪里没事的时候，就喜欢用手指头在大腿上写画着连笔的二十六个英语字母。他还经常会默唱英语字母歌，用手指同步书写英语字母，力求达到唱完写完，唱写同步。这个方式成了他手脑并用、开发智力的游戏。

现在他每天清晨，都会拿上英语课本到校园后面这条小路尽头的榆树下读英语，先是小声，后是大声，进入忘我的境界。这天，他心思老是在小路的那一头，在那个似曾相识的身影上。那身影，好像是已在他脑子里思虑过千百回了。会是她吗？他手捧着英语课本，边读边向女孩缓缓走去。越走越近，他的心跳加快。她抬起头，目光投向他。啊？真的是她？真的是凤月琴！他差点喊了出来。

他很激动，很兴奋，但尽力压抑着自己，努力装作没事人的样子，尽量用平静的语气跟她打招呼："月琴？"

显然她也认出了他。榆树下，阳光里，她莞尔一笑，很亲切地叫了声："大哥？"

"我老远看着像你，就走过来了。"他说，"我还怕你认不得我呢！"

"认得。"她说，"我还在校园里看见过你好几次，都是背影，没法跟你打招呼。"

"噢。"他心里好遗憾，要是早打招呼了多好。"我一直没见到你，你在哪个班？"

"初三（1）班。我也是这个学期开学才转过来的。"她说，"我初一、初二都是在公社中学上的，公社中学没开英语课，我现在在这里英语跟不上。这不，我才把初一英语补完，现在又补初二英语呢。"她边说边拿英语课本给他看。

"啊？这么巧，咱俩情况一样。"他接着她的话说，"我在老家也没学过英语，我也才把初一英语补完，也正在补初二英语。”他也拿着初二英语课本给她看。

“啊？这么巧呀！”她也很惊讶地说，“那大哥我们一起补英语吧？”

“好啊！”他喜出望外地说，“你有老师辅导吗？”

“没有。”她说，“我是自学，有时问问老师，有时问问同学。”

他说他正在补习英语，每周两次，她可以和他一起补习。她很高兴，说好。

夏连春显得很兴奋，觉得这是一个值得纪念的日子。他专门查了日历，今天是十月九号，从九月九号第一次见月琴到今天，刚好一个月。

下午补习英语，夏连春把凤月琴介绍给花丽艳，说是他的表妹，想跟着他们一起补习初二英语，花丽艳灿烂一笑：“好啊，欢迎。”

高庆阳、蔡团长也在，两个人都不怀好意地笑了笑，特别是蔡团长还盯着凤月琴看了好一会儿，凤月琴被他看得不好意思，扭过头来看夏连春。

补完课，回到宿舍，蔡团长捅捅夏连春：“你小子行啊！”

第二天早上，还是校园里，还是榆树下，夏连春和凤月琴一起读英语。月琴说：“你班里的那个花丽艳同学真厉害，英语那么好，我以后还可以到她宿舍向她请教英语呢。”

夏连春说：“是的，她可以给我们当老师。”

凤月琴又说：“你那两个男同学是在学英语吗？”

夏连春说是的，但凑热闹的成分多一点。

月琴说：“我就说嘛，我看那个高庆阳好像想学，但似乎笨一点，那个蔡团长坏坏的，好像根本就不是来学习的。”

夏连春说，主要是他们两个都喜欢花丽艳，他们三个人是有故事的。

高庆阳和花丽艳的故事发生在他们刚上高中不久。周末下午，花丽艳从农场坐班车回学校，车在半路上坏了，司机修了很久才修好，到县里天已经黑了。花丽艳在车上就被两个小混混盯上了，一下车这两个小男孩就堵着她不让她回学校，要拉着她往西走。这个事刚好让高庆阳碰上了，高庆阳正骑着车子从城西集市回学校。

高庆阳每周日下午返校时，都要带些自家的或是当地的土特产，到县城西边的老鸹林集市上卖，卖完东西再回学校。所以夏连春刚来的时候高庆阳才能那么谙熟地带着他到集市上买到那么便宜的一个毡子，高庆阳和那个卖毡子的人本就认识。

高庆阳看到花丽艳碰到坏人了，就赶紧骑车子到他们跟前，把自行车往那儿一支，对两个小男孩很平和地说了声："放开她。"

两个小混混抬头瞪他一眼："关你什么事？"

"我的女朋友。"高庆阳依然平和地说。

两个小男孩的目光立即柔和起来，不好意思地看着高庆阳笑了笑："是你的？那我们走了。"

这花丽艳被感动得，上来挎着高庆阳的胳膊，眼睛眨巴眨巴看着他。花丽艳的这一举动一来是真的被感动了，二来是做给那两个小男孩看的，那两个小混混还没走远呢。

高庆阳骑上自行车，花丽艳跳坐到后捎架上，两个人一起回学校。花丽艳坐在车后面，伸手搂着高庆阳的腰，真像是他的女朋友。

高庆阳救美的事，他俩对谁都没说过，只有他俩自己知道，是他们心里的一份美好。

其实，花丽艳不属于很漂亮的那种，但她味道很足。她白，一白遮百丑，脸上有几粒淡淡的小雀斑，平常不细看看不出来。雀斑不长丑人脸。蔡团长说花丽艳脸上的雀斑好像会突然灵光闪动，特别诱人。

花丽艳长了一双勾人的丹凤眼，尽显女孩子的美丽聪慧。她笑的时候，眼波流转；她不笑的时候，眼睛能一眨不眨地直视着你，直到你把目光移开。班上的男生私底下商量好和她对视，最终都败下阵来。

花丽艳有语言天分，汉语，英语，当地方言，都讲得很好。徐老师说花丽艳的舌头软，学语言快。

蔡团长说女孩子的舌头能软到什么程度，就是那种含到嘴里就好像要化了的感觉。田光耀问他花丽艳舌头含到嘴里是不是就那种感觉，蔡团长说他还真不知道。

蔡团长一直都在打花丽艳的主意，这是班上同学都知道的。蔡团长说："花丽艳就是个小妖精，就会讨男人喜欢。但当你喜欢上她了，她又跟没事人似的，说你想多了。说到底，她就是个祸害人的妖精。"

花丽艳确实招人。她往哪儿一站，哪儿就有精气神，说明人还是喜欢被美好的事物"祸害"的。

花丽艳刚到县中学上学，有个校外的男孩子经常来找她，说是他们农场场长的儿子，花丽艳小学时的同学。来得多了，花丽艳开始回避他。晚上很晚了，男孩子喝了酒，又跑到学校来，敲花丽艳宿舍的门。里面不开门，外面使劲敲，动静特别大。好多住校的男生都被惊动了，跑出来看。蔡团长也跑了过来，他对那男孩说："快走吧，人家不见你。"那男孩不愿意，还要敲门。蔡团长一拳掏了过去，男孩满脸开花，嗷嗷大叫。叫完了，老实了，酒醒了，擦擦鼻血，自己走了。

蔡团长声名大震。花丽艳很受感动。天赐良机，两个人很快就走得很近。同学们都以为两个人恋爱了。

花丽艳从小就被男孩宠着。家里有三个哥哥，一个比一个壮实，一个比一个喜欢她，三个人经常为争着带她出去玩而打架。可她偏偏最喜欢小她两岁的弟弟，这让三个哥哥很是失落。

长大了她需要男孩罩着。她喜欢高庆阳，他为人厚道，很可靠，值得信赖，可以做个好朋友，但他罩不住她。

田光耀喜欢她，他眼睛里有她，她能读懂，但他整天要死不活的样子她受不了。再说，他是班长，目标太大。

这蔡团长很痞，正因为痞，所以才能为她撑起一片天地。而且痞性男孩心机少，好驾驭，只要你把握好分寸，是不会吃亏的。但痞性大的男孩心思简单，用情不会长久，随时都会发现新的兴奋点，不知道哪天他的心思就会转到别人身上。

夏连春和凤月琴正站在榆树下说着话，高庆阳穿着一身运动装跑了过来，他刚打完篮球。他给他们打招呼，说他下周也要早起读英语，让他俩带着他一起读。

夏连春问他是不是挨批评了，他问：“挨谁批评？”

夏连春说：“花丽艳呀。”

他说：“她才不批评呢，她说我根本就不是学英语的料。”

夏连春说：“那你为什么还要不打篮球改学英语？”

他说：“你傻呀，进入冬天了，早上天冷，打不成篮球了。”原来是这样。

天气说冷就冷，他们的英语晨读由榆树下改到高中部教室的回廊里。中间回廊，两边教室。回廊很宽敞，很暖和，就是视线不太好，特别是清晨，里面很暗，没有灯。还是凤月琴他们初中部的教室采光好，新盖的，比较亮堂。

夏连春和凤月琴从回廊南门走到北门，北边的门还关着，他们伸手把门推开。推门的瞬间，惊散了门背后的一对情侣。一对青年男女的突然出现，着实把夏连春和凤月琴吓得不轻，凤月琴“啊”的一声就扑到夏连春怀里，夏连春拍了拍她后背，想给她传递点安全感。她稍稍平静后，抬起头看看他，又低下头，脸粉粉的。

就在这时，高庆阳出现了。“我什么都没看见啊！”

“你看见什么了?”夏连春说。

“我说了我什么都没看见，还能看见什么?”高庆阳狡黠地说。

“你没看见有两个人刚才从这门背后跑出去吗?”夏连春有点急了，用解释的语言说，“把我们吓了一跳!”

“我什么都没看见。”高庆阳还是那句话。

夏连春知道坏了，解释不清了，解释清了他也未必会信。不跟他緣了，真是个緣娃子，緣也緣不清。

他们开始在回廊里读英语，三个人同读一篇课文。回廊里回声很大，很特别，很好听。榆树下的读书声是扩散开的，没有聚拢起来，声音是分散的。回廊里的声音被收集到了一起，再返回到他们各自的耳朵里，是回声，是和声，是一种美妙的三重奏的音乐之声。男声，女声，尤其是高庆阳总是慢半拍的读书声，就好像是专门设计编排的，恰到好处。三个人都沉醉在自己读出的英语声中。

英语课的时候，徐老师对四个英语小组，特别是英语补习小组的学习情况进行了讲评，并提出了表扬，对花丽艳的补习辅导、夏连春的认真态度和补习进度给予了重点表扬，对高庆阳、蔡团长积极参加英语补习也给予了肯定。

方小青小声对夏连春说:“不错嘛，向你学习哦。”

但蔡团长不这么看，他不认为徐老师是在表扬他们学得好，而是为了表示自己教得好和突出花丽艳补习辅导得好，这才真正是夫唱妇随呢。

花丽艳和徐老师的关系好，大家心里都清楚，但至于是不是好到了夫唱妇随的份儿，谁也讲不明白。蔡团长现在突然对花丽艳有微词，并把矛头直指徐老师，这是大家没想到的。

徐老师大学毕业后在团结农场接受再教育的时候，和花丽艳一家人就很熟，是老关系，和花丽艳大哥还是好朋友。他到县中学高中班当老师，花丽艳到县中学上高中，花丽艳大哥委托他照顾好她，他答应了，但做得不够好。一来他认为学生好好学习就是了，没有什么其他事；二来他觉得自己年轻，单身，和这么大一个女学生来往多了不好。

徐老师是学过教育心理学的人，他知道老师对女生应该比对男生多一些情感关怀才好，但他做不到。不是不愿做，而是不敢做。由此，花丽艳没少在她大哥面前说徐老师的坏话，说他臭架子挺大。

花丽艳大哥了解徐佩利，他认为徐佩利不敢与妹妹多接触、多接近，恰恰说明徐佩利这个人人品好，把自己妹妹托付给他让人放心。要是他们有缘，徐佩利将来能把妹妹从农场带出去，带到京城去，那也是妹妹的造化了。

带着这样的心思，花丽艳大哥在高一下学期开学的时候，专门送花丽艳来学校，其实是借机来看看徐佩利。花丽艳也跟着大哥去了徐老师宿舍，那是她第一次进徐老师宿舍，全部感觉就是一个字：脏！

徐老师宿舍里外两间，一明一暗，外间本是做饭、吃饭、会客的地方，但连下脚的空都没有。一进门放着一辆自行车，地上乱七八糟的，好像从来没打扫过。锅台上放着盆子、杂物，好像从来没开过火。饭桌上堆放着旧报纸、旧杂志，这个桌子也好像从来没用过。

里间是卧室，一股臭袜子味，床上的被子好像还是起床时随便掀在一边的，这个人可能从来就不曾叠过被子。

窗前一张办公桌倒很整洁，桌上一摞摞书摆放得很整齐，都是与英文相关的书，有英汉词典和其他英语学习资料，桌子正中还摊开放着一本大部头的英文著作，好像徐老师最近正在看。

床头那边墙上还贴着一张美女画，还是外国女人，她觉得这外国女人跟自己有点像。后来她才知道这是一张世界名画，叫蒙娜丽莎。他怎敢在宿舍里挂这样的画？不怕被别人看到吗？

坐在这宿舍里，看着这宿舍的陈设，闻着这宿舍的味道，花丽艳心头涌出一句话——这是一个臭男人，而且是一个欠收拾的臭男人。

男人哪有这样的？一个星期不洗一次袜子，一个月不洗一次衣服。衣服实在脏了，不换不行了，就脱下放到盆里塞到床底下；身上的衣服又脏了，要换了，又把盆里换下来还没洗的衣服再拿出来穿。

有时候衣服泡在盆子里不立即洗，一泡就是好几天，水臭了，衣服也泡臭了，不洗不行了，只好硬着头皮耐着性子把衣服洗了。

花丽艳大哥和徐老师在一起都聊了些什么，花丽艳不知道，但她知道大哥走后，徐老师对自己比以前好了。花丽艳去徐老师宿舍的次数也开始多了起来。

花丽艳身上流淌着鹿川人的血液，会做饭，会收拾房子，会打理男人。徐老师那两间不大的小屋，经花丽艳精心打理、收拾，一下就变得整洁温馨了。

花丽艳不仅每个周末都去给徐老师洗衣服、做饭、收拾房子，平时也经常去他宿舍学习英语。徐老师就是这个时候发现花丽艳有语言天赋的，由此给她开了不少小灶。花丽艳的英语成绩有了快速提升，很快就和其他同学拉开了距离，现在都能给同学当老师了。

这个星期的英语补习课蔡团长没来，高庆阳心情大好，补习课结束的时候，他提议周末他们四个人都不要回家了，他请大家去吃当地小吃。

凤月琴说这个周末不行，天冷了，她要回家拿冬天的衣服。花丽艳也说别出去了，蔡团长叫她最近外出要小心一点，好像要发生什么事似的。高庆阳说："蔡团长那是故弄玄虚，吓唬人的，能有什么事，他还能把谁吃了？不过既然凤月琴周末要回家，夏连春就该陪着一起回，吃饭的事就改到下一次。"

高庆阳说中了，周末，夏连春果然陪着凤月琴一起回家了。这是两个人第一次同行，两个人都显得很兴奋。但两个人一起走也有很大麻烦，凤月琴骑车子，夏连春步行。凤月琴说她带他，但他不好意思，哪有女生带男生的。她说："那你赶快学骑车子，用我的自行车学。"她的自行车也是男式的，学会了，他骑，带她。

下午放学后，凤月琴先走，在学校东边路口等夏连春，他赶过来时，她说刚才好几个下水湾的同学都已经走了，现在可能就剩他们两个了。他说他们俩最后走好，要不然别人看到她骑车子带他，他会难为情的。凤月琴说那有什么可难为情的，她骑车子经常带人，小时候带妹妹，长大了带同学，现在还能带男生，她觉得自己好有能耐。

鹿川人的能耐夏连春是见识了的。一个县中学的住校生，人人都有手表，人人都有自行车，这绝对不是一般地方的人能有的。在鹿川，像夏连春这么大的男生，哪有不会骑自行车的。这儿的人，很小就会骑自行车了，年龄小腿短，坐不到自行车座上，就两手抓着车把，左脚踩着左脚蹬，右脚从车横杠下伸到右脚镫上，两条腿一上一下踩着就走了。

鹿川人骑自行车的本事夏连春也是见识了的，有人酒喝多了，骑着自行车，在大街上或是在村子里，东倒西歪，左冲右突，就是车子不倒，人不摔跤。那感觉就像是上水湾的牧民在马背上一样。

上水湾牧民骑马的本事绝对是一绝，看着他在马背上前倾后仰，左摇右摆，就是掉不下来。眼看马背上的人快要坠到马肚子下面了，可他马上又能爬立起来，端坐在马背上。这种高超的马技真让人叹为观止。

当然，最有能耐的还要数凤月琴，女生骑车子带男生，他没见过，却亲身经历了。

两个人一路聊着，很快就到了下水湾村口。这时突然出来两个公安把他们拦住了，"干什么的？"

"学生。"

"从哪里来？"

"县里上学回来。"

"到哪儿去？"

“回家。”

问完，把他俩带到大队部去了。

两个人心里都有些害怕，不知道出了什么事，这阵候，这架势，从没见过，两个人连话都不敢说。

到了大队部，两个人被分别带到两个房间，问姓名、年龄、职业、家庭住址，昨天干什么了，今天干什么了，现在干什么去，等等。讲完自己的情况，还让他俩讲对方的情况，看能不能对得上。后来他们才知道这就叫笔录。

下水湾昨天晚上发生了一起凶杀案，大队民兵连长被人用鸟枪给打死了，开枪的人是三小队小玉的男人，也死了，所以今天进出下水湾的人都要接受盘查。

这个案子本来很简单，不复杂，公安之所以在这儿搞了两天，就是为了搞清楚两件事，一是长年卧床人事不知的男人是怎么站起来的？二是死人一样的男人是从哪儿搞到这支鸟枪的？

原来，男人自打摔成了废人，小玉就开始嫌弃他，他不能让小玉成为女人，自己就一直躺在床上装“死人”。现在民兵连长欺负人欺负到“死人”家里，欺负到“死人”家的床上，“死人”还能装死？至少要先把你打死，“死人”再死。

“死人”犯的事，却让公安把过路的人逮着问询了半天，还真把夏连春和凤月琴两个人吓得不轻。做完笔录，凤月琴的妈妈谷秀芬来了，把夏连春和凤月琴领了出去。

这事之后，下水湾的皖州老乡，都知道夏连春和凤月琴谈恋爱了，而且讲得有鼻子有眼的，两个人不由得羞涩起来。

第七章　人尿被欺

从中午到下午出发，还有很长一段时间，夏连春已如坐针毡，不停地进进出出往大路上看，等待凤月琴过来。当他老远就看到凤月琴从下面骑着车子很吃力地从桥上过来时，他赶快进屋穿好外衣出门。

下水湾到上水湾这段路坡挺大的，凤月琴累得呼哧呼哧直喘气。一见面，她就把车子交给夏连春，让他推着车子往前走。

夏连春从没推过车子，他害怕车子倒下自己扶不住。她说上坡路车子好推，她要他先学会推车子。夏连春明白了，她这是开始教他学骑自行车了。

他刚接过车子，觉得车把很活，有点掌握不住平衡，不过推着走了几步，慢慢也就好了。一路推了上来，车在手里好像已经听话了许多，他也不那么紧张了。

推到下坡，凤月琴让他两腿叉开，骑坐在自行车后捎架上，两脚挨地，两手握住车把，坐稳后，抬起脚，顺坡下滑，人随车子往下溜，溜得快了，再两脚擦地，就又慢了。这样学车子快，省力，不用人扶，还不摔跤。她在车子后面跟着走。

这一路，溜到坡下，离学校也就不远了。凤月琴再骑上车子带着他，到学校东边的路口，他下车，两个人分头回学校。

傍晚的校园，乃至整个县城，空气里已经弥漫了浓浓的煤烟味，这浓浓的煤烟味告诉人们，鹿川人的冬天要到了。

天渐渐凉了下来。虽然自然界的冬天还没有真正到来，但日历上的冬天已经到了，室内已经开始生火。每年十月十五号至来年四月十五号，整整半年时间，是鹿川人冬季取暖期，政府的烤火费就是按这半年时间发放的。

鹿川人冬季取暖，家家户户都是架煤生火烧炉子。无烟煤，大块大块地架在炉子里，这种煤热量大，七千大卡以上，外地煤一般只有四千大卡左右。煤着得时间长，在炉子里不动它，好几天都还有煤火。这种煤也容易着，家里没火了，到隔壁邻居家用火钳夹一块火种回家，架上新煤，不一会儿，一炉熊熊燃烧的煤火就旺起来了。

教室里已经烧得很热了，值日生架的火，煤由学校统一分发，每个班每周两抬把子，虽然不够烧，但烧完了学校还得给，总不能让学生冻着。

宿舍的炉火也生得很旺，整个宿舍热乎乎的。宿舍的煤也定量供应，但缺口不补，所以必须节约着烧。

田光耀提议："为了保证冬天不受冻，我们应该多储备一些煤，现在学校分配的每周两抬把子煤肯定不够。我们今天晚上去学校煤窖里抬些煤回来放到宿舍里。"

高庆阳说："你让我们去偷煤呀？被逮住了怎么办？"

田光耀说："今天晚上是咱们班值班巡夜，没问题。"

高庆阳又问，煤抬回来放到哪里。田光耀说放到床底下。

夏连春看着田光耀的状态，一点不像家里出过事的样子，下水湾那个杀了民兵连长又自杀的人不就是田光耀的表叔吗？怎么他就像什么事都没发生过一样？

田光耀看着夏连春的憨劲，心想：他怎么能和谷秀芬的女儿搞对象？下水湾的人是怎么看出来的？反正我是怎么看怎么不像，难道仅仅因为他们是老乡，父母做的主？

半夜的时候，田光耀带着宿舍的十二个人全部出动，去学校煤窖抬煤。煤窖很大，多半截挖在地下，有一斜坡通道，拉煤车辆可直接进出。煤窖的双扇大门紧锁着。

煤窖露在地上的部分有一米多高，顶部有一天窗，开着的。煤窖里的煤堆得很高，人从天窗下去搬大块的煤上来，再用抬把子抬到宿舍。人多，只两趟，就把宿舍的床底下堆满了。这一个冬天，架煤生火是够了的。

回到宿舍，洗漱完，往外倒水的时候，蔡团长看到一条大狗在宿舍门口吃残渣剩饭。他提议把这条狗干掉，煮一盆狗肉吃，冬天暖暖身子。

同学们没睡意了，觉得这个主意不错。可怎么干？有人说下套子，有人说用棍子，有人说下药，但都觉得不妥。还是田光耀干脆利落，用枪打。但现在太晚了，枪声会惊醒睡觉的人。这狗他已经看到过好多次了，天天都在这儿，第二天肯定还来，第二天下午找个时间打。

下午自习课时间，田光耀让蔡团长和另一个同学去民兵连拿了一支半自动步枪，带了两发子弹，回到宿舍打狗。蔡团长在农垦团场长大，打过枪，枪法也好，所以田光耀让他去打。

蔡团长果然不负众望，同学们放学回到宿舍的时候，他和另一个同学一起，不仅把狗打了，而且狗皮都已经剥了，正在开膛破肚，准备大卸八块呢。卸狗的刀是他去学校食堂借的。

晚饭后，蔡团长在宿舍找了一个大一点的搪瓷盆，煮狗肉。这些盆洗脸洗脚共用，都是同学们自己的，也没什么好讲究的。不干不净吃了没病。再说，经高温消毒了，还怕啥。但盆都太小，最大的盆也装不下。田光耀说：“‘八蛋’你真笨死了，你不会用那个打水的铁皮桶煮吗?”果然，狗肉放到桶里刚合适。

蔡团长煮狗肉，田光耀陪着他，别的人插不上手，就都出去了。有的去教室，有的去看电影，有的什么都不干，就是跑到外面转转看看。校园里，大街上，电影院门口，都是大家爱去的地方。晚一点回来，一桶香喷喷的狗肉也煮熟了。

狗肉里还放了好多大葱，大葱是蔡团长跑到电影院后面一处私家菜地里拔的。大家都夸蔡团长狗肉煮得好吃，高庆阳也说真香。田光耀说：“高庆阳，你个地主崽子，什么事都没干只知道吃，不劳而获，还去看电影，应该不让你吃才对。”

高庆阳看看夏连春，夏连春看看高庆阳，两个人都在想，他们看电影的事田光耀咋知道的?刚才高庆阳、夏连春和花丽艳、凤月琴四个人就是看电影去了。

“我已经吃了，咋办?”高庆阳随口说了句。

田光耀眉毛往上一挑，高八度地来了一句：“我一脚把你饭盒踢了，信吗?”

高庆阳是用饭盒吃饭，他伸着饭盒说：“你踢!”

田光耀走到高庆阳跟前，抬起一脚，“啪”的一声把高庆阳的饭盒踢到了地上。

宿舍里的空气一下凝固了。大家对这个突如其来的变故都没有反应过来，都呆呆地愣在那里。随之，大家都以为会爆发一场大战。然而，出人意料的是，高庆阳一句话没说，站在那儿一动没动，好半天才默默地弯下腰把饭盒捡起来，洗了洗，上床睡了，衣服也没脱。

大家也都一声不吭地把自己碗里的狗肉吃了，洗了碗睡觉。同学们尽管什么都没说，但都非常同情高庆阳，觉得田光耀踢人家饭碗的举动太过分了。而且都十分不明白田光耀为什么要踢这么一脚，这一脚里面有什么大家不明白的寓意呢?

夏连春看着高庆阳落魄的模样，涌出一种难兄难弟的感觉。他能帮上他吗?他又一次想到了“人㞞被人欺，马㞞被人骑”。做人必须强大。

入冬了，但第一场雪却还迟迟没下，这几天气温不降反升。早起，夏连春照常和凤月琴在回廊里读英语，高庆阳没来。夏连春出来的时候高庆阳还在床上睡着。吃早饭的时候，高庆阳来了，好像什么事都没发生过一样。下午的英语补习高庆阳来了，蔡团长也来了，也像什么事都没发生过一样。

补完课离开教室的时候，花丽艳让夏连春留一下，说要再给他讲讲关于英语阅读的事。蔡团长和高庆阳回头看了看花丽艳，凤月琴回头看了看夏连春，然后三个人一起走了。

他们走了，花丽艳问夏连春昨天晚上吃狗肉的事，夏连春就告诉她他们宿舍昨天下午打了条狗，晚上用铁桶煮了吃，狗肉可香了。

她说她不是问这个，她是问田光耀踢了高庆阳饭盒的事。夏连春问她是怎么知道的，她说班上同学都知道了。夏连春就把当时的情况对她说了。

花丽艳说田光耀那一脚是冲着她来的。田光耀对她图谋不轨，有非分之想，他认为是高庆阳搅了他的好事，所以他要实施报复。

花丽艳很体己地对夏连春说："你才转来时间不长，又爱学习，班上有些事你不知道。这个田光耀是在社会上混过两年又来上学的，他不像高中生，更像社会上的人，比班上的其他男生复杂得多。他以前有病，一天到晚要死不活、蔫头耷脑的，听说前一阵子蔡团长不知道从哪儿找了个野郎中把他的病给治好了，现在他整个人就像打了鸡血一样，兴奋，狂躁，一天天想着干坏事。他这次找同学谈话，大家私底下互相交流过，他找男生谈话都是收买人心，想让大家拥戴他；找女生谈话，都是威逼利诱，想让别人对他好。你哪天问问你同桌，看看他都找她谈了啥。"

"我的天呀！"夏连春吃惊不小，都有点害怕了。

花丽艳继续说："夏连春，你人好，学习好，和高庆阳关系也好，希望你能多帮帮他，我真怕这件事给他造成心理阴影，对他影响不好。同时也想麻烦你帮我给他带个话，就说我希望他好。你不要问我为什么要给他带这句话，这是我和他之间的事。"

夏连春知道这些话的分量，也知道这是花丽艳对自己的信任。他尊重高庆阳，也尊重花丽艳，尊重他们两个人共有的默契和信任。听完花丽艳的话，夏连春郑重地点点头，说："我知道。"

英语晨读，凤月琴一见到夏连春，就很亲热地问："哥，她昨天把你留下来干啥了？"

夏连春没有立刻明白她的意思，迟疑了一下才反应过来，她是问昨天下午花丽艳把他留下来的事。他有些支吾地说："噢，就是上次英语阅读的事。"

"英语阅读还留有作业呢？"凤月琴笑着问。

"不是，"他有点慌乱，赶忙解释，"就是交流英语阅读的体会和感受。"

“那你们交流的内容还挺多的，”她有点让人捉摸不定地继续说，“时间不短嘛。”

“没有啊！我们一会儿就完了。”

“骗人，撒谎都不会。”

“哎呀！不是。”他有点急了，赶忙实话实说，把前天晚上他们看完电影回到宿舍吃狗肉的事说了。“花丽艳就是问这件事。”

“那你们宿舍的事，你们三个人都在的时候也可以问呀，为什么要把你单独留下来问呢？”凤月琴不依不饶，步步紧逼，非要打破砂锅问到底，“再说她干吗要问这些呀？这事跟她有什么关系，她又不是老师。”

“有关系。”他说，“她关心高庆阳，她和高庆阳关系好。吃狗肉的时候田光耀把高庆阳的饭盒给踢了。”

“啊，咋是这样？”凤月琴惊讶地说，“这田光耀怎么能这样？”

夏连春忘了，田光耀和凤月琴都是下水湾的。

凤月琴告诫夏连春，对这个田光耀可要小心一点，不要跟他走得太近。夏连春问为什么。她说这个人曾跟她妈妈一起在大队工作过，她妈妈说这个人人小鬼大点子多，要离他远点。她这个学期转到县中学的时候，她妈妈千叮咛万嘱咐，千万不要跟田光耀走得太近。

他们俩正说着，高庆阳来了。高庆阳打趣道：“不好好读书，怎么在这里交头接耳？”

夏连春说他们在讨论问题，高庆阳问讨论什么问题。夏连春说他们在讨论花这么多工夫，下这么大力气，搞得这么辛苦，没完没了地学英语，到底有什么用，有没有用。

高庆阳说：“你们学英语肯定有用，你们学习成绩好，将来可以上大学，当老师，还可以当大翻译家。我学英语肯定没用，我将来肯定是当农民，最多当个工人，英语肯定用不上。所以，我希望你俩还是要好好学英语。”

夏连春说：“既然你学英语没用，为什么还要学呢？”

高庆阳说他是为了凑热闹，跟学，陪学，帮学，“要不然就你们两个人学有什么意思？”

读完英语往回走的时候，凤月琴对夏连春说：“哥，我们今天下午学车子吧。”夏连春说好。

高庆阳一听夏连春要学车子，就对凤月琴说：“学车子的事你就不用管了，我来负责。”

早自习，夏连春悄悄问方小青：“青姐，班长跟你谈话的时候为难你了？”

“没有呀，他说他喜欢我。”方小青满脸狐疑地说，“你怎么关心起我的事来了？是花丽艳让你问的？”

夏连春说是的。

她说：“你们关系不错嘛，她什么话都跟你说。”接着她又说，“你怎么不问我，田光耀说喜欢我的时候我怎么说的？”

“那你怎么说的？”夏连春问。

“我说我有男朋友了。他又问我男朋友是谁，你猜我怎么说的？”

“那你怎么说的？”夏连春问。

她说：“我说是你呀，夏连春。”

夏连春愣了一下。

她嘿嘿一笑：“逗你呢，看把你吓得，我有那么傻吗？我为什么要告诉他？我生生地对他说了句‘你管得着吗’，他就知趣地不问了。”

青姐就是青姐，夏连春总是叹服他这个同桌。

下午放学后，高庆阳陪夏连春在校园东边围墙外的小路上学车子。他教夏连春怎么扶车把、怎么踩脚蹬、怎么上车，他在后面扶着后捎架，让夏连春骑到车子上往前走，并鼓励说大胆骑、使劲踩。几个来回下来，两个人累得满头大汗，夏连春还摔了两跤。

夏连春觉得自己学得还挺快。可高庆阳则说他学习还可以，学车子差一点，不过要是连着再学几天，没事再练一练，很快他就可以自己骑了。

学完车子，夏连春把昨天下午花丽艳对他说的话和让他带的话都跟高庆阳说了一遍。高庆阳听后很感动，眼睛有些湿润，好半天都没说话。

这两天，夏连春觉得高庆阳最大的变化就是话少了，虽然看起来还和以前一样，但明显觉得他的心思重了。高庆阳也承认自己心思重了，他说他要慢慢学会长大。

高庆阳感叹自己虽然家庭出身不好，但他也是生在新社会，长在红旗下，地主的生活一天也没过过。

他父亲死得早，他不了解自己的父亲，对父亲连记忆都没有。但他父亲在旧社会也只生活了十几年就进入新社会了，如果说地主一定干坏事，那也应该是他爷爷的事，他父亲十几岁能干什么坏事。

可是他听母亲说爷爷也没干过什么坏事。爷爷年轻的时候就在外经商做生意，听说还下过南洋，还能说得一口流利的粤语。爷爷把辛辛苦苦省吃俭用挣来的钱，都寄回到陇州老家买了土地，所以后来他们家就成了地主。本来爷爷在家待的时间就少，他们家被划成地主以后，爷爷就再也没有回过老家，一直到客死异地他乡。当地人都说爷爷是个和善之人，口碑极好，不可能做出什么坏事来。

他感慨自己为什么命这么苦，非要出生在这样一个家庭。他还是个十几岁的孩子，而且已经从老家跑出来了，为什么还不能放过他呢?

他知道田光耀一直歧视他这个出身不好的地主崽子，但这一次田光耀不仅仅因为他是地主崽子，更主要更直接的原因是花丽艳。

高庆阳很诚恳地对夏连春说，他是喜欢花丽艳，但并不是癞蛤蟆想吃天鹅肉。他知道自己配不上花丽艳，他只是珍惜这段美好的感情。

他也知道花丽艳喜欢徐老师，花丽艳和蔡团长关系也很好，但那是她自己的事。

高庆阳说夏连春学习好，面相也好，叮嘱他要好好学习，将来肯定能当大官。他自己也会好好混，虽然他的智慧和学习不如夏连春，但他可以在别的方面混出个样子。不管怎样，他们一定要比田光耀混得好才行，看谁能笑到最后。

高庆阳说："田光耀这个哈屄抱负远大，有野心，他这一辈子也不会平静的。"君子报仇十年不晚。高庆阳又愤愤地说："他会为他踢我饭碗的这一脚付出代价的。"

高庆阳的心里，已经深深地埋下了仇恨的种子。此仇不报，誓不为人。最好等田光耀爬到一定高度的时候，再重重地摔下来，那样高庆阳才觉得过瘾。

初冬的季节，也跟人心一样，说冷就冷了。前两天气温还在持续升高，今天早上突然降温，同学们都穿上了过冬的衣服。徐老师已戴上了过冬的棉帽，棉帽的两个耳朵没有系在帽顶上。他走进教室的时候，帽子两侧的耳朵伸展着，一扇一扇地，帽耳朵上的两根布带子吊着，一飘一飘地，同学们看着就笑了。

"好笑吗?"徐老师拖着京腔说，"我这是紧跟季节变化，不像有些同学，都什么时候了，还戴个黄军帽、鸭舌帽什么的，过时喽。"

徐老师说着，就把帽子摘下来放在讲桌上，和教案、教科书一起。教室前面没有讲台，在第一排学生的课桌前再摆放一张单独的课桌，就算是讲桌了。老师的教案教具就放在讲桌上。

教室里，纵向四列课桌，每月每列的同学都要向旁边一列倒换位置，刚好每个学期每个同学都能把四列纵向位置轮换一遍。这天坐在第一排中间挨着讲桌位置的是蔡团长。

蔡团长是个闲不住的人，也是个小动作不断的人，趁着徐老师不注意，他伸手把徐老师放在讲桌上的棉帽拿了过来，他给徐老师两个帽耳朵的布带上，各绑了一根半截的绿色粉笔。下课的时候，徐老师拿着教案和教科书，戴上帽子走出教室，两根半截的粉笔在徐老师耳朵边一跳一跳地。徐老师走远了，同学们忍不住开始哈哈大笑。可正在同学们大笑的当口，徐老师又折返回来，拿着帽子，指着蔡团长："是你干的吧？"

蔡团长还没说话，徐老师又接着说："还要给我戴绿帽子。"说完扭头走了。

蔡团长坐在那里无可奈何地摇了摇头，好像很无辜，又好像很得意，还好像在看笑话。

蔡团长这几天好像很忙乎，白天夜里都往外面跑，中午和晚上常在外面吃饭，还时不时地一身酒气。这天下午，蔡团长醉醺醺地来到教室，衣服没系，掩着怀，一坐下就趴在桌子上，不时咕噜、打嗝。

他的同桌是女生，被他的酒气熏跑了，挤到了旁边桌子上，周围的同学也都被他熏得直捂鼻子。他则趴在桌子上不停地咕噜，酒气越来越大。

下午第一节是英语课，徐老师一走进教室就被蔡团长的酒气熏得皱起鼻子。

蔡团长的样子没法听课，他自己也是强忍着坐在座位上。徐老师背过身写板书的时候，蔡团长实在忍不住了，咕噜一声吐了一桌子，他赶紧伸出双臂，用两只胳膊袖子把桌面上的呕吐物揽到怀里，用衣襟兜着，趴在桌子上睡了。

徐老师转过身来，看看，闻闻，觉着哪儿不对劲，眼光落在趴在桌子上的蔡团长身上。徐老师喊了一声"蔡传长！"尽管徐老师的发音很标准，但同学们听到的还是蔡团长。蔡团长站了起来，呕吐物从胸前往下流，毛衣上扯着黏丝，粘着饭渣。

"中午饭吃得不错嘛，"徐老师看着蔡团长说，"有西红柿，有芹菜，还有鸡蛋花。"

这课没法上了。徐老师让田光耀把蔡团长扶回宿舍，安排学生把他的课桌、座位打扫干净。

教室也没法待了，酒气熏天，味道难闻，好几个女生都到外面吐了。好在下午只有这节英语课，后面没课，同学们相继回家，留下值日生打扫教室。

不过住校生可就难过了，宿舍被蔡团长糟践得不成样子，他已躺在床上不省人事，床前的呕吐物散发着恶臭。虽然田光耀带着同学在打扫，可那味道实在让人不想进去。

令人纳闷的是，这酒在瓶子里、杯子里那么香，可往酒桌上一放，掺和了满桌子的菜味和一屋子的人味，怎么就开始熏人了呢？特别是那酒喝到肚子里再吐出来，怎么就那么臭呢？

喝酒的人说，人是好人，酒是二流子。

第八章　第一场雪

周六早上突然飘起了雪花。入冬以来的第一场雪，下得有模有样，纷纷扬扬，飘飘洒洒，越下越大。中午的时候雪停了，但道路已经泥泞湿滑，很不好走，骑车子回家是肯定不行了。

凤月琴说她今天不回了，叫夏连春也别回，夏连春说他回去有事。刚开学时他捡回去的那三双鞋，父亲说可好了，让他回学校看看还能不能再捡几双，男鞋女鞋都可以，他母亲和弟弟妹妹都可以穿。前一阵子他又捡了几双，有皮鞋也有球鞋，男的女的都有，本来上周是要带回去的，但因为他是和凤月琴一起走的，就没带。这天下午一放学，他赶紧到院墙外把用土埋着的那几双鞋扒出来包好，趁着没人的时候提着回家。还好，他埋的土厚，雪水还没渗下去，鞋还是干的。

今天的路真难走。要不是为了把这几双鞋送回家，他也可以不回了。入冬了，天冷了，家里人还等着穿呢。回到家，父母亲和弟弟妹妹看到他捡回来的鞋都很高兴，虽然旧了，也有点破，但他们从没穿过这么高级的鞋。补一补都是好鞋，跟新鞋一样。这个冬天脚不怕冻了。

星期天早上天空放晴，趁着天好，夏连春上午就返校。他带了十几公斤面粉，一瓶清油，要到学校食堂交伙食。

清油装在一个玻璃瓶里，瓶子没有盖，他就卷了一个纸卷塞进瓶口，再把油瓶装在网兜里，好拿。

穿上母亲为他新做的蓝棉袄，把面袋和网兜背在肩上。走到半路，鞋带散了，他弯腰系鞋带，油瓶里的油流出来洒到他右肩膀上。网兜绳子把纸卷的瓶塞给磨掉了，油瓶口是敞开的。

他赶紧把面粉和油瓶放下来，再卷一个纸卷把油瓶塞上。肩膀上的油擦不掉了，都已渗到了棉絮里。后来，油干了，肩膀上就像披着一块荡刀布，油光发亮的。田光耀调笑道："夏连春吃完饭，用手往嘴角一抹，再直接抹到衣肩上，衣服就是擦嘴布。"

夏连春系好鞋带，塞好油瓶，背起面粉，刚站起来，身后过来一辆毛驴车，车上坐着一对男女青年，穿着很讲究，长得白白净净，不像是种地的农民。

男青年赶车，到夏连春跟前停下来，说："把你的东西放到车上吧？"夏连春欣喜万分，赶忙把东西放到毛驴车上。

女青年说："你也坐上来吧。"

夏连春赶快客气地说："谢谢，不用了，我走着就行。"

今天这路比昨天难走，昨天路上有雪，雪有阻力，脚下不滑。今天雪化了，石子路上水唧唧的，鞋都湿了。毛驴车也很费力，还没人走得快。

毛驴车上的两个人好像倒不是很急着赶路，有说有笑的，很开心。不知道男青年说了句什么话，女青年在车上要找东西打他，但又找不着，那样子很可爱。

他们俩讲的是当地方言，夏连春听不懂，但他读懂了女青年的表情和肢体语言，随手从路边捡了一根干净的小树条递给女青年。女青年先是一愣，接着就是一笑，待她反应过来，接过小树条，举起来就要打赶车的男青年。小树条还没打下去，毛驴车上的两个人已经被夏连春的举动惹逗得忍俊不禁，笑得前倾后仰："我们这个小兄弟真可爱。"

赶车的男青年说夏连春："你这个小兄弟太不够意思了，我好心好意把你的行李拉上，结果你还帮别人来打我。"女青年则说夏连春真好，紧要关头靠得住。

三个人就这么说说笑笑走了一路，快中午时分到了县城。夏连春从毛驴车上取下东西："谢谢哥哥姐姐。"

男青年问："你在县中学上学？"

夏连春说："是的。"

"你们家是下水湾的？"男青年又问。

"不是。"夏连春说，"上水湾的。"

男青年高兴地说："这么巧，我也是县中学毕业的，家也是上水湾的。我们是校友，还是老乡呢。"

"那你们这是干什么去？"夏连春好奇地问。

"我们俩都在公社中学当老师，今天到县上为学校采购东西。"男青年说着，又指着女青年问夏连春："我对象漂亮吗？"

女青年伸手打了他一拳："谁是你对象！"

年轻人的心总是相通的。就这么一路走来，三个人已经似好朋友一般。虽然互相都没留下姓名，但大家同在上水湾，以后定会有再相遇的机会。

一场初雪之后，接着又是一场大雪。县城被厚厚的积雪覆盖着，没有了城市建筑的立体感，好像满眼都是一个白色的平面。

校园覆盖在白雪下面，仿佛已经冬眠，没了往日的生机。只有在那一条条用脚踩出来的雪径和铁锨铲出的小路上，才能感觉到校园鲜活的脉络、流淌的血液和跳动的脉搏。漫长的冬季真的开始了。

夏连春没有见过这样的银色世界，没有经历过这样严寒的冬天，虽然他知道北方的冬天很冷，但那也只是听说，他对这样的冰天雪地和天寒地冻还是缺乏足够的思想认识和精神准备。当地人过冬都要穿毡筒，穿翻毛皮鞋，穿棉袜子，一般都要用布裹脚。这些东西夏连春都没有，他就一双黄球鞋，脚裹厚了还穿不进去。他的两个脚后跟早早就被冻坏了，晚上躺在被窝里，脚后跟痒得钻心，他就不停地使劲搓。在床单上搓得不过瘾，就在单子下面的羊毛毡子上搓。后来脚后跟搓得流黄水了，再痒也不敢搓了，就用指甲掐，用床铺底下的苇子扎，用铅笔尖戳，用硬东西敲。

住校的学生一般都不回家了，路上实在不好走。周末没事，高庆阳为兑现他上次的邀请，把夏连春和花丽艳、凤月琴请到县城西面河坝附近一家新开的餐馆吃特色小吃。

高庆阳说这个餐馆是他们公社一个老乡过来开的，全是地道的特色小吃，什么好吃的都有。高庆阳说："今天时间早，晚上又没事，咱们慢慢吃，吃完了再去看场电影。"

说是慢慢吃，不着急，但也就是一人一碗拌面而已，也吃不出什么花样来。其他各色小吃，总不能一次都吃完。

拌面很粗，很筋道，有嚼头，吃起来过瘾。当地人把这种拌面叫大半斤，夏连春刚到鹿川小城的时候吃过。但这种拌面为什么叫大半斤，直到现在也没人能说得明白；而且大半斤到底是当地方言，还是外来语，也是莫衷一是。

拌面用碗盛，菜面合一，多为过油肉拌面、碎肉拌面、木须肉拌面。吃拌面喝面汤是当地人吃面的一种习惯，这个习惯是不变的，这叫原汤化原食。

当地人调侃外地人，说省城来的人在鹿川吃了碗拌面，忘了喝面汤，走到半道上突然想起来，赶快掉头回来喝碗面汤再走。

外地人调侃当地人，说鹿川人真逗，吃碗拌面，还那么多事，店里坐下，什么还没点呢，就吩咐"茶拿来"，刚把拌面点上，就"大蒜拿来"，拌面上来了，又"醋拿来""辣子拿来""面汤拿来"，最后如果有什么地方不满意，还要来一句"老板叫来"。

虽然这些都是戏言，却是鹿川人吃面的真实套路和程序，足以说明鹿川人吃面的讲究。

四个人吃完饭，喝一会儿面汤，说一会儿话，天黑下来再去电影院。电影院放映新片《青松岭》，人很多。

徐老师也一个人溜达到电影院，他进去之前在电影院门口一个烤肉摊子上要了三串烤肉。肉烤好了，他拿起烤肉签子，把自己一条腿搭在烤肉摊前的长条凳上，一只胳膊支在腿上，一只手连送两串烤肉下肚，第三串烤肉刚到嘴边，一个小伙子跑了过来，一伸手把他头上的棉帽子抢走了。

他手拿烤肉串，站在那里，看着那跑走了的抢帽子的人，拖着京腔说："你抢我帽子干吗？莫名其妙！"

话音刚落，旁边又过来一个小伙子，抬起手一巴掌扇在他脸上，扭头走了。

他还是站在那里，还是拖着京腔，看看那扭头走了的人说："你干吗打人？莫名其妙，莫名其妙！"

徐老师"莫名其妙"地被人抢了帽子，又"莫名其妙"地被人打了一巴掌，这情景，高庆阳他们没见着，也不知道。他们到电影院门口时电影就快开演了，高庆阳赶快买了票，四个人迅速进了电影院。

四个人刚坐下，有人在过道向高庆阳招手："出来一下。"

一会儿，又有人向夏连春招手："出来一下。"

夏连春走到电影院门口，看到好个几人正在围殴高庆阳，高庆阳被打倒在地上，那几个人用脚踢他。夏连春不知道怎么回事，慌乱中就跑过去拉架："你们干吗打人？"

"嘭"，夏连春被人一拳砸到鼻子上，顿时鼻血如注，满脸开花，夏连春捂着鼻子蹲在地上。那人又一把把他揪起来，恶狠狠地说："本来不准备打你的，只是想让你看看被打是怎么回事，你还话多得不行。现在我告诉你，你们俩以后离那两个丫头子远一点。你个老家来的梆梆还风流得很，整天领个丫头子在身边，以后要再让我看到你们四个人在一起，见一次打一次。"然后一脚踢在夏连春屁股上，"滚！"

打高庆阳的人走了，高庆阳还躺在地上。打夏连春的人走了，夏连春艰难地把高庆阳扶起来。

花丽艳和凤月琴也从电影院出来了，她俩从台阶上跑了下来，看到他们被打成这样，吓哭了。

旁边一个好心的摆摊老太太提醒他们赶快去医院。花丽艳搀扶着高庆阳，凤月琴搀扶着夏连春，四个人深一脚浅一脚地去了县医院急诊科。

值班医生一看高庆阳浑身泥巴，脸上青一块紫一块的；夏连春满脸是血，棉袄上也是血。医生问了句："打架了？"夏连春说被人打了。

医生说："那还不是一样？打架斗殴的我们不接诊。"花丽艳赶忙恳求医生给看看，可说了一大堆好话就是不行。

高庆阳情况好像不太好，弯腰曲背站不直，呼吸急促，捂着肚子，脸色很不好看。

夏连春让他们在急诊室外面等着，他去找方小青。方小青爸爸是院长，请她爸爸给帮个忙。

夏连春找到方小青的家，方小青被他的样子吓着了，忙问出了什么事。夏连春把他们挨打的事说了，并说高庆阳情况不好，想请她爸爸帮个忙给医生说一下，赶快治一治。

方小青爸爸和方小青、夏连春一起到了急诊科，安排医生赶快为高庆阳和夏连春检查，又拍了 X 光片。初步诊断：高庆阳脾脏破裂，要先住院治疗观察，看要不要手术。夏连春鼻梁断裂，需留院观察。全部安排好已经晚上十二点多了。

花丽艳、凤月琴要留下来陪他们，夏连春没同意，让她们赶快回去，说明天还要上课。

第二天医生看了夏连春的情况，鼻梁正中一大块青紫，鼻梁两侧有水肿，医生开了活血化瘀和消炎的药，又在他鼻梁上贴了一大块纱布，说问题不大，休息几天可以自愈。

高庆阳的情况要严重得多，他需要住院治疗一周左右。但脾脏不是开放性破裂，可以不进行手术。

方小青不让夏连春回学校，让他留在医院。她说："你这个样子怎么去上课？回家也不行，别把家里人吓着了，住到宿舍还不如住到医院。"她说她已经跟她爸爸说了，让夏连春以照顾陪护高庆阳的名义，和高庆阳住一个病房，尽量不给他们病房安排满员，留一个床位给夏连春住。如果住满了，就从家里搬个行军床过来。

住院这几天，花丽艳、凤月琴每天都来病房看看。她们把高庆阳和夏连春的脏衣服也洗了。凤月琴说夏连春棉袄肩膀上的油渍洗不掉了，他说是的，都渗到棉絮里了。

方小青也会过来。她问夏连春，凤月琴是谁。夏连春说是他表妹，初三（1）班的。方小青说："怨不得人家打你呢。"

夏连春问："为什么？"

她说："你自己明白。"

可夏连春怎么也不明白他为什么会被打，为什么会有人要打他。他才来这学校上学两个月，除了班上的同学，外面的人他谁也不认识，他没有任何仇人。

方小青那话的意思好像是因为凤月琴，可夏连春觉得那也不可能。凤月琴也是这个学期才转过来，而且最近一个月基本都是和自己在一起，一个小女孩不可能去惹谁。夏连春心想：田光耀是下水湾的，难道跟田光耀有什么关系？

从那天打他的人嘴里的话听起来好像不是为了要打夏连春，他们是要打高庆阳，让他出来亲眼看着高庆阳是怎么被打的，就像过去法场上陪斩一样，也是要在心理上给你一种震慑，让你明白，让你乖一点。但因为他多了一句嘴，便挨了一拳一脚。

可他们为什么要打高庆阳呢？就是要高庆阳离花丽艳远一点？看来根源还是在花丽艳。可是花丽艳又得罪谁了呢？这只有花丽艳知道。

打黑架的人有时候也跟恐怖组织差不多，他干事的时候下黑手，下完黑手之后他还要站出来认领，要让你知道这事是他干的。不怕你记恨，就怕你不知道。

高庆阳应该知道自己为什么挨打。否则，这顿打就白挨了。

可现在高庆阳不说话，心事重重的，心里在想什么没人知道。上次被人家踢了饭盒后话就少了，这次让人痛打一顿后话更少了。但从状态看，他不是被打怕了，打㞞了，好像是心理更强大了。就像课本里说的，沉默呵，沉默呵！不在沉默中爆发，就在沉默中灭亡。也好像是指挥员大战之前的沉思，知己知彼方能百战不殆。

花丽艳说那天晚上高庆阳和夏连春先后被从电影院叫出去的时候，她就知道情况不好，有一种不祥的预感。她紧跟着就和凤月琴站了起来准备出去，可就在这个时候，有几个人“哗”地一下涌到她俩身边，不让她俩走。她俩坚持要走，他们坚持不让走。正在僵持不下并持续激化的时候蔡团长突然出现了，他给那几个人说让她俩走。

花丽艳进一步说，她觉得电影院里面的人和电影院外面打人的人是一伙的。这些人蔡团长都认识，没准都是蔡团长叫来的。

这件事应该是早有预谋的，上一周蔡团长不好好上课，到处乱跑就是在网罗这些人。而且蔡团长还提醒花丽艳最近要小心点，不知道是怕误伤花丽艳，还是另有针对花丽艳的阴谋，或许是蔡团长下不了手。

还有那天晚上他们被打之前徐老师被抢帽子、被扇耳光，应该都是这些人干的，都跟蔡团长有关。

“蔡团长为什么要干这些事呢？”夏连春不解。

花丽艳说：“这背后都是田光耀指使的。”

“可田光耀为什么要干这些事呢?”

花丽艳有些激动了:“都是因为我。”

花丽艳突然失控地抱着坐在病床上的高庆阳放声哭了起来:“都是我害了你,你对我这么好,为我受了这么多委屈,我对不起你,我这辈子都报答不了你。”

好在那一会儿病房里没有其他人。高庆阳让花丽艳冷静点,凤月琴把花丽艳扶了过来坐在凳子上。

高庆阳终于开腔了,他说:“这几天我认真想了,我和田光耀之间的事,不是他一天到晚挂在嘴边的地主崽子和贫下中农的阶级斗争,也不是我和他个人有什么恩怨情仇,我和他不是一类人。花丽艳你也不要自责,这件事看似因你而起,实际上欺负人不需要找理由,咱就是个软柿子他想怎么捏就怎么捏,躲都躲不掉。”

尽管思考能使人成熟,但夏连春心里还是有些悲凉。

高庆阳继续说:“我们被打的那天晚上,夏连春要向公安局报案,我没让。为什么?我们这是打架斗殴,打架斗殴连医院都不愿意收治,公安局还愿意管?打架斗殴天天有,公安局能管得过来?而且那些打人的人都和公安局的人很熟,我们不一定能占到什么便宜。往好了说,万一碰到了一个办事认真的好公安,他跑到学校一调查,别的什么事没人知道,可我和夏连春带着两个女同学看电影被人打了的事马上就有人知道。”

高庆阳有些激动,“花丽艳,你不欠任何人的感情债,所以你不要背任何包袱。今天当着夏连春和凤月琴的面,我可以把话说开,我喜欢你,这是真的,你也喜欢我,这也是真的。我们有感情,甚至有爱情,但我们没有恋爱。恋爱是要结婚的,结婚我不适合你。我为你做任何事都是心甘情愿的,这就够了。”

花丽艳泪流满面,一句话没说,但又好像什么都说了。

“至于田光耀这个哈㞞,”高庆阳接着说,“他是个有政治野心的人,做什么事目的性都很强,白的黑的我都斗不过他。白的,他根红苗正,而我是地主崽子;黑的,他心狠手辣,而我心地善良。但人要看得长远,谁能笑到最后还不知道呢!所以,我们一定要打消跟他一争高下的念头。大路不平有人铲,由他自生自灭吧!”

高庆阳被人打成了哲学家。

明天出院,高庆阳今天回家拿钱来医院结账。他恢复得很好,身体应该没什么问题,就是路上雪厚,不知道能不能骑车子。他说骑上车子看看,能骑就骑,不能骑就推着走。

下午一放学，方小青就来到病房，问起高庆阳。夏连春说他回家了，回去拿钱，明天结账出院。

“哎呀!”方小青一听就急了，“我已经跟我爸说了，你们俩家里都很困难，可能交不了那么多钱。我爸说他们医院每年都有对困难患者的费用补助，你们又是被伤害者，费用就免了。”

夏连春好感动，高庆阳要是知道了还不知道怎么高兴呢。

“走，到我家吃饭去。”方小青说。

“谢谢，不去了。”夏连春说，“我这一身的药味。”

“我们家就在医院大院里，还怕药味?”方小青嘿嘿一笑。

“要不等明天高庆阳回来了我和他一起去?”他还想找借口推辞。

方小青一下提高了嗓门：“实话告诉你，我叫的就是你，他在我也不叫他，我跟他没关系，我也不想跟他有关系，我更不想掺和到他们那些是是非非里头去。”

夏连春留了张字条放在病床旁的小柜子上，告诉凤月琴他去同学家吃饭了，叫她来了不要等他，早点回学校。

方小青家住的是个独立的小院。县城工作的人基本上住的都是这种房屋，农村式庭院，三间土房子，院子里多数都有自建的煤房、厨房、杂物间，有的还有葡萄架，还有的会在小院墙角处养几只鸡。

方小青家的小院也是这种格局，但她爸爸以前是一个人生活，小院里没有葡萄架，也没有养鸡。没有女主人的家庭，生活味总是淡一些。居住环境打理成什么样，其实主要还是看女主人的。

方小青的爸爸妈妈还没下班，他俩坐在客厅里说话。夏连春本以为方小青会为他被打的事安慰自己几句呢，没想到一落座她就以“青姐”的身份和口气说教数落起来。

看来她已经想了好几天，今天终于逮着机会了。

“你说你，看着文文弱弱的，可做起事来却那么张扬。一天到晚弄个小丫头跟在身边，小丫头长得还那么好看，你不招男孩子嫉恨那才叫怪。还有那个花丽艳，她多招人，你一天天地跟她混在一块干吗?是的，她给你补英语，但补完英语你就离开呀!你还舍不得?

“那个高庆阳也够没有出息的，人家已经名花有主了，还一天到晚跟在人家屁股后头，围着人家裙子转，图什么呀?就凭他那样的还能把她从别人身边抢过来?而且想抢她的人有的是，他能抢得过吗?

“你们这些男人，不，还算不上男人，充其量也就是个大男孩、小伙子，怎么就那么怪呢？你喜欢的，人家看不上你，看上你的，你不喜欢人家。

“今天有个话我需要给你挑明。新学年开学的第一天，去县中学报到之前，我给自己设定了个游戏，规则是我的同桌要是女生，我就和她做好姐妹；要是男生，我就让他做我男朋友，所以从九月一号早上，我们两个第一次见面，坐在一条凳子上，趴在一张课桌前那一刻开始，你夏连春就已经是我心里的男朋友了。因为那是我自己的游戏，我就一直没告诉你。现在你还贪玩，那我就放你出去玩两年，等你玩够了再回来。你觉得别人好，就往别人那儿蹭，哪天蹭够了，蹭厌了，蹭烦了，赶紧回来。还有，哪天你身边那个小丫头不要你了，一脚把你踹开了，赶紧转身过来，这儿才是你栖息的地方，”她指着自己心口的位置说，“我会一直等着你。”

夏连春瞪大了眼睛。

“你这一次就做对了，看不上病来找我。”方小青继续她的话题，没有要停下来的意思，“今后，你无论遇到什么情况和难事，都可以来找我，都必须来找我。我心里的大门会一直向你敞开着。

“还有，做男人不能太窝囊，心理要强大，身体要强壮，软弱就会被人欺负。人可以吃亏，可以受苦，但不能被人欺负。从下一周开始，我教你练功，教你一些防身术。我的男朋友再不能被别人打，被别人欺负。”

夏连春呆呆地坐在那里听她不停地说。从坐下来到现在，她一直没给他说话的机会，他喝了两杯水，却没说上一句话。本来他是想说点什么的，但现在他不想说了，希望她就这样一直不停地说下去，要不然，他不知道该怎么说。好在她爸爸下班回来了，接着她妈妈也回来了，他不用愁该说什么了。其实方小青压根就没打算听他说，她只想自己说，一吐为快，她可能真的已经憋坏了。话说完了，心情也好了。

晚上吃饭的时候，她还是那种信口开河的样子向他爸妈介绍说：“夏连春，我同桌，男朋友。”

她爸笑着，她妈开口：“我这个丫头从小任性惯了，希望夏连春同学能像大哥哥一样照顾她。”

她马上接过话：“我是他姐。”

她妈妈问：“你们俩谁大？”

方小青说：“他大也要叫姐。”

她妈妈看看夏连春，无奈地摇摇头：“让着她。”

第九章　一封情书

凤月琴来到病房的时候，夏连春已经去了方小青家。夏连春从方小青家吃完饭回到病房，凤月琴还没走。她问他去哪个同学家吃饭了，是不是方小青家，他说是。她说：“你们班女同学好像都挺喜欢你的。”

他说：“哪有。”

她说：“我就见到你的两个女同学，这两个都对你挺好的。”

他说：“有吗?”

她说：“有啊，这不人家还叫你去家里吃饭了。”

今天高庆阳不在，花丽艳没来，病房里就夏连春和凤月琴两个人，别有一番滋味在心头。刚才在方小青家，方小青的一番话，也让他很感动，但那种感动和此刻心里的感觉是不一样的。在凤月琴面前他像大哥哥，是她的依靠。在方小青面前他像小弟弟，“青姐”是他的依靠。

方小青说得对，做男人，心理要强大，身体要强壮。人可以吃亏，可以受苦，但不能被人欺负。所以他对方小青要教他武功非常感激，也非常感兴趣，他一定要跟着方小青好好学，练一身过硬的本领。

冬天没有练功场地，到处冰天雪地，胳膊腿都冷得伸不开。晚上，方小青把夏连春带到县医院职工之家，方小青经常在这儿练功，但只能晚上，白天人家要用。

方小青穿了一身宽敞的运动装，她也为夏连春准备了一套运动装和一双运动鞋，要他换上。她为他买的，他问多少钱，她说送他的。他不好意思要，也不好意思换。

“磨蹭啥？快换呀！还要我出去回避不成?”方小青催促道，“快换吧，我不看你。”

夏连春确实不好意思当着方小青的面换衣服。

前一阵子，学校给夏连春评了一等助学金，还发了一套过冬服装，紫红色的绒衣绒裤。夏连春说像绒衣绒裤这些东西，在他们老家是城里人穿的，农村人没穿过，他们过冬都是穿自己家做的棉衣、棉裤、棉鞋。领上助学金，穿上绒衣绒裤，他的心里一直热乎乎、暖烘烘的。但在他绒衣绒裤里面衬的还是老家带来的土布衣裤，那种土布衣裤穿到运动服里肯定不合适，他只有光着身子穿运动服才行。在方小青的催促之下，他也顾不了那么多了，只有硬着头皮脱了。

“你脱那么光干啥?”她还是看了。

“里面的衬衣衬裤不合身。”他不好意思地解释。

换好衣服，方小青对夏连春说：“我们现在要练的是方氏推拔擒拿和经络点压功。这推拔擒拿和经络点压是我姥爷家的祖传绝技，是武功，不是武术。武术是‘止戈为武’的技能，年龄大了，不适合练了，而且练起来也很苦。武功是制止侵害保护自我的功夫、功力、技巧，重在斗智，不在斗勇。男人是一座山，一定要有一副强健的体魄，你那文弱的样子怎么自立？记住我的话，我就是要你从今往后再不挨别人打了。”

“我们方氏功夫本是传男不传女，更不传外姓人，我现在只教你一部分防身绝技，但也够用了。本着祖传绝技不外传的精神，我有两条要求：一是不要跟任何人讲你的功夫是跟我学的，二是你不要传授给其他人。”

经络点压实质上就是点穴位，但它又不同于一般意义上的点穴位。点穴位神不神？神，但并没有传说中的那么神。人被点了穴位不是不能动了，而是因为浑身酸软麻木动不了了。经络点压和推拔擒拿功夫结合起来才是秘籍绝技，主要有三个重要基本功法：吐纳、扣拧和点压。

吐纳就是运气。一口气吸来，迅疾送达全身，使全身硬如钢铁，在抗击击打的同时，随着一口气呼出，释放外力，能形成巨大的外化冲击力。

扣拧就是借人之力，顺人之势，当对方一拳打来或一脚踢来，只要伸手一接，反扣拧转即可。

点压就是人已近身，危在旦夕，只要手指一点，对方立即瘫软，无须理脉络，舒筋骨，找穴位，随处可点，随处可压，点到为止，压制巧取。

如若这三个功夫学过之后，夏连春还有兴趣的话，方小青打算再教他一个半步功。这个是不近身的外围功，有主动击打的意思，要靠日积月累的练习，以自己的内在功力发出，把侵袭者击溃在半步之外。

听完方小青的一番讲述，夏连春突然有一种灵性大开的感觉。好像武还没习，功还没练，就已功夫在身，怀有绝技了。他恨不得马上就把这些功夫学到手才好。

接下来她先从吐纳运气教起。这吐纳运气必须是腹式呼吸。吸进之气，运降丹田气海，通过经络瞬间送达全身，形成气场，铸成气墙，外力不得入。吐出之气要从丹田气海发出，全身经络刹那间灵动，灵动之气随肢体运动，增强击出能力。

这个功夫的要点就是一个，经络灵动之气。方小青说，方氏功夫始终离不开经络和点压。这经络虽看不见摸不着，但它无处不在。

说着她伸手往他右肩膀上一点，霎时他全身像过电一样，十个指尖全麻了。

这就是经络。这经络点压要有意念灵动，也就是想到哪儿功夫就到哪儿。

她说她再给他示范吸进之气怎么经经络送达全身任何地方。她把运动上衣脱了，夏连春心里大呼：我的妈呀！她里面穿了个黑色紧身衣，衣服紧贴在身上，将女孩的身材衬托得凹凸有致。夏连春眼睛不敢睁，但光想看。

她让他抓她胳膊，那胳膊像钢管一样。她让他打她腹部，他拍了一巴掌，硬硬的。“你挠痒痒呢？”她说，“使劲。”他一拳捶过去，发现她的肚子像钢板一样，他的手都震疼了。这硬如钢铁的胳膊和腹部就是运气所致。

她穿上运动衣，说：“今天主要是我讲你听，下一次开始我教你学。明天我去给你买一套紧身内衣，后天穿。这是练功，别瞎想。你看你刚才眼睛都直了。”夏连春被说得满脸通红了，她却还要来上一句：“我刚才好看吗？”

少年的心已经被撩拨得不能自持，但表面上还要装得若无其事。在接下来近两个月的时间里，因为是隆冬季节，行路不便，夏连春只回过一次家，拿面粉，交伙食。他的主要精力和全部课余时间都集中在学英语、练武功上了。

年底前这最后两个月的时间，是他青春岁月里最为丰富多彩的日子，也是他时常失眠，睡不着觉的日子。

方小青对他好，而且是真的好。从她入学第一天设定的游戏，到后来的假戏真做，她的关怀无处不在。但他们不合适，他们的差距太大了，家庭差距，个人差距，乃至将来工作、生活、心理差距，都是不可逾越的鸿沟。将来结婚了怎么办？她到农村去？他到城里来？还是把她珍藏在心里吧，一辈子都对她好。

凤月琴是他人生中第一次冲动的女孩，是他的真爱。他们都是农村的，两家大人的关系又那么好，而且他也真的想找个皖州女孩。但她同意吗？她的家人会同意吗？不过他觉得他们两个人还是有感情基础的，认识三个月了，有两个多月的时间几乎天天在一起，他们相处得那么好。他觉得她应该是了解自己的，而且她或许已经明白他的心思，没准她也有那个意思。从她的眼神里，从她对他的态度上，他和她在一起，好像已经有一种恋爱般的感觉。

不管怎么样，他都应该向她表白了。但他不知该怎么表白。他曾有过好几次想说的念头，但话到嘴边又都咽了回去，实在张不开口，觉得好难为情。

干脆写信，写信可以从容一些，想说的话可以尽情地说，不受其他因素限制。对，就写信，马上写，今年的事情不能拖到明年，今年必须办完。

拿定主意后，夏连春就去百货公司买了信封、信纸，用了三四天的时间，写了无数遍，改了无数次，撕揉掉了半沓子信纸，终于写成了他平生第一封情书。

亲爱的月琴：

请允许我第一次这样称呼你。

从新学期开学后的九月九号我第一次在你家里见到你，到现在已经三个多月了。在这三个多月的日日夜夜里，这个称呼一直在撞击着我的心，期盼着哪一天，这一声称呼能冲出嗓子，今天终于喊出来了，但愿没有吓着你才好。

从九月九号到现在，也就三个多月，而且其中的两个多月我们几乎天天都会在一起，但即使这样，我也有一日不见如隔三秋的感觉。我知道这其中的缘由，就是有一句深埋在我心底里的话一直没能说出来。这句话就是：我爱你！

从九月九号到今天——十二月二十七号，已经一百一十天。在这一百一十天里，我每天都在心里默默念你的名字。思念的日子真的很难熬。但就在这难熬的日子熬过来之后，我突然好像已经从一个不谙世事的小男孩熬成了一个饱经沧桑的大男人。爱能使人成长。

我知道，九月九号已成了我定格终身的日子。那天，你在锅灶前烧火时回眸一笑的瞬间，已成为我心中的永恒。或许就是在那一瞬间已注定了你我的一生。

我记住了这一瞬。因为这一瞬，我每天都在想你，想着哪一天能在校园的某一个地方突然遇见你。但我又害怕遇见你，遇见了你，你却不认识我怎么办？毕竟我们只有一面之缘。我曾在心里设想过无数种我们不期而遇的场景，有时候会情不自禁地被自己设想的情景惹笑了。想念有时候也是一种快乐、一种心醉、一种享受。

我珍视这一瞬。为了这一瞬，我不停地找你，而且找得很苦。因为怯懦，我不敢向别人打听你，我连你在哪个班级都不知道，所以我只能在校园里、人群里，在食堂、在路上、趁课间休息时在教室外，不停地张望，而我驻足最多的地方则是男厕所。别笑，我不是说你会去男厕所，而是想告诉你，我那时经常会躲在男厕所里往外看，看能不能在宿舍通往教室的小路上看到你。

其实，准确地讲，从九月九号到十月九号那一个月的时间里，我是在思念和寻找中等待，等待哪一天老天爷开眼，让你突然出现在我的面前。

这一天终于来了，来得真的就那么突然。现在想起来我都心跳加快。

十月九号那个清晨多美呀！晨曦，朝霞，校园深处的榆树下，一个读书的女孩，而那幅美轮美奂的画卷中的读书女孩竟然就是你。这一定是上苍被我的痴情感动后对我的恩赐和眷顾，让你在这样的时候，这样的场合，以这样的方式突然出现在我的面前。而当我走上前和你打招呼的时候，你居然还能认出我并喊我一声大哥，我心里那个美呀！

在这两个多月的相处中，我们的心越来越近，情越来越深，一天不见你，我就像丢了魂似的。一旦相见，又装得像没事人似的。

这些日子以来，我一直试着跟你表白，但又不知道如何开口，不知道怎么表达，怕说不好惹你生气，怕你不爱听扭头就走，怕因为我的不慎和鲁莽伤害你、失去你。

我老爱在心里想，我从千里之外的老家，跑到这塞外边陲干什么来了？就是为了见你来了。要不，我怎么会对你一见倾心？我从第一次在你家见你时的心动，到第二次在校园里见你时的心慌，到现在每一次见你时的心醉，我都是幸福的。遇见你是我一生的幸福。

悠悠岁月里，我们一生会遇见很多人，但最终能够留在自己身边的只会是一个人。我希望留在我身边的那个人是你。或许你会认为我们年龄还小，不应该这么早就考虑这些事，但我如果不抓紧时间向你表白，我真的害怕和你擦肩而过，错过一生的缘分。

我知道，爱是神圣的，不是一个简单的字眼，不能随便说出来。说出就是承诺，就是责任。

我也知道，我配不上你，我的家庭条件、个人条件都与你相差甚远。我们家很穷，基本生活条件都还不具备，估计还要过很长时间的苦日子。我个人条件也不好，我从老家来到鹿川的时间不长，一身土气，缺少鹿川年轻人的气质，连普通话都不会说，这些都需要我做长期的努力。

但有一点请你相信：我对你的爱是真诚的，是不会变的。爱着你就会护着你，爱护你是我一生的责任。将来，在农村广阔的天地里，我们一定会大有作为，我一定会让你过上幸福的生活。

你能答应我吗？

爱你的连春

一九七三年十二月二十七日

信写好了，怎么给她？当面给？不好意思。邮寄？寄不到她手上或是被别人看见了怎么办？最好的办法就是亲自交给她，安全，但又不能当面给到她手里，免得尴尬。那就只能偷偷地把信塞到她口袋里，还要保证往她口袋塞信的时候不被她发现。

周五，晨读英语，夏连春约凤月琴："今天晚上看电影吧。"

她说："好啊，好长时间没看电影了。"

电影院里，他坐在她旁边，银幕上演的什么他一点也没看，心里只想着一件事，怎样才能把信塞到她口袋里，还要不被她发现。这还真是个胆大心细的技术活。

她看着银幕，他专注于她的口袋。她不时侧过脸来："你不好好看电影，想什么呢？"

他说电影不好看，没想什么。

她说："你要是不想看，咱们回去，不看了。"

他一下急了："别，别，我好好看。"

电影演到了一半，还没有机会出手，他有些失去信心，坐直身子往后背上一靠，算了，看电影吧。

可就在他仰靠到座椅后背的同时，凤月琴也把身子靠到了后背上，两手搭到扶手上，显得很放松。

机会来了！他随即把捏着信的左手从口袋里抽出，慢慢地从扶手下面伸向凤月琴，一点一点往她棉袄口袋移动，一点一点往口袋里面塞，再一点一点慢慢地把手抽回来。大气都没敢出一声。

看完电影，凤月琴问他今天是不是有什么事，心事重重的，一晚上也不说话。他说没有，可能有点累了。他嘴上这么说着，心里盼着赶快回到学校，回到宿舍，他真怕一会儿月琴突然摸到口袋里的信，那他就狼狈了。

回到宿舍，躺在床上，夏连春怎么也睡不着。他在想凤月琴看到信时的表情和反应。她会生气吗？她会把信撕了吗？她会哭着来找他说他欺负她吗？他不敢往下想了，也不敢再见她了。他像做了什么见不得人的事似的。周六早上他没去读英语，后来一天都没离开教室，他害怕在校园里和凤月琴不期而遇，不知道她会怎样对他。

下午放学后，他一个人回家。急匆匆地，逃也似的回家。一进家门，他就一屁股坐在地上起不来了，脚已经冻得没了知觉。父亲赶快从外面端进来一盆雪，把他脚上穿的高靿球鞋脱了，把裹脚布解了，再把他的脚放到雪盆里，双手抓着雪使劲往他脚上搓，一直搓到他两脚发热。

父亲说，这样脚就不会冻烂了，这是上水湾人的经验。

父亲还说，明年冬天给全家每个人都买一双棉皮鞋。

父亲还说，最近天冷，没什么事就不要回来了。

一九七三年的最后一天，夏连春早早去教室回廊读英语。经过两天的沉淀，他心里的惶恐已经好多了。他在想凤月琴今天会不会来读英语，要是不来，那就是不理他了。要是来了，看她怎么说，她要是不说，他也不说，什么都不说。

但愿今天有个好运气。他刚到，她也就来了。她看着他笑了笑，什么也没说。他也看着她笑了笑，什么也没说。他们开始读英语，读完英语回宿舍时，她说："今晚看电影去。"

她的样子有点严肃，他的心里有些紧张。

早自习的时候他向青姐请假，说今晚不练功了。她问："有约会?"他说看电影。

晚上看电影，三个人，凤月琴带了一个女同学。他预感情况不好。两个人看电影，又带一个人来是什么意思？壮胆？撑腰？或者还有别的什么想法？一场电影下来，她们谁也没和他说话，只是她俩互相说话。

看完电影回学校，到大门口时，她的同学一个人在前面走，进了校园。她对他说："到那边去。"他跟着她走，也不知道到哪边去。

校园南边围墙东段的墙角处，这个地方不错，整个南围墙阳面，墙根处没雪，干燥、不冷，像是踩过点了似的。

他们站在那里。

他看着天空，今晚真好，半个月亮挂在西南角上，月色柔和。她看着脚下，偶尔无意识地踢起几粒细沙。

无声地站着。

她突然抬起头来问："你星期六到哪儿去了？为什么一天没见人，早上也没去读英语?"

他说星期六早上头疼没起床。

她说："你怕是心思太重了，想心事想的吧?"

他不知怎么回答。

"你昨天又到哪儿去了?"她又问。

"回家了。"他说。

"那你昨天回家为什么不叫我？你就不怕我要是一个人回家被狼吃了？你胆子不是挺大的吗，怎么突然又胆小得不敢见我了？怕我把你吃了?"

他看着她，听着她的话，紧张的心已经放松下来。

她继续说："星期六早上读英语的时候你没来，一整天也没见你的人影。昨天我出去了好几趟都没看见你，我也去了好几趟女厕所，"她突然忍不住笑了，"想看看你会不会从外面走过去。"

她显然是有意识把他信上说的在男厕所等她的话引用上了。她说她最后想到他可能回家了，故意躲起来了。

"我就那么可怕吗？"她借着月光直视着他。

"你傻呀！"她突然委屈得不得了似的，"人家那么喜欢你，你就看不出来吗？你有好几次好像都要表达那个意思，我也顺着你的话往下说，可是你又突然不说了。你还说，怕我说年龄小，不同意，我还以为你嫌我年龄小不懂事，看不上我呢！你们高中的女同学多厉害呀！那个花丽艳对你就挺好的，她说她特别佩服你，说你学习特别好，班里同学经常抄你作业。一开始我还以为你们两个好呢，后来又出现了你那个同桌，干部家的千金，人又大气，对你又那么照顾体贴，无微不至。我又以为你喜欢她呢。再后来，我突然觉得你可能挑花眼了，根本就没把我往心里搁。"

她一口气把她心里的委屈都说了出来，好像憋在肚子里已经很久了。突然她又话锋一转："后来我才明白，听说你很小就在老家定了娃娃亲。原来是这样，我觉得自己什么都不应该再想了。"

夏连春一听她把娃娃亲的事都说出来了，赶忙解释说，那都是大人们的事，跟他没关系。

凤月琴并没听他解释，照着她自己的话继续往下说："可就在这个时候，你却突然给我写信了。星期六、星期天我把你的信看了很多很多遍，我流了好几次眼泪。你写得真好，说得真好，我都感动死了。但你最后写得不好，看到那里我都生气了，你把我当成什么人了？什么你家穷，你土气？后来我每一次看的时候都把那一段跳过去。爱情是心灵的产物，是两个人的事，跟家庭无关，跟年龄无关，跟两个人之外的一切东西无关。你不是问我能答应你吗？现在我就明确答复你，我同意。"

夏连春使劲搓着手，一双大眼睛比月亮还亮。

稍停片刻，月琴继续道："尽管我们现在年龄还小，但这是人生大事，是迟早都要考虑的。我想了两天，觉得早考虑比晚考虑好，早考虑了，就可以一心一意好好学习，再不想这事，不受干扰了。"

夏连春赶紧附和道："那我们约定，谈恋爱不耽误学习，而且要更好地学习。"

凤月琴说："我肯定没有问题。但你必须把你那娃娃亲的事情处理好。"

夏连春说娃娃亲的事没什么可处理的，他和那女孩见都没见过，在老家时，两家离得比较远，从小没有来往，长大也没有联系，早忘了。

凤月琴很认真地说："我不管，反正你要把这件事情处理好，我不想让别人笑话，说我找了个定了娃娃亲的对象。"

严肃的话题已经说完，凤月琴突然好奇地问夏连春："你的信是怎么装到我口袋的?"他说就是看电影的时候悄悄塞进去的。她说她当时一点都不知道。

凤月琴说："那天晚上看完电影回到宿舍，我被同学拉着一起出去上厕所，就是今晚和我们一起看电影的那个女孩。她挎着我的胳膊，手揣进了我的棉衣口袋里，然后就说我口袋里有封信，估摸着是情书。我没理会。

"回到宿舍，她问其他同学想不想看我的情书，大家都说想看。我这同学果然从我口袋里掏出了一封信，我见状赶快抢了回来。

"我这恋爱还没谈呢，人家就猜到男朋友是你了。这两天我走到哪儿她跟到哪儿，就想看看她猜得对不对。"

噢，原来是这么回事。

第十章　爱情的喜悦

元旦一过，转眼就期末考试，接着就放寒假了。夏连春带着收获了学业和爱情的喜悦，回家过年。

这是夏连春在鹿川度过的第一个冬天。鹿川的冬天真长，每年十月入冬，来年四月开春，一年有一半的时间是冬天。有人说上水湾的农民好当，一年只干半年活，另一半的时间都是在家里窝着的。

鹿川的冬天真冷，气温一般都在零下十几度，冷一些的时候都在零下二三十度。常听说有人在冬天里冻掉脚指头、冻掉耳朵的，冻烂手背、冻烂脚后跟的事，相当普遍。从外面进屋，如果不戴手套，伸手抓住铁器门把手，手就可能被粘住。有人夸张地说，出门撒尿，手里都要拿根棍子，怕尿结成冰柱，要用棍子敲。

有人说真正的冬天在北方，夏连春觉得北方的冬天在农村。一场大雪之后，山被埋了，水被埋了，大地被埋了，连往日奔腾不息的雅玛河都被埋得看不见了，整条河都冻硬了，河面上可以跑汽车。

在寒冷的冬季里，吃得饱穿得暖，是农村人过冬天的基本要求，这两件事对于夏连春一家人来说已不是什么大问题。如果还有什么让人不放心的，那就是夏连春脚上没有一双能过冬保暖的棉鞋，这是让父母比较揪心的。家里的其他人都穿上了夏连春捡回来的旧鞋，过冬都不成问题。

粮食储存在自己家里。手中有粮，心里不慌。菜存放在菜窖里，家门口，屋旁边，挖一个深深的地窖，垂直的洞口，直上直下，洞口的粗细刚够一个人的身子进出，上下一次都会搞一身的土，洞口大了不保温。菜窖下面很大，可以朝四周挖开去，还可以在大洞里面挖几个小洞，分开放不同品种的菜。菜窖里一般都存放青萝卜、黄萝卜、大白菜、土豆之类的大路菜，也有存放洋葱的，但洋葱在菜窖里容易烂，也容易发芽。其实洋葱最简单的存放方法就是堆在墙角处，用草盖上，以不热不冻为原则；也可以直接堆在门口的空地上，用土埋上，吃的时候从土里扒出来就行。

烧的煤炭堆在屋外墙角处或是牛棚羊圈里。夏连春家没有牛羊，也就没有牛棚羊圈可以存放煤炭或其他杂物，只好堆放在门口，用苞谷秆盖上，别风化了。

农村吃水主要是河水、渠水，没有自来水。这些河水、渠水的源头都是从赤麓山流出的冰水、雪水或泉水，没有污染。村口路边溪流都如泉水一样纯净。到了冬天，这些河水、渠水、溪流都没了，封冻了。吃水靠凿冰，生活用水靠融雪。凿冰是男人的事，融雪是女人的事。女人没事就到外面掠一桶雪回来放在炉子上化，化了水就倒到缸里，一天到晚就这样不停地化雪。

寒假里，家里有两件事基本上都是夏连春的，一是房顶扫雪，土房子，平顶，雪落在房顶就存住了，扫帚不到，积雪不会自己跑掉。雪下得厚了，光扫帚还不行，还要用木掀往下推往下铲，然后再扫。二是凿冰，他穿上从老家带来的棉袄、棉裤、棉鞋，戴上棉帽，腰里系一根绳子，挑两个柳条筐去雅玛河里凿冰。那样子，一个地道的农民。

凿完冰，夏连春喜欢站在桥头四处看看，视线中，公社方向过来两个女孩，老远看着他笑。他认出了她们，是县中学初三的学生，凤月琴她们班的同学。他正想主动打招呼，人家却先开口了："叔叔，下水湾怎么走？"

他晕了，人家是问路的，根本没认出他来。

夏连春挑着冰回到家，看到家门口拴着一匹马，还以为哪个牧民来了，可进屋一看，居然是高庆阳。这家伙！"你怎么找到这儿来的？"他惊喜万分。

高庆阳说："上水湾很好找呀，问到你们家就是了。"

快过年了，高庆阳专门给他们家送了一麻袋小麦来。他知道他们家主要吃玉米，小麦不够吃，连夏连春每个月给学校交伙食的小麦粉都很紧张。

上水湾玉米种得多，玉米既可当饲料，又可当口粮。小麦种得少，主要用于交公粮了。上水湾的人把苞谷面压成钢丝面，打苞谷面烤饼，做搅团，做苞谷榛子饭，想尽办法做出各种花样来，但苞谷面还是很难吃，因为缺油水。常常是一顿饭能吃很多，肚子很胀了，还觉得没吃饱。吃得人晚上趴在床沿上，胃里的酸水顺着嘴角往下流。

陇州人习惯把叔叔、婶子叫爸爸、妈妈，大爸、二爸，大妈、二妈。高庆阳把夏连春父母也叫爸爸、妈妈，可亲切了，夏连春父母也特别喜欢。高庆阳坐了一会儿就要走，夏连春母亲给他装了一袋洋葱带上。

高庆阳这一麻袋小麦送得太是时候了，夏连春的父亲正愁着过年白面不够，不敢多吃，家里不多的小麦还要给夏连春留着上学用。这突然来了一麻袋小麦贴补，一下子就不用愁了。这一麻袋小麦省着吃，够贴补到接新粮。

夏连春这次过年才知道，他的户口到现在还没落上，他还是黑户。没有户口就没有口粮，没有各种按人头发放的票证，像春节期间发的什么糖果票、饼干票、糕点票之类的都没有。原来他到现在一直都是靠家里人省吃俭用供养着的，只是父亲一直没跟他说。

夏连春一生气，说："过了年回老家去。"

父亲问："回去找麦姐？"

父亲这个时候突然提起娃娃亲来，是什么意思，难道自己和月琴的事被父母知道了？夏连春心想。

年关将近，农村人家家户户都开始准备年货。夏连春家是上水湾的新户，没有能力准备那么多年货，但杀猪宰鸡还是必需的。

自己家养大的猪，到宰杀的时候还是有些舍不得，母亲竟然躲到一边去了。一次宰了两头猪，但肉卖了，不舍得吃。家里只留了两个猪坐臀、两个头、八只蹄子、板油和其他猪下水，母亲把这些东西腌的腌、炼的炼、煮的煮，收拾了好几天，接着就是包包子、蒸馒头、炸油饼之类的。

父亲忙着宰鸡、炒瓜子、买东西。父亲宰鸡的时候念道：

小鸡小鸡你别怪
你是阳间一刀菜
今年早早去
明年早早来

做完这些，父亲又赶着毛驴车去公社贸易公司买油盐酱醋茶、糖果、点心、鞭炮、炒烟和草纸之类的。

夏连春和二弟三弟凿了几车冰拉回来堆在门口，因为春节期间，不能动刀、剪、斧等铁器，犯忌，怕有血光之灾，怕太岁头上动土，要好好过年，所以提前准备好，春节期间也就不用凿冰拉冰了。

三弟鼓捣着两个哥哥跟他一起去套鸽子、套兔子。三弟套鸽子、套兔子的本事是前年冬天住马号时跟一个喂马的牧民大叔学的。

夏连春去年夏天才知道，前年冬天，他们一家人刚到上水湾，是在生产队弃用的马号里过的冬。马号是养马的地方，旧了，好久没用了，四周都是豁口，有的墙体都已坍塌。疯子从下水湾带了几个人过来帮着修补马号墙体，铲去地面上的马粪，重新垫上一层干土，马号里立即清爽了。

马号里靠墙的地方盘了一个土炕，土炕上面打了一道火墙，火墙把土炕分成南北两部分，父母住南，孩子睡北。火墙下的土炕前砌了一个锅灶，锅灶烧火热了做饭，也烧土炕、火墙，同时解决了做饭、取暖两大问题。

疯子说住马号好，养马的地方养人。他那年从省城过来，刚到上水湾，一开始就住在马号，养马，赶马车，他老婆就是他赶马车的时候捡的。他老婆说马号里淡淡的马粪味，可好闻了。

马号顶上堆盖着高高厚厚的马草，苜蓿垛。时间久了，苜蓿草都已经由绿变黑。苜蓿草就是个大麻雀窝，雀群飞出苜蓿垛时发出“呼”的一声轰响，整个马号都被震得抖动。父亲在门前仰望，一坨云彩般的雀群落了下来，一地麻点点，密密麻麻的。

父亲自制了一顶大大的网罩，网罩斜支在地上，下面撒下几粒苞谷，雀群“呼”的一下飞了下来，落在网罩底下，父亲躲在马号里，把绑在网罩上的细绳一拉，网罩扣住一群麻雀。父亲捉麻雀这一手是年轻时除四害练就的。

麻雀虽小五脏俱全。拔毛，破肚，去头，切爪，洗净，浸泡，控水，放入锅中水煮、油炸或是干炒，一家人的美味佳肴。

套鸽子的牧民大叔对三弟说，鸽子比麻雀好吃。三弟的鸽套、兔套都是那个牧民大叔送给他的。鸽子套脚，兔子套头，两个套子完全不一样。

鸽套铺在雪地上，套子用白色线绳做成，与雪地同色。一条主绳，粗一些，两三米的长度，每隔十厘米左右系一个绳套。绳套为白色尼龙丝所做，四十厘米长，一头系在主绳上，一头做成五厘米直径的活扣套圈。三弟说，套圈也有用马尾毛做的，但没有尼龙丝好。

三弟把两个哥哥领到那间弃用的马号里，踩出一小块平整的雪地，在主绳两头各绑一个苞谷棒子，把主绳固定住，再把尼龙套圈均匀地摆放在主绳两边，撒些苞谷粒子，再扔几个苞谷棒子作为诱饵，引诱鸽子飞来。

鸽子的群体意识强，一般都是集体活动，野外觅食也是结群飞翔，很少有单只觅食的。

当成群的鸽子在空中飞过，看到雪地上醒目的苞谷，就会俯冲而下，乱冲乱撞，争相抢食，一网套好几只鸽子是不成问题的。

下完鸽套下兔套。兔套是用细钢丝做的，活扣套圈直径十五厘米左右，下套时把套圈固定在两根铁棍上，铁棍一头是尖的，可以砸进冻土里，套圈直立地面，离地一拳左右。

兔子喜欢走老路，兔套要下在兔子经常出没、往返的路线上。

兔子的眼睛长在两边，受视力角度的限制，在行走或奔跑时只能看到两边，但看不到前面，所以很容易钻进套子里。

三弟带着两个哥哥在野地里寻找兔子留下的足印和粪便，判断足印和粪便的新鲜程度，如果是新的就可以下套。他在自认为合适的地方连续下了三个兔套，他说不会白忙活，明早来收套抓兔子。

三弟说，那喂马的牧民大叔讲，大雪过后，牧民们骑上马，带上猎狗，在野地里追赶围猎兔子，特别好玩。兔子在雪地里跑不动，钻进深雪窝里，人们可以轻松抓到兔子。那场面，人多，热闹。

下完兔套，他们再拐回去看鸽套，老远就看见鸽套上有鸽子在扇着翅膀挣扎，三弟兴奋地往鸽套处奔跑，这一网居然套了九只鸽子。三弟高兴得一蹦老高，他把鸽套一收，背着九只鸽子就往家跑。

第二天早上他们去收兔套，三个套子居然套了两只兔子。真是大丰收了。今年过年，三弟给大家添了这么多好吃的。

年三十上午，父亲忙着贴对联。母亲煮了一锅猪肉，说是一锅猪肉，其实也就是两个猪蹄子、一副猪心肺和几块猪头肉，一大锅的猪肉汤。

父亲一辈子就喜欢吃炖猪蹄，现在老了不敢吃了，怕对心血管不好。母亲一辈子就爱吃猪心肺，年轻时候坐月子父亲总要想办法给她买两副猪心肺煮上吃。

每年过年，夏连春就喜欢年三十中午这一锅煮肉，肉锅上再蒸两箅圆子，猪肉汤蒸圆子那真是人间美食。

上午，母亲把猪肉煮到锅里就开始做圆子。圆子是他们皖东老家的特色小吃，不同于汤圆的圆子，也不同于油炸的丸子。圆子主要用猪肉、粉条、饼折子或薄面饼作为原料，剁碎，加其他辅料、调料，搅拌后搓成直径两公分左右的圆球，上锅蒸熟即成。

圆子蒸熟后拾几个放在碗里，再舀一碗肉汤，吃着圆子，喝着肉汤，这一年的馋一下子就解了。而且中午这一顿肉汤圆子下肚，接着再来个晚上的年夜饭，整个过年几天也就不馋了，反倒会少吃好多肉。

农村过年过的就是年三十，一家人聚在一起，热热闹闹，团团圆圆。过了年三十就是大年初一，新年开始，大人们开始拜年。成群结队，挨门逐户，家家走到，礼数也就到了。

大人们爱说，过年是小孩子的事。从小盼过年，长大盼种田。其实过年真正是大人们的事，农村的大人更喜欢过年。年前忙到年后，年头忙到年尾，一年忙到头，一天忙到晚，就为了这一年一次的春节。

省吃俭用，克扣了自己一年，过年时舍得了。辛辛苦苦忙碌了一年，过年时该歇歇了。起早贪黑，忙前忙后总也忙不完的活，过年时统统都放下了。

如果没有这个年，农村人还有什么盼头？如果没有这个年，老百姓的日子还怎么红红火火？

重视过年是农村人的传统。他们就是要在这一年到头的时候热闹热闹，喜庆喜庆，听听刀剁菜板的响声，闻闻肉煮在锅里的香味，看看门对子贴到大门上的喜庆，瞧瞧那些小孩子们手点炮仗子扔出炸响的嬉闹。啊！年到了！

像夏连春他们家这样远离家乡、移居外地的人，就更加重视过年了。过年了，可以给家乡亲友们写封信，报个平安，可以在十字路口给逝去的先人们烧张纸寄托哀思，可以重温一下家乡过年的讲究和习俗，不被家乡忘了，不把家乡忘了。

其实，只要稍加留心，就可以发现一个有趣的现象，家乡的习俗家乡人肯定是坚守的，但离开家乡的人反而坚守得更好。原因：家乡在进步，会逐渐融入新的社会元素，而离开家乡的人却固守着当年离开时带走的旧有的东西。

就像夏连春他们一家人，在离开家乡的这几年以至于今后的几十年里，在家里一直说老家话，而且他们说的老家话比家乡人还土。原因是家乡话在他们离开家乡后，已经有了很多变化，而他们的家乡话还是旧时乡音，以至于他们说的家乡话家乡人听了都笑："我们原来还有这么土的话呢？"

大年初二，父亲喊上夏连春："走，去下水湾给你疯子伯伯拜年。"

知子莫若父。这当然是夏连春最盼望的，他有些疑惑：父亲真的知道自己和月琴的事？

自放假以来，夏连春和月琴就没见过。现在见了，两个人自然都很高兴。但在大人们的眼皮底下，两个人只能坐在旁边听大人们说话，没有他们说话的份。

知女莫如母。谷秀芬看着夏连春和月琴两个人无聊，就说："连春，坐你妹妹那边去。"两个人这才有机会说说话。

他对月琴说了年前碰到她的两个同学，其中有一个叫他叔叔的事。月琴听了哈哈大笑，她说那俩同学就是到她家来的。

谷秀芬问月琴："笑什么？咋这么高兴？"

月琴说："年前来的那俩同学问路时把大哥叫叔叔。"

正在谈笑取乐间，田光耀领着几个年轻人来给谷主任拜年。田光耀当过大队干部，尽管现在又上学去了，但逢年过节他还是要在村子里走动走动，特别是大队干部、小队干部家里，他是逢年必到的。

田光耀在大队工作期间曾和谷秀芬共过事，他的团支部书记就是从谷秀芬手里接过去的。谷秀芬忙着招呼田光耀他们。疯子说："田书记，毕业后赶快回来呀，大家都等着你呢。"

田光耀俨然一副大队干部的派头，说："急不得呀，还有一年半时间呢。"

田光耀看到夏连春也在这里，有些意外，免不了就平添了一些想法，打招呼的时候好像没有表现出多少同学之间的友情，更多的反倒像是下水湾领导接见外地来的农民，端着领导般平易近人的架子，嗯嗯啊啊的，好大的谱。夏连春觉得不舒服。

拜完年，临走的时候，田光耀礼节性地跟每个人告别，他环顾了一下房间，问凤月琴在哪儿，夏连春说她在自己房间。田光耀说他下午去上水湾给夏连春父母拜年，又是一副领导要去慰问看望群众的架势。

田光耀走后，父亲问这个年轻人是谁，夏连春说是他同学，他们班长。父亲说还以为他是下水湾的大队干部呢。谷秀芬说他当过大队团支部书记，心眼可多了。疯子说他是三小队队长田大雷的儿子，鬼着呢。

田大雷可是下水湾的名人，无人不知。他带领三小队的人种粮食，种洋葱，种旱田，还开磨坊，开榨油坊，搞机械化，一个工能分到一块多钱。连省城下来的女知青都干赶牛车的活，可以多挣工分，而且逢年过节也舍不得回家，要留下来挣工分，有人推荐招工她们都不想走，愿意留在三小队。

三小队是下水湾四个小队里最富的。年终分红时，生产队会计和出纳合计好要整一个光挣钱、舍不得花钱、挣了钱就存到银行的老乡，把这个老乡一家人分得的一千多块钱都兑付成毛毛分分的零钱给他。老乡背了半麻袋钱去存银行。

那年月的一千多块钱，简直是天文数字，不得了了，周围四邻八乡都像讲故事一样传开了。

田大雷被推荐成"农业学大寨"的先进典型，他在全县"农业学大寨"双先表彰大会上介绍经验，他总结的经验就一句话：大家都听我的。这句话听起来总是让人觉得不对劲，怎么能是听他的呢？

下午，夏连春和父亲从下水湾回来不一会儿，田光耀真的就带了上午那几个年轻人来夏连春家拜年。

夏连春家里房子小，很挤很乱，虽说一明两暗三间房，可中间房是锅灶，灶前还喂着两头半大不小的猪，灶旁放着水缸，堆着柴火。门后面窝着一窝小狗娃，狗妈妈护犊子、把它们拦在怀里，怕被人抢走了。

东边的房是储藏间，存放粮食，堆放杂物。只有西边的房是住人的，一个火炕占了多半间空间，炕前小窗户下的小饭桌坐不下这么多人，他们就挤坐在炕沿上，还有靠着门框站着的。母亲忙着倒水，父亲忙着递烟，夏连春让他们嗑瓜子，弟弟妹妹们在家没有了位置，都到别人家玩去了。

田光耀问夏连春的父亲今年多大了，什么时候来上水湾的，家里几口人，今年收入怎么样。临了还不忘夸奖夏连春几句，说夏连春在班上学习好，人很老实，不惹事，叫家长放心。

父亲也很配合田光耀的关心，有问必答，还恰到好处地表达了家长的愿望，让他多关心夏连春。

一家人手忙脚乱地忙活了一会儿，田光耀他们喝了水，抽了烟，嗑了瓜子，起身告辞。父亲叮嘱他们有空来玩，夏连春把他们送到大路边。田光耀与夏连春握手作别，说了声开学见，就带着那几个年轻人骑上车子，一溜烟走了。

夏连春心里说，这些人胆子真大，冰天雪地的，雪这么厚，路这么滑，还是大下坡，车子竟还敢骑这么快，小心摔死了。

田光耀走后，父亲对母亲说："看来咱这房子还得重新盖。"

母亲说："是的，孩子们大了，住的地方是得好一点才行，要不然，家里来个人，连个坐的地方都没有，客人不好意思，孩子们也没脸面。"

夏连春理解父母的用心，但他觉得他们家现在就挺好的，自己家的房子是家人住的，又不是给别人住的，管别人的感受干什么。父亲说，自己住的条件也应该好一点，房子还是宽敞一点好。夏连春说，那就开春后先在房子东边加盖一间库房，把粮食和杂物搬进去，把东边现在的这间房子腾出来，他和二弟三弟住。父母亲都说这个办法好，准备开春就先盖一间库房。

开学返校，夏连春问月琴："田光耀去你们家拜年的时候你干吗要躲起来？"

月琴气鼓鼓地说："这家伙太坏了，他在下水湾扬言，将来一定要当谷美人的女婿。"

夏连春心里一惊：我有情敌了？

月琴还是气呼呼地："谁也不能把我从你身边抢走。"

夏连春突然不说话了，好半天才吐露出他的担心来："你现在才十六岁，到结婚年龄还要好多年呢，你说我们将来能不能成？"

月琴脸一沉："为什么不能成？不能成我们谈什么？"

夏连春来了兴致，说："月琴，你今天怎么这么有底气，你爸妈同意咱们的事了？"

她说："你真聪明。就在刚才，我说我要去学校了，我爸突然问我怎么没约个同学一起。我说我和你一起走，我爸笑笑说，就知道我不是一个人。

“临出门，他问我骑不骑车子。我说路上雪厚，两个人一辆车子不好骑，他居然一句话都没说。你说我爸是不是知道咱俩的事，而且还不反对？”

夏连春说：“怨不得你今天这么高兴呢。你爸对你我这么好，咱们将来也要对他老人家好才行。”

她说：“就是，我爸这一辈子也怪可怜的，没爹没娘，没任何亲人。他连自己什么时候的生日都不知道，我们就把每年大年初一当成他生日。”

月琴还说她爸对她可好了，她们姐妹七个，她爸对她最好。她爸性子急，脾气躁，谁的话都不听，就听她的，而且她说什么她爸都听，都依着她。她说越是这样，她在他跟前越要乖一点才好。

“你已经很乖了。”夏连春逗她说，“你给他找了个这么好的女婿，还不乖吗？他肯定觉得他的宝贝女儿特懂他的心，所以他一听你和我一起上学肯定高兴，他还能说什么？”

“哎，你别说，”月琴认真地说，“没准他还真这么想的呢，他这辈子养了七个丫头片子，没一个儿子，心里肯定遗憾，说不定他还真把你当儿子看了呢。”

“一个女婿半个儿，”夏连春认真地说，“他就等着享福吧。”

“那你将来到我们家吧？”她看着他说。

“将来是什么时候？”他也看着她说。

“结婚的时候呀！”她一脸幸福地说。

夏连春也一脸幸福地来了句：“我又有老马子了。”

月琴问他什么意思，他说不告诉她。

她说：“你说的肯定是老家话，我回家问我父亲去。”

夏连春吓了一大跳：“你可千万不要问凤伯伯呀。”

月琴得意地说：“你也有害怕的呀？”

热恋中的人都是一样的，把世界上所有的甜言蜜语都说出来，彼此也听不够，整日腻在一起也不嫌烦。一个情意绵绵，一个柔情似水，一刻也不愿分开，天天都得相见，而能够天天相见的地方只有电影院，于是他们就成了电影院的常客。

两个人太过亲密，很容易引起旁人的妒忌。凤月琴班上的一些男生看不惯了，他们商量着想要教训教训夏连春。可怎么教训也是一个棘手的事，既要让凤月琴知道，还不能伤了凤月琴的心。于是他们就请了一个高他们一届、低夏连春一届的身强力壮气势汹汹的男同学帮忙，让他以适当的方式吓唬吓唬夏连春。

晚上，夏连春和凤月琴照例又去看电影，两个人刚到电影院坐下，电影还没开始，就有一个男生过来朝着夏连春招手：“出来一下。”

夏连春有了上个学期被打的经历，他已心里有数，知道不是什么好事。他对月琴说没事，让她别怕，就跟着那男生出去了。电影院还在进人，夏连春走到入口处，低声对把门的大爷说旁边那男生可能要找他事。因为他经常来看电影，把门大爷认识他。大爷就喊那男生过来，指着夏连春说：“他是我亲戚，不准欺负他啊。”那男生说了声“哪能，哪能”，就走了。

月琴紧跟着就出来了，拉着夏连春就往外走。夏连春回头谢谢大爷，大爷笑笑。

他俩刚走出电影院，就有几个男生跟了出来。夏连春说等等他们，看他们想干啥。月琴说：“赶快走，那几个人都是我们班同学。”

两个人快步朝着县城南边走去，月琴想把他们甩掉，她不想让夏连春和他们面对面。但那几个人就是甩不掉，一直远远地跟在后面，不走近也不离开，橡皮糖似的。情急之中，两人慌不择路，不觉已经过了雅玛河，下到了南岸的农田，两个人脚上满是潮湿的泥土，但也只能硬着头皮往前走。走到地头，走进村口，回头望去，那几个男生已经不见，应该回去了。两个人长长地舒了一口气，总算可以停下来了。

夏连春说都是他不好，连自己的女朋友都保护不了，还让她跟着自己落荒而逃，搞得这么狼狈。她说是她自己要躲避那些个人的。她说：“你刚才一离开电影院，那几个人就坐到我跟前了，还叫我不要担心，说他们不会对你怎么样的，就是想让你知道初三（1）班还有人，他们的班花不是那么随便可以采摘的。”说着她有些得意地扬起脸看着夏连春：“我漂亮吗？像不像班花？”

她那样子好可爱，他很幸福地看着她。两个人温情对视着，一条大狗狂叫着从村子里蹿了出来，月琴被吓得直往他身后躲。他说没事，狗叫不咬人，咬人的狗不叫。说话间，又有好几条狗蹿了过来。

狗仗人势，人怕狗多成势。夏连春一看这么多狗围了过来，他也谨慎了很多，他怕稍不留意月琴被狗咬了。他看护着月琴，慢慢后退到墙根处，两人背靠墙站着，心里从容踏实了很多，这样就不用担心狗会从后面偷袭了。

他紧盯着那条不断试图向他们扑来的领头狂叫的大狗，逮住时机，一脚踢出，一掌打过去，那狗一声不吭地躺在了地上，其他狗见状也就远远散去，不再近前。没想到方小青交他的功夫，第一次出手却用在了狗的身上，他赶紧拉着月琴离开了这个是非之地，担心那家狗的主人出来找麻烦。

第十一章　一生的痛

夏连春回到宿舍，同学们还没睡，大家都在议论最近宿舍里老是丢东西的事。

上学期后期，宿舍里相继出现了丢东西的情况，这个学期开学以来，又发生了丢钱丢皮鞋的事。蔡团长上个学期放假前丢了一双白回力鞋，心疼死他了，寒假里又新买了一双，可还没穿几天呢，前两天又被人偷走了。蔡团长气得嗷嗷叫，说这个贼娃子要是被他逮着了，他一定把他往死里打。大家都觉得以后应该把宿舍的门锁好，把自己的东西放好。有同学建议干脆在宿舍里养一条狗，看家护院。

田光耀突然想起什么似的对夏连春说："你家好像有一窝狗娃子，帮忙给抓一只?"不是在宿舍里养，是他县上有个亲戚想养条狗，让他从农村给抓个狗娃子，但下水湾那边没有。

夏连春觉得自己怎么突然跟狗打上了交道，刚才才在村头和狗打了一架，这会儿田光耀又让他帮忙给抓一只狗娃子过来送人，他怀疑自己是交上了狗屎运。

夏连春说没问题，不过他家狗娃子品种不是很好，个头不大，田光耀若要，周末就可以到他家里去抓。田光耀说他这一周不回去，让夏连春把狗娃子给带到学校来。夏连春说好，他家的一窝小狗正愁着送不出去呢。

说话间，夏连春觉得他屁股底下有个硬硬的东西直硌人，他在毡子下面摸了半天也摸不出来是什么东西。他站起来把毡子掀开，看见底下是一把口琴，他问是谁把口琴放在了他床底下。

周六，月琴说："回趟家吧，我们都快一个月没回了，回去把车子骑来，方便一些。"

夏连春说是该回趟家了，马上春天了，真是娶了媳妇忘了娘。

月琴翻了个白眼："谁是你的媳妇了?"

夏连春也说："不对，不是媳妇，是老马子。"

月琴说："你又说粗话。"

“我说的都是细话，心里话，爱你的话。”

下午放学，夏连春回宿舍放书包，宿舍里有个同学正在收拾东西，大家都好长时间没回去了，好不容易天暖回春，都急着早早回家。

这个同学平时和同学们交往不多，只是和班长田光耀走得近一些。夏连春虽然和他同住一个宿舍，但平时很少说话，夏连春匆匆跟他打了个招呼就走了。

天气变化真快，夏连春开学从家里走的时候还是天寒地冻，这会儿回来，家门口的雪已经化完，地皮已经干了，父亲已经开始打墙盖房子了。照这样的天气，下一周回来可能就能下地干活了。

星期天下午，月琴骑车子过来接夏连春返校。夏连春怀里抱了一只小狗，月琴问他抱只小狗干什么，他说是田光耀要的。她说：“不会让他到家里来抓?这么老远还要给他抱到学校去。”

夏连春说：“已经答应人家了，抱去吧。”

回到学校，夏连春在宿舍门口碰到田光耀，他赶紧把怀里的小狗递过去，说：“你要的小狗给你带来了。”

田光耀好像很不情愿地把小狗接了过去，板着脸，连一句热情的话都没有。

夏连春反倒是很热情地把小狗递到他手里，觉得怀抱着小狗走了十几公里这么老远的路，不容易，还有点想讨得别人欢心的心理。结果人家反倒觉得夏连春欠他什么似的，好像给他送小狗是给他添麻烦了。

夏连春懊恼至极，觉得自己这两天竟跟狗搞到一起了，真应该让田光耀自己去抓，自己干吗要这么费劲给他送来，现在居然还想讨好这连狗都不如的田光耀。他觉得自己太没出息，竟然干了这么件卑贱的事情。

夏连春心里堵得慌，躺在宿舍里生闷气，左思右想觉得不对劲，田光耀为什么突然变成这样？一定是什么地方出了问题。但会是什么地方出问题了呢?因为凤月琴？他真的要当谷阿姨的女婿？昨天还好好的，怎么今天就出问题了呢？出问题也肯定，不是自己的问题。他越想越气，越想越觉得自己窝囊，越想越觉得这口气咽不下去。正在他气不打一处来的时候，田光耀走到他的床前，很不友好地说了句：“你出来一下。”

他知道，谜底该揭开了。

夏连春跟着田光耀走到宿舍后面的菜地里，看来他是要和自己谈一件很重要的事情了。城里的地温比农村升得快，菜地里的野菜野草已经泛青。他们俩面对面地站着，一时都没说话。田光耀突然俯下身子，蹲在一畦菜地埂上，拉开了谈话的阵势。夏连春感觉到事情的重要性，也面对面蹲在另一畦菜地埂上。

田光耀一脸严肃地对夏连春说：“你把钱拿出来吧!”

夏连春一脸茫然地看着田光耀："什么?"

田光耀说："你把拿走我的那三块钱拿出来吧。"

夏连春更加茫然地说："什么三块钱?"

田光耀说："别装了，我放在床上枕头底下的三块钱不见了，星期六中午还在，你星期六下午拿走的。"

"啊?什么?"夏连春惊愕了，"你再说一遍?你是说我偷了你的钱?"

"有人说了，星期六下午就你一个人在宿舍。你现在拿出来还不迟，我不会对别人说。"田光耀看似平静地说。

夏连春"噌"地从菜地埂上站了起来。攥了几次拳头，最后还是把手松开了。"田光耀，你有权利怀疑任何人，你也有权利怀疑我，但我告诉你，你错了!"说完扭头走了。

田光耀被他甩在身后，扔在菜地里。田光耀突然觉得夏连春有种神圣不可侵犯的威严，同平日里的胆小文弱完全两样。田光耀仿佛被镇住了，有点发虚，心想：难道自己怀疑错了?真的不是他?

夏连春茫然地回到宿舍，又茫然地走出宿舍，再茫然地走出校园。他已气愤到了极点，他想打人。

他一个人无目的地走着，从城里走到城外，从天亮走到天黑。天很凉，乍暖还寒的时候；心更凉，受辱后的伤感和悲凉。

他好无助。他的心在流血。他就这样被人欺负被人侮辱，难道自己看起来就这么猥琐吗?他开始痛恨自己，看不起自己，难道自己平日里在别人眼里就是一个贼眉鼠眼偷偷摸摸的人吗?别人丢了钱都能怀疑到自己，自己活在世上还有什么用?真丢人，还不如死了算了。

如果真就这样死了，不就等于承认自己是贼了吗?那还不知道要留下多少骂名，只会让关心自己的人失望，让喜欢自己的人脸红，让爹娘和兄弟姐妹都跟着挨骂。

不行，这件事绝对不能就这么不了了之，这关乎自己一生的名誉，不能这么懦弱。夏连春心想：田光耀有怀疑我的权利；我也有不让你怀疑的权利；你可以欺负我，我也可以不让你欺负。方小青说得对，作为一个男人，可以不主动欺负人，但决不能被人欺负。

他转而又想：当然，这件事就此搁下，不再理会，也不失为一种好的处理办法。身正不怕影子斜。但如若这样，自己是不是又太窝囊了呢?不过，以田光耀的性子，既然他敢直接找我说我偷了他钱，他就已经认定这件事是我干的了。现在事情还没定论，他被我呛了，肯定不会甘心，他一定还会有进一步的行动。如果他要还有下一回，再来找我的话，肯定就不会是今天这样云淡风轻的了。

天已晚，夜已深，不知道几点了，大街上，校园里，路灯都已经灭了。夏连春独自徘徊在没有暖意的春夜里，有些孤单。穿得少了，好冷。他走到校园后面的操场上打拳练功，几趟拳打下来，酣畅淋漓，煞是痛快。夜虽黑暗，但只要人心光明，黑夜里也能看到行走的路。他陡然觉得，自己体内有一种力量在生长。男人就要有男人的样。

他带着打拳练功后的轻松回到宿舍，同学们都睡了，没人知道今天发生的事，没人知道明天还会发生什么事。

第二天，太阳照常升起。田光耀没有找夏连春，夏连春也没有找田光耀，他们之间就像什么事都没发生过一样。但两个人在宿舍里、教室里或是食堂里，只要是能够相遇的地方，他们并没有刻意回避对方，甚至还有意识地在寻找对方。两个人都知道，他们的事还没完。

田光耀还在心里做着斗争，不知这件事到底该怎么收场。他有充分的理由认定他的钱就是夏连春偷的。一是有那个同学作证，说看到夏连春上周六下午一个人在宿舍，还爬到田光耀床上翻东找西。二是田光耀春节时亲眼看到了夏连春家里的生活状况。人穷志短，人在困难的时候，为了生存，什么事都可能干得出来。谁能保证夏连春就一定不会偷东西呢？三是最关键的，田光耀春节拜年时在凤月琴家里看到夏连春父亲脚上穿的是白回力鞋，那双鞋特别扎眼，虽然鞋已黑了，但一眼就能看出那鞋跟蔡团长上学期丢的鞋很像，他父亲不可能买这样的鞋穿。为了一探究竟，田光耀那天下午去了夏连春家拜年。不看不知道，一看吓一跳。夏连春家里的境况可以说是穷困到了极点，而他弟弟妹妹脚上穿的鞋子却都很好，以他们家的经济条件肯定买不起，如果买得起，不可能夏连春穿得那么差。而且那天田光耀他们进去以后，夏连春的弟弟妹妹就都立即出去了。田光耀猜想，一定是夏连春把他们支走的，他怕田光耀看到他弟弟妹妹脚上穿的鞋。

下午放学后，蔡团长找到夏连春，问夏连春到底拿没拿田光耀的钱。夏连春很冷静地问蔡团长："这事跟你有关系吗？"蔡团长说没有关系，而且他也不相信是夏连春偷了田光耀的钱。但田光耀听信了别人的话，认定是夏连春偷了他的钱，一定要让蔡团长找夏连春谈谈，让夏连春把钱拿出来，所以蔡团长只好问问夏连春。夏连春说那就让田光耀自己来找他。

夏连春知道，田光耀一定还会找他的，他等着。他突然想到了上周六在宿舍碰到的那个同学。田光耀说有人看到那天下午就夏连春一个人在宿舍，蔡团长又说田光耀听信了别人的话，夏连春认为这个别人应该就是那个同学。夏连春想找那个同学侧面打听点情况，但那个同学上周六回家后还没回来。

田光耀真是个急性子，夏连春还没理出个头绪，晚自习后田光耀就在教室门口堵住夏连春：“你过来一下。”

夏连春跟着田光耀往教室后面的操场上走去。田光耀把夏连春领到操场的一个角落，这里不错，僻静，他们俩在这里打架也不会有人知道。田光耀回过头，说：“把钱拿出来吧！”

“你认定是我偷了你的钱？”夏连春很平静地看着他说。

“现在不是探讨你偷没偷钱的问题，”田光耀咄咄逼人地说，“现在是你把不把钱拿出来的问题。”

“那我要是拿不出来呢？”夏连春毫不示弱地问。

“那我就把你偷东西的事情反映到学校去，也可以向公安局报案，把你上学期以来在宿舍里偷的东西放到一起处理。”田光耀把握十足地说。

“我上个学期在宿舍偷的东西？”夏连春不解地问。

“不是吗？”田光耀步步紧逼地说，“你父亲脚上穿的白回力鞋不是蔡团长的吗？你弟弟妹妹脚上穿的鞋不是你偷的吗？”

听完田光耀这几句话，夏连春先是愣在了那里，继而双手抱头号啕一声蹲在地上：“田光耀，你欺人太甚！”

田光耀看着夏连春悲痛的样子，很是得意，也有几分怜悯，觉得自己的话终于戳到了他的痛处，觉得夏连春也怪可怜的。

等到夏连春重新站起来，田光耀乘势紧逼：“只要你把我的三块钱交出来，其他的事我就不追究了。”

“看来你认定是我偷了你的钱，还偷了宿舍其他同学的东西了？”夏连春的牙已经咬得吱吱响。

“那还能是谁？”田光耀不容置疑地说。

“那我要告诉你不是我呢？”黑暗中，夏连春的手已经握成拳头。

“那就别怪我不客气了。”田光耀说着，突然伸出左手，一把抓住夏连春的衣服领子，举起握成拳头的右手，“吃我三拳，一拳一块钱，钱我就不要了。”

“真要这么解决吗？”夏连春问。

“还有别的办法吗？”田光耀说。

“你把手松开我告诉你怎么解决。”夏连春说。

“你说。”他真的把手松开了。

“你向我道歉。”夏连春一字一句地说。

田光耀显然被夏连春的话气着了，激怒了，他突然变得像一头发了疯的狮子，以他人高马大的优势，抡起拳头就向夏连春打来。夏连春抬起左手，抓住他的右手，同时挥起右手，向他打了过去。

夏连春边打边告诫他：“我这一拳打你眼睛，叫你不要再狗眼看人低。我这一巴掌扇你的脸，叫你知道被羞辱的感觉。我再一拳掏你的胸，叫你长点记性，不要再随便欺负人。”

两拳一巴掌过后，夏连春停了下来。田光耀显然被打蒙了，他原本想要好好把夏连春揍一顿解解气的，可没想到夏连春这么能打，自己还没反应过来就被打得捂着脸蹲在地上了。夏连春心想：我还没点你穴位呢，我不想让你感觉到我会武功，要不然我会让你在这蹲到半夜再回宿舍。

打完了，田光耀老实了。夏连春也解气解恨了，他问蹲在地上的田光耀：“还打吗?”田光耀不说话。他又问：“回宿舍吗?”田光耀不理他。夏连春说：“那我走了。”田光耀依然没说话。

田光耀什么时候回到宿舍的夏连春不知道，他睡着了，而且睡得很踏实。

早上起来，田光耀左眼贴了块大纱布。他昨晚上去了医院，眼睛可能被打坏了。但他没说昨晚和夏连春打架的事，他不说夏连春也不说。早上有同学问他眼睛怎么了，他说他昨晚不小心在台阶上摔了一跤磕的。

蔡团长心里有数，他知道田光耀昨天晚上找夏连春了，他不相信田光耀是自己摔的。蔡团长悄悄问夏连春：“田光耀的眼睛是你打的?”

夏连春反问蔡团长：“我能打过他吗?”

蔡团长纳闷地说：“那是怎么回事呢?”

夏连春知道，他和田光耀的梁子就此结下了。田光耀肯定会记恨会不服气的。但夏连春的气算是出了。被人怀疑偷钱是多大的侮辱啊，这种侮辱不仅在当时受不了，一生都会是抹不去的心理阴影。而且田光耀也不听他解释，还不依不饶地找夏连春麻烦。

田光耀消停了一个多星期，等到他眼睛上的纱布一去掉，马上就又急着约夏连春出去。夏连春知道这一次他是有备而来的，自己要认真对待才是。原本夏连春是想等那个同学来了之后，他们三个人可以坐到一起当面对质，把事情说清楚，总比现在这样不清不楚地相互猜忌好，但那个同学一个多星期了一直没来学校。如今，田光耀咬着他不放，甚至扬言要动用公安去把他给家人捡的那些鞋的事也要搞清楚。那这样做也没什么必要了。

又是晚自习后，田光耀和夏连春一前一后来到操场上，难道田光耀要在哪儿跌倒在哪儿爬起来？夏连春怎么打倒的他，他也要怎么打倒夏连春？他有什么新的招数？夏连春时刻提防着他下黑手。但他没领夏连春去上次那个角落，他把夏连春领到了操场后排靠墙的木制看台上，然后自己先坐下了。

夏连春不知道田光耀葫芦里卖的什么药，没坐，站在那儿。

田光耀说："你坐下，我没恶意，我今天就是想和你好好谈谈。"

夏连春看他态度还算诚恳，也没必要过于计较，就选了一个离他稍远一点的地方坐下。

田光耀朝夏连春跟前挪了挪，说："对不起，夏连春，我错怪你了，我上了那家伙的当了，我的三块钱是他偷的。我现在很后悔，我知道这件事对你造成的伤害挺大的，我真诚地向你道歉，还请你原谅。"

田光耀的一番话把夏连春搞蒙了，夏连春不知道发生了什么事，能让田光耀突然这样一百八十度大转弯，主动向自己认错。田光耀可是一个软硬不吃的硬汉，他可不是能够轻易改变自己想法附和别人的人。但夏连春相信田光耀的话是真的，不是假的。直觉告诉他，这里面没有圈套，而且可能有什么外在压力迫使田光耀不得不这么做。

俗话说，伸手不打笑脸人。既然人家已经相逢一笑，夏连春也就没必要再计前嫌了，随口跟着应道："只要你释怀了就好。"

"那家伙偷了我的三块钱，回到家干农活时又偷了生产队两麻袋小麦种子，被公安局抓走了。"田光耀说，"原来那家伙是个惯偷，宿舍丢失的东西都是他干的，以前他偷别的宿舍的东西，现在开始偷我们自己宿舍的东西，他看你家里比较穷，就想把同学们的视线引到你身上，栽赃嫁祸给你。他上次把一个同学的口琴偷偷塞到你的毛毡下，但口琴被你率先发现了。"

夏连春惊出一身冷汗，人穷连贼娃子都欺负。

"这家伙还经常偷公社贸易公司的东西，他把偷来的东西拿到县里跟别人交换，互通有无，人家还觉得他神通广大。他还给我搞过一些紧俏商品，他在公安局交代了，还揭发我，说我带领宿舍同学偷煤，用民兵连枪支打狗。"田光耀开始气愤起来。

夏连春心想：你是罪有应得。

"现在事情已经搞清楚了，"田光耀说，"我希望这件事就这样过去了，大家都别再往心里去，我们还能做好同学。"

"我们重新开始吧，还可以做好同学。"夏连春顺着田光耀的话说。但要他把这件事忘了，别往心里去，那是不可能的。田光耀想听到的"过去了""原谅了"，这样的话夏连春始终没说。这件事是插在夏连春心尖上的一把刀，让他捂着流血的胸口说这事过去了，绝不可能，在他这里，这件事一辈子也过不去。

第十二章　五行缺土

夏连春五行缺土，需与土结缘，以土相补。他喜欢种地，十几岁就会犁田打耙、栽秧撒种。他适合种地，种什么成什么，种什么都有好收成。

夏连春的五行代表色为黄色。夏季的麦浪滚滚，秋天的稻谷金黄，都是他命相运程的颜色。夏连春说他天生就是个种地的命。去年，夏连春一到上水湾，看到他们家房前屋后那一大片荒芜的石头地，他就试着开挖了几块，搬开石头，见下面的土质很好。父亲说这块地最适合种洋葱，种洋葱收头重，来钱快。

洋葱是当地人一日三餐都离不开的生活必需品，炒菜吃，凉拌吃，煮肉吃，怎么吃都可以，尤其是煮羊肉，什么调料都不放，就在肉煮好了起锅前，放一把切碎的洋葱进锅，肉味一下子就出来了。夏连春让父亲说得直流口水，恨不得马上就种马上就吃才好，只是那时已过了种植的季节，他就盼着春天早点到来。

他没想到上水湾的春天来得这么晚，都四、五月份了才姗姗来迟，几乎要比他老家晚了一个季节。

他也没想到上水湾的春天去得这么快，才脱掉冬装，转眼就到了夏季。他那身从老家带来的厚厚的土布衣服已经换掉，穿上了一身“的确良”，里面还衬了一件海魂衫。

他更没想到，上水湾的春天这么美。赤麓山下，雅玛河畔，田边地头，路旁渠岸，只要是闲着没有耕种的土地，随处可见绵延不断、开也开不败的格桑花、赤鹿红花和各种不知名的小花。赤鹿红花在各色花朵的簇拥下，煞是抢眼好看。

春天是忙碌的。人们在大田里种着集体的田，在自家的庭院深耕着自己的“一亩三分地”。靠集体的田吃饭，靠自家的地花钱，农家的日子就这样自给自足地过着。

现在，每个周六下午夏连春都早早回家，每个周日下午再晚晚返校，他要在家多干些活。他让月琴最近一段时间不要跟他一起往返赶路了，月琴不愿意，她说她骑车子带着他走得还快一些，不耽误时间。

周六一回到家，夏连春就一头扎到那片石头地里，邻居们都会说“老夏家的拖拉机又回来了”。二弟三弟也跟着他一起干，开挖出来的石头有的垒砌田埂，一个畦子一个畦子排列整齐；有的堆放在旁边，堆成一个很大的石头堆，后来他们家翻盖新房的时候这些石头都派上了用场。

每个周末的劳动成果都是又增加了一片新开挖出来的土地。他打算今年多开一些石头地出来，都种上洋葱，如能有个好收成，卖上个好价钱，这样狠狠干上一年，兴许到年底就能翻过身来。

看着自己从一个石头缝一个石头缝里抠出来的土地，又被自己一铁锨一铁锨深翻出来种上了洋葱，再看着那出土的洋葱苗一周一个样地生长，夏连春心中的那份喜悦是无以言表的。

干完活，他喜欢蹲在地里，或是坐在田埂上，看洋葱生长的样子，听洋葱生长的声音。他说洋葱生长的样子是能看得见的，洋葱生长的声音是能听得到的。

夏连春家的洋葱种得比较粗放。好几亩地，形成了规模，顾得上就管理得细一些，顾不上就管理得粗一些。特别是一些来不及间苗的就由着它们长，来不及拔草的就让它们在草棵里长。

洋葱收获的季节正是放暑假的时候。那一畦畦早种的洋葱秧子渐渐发黄发蔫，慢慢老去，趴在地上，洋葱地里露出一层圆圆的紫红色的洋葱头，像是铺就在地面上一样，真可爱。没间苗的洋葱地里，一层洋葱头，一个挨着一个，挤到一块，有的大，有的小，像是一家老小团聚在一起。没来得及锄草的洋葱地里，草长得好高，但扒开草一看，洋葱躲在草棵里长，洋葱头也长得好大。

上水湾的洋葱没有下水湾的名气大，人家名声在外，连省城的人都知道。卖洋葱的时候，下水湾是坐等城里人千里迢迢把大卡车开到田间地头拉洋葱；而上水湾，尽管相距下水湾只有两三公里，但城里人却不愿到上水湾这边来。

有人去联系这些城里人来买上水湾的洋葱，可城里人马上就要压价几分钱。谁还卖给他？还是自己拉到城里卖吧！

卖洋葱的季节，上水湾人几家、十几家相约一起出发，几辆、十几辆毛驴车排成长长的队伍，一辆接一辆地连在一起，是大路上的一道风景。过往的汽车、拖拉机都会给他们让路。

上水湾的洋葱都是拉到鹿川市去卖。上水湾离市里三十来公里，有二十多公里的柏油路，五六公里的乡村石子路，都是大路，赶车很好走。

洋葱一般都是现挖现卖，挖早了会缩水折重，下午挖了装车，晚饭后赶车上路，一夜行走，天亮的时候到市里。

暑假里，夏连春第一趟赶车去鹿川卖洋葱是和父亲一起，同行的还有好几家人。赶车的人穿得都很厚，夏连春和父亲又都穿上了从老家带来的粗布衣服，还带了件棉袄放在车上。走夜路，晚上凉。

一路上，赶车的人有坐在车上的，有心疼拉车的毛驴跟着车走的。一夜赶路，一夜没睡，三十来公里的路程，到了地方，还真有点累，有点冷，有点饿，有点困。人是如此，驴也一样。

时间还早，他们就在进市区的大上坡路口一个卖早点的餐馆歇歇脚，喝碗茶，吃块烤饼，给驴松松套，喂喂草，饮饮水。一来二往，后来，他们每次卖洋葱，早上都到这家餐馆歇脚，吃饭，喂驴。时间久了，人成了朋友，店成了他们的车马店，吃饭不付钱，给店里留些洋葱，以物换物，互通有无，互不吃亏。

卖洋葱没有集中固定的农贸市场，都是赶着毛驴车走街串巷叫卖。大上坡路口的这家餐馆就成了上水湾卖洋葱人的集散地，到这里聚合，从这里散开，大家分头行动，卖完洋葱各自赶车回家。

卖洋葱的人都有自己熟悉的行走路线，无意中渐渐形成了各自的地盘并有了熟悉的客户。

夏连春和父亲走的是鹿川西南面，这边企业单位的家属院多，他们才走了三四个家属院就把一车洋葱卖完了，才用了半上午的时间。

卖完洋葱，父亲说去百货商店。父亲赶车，夏连春坐在车上。驴脚下的铁掌踩踏在水泥路面上，发出“咔嗒，咔嗒”的声音。到了百货商店，父亲把驴车绑在门口的电线杆上，带夏连春进店去看自行车，他要给儿子买辆车。车那么贵，一百多块钱一辆，夏连春说以后再买，父亲说就今天买。父亲挑了一辆飞鸽牌自行车，问他行不行。自行车那么漂亮，当然行，就是有些舍不得钱。

父亲要用卖第一车洋葱的钱给儿子买辆自行车的主意是早就拿定了的。他掏出卖洋葱的九十六块八毛钱，又添上从家里带来的三十多块钱，把那辆崭新的飞鸽牌自行车推走了。

晚饭前回到家，母亲看着儿子推着一辆崭新的自行车进来，脸上挂满了笑容，说：“自行车买上了？”

父亲说：“买上了。”买自行车的事是父母亲事先商量好的。

两天后，第二趟卖洋葱，父亲从别人家借了一辆毛驴车，他和夏连春一人赶了一辆车。父亲是要他亲自赶车体验一下，下一趟就让夏连春自己卖洋葱，他就不来了。

卖完洋葱，父亲又带夏连春去了趟百货商店。这一次父亲花了三十多块钱给自己买了一块钟山牌手表，给母亲和弟弟妹妹们每人买了一身新衣服。

第三趟卖洋葱果真就是夏连春自己赶车和同村的几个人一起去的。晚上走在路上，一个叔叔给夏连春传授卖洋葱的经验，说："有些买洋葱的人可爱挑了，光挑个头中不溜的，剩下那些个头大的或个头小的，就不好卖了。

"洋葱是连秧子一把一把码装在车上的，卖的时候也是连秧子一起称秤。所以你一定要一把子一把子打开卖，不要一次把绑好的洋葱把子都打开。

"有些人买洋葱时喜欢把洋葱根须上的土抖来抖去，要抖得干干净净，你不要让他们抖，你就说这洋葱是从土里长出来的，带点土是正常的。

"还有，秤砣绳子可以粗一点，你称的时候，把秤砣绳子往秤星里面放一点。以后熟练了还可以在称的时候用小指头轻压一下秤杆头部，让秤杆尾部高高翘起。"

早晨，天放亮了，卖洋葱人踩着钟点到了大上坡路口的餐馆，歇脚，吃饭，喂驴，然后按照各自的路线分头行动。

夏连春走了好几条街，转了好几条巷，一斤洋葱也没卖掉，因为他不会叫卖，喊不出那一嗓子"卖洋葱"。别人看到他赶着一驴车洋葱，还以为是给哪个单位送的，不是零卖的呢。

他在心里默默喊了无数遍"卖洋葱"，可就是张不开嘴，发不出声，心里那个急呀。转了好半天，转着转着，他突然想明白了一个道理，这鹿川市里谁认识你呀？你就把这"洋葱"当成人名，当成你同学田光耀、蔡团长来喊，"田洋葱"，"蔡洋葱"，不就发出声喊出来了？

他自己把自己逗乐了，真的就把前面的一个人当成了"洋葱"，但还是张不开嘴，喊不出声。眼看那个人就要拐弯了，再不喊人家就要走远了，得赶快让他站住。一着急，张开嘴，扯着嗓子就是一声"洋葱"！

啊，喊出来了，而且前面那个人还真的转身回头看了他一眼。

有了第一嗓子就有第二嗓子，连着喊了几声，夏连春突然觉得自己的声音好洪亮，好悠扬，比父亲的声音还大，还好听，还能吸引人。父亲的嗓子好，爱唱家乡戏，在地里干活时，干着干着就唱上几句；他还会喊两嗓子大鼓书，但大鼓书必须坐下来拉开场子唱，不是走着唱站着喊的把式。

喊出了"洋葱"的叫卖声，随即又遇到了新问题，他找不到前两次跟着父亲一起卖洋葱的线路了，找不着那些个已经熟悉了的家属院和买洋葱的人了。他赶着车子着急地在原路上转，一圈又一圈，不知道转了多少圈，可就是找不到记忆里那个熟悉的路口。就在他不知如何是好的时候，突然走过来一个老奶奶："小伙子，你今天怎么不去我们院子了？"

啊，这不是买过他们家洋葱的老奶奶吗？他赶紧说，他找不到去他们院子的路了。老奶奶指了指旁边的院子说："这不就在跟前吗？我还以为你今天不想进来了呢。"末了，她还问了一句，"你的爸爸今天没有来？"

从老奶奶居住的院子出来，他就认识路了。几个家属院走过之后，他的一车洋葱也就卖完了，但这个时候已经到了半下午，他得抓紧回家。匆忙收拾车上的东西时，他不小心把秤掉到了地上，毛驴一动，车轱辘把秤杆压断了，他心里那股无名火"腾"地就烧了起来，一路上心情都不好。

出了城，上了路，他把棉袄铺在车上，人躺在棉袄上，任凭毛驴自己拉着车往家走。老马识途，驴也认路，每次卖完洋葱回家都不用人管，毛驴一定会把主人安全拉回家。

一回生，二回熟。夏连春第二趟自己出来时就很顺了，一上午就把一车洋葱卖完了。掉过头来往城外走时，在城东的一个家属院门口，他看到好多人围着一个卖洋葱的毛驴车，闹哄哄的。到了跟前一看，是那个教他卖洋葱技巧的叔叔，因为缺斤少两被人逮着了，人家不让他走。

夏连春赶紧上去帮那个叔叔解围。他对那些围着的人说："我也是卖洋葱的，对不起了，这个叔叔可能是看错秤了，缺一赔二，让他给你补偿。"

那买洋葱的人说："你们种洋葱的辛苦，不容易，我们知道，但你们的心也不能太黑了，我买你两公斤洋葱，你少给我六百克，我们也不容易啊。"

夏连春一听，这叔叔确实太黑了，他随手从那个叔叔车上拿出一把洋葱，足有四五公斤，往那买洋葱人的手里一塞："对不起，这算是给你的补偿，你拿上，让他走吧，我们住得很远，他洋葱还没卖完。"

那买洋葱的人很通情达理，说："我不要这么多，你补够秤就行了。"

夏连春赶忙从那捆洋葱里拽回来四五个，一公斤左右，其他都塞到买洋葱人手里说："也就这么多，不称了，我们走了，谢谢你们了。"

两个人逃也似的赶着毛驴车走了。走到一边，那个叔叔说："吓死我了。"

夏连春对他说，再不能干这样的事了。

那个叔叔继续卖洋葱，夏连春出城回家。到了城外，夏连春看到路边一处挖土弃下的地坑里，草长得很茂盛。天还早，他就把毛驴车停在路边，卸下套，让驴到坑地里吃会儿草，歇歇。他自己也好斜躺在车上睡一会儿，一眯瞪还真睡着了。等他醒来，已经过去半个多小时了。

毛驴还在地坑里吃草，他把它牵过来上套，却发现驴拥脖不见了。刚才驴拥脖他没卸下来，可这会儿却不在了，找不着了。他把车旁边，路旁边，地坑里，反反复复找了无数遍，怎么找也找不着。没有了驴拥脖这可怎么回家呀？

毛驴拉车推磨靠的就是脖根子用力，驴拥脖往脖子上一套，连接驾辕的两个夹板往驴脖子上一夹，毛驴用力往前一拉，车就走了，磨就转了。如果没有驴拥脖，两个夹板直接夹在驴脖子上，那走不了几步驴脖子就会被夹烂了。没有驴拥脖，驴是没法拉套的。

没办法了，夏连春就把随身携带的棉袄绑在驴脖子上，当拥脖用，还行，驴拉着车走了。但为了减轻毛驴拉车的负荷，他就不坐车了，在车旁边跟着走。

开学前，夏连春最后一趟卖洋葱的时候，突然变天下雨。父亲叫他这一趟就不要去了，在家准备准备上学的事。他说："上学没什么好准备的，背个书包带上面粉、清油走人就是了。"

父亲说："抽空把自行车包装一下？"

夏连春想卖完这趟洋葱回来再做，来得及。洋葱已经装在车上，地里的洋葱还有很多，剩下的都得父亲自己去卖，天也会越来越凉，夏连春不想让父亲太辛苦，他能多跑一趟是一趟。

这一场雨下得好大，一直下到后半夜，天快亮时才停下来。雨一停，夏连春就爬起来喂驴套车，母亲也起来给他做了些吃的。

鹿川这地方没有连阴雨，雨停路干。走着走着，天就亮了，太阳也出来了。雨后天晴，万里无云，大约半上午的时候，太阳就很晒了。车行途中，突然从路边的农田里跑过来几个年轻人，要买洋葱，夏连春一看竟是他们班同学，还有方小青。

"夏连春？"他们惊喜地大喊了一嗓子，随即又不可思议地追问一句，"怎么是你？"

"怎么不能是我？我一个假期每天都从这里路过，不过都是夜路，夜出晚归。"夏连春不无兴奋地说，"我倒要问问，怎么是你们，你们在这儿干什么？"

同学们七嘴八舌地说他们在这里学农，已经下来一个月了，之前割麦子，现在锄苞谷。夏连春开玩笑说，同学们学农辛苦了，他代表农民朋友送几把洋葱表示慰问。慰问完，他还要赶路，到鹿川卖了洋葱晚上还要返回。

方小青问这一车洋葱有多少，夏连春说大概五百公斤。她问一公斤多少钱，他说两毛钱。方小青说他们学农活动明天就要结束了，学农的同学刚好二十五个人，大家干脆把夏连春这一车洋葱分了，每人二十公斤，四块钱。也算大家学农回家带的农村特产。她问大家行不行，同学们都说行，青姐就是会做事。

夏连春还想说什么，方小青不听，她征求完大家的意见，就坐到毛驴车上，叫夏连春赶车去他们住处。其他同学也都回到地里拿上各自的农具往回走。

夏连春赶着车，方小青坐在车上。方小青问："我们俩现在像什么?"

夏连春问："像什么?"

方小青说："像不像农村女婿拉媳妇回家。"

夏连春说："不像，像人贩子赶着车卖媳妇。"

方小青说："你舍得卖我吗?"

夏连春说："一定能卖个好价钱。"

方小青哈哈一笑："我可比洋葱值钱。"

第十三章　开门办学

卖完最后一趟洋葱回来，夏连春就忙着打理他的自行车，他太爱他的自行车了。一来上学需要，骑车子往返很方便；二来也有面子，他真的怕别人看不起自己。他也学着别人的样子，把自行车能包装的地方都包装一下，既是为了防磕碰，也是为了好看。男式自行车一般都是包牛皮纸，刷透明漆，油光锃亮的。女式自行车一般都是缠绕塑料彩条，精致好看。月琴的自行车是男式的，也是包牛皮纸刷透明漆，没有缠绕彩带。

新学年开学，夏连春读高三，月琴升高一，同属高中生，都是大人了。他有了自己的自行车，再不用月琴骑车子带他了，两个人一路同行的感觉真好。

开学后，各个年级都在嚷嚷着开门办学的事。同学们也搞不清楚，这学上得好好的，怎么突然就冒出来一个什么农学院，创造了什么开门办学的经验。现在，全国都在学习这个农学院，学习这个农学院的经验，要把学校办到农村去，办到工厂去，办到部队去，拜工农兵为师，学工、学农、学军，也要批判资产阶级。学校的课是上不了了。

一时间，县中学所有班级的学生都走出了校园，唯有高三年级两个班，学校网开一面，让继续上课。学校说高三学生假期里已经学农一个月，顶了现在开门办学的课，可以不下去了。同学们这时候才明白，学校假期里组织他们下农村，原来是为了开学后不耽误上课，学校也是用心良苦啊。

但学校的做法也没能坚持下来，高三年级的课只上了一个月，到九月底，新的精神来了，说开门办学是新事物，各个学校都要“以学为主，兼学别样”。学校再也坐不住了，赶快把高三年级开门办学的课补上，十月份就安排高三两个班的学生到县农机修造厂学工一个月。

农机修造厂是县里最大的工业企业，同学们以组为单位，被分到不同的车间，每组都有固定的班组长和工人师傅带班。夏连春和方小青他们组被分到翻砂车间，修造厂里最累的车间。

翻砂车间厂房很大，没有什么机器，显得很空荡，到处堆放着一堆堆黑色的砂子和各种模具。端着铁水浇注的工人跑来跑去，车间里热气腾腾的。

车间主任讲，翻砂车间的基础材料就是砂。翻砂的原理就是用砂子做一个空心模型，中空模型一次做不成，必须分成上下两半来做，先做下半部分砂型，再翻转一百八十度做上半部分砂型，这就叫翻砂。

翻砂和铸造是相连的，就是将熔化的铁水灌入到砂子制作的模型中，制造出铸件产品。浇注成型的铸件产品比较粗糙，还要进行修复、打磨，最终生产出合格的产品。

车间主任再三交代，同学们学工时，只能做一些修复打磨的事，千万不能干浇注铁水的活，铁水的温度高达一千三百摄氏度左右，那个工序危险性大。

翻砂车间的活重，工人师傅们干累了的时候喜欢坐在一旁看男同学干活，但舍不得让女同学干。女同学刚拿起什么活想干，他们马上就会从女同学手里抢了过去自己干。

男同学们说师傅们偏心。师傅们说翻砂车间从来没来过女工，现在有这些年轻漂亮的女同学整天和他们在一起，把她们供起来都可以，哪还忍心让她们干活呢。

工人师傅们喜欢人多，有好多同学跟他们在一起的时候他们最兴奋，有说不完的开心话和逗趣的故事。他们喜欢捉弄男同学，男同学有时候真有一种被他们卖了还要帮他们数钱的感觉。他们喜欢逗女同学开心，他们能用最粗俗的语言和最低俗的故事，把女同学逗得开怀大笑，笑出眼泪。

人少的时候，工人师傅们就安静很多。夏连春和方小青他们的那个班组长喜欢坐在一边，盯着同组的一个女同学看，能看得出神。那个女同学不停地干活，有时候也会看着班组长笑笑。

班组长，西北汉子，大龄青年，话多，不得要领，有点磨叽，在翻砂车间已经干了很多年，至今没找到对象。有人问他为什么还不结婚，他总会说："跟谁结呀？我们这翻砂车间连一只母蚊子都找不见。"

工友们喜欢逗他："翻砂车间是来过母蚊子的，可惜你没抓住，让人家飞走了。"

他说那是因为有人"见缝插针"，要不然那母蚊子不可能飞走。

他讲的"见缝插针"，指的是他们厂长和副厂长的事。

厂长男的，姓郑；副厂长女的，姓冯。厂长科班出身，是工人们心中的白马王子。副厂长原是支边知青，人很秀气，也很泼辣，粗活细活都能干，她从公社铁姑娘队招到厂里来的时候，先在翻砂车间，就是这个班组长开着拖拉机把她接过来的。在翻砂车间时间不长她就到厂里当了团委书记，后来又当上了副厂长。当了副厂长，她还爱跟工人师傅们混在一起，是厂里男工友们的梦中情人。

班组长讲了一个据说是真实的故事。一天晚上，厂长老婆做好饭，迟迟不见厂长回来，她就到厂里找，到办公室找，都没找到。她直接去女副厂长宿舍找，厂长当时就在女副厂长那儿，两个人吓坏了，女副厂长赶紧把厂长藏到大立柜里。

同学们问班组长，厂长藏到大立柜里的事外人是怎么知道的。

“反正厂里人都这么说，都说他们是见缝插针。”班组长底气有些不足。原来是这么个“见冯插郑”！真的很有才。

师傅们说他们厂长的故事可多了，每个故事都很精彩。有一次厂长亲自开着刚修好的拖拉机上路试车，拖拉机熄火了，他就利用惯性把拖拉机停靠在路边，扒在车头上捣鼓，钻到车底下检查，等到他再次开行的时候，他浑身都是泥土、油污和汗渍，身上的白“的确良”成了黑白花衬衫。

他们厂长经常这样在路边修车。有时候在路上见到别人的拖拉机坏了，不管认识不认识，他也要扒到人家拖拉机车头上，或是钻到拖拉机底下帮人家修。

有一次他去县委开会，看到一辆拖拉机坏到大街上，他爬上去就给人家修，修着修着下雨了，而且雨越下越大，等到把拖拉机修好，他浑身已经湿透了。大街上都是雨水，他心疼自己的皮鞋，干脆脱了皮鞋提在手里，赤着脚走进县委会议室。此时会议已经开了一半，他非常抱歉地说：“对不起，我迟到了。”

县委书记一看他这个样子，浑身滴水，衬衣上都是油污，手里提着鞋子，问他是不是又在路上给人家修拖拉机了。他说是的，刚修好。

修造厂的工友们每每说到他们厂长的这些故事，都是眉飞色舞的，甚至还会有人手舞足蹈添油加醋。

天渐渐凉了，翻砂车间里浇注铁水时升腾起的蒸气像薄雾一般，透过薄雾望去，穿工装的女孩子，如仙女一般。

“我好看吗？”方小青问夏连春。

“嗯。”他点点头。

“她呢？”她示意和他俩同组的那女生。

“母蚊子。”他说。

“嘻嘻，你真损。”她说。

他示意她看那俩人——班组长正透过蒸腾的薄雾盯着那女生看，看得出神。那女生不停地干活，有时候也会看着班组长笑笑。两个人已经对上眼了。

方小青问夏连春：“发现我也喜欢躲在旁边注视你了吗？”

夏连春说：“有吗？”

她说："有啊，你都没发现。"

他说："所以咱俩没对上眼。"

她说："因为你心里有别人。"

凤月琴他们原定下去学农一个月，结果到了第四十一天才回来，沉寂了一个多月的校园又开始活跃起来。校园南边的雅玛河畔又有了夏连春和凤月琴的身影。天色渐暗，两个人在雅玛河南岸的苞谷地头择一舒坦的地方坐下，又会是一个通宵。两个人抵御夜间低温的厚衣服都带着了。

恋爱中的人，思维是跳跃的。月琴问夏连春："我们多久没见了？"

"四十一天。"

月琴说不对，人家说"一日不见如隔三秋"，"一天三年"，四十一天就是一百二十三年了。

夏连春说："你说的也不对。'一日不见如隔三秋'的'秋'不是年，是季。一季是三个月，三季就是九个月，四十一天乘九个月再除一年十二个月，四舍五入，就是三十一年。"

月琴手持一缕青草顺势朝着夏连春甩过去："哪有你这么算账的？"

月琴一边在心里感叹自己的男朋友肚子里有东西，一边又胡搅蛮缠地说："你把想我的时间严重缩水，是不是心里又有了别人？"

夏连春赶快申明他的心很小，只能装得下她一个，再挤一个进来心就被撑破了。

她说："那你那个同桌呢？"

他说："她呀，她在她家。"

月琴说："不在你心里就好。"

夏连春他们班一个月的学工活动结束时，有同学不想回校，田光耀就不想回。受上学期同宿舍那个同学盗窃案的影响，田光耀沉寂了半年，原以为他会就此消停下去了，但没想到这一个月的学工活动又让他活跃了起来。看来开门办学活动还是很适合他，能把他的聪明才智全部激活并充分释放出来。智力在学习中体现，这不是他的长项；才干在活动中显现，他可以发挥得淋漓尽致。

夏连春他们同组的那个女生也不想回去，她想继续留在厂里学工，想当翻砂车间的"母蚊子"。经翻砂车间班组长的努力，厂里出面和学校交涉，学校同意让那个女生再留一段时间。学期结束的时候，学校通知她下个学期开学必须回学校上课，但没想到，下学期开学的时候，一切都变了，学校又不上课了。这个女生不仅不用回学校了，还成了开门办学的先进典型，成了全校学习的榜样。

寒假过后，开门办学的热潮被推到了极致，全校各个班级都组织开展了“教育要革命，我们怎么办”的大讨论。田光耀以高三（2）班的名义写了一张到农村去的请愿大字报，带领全班同学去县委，要求县委支持同学们到农村去，向贫下中农学习，把课堂办到田间地头。这时候，已没有哪个同学敢不跟着田光耀去了。

县委书记亲自接过大字报，当场表态，支持开门办学，支持教育革命，支持革命小将的革命行动，支持同学们开展学农活动。书记还专门交代，同学们下去以后，遇到什么困难可以直接找县委，找他本人。

从县委回来，田光耀向徐老师汇报了情况和想法，他要求马上组织同学们下去，由他带队。徐老师说这事要向学校汇报以后才能定。

学校支持高三（2）的学农活动，但全班同学都下到一个地方不行，食宿安排有困难，学校的意见是将一个班分成三个组：学工组、学农组、学军组。

学农组十五个人，由田光耀带队，蔡团长、夏连春、高庆阳、方小青、花丽艳都在这个组。

徐老师本来对学农活动不是很积极，因为这个班一半以上学生都是农村的，都会种地。但他作为班主任，考虑到同学们下去以后的生活和安全，他还是主动出面联系了他当年接受再教育的团结农场，让同学们到农场去，农场的条件好一些。

田光耀给他们这个学农组起了个名字，叫学农小分队。县委派了辆卡车把他们送到农场，农场把他们安排到种子队，种子队给他们安排了两间宿舍，在女生宿舍配备了做饭用具，那意思就是女生做饭。

种子队队长给他们讲了一堂种子课，同学们大开眼界。队长讲，种子的科学定义很复杂，通俗一点讲，种子就是能够孕育并长成下一代植物的繁殖体。种子的寿命有长有短，长的很长，比如莲子的寿命有数百年乃至上千年。短的很短，只有几天。小麦的种子一般两三年的寿命，但若温度、湿度合适，小麦种子的寿命也可延长。像赤麓山山洞里存放的小麦，十几年后还能发芽。一般来讲，在合适的储存温度范围内，温度越低植物种子的寿命越长。

种子的传播有自体传播、风力传播和鸟类传播等多种方式。自传最差，风传次之，鸟传最好，因为鸟飞得远。所以种子传播越远下一代植物越优良。

队长所说的远传优势，用在人类身上也一样讲得通。鹿川的女孩子为什么漂亮，鹿川的小伙子为什么英俊，就因为鹿川这地方全国各地的人都有，凸显了远传优势。

夏连春窃想，自己此前一直秉持的找对象一定要找老家的、至少也得是皖州人的观念看来是落后了，至少不是最佳的，不符合越远越好的优势法则。但他总觉得人还是越近越亲，远了就热不起来，没感觉了。

上午听完种子课，同学们下午就跟着队长去地里干活。出门时，院子里来了好多年轻人，流里流气的。看着队长带同学们下地，那些年轻人什么也没说就走了。

队长告诉同学们，这些人都是从鹿川市来农场接受再教育的知青，他们一开始都分散在农场各个队，种子队也有。这些人在队上什么事都干，就是不干活。后来农场专门成立了一个知青队，把分散在各个队的知青都集中到一起，让他们自己管理自己。

这些人，说是知识青年，其实也没多少知识，大不了就是个初中生、高中生，而且这些初中生、高中生在学校也没上多少课，没学多少东西。

队长说："现在他们到种子队来，一定是冲着你们来的。你们不要理他们就好，当然更不要去惹他们，特别是女同学要小心一些，不要单独外出。"

队长一席话，听得人瘆瘆的。

下午从地里回来，那些人又来了。他们在大院门口拉胡琴，吹口哨，唱京剧。这边的同学站在门口看他们表演，谁也没说话。他们当中的一个"瘦猴麻秆"，手握话筒状，学着用当地土话报幕：下一个节目，"喔啰克北京"（伟大的北京）。花丽艳没忍住一下笑了出来，大家跟着都笑了。

他们看到这边的人笑了，劲头更足了。搞怪的，翻跟头的，打倒立的，都上来了。

晚上，田光耀召集大家开会，提醒大家注意："从队长讲的和今天来的这些二流子的情况看，我们的学农活动可能会受到干扰。这也正说明了开门办学作为新生事物是不会一帆风顺的，我们要坚定信心，把学农活动坚持下去。"

大家你一言我一语地聊天，觉得这些人也可能就是无聊，凑到一起搞个怪，未必非要干出什么坏事来。

第二天傍晚，昨天来的那些人又来了，继续表演。气氛好像有点不对，他们来了好多人，骑自行车来的，骑马来的，不停地问这边的人："你们的娃娃老师呢？"他们是在找田光耀。田光耀和队长一起去场部了。

田光耀从场部回来，那些人老远就喊："娃娃老师！你过来一下。"

田光耀没理他们，继续往院子走。刚进院子大门，那"瘦猴麻秆"不管三七二十一，照着田光耀头上就是一捶。那怪异的小个子也跑到跟前，跳起来照着田光耀后脑勺打了一捶，又上来几个人，三下五除二就把田光耀打倒在地上。

那些人走了。田光耀爬起来，一声没吭走进屋。同学们也都没吭声。

蔡团长打了一盆温水让田光耀洗洗。以蔡团长的性格，这口气是咽不下去的，恨不得当时就冲上去跟他们打一架才过瘾。但他也知道好汉不吃眼前亏的道理，人家人多，又在人家地盘上，要是在团场，要是在县中学，哪能这么简单就便宜了这些人。而且他也知道，学农小分队的成员，也不是一条心。这一点，田光耀和蔡团长心里跟明镜似的。

像高庆阳、花丽艳，他们可能还希望那些人把田光耀再打重一些才好，结果才打了这么几下就不打了，看得都不过瘾。

像夏连春，他是事不关己高高挂起，甚至他会认为，这就叫“大路不平有人铲”，田光耀就属于欠揍的那种。

像方小青，她基本上是看热闹，这田光耀也太搁不住打了，才那么两三下就让人家给打倒了，一点英雄气概都没有。但如果有人打夏连春，她一定会出手的。

次日早起，田光耀说今天休息，不下地了，他和蔡团长回一趟县里。下午，他俩从县里一回来，就召集大家开会，向大家宣布，经学校和县委同意，学农小分队明天离开团结农场，改去太阳升公社。

田光耀回县里的本意是想让县委对农场知青干扰学农活动进行严肃处理，把打人的抓起来关几天。县委不仅没同意，还给田光耀上了一课，说知识青年上山下乡接受贫下中农再教育，是当前的大政策、大运动，知青这方面要是出一点问题那可就是大事，处理他们、抓他们的事可不能干。县委还说：“你们再有三四个月也要加入上山下乡的知青行列，那时你们就知道今天这些话的意义了。”

离开团结农场改去太阳升公社的方案是县委书记亲自提议的：“田光耀同学自己是太阳升公社的人，为什么不把同学们带到太阳升公社去？”

田光耀不想去，他觉得跑到自己家门口学什么农？夏连春也不想去，可别跑到五小队去了。

太阳升公社接到了县委通知，在同学们到来之前，已经安排好了相关学农事宜。眼下，农田里的积雪还没融化，没有多少农事可学，公社先安排同学们到公社医院学医，合作医疗也是农村的一项重要工作，待开春以后再让同学们下生产队。田光耀和夏连春心里都觉得这样安排好，在公社，离他们家远一些。

太阳升公社是一个小公社，条件有限，同学们都在公社食宿有困难，只安排田光耀住在公社，其他同学在哪儿学习就吃住在哪儿。

田光耀说他还是和同学们住在一起，公社说这样安排也是为了工作方便。

田光耀说，那就再安排一个同学和他一起住。公社没意见，同学们也觉得好，估计他肯定是要蔡团长和他一起住，这样大家都清净一些。

公社院子不大，人也不多。平时住在公社院子里的只有三个人，一个派出所所长，县里来的，家不在这里。一个小学教师，女的，家在鹿川城里。还有一个公社广播站的，当地人。现在又来了田光耀、蔡团长两个人，公社院子一下热闹起来。

晚上，田光耀和蔡团长从医院吃完饭回来，隔壁房间正在喝酒，听到他们这边的开门声，隔壁的人过来喊他俩过去喝两杯。

隔壁住的是广播站的，院子里的女老师和所长也都在，他们围坐在一张办公桌周围，女老师倒茶，广播站的人拿酒杯，所长倒酒。倒酒的人是酒桌上最有权威的，叫酒司令。所长是他们三个人当中最年长的，已有家室。那俩人都还年轻，单身。田光耀、蔡团长坐定，所长给他俩一人倒了一个满杯："入席三杯酒。"他俩接过来二话没说，接连喝了三杯。

看着他俩三杯酒下肚，所长高兴了："别看两位年纪小，看着这喝酒的架势，够朋友，是哥们。实话说，我们今天晚上这顿酒就是为你们两个准备的。下午看到有人给你们收拾宿舍，我们就想着晚上为你们接风。住到一个院子就是一家人，来，我们五个人一起干一杯。"

田光耀、蔡团长连喝了四杯酒，一杯酒一口茶，没吃一口菜。桌子上也没菜，桌子中间只有一个煮熟的羊头，可能是他们喝酒前才从外面买来的。羊头下面铺了张报纸，连盘子也没有。羊头旁边一把刀子，谁喝一杯酒谁就用刀子从羊头上割一块肉吃。

所长把刀子递给他们俩："切肉吃。"

这是鹿川人喝酒的架势。一个羊头肉喝一晚上酒是常有的事。每个从羊头上切肉的人都很小心，一次只切一点点，切多了一会儿就切完了，所以要省着吃。

还有一根牛蹄筋喝一晚上酒的，因为牛蹄筋硬，刀割不动，每次从硬筋上面刮削一点筋渣细沫尝一尝就行了。

还有人说一粒油炸花生米也能喝一晚上酒的，喝一口酒就把花生米拿过来嘣一口。

还有更喜欢喝酒的人，平时自行车后面带着酒壶，几个人田间地头相遇，拧下自行车铃铛盖，倒上酒，坐在田埂上就喝。喝大了，装着自行车铃铛回家，第二天爬起来再去找自行车。

田光耀和蔡团长进来前，他们三个人已经喝了好一会儿。这会儿所长的话也开始多了起来。他站起来说："我来给两位小兄弟敬杯酒。"

田光耀和蔡团长也赶忙站了起来。

"伟大领袖教导我们说，"所长有些激动，"我们都是来自五湖四海，为了一个共同的革命目标，走到一起来了。我们的干部要关心每一个战士，一切革命队伍的人都要互相关心、互相爱护、互相帮助。"

"你看我们这三个人，"所长继续说，"我，鲁大山，鲁州人。她，周爱兰，东北人。他，姚大喜，当地人。我们从不同的地方汇聚到赤麓山下雅玛河畔，我们又从鹿川大地的各个角落相聚在这太阳升公社，我们有什么理由不互相关心、互相爱护、互相帮助呢？现在又来了你们两个高中生，我们的队伍又壮大了，我们的革命事业后继有人。来，我再敬你们两个。"他又指着周爱兰和姚大喜："你们两个也赞助一下。"五个人又干了一杯。

干完杯，坐下来，所长伸手搂着田光耀的脖子说："你们只在这公社大院待三四个月就走了，将来无论到哪里接受再教育，你们都有出人头地的时候。可我们在这里什么时候是个头啊！你看我们这位人民教师，都在这里待了好几年了，到现在也走不了，在这儿连对象都不好找。原来我们公社大院里有'三朵金花'，现在走了两个，只剩下她一个了。"

田光耀、蔡团长看着粗壮有力、浑身是膘的周老师，心里不约而同地想了同一个问题：她也是"一朵金花"？

但田光耀会说话，他恰到好处地接道："人家都说太阳升公社是块风水宝地，在这里待过的，从这里出去的，都有好运，将来都能干大事。没准以后鲁所长当公安局局长，周老师当文教局局长，姚大喜当广播局局长呢。"姚大喜说他当不了广播局局长，因为没有广播局，田光耀说没准哪天就成立一个广播局呢。

鲁所长高兴地说："你别说，田光耀同学的话还真有道理，其实越是穷乡僻壤越容易出人才。全国大串联的时候，我去过韶山，那韶山冲多闭塞呀，可就是那儿出了伟人。你再看延安，井冈山，多偏多穷呀，可就是在这样的地方把革命搞成功了。你再看看这太阳升公社，出过多少大干部呀，公社书记、县委书记、地委书记不都出过嘛，连省城的大领导里都有我们太阳升公社的人。现在的县委书记就是从我们太阳升公社出去的。我们这几个人中，将来出个局长什么的有什么问题？我们一起喝一杯！"

吃了早饭，同学们穿上白大褂，互相看看，还都像那么回事。

院长，科班出身，亲自给同学们讲了第一堂课："医院是干什么的？是治病的场所。医生是干什么的？是治病的人。学医要干什么？就是要学会给人治病。但同学们的学医时间只有一个来月，这么短的时间不可能学会给人治病，但可以学习一些给人治病的道理，我看这就可以了。

“医生的服务对象是病人。医生的眼里只有病人，没有男人和女人。学医，第一条，不要害羞。大医院，妇产科还有男医生呢。

“医院的事，就是看病、打针、吃药、做手术，有时候还要面对死亡。学医，第二条，不要害怕。在医生眼里，生老病死都是正常现象。

“当医生，我们常常会面对痛苦的呻吟、求生的目光，不能因为见多了而麻木。学医，第三条，要有爱心。这就是医生的职业精神和素养。

“请同学们记住：进到医院，穿上白大褂，我们就是守护生命的天使。”

接下来，医院安排同学们四个人一组，自由结合，分别跟着医生学习看病，跟着护士学习打针。同时要求大家互教互学，每个人分配到一个题目，每个人都要准备讲一课，可以到院长、医生那儿借书备课。

夏连春、高庆阳、方小青、花丽艳四个人一组，跟着一个老护士学打针。老护士，不善表达，重在实践。护士办公室，她对照着人体模型给他们讲臀部肌肉注射，先把模型臀部化成个“十”字，右臀部用手点一下右上角，左臀部点一下左上角。几个人都忍不住笑了，看明白了，屁股上的肌肉针是要打在十字花的外侧上角。老护士看他们笑了，她也笑了，她讲的课通俗易懂，老护士觉得好有成就感。

老护士又给他们示范消毒、稀释、抽取等基本功和打针的基本要领。

扎针要猛，左手把病人肌肉绷紧，右手猛地一下把针扎进去，要一次扎够深度，不能扎进去一截，再慢慢往肉里戳，那样病人就疼死了。

推针要慢，针水往肌肉里注射，推针要是快了病人会很疼的。

拔针要快，针打完了往外拔的时候，右手快速拔针，左手顺势摁下酒精棉球，摁一会儿，不要揉，以防针眼出血。

以上这部分内容，老护士用九个字总结：扎针猛，推针慢，拔针快。简洁，一听就懂。

四个人跟着老护士下病房。病人一看进来这么多人，以为他们是来医院实习的。病人问：“实习护士会不会打针呀？疼不疼呀？”

老护士说：“会打，不疼。”

第一个病人是夏连春打的，一针打下去，劲好大，一下就扎到针头根部了，他慢慢推针，当时都没敢看患者是男是女。等他拔完针，那人说，针打得好。他这才敢看病人，原来是个老太太。她在鼓励他。

第二个病人也是女的，夏连春这才发现这个病房的病人都是女的。老护士叫高庆阳打，高庆阳让方小青先打。方小青从小在医院长大，打针吃药的事见得多了，几个人里头她是最从容不迫的了。

第三个病人是高庆阳打，但那个病人不愿意，她不让男的打。没办法，花丽艳打，花丽艳一针下去，没扎进去。换针，换人，方小青打，也没扎进去。老护士对病人说："你的针不好打，她们两个没经验。"然后指着夏连春说，"他打得好。"病人勉强同意了。

夏连春摸了一下病人的肌肉，又粗又硬，像一张牛皮，怨不得她们两个都扎不进去呢。夏连春吸取花丽艳和方小青的经验教训，他左手往病人臀部一放，两根指头根本不需要绷紧，病人的肉已经硬硬的了。他使劲扎了下去，针被弹了回来。他这才知道，人皮还有这么厚的，居然连针都扎不进去。老护士说："这位病人是心里紧张造成的，让她休息一会儿，放松了再过来打。"

他们来到另一个病房，这个病房的病人都是男的。第一个病人是个小伙子，花丽艳很顺利地打完了。第二个病人是个老汉，高庆阳打。高庆阳手握针管，站在病床前，病人没反应，高庆阳自个儿倒先紧张了起来。他往针管里抽取药水的时候手都在抖，用酒精棉球擦人家皮肤的时候手也在抖。他狠狠心，把眼睛闭上，左手摁着肌肉，右手使劲往下扎，只听他"啊"的大叫一声，原来他把针打到自己大拇指上了，紧接着就瘫倒在地上。旁边的几个人正在大笑不止的时候，老护士却慌了，让他们赶快把高庆阳抬到医生办公室。

高庆阳脸色苍白，呼吸困难，手上有大块大块的红斑。医生问他打的什么针，护士说是青霉素。医生又给他量血压、听心跳。他们原以为高庆阳是自己打了自己一针疼的、吓的，医生说是青霉素过敏了，赶快给他打了一针氯苯那敏。

看来刚才他那一针扎下去，一紧张，还给自己推进去不少药呢。医生说，问题不大，一会儿就好。

午饭的时候，同学们听说高庆阳自己给自己打了一针，还进行了应急抢救，大家都笑得前倾后仰。高庆阳调侃自己只适合杀猪宰羊，不适合给人治病。

下午一例眼球摘除手术，院长亲自做，夏连春他们四个人在手术室观摩。进手术室之前消毒的时候，花丽艳就显得很紧张，进手术室后她一直抓着方小青的手。

病人一只眼睛完全失明，没有视力，最近又疼痛得厉害，病人和家属要求摘除后装假眼。麻醉起效，手术开始。院长先沿着病人的眼眶剪开一圈结膜，再往眼眶里面、后面、下面一层一层掏着剪。四周都剪干净了，院长把一根线绳打成活扣，从眼眶四周塞进去，套在眼球上，下到眼球根部，拉紧。

院长讲解，线绳套在眼球底部视神经上了，他把剪刀也下到了眼球底部，迅速剪断视神经，左手拉线，右手用剪刀往上剜，霎时就把眼球连拉带拽给剜出来了。

人的眼球咋这么大，跟小乒乓球似的，平时人们看到的眯缝眼、丹凤眼，哪怕睁大的眼睛，眼珠子也就那么大点，这眼眶里的眼珠子原来跟牛眼睛一样。

眼球剜出来那个瞬间，眼眶里的一根血管滋地一下往外冒血，院长随即把事先准备好的湿纱布塞到眼眶里止血，止血后还要缝合。

就在病人眼珠子剜出来这个瞬间，花丽艳晕倒了。院长让人把她扶到旁边手术床上躺着休息。

一台手术做下来，做手术的依然精神饱满，可他们几个观摩手术的都已经累得不行了。方小青扶着花丽艳回宿舍休息，花丽艳晚饭也没吃，只想吐。大家都到女生宿舍看花丽艳，陪她聊天。有人说这医生还真不是人人都能当的，高庆阳给别人打针打到自己手上，还过敏了；花丽艳看别人做手术，自己晕倒了，饭都不吃了。

蔡团长说："这医生说好听点是救死扶伤，说难听点，就是惨无人道。你一针戳到人家肉里头，不疼吗？要是平常，你戳我一下，动我一指头看看？还一剪刀把人家眼珠子挖出来，你平时把手伸到我眼前晃一下我都不干。"

夏连春说："在我们老家，两个男人吵架，如果一个人骂'我抠你眼'，另一个人肯定一拳就打了上来。"

蔡团长又说："当医生也有一个好处，医生眼里没有男女之分，男的可以看女的，女的可以看男的。"

田光耀说蔡团长真是狗嘴里吐不出象牙来，女生则说蔡团长根本就不能当医生，他要是当了医生真不知道要祸害多少人。

蔡团长很不服气，他说："班长，你还真别官僚主义，其实她们女生可想听了……"

田光耀说蔡团长越说越不像话，让大家赶紧分头备课，准备互教互学教学相长的医学课。

每个人都选了一个讲题内容，夏连春讲的是"咳嗽"。

"咳嗽具有可抑制性，当你要咳嗽的时候，你可以控制它咳出的时间，咳出的幅度，咳出的声响。如果怕吵着别人，你可以短暂不咳或者忍一会儿再咳；咳得胸口疼了，你还可以控制咳得轻一点。最典型的是在战争年代，我们的侦察兵或尖刀班已经潜伏到敌人附近了，突然有人要咳嗽怎么办？只有控制住不能咳出来，实在控制不住了，就抓一把土吃了咽下去，强行抑制。

“咳嗽还具有暗示性。当有人给你讲这个场合不能咳嗽、不能发出声响之后，你的嗓子反而老痒痒想咳嗽。这种情况每个人都应该遇到过。”

院长说夏连春讲得有点意思，问他这些内容是从哪儿来的。夏连春说：“理论是您医学书上的，实例是我自己综合的。”院长说夏连春将来可以学习医学教育学。

第十四章　草原之夜

春暖花开的季节，田光耀和夏连春向同学们发出了邀请，请大家到家里去。夏连春已经装㞞了一个多月了，再装不下去了，人在家门口，怎么也得请大家到家里坐坐啊。大家都说班长家离得太远，不去了，可以抽空到夏连春家里玩玩。高庆阳觉得家里没什么好玩的，这么多人到谁家里坐都坐不下，谁要是想去谁就自己去得了。结果谁也不急着去了。

学医活动结束了，公社把大家安排到牧业队。牧业队就在公社旁边，山坡下的一个幽静之处，过去是养貂场，后来是副业队，现在是牧业队，农业也有，跟五大队差不多，农业在山下，牧业在山里。

牧业队三个领导的姓氏特别搞笑，书记姓牛，牛书记；队长姓马，马队长；会计是女的，姓羊，羊会计。你说这牧业队里，牛书记，马队长，羊会计，马牛羊全了，能不兴旺发达嘛？

同学们在医院的时候住的是由病房腾出来的宿舍，虽然打扫得很干净，但总有一股淡淡的药味。到了牧业队，他们住的是两间库房腾出来的宿舍，有一股淡淡的羊膻味或是牛粪味。地上铺的地毯，好几层，通铺，牧民式的生活，大家都很喜欢，被褥往地毯上一铺，一个个兴奋地就在地铺上打起了滚。

农村里，春天的活就是春耕春种，春耕春种都是机械化，大田作业。去年在修造厂学修拖拉机，今年在农村学开拖拉机，这学上的。

忙过春耕春种，到了春夏之交，农村里没有多少事。田光耀说大家都下来三个月了，一直没回家，放三天假，让大家回家看看。

太阳升公社交通不便，牧业队派了一辆拖拉机，把同学们送到县里再各自回家。方小青问夏连春："不去县里？"

夏连春问："到县里干吗？"

她说："不去看看你那小丫头？"

夏连春说他要回家干活。

月琴已经回校上课了，听说全校开门办学的学生都已经回校，高三（2）班的那两个组也回到了学校，现在只有田光耀他们这个学农小分队还在下面，也不知道他们什么时候能够回去。这个田光耀真是个头脑发热的家伙。

同学们都走了，方小青没走，她说她不走，叫夏连春留下来陪她。夏连春问她为什么不走，她说她爸妈去省城了，回去家里也没人。夏连春说他可以陪她回去看看。她说：“你吹牛吧，是不是还是想到县里去见那个小丫头？”

夏连春没接她的话，转而邀她去他家待两天，方小青说丑媳妇害怕见公婆，现在不去。其实，夏连春也只是这么一说，并不是真的要请她去他家，他家条件实在太差，不然他早请她去了。

方小青看清了夏连春的真实用意，一下子没好气地说：“你什么意思？你要是不想陪我就直说，别隔三岔五说东道西东拉西扯的，你是不敢陪我还是不愿陪我？你怕我吃了你是吧！我有那么好的胃口吗？也就因为在你的地盘上，想让你留下来，要不然我才没那心思呢。”

夏连春赶紧赔不是：“青姐息怒！我不是那个意思，我愿意天天留下来陪你，行吗？”

方小青怒气未消，气话继续：“实话告诉你，花丽艳没回，高庆阳也没回，他们两个现在就在隔壁宿舍，等着听你信呢。你想留就留，不想留就走，无所谓，有你不多，没你不少。”

夏连春赶紧套近乎表忠心：“你怎么把他俩留下来了？我在这儿陪你还不够？”其实他的真实想法是，方小青对花丽艳有偏见，对高庆阳有看法，是什么时候改变态度了呢？

方小青轻轻地笑笑：“这是你的真心话？你那点小心思，你是不是在想我为什么对花丽艳好了，对高庆阳好了，他们俩怎么也对我好了？我告诉你，都是因为你！因为你和他们俩好，我也就和他们俩好了；因为你对我好，他们俩也就对我好了；因为我对你好，他们俩也对你好，我们几个人就都好了。就这么简单，不用动心思了吧？”

尽管方小青说得有些绕，但夏连春能听得懂。他想：物以类聚，人以群分，爱屋及乌，大概就是这个意思。

方小青突然自己嘟囔了一句：“也不知道从什么时候开始，好像只要你喜欢的，我都喜欢，你不喜欢的，我都不喜欢。”

她说这话的时候一直看着地，看着自己的脚。夏连春很少见到方小青羞涩的样子，他莫名地被感动了，心里还有些酸酸的。

现在牧业队的同学就剩他们四个人。方小青说：“明天马队长要到后山牧区办事，他答应带咱们四个人上山，咱们到草原上玩两天吧？”三个人都极力附和，他们都没去过山里的草原。

方小青和花丽艳两个人洗衣服，让夏连春和高庆阳也把要洗的衣服拿来一起洗了。这事是男孩子最高兴的事，有人帮他们洗衣服，太好了。两个人不假思索地就同意了，把要洗的衣服一股脑地抱了过来。晚上，方小青把洗好晒干叠整齐的衣服送给夏连春的时候，夏连春脸红了，害羞了，不好意思了。原来，上午方小青说要帮他们洗衣服，一高兴，他就把换下来的衣服全抱给了她，没注意衣服里有袜子，还有裤头。现在可真是臊死了。

她看他这样，知道是因为什么，说："没事，我是另洗的，花丽艳不知道。"

晚饭后，她俩过来问他们晚上怎么睡，他们说各睡各的，总不能同居吧？她俩说："那要你们两个留下来干什么？过来陪我们睡，我们俩女生害怕。"

夏连春与高庆阳对视着，不知如何接话。

"看什么看？不就让你们当回男人，陪女生睡个觉，至于吗？"方小青连珠炮似的把他俩挤兑数落一顿。

夏连春和高庆阳抱着各自的被子，跟着她俩到女生宿舍。进了屋却不知道把被子往哪儿搁，他俩站在那儿看着她俩，等待吩咐。

女生宿舍的门开在房子正中间，冲门是过道，几个女生平时分睡过道两旁，头朝里，脚对过道。方小青和花丽艳两个人现在同睡在过道一边，另一边空着。

方小青看着两个人抱着被子站在那儿不动弹，就说："你们什么意思，不睡过道那边，难道还想睡我们这边，真想同居啊？"

两个人得到了指令，把被子放到过道另一边的地毯上，对半折叠，垫一半盖一半。

看着他们俩铺床，方小青又说："你们两个的任务就是好好陪着我们，保护我们，要是晚上睡不着，就坐起来守夜，但不能影响我们睡觉。"

鹿川的夜是凉的，夏天也要盖厚厚的被子。方小青和花丽艳早就换上了睡衣，穿着睡衣很大方地进了被窝。男生都是光膀子睡觉，可他们两个人实在不好意思在灯光下脱衣服，灯关了，钻进被窝，才摸黑把衣服脱了。

睡下后，四个人都不说话。尽管男女分睡两边，头朝两头，但感觉还是很近，大气都不敢出。

一觉醒来，日上竿头，起了床，四个人相视一笑，自然多了，也亲近多了，一个房间睡过觉后就是不一样。

吃过早饭，马队长让人牵来四匹比较老实一点的马。他们四个人当中只有高庆阳骑过马，其他三个人都是第一次骑马，比较兴奋，也比较紧张。扶上马，还要送一程。马队长前面带路，还有个牧民跟在他们后面。

走出去不远，就是牧业队的旱田。种旱田是赤麓山前山地带的一道风景，春天撒把种子，秋天上来收获，靠天吃饭的事。雨水好的年份可以收到一二百公斤一亩，差一点的也就收个几十公斤。旱田不算生产队田亩基数，不用交公粮，收成都归生产队。赤麓山下的村庄都热衷种旱田，夏连春前年从老家刚来的时候，就是在上水湾的旱田上见到他母亲的。赤麓山下有句俏皮话，说谁家大人对孩子放任自流，就说“种旱田呢”。

马队长说他们牧业队不仅种旱田，还有铁姑娘队呢。最早的铁姑娘队队长姓冯，现在是县农机修造厂副厂长，她带领牧业队的姑娘们，学着大寨的样子，在山坡上开荒种地，搞人造梯田。最忙的时候，她们也在山坡上搭起帐篷，吃住在工地上。有的牧工说，这些女人们疯了。

她们真的有点疯，有些活不这么干也是行的，但她们要学着大寨铁姑娘队的干法，而且认为要学得像一点才好。她们的干法引起了公社的注意，公社觉得牧业队搞个铁姑娘队，还搞人造梯田，这是“农业学大寨”的一大特色，一大创举，公社就把她们的经验报到了县里，县里通报表扬。公社专门到牧业队开了现场表彰会，观摩了牧业队开荒种粮和修造梯田的情况，学习铁姑娘队的经验，冯队长还被招工招到了县农机修造厂。

牧业队的现场表彰会上，铁姑娘队表演了节目，演唱了几首大合唱歌曲。队长在台前打拍子，抬臂挥手，踮脚提臀，举手投足间还真有一种音乐指挥的模样。

演唱结束，她和铁姑娘们一起朝着观众鞠躬致谢，全场一阵爆笑，主席台上的人不知道发生了什么，正在纳闷，突然有一个铁姑娘拉着队长就往台下跑。原来队长刚才打拍子用力过猛，衣服扣子撑开了。

马队长的幽默故事逗得几个人哈哈大笑，不知不觉他们就到了后山山口。放眼望去，一片好大的山间盆地，盆地中央有一汪湛蓝湛蓝的湖，镜子似的，当地人称为海子。海子周围，一座座白白的毡房，像飘逸在草原上的云朵。

啊，美丽的赤麓山。

方小青突然想起什么似的，问马队长：“这山为什么叫赤麓山？山里的鹿多吗?”

马队长说，历史上整个鹿川都是鹿的家园，所以叫鹿川。鹿川的鹿长得像马，叫马鹿，毛是赤褐色的，所以又叫赤鹿。后来鹿川成了人的家园，鹿都跑到山里去了，所以这山叫赤麓山。

方小青问：“那我们这一次可以看到赤鹿吗?”

马队长说估计看不到，现在野鹿都在海拔两三千米的深山丛林里，海拔低的地方它们不下来。不过山下有不少驯化家养的鹿，性情也比较温顺，可以带他们去看看。

夏连春说上水湾和下水湾养鹿的人可多了，高庆阳和花丽艳说他们那儿也都有养鹿的。马队长说整个鹿川养鹿的都多，鹿浑身都是宝，鹿血，鹿肉，鹿角，鹿茸，养鹿主要为了鹿茸，鹿茸值钱。

看山走死马。走了这么长时间，看到了盆地，看到了海子，看到了草场，但就是到不了他们要到的地方。马队长问他们几个人有没有见过山顶上的海子，他们都说没见过。马队长说："这就叫山有多高，水有多高，草有多长。一座山就是一座水库，一座山就是一片草场。我们牧民喜欢山，牧民上山就像你们进城一样兴奋。我们座下的骏马，鞭子一扬，可以带我们到达任何想去的地方。"说着，马队长左手缰绳一提，右手鞭子一举，两只脚后跟往马肚子上一磕，马"嗖"的一声，箭一般冲了出去。

看着马队长孩子般兴奋的模样，夏连春突然明白，为什么这农牧业都很兴旺的上水湾一直不通车。这很大程度上与这里的牧民多有关系，因为他们不需要车，有马就够了。

夏连春、方小青、花丽艳三个第一次骑马的人，商量好的一样，不约而同地都开始喊屁股疼，马鞍子磨的。马队长说："第一次骑马都是这样，估计你们明天下山的时候会更疼。"

方小青和花丽艳说她们现在就疼得不能走了，马队长说那就先不走了。马队长勒住马，翻身下来，领着他们走进一家毡房，他们这才知道已经到了。

毡房内，靠门的前半部分放置些物品用具，后半部分住人和待客，地上铺着花毡，四周挂着帷幔，都是精致的手工刺绣品。马队长说，这毡房左后方住的是儿子儿媳，右后方住的是主人。主人住的位置有的还放一张床，小辈人是不能坐的。中间对门的位置是主人待客的位置。

他们落座后，主人给他们上了清茶、奶茶、马奶子。马奶子有劲，喝了让人晕乎乎的。吃了炒面、小米、烤饼，还有奶油。奶油味道大，一般人吃不惯，但花丽艳很喜欢。这就是午饭了？

下午，马队长工作，他们四个人在草原上玩。马队长叫那个牧民带他们骑马到后面的山头上看看草原的风景。两个女生说她们不骑马，屁股疼。马队长说："到草原上不骑马有什么意思？走半天你都走不出一小块草场去。你们两个不想骑，可以让两个男生带着你们骑嘛。"

这个办法可以，还是马队长好，时时处处替女生考虑。两个女生刚骑到马背上，发现牧民都看着呢，她们有点不好意思靠男生太近，手抓马鞍，身子往后仰着。马队长说："你们这样坐更不舒服，要么坐男生前面，要么在后面搂着男生的腰。"本来很正常的一句话，她们两个人听了脸居然唰地就红了。

马队长摇摇头，不管他们了。四个人，两匹马，跟在陪着他们的牧民后头，一离开毡房，马蹄速度就快了起来，两个女生身子后仰的骑法立马坚持不住了，马背上很颠，她们必须贴近前面的人，否则腰受不了。高庆阳和夏连春两个人交换了一下眼色，用脚后跟往马肚子上轻轻一叩，马猛地提速往前冲，两个女生身子往后一仰，赶紧贴身搂住前面人的腰。这两个骑马的人，坏死了。

夏日的草原是美丽的。绿草，溪水，野花，羊群，少女的身影和笑声，点缀着草原的妖娆和美妙。

夏日的草原是阳刚的。雪山，森林，瀑布，骏马，男人穿着皮袄、戴着皮帽，挡住直射而下的阳光。

夏日的草原是有思想的。圆圆的毡房，在游走流动的季节里，选择了在夏天落脚。牲畜要在这水草丰美的夏日里赶紧抓膘，好在秋天配种，冬天孕育，春天接羔，延续着草原上的昌盛繁荣。

夏日的草原也是顽皮的。一阵小风吹过，撩起女孩子的裙摆和衣角，瞅瞅那看不见的春光在哪里。

几个人信马由缰地往前走着，被眼前的景致迷住了。夏连春感到方小青在他背后用鼻子嗅着他的味道，不由得就想逗她。

"什么味道？"

"男人的味道。"

"好闻吗？"

"臭死了。"

"今晚上把你熏死。"

草原上的黄昏就是一幅壮观的牧归图。夕阳归山，牧人归家，牛羊归圈，他们呢？归巢。他们今晚要住在这里，不知道会是哪家毡房。

草原上的天离地很近，天空在视线里很清楚，仿佛连一粒灰尘都能看得见。黄昏的霞光还没散去，天上的星星已经一颗一颗多了起来，几颗大一点的星星挂在头顶上，如果有人跑到山顶向上一跳，也许就能把它们够下来。

晚上还在中午那顶毡房里吃饭，吃羊肉，喝酒。队长说，到了草原上一定要喝点酒，山里头晚上冷，喝点酒驱寒气。

草原上喜欢大碗喝酒、大块吃肉的人。谁喝得酒多，谁吃得肉多，谁就讨人喜欢。高庆阳、方小青、花丽艳三个人都能喝一些酒，队长很高兴，就让他们再多喝一些。夏连春不能喝酒，队长就不断地打趣夏连春："男人哪有不喝酒的，酒都不能喝，还是男人吗？要想当男人，就赶快练喝酒。多喝，不要怕醉，慢慢就能喝了。”在队长的鼓动和劝说下，夏连春还真的喝了几杯。

什么叫不能喝？就是坐到酒桌上不愿端杯子的人，还没开始喝他就说不能喝。什么叫能喝？就是醉了还喝，反正一杯酒下去是醉，两杯酒下去也是醉，一瓶酒下去还是醉。醉了怎么了？喝就是了。喝多了怎么了？醉了就是了。

喝到兴头上，毡房主人弹起了两根弦的琴，马队长唱歌敬酒，而且专门给夏连春敬，他就是想让夏连春多喝，看夏连春喝多了什么样。

马队长一曲唱罢，方小青一边喊着好听，一边也抢着要唱，唱歌敬酒，她要给队长敬。队长明白了，有人心疼夏连春了。

马队长说：“方小青，你唱歌行，但必须唱牧民的歌曲，要不然你的酒敬不出去，得自己喝。”

牧民歌曲还真把方小青难住了。她在省城长大，牧民歌曲一时还真想不起来。憋了好半天，终于憋出来一首《毛主席的光芒照在我老汉的心坎上》。方小青刚开唱“东方升起太阳”，夏连春、高庆阳、花丽艳几个人赶忙帮腔，“金色的太阳啊哈嘀，金色的光芒照进了哈萨克牧人的毡房”。马队长跟着就唱道：“赤麓山脚下是牧民的毡房，赤麓山坡上是公社的牛羊，牛羊肥呀马儿壮。”当方小青独自完成“我弹起冬不拉高声唱，歌唱毛主席的光芒哎，照在我老汉的心坎上”。

马队长哈哈大笑，没等方小青举杯，就主动说：“好，好，我喝。”

这酒一下子就喝得上了头。马队长一高兴，拿起酒瓶就给方小青和自己一人倒了一大杯酒，说：“你这个丫头行，我们两个人喝一杯。”

一杯喝完，方小青说：“队长对我们这么好，带我们来草原上玩，还陪我们喝酒，感谢队长，回敬一杯。”方小青喝酒的本事绝对遗传她妈了，估计这毡房里的几个人没有能喝得过她的。

毡房的主人看马队长和几个同学正喝在兴头上，酒却不多了，他赶紧从毡房后面抱出一罐自己泡制的鹿血酒来。马队长一看到这罐鹿血酒，他是真想喝，但再看看身边几个年轻人喝酒的架势，他又担心别喝出什么毛病来。随即对毡房的主人开玩笑说：“你把这样的宝贝抱来给几个年轻人喝，喝得他们跟那次牛书记一样酒劲上来了怎么办？”

他借机给同学们讲了一段他们牧业队流传很久了的故事，讲得有鼻子有眼，时间、地点、人物，一应俱全。非常巧妙地把喝酒的事岔开来。他说某年某月的某一天，他陪他们牧业队的牛书记来牧区，也在这个毡房，也是喝了这么多酒之后，牧民也抱来了一罐自己泡制的鹿血酒给他们喝。

鹿血酒是鹿川的一宝，大补，喝这酒一般要秉持“三喝两不喝”的原则。三喝：老人喝，体虚的人喝，在家里喝；两不喝：年轻人不喝，在外面不喝。这鹿血酒不能多喝，喝多了流鼻血，浑身发热。牛书记那天不知怎么了，特想喝，放开了喝，马队长也不好不让他喝。喝完了，坏了，牛书记受不了了，大喊一声：“赶快回家!”

马队长知道怎么回事，赶快叫人带牛书记到附近一个渠沟里泡凉水澡，降温散热去火。

渠沟里的水是山里流出来的冰雪融化的水，很凉，晚上更凉，但牛书记一点也不觉得凉。马队长开玩笑说：“怎么样，好一些了吗?”

牛书记“哗啦”一声从水里站了起来，急匆匆地说：“不行，还是要回家。”

牛书记骑马回家以后的事，马队长没讲。但据说那天晚上以后，牛书记的老婆经常催牛书记去牧区检查工作。

夏连春一直躺在毡房里睡觉，前面的故事他没听着，当马队长讲到牛书记还是要回家的时候，他醒了，突然半支着身子爬起来没头没脑地问了一句：“谁要回家?”引来大家一阵嬉笑。

方小青伸手把他摁了下去：“你要死啊?”

马队长晚上就住在喝酒的这个毡房。他们四个人住在另一个毡房。走出这顶毡房，外面的凉风一吹，夏连春吐了。他这么一吐，高庆阳、花丽艳也弯着腰对着地，要吐。方小青搀扶着夏连春，不停地给他拍后背，又掏出手绢给他擦嘴。夏连春一把夺过手绢，问：“谁的手绢这么香?”

四个人东倒西歪地走进他们住的毡房，毡房的主人是一对小夫妻。他们进去的时候小夫妻对他们笑笑，他们也以笑作答，没有对话。

睡觉的被褥已经铺好，四床被子并排铺在毡房一侧。方小青和花丽艳扯开中间两床被子，倒头就睡，夏连春和高庆阳跟着睡在了两边，夏连春靠着方小青，高庆阳靠着花丽艳。四个人喝得都有些高，但睡觉的事情心里都很明白，谁应该睡什么位置一点都不糊涂。

夏连春躺下就不动弹了，衣服也没脱。方小青怕他穿着衣服睡觉不舒服，坐起来帮他把外衣脱了。夏连春却突然出声：“你脱我衣服干啥?”

方小青有些尴尬，赶忙说：“脱了让你好好睡觉。”

草原的夜好静，仿佛能听到风和草对话的声音。毡房里也好静，能听到每个人呼吸的声音，那对小夫妻的声音，花丽艳、高庆阳的声音，方小青、夏连春的声音。

方小青永远像个大姐姐，连在被窝里都像。夏连春不能喝酒，喝了难受，吐了更难受，她心疼他，搂着他，抚慰他。她可以亲昵，他不可以造次。早上醒来，夏连春发现自己从褥子上滚到了地毯上，方小青也跟着他滚到了一边。

山里的早晨来得要比山外早，光早早地从外面挤进了毡房。四个人都起得很早，都想趁着早，从容一点，把自己收拾利索。既然大家都起来了，那就索性一起出去走走，看看清晨的草原吧。

走出毡房，走到湖边，洗把脸，水很凉。他们都没带洗漱用具，掬一捧水放到嘴里漱口，冰得牙疼。含一会儿，把水含温了再漱口，这样反复好几次，口腔清爽了。

太阳还没出来，草原上有点凉，刚才又用凉水洗了脸，更凉了。

花丽艳一把挎住高庆阳的胳膊，是为了取暖还是为了表达亲切，只有他们自己知道。或许什么都不是，就是这两天大家亲密接触后情感的自然流露。

方小青看看花丽艳，又看看夏连春，笑了笑，也挎上了他的胳膊。她那意思不是不情愿挎他的胳膊，而可能是想让他挎她的胳膊。他看她挎着自己胳膊的样子，也笑了笑。

“你笑什么？很得意是吧？”方小青问他。

“你笑什么我就笑什么，你得意我就得意。”夏连春说。

“你调皮了。”方小青说。

“有吗？”夏连春问。

“你昨晚上不老实。”方小青说。

“有吗？”夏连春再问。

“你手腕子不疼？”方小青似有点心疼地问。

夏连春摸摸自己的手腕子，真疼。“我有出格的举动？”

“如果只是简单的出格我会那么狠吗？”方小青的话让夏连春有些不好意思起来。

方小青说他是她心中的男朋友，为了他，她什么都可以做，什么都可以给他，但贞操不行。贞操是要留给她丈夫的，他只有当了她丈夫她才能给。但她明确告诉他，她一定会把贞操给他留着，留到他当她丈夫的那一天。

夏连春很感动，但他知道他怕是得不到了。因为他的心已经给了月琴，他要做月琴的丈夫。

太阳渐渐升起，小草上还挂着露珠，草原上仍然没有人，也没有牛羊。

牧民放牧遵循着自己的规律，早上一般要等露水散去才能放牧，因为露水上有寄生虫，牲畜吃了容易得病，或者胀肚子。中午一般多休息，因为日头毒，草发蔫，牲畜吃了不好。下午一般是晚出晚归，牛羊按时入圈就好。

太阳映照下的草原，渐渐暖和起来。看着毡房顶上袅袅升起的炊烟，他们知道吃早饭的时间快到了。四个人懒散地往马队长入住的毡房走去，方小青和花丽艳走在前面，两人回头看了夏连春和高庆阳一眼，笑了笑，又扭过头往前走。这两个人在前面可能说了他们俩什么坏话，当然，也可能是女孩子的私房话。

马队长问他们昨晚睡得怎么样，他们说睡得特别好。马队长说那就好。“我们牧民说，草原就是妈妈，大山就是爸爸。草原和大山特别慷慨，你想要什么，他们都会给你。你需要牛羊，他们给你牛羊，你需要健康，他们给你健康，你需要睡眠，他们给你睡眠。所以我们牧民世世代代都离不开大山，离不开草原。”马队长挺挺胸，继续说，“我们的腰杆子为什么这么硬？大山给的。我们的胸怀为什么这么宽广？草原给的。”

夏连春他们四个人都说马队长说得好，感谢马队长给了他们这次走进大山、走进草原、走进牧民接受教育的机会。

吃完早饭，马队长让昨天一起上山的牧民陪夏连春他们四个人下山。马队长的事还没办完，还要在山上待几天。他们知道，马队长其实是舍不得下山。

他们刚走没多远，方小青和花丽艳就一前一后喊屁股疼，说不能骑马了。夏连春的屁股也疼，但他坚持没说。高庆阳叫她俩坚持一会儿，走过山口再说。现在他们还在马队长的视线范围内，要是停下来或是下了马，马队长不知道他们出了什么事，肯定会追过来问。陪同的牧民让她们用力踩马镫子，身子抬高点，不要把屁股紧贴在马鞍上，这样会好一点。

两个人万般痛苦地挨到了下山口，立即翻身下马，说什么也不再骑马了，要走回去。没办法，高庆阳和夏连春也只好下马陪着她们走。

随行的牧民接过他们手中的缰绳，把四匹马都牵在手里，在前面走走停停地等着他们。

她俩走了一会儿，又嫌下山的路不好走，腿疼。高庆阳调侃地说：“那背你们下山？”

这两个人可不管这话是真是假，就当真话听了，而且马上兴奋地喊叫道：“好啊！”

花丽艳欢天喜地地趴在高庆阳的后背上，高庆阳很轻松地背起她就往前走。

方小青看着高庆阳和花丽艳，以挑衅的口吻问夏连春：“你行吗？”

夏连春说：“不行，你背我？”

方小青说：“只听说过猪八戒背媳妇，从没听说过媳妇背猪八戒的。还是你背我。”夏连春也没和她计较，弯下腰，她趴到夏连春背上，他背起她就走。

夏连春觉得背女孩子不是那种死沉死沉的感觉，比背一袋子粮食轻多了。她在他后背上很享受的样子，一会儿把右脸贴在他后脑勺上，一会儿把左脸贴在他后脑勺上。看夏连春不理她，她又把手从他的肩膀上垂了下来，在他胸前挠了挠。夏连春说："我胸前什么都没有，你挠什么？"

方小青说："你就没痒痒肉？"

他说："没有。"

她说没有痒痒肉的人心硬。她又用手捏他的耳朵，说他耳朵也硬，耳朵硬的人不听话。她继而叹息道："看来我是管不住你了。"

他说："世上只有男人管女人，哪有女人管男人的。"

她说："你是大男子主义。"

他说："这是我们农村人的规矩。不像你们城里人，什么都是女人说了算。"

她说："你的嘴现在真厉害，你不累吗？"

他说："不累，但照这么走下去，回到牧业队不到半夜才怪。"

她说："你不想背啦？"

他说："哪有，哪个猪八戒不想背媳妇回家？"

她说："我看就是，你看人家高庆阳走得多欢实。"

两人正说着，高庆阳突然在前面一斜坡上滑倒了。花丽艳"啊"的一声从高庆阳的后背上摔了下来，虽然摔得不重，但吓得不轻。

走在前面的牧民折了回来，和夏连春、方小青一起把高庆阳和花丽艳拉了起来。牧民提议：夏连春和高庆阳骑在马上，方小青和花丽艳横坐在马背上，那样她俩屁股就不疼了。

夏连春和高庆阳听明白了，也就是让她俩横坐在他们怀里，这样就不磨屁股了。他们俩一致赞同，觉得牧民说得有道理。

她们俩横坐在马背上，果然有效。现在的问题是，这俩男生必须把俩女生搂紧了才行，否则，他们一松手，她们就有可能掉下去。高庆阳和夏连春时不时地松松手，故意吓唬吓唬她们，搞得那俩女生直接伸手抱紧了他们。高庆阳和夏连春大有"一趟山里行，抱得美人归"的感觉。

行至一截阴阳两面的山脊上，头顶突然飘过一片乌云，滂沱大雨顺势而下，令人称奇的是，右侧阴面雨注如帘，左侧阳面滴雨未下。人行晴天里，耳听山雨声。人们都说赤麓山是龙山，有灵性，也许这就是赤麓山对他的子民们的眷顾。四个人都没有言语，高庆阳心里在想，龙山显灵了，有了龙山保佑，他们四个当中必将有人大富大贵。

四个人回到牧业队已是半下午，回家的同学都已陆续返回，田光耀正把大家召集在一起准备开会。因为他们四个人迟迟未归，他等得有些着急。

学农活动快要结束了，田光耀安排每人写一篇学农随感，最好是散文，近期在公社院子里办一期“学农园地”，用毛笔抄写出来，张贴出去，供大家浏览，算是一次学农汇报。

学农随感，学农园地，也就是凑个热闹，做个样子，没有几个人认真看的。但第三天来了一位鹿川日报记者，不仅认真看了，还找公社和田光耀进行了采访。大家明白了，这个活动实际上是田光耀精心组织的，记者也是他请来的。但谁有这么大的能耐帮他呢？农垦系统撤并到地方后，蔡团长的父亲调到鹿川日报了，难道是蔡团长的父亲安排的？田光耀和蔡团长这几天放假休息难道就是去了鹿川？

记者在夏连春的随感散文《路》前驻足，开篇小诗：

> 家乡门前一条小路
> 弯弯曲曲，起起伏伏
> 多长
> 请问来去匆匆的脚步

“夏连春同学在不在？”记者问田光耀。

田光耀说：“不在，下地了。”显然，田光耀不想让记者见夏连春，否则，派人把夏连春叫回来就是了。

记者把夏连春文前小诗抄在采访本上，问：“夏连春的散文稿在不在，我好带回去给副刊编辑，看能不能在鹿川日报上发一下。”夏连春的稿子就在田光耀手里，但他没给记者，也没对夏连春说这件事。

记者回去没几天，鹿川日报刊发了一篇通讯，《学生脚下的路》。通讯以夏连春那四句小诗开篇，又以那四句小诗结尾，学农小分队的事热闹了起来。

蔡团长的父亲说得没错：“事要做，更要说，不说别人怎么知道？”田光耀觉得这是他学生时代的最后一次机会了，必须牢牢抓住。就在他踌躇满志的时候，县里传来消息——他们作为吉宁县首届高中毕业生，全部都要下到农村去，接受贫下中农再教育。不管农村的还是县城的，都要下。农村的叫回乡，县城的叫插队。田光耀不想回乡，不想回下水湾，他害怕回到那里自己就被人遗忘了。改变命运的机会只有一个，那就是作为带队知青和县城同学一起下到知青点上去。可经过一番苦苦挣扎，结果还是哪儿来哪儿去，无论他有多大的本事，他的去向就一个，回下水湾。由此他得出了自己的结论：龙生龙，凤生凤，老鼠生儿打地洞。谁叫你是农村的呢。

第十五章　广阔天地

临近毕业的日子，不知道谁情不自禁地轻轻哼唱了一句早就禁止传唱的曲子："蓝蓝的天上，白云在飞翔……"

跟着就有人和唱道："金色的学生时代，已载入了青春史册，一去不复返。"

方小青问夏连春："你舍得就这样离开我走了吗?"

夏连春说舍不得。方小青说："有你这句话就够了，你已在我心里做了我两年的男朋友，可我们一天恋爱都还没谈，说来还真有些伤感。"

夏连春和凤月琴已经一个学期没在一起了，刚刚见面又要离别，真的难舍。夏连春说："以后再不能陪你读英语，陪你看电影，陪你一起上下学了，你要自己照顾好自己。"

夏连春的话很伤感，凤月琴的眼泪一下就流了出来，她说："你再等我两年，两年后我也高中毕业了，那时咱们两个人又能在一起，就再也不分开了。"

同学之间开始相互赠送笔记本。笔记本也不是人人都送，只是平日里走得比较近的，相处比较好的几个同学互相送，扉页上都要写上几句自己想说的话。夏连春也收到了几个笔记本，方小青给他的笔记本上写的是："送给你，等着我。"高庆阳给夏连春写的是："你要是个女孩子，我真愿意一辈子和你在一起。"花丽艳写的是："认识你很高兴。"

相互题写分别留言。每个人自己也会准备个笔记本，拿上本子请同学们写个留言，大都是些广阔天地大有作为、青春岁月不要虚度的勉励寄语和同学常在、友谊长存之类的情感表达。有的同学还能连续写上好几篇留言，不一定是因为这个人跟留言对象感情最好，但一定是他觉得那几篇留言是最美的。

照张合影留念。请照相馆的人来学校照，先是全班合影，再是小组合影，学农小分队的人也照了合影。个人一寸照，贴毕业证用。最宝贵的还是几个好同学的合影照，也有几个人相约到照相馆里照的，还有互相赠送照片留念的，有的男女同学相互赠了照片又不敢自己保留，就转交给关系好的同学代为保管。

方小青悄悄问夏连春："咱们俩不照张照片留念?"

夏连春问："你敢吗?"

方小青说："有什么不敢的?"

夏连春知道她敢，便嘿嘿一笑："留在心里吧。"

离校的情感是复杂的。毕业典礼上，夏连春从校长手里接过毕业证的时候，心里感叹，时间过得真快，好像昨天他才把转学证交给校长，今天就又从校长手里接过了毕业证，他情不自禁后退一步，弯下腰来，给校长深深地鞠了一躬，引来台上台下一片赞叹。

田光耀作为学生代表，喊出了要在农村大干六十年的豪言壮语。城里的学生都在心里恨死他了：你田光耀能不能活到八十岁还是问题呢。哪个城里人愿意到农村去？不像你，本来就是农村的，喊什么喊，回去就是了。

晚上高庆阳在城西餐馆请吃饭，但他心里有些犯难：论关系，应该是请夏连春、花丽艳、凤月琴三个人；论同学，应该是请夏连春、花丽艳、方小青三个人。拿不定主意，他就问夏连春："把凤月琴和方小青请到一起行不行?"

夏连春反问："那有什么不行的?"

五个人的晚餐，实际是一场散伙饭，大家心情还是挺凝重的。但高庆阳却显得很兴奋，一晚上就听他一个人在说，其他四个人的话都不多。

高庆阳说夏连春将来能当大官，能当地级领导；说方小青肯定会第一个离开农村，早早就被招工走了；说花丽艳会当个很好的英语老师，而且徐老师肯定会带着她远走高飞；说凤月琴是他们几个当中年龄最小的，只要坚守信念不动摇，一定会拥有美好的爱情。他们问他自己将来会怎样，他说说不好，也可能他将来能挣大钱。

高庆阳的一番闲话，就当是他给大家的临别赠言吧。吃完饭，方小青提前把账结了，算是她给大家送行。

住校生离校的日子，一大早，同学们就起来收拾行李。中学生的东西很简单，也就是平常铺的盖的、吃饭的碗筷、洗漱用具和学习用品，自行车后面绑着、前面挂着就拿走了。有的同学书本和作业本就扔在宿舍，不要了。学都不上了，拿这些东西还有何用，带回家还占地方。

夏连春恋旧，什么东西都舍不得扔，他把所有学过的课本和作业本，都整整齐齐装进书包挂在车把上。高庆阳帮着他把那张两年前从老鸹林花两块钱买的毡子，卷成圆筒状横放在自行车后捎架上，再把铺盖和其他东西放到车子上绑好。特别是这张毡子，夏连春铺垫两年了，对它有感情了，一直没舍得换，更舍不得丢。这也是他和高庆阳友谊的象征。

夏连春和高庆阳一起去县知青办办理回乡接受再教育安置手续，然后两个人就在知青办门口挥泪作别。按照高庆阳的说法，夏连春要是个女孩子，他真愿意一辈子和他在一起。夏连春知道这句话的分量，它既是高庆阳经历了人间冷暖后的感悟，也是两个少年两年高中生活的人生收获。这份情，够他们珍惜一生的了。

夏连春走在回家的路上，心中生出无限感慨。这条十多公里的求学之路，留下了他的岁月和足迹，留下了他的青春和爱情，留下了他的欢歌和笑语。准确一点说，这条路应该是十二公里左右，他曾徒步丈量过，从上水湾村头到吉宁县中学大门口，一万五千六百三十六步。他的步幅八十公分左右，若按每步八十公分计算，约十二点五公里，若按每步七十五公分计算，约十一点七公里。

如今，他的学生时代结束了，未来的路在哪里？在这条通往太阳升起的地方的路上，他能走向幸福的彼岸吗？

带着这些青春年少的畅想和思绪，夏连春在回家之前，先去了公社，把接受再教育的手续办了。他径直走进公社院子，径直走进文教办公室，把他的知青介绍信交给一个年轻的办事员。

办事员接过介绍信看了看，又抬起头打量夏连春，突然站起来用手指着夏连春："是你？"

就在他站起来指向夏连春的瞬间，夏连春也几乎同时认出他来："是你？"

原来这办事员就是前年冬天赶着毛驴车去县上办事，路遇夏连春，并帮夏连春捎带面粉的那个青年教师。

"毕业了？"坐下以后，办事员问。

"是的。你也到公社工作了？"夏连春说。

他说他是今年年初才到公社的，当秘书，兼文教干事。他叫于善江，今年二十七岁，比夏连春大八岁，让夏连春以后就叫他哥，按当地人的习惯叫法，可以叫他"善江哥"，他可以叫夏连春"连春弟"，他说这样叫亲切。夏连春说："好，那以后就叫你善江哥。"

夏连春说："我今年在公社医院和牧业队学农三四个月，不知道善江哥在公社，要不就来看你了。"

于善江也很遗憾地说，他知道他们学农的事，但不知道夏连春也在。他见过田光耀。"哎，田光耀怎么没回来？"夏连春说他俩不是一条路，没一起走，不知道田光耀什么时候回来。显然，公社的人对田光耀都比较熟悉。

于善江很健谈，他说他和夏连春的家都在上水湾，离得不远，以后可以经常走动。他是一九六九年大学毕业后回到太阳升公社的，一直在公社中学当老师，去年暑假他结婚了，上个月他刚刚当爸爸，他老婆给他生了一个非常漂亮的小千金。

“对了，我老婆你见过的。”他突然记起来，“就是那次和我一起赶着毛驴车去县里给学校采购东西的那个女老师，她叫席琳。你哪天到我家去看看她，那次在路上就是她让我把你捎上的。”

夏连春说：“好，哪天一定去家里看看席琳姐和你们的千金。哎，对了，明天是周末，你们在家吗？”夏连春紧跟着追问了一句。

于善江说他们明天在家，明天来刚好，他老婆在娘家坐月子，今天下午回来，他明天不上班，一天都在家。夏连春答应明天去他家。

办完手续，夏连春起身告辞。于善江叮嘱：“你是我们公社毕业后回来的第一个高中毕业生，以后肯定有用得着的时候，回去好好干。”

夏连春很感激地和他握手告别：“放心吧，善江哥，我会好好干的。”

从公社出来，夏连春又去大队把落户手续办了。至此，他算是有了上水湾的正式身份，成了一个真正有身份的农民。

晚上，父亲带着夏连春去五小队队长马果林家，把回乡知青手续和落户手续交给马果林。

马果林个子不高，一只眼睛有点斜。人很热情，看他们爷儿俩进来，赶快把他们让到炕上坐，他老婆给他们倒茶。马果林接过夏连春的知青介绍信，看了看，放进炕柜里的一个木盒子里，说：“老夏，这下好了，儿子的户口问题解决了，你再不用发愁了，而且儿子还是知识青年，将来有前途呀！”他又转过脸来对夏连春说：“这两天就出工干活吧。”

父亲赶快称谢：“谢谢队长关照。”

马果林说：“不用谢我，你儿子落户的事我也没帮上忙，到最后还是你们自己解决的。”从马果林的话里头可以听出来，为夏连春落户的事父亲肯定没少找马果林帮忙。

说了几句话，父亲捅捅夏连春：“咱们走吧。”父子俩正欲起身告辞，马果林的小舅子马有山来了。

马有山，大胡子，当过兵，人很凶悍，队上的人都有些怕他。他一进来就大声大气地对夏连春父亲说：“怎么我一来老夏就要走啊？再坐一会儿。”

父子俩又在炕上坐下。

“你是老夏的儿子？”马有山问夏连春。

夏连春点点头，算是回答。

马有山和夏连春两个人见过。两年前，夏连春刚来上水湾的时候，马有山在雅玛河桥上也是问了一句：“你是老夏的儿子？”因为话不投机，夏连春再没理他。两个人这两年再没见过，但对这件事都有记忆。

马有山看着夏连春，以长辈的口气问："多大了？"

夏连春答："十九了。"

"啊，不小了嘛，十九岁已经是干大事的年龄了。"马有山说，"我十九岁时都已从部队当兵回来了。"

"你就别显摆你的光荣历史了。"马果林接过小舅子的话，"人家小夏可是咱们五小队的文化人，不像咱们两个粗人，以后要多向人家学习。"

"文化人？"马有山的话里有挑衅的味道，接着就是找碴的口气，"有文化的人看我进来也不知道站起来，也不知道主动打个招呼。"

父亲赶快接过马有山的话赔着不是说："孩子年轻，不懂事。"父亲赔完不是，又转过来对夏连春说："还不赶快站起来给叔叔问好！"

夏连春还没来得及反应，马有山又接过话："十九岁了还不懂事？还以为是吃奶的孩子呢？"

夏连春知道这人是真的要找碴了。他不知道这人什么来头，想干什么，也不知道自己哪儿做得不好，得罪他了。难道他记恨两年前雅玛河桥上自己没接他话的那档子事？管他呢，夏连春干脆坐在炕上不动，也不说话，看他接下来还要做什么。

但还没等马有山做什么，马果林就出面制止了他："哪有你这样当叔叔的？对年轻人说话粗声大气的。第一次见面，还不赶快握握手，认识一下。"

马有山还真听姐夫的话，立即把手伸向夏连春，夏连春也赶忙站起来，握住马有山的手。

马有山的手很大，很粗，很厚，很有劲，就在两人握手的一瞬间，他突然用力一捏，还真把夏连春捏疼了，夏连春没想到他会来这么一下子。夏连春也瞬间做出反应，用手指扣捏住他的手腕，马有山立即"啊"的一声蹲在地上，跪在夏连春脚下。

马果林看呆了，不知道这两个人之间发生了什么，问夏连春："怎么了？"

夏连春说："你问他。"

马果林叫马有山赶快站起来，跪到地上成什么样子。可马有山站不起来，也不说话。夏连春伸手捏住他的手腕把他拉了起来。

马有山刚一站稳，挥起拳头就砸向夏连春。这下可把夏连春的父亲吓坏了，这一拳砸下去，非把他儿子打成残废不可。可就在马有山挥拳砸过来的同时，只见夏连春伸手一接，握住马有山的手腕，马有山又"啊"的一声蹲到地上，跪在夏连春脚下。

马果林这下看明白了，老夏这个儿子可跟老夏不一样，不是他和马有山轻易能对付得了的。他知道小舅子的本意是想借机给夏连春一个下马威，让年轻人以后老实点。但凭马果林的经验看，这个年轻人不简单。既然不好对付就要想办法让他为自己所用，于是马果林赶紧出来打圆场："你们俩别闹了，小夏，赶快把你叔叔拉起来，坐下说会儿话。"

夏连春把马有山拉了起来。这一次马有山老实了，再没找事。但马有山心里在盘算着怎么制服这个小伙子。马果林看看他俩，对夏连春说："小夏以后可要多为五小队做些事啊。"

夏连春说："听从队长的吩咐。"

回到家里，母亲问："户口落好了？"看来夏连春的户口问题一直是父母的心病。

父亲没有正面回答母亲的问题，而是兴奋得跟个孩子似的说："今天咱儿子可给咱长脸了，出气了。"看来父亲平时没少受马果林和马有山的欺负。

母亲问是怎么回事，父亲就把刚才马有山被夏连春捏跪在地上的事说了一遍。母亲叫夏连春以后小心一点，说这两个人可不好惹。

父亲却突然底气十足地说："现在不怕他们了，儿子的户口问题已经解决了，而且是从县里直接落下来的，是五小队最硬的户口，谁也找不了碴，刁难不了。"

夏连春的正式身份来得太及时了，第二天上午他先去了于善江家，看望席琳姐和他们的小千金，下午一上班就赶上了生产队分口粮。今年的口粮可少不了他的了。他早早就赶着毛驴车，拿着麻袋，等在分口粮的麦场上。

麦场上人很多，家家户户，大大小小，都在等着分口粮的会计和保管员喊自己家的名字。

"邝喜桂！"会计喊。

邝喜桂和几个小伙子把装满小麦的口袋放在磅秤上。那个大胡子马有山突然一个箭步冲了过去，从磅秤上把装好的小麦口袋拽下来："这几个盲道不能分粮食！"

几个分口粮的小伙子拿着木锨、木叉、扫帚也同时冲了上来，和马有山撕扯到一起。

打架的，拉架的，人群乱成一团，难解难分的时候，队长马果林来了。邝喜桂躺在地上不能动弹，流了一摊血，看起来伤得不轻。马果林把马有山拽到一边，说了些什么。然后又招呼那几个小伙子赶快把邝喜桂抬到毛驴车上，送到公社医院去。马果林也跟着一起去。

邝喜桂，桂州人，很瘦小，哪经得住马有山铁锤一样的拳头狠命重击。脸烂了，眼肿了，颧骨断裂。公社医院的院长去鹿川办事了，医护人员只做了简单处理，说要送到县医院去，可能需要手术，也可能要输血，公社医院做不了。那几个小伙子说："人命关天，赶快叫救护车。"

马果林也不敢怠慢，趁着救护车还没到的工夫，马果林赶快回家一趟，拿了些钱，又找来夏连春，想让他一起送邝喜桂去县医院，说夏连春在县里上了几年学，对县里熟。

到了县医院，急诊上说病人伤得很重，可能要手术，要立即住院。马果林也不知道重到什么程度，免不了就有些担惊受怕了，这边一办完住院手续，那边就急着赶回去处理家里的事。他原本打算和夏连春一起回的，但他发现医院里的急诊医生、外科医生都认识夏连春，而且他还知道了夏连春和院长女儿是同学，他就恳请夏连春辛苦一下，留下来在医院待几天，算是给生产队帮忙了，再安排一个小伙子和夏连春一起，他自己带着其他小伙子回上水湾。

邝喜桂是个小木匠，三年前从桂州老家投奔一个表亲大叔来到下水湾。这个表亲大叔是个单身老头，待他很好，想收他做干儿子。他也做好了和老头长期生活在一起的准备，就把自己在老家的对象也接来了。

对象带着表姐一起过来看看，没想到这老头看上了邝喜桂对象的表姐，图谋不轨，表姐不从。老头恼羞成怒，把他们三个人全部赶了出去，邝喜桂气得把老头打了一顿。表姐妹两人回老家了，他一个人留下来，给人家做木匠活。

去年夏天他通过关系落户上水湾，而且一次落了三个人，他和他对象，另外一个人是以孩子的名义，实际上是他老家的一个表弟。

邝喜桂落户后，马有山想让他帮忙做几件家具，他说没时间，但他却有时间给五小队的"一枝花"赵珍珠家做了几件家具，这就得罪了马有山。马有山想通过姐夫马果林，把邝喜桂和邝喜桂的表弟赶走，说邝喜桂落的是假户口，他老婆不在五小队，那个表弟不是他儿子。

邝喜桂躺在医院的病床上，很烦躁，他本来就是一个急性子，暴脾气，遇事沉不住气的人，现在被人一拳打到医院躺着，他哪能咽下这口气。他两只眼睛肿得睁不开，什么也看不见，鼻子里的血块已经清洗了几次，但呼吸还是困难，他只能用嘴喘气，很难受的样子。

夏连春很同情邝喜桂，却不知怎样才能稳住他的情绪。正在焦急中，突然方小青来了，方小青的父亲来了，邝喜桂的主治医生来了。夏连春惊诧得不得了，他们怎么知道了？夏连春也惊喜得不得了，病人的大救星来了。

医生径直走到病床前，问了些病人的情况，接着就开单子，拍片子，做检查，一阵忙活。护士和陪护的小伙子推着邝喜桂去做检查，医生和方小青的父亲也跟了出去。夏连春和方小青这时候才顾上说话。

夏连春问方小青："你怎么知道我来了?"

她对他的突然到来非常高兴，说："男朋友的事我怎能不知道?"

邝喜桂检查完回到病房，情绪稳定多了，虽然眼睛睁不开，但可以开口说话了："谢谢你哦连春。"夏连春叫他好好休息，不要说话。

方小青说："病人躺着休息，咱们到家里吃饭去。"夏连春说不去了，他在病房陪病人。方小青说她妈已经在家做饭了，学校放假，她妈在家休息。邝喜桂叫夏连春去吃饭，他这里没事，那小伙子在。

走出病房，方小青问夏连春想她没，他说想了，天天想。方小青突然反应过来："你少哄我，一共才三天，你就是天天想也才想了三天。"嘴上这么说，她心里却在想，他们才分开三天，怎么就像过了一个学期一样。

夏连春说，队长一叫他陪病人来县医院，他马上就想她了，但就是不知道能不能见到她，还怕她下农村走了呢。

方小青说："下农村的事还早着呢，知青点还没建好。建上三年才能建好呢，到时候就不用下去了。"

邝喜桂夜里睡得挺好，早上一醒来就关心起家里的事来，他问夏连春："不知道能不能把马有山抓起来法办了?"

夏连春说："那得有人报案才行吧?"

邝喜桂说他昨天已经对他表弟说了，叫表弟到公社派出所报案。夏连春这才知道昨天跟马果林一起回去的那个小伙子是邝喜桂的表弟。

方小青在家待着没事，来病房陪夏连春。半下午，方小青看病人已无大碍，就叫夏连春去她家。邝喜桂也说："连春，你去同学家里好好休息休息吧，昨晚一晚上没好好睡，今天又忙了一天，我已没什么事，并且还有那个小伙子在。"方小青对邝喜桂说，夏连春晚上就不回病房了，住她家，有事就叫那个小伙子去家里找他。

方小青带着夏连春去医院浴室，她说她要洗澡，叫他也洗个澡。夏连春本来想说太好了，他已经好几天没洗澡了，但话还没说出口，不知怎的，自个儿的脸倒一下红了起来。方小青说："你脸红什么呀？我又没说要和你一起洗。"

夏连春躺在热水池子里，看着自己一丝不挂的样子，突然想到隔壁女浴室的方小青。她现在，此时此刻，是什么样子？他觉得自己想法很好笑，他使劲摇了摇头，闭上眼睛，泡在热水里。

洗完澡，出了一身汗，确实好舒服。他出来的时候方小青还没出来，他站在门口等她。

女孩刚洗完澡的时候真好看，如出水的芙蓉。头发湿漉漉的，脸蛋红扑扑的，散发出一种暧昧的味道。

回到家，方小青的父母都不在。她把刚换洗了的内衣晾挂到院子里的铁丝上，用一块白纱布盖在内衣上，再用夹子夹在纱布上，别让风吹走了；掀开了，别人看见了。

做完这些，她慢慢走到他跟前，一缕淡淡的沐浴后的芬芳飘过来，他轻轻地拉过她："让我闻闻。"

方小青静静地趴在他的肩膀上，一种很少见到的小鸟依人的样子。

夏连春第一次走进女孩子的闺房，心里有些异样。女孩子的私人空间，总让人遐想。

她的房间宽敞、明亮、简洁、素雅，看不出多少私密性。正面墙角处有一个大衣柜，衣柜很大，三开门，中间门上有一面大镜子。进门左侧靠墙放着一张床，比单人床宽、比双人床窄的那种，她说这是继父单身汉时睡的床。床上淡粉色的单子，小碎花的被子。床角处静卧一只小花猫，眼睛盯着夏连春，一眨不眨地。窗户两侧垂落着随手拉开的淡红色窗帘，窗台上一盆"洋葱花"，窗台前一张书桌。

傍晚的阳光从窗户照进来，这房间显得更加亮堂和柔美。他们斜躺在床上。她问他刚才洗澡时想她了没，他说想了，她说她也想他了。

外面传来开院门的声音。夏连春要坐起来，她不让，说："他们不会进来的。"

"小青，你去喊夏连春了没有?"她妈妈在院子里的厨房门口冲着门里头喊。

"他已经来了。"方小青在房间里回答。他们站起来，整理一下衣服，出来后，夏连春和她妈妈打招呼。

"你们回房间说话去吧。"打过招呼，她妈妈说。

夏连春蹲下来要帮她妈妈摘菜，她妈妈不让，方小青也不让，把他拽走了。

方小青爸爸说邝喜桂的伤情问题不大，可以不做手术，估计个把星期就可以出院。夏连春说要是没什么事过两天他也就可以回去了。方小青妈妈让他在这儿多待几天，陪陪小青。

她妈妈说："小青这丫头到吉宁都两年了，就是融不进这个地方，一天到晚就窝在家里，也不出门，连个朋友也没有。"

"谁说我没朋友呀?"方小青接过妈妈的话，指着夏连春说，"这不是朋友吗？男朋友不算朋友？”

她妈妈也不理她，看着夏连春继续说：“她就和你在一起才有个笑脸，还是个孩子气的样子。”

听了方小青妈妈的话，夏连春心情挺沉重的。他一向自以为自己的心挺细，可他居然没有发现方小青脆弱的一面，总以为她大大咧咧像个男孩子，真不知道她还有锁在深闺人不知的柔弱一面。

说来惭愧，因为他的心里装着凤月琴，对方小青真的用情太少。现在，就在这个瞬间，他在心里发誓：一定会把方小青当作他一生的知心朋友、红颜知己去爱护、去尊重、去珍惜，一定不会辜负她，不让她失望。

吃完晚饭，夏连春说他去病房看看病人，方小青陪他一起去。她爸妈说：“你们去吧，早点回来。”

走出家门，方小青问他刚才有没有被她妈的话吓着。他说没有，但他责怪自己心太粗，没想到每个人都是需要别人关心的，再坚强的人也有柔弱的一面。知女莫如母啊。

她说，每个人的内心都有一个只属于自己的角落，是不为别人所知的。其实她也没有她妈说得那么严重，不是她融不进这个地方，而是她心里有自己的老家，她的老家就在她衣胞深埋的地方，她孩提嬉戏的地方，她童年幻想的地方，而其他地方都只是她寄宿的地方。这可能就是所谓的乡情、乡愁吧。

她说：“其实你已经做得很好了，你能让我心有所栖、情有所依，我已经很满足了。我妈跟你说那些，其实也是想告诉你，我爱你。女儿的心母亲知道。所以你不用担心，也不用有压力，我不需要你的任何承诺，你该爱你那个小丫头，照样去爱，哪天不爱了，回来就是了。”

这就是方小青，这就是“青姐”。他自觉不如，自惭形秽。

她说她不想下农村，不想去知青点，她想去当工人。他安慰她农村也没那么可怕，下去过一阵习惯了也就好了。她有些无奈，有些伤感。

从病房出来，他说送她回家。她说：“送我回家？你不回？你去哪儿？”他说他在病房。她说：“刚才出门时，我妈不是让咱们早点回去吗？”

两个人回到家，中间屋里铺了张行军床，行军床上有铺盖。显然这是方小青的爸妈给夏连春准备的。

方小青看了看行军床，说搬到里面她房间去，睡在这里他俩说话不方便，也影响别人休息。说着就把行军床上的铺盖抱到里间她的床上，回过头来又把行军床搬进去。

方小青做这些的时候，夏连春一直没插手。他不知道该不该插手，这样行吗？他也插不上手，他不知道行军床怎么折叠收放。

方小青把里面的行军床铺好了，夏连春还站在中间屋里没动。方小青问他还杵在那儿干吗。

他看看她：“这样行吗？”

她看看他：“这样不行吗？”

他说：“你爸妈在。”

她说：“怎么了？”

天哪，这丫头胆子太大了。

早上起来，夏连春一直不敢正眼看她爸妈。他们为他准备的行军床从中间屋里搬到了女儿房间，他们会怎么想？吃早饭的时候，他都快把头埋到饭碗里了。他偷偷对方小青说，今晚他不来了。

“怎么了？心虚了？害怕了？”她若无其事地说，“那他们一定会说你是坏人，你和人家丫头住了一晚上跑了。”

她爸上班走了，她妈在收拾房子。夏连春跟她妈打招呼说要去病房。她妈说：“下午没事早点过来，晚上我给你们做拌面吃。”

方小青站在她妈身后，做着鬼脸看着他笑。

夏连春来到病房，邝喜桂已经吃完早饭。邝喜桂的表弟早早从上水湾过来，邝喜桂问他不在家看房子，跑来干啥。表弟说：“马队长让我过来把家里的事给你讲讲。”

邝喜桂吃了一惊：“家里又出了什么事？”

表弟说：“是好事，马队长前天从县里回去，昨天就给我们分了粮食，划了宅基地，这两件事都解决了。”

邝喜桂长长地舒了一口气，闭上眼睛。好半天，睁开眼，看着夏连春，讲了一番话意味深长的话：“我和表弟的口粮、户口问题这下算是彻底解决了，这是我受皮肉之苦换来的，马果林也是不得已而为之，他是为了保马有山而稳住我，只要我不找事，马有山就有可能没事，而只要马有山没事，他们在五小队乃至上水湾的地位就不会动摇。这两个人就仗着他们是当地的地头蛇，上面有关系，下面人怕他们，什么事都敢干，想着法子要把我们这些外来人收拾得服服帖帖。连春，你的户口前两年一直落不下来，就是马果林他们从中作梗，制约你父亲。这是农村里一种看不见的势力，一味忍让是不行的，必须斗争。”

他说他也不会因为被打了而和人家耍无赖，但也不能因为太客气而让他们觉得无所谓。他已经想好了，他不想做手术，一来是他害怕，二来是保守治疗就可以在医院多住些时日，正好他不打算很快出院。只要他不出院就会给马果林和马有山带来压力，他们就要多付医药费，还有人工费用。他要让他们着急，让他们求着他出院。

邝喜桂估计对了，马果林和马有山真的急了，邝喜桂的表弟前脚到了医院，马果林和马有山后脚也急急忙忙赶了过来。公社派出所已经派人到五小队了解马有山打人的情况，马家一家人都被吓着了。马果林赶快对派出所的人说，打人的事，生产队正在调解，让再给他们几天时间，双方应该可以和解。派出所的人一走，马果林拽上马有山就往县里跑，赶紧到县医院当面给邝喜桂认错，求他谅解，争取在私下解决问题和矛盾，千万不能搞到派出所去。

邝喜桂和夏连春都没想到马有山会亲自跑到医院来当面认错。伸手不打笑脸人。来了就表明了态度。夏连春站在旁边看着眼前三个人的表现，听着三个人说话，没有一个人说的是真心话，但相互间听了都很受用，很舒服。他真切地感受到了什么叫言不由衷以及言不由衷的魅力。有时候说话太过于直白反而会让人尴尬，甚至会伤人，事情也就到了尽头，没有回旋的余地了。

中午，马果林就近在医院门口找了家餐馆请夏连春他们几个人吃饭，又给邝喜桂端了份拌面送到病房。吃人家的嘴软，马果林他们几个人回去的时候，邝喜桂说了些感谢队长来探望之类的话。邝喜桂的心情好了，夏连春也早早去了方小青家，他想多陪陪方小青。

夏连春进门，方小青妈妈一边喊着小青，一边就给他们切西瓜。方小青睡眼惺忪地从自己房间里出来，话也没跟夏连春说，揉揉眼睛，拿起西瓜就吃。吃完一牙儿瓜才顾得上问："中午在哪儿吃的?"

夏连春说他们队长来了，中午一起在医院门口吃的拌面。方小青母亲说："你们中午吃的拌面，那我晚上给你们做抓饭吃。"说着就叫上夏连春和方小青，"走，你们俩跟我上街买黄萝卜去。"

方小青妈妈的话让夏连春备感亲切。他觉得方小青妈妈绝不是一般的女人，她身上有种与生俱来的内在活力和亲和力，能瞬间把人吸引过去，让人忍不住想离她近一点，是一个能亲得起来、敬得起来的母亲和长者。作为知识女性，她能放下手里的书本提着篮子上街买菜；作为单位领导，她能走出办公室回到家里围上围裙下厨做饭；作为同学母亲，她能放下身架把晚辈当成她的孩子一样亲近。这绝对是细微处呈现出的大家风范。他打心眼里敬重她。

吃晚饭的时候，一家人一边说抓饭好吃，一边听夏连春讲病房的事情。饭桌上多了一个人，就比平时热闹了很多。

方小青妈妈说她做的抓饭是有讲究的，有五大要点：一是米要是鹿川产的，做前浸泡三十分钟；二是羊肉要带肋条的，做前水煮二十分钟；三是黄萝卜要黄颜色的，不要红的；四是洋葱要切成丁，不要切成丝；五是不放孜然，孜然味重，孜然一放别的味就吃不出来了。大家都觉得这可以上升为抓饭理论了。

夏连春学着今天病房里三个人的滑稽表现：队长、打人的、被打的，演戏一样，他们都笑了。

方小青爸爸说："这下邝喜桂出院就快了，要不然他肯定会在医院多住一段时间的。"

夏连春说："就是，邝喜桂也不是好打发的主。"

方小青不假思索地接了句话："农村的破事就是多，太复杂了。赤脚不怕穿鞋的，哪个农民好打发？所以我就不想下农村。"

方小青爸爸妈妈不约而同地看看夏连春，又看看方小青。方小青突然意识到了什么，看着夏连春笑了笑："不好意思噢。"那样子好可爱。

夏连春说："你说得没错。伟大领袖都说过，严重的问题是教育农民。农村的破事就是多，农民的事情就是复杂。鹿川这个地方和我老家那边不一样，老家的一个村庄、一个小队就是一个家族，这里的一个小队就是一个小社会，全国各地的人都有，哪方面的利益得不到满足都有可能出问题。农民的事情说到底就是吃饭穿衣的事情，谁能把这个事情办好了，这个问题解决了，谁就是好干部。所以说，农村是个广阔天地，在那里是可以大有作为的。"后面这句话显然是专门说给方小青听的。

夏连春说这些话的本意是为了缓解方小青的尴尬，没想到却引得她爸爸妈妈对他刮目相看。就这么短短的几句话，一下子让她妈妈明白了自己女儿愿意为夏连春托付终身的原因。这绝不是女儿刚到县中学上学时玩的那个游戏那么简单，此前她还对女儿有些不放心，怕她把控不好自己，现在，她相信女儿的眼光和选择了。

方小青床上，小花猫卧在床角，眼睛盯着夏连春，一眨不眨地。方小青喊："'小花'过来，别害怕，他是你姐夫。"

"小花"往夏连春身上蹭了蹭。"小花"头顶一坨暗红色，像个小红帽。夏连春摸摸"小花"的小红帽，"小花"乖乖地趴卧在夏连春腿上。

方小青也学着"小花"的模样，趴卧在夏连春腿上，一只手托着下巴，一只手拨拉一下夏连春的鼻子："没生气吧？"

"生什么气？"他装作没明白她的意思。

"我说农村破事多，农民复杂呀。"她做出一副理亏了的样子。

"我刚才就说了你说得没错呀。"夏连春诚恳地说，"就说我们那个五小队吧，情况就比较复杂，各个方面的人都有，各种类型的人都有，哪怕最不起眼的人，你都别小看他，他敢从生他养他的那一方水土背井离乡来到这偏远之地，足见他内心的强大。

“在这样的人群中，每个人心底都有不可触碰的东西，如若触碰，你就犯忌，就有可能招来记恨。每个人的生活里都有不可触动的利益，如若触动，就有可能付出代价。

“在这样的群体中，你只有不陷入别人的是是非非、恩恩怨怨，不掺和身边的人事纷争、利益瓜葛，才能走出人生洼地。现在的农村就是落后，农民就是穷苦，等到哪天真的楼上楼下，电灯电话了，农村可能也就美丽了。”

“你还行哦，”她不无夸奖地说，“才在农村待了这么几天，说起来就已经一套一套的。”

夏连春说：“别忘了，我可是地地道道农村生农村长的农民。”

方小青说：“你刚才的话让我爸妈都听入神了，他们好像很吃惊的样子。”

“有吗?”夏连春不无得意地说。

“有啊。”她十分肯定地说，“以前可能是因为我喜欢你，他们也就跟着喜欢你，现在他们好像开始主动喜欢你了。没准哪天他们就会教育我向你学习呢!”

“不服气?”夏连春神气活现地说。

“哪有!”她也神气活现地说，“我很有面子，说明我很有眼光呀!”

第十六章　民办教师

夏连春从县里一回来，父亲就迫不及待地问他："你认识公社文教干事于善江？"

夏连春以问作答："怎么了？"

"于干事和孟祥非老师到家里来过，说公社要吸收你当民办老师，叫你回来就到公社去一趟。"父亲脸上的褶子洋溢得就像门前盛开着的麦子花一样。

这两年，上水湾外来人口增长较快，五小队后面又新增了六、七两个小队，公社决定在五、六、七三个小队新建一所上水湾分校，解决适龄儿童就近入学问题。

于善江给夏连春讲，还是当老师好，可以学习充实自己，要不然，在生产队干两年活，肚子里的东西就都忘得差不多了。夏连春觉得也是，当老师，尽管是民办老师，也比下地干活体面得多。

假期里，公社办了一期新任教师培训班，培训班一结束，夏连春就去了上水湾分校。分校建在三个小队中间地带的农田里，四周都是苞谷地。五间红砖瓦房一字排开，远远望去，虽显孤单突兀，但在清一色干打垒、土坯房的村落中，还是给人一种抢眼、亮丽、壮阔、挺拔的美感。

挂在分校名下的老师只有孟祥非和夏连春两个人。孟祥非是公办教师，小个子，小白脸，人很聪明，能说会道，能写会画，颇讨女孩子喜欢。五小队的"一枝花"赵珍珠就比较喜欢他。他还拉得一手好胡琴，他自己说他曾跟《洪湖赤卫队》的作曲人学过。

孟祥非家在五小队，爱人兰文帆是五小队出纳。成立分校后，他就从上水湾学校被分过来了，分校自然也就由他临时负责。他和夏连春本来就熟，两个人的关系自然也很好相处。

分校的学生只有一年级、二年级两个班。两个人分班带课时，孟祥非提议他带一年级，夏连春带二年级。他这是谦虚，觉得二年级是高年级，让给夏连春带，一年级是低年级，由自己带。夏连春觉得自己是新手，什么都应该听孟祥非的，但带班这件事必须是孟祥非带高年级的，自己带低年级的。两个人谦让不下，孟祥非说，那就两个人都带一、二年级，他带一、二年级算术，夏连春带一、二年级语文。

为人之师还真不是简单的事，别看面对的是小学生、小孩子，头几节课夏连春还真挺紧张的。小孩们特别好，可能因为夏连春是个新面孔吧，他们都很喜欢他，下了课就都围着他说这说那。有些孩子和他是一个队上的，有的是亲戚老乡家的，还有的是邻居家的，平时就很熟悉，现在他当他们老师，他们觉得亲切。

书到用时方恨少。假期培训的时候，虽然对怎么当老师有了一些基本了解，但一来时间短，二来教育学这门课有些内容是受批判的，所以培训班讲的东西并不多。夏连春站在讲台上心里慌慌的，一点底都没有。

二年级语文课文里有一个象声词“砰”，夏连春念到这儿的时候突然拿不准该读什么音，按照念“半边字”的习惯，读成“ping”，就是“平”的读音。下课后他向孟祥非请教这个字，问他应该读什么音，孟老师也说“ping”。夏连春查了字典，读“pēng”。这件事让他受教育不少，他想着到下节语文课的时候要赶快纠正过来。

第二节课是算术课，算术课之后才是语文课。可当夏连春上语文课走进课堂的时候，发现黑板上已经板书了“砰”字，并在旁边标注了汉语拼音“pēng”。他知道这是刚才算术课上孟老师已经替他订正过来了。

还是二年级语文课文，他又遇到了“狐狸很狡猾”的句子，他问同学们知不知道狡猾是什么意思，同学们说知道。有一个同学直接解释说：“狡猾就是狡猾的意思，狡猾得很。”说实话，用“狡猾得很”解释“狡猾”，肯定是不合适的，但用什么通俗的语言来解释“狡猾”，夏连春也被难住了。这些都是备课不仔细不认真造成的。

下课后他又把这件事对孟祥非说了，他们俩又交流探讨了一番。后来夏连春在他的语文课上又看到黑板上有板书：“狡猾——诡计多端，不可信任。”这是字典上的解释。

这一次夏连春心里很不舒服。他指着黑板上的板书问同学们：“这是孟老师给你们解释的？”

同学们说：“是的。”

他又问：“你们知道诡计多端是什么意思吗？”

“不知道。”同学们答。

“你们知道狡猾是什么意思吗？”

“就是狡猾得很。”

他说："很好，同学们答对了。"

课后，夏连春就这件事和孟祥非再次交流。夏连春认为有些词语解释是大人们的事，是学者和专业工作者的事，对小孩子来说没必要。比如说，国家、革命、阶级这些词，中国的小孩子都会用，都知道，可是要准确解释这些词的含义，连大学生都未必知道。假如解释说国家是阶级统治的工具，革命是一个阶级推翻另一个阶级的暴力行动，大人们明白了，小孩子们晕了。再比如，人为什么要吃饭？为什么要睡觉？小孩子们知道饿了就吃、困了就睡就够了。就像"一、二、三"一样，小孩子们会数、会算就行了。若非要问他们什么叫"一"，还非要告诉他们"一"是数字，是最小的正整数，孩子们听了肯定不知道什么叫"一"了。

孟祥非被他说得不好意思起来。

父亲曾提醒过夏连春，孟祥非这个人不太地道，在外面经常花花草草的，和他在一起要注意一些，那意思就是别跟他学坏了。

坏孩子总是别人家的，长大了也未必就不会跟别人学坏的。

于善江也提示夏连春要注意与孟祥非搞好团结，那意思就是孟祥非这个人不是很好团结的。

其实夏连春懂得，两个人之间最简单，也最好相处，不像人多了会有错综复杂难以处理的人际关系。两个点只能连成一条线，两条线只能构成一个面，一般情况下，两个人是既对立又统一的。所谓一人为单，二人为从，三人为众，可能也就是这个意思。

夏连春和孟祥非的二维空间维系了一年，第二个学年开学，分校又多了一个三年级。除了孟祥非和夏连春以外，又来了一位新老师，女的，叫周爱兰，从公社学校调来的，担任他们分校的校长。

新来的周校长和孟祥非很熟，夏连春也认识，他们学农的时候在公社见过。周校长家是鹿川的，她一直想离开太阳升公社，回城里，但一直没离开。这一次也算是县文教局对她的安慰吧。

周爱兰和夏连春两个人见面时都很意外，夏连春没想到新来的校长是她，她没想到夏连春也在这里当老师，两个人都没想到他们会成为同事。这世界真是很小，不知道什么时候，在什么地方，你就会毫无觉察、毫无准备地重温一回曾经的相识，重遇一次你的故人。这就是缘分。

虽然去年他们在公社没什么来往，但毕竟是见过面的。人就是这么怪，有些长期交往的人可能始终成不了朋友，有时候在一个陌生的地方，突然见到一个曾经偶尔见过的人，瞬间就会有一种亲人般的感觉。

孟祥非对周爱兰来当校长更加感到意外，他先是怎么也没想到会有人来取代他当分校的校长。分校从筹建开始就一直由他临时负责，他原以为自己会顺理成章地成为分校校长的，最终却被人取而代之。他继而没想到的是，新来的校长居然和夏连春认识，搞得他心里的憋屈都没处可说，本来夏连春是倾听他诉说的最好听众。

孟祥非当不了这个校长也是情理之中的事。他的事坏就坏在他和他老婆的关系上，清官难断的家务事严重影响了他的师德和形象。

他和他老婆是做家访时认识的，他学生的姐姐。在她怀孕八个月的时候，他迫不得已和她结了婚。婚后时间不长两个人就开始闹，他要离婚，她死活不离。他就开始打她，打到后来，只要他胳膊一举，她就开始尿裤子。邻居们议论纷纷："这种人，怎配当老师？"

孟祥非是个聪明人，他知道家庭问题不能带到学校来，自己的事跟别人没关系。没当上校长虽心有不悦，但面子上还能过得去，对周爱兰校长的工作还是很配合、很支持，否则，他们这三个人在学校就没法合作共事了。特别是在教学方面，孟祥非还是很认真的，没有马虎和懈怠。当老师就是这样，不管你工作上有多不顺，生活中有多少烦心的事，只要你往讲台上一站，面对你的学生，所有的不适、不快都会被抛在脑后，心情立即就会好起来。

教书育人和别的任何工作都不一样。工作没做好是误事，老师没当好是误人。有人开玩笑说，关系不好的人干保密工作好，不会向对方泄密；生气的人干和泥巴抹墙的活好，把泥巴往墙上使劲一甩，粘得紧。但当老师就不一样，误人子弟是大事，会成为罪人。

孟祥非脑子活泛，既然家里不幸，那就在家外寻找幸福；既然学校里不顺，那就努力寻找校外的和顺生活。

上水湾苞谷收获的季节，学校院子和空置的教室里都被堆满了金灿灿的苞谷棒子。五小队分来了两个复员军人，住在学校看苞谷，没事的时候爱到教师办公室聊聊天说说话，没几天就和周爱兰、孟祥非、夏连春混熟了。两个人中有一个湘州人，和孟祥非是老乡，他们很快走得很近。孟祥非有一个特点，他和初相识的人热乎起来特快，就是不能长相处。

最近孟祥非一个人在家，老婆被他打回娘家去了，这两个复员军人就经常到孟祥非家里做湘州口味的家乡饭吃。有时候他们把邝喜桂也喊上，湘州人和桂州人能吃到一起。在生活单调的农村，四个年轻人凑到一起打发日子也是一件快乐的事。

晚上，夏连春去孟祥非家串门，孟祥非他们四个人正在吃猫肉，叫夏连春一起吃，夏连春问："什么肉，金黄的颜色，这么好看。"他们说兔子肉，夏连春就吃了。味道好，骨头硬，很有嚼头。吃了之后他们告诉夏连春是猫肉，夏连春当即出去吐了。

两个复员军人都是外地人，当兵几年从没和地方的人打过交道，在这里举目无亲，既没亲戚也没朋友。没想到到了五小队，碰到了孟祥非这么好一个老乡，他们觉得孟祥非是国家教师，有文化，人又亲切，对他很佩服，孟祥非说什么他们听什么。

孟祥非看到两个复员军人的生活艰辛，也看到了他们眼前就有一条能够迅速改变生活状况的生财之道。就给他们俩出主意说："你们可以拉一些苞谷出来卖，换些钱，改善一下生活。"

两个复员军人有些害怕："被人发现了怎么办？这可是盗窃。再说拉了苞谷，往哪儿搁？最主要的，苞谷怎么卖，卖给谁？"

孟祥非说他家现在没人，叫他俩没事就坐在教室里剥苞谷粒子，剥好装麻袋，装够几麻袋，晚上拉到他家堆起来，然后他慢慢帮他们卖。

两个人像听话的孩子，开始天天坐在教室里剥苞谷，很少再去老师办公室。

一场初雪过后，天气凉了下来，孟祥非和邝喜桂用绳子套了一条流浪狗，煮了一锅狗肉，吃了暖身子。两个复员军人也过来一起吃狗肉。吃完狗肉两个人就赶回学校去，他们既怕有人偷苞谷，也要抓紧时间多剥些苞谷粒子。

复员军人走了，孟祥非和邝喜桂继续吃着聊着。孟祥非从箱子里拿出一瓶酒，两个复员军人在的时候他没舍得拿出来。当兵的都能喝酒，他怕一瓶酒不够喝。

两个人吃着狗肉，喝着小酒，觉得这小日子很有滋味。但又觉得一条狗肉太少了，吃不了两天就没了，要是能搞一头牛宰了吃，时间可以长一点，一个冬天都能有肉吃。

两个人聊着聊着开始当真了。孟祥非说："马有山父亲家牛多，可以把他家的牛拉一头出来宰了吃肉。"邝喜桂觉得这件事可以做。马有山干了那么多坏事，欠了很多债，子债父偿是可以的。

说干就干。孟祥非说这件事不能让别人知道，就邝喜桂带着他表弟干。牛不能拉到家里来，只能拉到远一点的农田里宰了，把肉拉回来就行了。

喝完酒，邝喜桂回去把表弟喊上，带上木匠家伙，赶上一辆毛驴车，两个人出门了。

到了马有山父亲家的牛棚，他们一看有好多牛，觉得拉一头太少了，干脆拉了两头，吃一头卖一头，还可以挣点钱。但卖的这一头他们没跟孟祥非说，只有他们兄弟俩知道。

冬天了，“农业学大寨”的事正如火如荼，吉宁县发出大搞水利建设的动员令，机关单位、中学师生放假一个月，全部上水利工地，清淤护坡，疏通渠道。小学生不停课，但要抽调部分小学老师搞水利。

分校也要抽调一名老师上水利工地，不用说，肯定是夏连春。夏连春和五小队社员一起，到离家比较远的引水渠首附近，吃住都在工地上。

引水渠已经很多年没清淤了，工作量很大。渠深坡陡，清出的淤泥采取三级传递的办法堆送到渠埂顶部。在渠道底部挖泥的人，用铁锨传递给渠坡中间接力的人，中间接力的人再用铁锨传送到顶部，顶部的人再把泥土堆砌到渠埂上。

清淤任务完成后，更大的工作量是拉石头护坡。冬天天冷，冰天雪地，石头都被冰雪覆盖着，捡石头非常困难。夏连春他们几个年轻人干脆挽起裤腿，下到雅玛河流动的河水里捞石头。河水很凉，刚下去的时候冷，适应之后也就不觉得冷了。但水流很急，水面上漂浮的冰碴子流过，大腿割裂般疼痛。

人的热情具有感染性。那个冬天里，在那样一个热火朝天的工地现场，在那样一群热火朝天的人之中，你是感觉不到冷的。整个水利工地，几十公里长的大渠，像一条长龙，一眼望不到头，到处红旗招展，人声鼎沸，高音喇叭不时地播放着各种报道和消息，激励着你，鼓动着你，让你时刻处在亢奋之中。

夏连春正在干活，突然从高音喇叭里听到了一条让他揪心的消息，说是吉宁县中学的知青点上有一个叫方小青的女知青，在清淤时，被下面往上接力递土的铁锨铲到了眼睛，伤得很重，被紧急送到县医院接受治疗了。

邝喜桂也听到了这条消息，他陪着夏连春走了很远的路，找到广播站，想了解更详细的情况。但广播站的人也不知道更多的消息，只知道这是前几天清淤时发生的事。

夏连春在知青点上的同学都在水利工地上干活，但因为不在一个施工地段，而且相距很远，很难见着。夏连春和方小青已经一年多没见了，他们曾经通过信，但讲的都是些隔靴搔痒的话，也就是相互通个情况报个平安，后来懒得干脆连信也不写了。现在也不知道她情况怎样了。

夏连春立即找队长请了假，搭了工地上的便车赶到县里。

方小青在病房躺着，她妈妈陪着，夏连春突然出现，她有点喜出望外，嘴角露出一丝笑意，那只受伤的眼睛被纱布裹着，另一只眼睛里闪烁着泪花。她妈妈安慰她：“别激动。”

半晌，她才挤出一句话：“你总算来了。我要是一只眼睛瞎了，破相了，毁容了，你还要我吗?”

看着方小青可怜的样子，夏连春的心都化了。他第一次那么深情地对她说：“你永远是我心中的天使，任何时候都是最美最圣洁的。”

她闭上露在外面的那只眼睛，攥着夏连春的手，再没说话。因为医生叮嘱过，要她多休息，静养。

夏连春本打算在医院多陪她几天的，但现在看来，他在这儿不仅做不了什么，可能还会影响她的情绪。他只在医院里陪了她半天，她妈妈也催着夏连春赶快回水利工地，“农业学大寨”的事不能耽误。

夏连春临走的时候，她妈妈悄悄告诉他：“小青的伤没有她自己说得那么严重，那一铁锹铲在眉骨上，没有铲到眼睛。她是故意跟你说得严重一些，撒娇呢。”她妈妈叫夏连春不要担心，过些日子再来。

告别了方小青和她妈妈，夏连春当天晚上就赶回了水利工地。没几天，清淤护坡工程全部完工，浩浩荡荡的水利大军陆续撤离。

夏连春从水利工地回来一进家门，父亲就告诉他，他们学校出事了，孟祥非和两个复员军人因为偷苞谷被公社抓走了。夏连春放下行李就赶到了学校。周爱兰校长一见他就火急火燎地嚷道：“哎呀！夏老师，你总算回来了。”

周校长说，孟祥非是前天被公社带走的，还从他家拉走了十几麻袋的苞谷。昨天，公社去抓那两个复员军人的时候，那两个人找不见了，跑了，估计那两个人不会再回来了。

这两天，整个学校就周校长一个人，连个商量事的人都没有。据她了解到的情况，孟祥非是被公社武装干事带走的，不是被派出所抓走的，带走的要比抓走的轻一些。再就是孟祥非现在什么都不承认，他把所有的事情都推到那两个复员军人身上了，而那两个人又跑了，无从对证。听说孟祥非在县文教局可能有人，文教干事说县文教局已经过问此事，估计很快就会有说法。

这些情况，对孟祥非都是有利的，对学校教学也是有利的。没几天孟祥非果真回来了，而且没受任何处分。后来听说孟祥非这次之所以能化险为夷，关键是他姐姐起了作用。

据说，他姐姐是个八面玲珑的湘妹子，在山里的牧场当了二十年的场医。当年，她由组织安排，和牧场的书记组成了革命家庭。今年年初她男人到龄退休，和她男人搭档了许多年的场长被调到了县文教局当局长，孟祥非的姐姐也被调到县中学当了校医，一家人都搬到了县里。

局长姓穆名汉，凭着孟祥非姐姐一家和穆汉局长的关系，要是穆汉早几个月当了文教局局长，上水湾分校校长的位置肯定是孟祥非的。

这次偷苞谷事件后，孟祥非被他姐姐狠狠收拾了一顿，他姐姐告诫他要把聪明用对地方，以后会有机会的。孟祥非听懂了他姐姐的话，心想：照着做，没坏处。

周爱兰也看到了孟祥非的优势，她开始关心甚至讨好孟祥非。校长变成了小女人。

真是塞翁失马，焉知非福。

孟祥非顺境的时候没遇到一件好事，好事也能让他搞砸。这次苞谷风波，他在被关起来的那几天想着自己这下完了，可没想到天无绝人之路，自己遇到了贵人，这件事就这么风平浪静地过去了。

从公社回到学校，这周校长的态度又让他如三伏天喝了冰凉水的感觉，舒服极了。

孟祥非觉得，男人这一辈子，反党反社会主义的事绝不能干，干了就把你专政了；杀人放火的事绝不能干，干了就把你枪毙了；偷鸡摸狗的事也不能干，干了就丢人现眼了。这拈花惹草的事，干了就干了，最多人后说说，人前笑笑，大家乐乐，没什么大不了的。

人是要有本钱的，有多大的本钱办多大的事。被生活磨炼多年的周爱兰看得清楚，孟祥非这次犯的事是很严重的，按理是应该被判刑的，不判刑也是要被开除的。但现在没被判刑，没被开除，没受处分，连个处理意见都没有。这不是一般人能做得到的。原来，孟祥非后面有个姐姐很厉害。

凭周爱兰的经验，孟祥非姐姐充其量就是个学校的校医，她能不显山不露水地让文教局的一局之长把她弟弟这么大的事不声不响地解决了，这个女人在局长身上的本钱绝对是够的。

周爱兰心里明白，孟祥非绝不是一个安分守己的人，但应该可以成为为她所用的人。人的最大能力就是驾驭能力，如果她能驾驭了孟祥非，孟祥非可以驾驭他姐，他姐可以驾驭局长，这样，她想办的事也就好办了。

孟祥非看懂了周爱兰的心思，他乐于为她所用。他觉得周爱兰是一个比较现实的女人。跟现实的女人好打交道，不像那种有大智慧、大志向的女人，难以相处。

两个人的心思往一块想的时候，事情就比较简单了。孟祥非和周爱兰开始打情骂俏，甚至动手动脚，而且在办公室里并不回避夏连春，好像夏连春就是观众和听众。

这个时候的两个人还处在互相欣赏、释放爱意的阶段，两个人的一颦一笑、一逗一乐和日常的言行举止都带有试探性和表演性，有个熟悉的人在场才更随意、自在和有趣。否则，只有两个人的时候那就是谈情说爱，没有现在这样的心情、意境和氛围了。当然，人多的场合也不合适，那就是轻浮了。

看着两个人的变化和现在的表现，夏连春心里在想，这人与人之间的关系真是微妙，不可捉摸。周爱兰刚来的时候把夏连春当亲人，与孟祥非保持着距离。孟祥非本来和夏连春很近乎，但周爱兰来了之后孟祥非有些提防他。现在只短短两三个月的时间，三个人的关系却发生了戏剧性的变化，虽然他们两个私下里都把夏连春当作自己人，但人家两个人倒更像一家人。

“一个和尚挑水吃，两个和尚抬水吃，三个和尚没水吃”，这句流传了千百年的古话，到了上水湾分校这里不灵了。周爱兰、孟祥非、夏连春之间稳定和谐的三人关系，使得三个人之间不仅是同事，更像是朋友。

这样的三人关系对夏连春是有益的，那两个人都对他好，怕怠慢了他似的。过去，每天早上擦桌子、扫地、烧开水这样的活都是夏连春干，因为他年龄小。现在这些活，那两个人争着干、抢着干，轮不上夏连春了。夏连春乐得清闲。

孟祥非的心情好了，他的家庭生活也发生了变化，他对老婆不再像以前那样厌恶和憎恨了。他老婆是铁了心跟定他了，不管他怎么打怎么骂，就是不离婚。这次孟祥非被关在公社，他老婆给他送衣送饭，不离不弃。孟祥非到处拈花惹草，他老婆也只是睁只眼闭只眼，随他去。

现在他和周爱兰只是调情，谁知道日后会发展到什么程度。他老婆没准哪天也会听到些什么，但那又怎样？夫妻只是名分，感情自在心中。

就这样思来想去，不知怎的，孟祥非自己想通了。他觉得姐姐说得对，要把聪明用对地方，不必老在打老婆闹离婚上费劲，男人不能把精力都荒废在这些没用的地方。

孟祥非告诫自己：“认命吧。”

第十七章　触电的感觉

年底前事情要比平时多一些，老师要忙一些，马上要期末考试了，出卷子，刻蜡纸，还有下个学期的教材和课程安排等问题都要处理。上水湾分校规模不大，但麻雀虽小，五脏俱全，所有的教学工作、教学程序一个也不能少，都要面面俱到。

周爱兰、孟祥非都是农村教育的行家里手，都能独当一面做好学校工作。相比之下，夏连春作为农村小学教师，好多事都是第一次接触，只能给周爱兰和孟祥非打打下手。刻蜡纸、印卷子、排课表，都是当老师的基本功，这些孟祥非都做得非常漂亮。特别是他那一手刻钢板的正楷字，真的像印刷的一样。

周六下午，大家正在学样忙着，凤月琴来了。夏连春吃了一惊，心想是不是出什么事了？他很慌乱。她说："你慌什么，我来看看你不行呀？"

"行，行。"他赶忙赔小心，"欢迎，欢迎。"

周爱兰和孟祥非没见过凤月琴，周爱兰甚至都不知道夏连春有对象，但一看两个人见面时的神情，她就什么都明白了。周爱兰很热情，主动给凤月琴倒了杯水，说："要不要我们回避一下呀？"

凤月琴说不用，她说她想让夏连春明天陪她去一趟鹿川，可能星期一才能回来，希望周校长能准他一天假。

她这是干吗？是要把两个人的关系公开了？

周爱兰说："没问题，明天咱们一起回去。"

凤月琴说就不打搅周校长了，她要去一趟地区医院，最近老咳嗽、盗汗，县医院的医生让她到地区医院检查一下，看是不是肺结核。

听了凤月琴的话，周爱兰更加坚持明天三个人一起走，她有个同学在地区医院当护士，可以帮他们找个好医生，看病时方便一些。

夏连春和凤月琴觉得这样也好，就是太麻烦周校长了。周爱兰说不麻烦，反正她也是要回家的。凤月琴说她晚上就不回下水湾了，住夏连春家，明天一起出门方便些。

月琴今天的举动完全超出夏连春的意料，谈了三年恋爱，两个人一直处于

"地下"状态，虽然两家大人心知肚明，但谁也没有挑明这件事，月琴也从没到他家来过。这会儿跟着夏连春进到他家来，倒也落落大方，问了声"叔叔阿姨好"便进了夏连春的房间。可一进房间，她就手捂胸口："我的妈呀，吓死了。"

夏连春嘿嘿一笑："你也知道怕呀？你想想我每次去你家得多勇敢。"

夏连春家的居住条件比以前好多了，房子在原址新建，他一个人住一间房，房间两张单人床，两床中间一个半截柜。床和柜子都是邝喜桂帮忙做的，没收钱，只在家里吃了几天饭。

月琴自打进了这个房间，就再没出去过，两个人分坐在两张单人床上面对面说话，吃饭也是两个人单独在这个房间。他们好长时间没见面了，月琴的状况不是很好，她说她现在特别容易累，晚上睡不好觉，一把一把地掉头发，记忆力也差，以前背的英语单词现在都记不住了。她担心自己是不是得了什么不治之症，可能要死了。说着就流下了眼泪。她问夏连春："我要是死了，你还会记得我吗?"

夏连春叫她不要瞎想，明天好好看病，要是有病就好好治，现在的医学水平和医疗条件，什么病都能治。要是没病，自己就好好调养，把心放宽，把事看开，没有过不去的坎。

她说明天要是真的检查出有病，治不好，又死不了，就这么拖着，不死不活的，成了病秧子，夏连春还会要她吗?

夏连春觉得她现在心思挺重的，再次叫她不要瞎想，要相信医生，相信科学，如果真的有病，他就不工作了，陪着她治病。

家里人都睡了，两个人就住这间房，一人一张单人床。夏连春先脱了外衣，穿着绒衣绒裤躺下了，侧着身，脸冲墙，有意不看她。他身上的绒衣绒裤还是他刚到县中学上学时，学校给困难家庭学生发的，大队证明还是月琴妈妈谷阿姨从下水湾开的。

月琴走过来，站在他床前，脱下自己身上的棉衣，盖在他的被子上。他眯着眼睛偷瞄了一眼，又赶紧把眼睛闭上，装作睡着的样子。

次日早起，夏连春从外间打来洗脸水，月琴坐在床沿上梳头，弟弟妹妹们鬼鬼祟祟地在中间房乱转，找机会往他的房间里瞄一下，瞅一眼。父母亲找理由把他们一个个支了出去，那神情，那语调，分明是在为夏连春打马虎眼，刻意回避着什么。

冬日的鹿川是宁静的，大街上行人不多，西北风吹过，让人不由缩紧了脖子。

周爱兰住在城中一处低洼地带的民房里，这是一处私家院落。周爱兰的爷爷当年从东北经北方辗转中亚到这个边陲小城，在这里安了家，留下了这个院落。爷爷去世后，周爱兰的几个伯伯卖掉了他们继承的房产回东北老家了。周爱兰的父亲前些年病故，母亲又不是东北人，她们母女俩就继续留住在这里。母女俩住着宽敞的三间屋，一人一间，中间是客厅兼餐厅，厨房在院子里。

周爱兰的母亲已经退休，一个人待在家里没事，看到女儿回来，自然高兴，又见女儿领了两个同事回来，一边忙不迭地招呼他们赶快坐下，一边忙着给女儿房间架煤生炉子。周爱兰的房间平时不烧火，是冷的。架炉子生火的好处，是随烧随热。

周爱兰家中间客厅里摆放着一件老古董——沙发。夏连春和凤月琴以前都没见过沙发，但坐到上面觉得很舒服。周爱兰说这个沙发是她爷爷留下来的，扫“四旧”的时候，差一点就被人给抬出去砸了。因为沙发笨重，出不了门，抬了几次都没抬出去，就幸运地留了下来。平时家里很少来人，坐得也少，沙发到现在还好好的。

说了会儿话，周爱兰叫母亲早一点做饭，说：“我下午还要回去，夏老师他们两个今天不回，晚上住咱们家。”

吃过饭，周爱兰到医院找同学联系好医生，叫月琴明早不吃早饭就去医院做检查。周爱兰下午回上水湾，夏连春和月琴把她送到车站，然后在街上转转。

外面很冷，两个人就去逛商店。逛商店只是为了找个地方两个人能在一起说说话。不过月琴还是买了样东西，一把筷子。她说家里的筷子都让她父亲扔完了。今年以来，她父亲经常跟她母亲吵架，动不动就找她母亲的事，动不动就摔碟子掼碗的，动不动就把手里的筷子摔在地上发泄，气急了的时候，还扬言要把全家人都杀了。虽然到现在还没有真的动过手，但那样子很吓人，经常把她几个妹妹吓哭。

他问她为什么会这样？月琴说，说来丢人，她父亲怀疑她母亲和别的男人好，而且他说得有名有姓，跟真的一样。一开始月琴还将信将疑的，因为父亲讲得太逼真，她也认为母亲年轻漂亮，有男人喜欢也正常，父亲作为男人，如果不是心里压抑太久的话，是不会对自己女儿说这些事的。她还在心里同情父亲，觉得母亲肯定有什么对不住父亲的地方。

“可现在，父亲越来越胡说八道，好像所有的男人都跟我母亲有关系似的，他甚至说六个妹妹都不是他的，他要把她们都掐死。母亲太可怜了，有时吓得连家都不敢回，又不能不回。”她父亲是见了她母亲就闹，不见就找，反正消停不了，动不动就跑到大队部去看看，看她母亲在干什么，有没有和哪个男人在一起，尤其担心大队书记打她母亲的主意。

她父亲现在的精神头可足了，晚上不睡觉，白天不瞌睡，一直处在亢奋当中，过一阵就要闹一出，一闹就要见月琴，见了就向她没完没了地叙说他已说过千遍万遍的同一个话题，说完了，说累了，自己就安静了。所以月琴今年上着上着学就会往家里跑，她担心父亲在家里闹事。

月琴说她已经被父亲整得什么都学不进去了，学什么忘什么，连以前学的英语、背的单词都已经忘得差不多了。她现在满脑子都是父母亲，有时候连死的心都有。女孩子本就是水做的，有了伤心事，更是控制不住眼泪。

夏连春从月琴的话里，能体会到她现在有多难，他们全家有多难。她说她现在好无助，她母亲也好无辜。她希望自己赶快毕业，这学已无法再上下去了。他劝她再坚持一下，慢慢会好起来的。

她说照这样一天天耗下去，她坚持不下去了，她母亲也坚持不下去了，全家人都坚持不下去了。

月琴对父亲说过，如果实在过不下去，让他干脆和母亲离婚吧。她父亲突然脖子一拧，眼睛一翻："哪有你这样当女儿的，还想让父母离婚?"

她父亲依然深爱着她母亲，离不开她母亲。正因为爱得深，可能才不放心。

月琴对夏连春讲完这些，心情好像也轻松了许多。夏连春现在需要做的就是倾听，她不需要安慰，只需要倾诉，把压抑在心里的话说出来，心里也就通畅了。她说："你以后可不能像我父亲对我母亲那样，不信任我。"他说肯定不会。

夏连春突然同情起月琴来了，要是他现在就能和她天天在一起，和她一起共渡难关就好了。

"你以前不是说要让我到你们家当上门女婿吗，干脆我现在就去吧?"

月琴像是被他的话吓着了似的："千万别，这个玩笑开不得，我父亲现在是对男人过敏，别让他把你打出来。"

"不是开玩笑，我是认真的。"

"过去有童养媳，你现在要当童养婿?"

"我就想陪着你。"

"有你这话就够了，这一年，要不是有你在我心里，我可能早就撑不下去了。"

晚上，月琴和周爱兰的母亲住一起，夏连春住周爱兰的房间。睡觉前，两个人在周爱兰的房间说话，月琴说："你就是有女人缘噢，走到哪儿女人都对你好。这周校长也对你这么好。"他说他人好呗。她说："你就臭美吧。"

月琴坐在梳妆台前的凳子上，老是不停地在自己手心里抠捏什么东西，但又老是抠捏不出来的样子。他问她怎么了，她说筷子上的竹签扎到了手上，拔不掉。他说：“我来给你拔。”

她走到床前，把手伸给他。他握住月琴四个手指头的那个瞬间，如电击了一般，浑身一个激灵。他立即把她的手松开，下意识地甩了甩手。

他意识到了自己的失态，解释说灯光太暗了。

他们俩站到灯光下，她再次把手伸给他。他左手捏住她的四个手指头，浑身又是一阵战栗。他快速地用右手食指在她手心上胡乱划拉两下，说看不见，就把她手放下了。

这是夏连春和凤月琴恋爱期间，第一次，也是唯一一次拉手。直到今天，每每想起那次捏住她四个指头的感觉，他的心里都还会涌动出第一次被电着了的悸动。

早起，告别周校长的母亲，月琴到医院做空腹检查。因为事先打好了招呼，他们上午做完检查，下午就拿到了结果——肺部感染，有炎症。医生说问题不大，让她不要有压力，要保持心情轻松舒畅，医生还说青春期的女孩子，由于心理问题，很容易导致生理问题，造成免疫力下降，身体出现疾病，医生给月琴开了一些药。

从医院出来，月琴心情大好，药还没吃，病已好了大半，青春活力又回来了。她那样子，好像与夏连春已不再是简单的恋人关系，而像是夫妻关系。她在怀疑自己身体有恙的时候，瞒着家人，让夏连春陪她来看病。这既是信任，也说明在她心目中夏连春是她最亲近的人。现在，看了医生，明确了身体无大碍，两个人都踏实了。

从城里回来，夏连春对周爱兰校长也多了一份亲近和敬重。既是旧相识，又是新领导，还是大姐姐。他以前并不了解周爱兰的家庭情况，这一次他实实在在地体会到了周爱兰一个人在外工作的不易。

他突然觉得，一个从城里来到农村，能够在这偏远底层的环境中，站住脚的女人，一定是一个吃得了苦、受得了屈，心理强大的女人。一个能够在错综复杂的社会关系中，审时度势，把握主动权的女人，一定是一个能够掌控局面、驾驭命运的女人。一个能够凭教学本领由教师走向校长，且驾驭得了孟祥非这种小肚鸡肠男人的女人，一定有她的过人之处。一个能够在别人需要的时候出手相助，而且做得恰到好处的女人，一定能够赢得别人的尊重和信赖。

周校长也像大姐姐一样夸夏连春，说他对象长得好，人也好，看得出来他们两个人的关系也好，以后一定会成为一对恩恩爱爱的小夫妻。

夏连春还没说话，孟祥非接过周校长的话就说：“千万别当真，谈谈可以，玩玩可以，成为一对恩恩爱爱的小夫妻不可能。你们成不了，哪有中学生谈恋爱就能成的？你们将来结婚的对象肯定是别人。”

夏连春对孟祥非的话很不屑。他是一个重感情的人，爱情是永恒的，朋友是永远的，不能掺假，不能变心，更不能背信弃义。

孟祥非看出他的不屑，说：“夏老师你还年轻，年轻人是最爱把爱情、友谊理想化了的。世上有两种东西不可信，一是爱情，二是友谊。古人说，夫妻本是同林鸟，大难临头各自飞。夫妻是什么？是姻缘。姻缘是可以变的。古人还说，打仗亲兄弟，上阵父子兵。父母孩子、兄弟姐妹是什么关系？是血缘。血缘是改不了的。”

孟祥非继续说，“至于友谊那就更不靠谱了。伟人说过，世上没有无缘无故的爱，也没有无缘无故的恨。爱恨情仇都是事出有因的。哲人说得更直白，没有永远的朋友，也没有永远的敌人，只有永恒的利益。什么至死不渝的爱情，生死之交的朋友，都是哄人的。”

周校长接过孟祥非的话，说：“夏老师，别听孟老师的谬论，他这些都是腐朽没落的封建主义和自私自利的资本主义旧观念，是害人的东西。咱是革命群众，不能听他的，咱相信无产阶级革命的感情是高尚的、纯洁的，我们要倍加珍惜。”

夏连春确实接受不了孟祥非这些玷污爱情、亵渎友谊的奇谈怪论。他觉得世界上最宝贵的东西就是爱情和友谊，最痛苦的事就是失去爱情和友情，最令人不齿的事就是背叛爱情和友情，至少他是不可能做出这样的事的。

孟祥非说：“看得出来，她很爱你，也很信任你，她心甘情愿地为你献身，大大方方地跟你住在一起，这都是年轻时候性头上的事，等到你们这个热情劲一过，差不多也就到了分手的时候了。”

夏连春说他们连手都没拉过。孟祥非说：“那你们就更不可能长久了，谈了这么久，连手都没好好拉过，还叫恋人？她连身体都没交给你，还能把心交给你？纯感情的东西最多只是牵肠挂肚，连生离死别的程度都到不了，因为你们之间没有她需要对你或对她自己负责的东西。你们早晚会吹，不信到时候看。”

夏连春不再理他。

年底的事情忙完之后，夏连春请周爱兰校长来家里吃饭，算是对鹿川之行聊表谢意，孟祥非作陪。

此前周校长也时常到夏连春家里来，有时也在他们家吃饭，但不像这次这么正式。她第一次来他们家时就对夏连春父母说，夏连春是她在五小队认识的第一个也是唯一一个人，她把他们家当自己家看。

夏连春父母也挺喜欢周校长的，说她挺仁义的。但他们不喜欢孟祥非，说跟这个人在一起没什么好，怕孟祥非把他们的儿子带坏了。

其实孟祥非挺会来事的，当面几句话，马上就能把人的热情调动起来，甚至让人心花怒放。尽管大家都知道孟祥非花心，但那些大姑娘小媳妇还是喜欢和他在一起。周爱兰校长也是这样，她把孟祥非的本质看得很准，但又真的很喜欢和他在一起。夏连春父母也一样，这一晚上，孟祥非时不时的几句话就把他们两个人逗得哈哈大笑，高兴得不得了。

孟祥非感怀自己生不逢时，空有一身才气，一腔热情，无处可用。他说他生来就想当官，可天生又不是当官的料，他适合当谋士，给人出谋划策。但现在社会上不需要他这样的人，他只好窝在这农村小学当一辈子教书匠。

他说周校长和夏连春都是“飞鸽牌”的，将来都会比他混得好，都是要离开这里的。周校长将来肯定能回鹿川，提拔了，调动了，结婚了，嫁人了，怎么也不会永远在这农村待着。夏连春很快就会离开这里，熬够两年，招工，招干，上大学，哪条路都很好。

他说他们三个人中只有他是“永久牌”的，运气好了将来搞个农村小学校长干干，立足五小队，胸怀全中国，放眼全世界。

你还别说，这孟祥非有时候神神道道的一些话，看似不靠谱，结果还真能灵验。

寒假前，公社传来新消息：公社文教干事于善江调任团县委书记，周爱兰校长调任公社文教干事，孟祥非接任周爱兰当上水湾分校校长。好事说来就来。

有人说，一般情况下，一个人职务调整，会连锁牵动六个人的工作变化。这不，文教干事一个人调整，就牵涉周爱兰、孟祥非的职务变动，开学后学校还要补充新教师，文教干事同时还兼任了公社秘书，这空出来的秘书岗位也要有人补充。

周爱兰和孟祥非的工作调整和职务变动是皆大欢喜的事，夏连春也在心里为他们祝福。周爱兰一个人在这农村学校工作生活真的不容易，这样一步步往前走，离市里慢慢也就近了。孟祥非也是心想事成，终有所获。

尽管人们私下里也有议论，说周爱兰靠的是孟祥非，孟祥非靠的是他姐姐，他姐姐靠的是穆汉局长，所以才有了这一连串的工作调整和职务变动。不过农村人对这些事并不在意，议论两句也就过去了。但对周爱兰和孟祥非来说，则不是简单说说就能过去的事，他们要加倍努力，以自己的工作能力来证明他们是能够胜任的。

不管怎么说，当官的感觉就是好，至少心里是这种感觉。尽管孟祥非的学校只有三个班级，但他毕竟也是领导着一个学校。德智体全面发展的教育方针一项也不能偏废，语文、算术、音乐、美术等各科课程都得教好，办教育、管教学，编报表、报计划，添设备、做财务的事样样都得做好。

优秀未必能当上领导，但当了领导一定要比别人优秀。

以前，别人当领导，自己说二话，现在自己当领导，不能让别人说二话。

寒假里，孟祥非基本上没有休息，跑公社，跑县里，忙事务，几乎天天加班。忙得连和老婆吵架的时间都没有了。

他老婆也觉得，这男人还是大小当个领导好，当领导要管别人，首先就要把自己管好。自己吊儿郎当，怎么要求别人严肃认真？自己经常迟到早退，怎么要求别人按时上下班？现在看来，如果实在管不住男人的时候就让他当领导，让他自己管自己，管用。

你看看孟祥非现在多努力，新官上任，不烧三把火，也要干上几件事。加班加点是常事，废寝忘食是常态。照这样下去，没准哪天还能干更大的事呢。

新学期开学的时候，公社给他们学校调配来了两名教师，都是女的。一个姓乌，家在省城，去年秋天师范毕业后分配过来的，但一直不想来，想活动活动分回去，拖了半年，没办成，只好来公社报到了；另一个是从上水湾学校调过来的，人很瘦，家也在外地，和孟祥非一起工作过，和孟祥非的关系还很好。

一次调配来两个老师，这当然是周爱兰的特殊关照。一来上水湾分校是一所新学校，学校规模正在不断扩大，师资力量需要充实；二来两名女老师在一起工作方便一些，互相可以有个照应。

孟祥非对周爱兰表示感谢之后，调侃道："走了一个女校长，来了两个女老师，赚了。"

周爱兰也打趣道："就怕去一个被你欺负，所以去两个，让你打不了坏主意。"

其实孟祥非对从上水湾学校调过来的那个女老师早就打过坏主意。他们俩一起工作时，女老师自己烧火做饭，孟祥非帮她去煤矿拉过煤。两个人坐在毛驴车上，他把人家拉到怀里，伸手摸人家。女老师说："什么都没有，你摸什么？"原来是个"飞机场"。

现在，上水湾分校在孟祥非的带领和打理下，办得有声有色、像模像样。两个女老师每天把办公室收拾得井井有条、干干净净，基本上不用孟祥非和夏连春插手。夏连春和孟祥非脏活重活抢着干，不让两个女老师出力。

四个人的学校不复杂，大家在一起都很畅快，没有太多的烦心事。"飞机场”本就姓飞，夏连春一叫她飞老师他就想笑，他总是想起孟祥非说的“飞机场”。飞老师觉得夏连春那样子太可爱了，就像一个讨人喜欢的小弟弟。不愿下农村的“省城女孩”，性格也特别好，毕竟是城里的姑娘，她觉得和孟校长、夏老师、飞老师在一起很舒心，农村学校好像也没有她想象中那么可怕。

长年累月里，农村教育就是在这样的体制下办下去的，千千万万个农村学校就是这样坚守着的。谁能说农村学校里不会走出国家需要的人才、栋梁或者大人物呢?

一个学校里的四个老师，有三个都是吃公家饭的，只有夏连春一个人是民办老师，叫民办公助。但具体到夏连春头上，究竟民办多少，公助多少，他并不知道。他只知道他也是按工资表领钱，每月十五块。领钱的方式和那三个人一样，但钱数上的差别就大了，要比人家少很多。还有一个区别就是，人家三个旱涝保收，到日子领钱；他不一样，有时候到了领钱的日子，钱却没到的情况，要等，得等上一段时间才能拿到，而且还可能会分好几次才补齐。

夏连春高中毕业快两年了。两年，是接受再教育的基本年限。待够两年就有离开农村去当兵、上学、工作的条件了，没待够两年什么都不要想。当然待够两年也不一定就能够离开农村，在农村待上一辈子也是可能的，更不要说还有一些人本就立志要在农村大干一辈子的。

当然，那些立志要在农村大干一辈子的人，没准最后跑得比谁都快。比如田光耀，当年曾信誓旦旦地立下要在农村“大干六十年”的豪言壮语，但在今年年初，他接替文教干事空出来的秘书岗位当上了公社秘书，春节后又调到县委当了秘书。他是县委书记一手培养提携的。在学农的时候他就引起了书记的注意，书记觉得他是一个能当大任的年轻人。书记早就想把田光耀拿到县委去历练历练，培养培养，但考虑到接受再教育没够两年不好太急，同时也有人向书记提醒，田光耀这个年轻人胆子大、爱出风头，县委对他应控制着使用才好，否则一般人可能驾驭不了他。

领导们一般都很自信，别人的意见可以听，但决定权还是在自己手里。书记认为田光耀虽有毛病，但是个可用之人，遂决定把他放到自己身边，重点培养，通过言传身教，使他更好更快地成长。

蔡团长去年年底就当兵走了。别人当兵不是去边防哨所，就是去大漠深处，唯有他去了省城。当了炮兵，却进了城市，让好多年轻人羡慕不已。新兵出发那天，别人都是依依不舍，甚至痛哭流涕，唯有蔡团长笑容满面，幸福得像花儿一样。田光耀为他送行的时候骂了句：“真是没心没肺!”

方小青是下乡知青里第一个招工走的，因为工伤，受到特殊照顾，眼睛好了以后时间不长，就进了鹿川毛纺厂。

鹿川毛纺厂在当地可是红极一时的企业，厂子里的人想买一块毛料子都得厂长签字，而且不能长过两米五。方小青能进鹿川毛纺厂也是她那眼伤换来的，当时多少人都争着抢着想进这个厂子。方小青的招工推荐表，被大队书记压了好长时间就是不签字，大队书记想借机把自己儿子也搭着招工送走。结果他还真是如愿以偿，在给他儿子拿到了鹿川电厂的招工推荐表以后，才在方小青和他儿子的推荐表上一起签字放人。

鹿川电厂与鹿川毛纺厂是相隔不远的邻居。毛纺厂里的女孩子多，电厂里的男孩子多，两个厂子的工人搞对象的也多。那时鹿川流行一首自编自唱的顺口溜歌词："雅玛河水翻波浪，旁边有个毛纺厂，毛纺厂里丫头子多，身上穿的是'的确良'。"能在毛纺厂找个对象是很有面子的事。

大队书记送儿子和方小青走的时候，意味深长地说了句："以后你们两个要常来常往啊！"后来在他们大队还真有方小青与大队书记的儿子搞对象的传闻。

第十八章　男儿有泪

变革的年代，人们总爱在自己的世界里放飞思想。上水湾分校的四个人，孟祥非是最爱瞎想、最爱瞎说的一个。想着想着，他就会说：“我们想那么多干吗?”可这世上又有几个人能管住自己的思想？刚说完，他就又开始瞎想了。

两耳不闻窗外事，一心只读圣贤书，那是圣人的境界。躲进小楼成一统，管他冬夏与春秋，那是文人的情怀。他们几个靠工资吃饭的凡夫俗子，哪有那样的境界和情怀。人在青春年少的时候，最容易心浮气躁，既要做好身边的事情，还想见识外面的世界，既要过好柴米油盐的日子，还要看到每天太阳升起的希望。好在眼前的生活还算平和。

下午两节课后，四个人正在办公室聊着《八十书怀》的阅读感受，邮递员送报纸来了。孟祥非接过报纸，还有夏连春的一封信。“鸿雁传书，县中学来信!”

夏连春接过信，是月琴的。看着她那熟悉的笔迹，好亲切好激动。他们已经两三个月没见面了，再有一个多月这个学期就要过去了，月琴也就该毕业了。

信好厚，有这么多话要说，看来她是真的想他了。夏连春没有急着打开信封，而是慢慢坐在办公桌前，小心翼翼地把信封拆开，他要拉开架势慢慢看细细品。

“连春哥”，嗯？怎么回事，称呼变了？过去从来都是“我的春”“你的琴”，怎么今天成了“连春哥”了？他赶紧翻到后面看结尾落款“妹月琴”。

一种不好的感觉涌上心头。

他不知道他是怎么把信看完的，他也不知道她信里到底都说了些什么，但他知道他失恋了，他的初恋结束了。

他的眼泪止不住哗哗地往下流。他很想绅士一点，男子汉一点，装作没事一样。但他没那么会装，没那么有城府，他实在把控不了他自己。

男儿有泪不轻弹，只是未到伤心处。

两个女老师被他的样子吓着了，她们不知道他经历了什么事，也不知道该做些什么，就那么静静地看着他。

孟祥非走到他身边，拍拍他的肩膀，关心地问：“怎么了？她又病了？”

他半天没说出话来。

“情况严重吗？”孟祥非又进一步安慰他说，“别担心，你明天去一趟吧，看要不要住院。”

他说他现在就去。孟祥非说去吧，路上注意安全。

夏连春回到家，给父母打了个招呼，骑上自行车就往县里跑。一路上脑子是空的，什么也没想，什么也想不起来。悲伤？痛苦？事已至此，见了又能怎样？但他就是想见见，想听听。事情为什么会是这样？问题出在哪儿了？为什么这么突然？就是死他也想死个明白。

到县里的时候还不算太晚，现在天长。他直接到学校宿舍找到了月琴，她说她这两天下午放学后哪儿都不去，一直在宿舍等他，她知道他接到信一定会来的。

他们俩从学校出来，去了雅玛河边，找了个地方坐下，月琴一下就扑在夏连春怀里失声痛哭，哭得很伤心，浑身抽动。夏连春突然手足无措，不知如何是好。来前他就告诫自己，他们谈了三年多了，三年多的爱情是美好的纯洁的，他们没拉过手，没拥抱过，没接过吻，现在该分手了，他还要保留那份美好那份纯洁，最后时刻还是要坚守住不拉手不拥抱不接吻，不给自己留下歉疚，不给对方留下负担，让两个人一辈子回想起他们的初恋都是美好甜蜜的。

等她哭够了，哭得没劲了，他让她坐好，好好说说话。

月琴说她对不起他，叫他不要恨她，叫他不要瞎想，她对他的爱是真诚的，一点都没掺假，但她实在太累了，坚持不住了，背负不起这份爱了。她希望他忘了自己，希望他能在心里把她当妹妹，她说她会感激他一辈子。这些话虽然她在信里已经反复说过，但当面听了夏连春心里反而更加难过。

他突然很男人很大哥哥地对她说：“相信缘分吧！你也不要自责，爱是两个人的事。我们毕竟爱过一场，好过一场，这就够了。谢谢你曾经给我的这份爱，我会珍惜一辈子的。”好像他是专门跑来给别人做安抚工作的一样。

但他嘴上说的和心里想的大不一样。“爱”这个字在他心里太至高无上了。没有爱，毋宁死。他真想就这样一头扎进雅玛河里算了，但这也太不负责任太丢人现眼了。对所爱的人来说，既然爱她，何必害她。对自己来说，人家已经不爱，何必还要裹挟人家。

月琴问他：“为什么不问我原因？”

他说：“你要想说就不用我问，你要不想说我问了你也可以不说。”

“这是你的心里话？”月琴问他。

“不是的。”他说，“我非常想知道是为什么，为什么会突然出现这样的变故。但既已不爱，问又有何用?”

月琴摇摇头：“看来你还是恨我。”

“不是恨，是爱。”他说，“有人说过，爱和恨的深度是同等的同，爱和恨有时候也是说不清楚的。”

“嘴上说爱，心里是恨。”月琴说。

“说的是恨，实际是爱。”他说。

两个人打了会儿嘴仗，说了会儿“绕口令”，心情好像平复了一些，不像刚才那么沉重了，看不出是一对即将分手的恋人。

月琴说，自打她父亲知道她跟夏连春一起去市里看病，还和他在市里住了一晚上之后，就坚决要她跟他分手，不准她再和他来往。后来她父亲又知道他们俩去市里的前一天晚上就住在夏连春家，俩人还住一个屋，他父亲说：“夏连春的父母太不像话了，枉我对他们家那么好，他们家却祸害我的女儿，真是恩将仇报。”

她父亲的话说得特别难听，逼问她：“夏连春在县里上学的时候是不是就和你睡过觉了？真是有其母必有其女，夏连春就是一个大骗子，他在老家早就定了亲，你要是不赶快和他一刀两断，我就把你们两个人碎尸万段，还要杀他全家。”她父亲要求：她必须在高中毕业前把她和夏连春的事情了结了，否则，他就要自己出面解决。

月琴再一次扑到夏连春怀里：“哥呀，我父亲那个人现在是什么事都可能做得出来的，我可不能害了你，再害了你们全家呀。那样咱们两家就都全完了。哥呀，你明白吗?”

夏连春终于知道了事情的真相，明白了事情的原委，原来问题出在她父亲身上。他轻拍伤心至极的月琴后背，叫她不要慌乱，说她父亲也是不明白真相，他可以赶快找人向她父亲讲清情况，找人给他们做媒，让他父母去给她父亲赔礼道歉，凭双方父亲两个人一二十年的老关系，他相信她父亲会改变态度的。

月琴坐直身子，千叮咛万嘱咐地说，千万不要找人去给她父亲说，她父亲是个要面子的人，一旦知道别人知道他俩的事了，他还不知道会做出什么出格的事呢。她父亲本就是个说一不二敢说敢做的人，他认准了的事别人是改变不了的。夏连春说：“那咱们也应该努力争取一下呀。”月琴说她已经努力争取快半年了，要是有一线希望她也不会放弃的。

他说：“那我们就这样认输了?”

月琴说：“只有一个办法。”

他问："什么办法?"

"把我父亲杀了。"

他说："你胡说什么呢!"

她说那就没有别的办法了。

月琴说她还真跟她妈说过，要是她爸死了就好了，她妈就解脱了，她恋爱的事就没障碍了，全家人的日子就都好过了。她妈叫她不要胡思乱想，让她为了她父亲，把自己的事情放一放。说着，月琴又哭了。

现在夏连春算是真正明白了，月琴是无助的，她母亲是无助的，他们全家都是无助的。月琴跟他分手，她妈也是认可的。他还能怎样？命啊!

月琴哭了，他也哭了，他们俩抱头痛哭。

天亮了，他们站起来，擦擦眼泪，两个人都努力挤出一点笑容，算是留给对方的一点念想。

他骑车子把她送回宿舍，她让他在外面稍等一下，她进去拿了件毛衣出来送给他，说是她这几天赶着给他织的。她把毛衣递给他的时候说："以后就让别人给你织吧。"说着她又哭了。

他接过毛衣，驼色的，他很喜欢。他把毛衣夹在自行车后捎架上，回过头来对她说："我等你!"

她转过头看向别处："别等了。"

夏连春知道，他是真的失恋了，再也留不住再也追不回了。他带着失恋的痛苦、沮丧和狼狈，回到了他的上水湾五小队，回到了家。

父亲问他："有什么急事这么匆匆忙忙跑来跑去的，是不是月琴有啥事?"

真是知子莫若父。夏连春说他和月琴吹了。

父亲吃惊地问："怎么了?"

"她父亲不同意。"他说。

"真是个疯子!"父亲愤愤地说，"我找他去。"

夏连春被父亲的话吓着了似的："你千万别去。"

上班时他准时到校，孟祥非问他什么时候回来的，他说早上。孟祥非又问他对象怎样了，他说他们吹了。

"为什么?"孟祥非吃惊地问。

"你不是早就说我们俩成不了吗?"他自嘲地答。

"那也不能这么快呀!"孟祥非不解地说。

"反正要散，晚散不如早散。"

孟祥非突然警觉起来："不会跟我的胡说八道有关系吧?"

“是我们自己的事。”

有人说，初恋是美好的，初恋也是危险的。夏连春的初恋就这样在回眸一笑中开始，在转头别望中结束。但它留给他的记忆和回味则是一生的。

他自以为，从此以后他不可能再有爱情了，也不可能再得到真正的爱情了，因为他已把一生的爱情都给了月琴，给了初恋。当初，他以为他拥有了最心爱的人，最伟大的爱情，他是这个世界上最幸福的人。哪曾想到会有今天，会这样一败涂地。他开始怀疑人生，怀疑爱情，怀疑这个世界上到底还有没有真东西。

当然，他也不能把所有的绝情和不如意都归咎于月琴，她也是无辜的。不是她背叛了他，是爱情背叛了他。那是谁背叛了爱情呢？她父亲，是她父亲扼杀了他们的爱情。她父亲真该死。没准她父亲哪天真的死了呢？或者她父亲的态度又变回来了呢？谁能说得准呢，世事难料啊！

他还在幻想着爱情归来。

夏连春和凤月琴分手的事，他周围的人很快就知道了。但别人不当回事，不就是吹了嘛，吹了就吹了呗，再找一个就是了。他心中神圣无比的爱情，在别人眼里就像是两个偶遇的人说了会儿话又各自分头上路那样无足轻重。他在这里死去活来要死要活的，人家却在那里说笑“旧的不去新的不来”，赶快再找一个。也对，人家凭什么陪你伤心？希望你再找一个就是对你的最大关心。

孟祥非首先挑起话题，他说是鲁迅说的，爱情要时时更新，老和一个人谈恋爱有什么好谈的，恋爱谈完了就该换人了。“你看我们这两个美女老师多好，比你那个高中生强多了，跟她们谈谈。”

飞老师说，她不行，年龄大了，小伙子还是要找年轻的，但她可以帮帮忙，穿个针引个线还是可以的。她的意思是“省城女孩”跟夏连春正合适。

“省城女孩”也说：“没想到夏老师这么有情有义，重情重义，还真挺让人感动的。”那意思是她不排斥他。

夏连春明白，他们几个是在安慰他，想帮他走出低谷，他领情了。但感情这东西还真不像人们想象和谈笑得那么简单，尤其是恋爱的事。

有人说热恋中的人智商最低，夏连春认为他就是这样。当年他和月琴还处在“地下”状态的时候，方小青就看出来了，就说他俩不合适，成不了，他却看不出来。方小青一再说：“哪天那个小丫头一脚把你踹开的时候你就回来。”他却怎么也不信月琴会和他分手。现在他真的让人家一脚踹开了。

月琴才来他们学校一次，孟祥非只看了她一眼，就说他俩早晚要吹，而且还兜售了一套他的男女之情的理论。周爱兰说他是资产阶级谬论，夏连春把他看成是对无产阶级革命感情的亵渎。但事实证明孟祥非是对的。

现在想来，高庆阳当年也是看出来了的。他在他们毕业前最后一顿晚餐时说凤月琴的话是有保留的，他说凤月琴是他们几个当中年龄最小的，只要坚守信念不动摇，一定会拥有美好的爱情。言外之意是说凤月琴年龄小，不一定能一直对夏连春好，说得再直接点就是她会和夏连春分手的呗。但当时夏连春没听出来。

难道真像有人说的“爱情能使男人变傻，女人变坏”？如果是这样，那就轻易不要再傻了，也免得让好女人变坏，尤其是不能让身边的好女人变坏。“兔子不吃窝边草”这句话也许也有这方面的意思。

周爱兰也听说夏连春失恋了。放暑假前她借检查工作的机会专门到学校来了一趟，看看夏连春。夏连春身边的人就周爱兰没想到他和凤月琴会吹，她挺惋惜的。她说她很看好他俩，原本还想等凤月琴毕业后，下学期把她吸收到上水湾分校当民办老师，让他俩能待在一起呢。真的是计划没有变化快，人算不如天算。

周爱兰校长来看他，他就已经很感动了，她这一席话让他更感动，心一软，眼泪又夺眶而出。而且她这些话是在他们办公室当着他们几个人面说的，更感人，更真诚，也更让他们觉得周校长人好，待夏老师好。

下午放学的时候，夏连春叫周校长到他家吃饭，让他们几个都一起去。周爱兰说：“今天不去你家，大家都去两个女老师宿舍，我们自己做着吃，好好聚聚聊聊，喝点酒。”她说让孟祥非回家拿两瓶酒来，晚上不回去了，就住女老师宿舍。

两个女老师一听周校长说要到她们宿舍吃饭，晚上还住她们那儿，甭提多高兴了，忙不迭地回到宿舍就干活。夏天热，她们在外面烧水做饭，不用旁人插手，叫他们都在屋里歇着，等着吃就行了。

一桌可口的饭菜端到桌子上，孟祥非急吼吼地拿起筷子就开吃，他说要先垫一下肚子，待会儿好喝酒，要不然两个大男人喝不过三个小女人就惨了。他说得也对，夏连春不能喝酒是大家都知道的，如果按照男女对喝的话，孟祥非一个人肯定喝不过她们三个，他可能连周爱兰一个人都喝不过。别看飞老师人瘦，酒量可好了。“省城女孩”酒量差一点，但比夏连春强。反正这三个女人够孟祥非对付的。

大家都入座后，孟祥非开始倒酒。每个人面前三杯酒，酒过三巡再说话。孟祥非、周爱兰、飞老师三个人二话没说端起来就喝了，夏连春和“省城女孩”开始讨价还价，“省城女孩”说她最多能喝两杯，孟祥非说：“那你就喝两杯。”

夏连春说他一杯都喝不了，孟祥非说："那你就喝一杯。"飞老师突然提议，"省城女孩"和夏连春两个算一个，让他们两个人坐到一起：人，合二为一；酒，一分为二。孟祥非说飞老师很有才，这个提议好。这样可以多喝酒，他今天还真的想让夏连春多喝点。

三杯过后，孟祥非提议大家一起向老校长周干事敬杯酒，而且要一心一意酒满心诚，都要干了，他自己先干为敬。周爱兰说夏连春喝不掉就少喝点。"省城女孩"说周校长老向着夏连春，她说自己也喝不掉，也要少喝点。飞老师说："你们俩喝一杯，你多喝点，夏老师少喝点。"

"省城女孩"说："这还差不多。"结果她一仰脖子差点把一杯都喝了，只给夏连春留了一点点。

飞老师对夏连春说："看人家多疼你。"

周爱兰校长说："夏老师的人缘不错嘛。"

飞老师说："那当然，我们唯一的小伙子，宝贝疙瘩，我们心疼还心疼不过来呢，结果还有人不想要了。我们再不好好照看着，哪天被别人抢走了咋办？"

飞老师逗乐的一句话，却勾起了夏连春的伤心往事，他的心情低落下来。飞老师自知失言，有点不好意思，气氛稍有尴尬。夏连春知道人家也是好心，并非有意戳他痛处揭他伤疤，他知道不能总是生活在自己的世界里，不让外人触碰。他赶紧应答一句调节氛围的话："那是你们抬举我，我哪有那么好。"

几巡过后，大家酒劲都有些上来了，话也开始多了起来，东拉西扯，说个不停。

周爱兰看大家兴致这么高，气氛也这么好，她说她要给大家敬三杯酒。第一杯敬孟祥非，祝贺他把学校办得这么好。第二杯敬两位美女老师，祝愿两个人尽快找到如意郎君。第三杯敬夏连春，祝福他前程似锦。

几杯酒下肚，夏连春身边的"省城女孩"喝得有些高了，她问周爱兰："夏老师前程似锦是什么意思？夏老师要走了吗？"

周爱兰说："夏老师这么优秀，肯定是要走的，只是早晚的问题。"到这个月夏连春接受再教育就满两年了，就可以推荐招工招干上大学了。条件已经具备，就等机会了。

周爱兰说得高兴了，又举起杯，"来，我单独给夏老师敬杯酒。好男儿志在四方，不要过于儿女情长。不管出于什么原因，月琴将来都会后悔的。我们不希望看到别人后悔，但优秀的男人就要有让抛弃自己的女人后悔的志气！"

夏连春听懂了周爱兰的话：一是鼓励他，要他振作起来；二是告诫他，不要儿女情长。这恐怕就是她今天过来想要对他说的话。他好感动，端起酒就要喝，周爱兰却把他挡住了，她要替他喝一半。

喝完坐下，周爱兰又对着他们几个说："有推荐机会的时候你们可要多支持夏老师哦。"

"省城女孩"说她不支持，她不想让夏老师走。

飞老师说："那你得想办法把夏老师留住呀。"

可能是受了飞老师的鼓励，"省城女孩"转而问夏连春："你愿意留下来吗?"那神情好暧昧，腿还在桌子下面碰碰他。

"愿意呀!"夏连春说，"我家就在这里。"

其实"省城女孩"人挺好的，前两天夏连春父母在家里还提到她，说人家是城里长大的，跟农村女孩子就是不一样，要是能把她找上也不错。

夏连春没好气地把父母顶了一通："你们做梦去吧！还'把她找上也不错'，挑妃子呢？人家可是在大城市长大的，你们是癞蛤蟆想吃天鹅肉吧!"

父母凭空被儿子顶了一通，他们知道儿子心情不好，也不跟他计较，只是父亲在嗓子眼里嘟囔了一句："不管她是哪里的现在也在我们五小队。"

夏连春知道父母开始为他的婚事着急了。他们可不讲什么恋爱、爱情、对象、女朋友，他们讲的是婚事。他都二十一岁了，在老家按虚岁讲，都二十二了，早该结婚了，他们也早该抱孙子了。原先他和月琴好着的时候他们也不管，他们知道当不了他的家，管不了。现在月琴和他吹了，他们心里开始有想法了。

父亲说："立春啊，我们知道你刚和月琴分手，感情上接受不了，心情不好。但你也老大不小了，还是及早把婚事办了，安安心心过日子吧。"

父母很久以来都不叫他的小名"立春"了。这会儿，忽听父亲唤他"立春"，他忽然感到这个小名有着沉沉的分量和满满的父爱。因为自己的事，让父母操心了。他有些伤感和无奈，轻轻地回应父亲："跟谁办?"

父亲说："你在老家是订了婚的，那个亲还在，只要我们认，人家是肯定会认的。只要你同意，我们就向人家提出来，把麦姐接过来，把婚结了就是了。"

夏连春没想到父亲这会儿会联想到那儿去，怨不得突然唤他"立春"呢，原来父亲是想起了那个娃娃亲，想起了那个麦姐。

夏连春"扑哧"一声笑了出来，他已经好久没笑了。父亲问他笑什么，他说："你们还惦记着订婚那档子事呢?"

父亲说："那怎么能忘掉？那是举行过订婚仪式，过了礼的。你母亲还把从娘家带过来的一块银圆，洋钱，站洋，英国造的，送给了麦姐。"

父亲说到这儿，母亲突然接话："那块站洋是你外婆传给我的，我又传给了麦姐。老辈人说，站洋辟邪，可以保佑人平安。也不知道麦姐现在在哪儿，那块站洋还在不在她身边。"

显然，母亲很在意她那块站洋，很在意麦姐，也很在意这个娃娃亲，只是平时不说而已。

家里人很久没有提起过娃娃亲这档子事了，夏连春差不多都已经忘了。可人家现在在哪儿？是否嫁人？还记得娃娃亲这档子事吗？……夏连春给父亲提出了一连串问题。

父亲对儿子的问题还真答不上来，他还真不知道麦姐一家人现在在哪儿。自打他带着一家人来了这边，就再没和麦姐家里人联系过。而且老家人都以为夏连春悔婚了，不认这门亲了，他也只能装聋作哑，不跟人家联系。但他隐约听说，麦姐一家人好像也离开老家了。

这会儿，面对夏连春的发问，父亲也只能模棱两可地说了句："我们没发话人家怎么嫁人？"

父亲模棱两可的一句话，却让夏连春觉得有些沉重。如果真是这样，那岂不是害得人家女孩子迟迟结不了婚？真是罪过。

他在思考着，父亲以为他心动了，想抓紧机会进一步劝说他："我们农村人就是这样一代一代走过来的，家家户户都一样，种好自己的地，过好自己的日子，带好自己的娃，想那么多有什么用？而且麦姐那姑娘从小就不错，女大十八变，没准现在比月琴还好看。"

麦姐咋样，他不知道，没见过。但听了父亲的话，他还是很诚恳地对父亲说："正因为人家好，我们才不能再害人家了，赶快给人家回个话，把亲事退了。我对这门亲事一点感觉都没有，她人在哪儿，家在哪儿，父母是谁，我从没关心过，也一直不知道，我早已从你给我定的亲事中走了出来，不可能再回过头去跟人家结婚了。这门亲事就算了吧，趁早给人家一句明白话，别耽误人家。"

其实，麦姐的事，父亲也就是这么一说。夏连春现在让父亲给人家回话，父亲到哪里去找这麦姐一家人呀？

昨夜一顿酒，直喝得几个人醉态百出。淹死会水的，醉倒能喝的。到后来，他们几个酒量还可以的一个个都东倒西歪的，夏连春一个最不能喝的，反倒越来越清醒，因为他们都只顾自己喝，顾不上他了，否则连给他们倒水倒茶的人都没有。

今早起来，孟祥非和夏连春又过去和两个女老师一起陪周爱兰吃早饭。三个女人大呼昨晚喝多了，"省城女孩"说她现在头还疼。孟祥非说："抽烟就是为了咳嗽，喝酒就是为了头疼，要都像夏老师这样喝酒还有什么意思？"

飞老师说："夏老师一点也不知道怜香惜玉，你和乌老师两个人算一个人，也不知道替人家多喝点，结果自己清醒人家却醉了。"

孟祥非马上接过去说："这就叫酒不醉人人自醉。"

飞老师嘴不饶人地说："那你呢？你那叫花不迷人人自迷。"

周爱兰打趣道："你们俩一大早就打情骂俏，也不给年轻人做个好样子。"显然，周爱兰已经看出来这两个人的关系不一般。

吃完饭临走的时候，周爱兰又单独对夏连春交代了一句："记住我的话，你的未来不在这里。"

夏连春明白周爱兰的意思，她怕他沉沦下去。但他的未来在哪里，他也不知道。

"省城女孩"私下里问夏连春："你会到哪里去？会去省城吗？能带我一起去吗？"

他说他能去上水湾。

她说："那也好，我们还能在一起。"

他说："我们已经在一起了。"

他会去当工人？像方小青一样？那可真是烧高香了。他们家可是世世代代的农民，祖祖辈辈种田，到他这里，扔了锄头，扔了镰刀，扔了扁担，去当工人阶级的一分子，那真是无上荣光。

他会去当干部？像田光耀那样？那可是想都没想过，他觉得他天生就不是当干部的料。一天到晚抛头露面，对别人发号施令，或者是坐在办公室里，一张报纸一杯茶，到了下班时间就回家，他肯定做不来。

他会去当兵？像蔡团长那样？可他身体没那么好，部队未必要他。虽然这几年练功干农活，他的身子骨结实了很多，但自打出了娘胎，他就是一副清癯文弱的模样，总不像是一个舞枪弄棒的人。

他会去上大学？那他可是他们班同学里的第一个。就像电影里那些戴着眼镜、穿着皮鞋、留着分头、夹着书本的年轻人一样？他现在高中毕业就已是他们老夏家学历最高的人了，要是上了大学那还不成了老夏家的秀才？

他会当一辈子老师？就像孟祥非、飞老师和"省城女孩"他们这样？可人家都是公办教师，他只是个民办教师，人家是铁饭碗，他是泥饭碗，哪天说被辞退就被辞退了。当然，干好了也有可能转正，但那要等到哪一天？能不能轮得上还是个问题呢。

那就当一辈子农民？跟父母亲一样，面朝黄土背朝天，春夏秋冬不识闲。日出而作，日落而息。结婚生子，终了一生？虽不甘心，但这也许就是命。

埋骨何须桑梓地，人生无处不青山。他都已经从遥远的皖东老家来到这天边了，还想那么多干吗。

有人说，爱情的创伤还得用爱情来医治。但要是被伤到了不相信爱情了呢？那就等到擦干眼泪还能看到爱情的时候。

等不及？好女孩都被别人找完了？那不可能。姻缘靠的是缘分。你的那个人一直都会等着你的。

他们老家有句话，“既有这堆灰，还愁驴打滚？”他不相信在这男男女女花花绿绿的世界里，最后就会把他一个人剩下。

天涯何处无芳草，何必在一棵树上吊死。他该从凤月琴留下的悲情世界里走出来了。

暑假里，孟祥非背个照相机出去照相挣外快了，飞老师和“省城女孩”回家了，她们临走的时候，邀夏连春出去散散心，到她们那儿玩，他说不去了，他还要回小队上干活。“省城女孩”说：“夏老师这么热爱五小队，不愿意出去，那假期里就住到我们宿舍，帮我们照看一下吧。你也可以一个人安安静静地看看书，好好休息休息。”

这个假期，夏连春一直睡在“省城女孩”的床铺上，觉得还是跟她亲近一些，跟飞老师好像隔了一代人似的。他本来要把自己的被子抱过来的，但“省城女孩”好像看出了他的意思，提前撂了一句话：“你要是不嫌弃就盖我的被子。”

夏连春白天下地干活，晚上就住在两个女老师的宿舍，闻着“省城女孩”留在被褥上的味道入睡，好香，好暧昧，好让人想入非非。怨不得男人都喜欢娶老婆呢。不过女人可能也是一样的，也喜欢嫁人，也喜欢男人的味道。要不然怎么会说“臭味相投”呢？

邝喜桂一个人无聊，没事就跑过来和夏连春天南地北地神聊，有时候一说都说到大半夜。夏连春催他：“赶快回家睡觉吧。”他说回家也是一个人，没什么意思。夏连春问他：“那咋样才能有意思？”他说找个女人一起睡，他又想赵珍珠了。夏连春说：“那你就胡思乱想吧，反正人家结婚了，想也没用。”他说现在有个有用的，夏连春问是谁，他说是孟祥非的老婆兰文帆。夏连春说：“你一天天地不是胡思乱想就是胡说八道，真是想女人想疯了。”

这两年，因为老家有个未婚妻在，邝喜桂的心里总算有个牵挂，其实那年对象和表姐从下水湾回去以后，就已明确对他说再也不来了，但他一直在争取。年前，对象已经在老家和别人结婚，他的心也就彻底死了。现在，连他一直向往的梦中女孩赵珍珠也结婚了，他再没什么念想了。

第十九章　恢复高考

新学期开学，上水湾的两个女老师从不同的地方带回来同一个消息，国家要恢复高考了。城里的年轻人都已开始复习备考，她们叫夏连春也抓紧做准备。夏连春把他的高中课本拿了出来，没事就翻翻看看。

不久，徐佩利老师托人带话叫夏连春到县里去一趟，夏连春自打毕业以后就再没见过徐老师，他给徐老师带了些自家种的洋葱过去。

徐老师还是那么风趣幽默，一见面就说："夏老师来看我了，还带了自种的洋葱来孝敬老师。我可有言在先，中午我不给你做饭，咱俩到外面吃。"夏连春说他请老师。

徐老师说："那怎么成？你是来看老师的，自当是老师请你。"

说着，徐老师就要带着夏连春到街上去，他还没吃早饭呢。看来，徐老师的单身汉生活还是一如既往地无拘无束，周末是他睡懒觉的时间，吃饭也还是有一顿没一顿的。夏连春想问问花丽艳的情况，但没好意思问。徐老师像是很懂人心思似的，他自己先对夏连春说了："你们毕业以后，花丽艳就回农场了，还当了英语老师，又没人管我了。"

徐老师领着夏连春进了一家小饭馆。开饭馆的人跟徐老师很熟，一进门就喊"徐老师好"。他可能常到这儿吃饭。

现在这个时间，吃早饭晚了吃午饭早了，饭馆里没人。他们俩拣一处僻静的位子坐下，点了两盘过油肉拌面。趁着等饭的时间，徐老师对夏连春讲："马上就要恢复高考了，上面正在研究，估计很快就要定下来了。你是县中学首届高中班最有希望考上大学的，要及早做准备，抓紧时间看书复习。"夏连春非常感谢徐老师对他的关心，说他会努力的。

徐老师说高考的时候可能是要分文理科，至于他是考文科还是理科，到时根据自己的特长和意愿再定。但不管文科还是理科，都要考语文和数学，所以徐老师叫他先复习语文和数学，这样不会走弯路。

高考已中断十多年了，夏连春他们这一茬人连高考是怎么回事都不知道，更不知道怎么复习，怎么高考了。徐老师叫夏连春到新华书店看看有没有学习资料买两本带回去，可他在新华书店转了半天，只买了一本代数，一本散文集，别的什么书都没买上。还是回家看高中课本吧。

现在，夏连春的高中课本可是他的宝贝，好在这些课本一本不少地都在。这些课本上的内容都是他自己学过的，课本上的重点，随手一翻就能想得起来，看到某些地方时，当年老师讲课时的精彩情景都能浮现出来。

他从新华书店买的那本代数书也派上了用场，它比中学课本的内容扩展、充实、系统了许多。他现在每天在办公室里就看这本代数书，有时候也翻看一下那本散文集，每天晚上回家就看中学课本，收获还挺大的。

十月下旬，准确地讲，一九七七年十月二十一日，全国各大媒体统一对外发布了恢复高考的消息，今年的高考将于一个多月后在全国范围内相继举行，具体时间由各省区自行确定。凡符合条件的工人、农民、上山下乡和回乡知识青年以及应届高中毕业生，都可以报考。基本上是只要想考的都可以考，有的夫妻同考，有的父子同考。

恢复高考的事已经确定，考什么科目也已明确，文科考政治、语文、数学、史地，理科考政治、语文、数学、理化。接下来怎么复习、考哪个学校、考什么专业则是考生自己的事了。

夏连春为究竟是考文科还是考理科的事纠结着，拿不定主意。高考才恢复，社会就已凸显出重理轻文的理念，后来甚至演绎为潮流。好像理科才是专业，文科就不是专业，学理科的高人一等，学文科的低人三分。很多人甚至觉得学习好的都考理科，考文科的都是学习不好的，搞得那些准备考文科的人不到最后一刻都不说自己要考文科，怕别人看不起。

夏连春倒不是因为怕别人看不起而不报文科，是因为他的历史和地理学得不好，不敢报文科。他们当年的历史老师可是北师大历史系毕业的，但那时的历史课不好讲，一个秦始皇，在一节课上就被老师讲成了好几种人，一会儿是焚书坑儒的大坏蛋，一会儿是推动历史前进的法家主要代表人物。到现在，夏连春也不知道秦始皇到底是个什么样的人，老师讲的还没有民间传的孟姜女哭长城让人记忆深刻。地理课他只知道七大洲四大洋、东半球西半球、南半球北半球，地图是上北下南左西右东；知道中国地图是一只雄鸡，一唱雄鸡天下白。其他就不知道了。这些知识够高考了吗？

他的物理和化学学得也不好，理科也不敢报。物理课讲的电的正负极他都搞不清楚，化学课里的化学方程式他都反应不过来，这些都是他的弱项。从现在到正式高考只有一个多月的时间，这些弱项能补上来吗？

孟祥非说得简单：“就考文科，上文科将来写状子都比别人写得好。”

恢复高考的消息无疑是当年中国最具爆炸性的新闻。人们纷纷奔走相告，摩拳擦掌，跃跃欲试。五小队几个有点知识的人都宣称要参加高考，当然后来都没考，这件事可以这样理解，说是要参加高考，就是为了表明他们和一般农民不一样，他们是有文化的人。

宣称要参加高考的几个人，知道夏连春要参加高考，都来找夏连春聊高考的事，还要问他借书回去复习。夏连春说他只有一套高中课本，他们一个人一次只能借一本，下一次还一本再借一本，这样他们几个人可以轮换着复习。结果几个人基本上都是只借这一次再不借下一次，还书的时候都说学过的东西已经忘了，还给老师了，高考不参加了，没有上大学的命了，书也再不借了，让夏连春好好复习好好考。

赵珍珠的男人最有意思，他知道自己能把号称五小队“一枝花”的赵珍珠娶上实属不易。多少男人都在心里惦记着赵珍珠呢，马有山和邝喜桂大打出手的事，多少也有些赵珍珠的因素。赵珍珠的男人听到恢复高考的消息后很兴奋很激动，回家就对赵珍珠宣布他要参加高考，要上大学，上了大学，将来就能当干部，他们家就是官宦人家，书香门第。赵珍珠不知道官宦人家是什么人家，也不知道书香门第有多香，但肯定比现在好呗。

赵珍珠的男人也跟夏连春借书，回到家拉开架势复习，白天干活，晚上看书。他叫赵珍珠保持安静，多干活少说话，不要影响他复习。

他先复习的是高一数学。说是复习，其实他根本看不懂。他只上过初中，高中课程一点没学过，现在让他从头自学，那不比登天还难？

古人说“书中自有黄金屋，书中自有颜如玉”，怎么找不着呢？黄金屋在哪儿？颜如玉是谁？

他很快又对赵珍珠发布一条消息，他决定不考大学了，他觉得他们两个人现在生活得挺好的，要是赵珍珠过个一年半载再给他生个儿子，那他们就是幸福之家了。这个时候再让他去过大学生的生活，他可能会想家，想老婆，想儿子，他会受不了的。

赵珍珠说：“反正考大学是你说的，不考大学还是你说的。你说什么就是什么。不过不上大学你就当不了干部，我们也就过不上你说的那些好生活了。”

赵珍珠的男人说，这两天他也想了，当干部也挺累的，要为民办事，还要为民做主，为别人操心的事也不好干，干好了还好，干不好还要挨人骂。其实当农民也挺好的，两亩半地一头牛，老婆孩子热炕头。这生活不比当干部强？

看着他的老婆、他的家，赵珍珠知道，这就是他的生活了。他还夏连春书的时候，很动情地说，他很想学习，很想参加高考，很想上大学，但他认命了，他现在的情况已不允许他再有其他非分之想，高考的机会已经不属于他，他已不具备参加高考的能力了。他希望夏连春好好复习，好好考，考个好成绩，考个好大学，给他们这些五小队和上水湾的读书人争口气，长个面子。

赵珍珠的男人说得很伤感，有一种无可奈何花落去的悲凉。夏连春很同情他。由此也激励自己必须好好复习，好好考，考个好成绩，考个好大学。但他没想到要给谁争气，要给谁长面子，只想到机会就在眼前，命运就在自己手里。高考是他自己的事，只有努力，才能抓住机会，才能改变命运。

夏连春现在每天晚上只睡两三个小时，吃完晚饭就开始做数学题，然后上床靠在床头看历史和地理课本。他已决定考文科了，倒不是因为孟祥非“写状子”的理论发挥了作用，实在是他的心里还是喜欢文科多一些。

天已冷了，他晚上不脱衣服，背后靠一床被子，身上盖一床被子，看书看到瞌睡时，就往身后一躺，睡了。眯瞪一会儿醒了，接着再看。夜夜都是在床上和衣而靠，手不离书。

母亲怕他夜里挨冻，每天半夜都要来他房间给他添煤加火，而且轻手轻脚，怕影响他或是吵醒他。

早上起来再看语文，看政治。政治没有课本，但在考生中传抄着一些各式各样五花八门的复习题，不一定准确，不一定全面，但很管用。对他们这些生活在农村的考生来说，这些复习题，已经是不可多得的了。

在学校，孟祥非几个人都很照顾他，为了让他能多抽出时间复习，除了上课以外，他们尽量不让他干别的事。特别是两个女老师，心细，会关心人，连架火烧水、擦桌子、拖地之类的事都不让他干。他们有时候也会给他传递一些高考信息，还会帮他搜集一些高考复习题。

高考前一个月，县中学举办了一期高考复习辅导班。全县许多准备参加高考的考生都去听讲，夏连春也去了。他们班好多同学都去了。田光耀去了，花丽艳去了，方小青也从市里请假回来了。

田光耀到县委上班以后，夏连春就再没见过他。现在田光耀可真像个大干部，校园里，他身边围了很多人，尽管很冷，还是有人愿意和他一起多待一会儿。

自打毕业，夏连春就再没见过花丽艳，两年多了，现在见了好亲切。她还是那么好看惹眼，和她站在一起说话还是会引来别人注视的目光。

方小青去市里上班以后，夏连春也再没见过她，两人只通过信。他时常想起她，特别是他和凤月琴分手之后的那段时间，他几乎天天都会想她，他真想趴在她怀里痛痛快快地当一回弟弟，喊一声“青姐”。现在相见，反倒有些羞涩了。

凤月琴也来了，刚才她和夏连春隔着老远互相看了一眼，眼睛里笑了笑，没走近打招呼。他们已经快半年没见了，心里也都应该平静了。这会儿，她看到他和方小青、花丽艳在一起，便走过来和他们打个招呼，随后又转身回到她同学中间。

方小青问夏连春："吹了?"夏连春没有回应她的话，只是以高考复习的话题岔开了。

这一次辅导班办得真是时候，算得上是母校在高考前给她的学子们的一份厚礼。

学校为这次复习辅导做了充分准备，四门高考科目都刻印了复习提纲和参考题，每个参加辅导的考生人手一份。学校在没有高考经验、没有参考资料、信息资源很少的情况下，调动所有因素，想尽一切办法，能在这么短的时间内就为考生们做了这么多的事，真是费了一番功夫，实在是件不容易的事。考生们都心存感激。

这次辅导，既是一次考前动员，也是一次考前练兵。虽说辅导班不是补习班，主要讲如何应考，但辅导老师还是对高考科目的脉络重点和知识体系进行了一次系统梳理，使所有听课考生都有一种从迷迷糊糊当中走出来了的感觉，眼前一亮，豁然开朗。明白了高考是怎么一回事之后，后面的复习就不会瞎子摸象不明就里，没头苍蝇胡乱撞，也不会胡子眉毛一把抓，找不到重点了。

辅导课从早上一直讲到晚上，整整一天。讲课结束的时候，老师宣读了一个重要通知：为了保证各位考生都能集中复习，积极应考，从现在起各单位要给考生放假，一直到高考结束，考生回去后就到单位交接好工作。

教室里掌声雷动。这下好了，再不怕上班影响复习，复习影响上班了。许多原本不打算高考的人也都说要参加高考，至少可以休息一个多月。

虽然天色已晚，但大家还是意犹未尽，不急着离开。夏连春和方小青、花丽艳在教室门前告别，互相勉励。徐老师交代夏连春和花丽艳回去后就给学校打个招呼，赶快回到县里复习，这段时间要抓紧。

以县里的学习条件和氛围，在县里复习比一个人在农村家里复习效果要好一些。一个人在下面什么情况也不知道，什么消息也得不到，有个什么事也没人商量。徐老师问夏连春在县里有没有住的地方，夏连春说没有，徐老师说在学校给他安排个宿舍。

方小青陪着夏连春一起走出校园，她叫他今天就别回去了，到她家去。他说今天不行，下次吧，明早他还有课，学校还不知道他要放假复习的事，不能耽误学生。她让他下次来县里复习就住在她家，不要住学生宿舍，闹哄哄的，复习不好。他说这次复习时间长，住她家会影响她爸妈的正常生活。

夏连春和方小青在学校门口匆匆作别。她叫他路上小心点。他本想给她讲讲他和凤月琴的事的，但他觉得方小青好像对这个话题不是很感兴趣，他便没说。

天擦黑，路上行人不多。农历的月末，天上没有月亮，但晴空和雪地辉映着，眼前还是显得很亮堂。这个时间段天也不冷。冬天里，傍晚之后和天亮之前，分别有一两个小时的时间气温相对适宜，不是很冷。夏连春不知道这里蕴藏着什么样的天气密码。

这次辅导班上和凤月琴匆匆一见，了却了他这几个月来的相思之苦。从相互间的流连顾盼里，虽还能感到既往的美好和眷恋，但从两个人的眼神和表情中，看得出他们之间已有了距离。他知道，他们的缘分已经尽了，尽管他们一句话没说。恋人之间的情分外人是不知道的。他们毕竟彼此深爱了三年多的时间，他们之间的默契只有他们自己知道。

方小青看出来他和凤月琴感情有变，但未深究。她是顾及他的面子和心理感受，还是觉得与己无关？是在等他主动交代，还是在回避？但不管怎么说，他和方小青在一起总是那么自然和轻松，她不会让他感到不舒服。她仍然像个大姐姐一样待他，还是那么利落和大气，但明显地少了些随性和自我，多了些内敛和矜持，是年龄渐长人也成熟了，还是分开时间太久感情淡了？有人说感情像一坛老酒，藏得越深越醇厚，存得越久越绵柔。可是它会不会跑风漏气越放越淡呢？

回到家，父母和弟妹还没吃饭，都在等夏连春。他的高考是一家人的大事。吃完饭进到自己房间，房间里的炉火已经烧得旺旺的了。本来他还犹豫去不去县里复习，瞬间他的主意已定，不去县里了，哪里也没有家里温暖。

夏连春把考生放假复习的通知交给孟祥非，孟祥非很支持，飞老师和“省城女孩”也说没问题，他的课他们代。他们叫他今天就回家，夏连春说他把今天的课上了，明天开始在家复习。

夏连春在家复习了一个星期，徐老师托人带话过来，学校的宿舍安排好了，叫他赶快到县里去，被褥不用带，徐老师已经给他准备了。

老师的关爱不能拒绝。夏连春立即赶往县里，住到学校的高三学生宿舍，宿舍同学也都要参加今年的高考，大家都在抓紧时间学习。白天上课时，宿舍里就剩夏连春一个人，很安静；晚上自习时，他也跟他们到教室去，学到半夜学到天亮都没关系。学校经常会给考生印发一些复习资料什么的，他们就给他带一份回来，有时候他们还可以一起探讨交流，互相启发，互通有无，也很有收获。

高考的时间一天天临近，好多家在农村的考生都陆续来到县里复习，都想抓紧这最后的时间冲刺一下，争取考个好成绩。

傍晚的时候，同学们都还没回来，夏连春一个人在宿舍复习，突然有人敲门。开门一看，他吃了一惊："花丽艳？"

"没想到吧？"花丽艳进门后说，"还有你没想到的呢。有人请你吃饭，在那家城西餐馆，咱们吃过的。"

"高庆阳回来了？"夏连春脱口而出。

"走，去了你就知道了。"花丽艳卖着关子。

下班时间，街上的行人步履匆匆。眼前的花丽艳被一件棉袄包裹着，脖颈上恰到好处地围了一条艳丽的纱巾，在冬天里格外惹眼，让人感到一缕青春的气息从棉衣领口处透出。她还是那么爱美会美，从他们身边走过去的人免不了都要回头多看她两眼。她得意地看着夏连春，夏连春只想说一声"臭美吧"！

吉宁大街还是老样子，街道两旁的商店和机关单位也还是老样子，一切都没变，都是老样子。但城西餐馆好像比以前扩大了，人也比以前更多了。吃饭才是最大的事。

走进餐馆，果然是高庆阳这家伙！她身旁还有两个美女，一个是方小青，一个是凤月琴。不知道他是怎么联系上这两个人的。

两年多没见，高庆阳比以前黑了，壮了，有力量了，也比以前成熟自信了许多。举手投足间，有一种大男人的味道。不知道他这两年都干了些什么，是什么样的经历让他有了这样的变化和成长。

大家入席坐定，有说有笑，气氛热烈。两年前，也是他们这几个人，也是这家餐馆，也是高庆阳做东，虽然最后是方小青结的账。尽管日月如梭，物是人非，但大家聚到一起不容易，都很高兴。高庆阳显得更加高兴，他出手也比以前阔绰一些，点了一桌好吃的饭菜。

高庆阳说他高中毕业后没多久就回了老家，这两年多跟谁都没联系过。这次从老家赶回来参加高考，昨天见到花丽艳，让她联系他们几个，大家一起吃个饭，见个面，聚一聚。

花丽艳说，夏连春在学校复习她知道，但方小青和凤月琴能不能见得着就没准了，没想到昨天下午在教务处领学习资料的时候碰到了她们两个，所以也才有了今天晚上的这顿聚餐。

方小青说花丽艳太小气，没有把徐老师也叫来。花丽艳说："把他叫来怕你们不自在，影响食欲。”

方小青说：“你整天和他在一起都没有不自在，我们有什么不自在、吃不好饭的?”

高庆阳说：“我不自在，徐老师来了我咋办?”

方小青说：“徐老师不来你又能咋办?”

说逗之间饭菜就端到了跟前。

方小青说她昨天上午回来的，下午来学校找一些复习资料，没想到就碰到了花丽艳和凤月琴，真是既有眼福又有口福，见到了同学，吃上了大餐，真要感谢高庆阳。

凤月琴说她没在县里复习，家里离不开。她昨天下午来学校拿了复习资料，本来是要回去的，花丽艳说今晚大家一起吃个饭，她觉得走了不好，就没回，住到同学家了。她也很想见见大家，和大家一起聚聚，说说话。她说得有些哀怨凄婉，让人听来有些酸楚。夏连春的心情又沉重起来。

因为大家都惦记着复习，吃完饭就匆匆分开了。高庆阳和夏连春已经两年多没见，彼此有很多话要说，但现在不是畅聊的时候，等到高考以后吧。

凤月琴的状态又让夏连春放心不下了，她这样的心境能复习得好吗?如果她和夏连春分手真的是因为父亲和家庭的阻挠，那么这次高考就是她走出家庭改变自己的唯一机遇，到时他们没准还会复合。

夏连春想找她谈谈。时间还早，现在就去找她，她明天就要回去了。

夏连春合上书本，离开教室，径直去敲了徐老师的门。开门的是花丽艳，她说徐老师不在，还在办公室没回来。夏连春说他不找徐老师，找她。他问她知不知道凤月琴住在哪里，他想去找凤月琴。她说知道，然后赶紧穿上棉衣带他去凤月琴的同学家。

凤月琴的同学认识夏连春，她同学说凤月琴在外面吃完饭回来就走了，说是家里有事，得赶紧回去。夏连春问她凤月琴是不是一个人走的，她说有个男同学和她一起。

花丽艳问夏连春和凤月琴之间发生了什么，夏连春说他俩吹了。花丽艳有些想不通，两个人不是好好的嘛，怎么说吹就吹了呢。

夏连春这会儿在想，送凤月琴回家的这个男同学是谁。肯定不是凤月琴班里的，要是她班里的，她的同学就会说的。难道也是一个准备参加高考的考生?或者她身边有一个夏连春一直不知道的人存在?这么晚了送她一起回去，肯定关系不一般，肯定是事先约好的。

夏连春觉得自己真的该死心了。至少该放心了，她是安全的。至少这会儿他该把心收回来了，人家都应该到家了，他还在这里瞎操心，还是赶快复习吧。

夏连春在教室里待了一夜，脑子特别清醒，直到值日生早上来教室架炉子生火，他才收拾起书本和复习资料离开教室回宿舍。

同学们已经起床。他脱了外衣，躺在床上，很快睡去。一觉醒来，太阳老高，已是上课时间。炉子上热着一碗咸茶水，桌子上搁着一块烤饼，这是宿舍同学帮他打回来的早餐。洗漱之后，他坐在桌前吃饼喝茶，然后又开始一天的学习。

晚上他去方小青家吃饭，昨晚她跟他说好了的。好久没来方小青家了，头戴小红帽的“小花”居然还能认得他，一见面它就跑到夏连春跟前，亲热地挠挠他的裤腿，舔舔他的鞋，夏连春赶快弯下腰把“小花”抱了起来。

方小青母亲对夏连春说：“明天小青回去，你就赶紧搬过来住，在家里学习方便些，也安静。”

没等夏连春回答，方小青接过母亲的话：“待会儿再说。”夏连春心里纳闷，方小青明天回去？不考了？为什么？

吃完饭，进了方小青的房间，她说：“纳闷了吧，为什么我明天回去？不参加高考了？我本来就没报考，如果报考也应该在市里报。我上次回来参加辅导班，就是想看看你报考了没有，这次回来就是想叫你来我家住的。上次辅导班上我看出你和凤月琴出了状况，我回厂子后拖了这么长时间才回来，就是一直在犹豫这个时候该不该把你叫到我家来住，担心因为这事让你和凤月琴将来对我有怨气。

“昨晚一顿饭，我看到了你和凤月琴的情况，你们不可能和好了。人家旧情已断，去意已定，所以才在饭桌上当着大家的面打一张悲情牌，让别人理解她，说明她是出于无奈才和你分手的。你倒好，别人还没悲情呢，你倒先悲上了，心软了，本已平复了的心又乱了。饭前还有怨恨，饭后已满是同情。”

“今天去找她了没有？”方小青突然问他。

他说他昨晚回去后就去找她了，但没见着。

她说：“你比我想象得还心急，我以为你今天会去找她，所以我让你今天晚上再来我家，要不今天上午我就叫你过来了。”

方小青说她看出来他对凤月琴旧情难忘，所以她不想这个时候乘人之危，她还是想等到他死心后再回过身来，这样不会留下遗憾。

方小青说她妈妈刚才吃饭时叫他住到家里来是她们事先说好的，但她现在不想让他住到家里来了，她怕他别扭，怕影响他复习。她觉得他住在学校也挺好，对他、对她、对凤月琴的将来都好。大考临近，还是学习要紧，不能因为儿女情长误了前程，这可是一辈子的事。

他打心眼里感激方小青，她看问题总是那么一针见血，处理事情总是那么善解人意，而且对他的那份心也总是那么真诚。他们已经很久没有这样近距离相处了，他真想躺在她床上睡一会儿，但他们今天是在用理智探讨感情，所以两个人都很冷静。她叫他好好复习，不要想她，一定要考出好成绩，等他考完她再回来看他。

她怎么知道他会想她？她能读懂他的心？也真的就是从这一刻起，他突然有了一种“她就是自己的女人”的感觉。他不想走了。她又读懂了他的心似的，拍拍他说：“快回去复习吧！”

夏连春恋恋不舍地告别了方小青。

大街上，灯光与白雪辉映着，夜也跟着亮堂起来。夏连春的心情突然好了起来。几个月来的伤痛好像就这一顿饭的工夫给治好了，他浑身顿觉轻松。那些叽叽歪歪的病态，儿女情长的呻吟，身陷情感泥潭不能自拔的危机，好像瞬间成了过去。情感上的苦痛，还真不是能装出来的，该苦的时候就是苦，该痛的时候就是痛，而且挥之不去，医之不愈。但好了伤疤忘了疼，明知山有虎偏向虎山行也是天性。看来，“爱情的伤痛还要爱情来医治”这句话是对的。

又是一夜没睡，教室里就他一个人，很静。他的脑子特别清醒，书上的东西看了就会，会了就能记住。这是爱情的力量还是上天的眷顾？他要赶紧抓住这个少见的聪明时刻，多看些书，多复习些内容，多记住些东西。

天刚亮的时候，在值日生来教室架炉子之前，他离开教室赶往汽车站，去送方小青，她要回市里。他不知道她几点走，她不知道他会去送她。两个人在车站相见的时候都有些激动。他送她上车，她隔着车窗挥手。四目相对，情注心间。

第二十章 赶考归来

高考的日子一天天临近，夏连春复习的节奏也一天天加快，以一天几本书的速度往前赶。他如有神助一般，只要看过的书，复习到的内容，他都能过目不忘，牢记在心。但因为手头的资料太少，复习的面还是比较窄，许多该了解的内容没能了解，该掌握的知识没能掌握，甚至有些东西都未曾听过。这些都成了高考后的遗憾。

参加高考的考生都已云集县城，小县城里瞬间热闹了起来。看考场的那天下午，县中学像过节一样，熙熙攘攘，热热闹闹，考生们都暂时放下了书本，放松了心情。考场里，许多老同学相见，甚是亲切。但夏连春一直没看到风月琴。

夏连春问高庆阳住在哪儿，这一阵子大家都忙于复习，也没顾上联系。高庆阳说他最近没在县里，复习的时候一直在家，今天才从家里过来，住在城西餐馆老板那儿了。

高庆阳问夏连春："复习得怎么样，应该没问题吧?"夏连春说他自己已经努力了。高庆阳说自己复习得不好，好多东西都忘了，估计考不上。

高考那两天，下着雪，天很冷，但考生们的热情都很高。每个科目考下来，大家都要在考场外面交流议论一番，而且每次交流议论中都可以听到一些精彩绝伦的答题内容，有些内容足够你笑一辈子。

考完政治后，有一个年龄大一些的考生站在教室门口的台阶上说："这次考试题目太简单了，像'党取得新民主主义革命胜利的三大法宝是什么'这样的题还用考吗？马克思主义、列宁主义、毛泽东思想，谁不知道?"站在他旁边的一个年龄较小的考生说："你的答案不对吧？应该是统一战线、武装斗争、党的建设。"那个年龄大的考生看看年龄小的考生，转身走了。

有一个考生考完语文后很谦虚地说，唐宋古文八大家他只想起来一家——鲁迅，其他七家都没想起来。差点没把人笑晕。不过也有很多人不笑的，因为他们也不知道唐宋古文八大家是谁。这个谦虚的考生走后，有知道他底细的人说，实际上他连鲁迅也不知道，他是做卷子时偷看了前面考生的答案，唐宋古文八大家的前七位他都看不清，只是最后一个“曾巩”，让他误认为是鲁迅了。

夏连春在复习历史的时候，看到张骞出使西域时，不认识张骞的“骞”字，他问一个同宿舍的学生，对方也不认识。为了便于自己记忆，他就把“张骞”读作“张赛”。结果考历史的时候果然有这道题，好在是道填空题，他在心里偷笑着把“张骞”写到空白横线上，满心欢喜地拿到了这一分。

他最得意的还是作文题。作文题二选一，他选择了“每当想起敬爱的周总理”这一题。

他以“当我打开语文试卷，看到‘每当想起敬爱的周总理’的作文题的时候，我的脑海里瞬间就浮现出人民的好总理的身影，想起了周总理伟大光辉的一生。人民总理爱人民、人民总理人民爱。”开篇，中间他用三个“每当想起敬爱的周总理，我就……”分别统领三个自然段，并加以展开叙述，作文的最后以“每当想起敬爱的周总理，我仿佛就看到了四化之花在祖国大地盛开”作结。

他很自恋，他觉得自己的作文写得很好，尤其是结尾处那个“仿佛”，让他高兴了几十年。那时的中学生，没有几个会用“仿佛”的。而写散文就是要多用“仿佛”这样的词语。比如：“倘若”就比“如果”有文采，“然而”就比“但是”有学问，“仿佛”肯定比“好像”要高级得多。他想，这个词肯定会为他的作文增色不少。

考完最后一门课，整个考试就结束了，考生们的紧张心情放松了下来，大家都忙于相互道别。夏连春还是没见着凤月琴，也不知道她考得怎么样。

高庆阳找到夏连春，他们和其他几个同学一起去看徐老师。徐老师让大家安心回去等消息，高考录取情况估计一个月后就会张榜公布。“不过大家要有心理准备，”徐老师说，“今年参加高考的人多，录取率不会太高，回去后还是要抓紧时间复习，早早准备明年的高考。明年的高考半年后就要举行了。”

从徐老师办公室出来，高庆阳急着回去，夏连春送他到学校门口。高庆阳问夏连春：“你和凤月琴怎么了？”

夏连春说：“吹了。”

高庆阳又问：“还有复合的可能吗？”

夏连春说：“不可能了，缘分尽了。”

高庆阳说：“可以看出来你们两个都很痛苦，做个朋友，好好相待吧。”

夏连春说：“会的，毕竟相爱了一场。”

送走高庆阳，花丽艳叫夏连春去徐老师宿舍，方小青在那儿等他。夏连春喜上眉梢，方小青说高考完了回来看他，还真的来了。可她为什么不直接过来找他，反而要花丽艳传话？怕被人看见？为什么怕被人看见？不好意思？为什么不好意思？

走进徐老师宿舍，夏连春看见方小青，两个人居然还真的不好意思起来，竟一时语塞，话也不知该怎么说了。

见此情景，花丽艳打趣解围："你们这是怎么了？是相见恨晚呢还是相对无言呢？怎么连话都不会说了？"

两个人闹了个大红脸，赶紧打个哈哈算是应对过去。三个人小坐了一会儿，说了会儿闲话。方小青发出邀请，叫花丽艳和夏连春去她家吃饭，算是为他们高考结束庆贺，也为他们明日返程送行。

花丽艳又调侃打趣方小青："人家是醉翁之意不在酒，你这是请客之意不在我。你俩赶快走吧，我也要做饭了，下次再见吧。"

夏连春和方小青起身，与花丽艳嬉笑着告别。

回到家，方小青的爸妈正在厨房做饭，方小青领着夏连春和她爸妈见了面打过招呼，随即进到她的房间。一进房间她就忘情地搂住夏连春的脖子，身子往上一跳，两条腿夹在他的腰间，人钻到他的怀里。夏连春冷不防让她这么一搞，差点没站稳摔倒。

吃晚饭的时候，方小青的妈妈问夏连春考得怎么样，他说还可以。他把考试中的一些趣事和奇葩答题内容讲给他们听，她爸妈的眼泪都笑出来了。方小青没笑，她不知道笑点在哪里。

方小青妈妈问："你志愿打算怎么填？想报什么学校？"

他说："我虽然自认为考得还可以，但特别好的学校可能也考不上，就报省内学校吧。"

她妈说："也好，上省内的学校将来毕业分配时可以离小青近一些。"方小青抬头看了一眼她妈，没说话。

这么说，他和方小青的事已得到她父母的认可了？他们已开始筹划自己和方小青的未来了？那方小青刚才看她妈那一眼是什么意思？是嫌她妈话多还是她自己对感情的事没想好，主意没定？

晚上，夏连春说他要回学校宿舍住，方小青问为什么，他说："咱们都二十多岁了，大男大女的住在一起不好。"

方小青说："少男少女时你就跟人家住一个房间，大男大女时却不敢了，心里咋想的？是因为要当大学生了，看不上工人阶级了？"

夏连春说："你净胡说，我是怕你爸妈说咱们。"

方小青说："你丈母娘早把你的被子准备好放到这儿了。"夏连春一看床上果真多了一床被子，但房间里比以前少了一张象征性的行军床。

夏连春问："你是我老婆了？"

她说："现在还不是。"

"什么时候？"

"你娶我的时候。"

晚上他要和她睡一个被窝，她不让。"'大男大女的住在一起不好'，盖你丈母娘给你准备的被子。"

早上起床，方小青的妈妈已经做好了饭，催他们赶快洗漱完吃饭去坐车。他俩吃完饭，八点多钟出门，外面的天还黑着。空荡荡的街道，没有行人。他们相偎而行。她嘱他高考发榜后一定以最快的速度通知她，他说能不能考上还不一定呢。她说考不上也没关系，明年再考。他说是的，徐老师昨天也交代他们回去就抓紧时间复习，为明年的高考做准备。

赶考归来，家人的喜悦之情自不必说。母亲问三岁小妹："你大哥能不能考上大学呀？"

小妹在地上画了一道弯弯曲曲的线，说："能！"

母亲看着小妹画的那道弯弯曲曲的线，说："这么复杂呀？"大家都笑了。

下午夏连春去学校上班，大家相见，都很亲切。孟祥非说："我们的状元回来了。"

飞老师说："以后可不能不认识我们了哟。"

"省城女孩"说得最亲切："你考到省城我回去看你。"

他从包里掏出一袋桃酥和一袋糖果放到他们桌子上，以感谢大家这一个多月来对他的关怀和帮助。两个女老师很高兴，说："我们很久没吃桃酥了。"

夏连春一边安心教学，一边焦急等待高考发榜。一个多月后，县里传来消息，高考发榜了，但没有夏连春，也就是说，他落榜了。

这个结果是他不曾想到的，此前他一直不动声色，那是装的，因为他一直信心满满，考不上的思想准备一点都没有。

落榜的打击太沉重，他装不下去了，装是要有底气的。虽然各个渠道传来的消息，各个方面给予的宽慰，都说这次高考本来就竞争激烈，一百个人里面录取不了几个人，鹿川这边录取率更低，但他还是接受不了这个现实，一根筋转不过来，急火攻心。放寒假的第二天他就病倒了，而且一病不起。

他的父母都很担心，怕有什么不测，天天在床前守着他。他对他们说自己没事，主要是前段时间复习和考试熬的、累的，他睡几天补补觉就好了。可是十几天下来，他还是嗜睡，不想起来。

今年腊月小，没有年三十。大年二十九早上，母亲照例给他打了两个荷包蛋，放了红糖，端到他床头，叫他吃了。也不知道这是谁给的方子，说是红糖荷包蛋可以活血暖心补脑子，他们老家坐月子的人就吃这个。

吃完荷包蛋，他勉强爬了起来。一年到头了，总不能老是躺在床上，年纪轻轻的，就这样靠父母养着。他硬撑着起来尽力帮父母做些事，父母也很欣慰。要不然，看着他这个样子，他们这个年也过不好。

上午，夏连春正和父亲在家贴门对的时候，二弟从雅玛河挖冰回来，急急忙忙告诉他："大哥，大哥，有个姐姐来找你，好漂亮，她在后面和三弟一起往家走呢。我怕你没起床，赶快跑回来通知你。"

夏连春随口问了声"谁呀?"二弟呼哧呼哧地说："我咋知道?她在桥上问我们知不知道夏连春家在哪儿，我说夏连春是我大哥。她就让我们带她一起回家。我问她是谁，她说是你对象，是我嫂子。"

方小青?夏连春惊得目瞪口呆。

果然是方小青。一身靓丽的毛料子，一条长长的围巾，一副城里女孩的样子，从这冬日的村子里走过，宛若仙女下凡一般。

她推着自行车，跟着三弟一起进了家门。夏连春的父母也受惊了似的，弟弟妹妹的眼睛也都瞪圆了。她热情地跟他的父母打招呼，跟弟弟妹妹打招呼，问过好之后，又从包里掏出了一堆点心放在桌子上。这时家里的气氛才开始缓和下来。夏连春的母亲忙着给她到水，又让她坐在炉子跟前，这样暖和一些，心想：天冷，她这么早就骑着车子过来，肯定冻坏了。

直到方小青坐下后，才顾得上跟夏连春说话。暖和些之后，他让她把外面的大衣脱了，放到里面他的房间。夏连春的父母忙活他们自己的事去了，二弟三弟又去拉冰了，他俩坐到了里面的房间。方小青说她昨晚上一回家，她母亲就让她今天来看看他，她母亲说："知道高考失利后的心情，叫他不要灰心，抓紧复习，准备再考。"方小青还给他带了好多复习资料。现在各种高考复习资料已陆续编印出来了，不像去年刚恢复高考时，什么复习资料也没有。夏连春觉得不好意思，自己没考好，却连带着方小青和她母亲为自己操心。她说其实没什么，去年高考鹿川这边没考上几个，县中学的同学一个也没考上。她听说今年的录取率要提高，今年再考，一定能考上。

他说："你就是专门来安慰我的?"

她说："不是，我是来给我'公公婆婆'拜年的。"说着她从口袋掏出二十块钱给他，说："我走得急，没顾上给你父母买东西，这二十块钱给叔叔阿姨，让他们买点喜欢的东西。"

他知道这差不多顶她一个月的工资了。他不要，她不肯，他推让不过，只好收下。

不一会儿，夏连春家陆续有人来串门，来的人都要进到里面的房间打个招呼，看看夏连春。一开始他没觉得有什么异常，后来来的人多了他才恍然大悟，人家根本不是来串门的，也根本不是来看他的，是来看方小青的。他告诉方小青，他成了耍猴的了。她问："为什么?"

他说："这些人都是来看你的。"

她说："我好看吗?"

他说："好看。"

她说："你还从来没说过我好看呢。"

他说："刚才不是说了？以后还要说。"

她笑了，说："那咱们可以卖门票了，不能让他们白看。"

他说："那我卖票你收钱。"

正说着，孟祥非、邝喜桂，还有赵珍珠和她的男人也先后来了夏连春家。看来好奇心这东西是人人都有的。来的这些人里，只有邝喜桂认识方小青，邝喜桂就在夏连春家里坐的时间长了一些，说的话也多一些。

中午，夏连春的母亲做了一桌好吃的。由于是过年，好多菜都是他们老家的乡土菜，方小青根本没吃过。像夏连春家年三十中午最经典的猪肉汤蒸圆子，那可是谁吃谁爱，方小青大呼好吃，要他母亲以后年年做给她吃。听了这句话，夏连春的母亲听出了其中意思，赶忙连声说道："我以后年年给你们做，年年做给你们吃。"父亲也不甘冷落地说他也会做。

吃完中午饭，趁着天气好，夏连春赶紧送方小青回去。她不知道他最近病了，身体不好，要不然她是不会让他送的。夏连春觉得自己的病突然好了，身体一下子恢复了。看来这心病还要心药医。

快到县城了，夏连春说："就送到这儿吧，我该回去过年了。"

方小青说："我给我'公公婆婆'拜年了，你就不去给你'老丈人丈母娘'拜年?"

他说："我大年初二过去给他们拜年。"

她说："我开玩笑的，你赶快回吧。"

回到家，夏连春的家人还沉浸在兴奋之中。他的父母问他为什么早不对他们说，以前听邝喜桂讲过这个女孩，他们还不相信呢。

二弟问他："她是我嫂子吗?"

夏连春说："我们是同学。"

二弟说："她自己都说是我嫂子了。"

“你别听她胡说，她逗你玩呢，她本来就爱开玩笑。”

二弟说：“她要是不开玩笑，真是我嫂子就好了。”

他问：“她好吗？”

二弟说：“可好了。”

整个春节期间，夏连春的父母在五小队无论走到哪里，人们都爱说“老夏儿子的对象真好看，像电影里的人一样”。他们觉得可有面子，可光彩了。

孟祥非说：“这个女孩一看就是你的女人、你的老婆，你们眉目之间有一种情在流动在传递，不管你们现在的关系到了什么程度，但大家一看就知道她已经是你的人了。有这样一个人在你的身边，怎么还为那么个‘半生不熟’的风月琴劳神伤心呢？”

几个皖州老乡说得更直接，“我们连春的这个女同学就是比疯子大哥的女儿好。”他们原本听说是疯子不同意把闺女许给老夏的儿子做儿媳妇的，现在看来，是人家老夏的儿子早已心仪别人了，这老疯子还在那儿痴人说梦自圆其说呢。

邝喜桂则是不无炫耀地给别人讲，说：“我早就说过夏连春的女朋友是他的女同学，县医院院长的女儿，可你们不信。”他还说人家两个人感情可好了，他前年在县医院住院的时候，夏连春吃住都在方小青家。

方小青来了一趟，不仅治好了夏连春身上的病，让他备感振奋，使他在人前的形象顿时比以前丰满了许多；同时也治好了他心里的病，年轻人的虚荣心得到了极大的满足，一扫半年多来因为失恋和被抛弃所带来的苦痛和尴尬，也驱走了他高考落榜后的萎靡和焦虑。他仿佛看到了满眼的春光和鲜花。

春节过后，县里传来消息，省内部分大中专院校开始补录工作，夏连春心中又燃起了希望之火。大家都在热切地等待着。

夏连春边教学边复习边等待，但都进入五月份了，还是没有补录的消息。就在大家都以为是空喜欢一场的时候，县里突然传来消息，发榜了，夏连春榜上有名，他们班上榜的有四个人，都是男生：夏连春，鹿川师范学院，大专，两年；田光耀，鹿川卫校大专班，两年；还有两个人是县城的，分别被鹿川当地的两所中专学校录取，但这两个同学已经明确表示，他们不上，下次再考。

这个时候离下一次高考只有两个来月的时间了，好多考生都在冲刺下一次高考，对这个补录结果已经不太关注了，有些在补录名单里的城里的考生，都不太想上这次补录的学校，想下一次考个更好的学校。

夏连春和田光耀他们俩都是农村的，不敢押下一次高考的宝，万一下一次考不上怎么办？他们不像城里的考生，人家是吃商品粮的，万一考不上了还可以走推荐当工人的路子，他们则没有退路了。

县里带过来的消息都是让夏连春不要放弃这次机会。团县委的于善江，徐老师，方小青的母亲……所有关心他的人都叮嘱他这个学要上。方小青的消息中的一句话最具诱惑力："我在鹿川等你！"

夏连春的主意是定的，这个学要上，不能放弃。田光耀也是这个意思，他还专门找了夏连春，问夏连春上不上，夏连春说上，两个人形成一致意见：上！

补录发榜后，夏连春就一直等待录取通知书，每天邮递员来学校送报纸，他都要问问有没有他的信，后来邮递员每次来都会先告诉他"没你的信"。他知道榜上有名的人都已先后收到通知书，并已陆续去学校报到，可他还是没收到通知书。看来补录的事又在哪个环节上出了问题，他可能又落榜了，被刷掉了。不过有了上回那次落榜的经历之后，这一次他的心智成熟了很多，只不过面子上有点不好看。大家都知道他被鹿川师范学院录取了，怎么又没有通知书了呢？

他父亲说："咱们到学校问问去吧？"

他说："去问哪个学校？"

父亲说："问县中学。"

他说："县中学怎么知道？"

父亲说："那就去问问师范学院。"

他说："师范学院认识你是谁呀？"

不管了，抓紧复习，下次再考！

已经是五月下旬，离下一次高考只有不到两个月的时间，再经不起折腾了。夏连春又开始把吃饭的时间、睡觉的时间、课余的时间全都用起来，没白天没黑夜地拼。他觉得自己已经到了最危险的时候，满脑子都是《义勇军进行曲》的呐喊声。"起来！不愿做奴隶的人们！……起来！起来！起来！"必须抓住这最后的机会！

周一上午课间，夏连春正在快速浏览五月二十二日的报纸。他的一个同学来了，这位同学是县里的，这次考上了鹿川当地的中专学校，但要复习重考。同学进来就说："夏连春，你已被鹿川师范学院录取了，通知书可能寄丢了，你赶快去一趟地区招生办，查查录取情况。"

同学满头大汗，显然是骑车子骑得急。他现在本该在家复习，准备下一次高考，却放下手头的书本，跑了这么远来通知夏连春，想到这里，夏连春有些过意不去。

这位同学的母亲是夏连春的语文老师，她昨天下午去师范学院，碰到了夏连春在县中学时低他两届的同学张碧林，张碧林问老师："夏连春到底上不上呀，怎么到现在还不来报到?”张碧林说他一到学校报到，就看到中文二班的花名册上有夏连春的名字，他当时就去找了班主任，告知了夏连春没接到录取通知书这一情况。班主任说花名册上的夏连春和张碧林提到的夏连春会不会是同名同姓的两个人，张碧林说不可能，夏连春的名字比较特殊。于是班主任就找了学校，学校核实情况后，又给夏连春补发了第二份录取通知书。

听了这个情况，夏连春的语文老师当即去找了师范学院中文二班班主任伊老师，伊老师讲的情况和张碧林讲的基本一样。

事情有了转机，可夏连春心里有个疑惑：张碧林?我怎么不认识呀?他问那位同学认不认识，同学也说不认识。其实高年级的学生不认识低年级的很正常，但低年级的学生一般都知道高年级的。

孟祥非和两个美女老师都替夏连春高兴，可夏连春自己却高兴不起来。他低着头一声不吭地收拾办公桌上的东西，然后站起来对孟祥非他们说：“那我走了。”

夏连春和他的同学一起出了门，同学回县里，他去鹿川。

地区招生办的同志很热情，听了夏连春的情况，马上帮他查找录取底册，而且很快就查到了。五月十七号第二次签发的录取通知书，不知什么原因还搁在那儿，没有及时发出。招生办的同志让他自己签字拿走，不要耽误了入学时间。

夏连春拿着录取通知书，千恩万谢地走出了地区招生办，心里无限感慨，脑子一片空白。迟来的录取通知书毕竟还是来了，他虽然激动不起来，但心里还是很高兴。从这一刻起，他就是一名大学生了。为了这一刻，从复习高考开始，前前后后折腾了他快一年，心都累了。别人的高考早已结束，他的高考还没画上句号。这个本值得庆贺的事，却因一波三折的录取让他心情全无。

晚上回到家，家里人看到夏连春拿回来的录取通知书，甭提多高兴了。父亲说，师范好，进去时是学生，出来时是先生。老家有个大伯，五十年代上了师范，大伯家的奶奶舍不得，把“师范”当成了稀饭，说天天吃“稀饭”怎么行呀，会饿的。父亲现在感觉可荣耀了，他儿子是老夏家的第一个大学生，从此以后就可以不吃“稀饭”吃商品粮了。父亲说明天就给老家写封信，报个喜。

按照录取通知书和入学须知的要求，夏连春必须在这个周六之前赶到学校报到，下周一学校要举行入学典礼，召开新生入学大会。

这几天他要抓紧时间跑大队跑公社跑县上，去公安局和粮食局，办理户粮关系转移手续，这是农村人变为城里人，拿工资吃“皇粮”最基本的身份凭证。为了这张身份凭证，有多少人苦苦追求一生。

在公社办事的时候，夏连春去看望了周爱兰。周爱兰说她回市里时会去看他的，并叮嘱他好好学习，争取将来毕业了留在市里工作，不要像她一样再被分配到农村来。

周爱兰提醒夏连春去隔壁妇联办公室看看谷秀芬主任，她也是才知道谷主任就是凤月琴的母亲。

谷阿姨调到公社来当妇联主任了，夏连春心想。

他两年没见谷秀芬了，她老了很多，还不到四十岁，都有白头发了。见到连春来看她，她很高兴。他说："我要去鹿川上学了，来公社办些手续，过来看看您，和您道个别。"

谷秀芬说："连春就是懂事。前两天听说你考上大学了，我真替你高兴。月琴也听说了，也在家里为你高兴。这以后就好了，你有工作了，你父母这辈子没有白辛苦。"突然，谷秀芬话锋一转，说，"你看我们家现在搞的，日子都没法过了。去年月琴在家复习了好长时间，临到高考了，她爸不让她去县里考试，非说她是要去私会男朋友。所以月琴最后连高考都没能参加。"

夏连春这时才明白，高考那两天为什么没见着月琴，原来她没参加高考。他替她感到惋惜。

谷秀芬接着说："月琴高考前去过一趟县里，在县里住了一晚上，说是还见着你了，你们还一起吃了饭。那天你们吃完饭，天还不是太晚，月琴就急着往回赶，怕她爸在家着急。月琴回来时有个男同学送她，好像还是你们班的同学。结果一到家门口就被她爸看见了，这下不得了了，她爸气得转身回到院子里，拿了根木棍就要去打那男同学，那男同学还想解释呢，月琴直喊'快走'，那男同学骑上车子就赶紧走了。这以后，她爸就哪儿也不让她去了。"

原来是这样。从公社出来去县里的路上，夏连春还在想，月琴现在怎么样了？那男生，谷阿姨说好像是他们班的，他是谁？

到了县里，办完户粮关系，他去学校和老师同学告别，又去团县委和于善江告别，中午还去了方小青家。头戴小红帽的"小花"见到他还是习惯性地挠挠他的裤腿，舔舔鞋。方小青的妈妈拿出来一套深灰色"的卡"衣裤送给他，说是给他准备的上大学的礼物，年前就做好了放在那儿，现在终于用上了。

夏连春的父母这几天也在家忙活，给他准备了一套新铺盖，再不能发生上高中时连个褥子都没有的情况了。

家里来的人也比较多，远一点的近一点的都会过来看看。老夏家里出了个大学生，在五小队、在上水湾，算得上是一件大事，人们都来道喜。父母亲在迎来送往中喜笑颜开，享受到了儿子给他们带来的光彩和荣耀。

周六，这是师范学院留给夏连春的最后报到期限。这天一大早，他去了供职快三年的上水湾分校，和孟祥非、飞老师、“省城女孩”告别。孟祥非把全校学生都集中起来送他到村口，飞老师和“省城女孩”说：“记着回来看我们哟!”

队干部和一些村民在村口等着为他送行。他的父母和弟弟妹妹也在送行的人群中，上学的弟弟妹妹今天上午都请了假。他在村口和大家告别时，母亲抬起胳膊用衣服袖子抹了抹眼泪，弟弟妹妹都瞪大了眼睛看着他。

孟祥非和二弟各骑一辆自行车送夏连春到几公里外的公路上等候过往的班车。夏连春要走，二弟心里是高兴的，因为夏连春走了，他在家就可以当老大了，夏连春的自行车也就归他了。

路边等车的时候，夏连春从口袋里掏出五块钱递给二弟，让他待会儿去商店买些零食带回去，给弟弟妹妹们吃。二弟不要，说：“这是大哥上学的费用。”

夏连春说：“师范生上学的费用国家包，我不用花什么钱。”最后坚持把五块钱留了下来。

看着这一幕，孟祥非突然抱歉地说：“真对不住，人都走了，学校还欠你五个月的工资没发呢。”

夏连春说：“那是上面的事，又不是你们不给我，哪天工资下来了就直接给到我家里吧。”

临别，孟祥非伤感起来：“这一送，我们以后就不可能再在一起工作喽。”

夏连春说：“哪有那么悲观。”

孟祥非说：“不是悲观，是乐观，人生总是往上走的，你很难再回到农村了。”

第二十一章　校园春天

鹿川，赤麓山下，雅玛河畔，青山绿水间的城市。城市的西北面，有一座坐北朝南的建筑群，围墙很高，从里面看不到外面，从外面看不到里面，大门口悬挂着两条红布白字条幅："热烈欢迎您——未来人类灵魂的工程师""欢迎您未来光荣的人民教师"。这就是鹿川师范学院。

夏连春心潮起伏，有些激动。走进校门，传达室的老头儿说："你真能沉得住气。新生报到的最后一天你才来学校，学校里迎接新生的同学早就撤了。"老头儿对着桌子上的话筒喊："中文二班班长，下来迎接新生。"

中文二班来了两个同学，一个是班长，一个是张碧林。张碧林知道这个新生肯定是夏连春，所以他跟着班长一起下来了。张碧林非常热情地把夏连春介绍给班长，又非常热情地把班长介绍给夏连春。班长叫方平，个子高，脖子短，显得有些老成。

夏连春跟着班长和张碧林往校园里走，脑子里快速搜索有关张碧林的记忆，但搜不到。这个个头跟自己差不多高，年龄比自己小，模样周正，眉开眼笑的张碧林到底是谁？他是怎么认识自己的？看样子好像还很熟。

学校正面是两层高的主教学楼，典型的俄式建筑。墙体是淡黄色的，屋顶的铁皮和门窗都是蓝绿色的。楼层虽不高，但楼体很宽很长，很庄严。教学楼大门两侧矗立着两棵生长旺盛的圆冠榆，这两棵圆冠榆是师范学院具有标志性的树，也是学院的名片。

班长和张碧林先带夏连春去办公楼见班主任伊老师。办公楼在教学楼的西侧，也是两层的俄式建筑，有些老旧，走在楼道的地板上，脚下颤动着，发出吱呀声。

伊老师头发少，戴着帽子，见到夏连春很和善地笑笑，用略带南方口音半生不熟的普通话说："夏连春同学终于来了。"

从办公楼里出来，他们去了学生宿舍。学生宿舍是一排砖木结构的平房，宿舍房间不大，三张上下铺的高低床已把房间占满。房间里已经住了五个人，还有一个上铺空着，那就是夏连春的位置了。

夏连春放下行李，铺好床，摆好洗漱用具和吃饭碗筷，一切收拾妥当，又跟着班长和张碧林去了教室。

中文二班的教室在教学楼二楼，面南靠西，把头儿的一间，背面的楼梯正对着教室的门。新生还没正式开课，同学们都坐在教室里看书，看得都很认真。一来既然这些人都能考进来，就说明这些人平时也爱学习，喜欢看书；二来这些人考上学不容易，每个人都想抓紧时间学习，多看些书。

班长方平和张碧林站在教室前面把夏连春介绍给同学们，大家这时才顾得上抬起头来看看他，给个笑容，送个表情，算是欢迎新人加入。

夏连春是班上最后一个报到入学的，只有最后一排还有一个空位子，那自然就是他的座位。还好这是在大学，要是在中小学按个头排座位，最后这一排一定轮不到他。

他的同桌是一个长相显得比他年纪大但年龄比他小的瘦高，名叫弯越，老让人觉得是“弯月”，听起来像女孩的名字。弯越说他是昨天下午才来的，问夏连春怎么也来这么晚，是不是不想上。夏连春说不是，是他接到通知书晚了。弯越说自己迟迟不来报到的原因是不想上，想重新再考，但犹豫到最后还是来了。

班上的同学有的已经来了十几天，他们之间都很熟了。像张碧林等几个到校早的同学，都已经为班上做了很多事，好多后来的同学都是他们接进来并帮着安顿好的。有同学说，一开始进校时，还误把张碧林当成学校的老师了。

中午回到宿舍，六个室友再次一一见过。夏连春对方平、张碧林、弯越这三个已经认识，还有两个人，一个是白文辉，回族，又是个大个子，比方平和弯越还高；另一个是付朝龙，小个子，有点驼背，站不直。夏连春终于找到一个比自己个子矮的同学了。

下午入学摸底考试，是学校统一组织的。虽然这次考试不影响个人的未来，但毕竟是一次公开考试，面子上的事还是要顾及的。去年高考的时候，每个考生的分数都没公布，谁也不知道谁的成绩。这一次入学摸底考试的分数可是要公开的，是骡子是马一看分数便知。所以大家都很重视，都很在意。听说从下周开始，还要陆续进行其他单科的摸底考试。

入学摸底考试是综合性的考试，就一张卷子，要求写一篇作文《手捧入学通知书》。出题者的本意可能就是要新生写出恢复高考后自己考上大学的心情和想法以及个人的志向，要体现感动感激感恩之情，要有报答党的培养、当好人民教师、为党的教育事业献身的情怀，但这些都必须是“手捧”入学通知书那个瞬间所生发出来的真情实感。

夏连春为难了，他的入学通知书一开始不知所踪，他一波三折拿到入学通知书后并不那么激动，他表现不出出题者所要的那种情感。因为没有，所以难写。他心里有“失落的入学通知书”这个结，他就围绕这个结写自己的亲身经历，剖析自己等待入学通知书、盼望入学通知书和寻找入学通知书的心路历程，从一个被录取却等不到入学通知书的考生对入学通知书的向往，到拿到入学通知书后的畅想，发出了“我的入学通知书哪儿去了”的呼喊，呼吁人们对考生要多一些爱护和尊重，对教育事业要更加重视。

考试结束后，先前入学的一些同学，聚在一起交换着写作体会。夏连春一来和大家不熟，二来对自己的写作心里没底，所以什么都没敢说。同学当中，知道他入学通知书事情的只有张碧林一个人，如果没有张碧林，很可能夏连春就上不了这个学了。

夏连春觉得他这次能来师范学院上学，还真的多亏了这个张碧林，他打心眼儿里感激他。但张碧林是谁，夏连春一点也想不起来，又不好意思问人家。

晚上没事，张碧林提议宿舍几个人去看场电影，大家都赞同。班长方平不在，他家在本市，回家了。现在宿舍里有五个人，付朝龙家也在本市，但他为了留下来陪白文辉，就没回家。白文辉的家在清城县农村，付朝龙接受再教育就在白文辉所在的小队。那时候白文辉可没少照顾付朝龙，现在两个人成为同窗，关系自然很好。

学校旁边不远处有个露天电影院，师范学院的同学一般都在那里看露天电影。吃完饭，走出校园，突然刮起大风，而且风越刮越大，瞬间飞尘走沙，刮得人睁不开眼挪不动步。这是遇到来势凶猛的黄风了。

这样的天气，露天电影院的电影还能演还能看吗？付朝龙提出不看了，回去吧。白文辉积极响应。但张碧林坚持道：“这黄风是突发的，看电影可是咱们事先商定好的，现在遇到这么点困难我们就退缩了，那我们以后还能干成什么大事？”

付朝龙说：“你这是哪儿跟哪儿呀，能扯到一起吗？”

张碧林说：“那你们自己定，愿意看的就跟我一起走，不愿意看的就回宿舍。”

夏连春也觉得去不去看电影和能不能干成大事扯不到一起去，但为了支持张碧林，他还是决定去看电影。弯越为照顾同桌的面子，也跟着张碧林一起走。付朝龙和白文辉打道回府。

这黄风也有点怪，好像就是专门为张碧林的“考验意志论”而刮的一样，刮的时间很短，渐渐小了，不一会儿就停了。但黄风虽过，踪迹还在。电影院里的地上、凳子上，一层浮沙，天空依然是灰黄色，几个人的嘴里也有沙粒附在牙齿上。

露天电影院四周是砖砌的围墙，露天的场地里是木板搭起的一排排固定座位，没有座位号，谁先进去谁就能挑到好的座位。露天电影院里经常会有因为抢占座位而发生口角或肢体冲突的事。

一场大风刚过，电影院里看电影的人不多，张碧林带着夏连春和弯越找了最佳座位，又从口袋里掏出纸来帮他们擦拭座位上的浮沙，说是谢谢他们陪他看电影。

晚上回到宿舍，张碧林对付朝龙和白文辉说："你们没看上电影后悔了吧？这就叫世上无难事，只要肯登攀。困难有天大，我比天还大。"两个人都十分佩服他，表示以后不管什么时候都听张碧林的。

张碧林年龄不大，心气挺高，说话做事有板有眼。在同学当中，他有着自己特有的装束——"蓝的卡"上衣，上衣口袋里别着一支钢笔，衣领处挂着白色口罩，白色口罩的带子有一端露在外面，其余部分塞在上衣口袋里，正式一点的场合他还喜欢戴个帽子。他看起来样子呆板，但脑子好使。他是他们班唯一一个考上大学的人，足见他的学习能力和智慧都要强于其他人。

"凤月琴为什么没参加高考？"闲聊中，张碧林突然想起什么似的问夏连春。

夏连春愣了一下，心想：他怎么突然问起凤月琴来了？"你认识凤月琴？"

"啊，师兄，你还不知道，我和凤月琴是一个班的，要不怎么认识你呀？那时候我们班的男生都恨死你了，眼看着你天天领着我们的班花看电影，多少次都想找机会收拾你，有一次我们几个人从电影院里跟着你们两个出来，跟到雅玛河南边跟丢了。后来听凤月琴说还好我们把你俩跟丢了，要是追上了，我们几个可能还打不过你，凤月琴说你那天晚上一个人收拾了一大群狗。自此，我们突然有点崇拜你了。"

原来是这样啊！因为凤月琴，两个人一下子亲近了很多。张碧林还不知道夏连春和凤月琴已经分手，既然不知道，夏连春这一会儿也不急着说了，一见面就跟人家说分手的事，跟怨妇似的，以后找机会再说吧。

夏连春了解到，张碧林家在农垦团场。他心里一直装着五年前第一次来到鹿川，在群众饭店受到的那一夜恩情，他一直觉得农垦团场的人都是好人。前些年在鹿川卖洋葱的时候，他还去找过当年的群众饭店，但群众饭店已经变成鹿川市第六中学了。

夏连春还了解到，张碧林和五年前在群众饭店帮过他的那个叔叔是一个团场的。他对张碧林说："向你打听一个人，你们团场的，不知道姓名，不知道工作单位，只知道他是皖州人，四十岁左右，中等个，面善，爱看书，有一件‘9’号运动背心，一身洗旧发白了的黄军装和一个洗旧发白了的黄书包。不知道你有没有见过这样一个叔叔？或者能不能帮我找找，打听打听？”

张碧林说：“不知道姓名，不知道工作单位，肯定没法找。团场那么大，有那么多单位，那么多连队，那么多农工和干部。况且团场的人基本上都是穿一身洗旧发白了的黄军装，背一个洗旧发白了的黄书包，你描述的着装没有什么特殊性，实在不好找。”

夏连春现在最后悔的就是当年为什么不问问那个叔叔的名字和工作单位。当时的境况下，他只是一味地心存感激，自顾自地想着，可不要因为多问了些什么，让叔叔产生误会，搞得好像对人家不信任似的。现在想来，还是怪自己那时太年轻，经历的太少。

张碧林问：“师兄，要是现在见到这个人，你还能不能认得出来？”

夏连春实话实说：“估计认不出来了，我和这个叔叔只说了几句话，然后就躺在一张床上睡觉了。”

张碧林说：“师兄假期可以到团场去待一段时间，每天到团部门口转转，看能不能碰到。”

夏连春说：“这样找是肯定找不到的。”

这个时候，夏连春突然十分感慨，自己做梦也没想到，五年前在这座城市里连吃饭睡觉都需要人接济的落魄少年，五年后居然成了这座城市最高学府的大学生，这绝对不是他一个人的荣耀，而应该是他们一代人的幸运。当年高中毕业到农村去的时候，他心里就想着：“金色的学生时代，已载入青春的史册，一去不复返。”谁会想到他们还能再进校园，再拾书本，再当学生？如果没有恢复高考，他们的一生将会怎样？肯定不会是现在这样。改变了他们一生的人是谁？一定不是个凡人。

春色满人间。清晨的校园，生机勃勃。小路边、沟渠旁、墙角处，恰到好处地点缀着一簇簇生长旺盛的丁香花。花开的季节已过，花香好像还留在风里。

体育场上，跑步的，打拳的，练功的，翻单杠的，打篮球的……穿短裤的，穿长衫的，穿练功服的，穿运动装的，还有干脆就穿秋衣秋裤的……看得人热血澎湃，眼花缭乱，也想上场一试。

在体育场前面，教学楼后面，生长着一片瘦长细高树种的小树林。小树林是音乐班的天下，拉琴的，吹号的，吊嗓子的。从小树林旁走过，听琴声悠扬，号声嘹亮，练声高昂。音乐班是恢复高考后师范学院试招的一届艺术班，在学校最为抢眼。

校园西侧是一片很大的苹果园，苹果园里有背古诗的，读英语的，声音虽杂，但互不干扰。

校园里的铃声响起，各个方向、各个区域、各个角落的学生潮水一样涌向体育场，准备做早操。新的一天就这样开始了。

师范学院新生开学典礼在教学楼后面的小树林里如期举行。院长极动情地说："祝贺同学们赶上了恢复高考的好时候，全国五百七十多万考生，只有二十七万多人被录取，这其中就有你。你还不优秀吗?"同学们听后腰杆子都挺直了很多。

开学典礼上，新招录的音乐班学生呈现了一台文艺演出，台下的目光都聚焦到了台上的报幕女生身上，她亭亭玉立，端庄大气，一根及腰的大辫子，一甩一甩的，一双忽闪忽闪的大眼睛，水汪汪的。典礼还没结束，报幕女生的名字已经在台下传开：苗素馨。

开学典礼后，伊老师来班上召集大家选班干部。先前的班干部都是临时指定的，当然也包括班长。伊老师首先问同学当中有没有毛遂自荐当班干部的，如果有，请举手。

没有。

伊老师把一份班委会候选人名单抄写在黑板上，对每个候选人做了简要介绍，并请同学们举手表决。

班长，方平，男，汉族，共产党员，籍贯冀州，一九五四年生，二十四岁，上大学前是林场工人，在林场当过班组长。上高中时当过班长，当过学校篮球队长。

党小组长兼团支部书记，杨贵丽，女，汉族，共产党员，籍贯益州，一九五五年生，二十三岁，上大学前在农村接受再教育，接受再教育时当过大队团支部书记。上高中时当过班级团支部书记。

学习委员，邵汉飞，男，汉族，共青团员，籍贯江州，一九五六年生，二十二岁，上大学前在农村接受再教育，上高中时当过学习委员。

生活委员，张碧林，男，汉族，共青团员，籍贯鲁州，一九五八年生，二十岁，上大学前是团场农工，在团场当过民兵排长，上高中时当过劳动委员。

班委一共七个人，还有组织委员、宣传委员、体育委员，这三个人大家不太认识，也不了解，好多人都没记住。

伊老师刚把七个班委介绍完，还没说表决呢，同学中不知道是谁带头说了声"同意，没意见"，大家跟着就说"同意，没意见"，并且齐刷刷地把手举了起来。

伊老师笑笑说："既然大家都没意见，那这七个人就全部当选了。请七位班委站到前面来，和大家打个招呼，可能有的同学还不认识。"

是的，夏连春就有不认识的。他问弯越认识几个，弯越说认识四个，他们宿舍的两个，方平和张碧林；坐在他和夏连春前排的一个，邵汉飞，是个光头，好像很有个性；还有那个女书记杨贵丽，老让人想起杨贵妃，不光是名字，长相也是，白白胖胖的，皮肤一捏可以出水似的。杨贵丽的座位在邵汉飞旁边，隔一个过道，夏连春和弯越出来进去都从她身边过，但没说过话。

下午放学一回到宿舍，方平就说："付朝龙，白文辉，你俩小子就会起哄，刚才选班干部时，伊老师的话还没说完，你们两个就带头喊'同意'。"

噢，那会儿原来是他们两个带头喊的。

"我们一看是你当班长，马上就同意了。"两个人像商量好的一样，不分先后地说。

说完可能又觉着不妥，怕冷落了张碧林，付朝龙马上又补了一句："张碧林又当了生活委员，这下我们以后有好日子过了。"

"我们就赶快同意了。"白文辉也急忙说。

其实班委里还有一人他俩没说，邵汉飞当年也和付朝龙在白文辉他们村子接受再教育。三个人都很熟，但邵汉飞和白文辉来往不多。

"你们两个唱双簧呢？"方平说。

付朝龙这小子的脑子反应快，他不接方平的话，赶快岔开话题："班长，伊老师给你选的女书记长得好漂亮哦！"

方平问："你小子又想说什么？"

"我就是觉得班长好有福气，上两年学，当两年班长，还有个美女陪在身边，多幸福呀！"付朝龙说。

"看来付朝龙喜欢上书记了。"张碧林打趣道。

"我喜欢杨贵丽，不喜欢书记。"付朝龙说。

大家一时没反应过来付朝龙话的意思，连白文辉都没搞懂付朝龙想表达什么，杨贵丽和书记不是一个人吗？

付朝龙说："杨贵丽是我们的女同学，我喜欢女同学。书记是我们的领导，我不喜欢领导，不喜欢政治，更不喜欢女人搞政治。"

听明白了。其实当时有付朝龙这种思想的人不在少数，甚至是一种思潮。平心而论，杨贵丽确实长得漂亮，但一听她是党员，付朝龙心里马上就给她扣分了。

"付朝龙你谈过对象吗？"方平突然转移了话题。

"这好像不是你班长该管的吧。"付朝龙快速反应，"你别光问我，你年龄比我们大，经历的事比我们多，经验也比我们丰富，你应该给我们多讲讲才对。”

方平还真的给大家讲了自己的经历。他从小在农村长大，上高中时才投奔伯父来到鹿川。他伯父是鹿川军分区首长，家里条件很好，但毕竟不是自己家，方平在家里家外都有些畏首畏尾。高中毕业后他到山区林场当了伐木工人，整天就在森林里，连个人都见不着，哪还有什么经验可说呀。

方平一席话，让同学们对他有了更深的认识：班长也挺不容易的。身处异乡的每个人都是一个故事，都是一本书，如果他愿意讲，如果你愿意读，都可以听出味道，都可以读出感觉，都可以从中受益，得到启发。

宿舍里的热聊刚停下，稍显冷场，张碧林这时说“开饭了，打饭去。”生活委员就是尽职尽责。大家正准备出门，突然听到有人在外面敲门。

“谁?”班长问。

“夏连春在吗?”是个女生的声音。

夏连春站起来开门。“啊? 你怎么来了?”原来是方小青。

昨天是礼拜天，夏连春去了一趟毛纺厂，去找方小青。毛纺厂好大，几乎占了雅玛河北岸的半壁城池，夏连春在厂子里找了老半天才找到方小青的宿舍，但她不在。同宿舍的女孩说她回家了，他给她留了个字条就回学校了。

“我来看看你呀。”方小青说着就走了进来。

夏连春赶紧给同学们介绍：“我高中同学。”

方小青是开学以来，他们男生宿舍来的第一个女同学，同学们也都毫不吝啬地认真饱览了夏连春的这个女同学。

看够了，班长方平发话：“你们聊吧，我们吃饭去了。”留下夏连春和方小青在宿舍。

同学们一走，方小青突然说道：“你们这些同学好像都很饿呀?”

夏连春赶快解释说：“到吃饭时间了。”

方小青说：“我是说他们看起来好像要把我吃了似的。”

夏连春嘿嘿一笑：“秀色可餐嘛。”

方小青说：“好像就你不饿。”说着，两个人拥抱在一起。

方小青说她昨天回家，她妈说：“连春被师范学院录取了。”她妈现在叫他连春，不带“夏”了。她妈问她见连春了没有，她说没有。她昨晚一回来就看到他的留言，今天下了中班就赶了过来。

她打量一下他们宿舍，说：“你们大学生怎么还住得这么挤呀，你睡哪个铺?”

他给她指了他的铺。她爬上去看了看，说：“你可要把自己收拾得干净一点哦，不能邋里邋遢的。”说着她又回头看看他说，“以后要不要我每周过来给你洗衣服?"

他说:"不要,千万不要,那样同学们会说的。"

她说:"都大学生了,还怕人家说你谈恋爱?"

他说:"不管多大的学生,毕竟是学生呀。"

在同学们回来之前他们两个离开了宿舍,她带他到外面吃饭。夏连春边走边想,边吃边想,真是怎么也没想到,他和方小青还真的就走到了一起,还走到了同一座城市。这是天意还是缘分?抑或两者都有。

方小青给他留了十块钱,叫他以后买东西或是需要钱就告诉她,不要亏待自己。他说不用,他们师范生的费用国家是包的,自己花不了什么钱。方小青叮嘱道:"记着,男人口袋里任何时候都不能没钱!"她说以后他们两个人花她的工资,够了。

方小青说她以后要少到夏连春的学校来,但他要多到她那去,还说下个月发工资就给他买辆自行车,方便他来回。夏连春说:"现在不需要,我走路坐公共汽车都可以,你给自己买一辆自行车吧。"

她说:"以前我一个人在这里,也不到哪儿去,不需要自行车;以后,周末或是闲暇的时间都是你来看我,我还是不需要。"

晚上夏连春回到宿舍,同学们都还没睡。这一下有话题可聊了。

班长首先发话:"是对象吗?"

夏连春答:"是同学。"

班长说:"怎么看着像对象?"

夏连春说:"那是班长你看走眼了。"张碧林也接过夏连春的话,说他知道这个确实不是夏连春的对象。夏连春知道张碧林话里有话。其实别人也听出了张碧林的意思,只是没揭穿而已。

班长问大家:"谁有对象呀?告诉我们一声。"

付朝龙说:"人家有对象是自己的事,为什么非要跟你说呀?"

班长说:"跟我们说了好,如果对象来找你找不到,我们好给你打掩护。再说了,大家都这么大的人了,有对象也是正常的呀。听说中文一班有一个女同学,结过婚,孩子都上小学了呢。"

张碧林说:"那个女同学好像是跟班进修的。听说她爱人为救一个落水儿童牺牲了,报纸还登过她爱人的事迹。她是牧区学校民办教师,爱人牺牲后,组织上照顾她,给她转正了,现在又送她来进修。"

"你这个生活委员还当到别的班去了?"方平说。

"为人民服务嘛!"张碧林说。

第二十二章　男人生娃娃

开课后不久，夏连春在摸底考试中写的命题作文《手捧入学通知书》被登到了学报上，这是第一篇中文班新生写的上了学报的文章。随后现代汉语摸底考试夏连春又得了满分，经学校同意，夏连春的现代汉语课免修。夏连春成了师范学院恢复高考后第一个单科免修的学生。这引起了老师和同学们的惊叹。

夏连春明白，自己的基础一点也不比别人好，甚至应该比别人差。他一个农村长大的孩子，哪学过多少东西，哪有那么大能耐，只是这两次考试让他瞎猫碰到了死老鼠，碰上了。作文是误打误撞，他只是真真切切地写了自己的经历和感悟，并打动了老师。正像伊老师讲评时候说的："夏连春的作文好就好在他写出了自己的真情实感，学校之所以把这篇作文登在学报上，就是想彰显和倡导真实的文风。"现代汉语是因为他幸运，高中时遇到了一个好的语文老师，语文老师每节课下课前都要额外给他们讲一两个语法或是修辞、逻辑知识，这是日积月累的结果。

学而优则仕，夏连春被老师指定为现代汉语课代表。夏连春上了十几年学，还没好好当过学生干部呢。小学一年级是在家门口的学校上的，当过一年班长。班长的责任主要是代老师管好晨读和自习课课堂纪律，对于那些不好好读书或是交头接耳的同学，他就学着老师的样子，把自己手里的书卷成圆筒状，冷不丁地去敲打人家的头。二年级的时候，家门口的学校被并入了大队学校，他们班被并入了别的班，他由班长被降为组长。组长的责任主要是组织小组的同学打扫卫生，做好值日。他对他们小组每人轮流擦黑板和打扫教室卫生的事，总是比别的小组要求严，谁马虎罚谁重做。三年级的时候他出了麻疹，在家休息了很长时间，再上学的时候，组长已经有人替他干了。从此，他再没当过学生干部。

张碧林说："怪不得当年凤月琴说师兄你厉害呢，连什么主谓宾、定状补、之乎者也、的地得，这样一些枯燥无味的东西，你都能学得这么好，真不是一般人所能比的。"

弯越私下里和夏连春交流看书和写作的问题，问他是不是经常看文学作品。

夏连春说没有，他没看过几本书。他家在农村，家里没有读书人，也没书可看。他给弯越讲了一个小故事。小时候，在老家，夏连春家的中堂架上摆放着一本很薄的书，他不认识里面的字，便拿在手里翻着玩，玩到兴起时，拿个剪刀就把书边剪成了锯齿状，他因此被父亲狠狠骂了一顿。后来因为这本书被剪成了锯齿状，他父亲还受到了表扬，原来这本薄书是“大毒草”《论共产党员的修养》。

弯越倒是看了不少书，他不看古典，只看当代，订阅了不少文学期刊。两个人有时候聊到一个话题，联想到一部文学作品或是一个人物形象，弯越就会问夏连春这本书看过没有，那本杂志读过没有。一开始夏连春还一一作答，说没看过没读过，后来弯越问得多了，夏连春干脆就说：“你不要问了，我都没看过，都没读过，而且你讲的很多书、很多文章、很多作者我听都没听过。”之后弯越每次回家都主动带几本他以前看过的杂志过来，让夏连春翻翻看看，也算是给夏连春补补课吧。

一段时间之后，同学们的学习兴趣开始分化，有的喜欢这一门课，有的喜欢那一门课，有的喜欢听这个老师的课，有的喜欢听那个老师的课。当遇到不喜欢听的课，同学们有的看其他书，有的打瞌睡，还有的交头接耳。夏连春的同桌弯越很厉害，他可以边听课，边看小说，边说话聊天。夏连春自叹不如，他一心不可二用。

夏连春是个本分的人，一般不偏科，也不挑老师，只要是学校开设的课程，他都能好好学习，认真听讲，遇上实在不想听的课，他就随手翻看地图册，看地图。

两年下来，夏连春把一本中国地图册和一本世界地图册翻旧了，读懂了，搞透了。他的体会是，当你把一本地图册看进去了，想清楚了，你就把我们赖以生存的人类世界搞明白了。古人说：读万卷书，行万里路。今人说：胸怀全中国，放眼全世界。夏连春说：地图册在手，胸中装宇宙。

地图是自然界和人类社会的总纲，你想要什么都可以在地图里找到。地理的，历史的，自然的，社会的，经济的，政治的，它无所不包。虽然它给不了你现成的答案，但可以给你提供查找答案的方向和思路。

夏连春问弯越：“你是陕州人，那你知道‘陕’在哪里吗？我们的行政区划里有陕西，那有陕东吗？”山东山西，河南河北，湖南湖北，山、河、湖在哪里人们都知道，可这“陕”在哪里却没几个人知道。可当你细读中国地图册后，就不难发现，河南省境内就有一个叫“陕”的地方。“陕”的东边，也就是现在河南西边的一大片地方，就是历史上的陕东。这些都是从地图上了解到的知识。

政治课上，听课的人不多，有的趴在桌子上睡觉，有的抱着小说看。不是因为政治老师讲得不好，而是因为很多同学不喜欢政治课。但夏连春想听，一来他喜欢哲学，二来政治老师是皖州人，乡音好听。虽然课讲得不是很吸引人，但他也想捧捧场。他前排的两个同学则不然，不想听的课，不仅自己不听，还喜欢搞出一些动作，发出一些声响，影响别人听课。

前两天，这两个同学在苹果园读书背诗的时候，看到夏连春和弯越在抽烟，在一节政治课上，他俩据此写了一句逗乐的上联递给弯越："果树下，一人吞云，一人吐雾，云蒸雾罩，弯弯绕。"

弯越知道，他们这上联里有暗讽自己的意思，随手他就对了一句："林子里，一人念书，一人诵诗，书曰诗云，吭吭叫。"

前面俩人看后笑了，这家伙骂人不带打底稿的，也便不再和他纠缠，转而递过来两句诗，"风吹杨柳千根动，雨露桃花万朵红"，要求改俩字。

弯越看了一会儿，觉得改好几个字都可以，但改哪个字更好，他拿不准，便和夏连春商量。

夏连春一看这诗句笑了。他小时候在老家听大鼓书，正好听过这两句诗的故事。一个秀才从小订了娃娃亲，有一次去女方家里，他是万般不情愿，从没见过对方，也不知道长得什么样。郁闷之际，他到女方家的后花园里散心，触景生情，随口吟了两句诗："风吹杨柳千根动，雨露桃花万朵红。"诗句刚念出口，就听一女子的声音传来："什么人跑到我家后花园里作这狗屁不通的诗句来?"秀才一看，见一位端庄秀丽的大家闺秀站在自己眼前，赶忙施礼，说："不知我这诗句有何不妥?"女子说："我家这么大院子，这么多杨柳，这么多桃花，你数过就一千根杨柳，一万朵桃花吗?"秀才赶忙请教："那我这诗句应该怎么改?"女子说："改两字即可，'风吹杨柳根根动，雨露桃花朵朵红。'"秀才不知，这女子就是跟他订娃娃亲的人。

后排的热闹，引得前面同学纷纷回过头。老师见此，不仅没恼，反而讲得更起劲了。原因：别人睡觉，而后排这几个人兴奋，老师以为他们被他讲的课吸引了。因为精彩，所以热闹。而后排的热闹又唤醒了前面睡觉的学生，大家都来了精神。

老师当时正在讲授马克思、恩格斯批判地继承了黑格尔的辩证法和费尔巴哈的唯物主义，情动之处，老师说了句非常经典的话："马克思之所以创立了马克思主义哲学，不在于他是天才，而在于他能脚踏实地、刻苦钻研。就像现在正在进行的关于真理标准问题大讨论所揭示的一样，实践是检验真理的唯一标准。如果马克思是一个庸庸散散、疲疲沓沓，上课打瞌睡、做事没精神的人，那是不可想象的。”

短短几句话，不仅揭示了马克思主义哲学产生发展的个人因素，还巧妙地批评了同学们不认真听课的行为，更是在不经意之间引出了正在广泛开展的真理标准问题的大讨论，一下子引起了同学们的兴趣和关注，甚至就在这一瞬间，改变了同学们对政治课和政治老师的看法。

讲古典文学的老师原来是团场子校的中学语文老师，才调过来不久。他讲课时很兴奋，经常在讲台上声情并茂，手舞足蹈。有时候很形象，让人记忆深刻。比如他讲“男”字是会意字时就比画出男人在田里出力干活的样子；他讲“女”字是象形字时，就在讲台上把两只胳膊摊开，两条腿交叉下蹲，身体后仰，做出女人在家里坐在椅子上享受的样子。那是母系社会的真实写照。而更多时候，他讲课时非常滑稽，像个耍猴的，大家都觉得可笑，而且会毫不顾忌地笑出声来。

有一节课他讲鲧禹治水，讲到鲧腹生禹的时候突然提问：“鲧禹治水的奇特想象表现在哪里?”

“夏连春!”

“啊?”夏连春一惊，老师好像在叫他，他赶紧站了起来。刚才他们后排的几个人正在给老师的画像配诗，他并不知道老师提问的是什么问题，但又不能让老师再说一遍。他站在那里干着急。

大学课堂上，老师上课一般是不提问的。他讲他的，你听你的，讲完课他把教案一夹，走人。可是这个老师还是给中学生上课的做派，喜欢学生跟着他的教鞭转。可他为什么要提问夏连春呢？或许他知道夏连春，从别的老师那儿知道夏连春学习好，他要找一个学习好的学生来回答，给他一个满意的答案，以此来说明他教得好。但没想到这个夏连春这么不争气，就这么尴尬地站在那里，不知所措。

邵汉飞在前排急得不停地给夏连春比画肚子，弯越在旁边小声提示：“鲧腹生禹。”

夏连春恍然大悟，脱口而出：“男人生娃娃。”

“哈——”哄堂大笑。

夏连春也乐了，因为解困了，释然了。老师有些无奈，他问的是“奇特想象”，却引来了夏连春的“奇特回答”，老师想要的答案肯定不是这个。

老师说语文课上说话要有美感，不能太粗俗。他可能觉得夏连春就是一个白痴。

听说古典文学课的老师课后找到班主任伊老师，讲了这件事，他觉得夏连春连最基本的文学常识都没有。还听说伊老师和别的老师听后都哈哈大笑，还说："这个问题回答得好呀，点题了，切中要害了。"伊老师还不忘夸奖似的说："这就是夏连春和别人不一样的地方，男人生娃娃，多奇特呀。"

老师就是这样，他要是喜欢一个学生，学生怎么做他都喜欢。别人看到的是缺点，但他能从缺点里看到优点。并不是纵容这个学生，而是看好他。这个老师就是恩师。

就像一篇作文，在这个老师眼里可能不及格，在那个老师眼里可能是满分。人无完人，文无定评。仁者见仁，智者见智。老师也要有大胸怀大格局，这样的老师就是大师。

其实，教与学本身就是一对矛盾体。一般情况下，矛盾的主导方面在教师，矛盾的主要方面在学生。像高考复习的时候，高考录取的时候，考生刚入学的时候，普遍问题是学生的基础差、底子薄，知识水平参差不齐。但经过一段时间的学习之后，学生的视野被打开，学的需求在提高，教的方面的问题开始暴露显现。办学条件差，师资力量不足，教学水平不高等问题开始转化为矛盾的主要方面。

后来，中文班的同学喜欢上了那每周一节的体育课。体育老师是个小美女，去年体育专业毕业后留校任教。她身材娇小，小巧玲珑，运动装一穿，一股青春气息扑面而来。上课时，面对和她年龄相仿甚至比她年龄还大的学生，她还有几分羞涩，有时候讲话时还会脸红，同学们盯着她看时她也会脸红。

第一次给中文二班上课时，她先做了自我介绍，姓殷，殷淑玲，可以叫她小殷老师。然后她按照花名册点名，说是要和同学们认识一下，但她点到男生名字的时候，头都不敢抬。不过有一个细节引起了同学们的注意，当念到夏连春名字的时候，她抬头了，还凝视了片刻。在后来的体育课上，大家也可以感觉到她对夏连春比较关注。有同学问夏连春是不是认识殷老师，夏连春说不认识。

殷老师最擅长的项目是短跑，特别是百米冲刺，速度惊人，似箭一样。邵汉飞之前也是练短跑的，后来邵汉飞还经常早起和殷老师一起锻炼，接受殷老师的专业指导。弯越打趣邵汉飞："你怕是醉翁之意不在酒吧?"邵汉飞笑而不答。

面对学习情绪高涨、求知若渴的学生，学校方面缺师资、缺教材的问题越来越突出。在"教"满足不了"学"的需要的时候，学生开始抱怨学不到东西，浪费了时间，浮躁的情绪在学生中开始蔓延。

学校给同学们做工作时讲了两句话，一句是“‘文革’十年，教育是重灾区，恢复起来要有个过程，同学们要理解。”另一句是“国家在这样困难的条件下先行恢复高考，给同学们提供学习机会，要是等到学校建设好了再招生，大家恐怕连这样的学习机会都没有了。”好话大家一句就能听懂，更不要说学校还说了两句。

秋季开学，男生宿舍的几栋平房全部被拆除，男生暂时集中住在学校大食堂，满眼都是上下铺，同学们戏称学校为“炕大”。百十号人住在一起，各个班的人都有，真叫个热闹。不过这下倒好，一来可以增加各个班男生之间的感情，日后毕业，不管走到哪里，都可以向别人介绍：“我们是同宿舍同学。”二来这些男生们可以以教室为“家”了，中文班男生带头，把吃饭的碗筷都拿到了教室，原本一天需要跑三趟宿舍现在只需一天一趟，只晚上回去睡个觉，其他时间几乎都在教室，减少了路上的往返时间。还带动了女生们，她们也把吃饭的碗筷带到了教室，同学们在一起的时间更多了。

上一次和夏连春、田光耀一起考入鹿川当地学校但没上的那两个同学，这一次考到了外地，临走的时候他们来看老同学，两人一见到夏连春的住处就摇头，心想：幸亏自己重考了。其中一个还说：“我那次不去通知你被师范学院录取的事就好了，这次重考的话你一定能考一个更好的学校。”

夏连春说：“我们这是‘炕大’，一切都得自力更生。”

恢复高考后的第一届大学生，自力更生的事还真不少。有些课程没有教材，讲课老师就把讲义交给同学们油印出来，人手一份，自行解决教材不足的问题。班上专门成立了文印组，由团支部书记杨贵丽和学习委员邵汉飞负责，集中几个钢板字刻得好的同学，专门负责刻印讲义，后来还刻印了古文和其他的学习资料。直到现在，夏连春还保留着一大箱子那时刻印的学习资料，尽管这些东西早已失去了使用价值，但他还是舍不得扔，每次搬家都要把它们恭恭敬敬地放到书柜下方一个不经常翻动的地方。

学校图书馆藏书不是很多，一个人每周只能借一次，一次只能借两本。邵汉飞、夏连春他们后排四个人相约每次一起借不同的书，借回来轮换着看，这样就相当于每个人一次可以借八本书。因为他们四个人借得勤还得快，慢慢就跟图书管理员熟了，管理员也就不给他们设限了，有时有好书还会给他们留着。两年的时间，他们四个人把学校图书馆可看的书几乎看完了。到后来，图书馆里没什么可借的书了，他们就借《资本论》，借苏联《政治经济学教程》来看。

在新华书店买书更是一种奢侈，虽然中外名著、古今典籍，再版的、新编的，陆续上架，但每次品种数量都十分有限，到新华书店买书又成了夏连春他们几个人的必做功课。买书需要去得早，还要去得巧，做到人去了，书到了，才不会白费工夫，否则就有可能白跑一趟，空手而归，浪费时间。

买书买得多了，自然跟书店的人也熟了，有时书店的人还会提前让人给他们带话，告诉他们要来新书了，他们就会早早赶到书店排队。饭可以不吃，课可以不上，书是要买的。有时候他们去得晚了，书店的人还会设法给他们留下几本。同学们看夏连春平时省吃俭用的，可买书从不含糊。一方面他把节省下来的钱都用来买书，另一方面因为有方小青的支持，他买书的钱还是有的。

田光耀对夏连春招待了那两个考到外地的同学一事很是抱怨了一顿，他说："我就不想见那两个人，见到他们就来气，他们两个学习又不比我们好，凭什么他们就应该去外地上好学校？就因为他们是城里的，是吃商品粮的？"

夏连春听了觉得可笑，这田光耀身上真有一股孩子气。这跟人家是城里的有什么关系？人家也是自己考上的。

田光耀说："不是这样的。考试谁不会考，我们也可以考呀，但我们敢吗？万一考不上怎么办？可人家敢呀！人家是县城的，我们是农村的，人家是吃商品粮的，我们是农民。这就是差别，这就是不公平，是与生俱来的不公平。"

田光耀越说越来气，说："夏连春，你竟然还请他们吃饭？他们到我那儿去了，我理他们的工夫都没有，他们爱上哪儿上哪儿，走得越快越好。"

话说到这个份上，夏连春已不好搭话。道理谁都懂，田光耀更懂。既然懂道理，却又不讲道理，夏连春即使说了也是无济于事。

其实，日常生活中，人们在很多时候，面对自己不喜欢的事情，往往都是事归事，理归理，说归说，心里想的，嘴上说的，实际做的，常常是不一样的。这个时候也只是想借题发挥，表达一下自我意识和存在价值，说出来的话并不代表这个人的道德水准，话里的对错，无须别人来评判纠正，他自己心里明白着呢。

田光耀这个时候就是这样，当他想说的时候，就由着他说呗，说完了，他心里也就舒服了。

继而，田光耀又缓和语气说："当然，你的心情可能比我好一些，他俩上了大学，你也上了大学，而我只是一个中专学校里的大专班学生。将来毕业工作了，别人问我哪个学校毕业的呀，我说鹿川卫校，别人还以为我是中专生呢。那我总不能再加上一句'括号大专'吧？"

夏连春被田光耀逗乐了，他觉得田光耀其实也挺可爱的，性情率直，说话有趣，怎么想的也就怎么说了。不过，这其中还反映了田光耀的一种思想，他看问题想事情总是要比别人远一些、多一些。

思想丰富的人，站得高、看得远、想得多，使命感和成就感要比一般人强烈一些，但危机感相对也比别人多一些，所以幸福感和快乐感就要比别人少一些。

田光耀走到哪里都是当领导的料，他一进卫校就在班上当了党支部书记兼团支部书记。他当过大队干部，当过学生干部，当过县委秘书，他知道当领导是怎么回事。在学校，在班上，在同学中，在老师面前，他都要端着，哪怕是假模假式，但也要像模像样。所以他累，他这个学期不停地往夏连春这儿跑，在老同学这儿可以放松，可以倾诉，可以找回真正的自己。

弯越这样评价夏连春："夏连春是个可以做朋友的人，以心相待，让人放心，觉得舒服；夏连春是个可以做同学的人，以学相助，让人有所启发，有所收获。夏连春是个好的聊天对象，他能顺着别人的思路往下说，绝不会东一榔头西一棒槌，海阔天空，不得要领。夏连春善于倾听，别人说话的时候，他会身体前倾，两眼专注地看着对方，绝不会东张西望，松松垮垮，心不在焉，是最好的听众。"

田光耀当然知道这些，他和夏连春做同学的时间毕竟长一些。虽然他们俩曾经有过误会和不快，但那毕竟都过去这么久了。现在两个人又在同一个城市上学，当然应该走得近一些。

夏连春的高中同学花丽艳今年考上了师范学院的英语专业，徐佩利老师也在开学前调任师范学院成为英语系老师，花丽艳再一次成了徐老师的学生。

张碧林看花丽艳和夏连春在一起特别亲切，心中生疑。他问夏连春："你和凤月琴吹了？"

夏连春反问："何以见得？"

"都半年了，也不见凤月琴来看你，也不听你说她，不正常呀！"看来张碧林是早有察觉，只是没说。

夏连春实话实说："是的，我们早就分手了。"

张碧林说："怎么可能呢？你们当年那么好，好得以至于别人有想法都没办法。"

夏连春十分诚恳地说："其实我早该跟你说的，只是觉得没什么好说的，也没找到一个恰当的时候，所以也就一直没说，不是有意要瞒着你。"

"你吹的她？"张碧林突然一脸严肃的样子，很认真地问，"是因为你考上学了，她没考上？"看得出来，凤月琴在他们班男生的心目中还是很有位置的，至少在张碧林的心目中是有位置的。

“不是，是她吹的我，在你们高中毕业前夕。”夏连春必须认真回答张碧林的问题，他不能亵渎一个痴情男孩对凤月琴的那份真情。

“原因？”张碧林一副必须要把事情搞明白的样子。

“她父亲不同意。”夏连春满足了他的执着，把事情的来龙去脉，原原本本、一五一十地都对张碧林说了。

“怎么能是这样子的呢？”张碧林不解地自言自语，不再看夏连春，也不再问夏连春，一副若有所思又若有所悟的样子。

第二十三章　于无声处

张碧林是个执着的人，他认准的人和事，是不会轻易放手和改变的。平时，他一天到晚忙忙碌碌，不知疲倦，精神头可大了。可这两天，因为知道了夏连春和凤月琴分手的事，突然显得有些心事重重。是为夏连春？是为凤月琴？还是为他自己？

按照张碧林的判断，这两个人分手，问题一定出在他们自己身上，不是凤月琴的父亲或是任何其他人所能阻碍得了的。如果问题出在他们两个人自己身上，那十有八九是出在夏连春身上。如果问题出在夏连春身上，那他张碧林也是有责任的。如果不是他发现了夏连春被师范学院录取的事，夏连春可能就上不了这个学，夏连春上不了这个学，可能就不会对凤月琴变心。

张碧林一定要把情况搞清楚，还凤月琴一个公道。

张碧林对夏连春的崇敬，最初只是来自凤月琴对夏连春的那份爱。他认为：凤月琴爱的人，一定是很优秀的人。而对于夏连春的为人他并不十分了解。他不能保证凤月琴没看走眼。

上学期刚入学时，就有毛纺厂的女同学来找夏连春，两个人的关系一看就不一般，所以那时候班长就问那个女生是不是夏连春的女朋友？而那之后到现在，再没见这个女同学来过，他们还有联系吗？由公开转入地下了？

这次新生一入学，又出现了个什么花丽艳，她跟夏连春看起来也非常亲密，两个人的关系真的就那么单纯吗？

还有，夏连春一个农村孩子，城里又没什么熟人，可他上学期入学不久就买了辆自行车，一个在校上学的学生，买自行车干吗？他那么爱学习，回家的次数也不多，可他每个周末基本上都要出去，到哪儿去了？约会？

这个学期，男生集中住到大食堂以后，张碧林被学生会安排住到广播室一个独立的小房子里，负责每天按时播放广播，他对夏连春平时的作息时间和活动情况了解不多，现在看来他要多掌握一些夏连春的对外联系和活动情况才好。他打算这几个周末连续和夏连春待在一起，看看夏连春周末到底在干啥。

周六下午，张碧林找到夏连春，说："师兄，明天你有没有事，出不出去？

我想借师兄的自行车用一下。”

夏连春说：“没事，不出去，你把车子骑走吧。”

张碧林又说：“那明天咱们一起去趟卫校？我想去看姐姐。”

夏连春说：“好呀，方便吗？”

张碧林说：“有什么不方便的，看姐姐，又不是看女朋友。”张碧林的姐姐在卫校上学，他们姐弟俩去年一起参加了高考。

夏连春也觉得该去卫校看看田光耀，田光耀已经来他这儿好多趟了，礼尚往来，他也该去过去看看。

鹿川卫校也是一所老学校，校园里的建筑也是俄罗斯风格。夏连春跟着张碧林直接去了他姐姐的宿舍。张碧林的姐姐叫张素雅，给人第一眼的感觉，大气、沉稳、靓丽，不像她弟弟，好动、活跃、爱表现。姐弟俩的性格差异很大。要不是事先知道，夏连春一定不会觉得这是一母同胞的姐弟俩。因为对姐弟俩的情况有所了解，夏连春觉得两个人本质上还是相像的，都很优秀。这姐弟俩的父母真会生，男有男相，女有女样，男才女貌都有了。

因为张碧林的关系，张素雅和夏连春虽说是第一次相见，但彼此都不陌生，相互间已有所了解，这一会儿待在一起，已经是很熟悉的样子。他俩说着话，很随意，张碧林倒像是夏连春带来的一样。

其实，张碧林不是插不上话，而是不想说话，他有意想让姐姐和夏连春多说一会儿，他想听听这夏连春是怎么和女孩子说话聊天的，他想知道这夏连春到底是不是一个负心汉，是不是一个“花心大萝卜”。如果真的是凤月琴迫于她父亲的压力和夏连春吹了，他还真的很为他们惋惜，也很同情夏连春。当看到姐姐和夏连春在一起很自然的样子时，他心里突然有了一个很朦胧的闪念：这两个人在一起还挺般配挺合适的。

说话间，夏连春问张素雅认不认识田光耀，张素雅反问夏连春：“你认识田光耀？”

夏连春说：“我跟田光耀是高中同学，想去看看他。”

张素雅说：“田光耀和我一个班，还是我们班的团支部书记。”她问夏连春，“田光耀经常去师范学院，就是到你那里去呀？”

夏连春说：“是的。”

张素雅带着夏连春去田光耀宿舍，张碧林也跟着一起过去。田光耀正在宿舍洗衣服，看到张素雅领着夏连春过来很是诧异，问他们是怎么认识的，夏连春说他和张素雅的弟弟张碧林是同学，他们一起过来的。

张素雅让田光耀和夏连春坐下说话，她帮田光耀洗衣服。每个男生都一样，有人帮着洗衣服可高兴了，田光耀看着张素雅，张着个大嘴站在那只是笑。看得出来，两个人平常关系挺好的。

中午，田光耀在卫校门口的一个小饭馆请夏连春他们三个人吃饭。吃饭间，田光耀和夏连春聊了一些他们同学之间的事，张素雅、张碧林姐弟俩很少插话。张碧林总想从他们的聊天内容中捕捉到点什么，但一顿饭吃完，也没听出来有什么不对劲的地方。

回到师范学院，张碧林问："师兄，你下午干什么？"

夏连春说："先回宿舍。"

张碧林说："你们大食堂太冷，还没生火，到我宿舍去，热乎一些。"反正张碧林就是不想让夏连春一个人待着。

夏连春说："我先回大食堂搁下自行车，然后去教室。"

大食堂门口围了很多人，出了什么事？

保卫科的人在大食堂门口挡住了他俩，问："哪个班的？"

夏连春说："中文二班的。"

保卫科的人又问："怎么就你们两个，其他学生呢？"

夏连春不明白对方问这话的意思，翻眼看了看，心想，其他学生我怎么知道？便没回答。

"你们的床铺搬了没有？"

夏连春还是不明白，反问："往哪儿搬？"

问话的人也不答，接着问，"你们床铺在哪儿？"

"在里面。"

走进大食堂，夏连春才知道，原来大食堂的床铺已基本上搬空了，只剩下十几个人的床铺稀稀拉拉地散落在里面，很扎眼，其中就有夏连春和弯越几个人的床铺。夏连春刚才还很抵触保卫科的人，这一会儿倒是有点不好意思了，别人都搬完了，就剩下他们这十几个人没搬，确实影响了学校的统一行动，心有歉意，赶紧小心翼翼地赔不是："我们不知道今天搬宿舍。"

"搬什么宿舍？"保卫科的人强硬地说，"怎么搬走的怎么搬回来！"

夏连春蒙了。

大食堂本就冷，都进入十一月了，大食堂里还没架炉子生火，学生实在冻得受不了，春天开建的那两栋宿舍楼已经建好，却迟迟不让学生入住。今天上午，不知道哪个班带头，同学们突然统一行动，把行李搬进了新宿舍楼。搬完，人就走了。

学校领导认识夏连春和张碧林，对他俩没搬宿舍很满意，问夏连春为什么没搬，夏连春如实回答："上午不在，出去了。"

领导又问："你们班长的床铺是哪个，搬了没有？"

张碧林抢着回答："在这儿，没搬。"

领导一看，这个床位虽然没搬，但铺盖已经卷起来打好包了。

领导随即要求学生处把搬和没搬的学生名单全都搞清楚，记录下来，没搬的表扬，搬了的批评，带头搬的处罚。

现在的问题是，这些学生齐刷刷地一个都找不见了，人都走了，不知道到哪儿去了。领导现场决定，立即采取措施，解决三个方面的问题：一是大食堂架炉子生火，解决取暖问题；二是派车把擅自搬到宿舍楼的行李全部拉回大食堂，解决强搬宿舍问题；三是把新宿舍楼所有收尾工作搞完，保证年底前所有同学入住新楼，彻底解决住宿问题。

很晚了，同学们陆续回来，大家都找不到自己的行李了，虽然所有行李都被拉回了大食堂，但都乱了，大家找了很久，才把行李各自归位。大食堂里已经架起炉子生上火，很温暖。同学们说："早这样我们也没有必要这么折腾了。"

学校把在大食堂住宿的六个班的班长找去谈话，对这六个人提出了严厉批评，对方平的批评比别人更重一些，说他虽然床铺没搬，但铺盖已经打包好了，有两面派的嫌疑。同时，对他们班两个坚持没搬的同学提出了表扬。

这次搬宿舍风波，给方平带来不少负面影响，校领导和老师们私下里说这个班长是个滑头，既做出要搬的样子，但实际上又没搬，两边都想落好。另外五个班的班长也都对方平有意见，说他不仗义，六个人一起商定的事情，做的时候他却打了折扣。方平也觉得自己这件事没做好，聪明反被聪明误，得不偿失，他心情很不好。

挨了批评之后，方平知道了这两个"坚持没搬"的同学是夏连春和弯越。两个人当时都不在，一个出去了，一个回家了。但学校领导说他们两个比他这个班长有觉悟，这让方平心里很不舒服。他觉得这两个人跟自己可能根本就不是一条心，因此说话时明里暗里带着刺："你们俩觉悟比我高吗?"弯越看着方平垛在脖子上的大脑袋摇摇晃晃的样子，就给他起了个外号"华子良"。意思是说他装疯卖傻，做事圆滑。

方平还知道了是张碧林给领导指认了他的铺位。张碧林又不在大食堂住，他跑来干什么？其实张碧林当时是一片好心，他想以此来证明他们班长没搬，床铺还在，但没想到领导看问题跟常人不一样。

方平可不这么想，他认为张碧林是有意这么做的，想借机报复自己，让自己难堪。

入冬前，班上评定助学金和分配冬衣补助时，张碧林作为生活委员，先行拿出了一个分配方案交给班长方平。方平当时说不着急，工作还可以做得再细一些。方平的意思是先给每个人发一份表格，让大家自己填，想要什么、要多少，充分听取大家的意见，然后班委再研究。张碧林虽然心里不太同意这么做，但既然班长说了，他还是照做了。

结果表格收上来之后，有空白没填的，有提出全要的，还有提出要一块钱两块钱的。当然，那几个生活困难的同学填的还是比较实事求是的。

班委研究分配方案的时候，班长提出要尽量照顾到每个同学的要求，包括那几个提出要一块钱两块钱助学金的同学，不能因为评定助学金和分配冬衣补助的事让同学之间不团结或对班委有意见。按照自填表格汇总情况分配下来，那几个生活真正有困难的同学就无法照顾到位了，有个生活困难的同学提出要一件绒衣，班长却要给他分配一双鞋子。对此，张碧林明确提出不同意这样分配，说这不符合分配原则。助学金和冬衣补助是困难救济，不是生活待遇，要分配给生活有困难的学生，要分配给真正有需要的学生，不能搞成福利分配，人人有份，平均主义，撒胡椒面。

团支部书记杨贵丽明确表示赞同张碧林的观点，助学金和冬衣补助应该向困难学生倾斜，要把党的关怀和温暖送到困难同学的心坎上。

方平听了张碧林和杨贵丽的意见之后，笑了笑，不紧不慢地说：“两个人很默契啊，不再是‘于无声处’了？”

方平这话是有所指的。进入十一月份以来，全国都在同演一台戏，话剧《于无声处》。这个剧很简单，一个场景六个人，剧本报纸上就有。这个话剧剧小主题大，直击人的心灵，极具轰动效应，不仅文艺单位在演，好多大专院校都在演，师范学院也正在排练，准备年底前将其搬上舞台。杨贵丽和张碧林都是剧中人物，而且两个人饰演一对恋人。

同学们都觉得这两个演员选得好，能代表中文二班的形象，两个人的表现欲都很强，演话剧应该是合适的。同学们都很期待。

剧里的角色演得怎么样，能不能演好，能演到什么程度，现在还不知道，因为还在排练当中。但现实中两个人已经相处得很好，走得很近了。他们每天下午都在剧组排练，有时候晚上还在张碧林的广播室里对台词，这个情况引起了一些人的注意和警觉。

方平调侃地问张碧林：“你们真的是在广播室里对台词吗？”

张碧林说：“那要是班长你的话，会做什么呢？”

付朝龙说他去张碧林的宿舍门口偷听过，没听到对台词，却听到张碧林问书记："有饭票吗?"感觉挺温馨的。也不知道张碧林是想给人家饭票还是想问人家要饭票。

有好事者就此编了句歇后语，张碧林示爱——有饭票吗?

不管别人怎么调侃，《于无声处》都在按部就班地排练着，演员们都很努力，剧目很快就可以上演了。张碧林和杨贵丽戏里戏外对彼此的感觉都很好，戏还没演，人已相亲，两个人的心里都很美。

排练快结束的时候，赶上鹿川正在放映一部日本电影《追捕》。万人空巷，一票难求。据说《追捕》是"文革"后登陆中国的第一部外国电影，几乎每一个城里人都在争抢着看《追捕》，有的年轻人坐在电影院不离开，一场接一场地看。夏连春他们去买了几次票都没买到，这种情况以前还从没遇到过。

上个学期放映越剧电影《红楼梦》的时候也是盛况空前，买票也难，但没难到这个份上。当时，他们看《红楼梦》是全班男同学同时出动，每个人拿着纸，带着笔，分工协作，看电影的，记歌词的，连续几场电影下来，一本完整的红楼梦唱词也就汇编到一起，刻印成册了。尽管他们听不懂越语，但那段时间，同学之间却时常以红楼梦式的腔调对话，好像人人都成了"红楼"里的人物。

这一次《追捕》盛况远超《红楼梦》，有些人压根就买不上票。夏连春正在犯愁的时候，花丽艳突然来问他看不看《追捕》，真是正在瞌睡的时候递过来个枕头，岂有不看之理。夏连春说看，问她有几张票。花丽艳说有好几张，但都是夜场，晚上十一点半的。夏连春说夜场也没关系，能搞上票就不错了，叫她把票都留着，再不要给别人了。花丽艳手里还有六张票，她都给了夏连春，让他自己安排。她说她和徐老师去看，让夏连春把方小青叫上，其他人他想叫谁都行。

夏连春拿上票，问张碧林看不看《追捕》，张碧林兴奋得蹦老高："知我者师兄也!"他问夏连春有几张票，夏连春说还有四张，张碧林说都给他。前两天张碧林还邀请杨贵丽去看电影，杨贵丽愉快地答应了，但他们因为忙着做演出前的准备工作，没时间去买票，而且听说电影票根本就买不上。没想到夏连春在他最需要的时候把票给他准备好了。师兄就是好，张碧林心想。

前一阵子，张碧林还因为夏连春与凤月琴的事而对夏连春心有疑虑呢。最近，他通过凤月琴最要好的一个女同学了解到，这件事还真的是凤月琴的责任，是凤月琴提出分手的。

据那位女同学说，凤月琴自觉她这辈子都不可能再有爱情了，现在一说到夏连春她就哭，常常哭得不能自已。凤月琴说她这辈子最对不起的人就是夏连春，是她伤害了夏连春，辜负了夏连春，如有来生，她愿意给夏连春当牛做马来补偿他对她的爱。张碧林听后为自己对夏连春的猜忌和不信任而内疚自责。

张碧林拿上四张电影票，除了他和杨贵丽的两张，他还想把姐姐叫来，他想让姐姐来看看杨贵丽。同时，他也真的有意想让姐姐和夏连春多接触接触，两个人是同年生人，万一能对彼此产生感觉呢。另外一张票他也是给姐姐准备的，看她会不会再带个人一起来。

张碧林给他姐姐送票，张素雅很高兴，说："弟弟知道关心姐姐了。"

他说："票是夏连春买的，因为买的多，就想到姐姐了。"他把让姐姐来的目的咽了回去，想着以后要多关心姐姐一些才好。

张素雅知道是和夏连春一起看，就把田光耀叫上了。

徐老师和花丽艳虽都没想到田光耀会来，但师生同学相见还是比较亲切的。进场入座，虽然每个人都有自己的座位号，但因为八个人座位都连在一起，就没有各自对号入座，而是让徐老师和田光耀坐中间，花丽艳和方小青坐徐老师这边，张素雅和杨贵丽坐田光耀那边，夏连春和张碧林分坐两头。这样的座次应该是八个人的心中所想，也应该是看这部电影的最佳座位组合。

《追捕》是他们看过的最开放的一部电影，据说在中国公开放映之前已经删减得不能再删再减了，但即便这样，也足以让国人看第一遍不好意思，看第二遍还想看，看第三遍才大呼过瘾。特别是好多年轻人一遍又一遍地走进电影院，就是为了去看真由美白衬衣里透出来的胸衣背带。那时候中国人都捂得严严实实，哪能看到这个？第一次看到这一幕的时候没有哪个男人心跳不加速的，连女人都心有所动，方小青当时就在座位下面用腿碰了一下夏连春，面部却装的什么事都没发生。不知道其他人在座位下面有没有这样的小动作。

看完电影，回到宿舍，都已经是凌晨两三点了。夏连春躺到床上，脑海里还是电影里的画面：杜丘的冷峻，真由美的洒脱，杜丘的立领风衣，真由美的胸衣背带，杜丘和真由美在原野上的纵马驰骋……

第二天，夏连春和张碧林还没来得及与同学们交流看完电影的感受，两个人就被学校保卫科的人带走，询问昨天晚上十二点到今天凌晨三点干了什么，并一一做了笔录。他们不知道发生了什么事情，只知道昨天晚上师范学院看这场电影的人都被叫过去询问并做了笔录，包括徐老师都在内。

下午，学校召开学生大会，通报昨天晚上发生了财务室被盗案，他们才知道原来是这么回事。这件案子在当地轰动一时，被盗八十块现金，五千公斤粮票，这些粮票够全校学生吃两个月的。地区公安局对这件案子非常重视，全力破案。锁定作案时间为晚上十二点到凌晨三点，作案人为男性，二十岁至三十岁，嫌疑人已经锁定，正在抓捕。公安局表示，希望被询问的同学能够理解并正确对待。

学校的盗窃案通报之后，夏连春、张碧林和杨贵丽三个人一起看夜场电影的事成了班上同学议论的热点话题。有人说张碧林想约杨贵丽看电影，一个人不好意思，就把夏连春拉上作陪。有人说夏连春就是站在张碧林背后的那个人，他们两个都是吉宁的，好着呢。还有人说杨贵丽本就是个朝三暮四的人，没准她是在夏连春和张碧林两个人之间搞平衡。反正一场电影看完，什么说法都出来了。弯越说夏连春："你何苦去？"

课间的时候，邵汉飞看到杨贵丽桌子上放着一个圆疙瘩带把的小玩意，像个小烟斗，挺好玩。邵汉飞拿在手里把玩了一会儿，回头问夏连春："这是什么？"

夏连春拿在手上看了又看也不知道是什么，他捣鼓半天，发现可以拧开，原来是一支伸缩钢笔。

邵汉飞问夏连春："是不是你看电影时送她的？"

邵汉飞和夏连春正在开玩笑的时候，付朝龙过来从夏连春手里把那小东西拿过去，他要看看。

第二天，杨贵丽问邵汉飞："你把我的钢笔拿哪儿去了？"

邵汉飞回头问夏连春："你把杨贵丽的钢笔拿哪儿去了？"

夏连春朝着前面喊："付朝龙，你把杨贵丽的钢笔拿哪儿去了？"付朝龙没理他，夏连春问了好几遍，付朝龙才说放到宿舍了。

夏连春说："那你明天带过来还给杨贵丽。"付朝龙没吭声。夏连春就又叮嘱了一遍，叫他不要忘了。

这一叮嘱不要紧，付朝龙恼了，他一下子从前面蹿到后面，一把抓住夏连春的衣服领子："你想干吗，你没完了是吧？一遍一遍地嚷嚷，你再嚷嚷我抽你信不？"说着就要动手。夏连春被他搞得莫名其妙，不知所措，愣愣地坐在座位上一动不动，一声不吭，随他闹腾。邵汉飞和弯越赶快站起来拉架，他们怕夏连春吃亏。一有人拉架，付朝龙闹得更厉害了："你们不要拉偏架！"

上课铃响了。杨贵丽叫付朝龙不要闹了，赶快回座位上去。张碧林也从前面过来把付朝龙连拉带拽地拖到座位上坐下。班长一直很沉得住气，坐在那没动，也没劝架。

夏连春坐在座位上生闷气，想不明白付朝龙为什么要这样。弯越说了句让夏连春更不明白的话："你触动人家的利益了。"

中午打饭，付朝龙在食堂堵住夏连春，说："咱们单挑吧？上午教室里有人拉偏架，现在没人帮你了，咱们让大家看看单挑的结果。"

夏连春注意到，付朝龙身后有好几个人站在一起，好像是付朝龙叫来的，都是学校的学生，见过，但不认识。付朝龙到底想干吗？把这些人叫来给他壮胆，帮他打架？

夏连春说："大家都是同学，何必要这样呢？不知道我哪个地方没做好，得罪了你，伤害了你，你可以说出来，我们沟通沟通，没有解决不了的问题。"

付朝龙问："害怕了？"

夏连春说："我又没做亏心事，害怕什么？"

两个人话不投机，那架势，随时都有可能动手。站在旁边的张碧林有些着急，他一直都在想着怎么解这个围。张碧林看到班长站在旁边，就过去请班长出面调解，班长很生硬地说："你们的事我管不了！"

班长那边的话音刚落，付朝龙这边就一个箭步冲到张碧林跟前，一把掐住张碧林的脖子，恶狠狠地来了句："你个跳梁小丑！"抬手就要打他。

张碧林被付朝龙掐得喘不过气来，好不容易从嗓子眼里挤出了两个字："师兄！"

夏连春伸手把付朝龙的手腕子抓在手里，轻轻说了句："别这样。"

张碧林趁机摆脱了付朝龙的纠缠，照着付朝龙脸上就是一拳。张碧林也是当过民兵排长的，挥挥拳踢踢脚的事也是可以来两下的。但他这一拳还没落下就被夏连春挡住了，夏连春不想把事情闹大。

付朝龙趁机大声嚷道："你们两个打我一个，哥几个上来帮我呀！"付朝龙叫来的那几个人冲了过来，但并未动手。

夏连春再一次对付朝龙和他的那几个朋友说："咱们还是散了吧，周围的同学都在看咱们，咱们几个人在这里打架斗殴，多丢人哪，跟耍猴似的。"

"现在尿了？晚喽！"付朝龙仗着自己人多势众气场强，说着就张牙舞爪地动起手来。

夏连春还是伸手抓住他的手腕子，让他动弹不得，同时向付朝龙那几个朋友扫视了一圈，问道："你们几个真愿意帮他跟我们打架？"

那几个人是被付朝龙叫来的，磨不开情面而来的人是有的，未必真是来打架的。他们看着夏连春说话挺有礼数，人也挺文弱的，心想：大家都是同学，低头不见抬头见，干吗非要干这种惹麻烦上身的事？便没人说话也没人动。

付朝龙一看这情况急了，可不能让这家伙给策反了呀，那样自己就丢人丢大了。不行，不能就这么便宜了这两个小子。只要自己动了手，那几个哥们一定会上的。再说了，自己当年上高中、下农村的时候，也是打架的好手，就算哥们不帮他，他一个人收拾这两个人也不会有太大的问题。

说时迟那时快，付朝龙猛地挣脱了夏连春紧抓不放的手，大吼一声："哥几个上啊!”边喊边大打出手了，可是上蹿下跳了好几次，就是没有近得了夏连春的身。站在旁边的几个哥们一看付朝龙可能占不了什么便宜，便“唰”地一下围了上来。他们的本意是想化干戈为玉帛，虽不帮付朝龙打架，但至少不能让付朝龙吃亏。

但食堂的其他人看不出他们的真实意图来，都以为这几个人是要冲上去帮付朝龙打架。本来大家是想看看热闹，可现在真要开战了，大家又都觉得夏连春和张碧林两个人今天肯定要吃大亏，但这一会儿想拉架也来不及了。

这边大家还在担心，那边参战双方已经鸣金收兵，只一眨眼的工夫，架就打完了。只见夏连春和张碧林两个本来可能被打的人好端端地站在原地，几个被叫来助阵的人也好端端地站在旁边，只有付朝龙一个人跪倒在夏连春面前，耷拉着脑袋，一声不吭。

班长方平站在旁边一阵惊诧，不禁感叹：夏连春真是好身手，只是自己不会武功，破不了他的招式。

第二十四章　真人不露相

夏连春扔下跪在地上的付朝龙，饭也没吃，头也没回，快速从饭堂离开。他现在就想见一个人，方小青。

夏连春走了，带走了许多惊羡的目光。有人问张碧林："你俩咋这么厉害？"

张碧林说："我不厉害，他厉害，他一个人打过一群狗呢。"

那几个被付朝龙叫过来的同学说，夏连春真的厉害，还很仗义，他们根本就近不了他的身，他对他们这几个同学算是手下留情了，要不然他们几个不可能毫发无损。

付朝龙算是窝囊到家了，他原本是想在大庭广众之下，好好羞辱教训一下夏连春和张碧林这两只农舍里飞出来的土鸡，让他们知道和他付朝龙暗中较劲是要有资本的，也是要付出代价的，但没想到自己倒先付出了惨痛的代价。羞辱人教训人也是要有资本的。

付朝龙出身于干部家庭，父亲是地区领导，他是家里的独子，从小到大，集万千宠爱于一身。曾几何时，他父亲倒霉的时候，全家人都灰溜溜的，付朝龙还时常被人欺负，受了欺负也不敢吭气，他就默默地搞好自己的学业。可是没想到学习好照样下农村。

知青点也是"乱世出英雄"的地方。下农村的那两年，他终于明白了一个道理，反正已经下到了农村，反正已经当了农民，这已经是最坏的结果了，还有什么比这更坏的？再坏还能怎么样？于是他也开始学坏，不仅再不被别人欺负，他还要去欺负别人。

他开始学打架，专门找那些能打的、打不过的人打；开始学喝酒，专门找那些能喝的、喝不过的人喝。最后，能打的能喝的都开始躲着他，大家知道了，原来付朝龙这小子是专门找人练打架练喝酒的，人家可没那个工夫陪他练陪他玩。

恢复高考前几个月，付朝龙不声不响地离开知青点回到了鹿川。恢复高考的消息公布以后，同学们才反应过来，原来付朝龙早就得到消息，回家复习去了。

别看付朝龙其貌不扬，他的心思可不少。他知道在哪个山头唱哪支歌。过去在知青点，是知青，可以野性一些；现在在学校，是学生，必须努力学习才行。说话做事，要有分寸，三思而行。他入学后第一眼见到杨贵丽时就对她有想法了。他当时在宿舍里说他喜欢杨贵丽那句话其实是真的，他那时就想，两年时间能把杨贵丽拿下就是最大的收获。他还说不喜欢书记，不喜欢领导，不喜欢政治，这话也是真的。当他知道杨贵丽是党员，还当了班里的团支部书记的时候，杨贵丽在他心里的形象一下子就被颠覆了，而且一落千丈。但一个学期下来，他发现杨贵丽并不是他想象中的样子，不是很热衷搞政治，他的心又开始活了。

本来，付朝龙暗藏在心底的竞争对手是班长。所以他曾感叹：上两年学，当两年班长，还有个美女陪在身边，多幸福呀！他不喜欢班长，他第一次在宿舍当着同学的面说他不喜欢领导，不喜欢政治，也是说给方平听的。他一直人前人后把方平叫班长，把杨贵丽叫书记，也是以此表达他不与他们为伍。

在别人一头扎入学习的殿堂，畅游在知识的海洋，汲取着书本营养的时候，付朝龙就开始了他的爱情计划。他觉得一般人都是先学习，后恋爱，最后抱得美人归。他要把这个程序变一下，先恋爱，再学习，至少也是边学习边恋爱，最后爱情学业双丰收。而且他的计划实施得很顺利，他和杨贵丽的关系虽然只处在地下阶段，但偶然间的打情骂俏已经是有了的，这离谈情说爱还会远吗？

付朝龙怎么也没想到，现在突然半路杀出来个张碧林。一个《于无声处》让这两个人一下子走得这么近，而且还越来越近。关键是人家两个人走近了也没人觉得不正常，因为人家在演戏。问题是谁能保证他们不会假戏真做呢？这不，问题来了吧，两个人开始约会看电影了，还是夜场电影，要不是学校出了盗窃案的事，大家连知道都不知道。而且这里头还出现了个夏连春，这家伙的脑子可是灵光得很，有他在张碧林背后，保不准会整出什么幺蛾子来呢。

付朝龙觉得，夏连春在班上一遍一遍嚷嚷着杨贵丽那支伸缩钢笔的事，其实就是为了捉弄他，为了让他难堪，让他出丑。夏连春一定知道那伸缩钢笔就是他送给杨贵丽的。夏连春就是要告诉他：你送给杨贵丽的钢笔后来在我手里。那天他从夏连春手里把钢笔拿回来之后，就找机会问杨贵丽钢笔怎么到了夏连春手里，她说是邵汉飞从她桌子上拿过去的。

付朝龙喜欢杨贵丽的事，曾对邵汉飞说过，他们毕竟是一起在农村待过两年的人，虽然邵汉飞不看好他和杨贵丽，但还是支持他追杨贵丽，不追怎么知道结果？

那天付朝龙问邵汉飞钢笔的事，邵汉飞说确实是他从杨贵丽桌子上拿过来的，付朝龙不信。即使真的是邵汉飞拿走的，那怎么又到了夏连春手里的呢？付朝龙觉得邵汉飞现在和夏连春关系好，邵汉飞可能向着夏连春，没跟他说实话。这不，上午他的火暴脾气被夏连春点着之后，他当时就是想把夏连春暴揍一顿，但邵汉飞马上加入到了拉架的行列，而且几个人是明显地拉偏架，极力护着夏连春，要不然，夏连春还能经得住他打？他的心火在教室里没能充分燃烧起来，憋得慌，不过瘾，所以才有了中午饭堂里的一幕。

但这一幕让自己演砸了。本来一直觉得张碧林是个跳梁小丑，现在自己成了彻头彻尾的跳梁小丑。本来是想“柿子捡软的捏”，结果被人家捏成了软柿子烂柿子。本来在夏连春求饶的时候，完全可以见好就收的，可自己一定要在众人面前逞英雄，结果自己成了狗熊，人家倒成了英雄。夏连春这小子是怎么把自己打倒的？是偶然还是必然？他觉得这一架打得窝囊，心里难受。

付朝龙这边心里窝着火，夏连春那边可真是心里痛快了。夏连春这两天心里一直憋得慌，一场电影看出了这么多事，让他浑身不自在。弯越那句“你何苦去”，一下子让他明白了事情的原委，他真的是无意间触动了别人的利益了。

班长喜欢书记，虽然很朦胧，但细心一点的同学还是能觉察到的。男女之情是排他的。他喜欢的，别人就不能再喜欢，否则别人就是从他碗里抢食吃。所以班长既排斥付朝龙，也排斥张碧林，还排斥夏连春，但他又不好表现出来。班长觉得，既然付朝龙杀出来了，那就让他们争斗吧，自己置身事外就行了。

付朝龙私下里追求杨贵丽，明眼人都已经看出来了。但同学们只是把这当成个笑话看。邵汉飞问过付朝龙：“你和杨贵丽到什么程度了？”

付朝龙说“这是个秘密。”言外之意就是，两人虽没确立关系但私下肯定已经有了某种默契，要不然付朝龙也不会很暧昧地说“这是个秘密”。

张碧林和杨贵丽好了，这是看完一场电影之后暴露出来的，这个结果让同学们有点措手不及，太突然了。而且还有个夏连春介入，这夏连春在其中担任了什么角色？是红娘？或者只是陪衬？这出戏里有看点。

杨贵丽一出场就搅得中文二班“乱云飞渡”“周天寒彻”，同学们不得不感叹这小女子的魅力和能量。

感叹之后，同学们在私底下开始为杨贵丽拉郎配：

方平和杨贵丽，“方杨配”。两个人身高合适，职务相当，但形象有差距，方平虽然人高马大，但那颗脑袋放得有点随意。杨贵丽身材高挑，女孩子气息袭人。性格方面，方平不知是那颗脑袋没放好的原因还是怎么的，看着就有些滑头，不够大气，不像杨贵丽快人快语，清爽敞亮。

付朝龙和杨贵丽，“付杨配”。两个人站到一起，有一种吃错药配错型的感觉，怎么看怎么不般配。要么是癞蛤蟆想吃天鹅肉，要么是鲜花插在牛粪上，即使有什么外人不可知的原因使得武大郎和潘金莲喜结连理，但谁也不敢保证将来不会出现西门庆。

张碧林和杨贵丽，“张杨配”。撇开外在条件和其他因素不谈，单从内在气质和性格特征来看，两个人还真有点像，都有表现欲，但都不损人利己，既做自己想做的，也做别人需要的，不为难别人，也不为难自己，干净利落，不拖泥带水，有一种不是一家人不进一家门的感觉，天造的一对地设的一双。

夏连春跟杨贵丽是怎么回事还看不明白，暂时还不能说“夏杨配”。夏连春眼下最多只是方平和付朝龙的假想敌。但哪一天要是夏连春真的出手或是杨贵丽主动抛出绣球，这两个人没准还真的有戏。

但现在的夏连春，真的是心静如水，什么都没想。方小青已经把他的心装得满满的了，只是外人不知道而已。他一入学就给自己明确规定：两年学习结束，离开学校的时候，在感情方面，自己一定不会与任何人有任何情感纠缠或瓜葛。可没想到，这上学还不到一年，就被不明不白地卷入到别人的感情旋涡里了。真是有口难辩，辩也白辩。谁听你的？谁信你的？

就在自己有口难辩、辩也白辩的时候，付朝龙一定要找自己打这一架。本来真心不想打，这一架打了，以后和付朝龙的同学还怎么当？别的同学又怎么看？就是将来毕业了，工作了，哪怕几十年以后，同学们一说到上学时候的事，可能都会想到当年在学校的时候，夏连春和付朝龙打过架。多丢人哪！可是付朝龙一定要打，那就打吧，躲是躲不过的。打完了，痛快了，憋在心里的那口气终于吐出来了。

这时候，夏连春最想见的人就是方小青。见到方小青他就说两句话：一句话是他一不小心进入别人的感情世界里了，但他绝对不是故意的；另一句话是他打架了，不是他想打，是人家想打。两句话之后，他要说声谢谢她，因为有她，他才这么自信，这么从容，这么儿子娃娃。

方小青这一周上小夜班，现在离上班还有一段时间，夏连春要抓紧过去，去晚了怕她上班走了。

方小青现在开始吃技术饭了，当上了车间检验员，没心没肺的人也知道看书学习了。她说不学习，不仅工作跟不上，跟男朋友的差距也会越来越大。所以她现在没事就待在宿舍看书，看纺织专业方面的书。好在夏连春每个周末都往她这儿跑，她们宿舍的女工都认识他了。

方小青告诉夏连春，明年厂里要给检验员调宿舍，两人一间，那时候他再来她就可以给他做饭吃了。夏连春问：“你会做饭？”

她说："可以学呀。"

夏连春匆匆忙忙赶到毛纺厂，方小青还是上班走了。不是他来晚了，是她走早了。车间要开会，政治学习。

没见着方小青，也没给她留话，夏连春掉转头回学校了。其实他这个时候也不是非要见到方小青不可，也就是当时的一种心理状态，她是他最信得过的人，他有话要对她说。不在就算了，不说了，出来一趟，他心里好像已经舒服多了。

夏连春回学校回对了，他们班下午也是政治学习，学习十一届三中全会公报。现在，一般情况下，学校基本上不安排政治学习的事，看来这个公报学习太重要了，估计方小青也是在学这个公报。

政治学习结束，伊老师把方平、张碧林、夏连春、付朝龙四个人叫到他办公室。伊老师说，跟学生谈话是中小学老师最常做的功课，没想到他这个大学老师也要来补这一课，而且极具讽刺意味的是，他的谈话对象是他最信得过的四个学生。一个是他亲自选定的班长，他把这个班交给方平来负责，就是希望方平能把这个班带好；一个是他非常信任的班干部，他觉得张碧林嘴勤手勤腿勤，把什么事交给张碧林他都放心；一个是他最器重的弟子，脑子好使，人很平和，他非常看好夏连春的将来；一个是他看着长大的孩子，付朝龙的父亲是他在鹿川最要好的朋友，付朝龙一家人这些年受了不少委屈，现在赶上好时候了，应该珍惜才对。

伊老师继续说："你看你们四个人干的这叫什么事？放在过去，你们都该结婚生子了。这么大的人还打架，班上打不够还要到大庭广众之下打，这跟社会上的混混有什么区别？你一个生活委员就算拉不了架，也不能掺和到里面一起打。再说你这个当班长的，看着他们打架，不仅不制止，还袖手旁观看热闹。我的这些个学生真是太厉害了。"伊老师显然有些失望，还有些伤心。

话说到这个份上，按理说四个人应该有个态度了，但四个人都没说话。夏连春心想：你们不说我也不说，我一不是班干部，二不是挑事的，要说也得你们先说。再说了，这一会儿伊老师感情的天平倾向哪一边还不知道呢，没准还认为是我先动手打架的呢，我逞那个能干吗？

伊老师好像也没指望这四个人说点什么，他只是把老师该说的说了，也算尽到责任了。"接下来就都是你们自己的事了。这么大的人了，老师还能跟着你们，替你们做主？"伊老师语重心长地说，"如果你们心里还有我这个老师，我就说一句话，你们之间曾经有过什么误会或疙瘩，我都不管，你们自己慢慢消化，但从今往后，借用现在最时髦的一句话，'团结一致向前看'！"

人心如果生分了，谈话是解决不了问题，寻求不到结果的。任何矛盾和问题都是特定条件下的特殊产物，它不需要结果，也不可能有什么结果。它就是个问题。这个问题谁也解决不了，或者根本就不需要解决。矛盾和问题产生了，激化了，爆发了，这就是结果，只能任其自生自灭。所以世界上才有一句至理名言，时间无敌。

伊老师是高人，他并未向四个人要谈话结果。他的谈话是把梯子，给了四个人一个下台阶的梯子。顺着梯子下来的人是聪明人，他们四个人都不笨。

这次打架事件虽是因为杨贵丽，但四个人谁也没有说出来。自己不说，别人会说。同学中间还是有不少人议论，而且这些议论都对杨贵丽不利，大家觉得这个女人有心计，善于驾驭男人。而这几个男人也没出息，为了这么一个女人闹成这个样子。以至于班上的其他女生调侃道："我们这么差吗？我们只是摆设吗？"由此也引得班上的其他男生说："那我们上了啊？"

杨贵丽也清楚这次的矛盾是因自己而起，但她也很无辜。她心想：你们之间闹别扭，跟我有什么关系？你们的事你们自己处理。她还是跟什么事都没发生一样，照常和班长团结合作，做好班上的工作；照常和付朝龙暗中交往，关系密切；照常和张碧林排练话剧，准备演出。只是对夏连春有些歉疚，她知道夏连春和张碧林关系好，但方平和付朝龙确实冤枉他了，夏连春就是和他们看了一场电影而已，而且一起看电影的还有好几个人，她和夏连春连话都没多说几句。不过通过这件事，她心里倒是对夏连春贴近了不少。她觉得夏连春确实是一个有内涵的人，遇事不惊，处事不乱，是个沉稳靠谱的人，以后倒是应该和他多接触一些。

夏连春本就低调，打架风波之后更加低调，如做错了事的孩子一般，很少吭声了。低调也是要有资本的，没有资本的低调就是窝囊。夏连春本就觉得自己窝囊，不窝囊别人怎会找自己打架？现在这一架打的，想尿也尿不了了。胜者王侯败者贼，拳头之下出真理，枪杆子里面出政权。以前大家只知道他学习好，作文写得好。但学习再好也有不服气的，文章写得再漂亮也有挑毛病的。尤其是天天相处在一起的人，你再优秀别人也未必能看出你优秀，看出你优秀也未必承认你优秀。但像打架这样的事就不一样了，打得过就是打得过，打不过就是打不过。尿了弱了，你就只能挨打，至少打不了别人。弯越说："夏连春，你这家伙太能装了，平时一点都没看出来。"

年底前，杨贵丽和张碧林参演的《于无声处》开演了。演出安排在鹿川剧场，一开始，同学们对看剧并不热心，认为自己同学演的剧没什么好看的。更主要的还是因为大家对《于无声处》的政治热情已过，这个剧要是在一个月前上演，人们一定会挤破头争着抢着去看，但现在，天安门事件已经平反，十一届三中全会刚刚开完，剧作的政治先驱性的作用已经不是很强了。

但出乎人们意料的是，首场演出获得了巨大成功，人们好评如潮。外单位的人说："没想到师范学院居然能演出这么一台高水准的话剧。"师范学院的人说："没想到自己的同学居然也能把话剧演得这么好。"接下来，外单位的人相约着要去看师范学院学生演的话剧，学校的同学也嚷嚷着要去看演出。所以，地区要求师范学院连续再演几场，让大家都去看看。

参与演出的六个同学出名了。很多同学都想看看这几个演员是什么样子的，连中文二班的同学都想再多看看，自己班里参演的两个同学走出剧情走下舞台回到现实中是什么样子的。虽然作为同班同学天天在一起，但班里同学没想到这两个人这么会演戏，举手投足间的感觉，顾盼流连中的默契，没有真情实感，没有生活积累，是不可能演绎得这么逼真的。同学们在想，要是两个人再把戏里的角色带回到现实中来，那会是什么样子？怨不得班长和付朝龙都急了呢。

这《于无声处》一演就演到了近元旦，最后一场演完的时候，六个演员都累得站不住了。谢完幕，幕布一拉上，六个人就一屁股坐了下去，瘫软在舞台上，张碧林和另外两个男演员干脆把身子往后一仰，躺在了舞台的地板上。可就在这时，台上的幕布不知道怎么被突然拉开了，刚拉开了一条缝隙，一看台下的人还没走完，又赶忙把幕布拉上。就在这幕布一开一合之间，台下有人看到了台上人坐坐躺躺的样子，跟发现了新大陆似的，觉得他们看到了演员们幕后生活的懒散，进而演绎成舞台背后的乱象。于是，《于无声处》的精彩和演员们的松散就随着话剧的落幕在同学中间传开来。当传到中文二班的时候，就传成了杨贵丽和张碧林两个人在台上的幕布后拥抱了、接吻了。

随着《于无声处》的落幕，一九七八年也就接近尾声了。回首这一年，真是大事不断好事连连。就师范学院来说，可用一句话概括：教育的春天来了。学校要求各个班级都要组织一场迎新年庆元旦联欢晚会，中文二班的晚会在班长方平的诗朗诵中开场。

祖　国

你是高声鸣叫的雄鸡，我是一把给你喂食的大米；
你是驰骋纵横的骏马，我是一捆为你助力的苜蓿；
你是傲立赤麓山之巅的雪松，我是你不经意间落下的一颗松子；
你是雅玛河奔流不息的河水，我是你欢快时溅起的一滴水珠。
啊！我伟大的祖国啊，你就是我的母亲，我就是你的儿子！

方平朗诵完之后，赢得了一片掌声，也引来了一阵议论。有人说："这也是诗？"有人说："这就是诗！"

张碧林说这样的诗他也会写。付朝龙马上接过话去："你那两句半就不要写了，一天天就知道'送你一副假牙好啃童子鸡，补气。送你一副假发好和姑娘比，美丽。'"

听付朝龙这么一说，张碧林说道："我现在不送这些了，'送你一套特制布拉吉，换季。送你一架莱卡照相机，拍戏。'"

"你这分明是反革命的坏主意，可气。"邵汉飞突然跳了出来，"赶快给我拉出去，枪毙。"

一阵哄堂大笑，有人呼喊："枪下留人，不能枪毙，枪毙了一个张碧林，就少了一个教化诗人的人民教师。"由此又引出了一段到底是先有诗人还是先有老师的争论。主张先有老师后有诗人的同学认为：没有老师，哪来的诗人？主张先有诗人后有老师的同学认为：没有诗，老师用什么教？这个看似是常识的问题，辩起来越辩越糊涂，越辩越不清楚了。

邵汉飞说："大家别争了，先回答一个问题，到底是先有鸡还是后有蛋？"

片刻安静，夏连春站出来问邵汉飞一个问题："是你小还是我大？"

这时候大家才反应过来，这两个家伙的脑子反应太快了。

邵汉飞嘿嘿一笑，说："诗人和老师的问题都让斯大林老先生搞糊涂了，没法争了。他一会儿说作家是人类灵魂的工程师，一会儿说教师是人类灵魂的工程师，也不知道到底是谁教化了谁。"

付朝龙说他知道是谁教化了谁，是学生教化了老师。并举例证明，说从前有个私塾老先生出了一道上联让学生对下联，上联是：老天下雨不下水，下到地上变成水，何必老天多费事，不如干脆就下水。学生对道：先生吃饭不吃屎，吃到肚里变成屎，何必先生多费事，不如干脆就吃屎。

接下来，同学中各种下联"应联而生"，什么吃的喝的看的用的都对了出来。诸如"某某喝酒不喝尿，喝到肚里变成尿，何必某某多费事，不如干脆就喝尿"，越对越恶心，越对越不像话。一阵嬉闹之后，有女生大喊："还让不让人吃饭了？"

第二十五章　春风拂面

春风拂面的日子里，人们心头孕育着的希望，就像师范学院教学楼前的那两棵圆冠榆，正在催生着新芽。

傍晚时分，田光耀站在圆冠榆下，等着夏连春从楼上下来，他刚才已经对着二楼夏连春的教室喊过了。田光耀每次来师范学院，都是这么站在楼下，朝着楼上喊一嗓子“夏连春”，夏连春听到后有时候站在二楼跟他招招手，有时候就直接下来。夏连春的同学差不多也都知道或认识田光耀了。

不一会儿，弯越从楼上下来，说夏连春去邮局了，一会儿回来，他下来陪田光耀说会儿话。

夏连春上周接到叔叔从老家寄来的信，说老家现在的情况非常好，去年有个好收成，吃饭穿衣都已经不用愁了。生产队把田分到了每家每户，种什么，怎么种，都由农民自己说了算。“交够国家的，留够集体的，剩下都是自己的。”

叔叔在信中说，现在正是春耕大忙季节，要买化肥，买种子，钱不够，希望他们家能给寄些钱回去。周末夏连春回了趟家，父亲给了八十块钱，让他给叔叔寄四十块，给两个姑姑各寄二十块。夏连春知道父亲拿出这八十块钱，已经是使出了浑身的劲了。但老家的人不知道你在外面有多苦有多难，只知道在外地总比在老家好过一些。

夏连春从邮局回来，弯越已经在楼下陪着田光耀等了一会儿。弯越知道田光耀找夏连春有事，他又陪着说了几句话就回了教室。

田光耀找夏连春确实有事，而且是心里的事，感情的事。他已经憋了好长时间，再不找人说说，就要憋出问题了。而且这种事也不是三言两语一时半会儿能说清楚的，必须坐下来好好说说。

夏连春领着田光耀到学校对面的地区面粉厂食堂，找了个僻静一点的位置坐下。这个食堂的面好，馒头、拌面、揪面片，都特别好吃，而且又是国营单位，不贵，夏连春和其他几个学生经常来，食堂的人都认识他们了。

坐下以后，田光耀说今天吃饭他掏钱，因为他有话要跟夏连春说，他请夏连春当听众，听他的心里话，帮他出主意，所以应该他请客。夏连春说不行，只要是到师范学院来，永远得是他掏钱，如果去卫校，那就应该是田光耀掏钱。

其实，夏连春家里并不富有，但现在的日子比以前好过多了。父母不管有多难，从不让他为难。夏连春平时也非常节俭，能不花的钱坚决不花。在学校上学一年了，他一直穿着方小青的妈妈送他的那条深灰“的卡”裤子，屁股处都坐成了黄色，因为他们坐的凳子是黄色的。他洗裤子都是放在星期天，早上洗晚上穿，一天不出门。

有同学问夏连春：“你就一条裤子吗？”

他说：“是的。”

方小青说：“你就不能换一条裤子穿吗？”他说这条裤子是丈母娘送的，他舍不得换。方小青给他做了一身毛料西装，这在当时是很高档很时尚的，因为这身衣服一是毛料，二是西装。

他说：“哪有穷学生穿毛料西装的？”

方小青说：“做都做了，穿吧。”

他说：“留到结婚的时候穿。”

她说：“结婚的时候再给你做。”

夏连春平时对自己非常抠门，能在学校食堂吃饭绝不到外面吃。有时候学校食堂没饭了，他就出去买个烤饼，或是买两个馍馍，走着站着就吃掉了，也不需要菜。偶尔一个人在外面吃顿饭，也一定是吃最便宜的。

但和别人在一起的时候，他始终把握两条原则：一条是男人口袋里不能没有钱，这是方小青叮嘱的；另一条是和别人一起吃饭要主动付钱，抢着付钱，不能坐等别人付钱。对自己少花钱叫节俭，对别人少花钱叫小气。男人小气了会让别人看不起。有时候，打肿脸充胖子也是可行的。再说，他现在还有个方小青站在背后，情况比以前好多了。

看着田光耀今天这架势，似有千言万语要跟他说的样子，他更应该像主人一样尽地主之谊，认真倾听才是，也不枉别人对他的信任。

两个人坐定之后，田光耀说他最近心里非常空虚。他说他这个人最大的毛病就是心性不定，做事不能持久，经常朝三暮四。去年刚入学的时候兴奋了一阵，觉得自己考上学了，改变命运了，一辈子吃穿不愁了。可几个月之后，一看别人考上了好大学，他又心理失衡了。繁华之后是孤独，热闹过后是空虚。

夏连春说：“这就是你今天想跟给我说的？”

田光耀说：“不是，这只是开场白。”

夏连春说：“我就说嘛，就这么些个不痛不痒的念头就能把你憋得坐卧不宁？”

田光耀说："你看出我坐卧不宁了?"

夏连春说："你的那些事都在脸上写着呢。"

田光耀说： "你们学文的就是厉害，会观察人和事，我也想学文，想写小说。"

夏连春说："你怕是想写情书吧?"

田光耀一下子站了起来，伸手过来就给了夏连春一捶："你这个家伙现在也太厉害了吧？什么事都瞒不过你的眼睛。"

"因为你的眼睛已经把什么都告诉我了。"夏连春说，"别激动，赶快坐下来慢慢说，要不然你的眼睛待会儿连你爱上的人是谁都说出来了。"

"怪不得别人把我当成情敌呢，原来人家早就看出来了。"田光耀自言自语似的说，随即开始讲他的故事。

田光耀说："这个人你是认识的，就是你的同学张碧林的姐姐张素雅。其实在你和她弟弟出现之前，我们之间什么事都没有，因为你们的出现，增进了我们的关系。如果我们两个人能成的话，将来还得好好谢谢你呢。

"现在的情况是我遇到了两个难题，一个是我这边还没开始行动，跳出一个竞争对手来。上个周末，我们班委几个男生聚在一起喝酒，席间，班长突然宣布他爱上了一个人，张素雅，问我们在座的有谁想竞争的，可以明确说出来，不用决斗，但可以竞争。这是明显的挑衅。

"另一个难题就是不知道张素雅现在情感的天平倾向哪一边。女人都是敏感的，她一定知道我和班长两个人都喜欢她，但她会选择谁，会不会已有倾向性?如果她现在举棋不定，那我又该怎么做?

"这两个问题，第一个问题想听听你的意见，第二个问题想让你帮帮忙，帮我从侧面，或者从她弟弟那了解一下张素雅对我的态度。"

夏连春说："其实这两个问题对你来说都不是问题，你的心意早已明确，你爱她。就这一条就够了，谁也挡不住你。你们班长能挡得住你？就算有人从侧面跟你讲这个讲那个，说你竞争不过班长，追不上张素雅，你能听？叫我说，你就大胆地去爱吧，你不去爱她，怎么知道她爱不爱你?"

人在心神不定的时候，就是想找人说说，说了心就定了。田光耀心急火燎地跑来找老同学，坐下吃了一顿饭，心满意足地回卫校去了。

弯越问夏连春："田光耀是不是谈恋爱了?"

夏连春说："是的。"

弯越问："是不是咱们学院的?"

夏连春说："不是，是他的同班同学。"

弯越说："不会吧？我见到过好几次，田光耀很晚了从体育老师殷淑玲宿舍回去，还以为他是在和殷老师谈恋爱呢。"

夏连春说："不会吧，他怎么认识殷老师？"

弯越对夏连春说："去年刚入学，殷老师给咱们上第一节课，点你名的时候看了你好半天，当时还有人问你认不认识殷老师，你说不认识。你还记得这事吗？"夏连春也想起来有这回事。也就是说，殷老师和田光耀认识，所以殷老师知道夏连春，但夏连春不认识殷老师。应该就是这个情况。

夏连春想起第一次见张素雅的时候，张素雅就问夏连春，田光耀经常去师范学院是不是到他那去。这样说来，田光耀和殷老师早就认识，而且他是经常到她那去。

周日，弯越叫夏连春陪他去农垦干校，他父亲的老战友家，夏连春已经跟着弯越去过好几次了。看得出来，这一家人特别喜欢弯越，每次去都要给他们做好多好吃的。夏连春吃上瘾了，时间长不去，他还会催着弯越去农垦干校。弯越问夏连春："什么意思，你怎么比我还着急？你喜欢上人家家里老几了？"夏连春说他喜欢老大。弯越知道夏连春在故意惹他，但他也确实想听听夏连春的意见。

弯越父亲的老战友家有五个女儿，五朵金花，老大王欣琳长得最漂亮，两家大人一直都有撮合弯越和王欣琳的意思。弯越和王欣琳两个人心里也都明白，只是谁也没有说过，反倒都有些羞怯，而且年龄越大越显得不好意思，俩人说句话就脸红，看一眼目光就躲开。

王欣琳去年高中毕业，没考上大学，但她英语学得好，留校在九中当了代课老师。弯越和夏连春每次去，都是王欣琳做饭。夏连春跟弯越开玩笑："以后我们两家当邻居，我可以经常到你们家混饭吃。"

这句话是弯越最喜欢听的，说明王欣琳这个女孩子好。弯越说男孩子恋爱的时候，最喜欢听别人说"你占便宜了"，这是最好的赞美词。如果说"你吃亏了"，这恋爱十有八九谈不成。

女人漂亮不能当饭吃，但一个女人不但漂亮还能让男人有饭吃，那这个男人一定是最幸福的。两个人朝夕相处，而且还要相处很久，一辈子，没有最起码的相互欣赏相互吸引怎么能行？

弯越说经他研究发现，女人对男人的要求，婚前婚后是不一样的。谈恋爱的时候，女人希望男人是绵羊，温柔听话会疼人；结婚以后，女人希望男人是头牛，吃苦耐劳能干活。

夏连春说："那王欣琳找上你肯定吃亏了。"

弯越笑笑说："这话的可信度已经不高了，你跟王欣琳说的时候一定会说找上我她占便宜了。"

夏连春觉得弯越的话确实有道理。当年他面对凤月琴的时候，迟迟不敢开口，就是觉得自己配不上她。后来面对方小青，他压根就不敢接招，觉得自己和人家的差距太大了，两个人不可能有结果。

现在看来，心理平等的两个人往往很难走到一起，如果其中有一方认为"我吃亏了"，那就更不可能成为夫妻了。那些青梅竹马条件相当，旁人看起来各方面都很般配的两个人，最终却没有走到一起，很大程度上就是因为双方或一方有"我吃亏了"的感觉。

热烈的爱情，美好的婚姻，往往都是那些看似不平等不般配的两个人的故事。爱情的结果不一定是走向婚姻，婚姻也不一定是爱情的结果。自古才子佳人多悲情。郎才女貌的梁山伯与祝英台最终只能"化蝶"，天差地别的七仙女与董永却成就了天上人间的"天仙配"。

夏连春带着弯越给的启示，问方小青："你找我吃亏了吗？"

方小青说："不，我占便宜了。我一个纺织女工找了一个大学生，我的姐妹们都好羡慕哟。"

方小青现在在厂里搞质检，住宿是两人一间。这天下午，同宿舍的陈姐到电厂男朋友那儿去了，夏连春过来的时候只她一个人在宿舍看书。厂里已决定下半年送她出去学习，她要复习准备考试。她问他上午到哪儿去了，怎么才来，她一直在宿舍等他。他说他陪弯越去王欣琳家了。方小青问："他们两个人怎么样了？"夏连春说好像还在暧昧阶段。方小青说真磨叽。

夏连春说："有几个像你这样的？人还没见着呢，就把男朋友敲定了。"

"你后悔吗？"方小青问。

夏连春一把抱过她来："我爱死你了。"

傍晚的时候，方小青说："咱们在宿舍做饭吃吧？"

夏连春说："行啊，想吃什么，我来做。"

方小青说她做，她已经跟陈姐学会揪面片了，她给他揪面片吃。

夏连春说好，说着他就往床上一躺："那我就在床上等老婆伺候了。"

方小青过来一把拽起他来："你这话什么意思？什么叫你在床上等老婆伺候？纯属挑逗！"两个人嬉闹了一阵，方小青才开始和面。和好面，放在盆里饧着。又开始择菜，切肉，炝锅，烧水，一切都很在行。夏连春说她做饭手艺已经很娴熟了，她说平时都是陈姐做，她打下手。

夏连春说："那你今天算是露一手了。"

面饧好了，可以揪了。夏连春说："我帮你一起揪吧？"

她说："不用。"她把饧好的面往面板上倒，面是稀软的，粘盆粘手粘面板，不筋道。

夏连春说："你是不是没放盐？"

她说："放了。"说完，她突然想起什么似的，"坏了，我放错了，放的不是盐，是洗衣粉。"

夏连春一听哈哈大笑："你喂猪呢？现在农村人喂猪就放洗衣粉。"

方小青生气地说："人家都沮丧得不行了，你还有心思开玩笑！"夏连春一听"青姐"不高兴了，赶快爬起来安慰道："我们下挂面吃吧？"

方小青说可以。夏连春让"青姐"躺床上，他来伺候。方小青说："你今天特别讨厌，就知道勾引我。"

夏连春说："有吗？"

方小青说："当然有啊，什么你躺床上，我来伺候你，我躺床上，你来伺候我的，这不是赤裸裸的勾引是什么？"

夏连春说："你想多了，我是说我来做饭伺候你。"

吃完饭，天还早，方小青带夏连春去雅玛河边走走。天虽然还没热起来，但晚间雅玛河边的人已经不少，特别是年轻人比较多，年轻人中属电厂的小伙子和毛纺厂的女孩子最多。鹿川的人都说，雅玛河两岸是电厂和毛纺厂年轻人谈情说爱专属的地方，别的单位的年轻人很少去，如有去的，有时候弄不好还会打架闹事。

夏连春和方小青在河岸两边转了一大圈，也没找到一个合适的地方坐下来，好地方都被别人占了。天有点凉，不坐也好，走走吧，已经在宿舍坐了一下午了。两个人走着，夏连春用余光看到树林里有几个小伙子好像在对他们两个指指点点，夏连春显得很神气，他以为他和方小青走在一起引起了别人的羡慕，很是得意。晚上他把方小青送回宿舍，临走的时候心里还在得意。

夏连春回师范学院途经电厂，到了电厂门口，突然他骑的自行车被什么东西绊了一下摔倒了，他正要从地上爬起来，身边一下围过来好几个人，他以为人家是过来拉他起来的，连忙说："谢谢，没事。"

可话音刚落，一只皮鞋就踩在他的腰上，他听到有人说："就你这个瘪瓜子在和方小青谈恋爱呢？"

夏连春知道坏事了，碰到方小青的追求者了，好像就是刚才树林里的那几个人，他们应该是电厂的，那带头的应该就是方小青下乡时那个大队书记的儿子。方小青跟他说过这个人，她刚被招工到毛纺厂的时候，这个人经常去毛纺厂找她，再到后来就是骚扰她了。为此方小青明确警告他："请你不要再来打搅我，我有对象的。"看来这个家伙还是不死心，他想把方小青的对象收拾掉，再做打算。

夏连春趴在地上没有急着起来，他不想把这些人惹急了，得罪了，主要是不想给方小青惹麻烦。

踩着他的那个人说："从今天起，离开方小青，我就放你一马，否则，我见你一次打一次，往死里打。"

夏连春说："你这个大哥就过分了，方小青是我对象，跟你有什么关系，怎么你让我离开我就得离开呢？"

那人说："要不是你这个癞瓜子夹在中间，我和方小青早就结婚生子了。"

夏连春听了他的话，趴在地上，"扑嗤"一声就笑了出来。那人恼羞成怒，抬腿就是一脚，踢在夏连春屁股上，可能是用力过猛，他重心不稳，一屁股坐在地上，说是骨头断了，喊他那些哥们："赶快上啊，给我狠狠地打。"

来而不往非礼也。夏连春放开手脚，毫不留情，把几个人全打倒了。踢他的那人已经吓得魂不附体，坐在地上，抱着脚，浑身哆嗦，装着可怜的样子。夏连春蹲在他跟前说："你别怕，我不打你，我只告诉你，从今以后再不要骚扰方小青，否则，我见你一次打一次，往死里打。"

那人连声说："再不敢了，再不敢了。"

夏连春站起来准备走人，这时警察出现在他们面前，把夏连春和其他几个人都带走了。一进派出所，他们就被关了起来。过了好长时间，那一拨人都审问完了，轮到夏连春了。

警察说："你挺能打啊，一个人把人家六个人都打倒了。"

夏连春说："是他们先把我打倒的。"

警察没再跟他纠缠这个问题，问："叫什么名字？"

"夏连春。"

"哪里人？"

"上水湾。"

夏连春心想，可不能说是师范学院的，要是他们找到学校去就麻烦了。

"上水湾是哪里？"

"吉宁县。"

"哪个公社的？"

"太阳升公社。"

"公社书记叫什么名字？"

夏连春心想，说了你也不知道，随便编一个：“弯越。”

“派出所所长叫什么名字？”

“鲁大山。”这个可是真的，他们学农的时候就是鲁大山在那当所长，他们还挺熟，但现在是不是他就不知道了。

问话的警察不问了，出去了。夏连春急了，心想：什么意思？难道被识破了？你可以再问呀，可不能把我关在这里不让我回去呀，要是非要通知单位或是家里来人领我回去那就糟了，万一那样的话我就让方小青来领我。

就在他胡思乱想怎么才能脱身的时候，从门外面进来一个人。有人进来就好，至少不会把他一个人扔在这里没人管了。

进来的人呵呵笑了两声，大声地说了句：“夏连春同学好啊！”

啊？认识我？夏连春循声望去，是鲁大山所长！“鲁所长好！你怎么在这呀？”

“我要是不在这里，我们怎么能有机会见面呀？”鲁所长幽默地说。

鲁大山在太阳升公社工作了好多年，去年他爱人因工作变动被调到了市里的上级单位工作，组织上找他爱人谈话时她提出了一个要求——丈夫随调，于是，鲁大山就到市里来了，现在在这个派出所当副所长。今天晚上刚好是他值班，刚才问话的民警进去跟他说：“里面有个太阳升公社的小伙子，还知道你，你要不要去看看？”所以他就过来了，他没想到是夏连春。

“你不是在师范学院上学吗？怎么说是太阳升公社的？”鲁所长问。

“我要是说我是师范学院的不就见不到鲁所长了？”夏连春也机智地回答。

鲁大山笑笑，心想这小子反应就是快。他又问：“太阳升公社书记换了？”

夏连春实话实说：“我哪知道，刚才是瞎编的。”

鲁大山生性豪爽，听了夏连春的话哈哈大笑，用他那浓重的鲁州口音说：“你这个家伙呀！”

随即他们聊到田光耀，聊到蔡团长，聊到方小青，聊到今天晚上打架。鲁大山说：“电厂这些年轻人经常在外面惹是生非，今天让你碰上了，你没吃亏就好。天不早了，赶快回学校吧，有机会我们把在鹿川的那些个太阳升公社的人招呼到一起，聚聚，聊聊。”夏连春喜笑颜开地告别鲁所长，骑上车子就往学校跑，他还从没这么晚回过宿舍呢。

第二天早上晨练的时候，弯越问夏连春昨晚到哪儿去了回来那么晚，夏连春说他去看一个从他们太阳升公社调来鹿川工作的老朋友，提到这个，他就想起他昨晚上说太阳升公社书记是弯越的话，忍不住笑个不停。弯越不知他笑从何来，觉得这里头一定有什么故事。

弯越问夏连春是不是在谈恋爱，他这话引起了夏连春的注意。最近同学当中有人在议论两件事，这两件事让大家觉得夏连春看上去淳朴厚道，实际上挺花的。

一件是大家都知道的，最近杨贵丽与夏连春走得比较近。晚自习时一碰到教室停电，别的同学陆续都走了，杨贵丽和几个女生就会围坐到夏连春和弯越桌前听夏连春讲农村的故事。听到动情处，杨贵丽看着夏连春，毫不隐讳地脱口而出："我就喜欢你这样的！"

另一件是大家谁都不知道的，也是谁都没想到的，说是夏连春在教室里趁着人多混乱的时候抓了女同学陶艳慧的手。这件事有人向伊老师报告了，伊老师还袒护说，两个人要是有这个意思也挺好的。

这两件事，杨贵丽那件事弯越是知道的，但也没法去跟每个人做解释。夏连春和弯越，一个人的手热，一个人的手凉，夏连春的手不管冬夏都是热的，弯越的手不管冬夏都是凉的。有人问夏连春："你的手那么热那么软，怎么还有那么多老茧呢？"

"农民呀！干活干得。"夏连春说。

于是就有女同学让夏连春讲农村的故事，农民的故事，夏连春他们家的故事。夏连春说："你们又不是没下过农村，农村里哪有故事，都是些养家糊口、吃饭干活的农事。"她们说就是想听听他在农村的事。于是他就讲上水湾的事，讲他家养牛养羊养猪养狗养鸡的事，讲种洋葱的事，讲他在鹿川大街小巷卖洋葱的事，"你们这些家在市里的同学没准还买过我卖的洋葱呢。"夏连春讲他第一次吆喝卖洋葱，怎么也张不开嘴，喊不出来，他就把"洋葱"当成他同学的名字大喊一声，就喊出来了，听到这里同学们都笑了。

杨贵丽就是在这个时候情不自禁地感叹一声："我就喜欢你这样的。"听了她的话，同学们都愣了一下，面面相觑，杨贵丽自知失言，脸也红了起来。

后来只要遇到晚自习停电，这些个女同学就唰地一下围到夏连春跟前，继续听他讲故事。讲到最后，夏连春没得讲了，就开始编，边编边讲。

有同学用羡慕的口气说，夏连春的生活底子就是厚，应该写小说，搞文学创作，要不然就可惜了。夏连春心里想：你哪天也去过一下那苦日子看看？

有同学好奇地问："你家院子是不是特别大？"

夏连春说："我们家没有院子，远处是草场，有牧民，有牛羊，家门口是农田，有庄稼，有种田的庄稼汉。"

有同学积极提议，哪个周末去夏连春家玩一趟。夏连春说："你们千万别去，我家门外有狗，外人靠近不了。家里一进门的地方拴着奶牛，牛屁股顶着门，外人进不去。锅灶前卧着两头猪，外人看着吃不下饭。”夏连春越是这么真假难辨地随口一说，越是激起了同学们的兴趣，吊起了同学们的胃口，同学们真的都想到夏连春家看看。

由此，夏连春和杨贵丽之间讲故事听故事的真实情况便明了了，并不是他们之间有什么不可言说的事。其实这些事同学们也都是清楚的，不用多费口舌。现在最关键的是第二件事，夏连春抓人家陶艳慧的手到底是怎么回事，弯越问：“你到底有没有那方面的意思，你能讲清楚吗?”

夏连春说：“我当然能讲清楚。第一，我确实抓了，但没那方面的意思。第二，陶艳慧的手特别软，皮肤很细。第三，我是手抚课桌从前排往后排走的时候，没注意抓到她手了，当时和她对视了一眼，然后立即甩开了，好生尴尬。就这么简单。”

弯越说：“那她为什么要把这件事放大而且还放到这么大呢? 搞得全班同学都知道了，伊老师也知道了。”

夏连春说：“那你问她呀，小题大做呗。”

弯越问：“那她为什么要小题大做呢?”

夏连春说：“也没准是别人小题大做呢?”

弯越觉得夏连春的话可能是对的，陶艳慧一个山区煤矿走出来的女孩，可能没有歪心思，她只是把被人抓手的事对身边的哪个人说了，本无他意，但身边的那个人把这当成了大事，无限放大，对同学说，对老师说，说着说着就有了主观色彩，变成了夏连春要流氓，陶艳慧是贞洁烈女。事情可能就是这个样子的。

弯越的分析让夏连春起了一身鸡皮疙瘩。在这之前，夏连春还真没注意过陶艳慧，他们好像连一句话都没说过。弯越的一句“夏连春要流氓，陶艳慧是贞洁烈女”，让夏连春突然有了一种强烈的冲动，他要认识一下这位贞洁烈女，看看她到底有多贞洁，到底是不是烈女。

事有凑巧，机会来了。五四青年节前，班级集体去看电影，这个事由生活委员张碧林张罗。夏连春让张碧林分发电影票时把他和陶艳慧的座位安排到一起。张碧林说：“师兄还真对她有意思?”显然张碧林也听到那些传言了。

夏连春说：“怎么，不行啊?”

张碧林说：“我看不行。”

夏连春说：“不试怎么知道?”

张碧林说：“这不像师兄的风格。”

夏连春说：“人是会变的。”俩人相视一笑。

看电影的时候，夏连春有意进场晚一些，电影开演了他才进去。电影院里很黑，陶艳慧不知道她右边这个一直空着的座位是夏连春的。夏连春进来时，两个人互相看了一眼，但都没说话。她的身子往旁边挪了挪，算是给他让地方，也算是用肢体打了个招呼。

夏连春坐下来，很快适应了室内的光线，他不经意地朝周围瞄了瞄，没见到有班里的同学。心想，张碧林这小子真的很会办事。

两个人无声地看着电影，一动不动地坐在那，身体都有些僵硬。可能是长时间保持一个姿势有些累了，陶艳慧往座位后背上靠了靠，两只手放到了大腿上。夏连春瞅准了时机，趁她身子往后靠的时候，用左手一把抓住她的右手，很轻，但很坚决。她受惊了似的，有些颤抖，想抽手，但抽不回去。她看着夏连春，夏连春看着银幕。

两个人就这么静静地坐着，什么事都没发生的样子。她的手再不像刚开始时那么僵硬，慢慢变软，慢慢变热，手心里开始出汗。她的身子开始一点一点向夏连春这边靠了过来。夏连春本就是个汗手，慢慢地，两人的手像是被水泡过了一样，湿在了一起。

第二十六章　花儿与少年

中文二班的人都说，杨贵丽是一个面若桃花、心如磐石的女人。她只做她想做也是你需要的事，她不管旁人想什么说什么。别人怎么想怎么说是别人的事，她怎么想怎么做是她的事。

这几天，杨贵丽又走到了台前，活跃在中文二班同学的面前。为庆祝五四青年节六十周年，学校团委要组织一场大型歌咏比赛，每个班级两首歌，一首规定曲目，一首自选曲目。音乐班的学生分到各个班级教唱歌。

中文二班的自选曲目是杨贵丽选的，一首五四时期的歌曲《问》。大家以前从没听说过这首歌，谁也不会唱，连音乐班的学生都没接触过这样的歌曲，没人敢过来教唱指导。杨贵丽亲自登音乐班的门，她要请音乐班的大牌美女主持苗素馨。苗素馨非常痛快："中文二班？我去。"杨贵丽觉得好有面子。

在师范学院，音乐班的名气大；在音乐班，苗素馨的名气大。苗素馨的名气甚至大于音乐班的名气。学校的大型活动或演出都是由苗素馨主持。杨贵丽与苗素馨结缘是在排练《于无声处》的时候，《于无声处》的报幕和画外音都由苗素馨负责。

苗素馨往中文二班同学的前面一站，男同学们立即兴奋了。亭亭玉立，端庄大气；一根及腰的大辫子，一甩一甩的；一双忽闪忽闪的大眼睛，水汪汪的。平时只能在食堂里或是在校园里偶尔遇见的人，现在就活生生地站在你面前，让你看个够。

可是她教唱的这首歌《问》，实在令人提不起兴趣。苗素馨忙活了半天，同学们却坐在自己的座位上，不学歌，只看人。教的人很累，学的人很烦，唱得好压抑。

夏连春在低头看他的地图册。弯越捣捣他，说："教歌的人在看你。"

夏连春抬起头，斜看着弯越，说："你什么眼神，人家分明是在看你和邵汉飞。"

教唱的间歇，就有人嚷着不唱这歌，换一首。苗素馨问："大家想唱什么歌？"

邵汉飞带头嚷道：“《花儿与少年》!”跟着一片喊声：“《花儿与少年》。”

班委紧急磋商，到底唱什么歌。杨贵丽和张碧林明确意见是《问》，邵汉飞明确意见《花儿与少年》，其他班委认为唱哪首歌都行。班长认为这件事比较重大，他的意见是请示班主任伊老师后再定。

晚自习的时候，伊老师来班上当面听取同学们的意见。伊老师往讲台上一站，问：“同学们到底想唱什么歌?”

教室里几乎同声回答：“《花儿与少年》!”当然其中可能也有说《问》的，但被《花儿与少年》的声浪淹没了。

伊老师慈父般地笑了笑：“那就《花儿与少年》吧。”

教室里一片掌声。

歌换了，教歌的人也得换。苗素馨走了，从音乐班又来了一个漂亮的回族女同学。

自选歌曲由《问》改为《花儿与少年》，杨贵丽没有表现出任何不高兴。这是班级活动，不是个人行为，她的责任是组织全班同学参加歌咏比赛，不是带领同学选唱哪首歌。她还是一如既往地组织好大家练歌，但张碧林和付朝龙等为杨贵丽捧场的人则对《花儿与少年》表现出不屑，甚至明显地表现出对《花儿与少年》的抵触。

邵汉飞知道付朝龙喜欢杨贵丽，付朝龙觉得邵汉飞坚持要唱《花儿与少年》，就是为难杨贵丽，“你这样做，就是不给我付朝龙面子，就是不念我们一起接受再教育的旧情。”付朝龙心中有怨言。看来这同学之间的情分也是会变的。

张碧林觉得杨贵丽再强势也是一个小女子，男同学们怎么也应该让着她点，不就唱一首歌嘛，何必那么较真？何必跟一个女孩子过不去？但他又确实帮不上什么忙。

其实，方平的心里也有点过意不去，紧要关头，作为班长，他没能坚定地站在杨贵丽一边，也是有点愧疚的。他确实被上次那支钢笔的事闹腾得有些心虚了，不好为唱哪首歌的事再跟邵汉飞以及全班大多数同学生出不愉快。

付朝龙的好哥们白文辉对《花儿与少年》表现出了极大的热情。一来这是一首回族民歌，喜欢；二来又来了一个漂亮的回族女生教唱，更喜欢。听说这个回族女生也是因为中文二班要唱《花儿与少年》主动要求来教唱并伴奏的。一首《花儿与少年》，能否演绎出一段“花儿”与“少年”的故事？

同族人总是相亲的。白文辉有了走近“花儿”的机会，积极主动地为她做一些教唱练歌的辅助工作。“花儿”对白文辉的热情友好，给予回应，以笑意相待。这更激发了白文辉的信心和热情，他开始帮她背手风琴，拿乐谱架，接送她往返音乐班和中文二班之间。音乐班教室是一个独立的小院，不在教学楼里。

班上的同学都看出了白文辉的心思，尽管大家都不看好他，觉得他们两个人的差距实在太大：一个美若天仙，光彩四射；一个人高马大，像是赤麓山下伸长了脖子的马鹿，怎么看怎么不搭。邵汉飞直接说白文辉没戏，但着眼于他们都是“稀缺资源”，大家还是在心里默默祝福白文辉。

好景不长。中文二班自选曲目《花儿与少年》被学校歌咏比赛组织者砍掉了，《花儿与少年》的歌声戛然而止，教唱歌的女生“花儿”打道回班。白文辉背着手风琴送她回音乐班的时候，他们说了些什么，其他同学不得而知，他们以后还会不会继续发展下去，也是别的同学不可预知的事。但眼前中文二班因为《花儿与少年》引起的风波则刚刚开始。

中文二班的自选曲目恢复到最初选定的《问》。音乐班的苗素馨又回到中文二班教唱。同学们表现出来的仍然是喜欢人不喜欢歌，只有方平、张碧林、付朝龙和其他为数不多的几个人对歌比较积极。

班长和杨贵丽反复给同学们做工作，希望大家支持一下班里的工作。邵汉飞说：“支持班长的工作，支持书记的工作，支持班里的工作，都没问题，但班长和书记应该向学校反映一下同学们的问题，为什么不能唱《花儿与少年》？这么简单的一个问题，又不是什么高深的哥德巴赫猜想，学校来给我们讲讲原因，讲讲道理，我们能够听得懂。”

下午练歌前，伊老师来到教室，转达学校的三点意见：第一，《问》是班上最初上报的自选歌曲，还是不变为好；第二，班上有同学反映，他们不愿意唱《花儿与少年》；第三，《问》比《花儿与少年》更契合五四青年节。

伊老师说：“现在就按学校的要求办，抓紧练歌，还有两天就比赛了，再不抓紧练就来不及了。”伊老师讲完就留在教室和同学们一起练歌。他这是要陪着同学们、看着同学们练歌呢，大家再没人说什么。苗素馨的教唱练习也省劲了很多。

同学们私下里猜想和议论，是谁去学校反映不愿意唱《花儿与少年》呢？方平和杨贵丽两个人肯定不会，没这个必要。张碧林和付朝龙的可能性比较大，其中张碧林的可能性最大。原因：支持杨贵丽的《问》，这个意图张碧林和付朝龙两个人都有，但不愿意唱《花儿与少年》，并到学校反映问题的政治动机付朝龙应该没有，而张碧林有。当时班委会磋商到底唱什么歌的时候，张碧林就提出，《花儿与少年》这首歌虽然在收音机里能听到，但从大气候看，现在唱《花儿与少年》还为时过早，尤其是在大学校园，在五四青年节歌咏比赛的舞台上。

他的这些话当时没引起班委们的注意，现在看来，他的观点还是有远见的。

歌咏比赛后，中文二班的《问》没能拿上名次，但那曲没能在舞台上唱响的《花儿与少年》，却像长了翅膀一样在校园里飞翔着，好多人都开始学唱这首歌。《花儿与少年》给中文二班争得了人气。这种状况是学校万万没想到的，也是学校万万不能接受的。

学校认为，这次中文二班在歌咏比赛活动中所暴露出来的问题，就是当前社会上思想混乱的情况在学校的反映，如果不引起警觉和重视，就有可能酿成大的问题。学校要求，中文二班要带着这些问题，特别是个人主义突出，自由主义倾向明显的问题，联系实际，开展班纪班风教育整顿。

这个结果是中文二班同学们万万没想到的，也是万万不能接受的。中文二班和学校之间的矛盾瞬间产生，甚至一触即发。伊老师敏锐地觉察到事情的严重性，他亲自到班里主持会议，要求同学们按照学校的安排，认真开展班纪班风教育整顿。他要求班委带头，全班每个人都要检讨自己，激励别人，开展批评和自我批评。可会议开了一个下午，居然没有一个人发言，伊老师知道同学们这是在软对抗。

伊老师很有耐心，没人发言，他就等着。下午开完会，伊老师说晚上接着开。

晚上的会，伊老师换了个开法，他自己首先带头做了自我批评，说他这一年确实有些太溺爱太纵容他的弟子们了，他带这个班的时候就坚守两个原则：一个是他觉得同学们年龄都大了，应该可以自己管理自己了，他尽量不干扰同学们正常的学习生活；二是他觉得同学们之前被耽误的时间太多了，现在能走进校园，走进教室，再捧起书本学习，实在不容易，也很难能可贵，他要给同学们创造更多更好的条件让大家多学习一些东西。现在看来，是他的工作没做好，影响了班级和同学们给学校的印象，“以后咱们一起努力，改变一下，怎么样？”

本来同学们对学校要求中文二班开展班纪班风教育整顿的意见很大，抵触情绪也很强烈，他们觉得学校这是小题大做，原本打算和学校对着干的，但现在来班里主持会议并解决问题的是他们的班主任伊老师，他们又不能把矛头对着伊老师，更不能把气撒到伊老师身上，所以就决定从头到尾一言不发，以沉默抗争。但现在听了伊老师饱含深情的一席话，同学们都被打动了，觉得再这样软对抗下去，就让伊老师为难或不好交代了。于是大家开始陆续发言。

方平带头发言，他说如果班里的班风班纪不好，首先是他这个班长没当好，他的带头表率作用发挥得不好，他有前怕狼后怕虎的思想，从自己角度考虑问题多一些，从班集体角度考虑问题少了一些。他觉得同学们都是经过社会锻炼后又回到校园读书的，都有一定的社会经验和阅历，和那些从学校到学校的学生不一样，弄不好会引起同学们反感或让大家有意见。由此就导致了严重的自由主义，他总觉得多一事不如少一事，多栽花少栽刺，他说这种状况今后要努力改变。

接下来，杨贵丽和其他班委都相继发言，并都做了自我批评。其中说得最中肯的就数邵汉飞了。他说这次《花儿与少年》风波主要因他而起，他要承担主要责任，究其根源，还是思想上出了问题。从到师范学院上学那天起，他就想一心把学习搞上去。两耳不闻窗外事，一心只读圣贤书。这一次歌咏比赛，他觉得在朝气蓬勃的校园里，大家齐声高唱一首《花儿与少年》，更适合青年，更适合青年节，但他想得太简单了。他说以后他在这方面要多注意才好。

《花儿与少年》风波之后，邵汉飞很快成了学校的知名人物，进入了众多同学的视线，其他班的同学都知道中文二班有个喜欢《花儿与少年》的邵汉飞。但在中文二班，《花儿与少年》渐渐成了同学们避讳的话题，好像这是一个让大家伤心的往事，不愿再去触碰。

邵汉飞认为，一首《花儿与少年》之所以会造成这样意想不到的结果，关键还是人为因素造成的，因为有人在这里面花了心思，下了功夫，做了手脚。他觉得这个人就是张碧林。联想到最近看到的卓别林大师几部做丑角的电影，邵汉飞突然觉得付朝龙说的没错，张碧林就是个小丑，他便把张碧林叫成“阿别林”，这个称号被大家迅速叫响。

一首《花儿与少年》，让方平、张碧林、付朝龙与杨贵丽之间的关系有了微妙的变化。方平开始像个大哥哥一样明着呵护杨贵丽，杨贵丽也很知趣很领情得像个小女人一样伴在方平左右。张碧林对杨贵丽也是全情投入，他们俩之间还是那么有默契。付朝龙倒是一改以往别人不能靠近杨贵丽的态度，两个人的关系虽然还是让人看不懂，却比以前自然了许多。杨贵丽还是一如既往地喜欢听夏连春讲故事，夏连春也还是一如既往地讲他的故事。

天渐渐暖和了。午饭时间，大家端着饭碗到外面吃。张碧林和夏连春蹲在树底下吃着聊着，杨贵丽凑了过来。三人为众，气氛一下就活了。杨贵丽就是身上带风带火的那种人，她走到哪里哪里就风风火火。这边的风景马上引起同学们的注意。

杨贵丽问张碧林他的广播室里有没有水，张碧林说有。杨贵丽说宿舍楼那边停水了，她早上洗的几件衣服没漂洗，待会到他那提一桶水回去。张碧林说：“那还不够麻烦的，你直接把衣服拿过来洗不就得了。”

杨贵丽突然朝着张碧林翻了翻眼睛，说："傻瓜，女生的衣服能拿到男生宿舍洗吗？"

一句"傻瓜"，张碧林瞬间找不到北了。青春萌动中的男孩最受不了的可能就是意中人不经意的那句"傻瓜"了，他立即就傻了。

杨贵丽到广播室打水的时候，问张碧林有没有要洗的衣服，张碧林说没有。她说她周日要洗被子，问张碧林被子要不要洗，如果要洗她就帮他一起洗了。

他说："可以吗？"

她说："洗个被子怎么了？"这语气、这神态，就差再对张碧林说个"傻瓜"了！

张碧林终于沉不住气了，他对夏连春说："师兄，我到底该怎么办？"

夏连春问他："什么该怎么办？"

张碧林说："我和杨贵丽的事呀。"

夏连春说："你和杨贵丽什么事？"

张碧林说："师兄，别再逗了，你都为这个帮我和付朝龙打过架了，还在装糊涂。"

夏连春说："我和付朝龙打架不是帮你打，那是因为他想打，咱就陪他打。再说，你也没跟我讲过你和杨贵丽有什么事呀。"

张碧林知道夏连春这是明知故问，就是想让他亲口把他和杨贵丽的事说出来。他只好一五一十地讲了这半年多来他和杨贵丽之间的事和他的所感所想，讲完了，他问夏连春他现在应该怎么办，夏连春问他想怎么办，他说他想向杨贵丽求爱。夏连春说："要是我让你先不要着急，等等再说，你会听吗？"他说不会，他一刻也不想等了，他觉得他再不说出来就快要憋死了。

下午自习课上，张碧林一直在寻找机会，想约杨贵丽晚上出去走走或是坐下来聊聊，但总是没有合适的时机。好不容易他看到杨贵丽离开了座位往教室外面去了，她可能是去上厕所，因为她桌子上的东西都没收拾。他正准备起身追上去，付朝龙却先他一步走出了教室。不一会儿，杨贵丽进来把桌子上的东西收拾到抽屉里又出去了。张碧林走到窗前往外看，看到杨贵丽正往学校大门口走，但没看到付朝龙，估计付朝龙先出去了。直到快下晚自习的时候，两个人才一前一后回到教室。

晚上张碧林躺在床上，第一次有一种败下阵来的感觉。他想起了夏连春要他先不要着急的劝告。夏连春的话可能有所指，也许有道理。俗话说"旁观者清"嘛。他突然萌生了退出来的想法。与其败下阵来，还不如自己主动退出来。

张碧林最近看了一部《小城春秋》的小说，那里面的主人公说过一句话，让他印象很深："假如说，爱情的幸福也像单行的桥那样，只能容一个人过去，那么，就让路吧，抢先是可耻的……"

抢先可耻吗？难道一点努力都不做就轻易地放手？不是还有一句叫作"先下手为强"嘛，好像民间还有一句叫作"没结婚的姑娘是天上飞的鸽子，谁逮住是谁的"。何必这么早就一声不响地退出来呢？等等吧，事情也可能没有自己想得那么糟。

第二天午饭时间，张碧林跟夏连春说，他下午要去一趟卫校，他姐姐找他有事，借夏连春的自行车用一下。夏连春说用两下都可以。两个人正随意聊着，杨贵丽凑过来叫张碧林下午把被子拆下来拿到她宿舍去，周日她有事洗不了了，要今天晚上洗。张碧林说那可能要晚一点，他下午要去卫校，到他姐姐那去。杨贵丽说没事，下午也行，晚上也行，她都在宿舍。

夏连春调侃张碧林："人和人就是不一样，人家都要帮你洗被子，你还不抓紧？要是我，现在就赶快跑回去把被子抱过去。"

杨贵丽笑看夏连春说："那你待会儿也把被子拿过来，我给你们一起洗了。"

夏连春说："你不早说，我的上周才洗，下次吧。"

杨贵丽凝视着他，问："谁给你洗的？"

夏连春："自己洗的呀。"

杨贵丽不信，她说："同学们都说很少见你洗东西，你的被子是在哪里洗的？"

夏连春这时候才意识到，连这样的小事也有人注意，但他肯定不能告诉她是方小青洗的。

吃完饭，张碧林骑上夏连春的车子就去他姐姐那了，原来他姐姐是叫他明天一起去雅玛河南岸春游。田光耀约张素雅去雅玛河边玩，吃烧烤，她要把弟弟带上，陪着她。张碧林当然愉快答应。他心想，要是能把杨贵丽带上就好了，但杨贵丽中午已经说过了，她明天有事，不知道她是不是和付朝龙一起也到哪儿春游。

张碧林从他姐姐那儿回来，没有拆被子，也没去杨贵丽宿舍。他躺在床上瞎想，杨贵丽明天要到哪儿去呢？她为什么不来我宿舍给我洗被子呢？她们宿舍有人吗？别人看到我拿着被子去让她洗会笑话吗？

眉头一皱，计上心来。他突然不想让她洗被子了。不仅是为了面子，也是为了里子。男人就要活得像个男人的样。说出来的话不能让别人听不惯，做出来的事不能让别人看不起。

主意已定。他要去她宿舍跟她说一声，打个招呼，被子不洗了。不能老是让人家在宿舍里等着，不合适。

他走出宿舍，看校园里人不多，他想，这个时间同学们是不是都在教室呢？但她中午明确告诉他，她下午和晚上都在宿舍，这不就是她在宿舍等他的意思吗？但这一会儿她们宿舍要是有其他人怎么办呢？算了，还是先去教室吧。

走进教室，同学们都在，杨贵丽也在。他心里说：你不是在宿舍等我吗？他突然觉得刚才没去杨贵丽宿舍太对了。刚才要是去了，她不在，宿舍里有别的人在，他怎么说？多尴尬。他在心里庆幸自己冷静理智。瞬间，他脑子里蹦出来一句话：女人的话没几句是真的。

他坐在自己的座位上，无心看书学习。他突然觉得应该把话跟她说清楚，不能再这样下去了。是进是退，他都想跟她讲清楚，是好是坏，他都想要她给个说法。否则，再这样下去，他真的受不了了。

于是，他从本子上扯下一张小纸条，写下一句话："我在苹果园等你。"然后，借着到后排给夏连春还书的机会，把小纸条塞给了杨贵丽，他自己就先行离开了教室。

下午的苹果园里很安静。苹果花粉白粉白的，花丛间几只蜜蜂嗡嗡地飞舞着吟唱着，不时有几个不知道哪个班的同学走过，也都是不声不响地赏花，像是担心不小心惊动了谁似的。果园深处，靠墙边的地方，有几株过了花期的红杏探出枝头，让人想起"满园春色关不住，一枝红杏出墙来"的诗句。

鹿川是苹果之乡。每到夏秋之际，鹿川的空气里，到处都弥漫着苹果的香味。冬天的时候，许多人都会在自家的菜窖里存一些又大又红、皮厚肉香的"冬果子"，那果子，放一个在屋里，满屋飘香。

"约我来赏花呀？"杨贵丽走进了果园。

"我有话想对你说。"张碧林说。

"干吗搞得这么正式？"杨贵丽看他那一脸严肃的样子，打趣似的笑问。

"我都憋了很久了。"张碧林依旧认真地说。

"那就等到实在憋不住了的时候再说。"杨贵丽抛了一个媚眼，笑得花儿似的。是挑逗？是撩拨？还是……张碧林又缴械了，所有想说的话又都咽了回去。

"还有饭票吗？"他把话题转到他最关心她的问题上。

"你不洗被罩了？"她也回到她关心他的问题上。

两个人之间有着一种默契，就像在《于无声处》里一样，无须多言，点到即止，点到即知。两个人都很珍惜这种感觉，不忍心破坏，也不会轻易破坏。

谁能说他们此时不像一对恋人？两人在苹果园里，轻轻地走着，轻轻地说着，然后又轻轻地道别。果园出口处，两个人轻轻地说了声"周末愉快，下周见”，就各自分开了。

张碧林回到教室，教室里只有夏连春和陶艳慧两个人了。两个人各坐各的座位，各干各的事。夏连春在写日记，陶艳慧在看书，看样子，两个人好像互相没说过话。张碧林进来后，陶艳慧收拾好自己的东西就走了。

张碧林问：“师兄，你咋还没走？”

夏连春说：“等你呢。”

张碧林说：“师兄是在陪她吧？”

夏连春说：“是她在陪我。”

张碧林说：“那还不是一样？”

夏连春说：“大不一样。”两个人互相说笑着，张碧林心里的烦躁已荡然无存。

夏连春问他：“谈心去了？”

张碧林说：“你知道我们出去了？”

夏连春说：“教室里的人都知道你们出去了，刚才有同学问‘贵丽呢’，回答的人说‘谈心去了’。然后大家哄堂大笑。”

张碧林说：“看来同学们还挺关心我们的嘛。”

夏连春说：“你以为呢，现在同学们的注意力好像已经转到男女情事上了。无风都能三尺浪，有风还不白浪滔天？”

夏连春问他谈得咋样，张碧林说一无所获。他说杨贵丽说他是傻瓜，看来他是真的有些傻。没见她的时候，他主意很明确，可是一见面，被她几句话一说，他的主意就没了。当时清楚，过后糊涂。看来这爱情真的是笨蛋的游戏。

张碧林说他本来是想退出来的，他觉得杨贵丽的感情好像是一潭浑水，他不想蹚了。他觉得很多人都想看他笑话，他不想让别人看了。但一见她，情况就变了，话到嘴边说不出，又咽了回去。

夏连春说：“对呀，老话说‘水清养不住鱼’。爱情本就是一碗浑水，浑水好养鱼，趁浑水摸鱼，就是这个意思。”

张碧林说：“杨贵丽是不是没有我想象中那么好？”

夏连春说：“什么都可以怀疑，就是不要怀疑自己的爱。杨贵丽如果不好，为什么有那么多人追求她？为什么有那么多人关注她？你现在是退不出来了，大家都在看着呢。开弓没有回头箭，陪她也要陪到底，凑热闹也要凑下去，哪怕是演戏，也要演得很像。”

张碧林听了夏连春的话，有一种豁然开朗的感觉。大家同学一场不容易，彼此珍惜才对，恋爱的过程可能更让人难忘。为了这个过程，为了不辜负那些关注的眼神，陪她，演戏，这其实也是一种坚持。

可坚持也是要有本钱的，没有爱何来坚持？

爱情是心灵的产物，耳听为虚，眼见也未必为实。看似合理的未必是正确的，看似正确的未必是合理的。杨贵丽和方平、张碧林、付朝龙之间，结果谁也看不准，猜不透。没准杨贵丽和三个人中的任何一人都没有结果，大家都白忙一场。花开此处，果在他方。当然，没有结果也是一种结果。其实，爱情也是需要大智慧的。

就像夏连春，当年他和凤月琴的爱情多热烈呀，还不是说散就散了。可他和方小青呢，连他自己都不看好，结果现在却修成了正果。方小青是有大智慧的，她坚守了自己的信念，所以才有了自己“青姐”式的爱情。

夏连春心里明白，他和方小青之间这种爱情，注定是要维系一辈子了，估计是改变不了了。两个人的这种错位关系是从一开始就形成的，虽然最初只是嬉戏，但日子久了，也就渐渐成为两个人的默认定式。这是一种阴差阳错的美好，也是一种男欢女爱的状态。有时候，两个人也想有意识地成就一下对方，让他当一回大男人，让她做一回小女人，可也只是一会儿，这角色很快又在不知不觉中互换了回来，等到两个人反应过来的时候，免不了又是一阵嬉笑。

这不，周日上午，夏连春一到方小青那，方小青就把手里的书往桌子上一搁，把他上周换下来洗好的衣服拿出来放到床上，说：“快换了。”就像个大姐姐疼爱小弟弟一般。

你说，这个时候的夏连春怎么表现出大男人或是大哥哥的样子？他只能是听她的话或者是撒个娇：“干吗一见面就让人家脱衣服。”然后两人免不了一阵亲热，他得到的还是“青姐”式的爱。

方小青把他换下来的衣服洗了，又忙着做饭。她说今天还做揪面片吃，夏连春说：“你别再把洗衣粉放进去了。”

她说：“再不会了。”

做好饭，她把锅从炉子上端到地上，然后回头拿碗，再转身盛饭，可就在这一“回”一“转”之间，她的一只脚不知怎么就一下踩到锅里去了。她大叫一声，脚被烫了。她赶忙把脚抽出来，拖鞋还在锅里。

夏连春飞身下床，接了一盆凉水，把她的脚放进水里降温，又拿了一把剪刀，慢慢把她脚上的袜子剪开。他所做的这些都很专业，当年在太阳升公社学医那一个月还是很有收获的。

她靠在他怀里，问他说她自己是不是很笨，连一顿饭都做不好。他说：“哪有，你这是新式做法。上次揪面片里放洗衣粉咱们没吃，估计味道应该不错。

这次脚踩揪面片待会儿咱们尝尝，一定好吃。听说有个什么地方的刀削面，就是用脚和面。脚比手干净，手什么东西都抓，脚一天到晚捂得很严实。”

她说：“你就会胡说。”

他说：“那咱就不胡说了，赶快去医院。”

夏连春把方小青抱坐在自行车横梁上，带着她去医院。急诊科的大夫说问题不大，锅端到地上后锅里的汤饭有所降温，烫得不是很厉害，没破皮，烫了之后的处理也很得当的，不会感染。不用特别处理，抹一点烫伤膏就行。大夫又说：“其实烫伤膏抹上也没什么用，但要是不用药，又怕病人说医生没给他看病。”

夏连春说：“我们听医生的，那就不抹药了。”随即他又问方小青，“行吗?”

方小青说：“你都做主了，还来问我。”

医院门口，夏连春抱着方小青往自行车横梁上放，突然有人喊：“夏连春!”还没等他回答，又有女生喊：“方小青!”他俩抬头望去，原来是高庆阳和花丽艳。

高庆阳说：“我们刚才在学校没找到夏连春，现在要去毛纺厂，没想到在这里碰到你们了。”

花丽艳问方小青：“这是怎么了?”

方小青说：“脚被烫了。”

夏连春说：“她这是热锅里煮蹄子，还没煮熟。”然后他就给他们讲方小青穿着拖鞋一脚踩在锅里，脚及时拿出来了，但拖鞋到现在还在锅里搁着呢。

高庆阳和花丽艳一阵大笑之后，说：“走，咱们去大上坡吃饭去。”

第二十七章　大上坡上

大上坡，在鹿川的东面，是东出鹿川、西进鹿川的必经之地。夏连春对大上坡太熟悉了，那年他从老家刚来的时候，就是根据那个团场叔叔的指点，从大上坡下面的广场坐车去的吉宁县。后来卖洋葱的时候，他每天早上都到大上坡路口的一家餐馆歇脚，吃饭，喂驴。这两年在这上学，夏连春偶尔也会从最西边跑到最东边，来这家餐馆吃一顿。大上坡这一带特色小吃很多，但夏连春只认这一家，因为开店的人是他的朋友。

大上坡的北面是北岔子，北岔子有个北大营，北大营是旧时的军营，军营附近本没有居民，现在军营废了，成了烧砖窑的场所。那几年，夏连春他们五小队还在这个北岔子的北大营烧砖挣过外快呢。

大上坡的南面是南岔子，南岔子有个南大营，南大营聚居的是赶大营做买卖的人。史料记载，南大营兴盛时有商贾三千，商铺林立，商贩云集，热闹非凡。时至后来，世事变迁，商人逐渐迁出，如今，南大营已基本上没什么赶大营的后人了。但南大营毕竟还是南大营，还是那么热闹繁华，吃的，用的，玩的……五花八门，应有尽有。吆喝的，叫卖的，讨价还价的……各种声音不绝于耳。而且这两年，南大营把整个大上坡地区都带动了起来，使得大上坡成为鹿川最热闹的地方。

夏连春骑车子带着方小青，跟在高庆阳和花丽艳后面，在鹿川大街上，由西到东，穿城而过。到了大上坡，他把方小青抱下车，却不急于进店，他在打量这家餐厅，“大上坡餐厅”，好像就是他之前卖洋葱歇脚的那家店，但餐馆变了模样，他都不敢认了。世事变化真快，几个月没来，彻底变了样。

进了餐厅，高庆阳选了一个宽敞安静的地方招呼大家坐下，服务员用几块折叠屏风把桌子围了起来。方小青烫伤的脚不能垂下，必须抬起来，夏连春把她的脚轻放在自己腿上，然后喊道：“我饿得不行了。”夏连春和方小青两个人折腾了一上午，到现在还没吃上饭。高庆阳让大家先喝点汤，吃点小吃，垫一垫，又点了一些特色饭菜让服务员赶快上。

夏连春对大家说，这家店他以前经常来，以前很小很破旧，现在一下子变得这么大，这么新，桌子多了，服务员也多了，他都不认识了。他随口问一个服务员说那个谁谁谁在不在，他要找的是以前的店老板，但服务员说不认识，他们这里没这个人。夏连春觉得很遗憾，餐厅易手换人了，新人不知旧事。

大上坡的南大营一带小吃很多，但相对来说店面都比较小，饭菜品种也比较单一，卖包子的店就只有包子，卖拌面的店就只有拌面，不像这个餐厅，吃的种类比较齐全，想吃什么基本上都能吃到。有点像他们当年吃过的吉宁县城西的那家餐馆，在一个店里就可以吃到各种当地小吃。

这家餐厅的餐前“盒汤”很有特色，汤盆是一个可以加热的特制大饭盒，所以叫“盒汤”。这“盒汤”每个桌子上都有一份，客人随便喝，店家随时添，免费。高庆阳介绍说餐前喝汤是广东吃法，鹿川没有，鹿川是餐前喝茶。高庆阳这家伙懂得就是多。

眼下，这家餐厅因为开张不久，吃饭的人还不是很多，但这里饭菜有特点，估计很快就会火起来。夏连春边填肚子边说：“高庆阳，你这家伙就是会吃，一到鹿川就能找到这样像模像样的餐厅。”

夏连春很随意的一句话，打开了高庆阳的话匣子。他说会吃不敢说，但他确实喜欢吃。他从小到大的目标就是吃，他这些年都在忙着吃。“你们将来都是舞文弄墨吃公家饭的人，不用自己忙着找饭吃，我估计我这一辈子就是要在吃上做文章，围着锅台转，靠着菜刀锅铲打天下了。”

夏连春说：“那你以后就开一家这样的餐厅，”他以“大上坡餐厅”老主顾的口气，很坚定地说，“这家餐厅一定会火。”

几个人吃得差不多了，高庆阳让服务员换一壶热茶来，又搬了个凳子让方小青把腿搭上去，说哪有女孩子大庭广众之下把脚伸到男人怀里去的。但方小青不搭，她说哪有女孩子在大庭广众之下把自己的脚伸给别人看的。高庆阳说：“你的脚那么黑，谁看呀？又不像花丽艳的脚那么白。”

花丽艳说：“你和方小青的事干吗又把我扯进去？”

方小青说：“人家想你那双白嫩的脚了呗。”

高庆阳对着方小青说：“你别说，一白遮百丑，你那黑脚还真没人稀罕。”

高庆阳没想到他这一句话得罪了两个人。花丽艳说：“我丑吗？”

方小青说：“你这不是睁着眼睛说瞎话吗？这么半天了，你都没发现谁稀罕我的脚？”

自打进来到吃完饭，方小青的脚就一直放在夏连春的大腿上，可能是因为疼，她的脚时不时地抖动，夏连春也就时不时地轻轻抚摸她的脚。还好，刚才在医院听了医生的话，没抹那个烫伤的药膏，要是脚上抹了药膏，这一会儿她的脚还真没人稀罕了。

高庆阳自知失言，这两个人他都惹不起，于是赶紧把话锋转向了夏连春。他说："我上小学的时候就知道饭前便后要洗手，你这都大学生了，却还抱着一个臭脚丫子吃饭。反正你今天别用手给我拿任何东西。"

夏连春随手拿了一块烤饼递给高庆阳："你吃!"高庆阳夸张地站起来用手在鼻子下方扇了扇，把头扭向一边。夏连春也做了一个夸张的动作，把烤饼塞到自己嘴里大口地吃着。高庆阳咧着嘴"唉"了一声，花丽艳瞪大了眼睛看着夏连春。方小青一巴掌打到夏连春肩膀上，"勺子！谁叫你吃了?"并伸手把他吃剩下的烤饼抢了过来放到桌子上。

几个人打趣了一会儿，气氛轻松了起来。高庆阳自打前年冬天高考时和他们见了一面，到现在又一年多没见了，他显然有好多话要说。饭都吃完了，他的谈兴才刚起，一点也没有要离开的意思。今天周日，大家都没事，就陪他坐着，只要店家不催他们走，高庆阳想坐到什么时候就坐到什么时候。

高庆阳说，他这些年跑了很多地方，特别是这两年，他把中国的南方和东南沿海城市都跑遍了，他还去了深圳，去了沙头角，去了蛇口。外面的世界真的不一样。他看到了许多过去没看过的，听到了许多过去没听过的。他的一个朋友本来要留他在深圳那边一起干的，但他还是想回来，他觉得那边开放了，这边也会开放的。他回来已经两个多月了，但他急着办事，就没和同学们联系。他今天要给大家说几件事情，希望大家给他这个机会。几个人都静静地看着他。

他说本来今天是应该喝点酒的，但他害怕喝多了，控制不住自己，说酒话，说醉话，说大话，说出不算数的话。所以今天就委屈大家，不喝酒了。高庆阳说得很深情，很庄严，他们几个人都很专注地听着，等待下文。

他说，他要说的第一件事是生活上的事。今天是个特殊的日子，五月二十日，他二十四岁生日。大家都说那今天应该好好庆贺一下。他说先不急，等他把话说完。

"我们四个人是在一个毡房里住过的人。"他看到两个女生把头低下了，赶紧补充一句，"我没有别的意思，我是想说，我们虽然没有血缘关系，不是家人但胜似家人。我希望大家都能记住今天这个日子，不是要大家记住我的生日，是希望大家记住我今天说的话。我们这一辈子，不管曾经经历过什么，今后会经历什么，不管是咫尺之间，还是天南地北，我们都要永远一条心，好好相待，善始善终。"

高庆阳这家伙这两年确实跑的地方多了，见识广了，很会煽情了，他的陇州口音也淡了好多。花丽艳的眼睛都有些湿润了，夏连春举起茶杯，以茶代酒，提议大家碰一杯，祝高庆阳生日快乐。

高庆阳要说的第二件事是政治上的事。他说国家已经给地主富农摘帽了，他再不是地主崽子了，他获得了和别人一样平等的地位。他的家庭出身，再不是地主了，他和其他所有农村人一样，是农民了。这个地主成分压了他二十多年，如今终于可以松口气了。

夏连春说："为了高庆阳的政治解放，我们再碰杯茶。"

高庆阳说的第三件事是事业上的事。他说他早就说过，他这辈子当不了官，也搞不了学问，但他也不甘心当一辈子面朝黄土背朝天的农民。他老早就觉得自己适合经商，他这些年一直在寻找经商的机会，但因为大条件不具备，只能做些小打小闹的事，总是放不开手脚。

现在情况好了，国家鼓励搞个体经营，在一些大城市，有些从农村返回城里的知识青年，都开始自谋出路，摆摊的，设点的，当小商贩的，日子过得都还不错。有些没有工作的家属，也开始自己找事干。在南方，就更不一样了，农村搞单干，城里搞承包，在单位上班的人也开始下海经商，许许多多的人都在搞个体经营，有的已经成了万元户。

"现在，我经商的机会终于来了。"高庆阳激动地说，"我这次回来就是要自己干。"说着，他指着他们身处的这个餐厅："这家大上坡餐厅就是我开的。"

极其简单的一句话，像突然在其他三个人当中扔下的一颗炸弹，炸得三个人目瞪口呆，一下子蒙在了那里。好半天，三个人才从呆滞中缓过神来，不约而同地"啊"了一声。

高庆阳不无得意地说："怎么样？我回来这两个多月的成果还行吧？"

夏连春突然想起什么似的问高庆阳："吉宁城西那家餐馆是不是也是你和人家合开的？"

高庆阳说："大学生的眼光就是毒，你怎么发现这个情况的？"

夏连春说："首先你这个餐厅跟那个餐馆特别像，其次就是你在这个餐厅吃饭的表现和在那个餐馆一样。我猜这两家店应该有内在联系。"

高庆阳说是的，县里那家餐馆是他和他们公社一个老乡一起开的，那时是他姐夫在那帮忙。现在这个餐厅是他一个人开的，还是他姐夫在这经营。说着，他就把他姐夫叫过来和大家认识，同时交代他姐夫，以后这几个人来吃饭，不管任何时候都不能收他们钱，但要记账，记在他头上，他最后统一算账。高庆阳用几句话，就把他的经营管理理念讲清楚了。

夏连春他们又举起茶杯祝他生意兴隆。

高庆阳说的第四件事是感情上的事。他说："我在讲自己的事之前，想先关心一下夏连春的事，因为我们是兄弟。虽然我的关心可能有点不合时宜，但我希望方小青不要多想，也希望夏连春能如实回答我的问题，因为咱们四个人真的是亲如一家的亲人，我特别想把有些涉及个人的事说到明面，讲讲清楚，一清二白。”

夏连春突然想不明白这家伙今天到底想说什么，这顿饭不会是鸿门宴吧？高庆阳看起来心思凝重，但说出来的话还是很轻松。夏连春问：“你不会是问我女朋友的事吧？”说着，他的手还在方小青的脚上轻轻地做了个暗示性的动作。方小青也侧过身子看看他，表示理解他的意思。

高庆阳对夏连春说：“你脑子就是灵光，但我真诚地希望你一定要把真实想法告诉我。”

夏连春说：“没问题，你问吧。”

“你和方小青是真爱吗？”

“是真爱。”

“你还爱凤月琴吗？”

“爱，一辈子也忘不掉。”

“你和凤月琴还有关系吗？”

“有，兄妹关系。”

“你和凤月琴还能和好吗？”

“不能了，缘分已尽。”

“你让不让凤月琴找对象？”

“她应该找个对象。”

“如果凤月琴找了对象你会怎么样？”

“祝福她。”

说到这儿，高庆阳突然站了起来，激动地说：“那我现在宣布一件事情，我和凤月琴相爱了！”

这无疑是高庆阳今天扔给大家的第二颗炸弹。他身边的三个人被他炸得晕晕乎乎的。就在大家还没反应过来是怎么回事的时候，桌子旁边的屏风后面突然闪出一个人来，已经哭成了泪人，她走到夏连春跟前，轻唤一声：“大哥！”

啊？月琴！

原来凤月琴今天一直都在餐厅里，显然刚才高庆阳和夏连春的对话她都听到了。怪不得吃完饭的时候高庆阳不让方小青把脚放在夏连春的腿上呢，原来他是怕那样会刺激了凤月琴。夏连春心想：高庆阳这家伙的心还是很细的，想事情也是很缜密的。

凤月琴坐到高庆阳的旁边，低着头，不停地擦眼泪。花丽艳已经被刚才的一连串事情搞得泪眼婆娑。方小青的脚已经从夏连春腿上移到了凳子上，她和夏连春干坐着，不知如何是好。高庆阳倒了一杯茶放到凤月琴面前，然后开始说话。

他说前年高考前他回来的时候，才知道夏连春和凤月琴分手了，他当时心里很难受，觉得那么恩爱的两个人怎么说散就散了呢？那天晚上他们几个一起在吉宁城西餐馆吃完饭，凤月琴问高庆阳能不能辛苦一下把她送回去，她怕她爸爸在家等着着急。高庆阳送凤月琴回去的路上，知道了凤月琴家里的事，当然也就明白了她和夏连春的事。他很同情凤月琴，也很同情夏连春。他觉得凤月琴家再这样继续下去，结果可能是不堪设想的，没准会家破人亡，所以他就想尽力为凤月琴家提供一些帮助。她父亲的情况其实是一种病，一种现在还治不了病。今年初，他在南方联系了一家医院，说是可以收治凤月琴的父亲，他们就把她父亲送到了这家医院，她父亲可能会长期在这个医院住下去。这也许是挽救这个家庭最好的办法。

高庆阳说，他做这些的时候，凤月琴提出了两个要求，“一个是决不让我告诉夏连春，另一个是绝不花我一分钱。如果她家钱不够，可以向我借，但以后一定还。”

说到这里，高庆阳突然站了起来，说他之所以今天要当着几个人的面把他与凤月琴的事情讲清楚，就是想让大家不要误会他们，尤其是夏连春，千万不要以为他背地里做过什么对不起他的事。一段时间以来，这个想法一直困扰和折磨着他，今天终于有机会当面把他的心里话说出来，现在心里好受多了。

紧接着，高庆阳就讲了他今天要说的第五件事，关于资产问题。他说按照中国现在发展的态势，现在有万元户，将来有百万富翁也不是不可能的。以他经商办企业的智慧，他将来成为十万元户，成为百万元户也不是不可能的。

他说：“你们这些吃公家饭的人就好好干公家的活，不要想着发财的事，如果将来钱不够花了可以跟我说。你们女人都会有男人依靠的，但夏连春就不一样了，他是个男人，他要养家糊口，而且他将来肯定会在官场上有个一官半职，夏连春你就好好当官吧。”

“凤月琴觉得她这辈子最对不起的人就是夏连春，我也觉得对不住我的好兄弟。虽然我不是夺你所爱，但毕竟凤月琴是你曾经的真爱，我总是有一种愧对你的感觉。我和凤月琴商量过了，为了弥补我们对你的亏欠，我们决定，将来我们一起挣的钱，不管挣多少，四分之一都是你的。这个算法不是凭空来的，不是随便说的，是按照我和凤月琴一人持一半的财产，她的那一半给你分一半。

将来我们会像老外一样，把这些想法以法律的形式明确下来。”

高庆阳看着夏连春发愣的神态，进一步说：“你不要紧张，也不要拒绝，这笔财富不会体现在你的名下，到时会以适当的方式体现在你子女的名下。当然，你将来也可能并不需要我们的钱，因为方小青可能会比我们还有钱，没准鹿川毛纺厂都会是你们家的。而我们将来可能根本就挣不着钱，今天讲的这些就成了水中月，镜中花。但我们就是这么想的，这确确实实是我们两个人的心愿。”

高庆阳一口气把他要说的都说完了。夏连春的心里乱极了，什么事业问题，资产问题，他一概都没往心里去，也就听听而已，他也不想和高庆阳讨论这样的问题。其实他心里一直放不下的还是凤月琴，而凤月琴心里也一直放不下他，大家心里都很明白，但现在还能怎样？又能怎样？相互祝福吧。

回毛纺厂的路上，方小青问夏连春：“心里又难受了？”夏连春没说话。进了宿舍，安顿好方小青，夏连春终于憋不住了，躺在床上，搂过方小青，头埋在她怀里，忍不住就哭出声来。方小青轻轻地拍拍他，说：“哭吧，把所有的委屈和压抑都释放出来吧！”

方小青知道，夏连春与凤月琴之间的情殇，在他心里郁结得太久了，不是轻易就能过得去的。今天他终于见到凤月琴心有所爱情有所钟，这是归宿，也是终结。现在这一哭，便是他与凤月琴的了断。既是哭人，也是哭情；既哭自己，也哭凤月琴。越剧红楼梦里黛玉葬花那一节好像就是这样的。

方小青的室友还没回来，两个人和衣躺在床上，夏连春情绪稍微稳定下来之后，方小青轻揉了一下他的胸口问：“还难受吗？”

“好了。”他握住她的手说。

“还想她吗？”她看着他问。

“不想了。”他闭上眼睛说。

夏连春爬起来收拾锅里的汤饭，他先把锅里的那只拖鞋捞出来冲洗干净，然后对方小青：“咱们把锅里的汤饭热热吃了吧。”

“你吃，我不吃。”方小青说。

夏连春趴到方小青的耳边神秘兮兮地说：“脚不脏的。外国文学里，人家男女之间还互相亲吻脚指头呢！”说着他就掉转头去。

方小青知道了他的意图，一下喊了起来：“你要死啊？脏！”她忘了自己的脚被烫伤的事，猛一抬脚，用力过猛，疼得她赶快把脚放了下去。夏连春顺势把她没受伤的脚轻握在手里，趁她不注意，轻轻地把脸贴到她的脚面上，慢慢地抚慰她。她不再拒绝，也不再作声。

一觉醒来，窗外天已经黑了。回到学校，弯越告诉夏连春说张碧林来了好几趟找他，好像有事。夏连春本来要去教室的，听了弯越的话他便先去了张碧林宿舍。张碧林一见到夏连春就火急火燎地嚷嚷：“你这个大师兄靠不住，紧要关头有事找你就是找不着。”

夏连春说他今天去见凤月琴了，他们中午一块吃了个饭，所以回来晚了。

张碧林一听夏连春去见凤月琴了，一下来了精神，把自己急着要找夏连春的事都抛到一边了。他急切而又兴奋地问：“怎么样？再续前缘了？”

“你不是有事急着找我吗？快说你的事。”夏连春故意不着急又像是卖关子似的说。

“我的事没你的事重要，快说说你们的事。”张碧林很着急地说。

“你到底是关心我们的事还是关心凤月琴？”夏连春还是不慌不忙、不紧不慢地说。

“你这个人怎么这样？真让人着急！”张碧林有些不耐烦地说，“你们两个人和你们的事我都关心。”

“你要是关心我们的事，我告诉你，我们彻底没事了。你要是关心凤月琴，我跟你说，她有对象了。”夏连春直接把事情的结果跟他说了。

“完了？”张碧林不满足地说。

“完了。”夏连春肯定地说。

夏连春看出了张碧林是真的关心，也看出了他的不满足，于是他就把今天发生的事对张碧林细说了一遍，但他与方小青的事他还是没说。

张碧林听后好半天都没说话，他为夏连春和凤月琴感到遗憾，他一直都觉得这两个人真的很恩爱，为什么凤月琴宁愿找夏连春的同学却不找夏连春呢？他还是想不通。但就现在凤月琴的家庭情况和个人情况来看，凤月琴终于能走出心里的阴影，抚平情感上的伤痛，找到新的爱情，这个结果对凤月琴来说也可能是最好的了。但夏连春该怎么办呀？毛纺厂那个女同学有戏吗？上次看《追捕》的时候出现过一次，后来就再没见过了。

张碧林还在为夏连春着想。他突然又觉得，要是他姐姐能找上夏连春就好了，他觉得夏连春比那个田光耀好。以前他光是听姐姐说田光耀好，有胆识，有男人气，能干大事。好话听多了，他也就信了。可是今天和田光耀近距离一接触，他觉得田光耀身上有一股匪气，大气少了点，霸气多了点。他不喜欢这个人。他觉得这个人要是成了他姐夫，他们将来的关系肯定处不好。所以从雅玛河边郊游回来，就急着要找夏连春说说田光耀的事。可是听了凤月琴的事之后，他突然又不想说田光耀了。

张碧林不想说了，可田光耀第二天跑到夏连春这倒说起他来了。田光耀问夏连春："张碧林在班上什么情况？怎么样？"

夏连春说："很好呀，他还是班干部。"

田光耀说："我怎么觉得这个人像没长大的孩子，冒冒失失的，一点也不成熟。"

夏连春说："你是找对象，又不是找小舅子，你管人家弟弟怎么样干吗？"

田光耀说："我就是问问。他昨天回来没跟你说什么？"

夏连春一下子明白了，看来这两个人昨天相处得不是很好，昨天张碧林找他没准就是要跟他说田光耀的，后来因为说到凤月琴，心境发生了变化，张碧林就不想说了。现在田光耀也是在试探他，看他知不知道具体情况。他一脸茫然地看着田光耀，说张碧林昨天什么也没跟他说。

田光耀看夏连春什么也不知道的样子，也就不想往下说了。他随即把话岔开，引到蔡团长身上，说蔡团长今年年底复员，最近来信说他过些日子要回来探亲，主要是想通过他父亲作为鹿川日报副总编的关系，联系一个好一点的工作单位，他想进公安系统。田光耀的意思，是想在蔡团长回来的时候，把同学们召集到一起，聚一聚，大家也都好几年没见了。

夏连春说："好，刚好高庆阳也回来了，大家都见一见。"

田光耀说："那个地主崽子也回来了？他现在干吗呢？"

夏连春说："高庆阳在大上坡开了一家像模像样的餐厅。"

田光耀说："那就安排到那个地主崽子的餐厅，让那个地主崽子为同学们出出血。"

夏连春说放到高庆阳餐厅可以，他去联系高庆阳。但他有两条要求："一是你不能再叫人家地主崽子了，中央都已给地主富农摘帽了，你这个学校党支部书记可不能不和中央一个声音呀。"

田光耀说："有这回事吗？对不起，我还真不知道。"

"二是这顿饭由你、我和高庆阳三个人分摊，不能让人家高庆阳一个人承担，他的餐厅才开张不久，也不容易。"夏连春说。

田光耀连声说好，"还是你们学中文的人想事情细，考虑问题周到。怪不得我那个小舅子说我不读书，不看报，不能当大官呢。他还告诫我要向你学习，看来他说的是对的。不过我昨天确实让他气得一下午都没好好玩，早早就回来了。"

田光耀也是一个心里搁不住事的人，本不想说了的事又主动提了起来。

夏连春调侃他："小舅子做了什么能把姐夫气成这样子，连风度都没有了，连气度都不要了？"

“他说我要是当了大官最后可能要人头落地，还说我会断了别人的活路。他还拿我跟你比，说咱俩是同班同学差距怎么就这么大。我觉得他这话是有意说给他姐姐听的，而且我突然意识到，他第一次把你带到卫校去没准就是想让你和他姐认识的，没想到我先下手为强了。不过我今天来就是想向你取经的，你是用什么迷魂汤把我那小舅子灌得对你这么服帖的？现在看来我确实粗糙了些，是应该反思，向你学习。”

夏连春一看田光耀说得认真了，他知道昨天田光耀和张碧林真的发生了不愉快，估计两个人都气得够呛，要不然张碧林也不会下午一回到学校就跑到宿舍来找他，要不然田光耀也不会今天就急着过来对他说这些。夏连春感激张碧林对他的信任，也感激田光耀对他说了这么多。但现在这两个人，一个是张素雅的弟弟，一个是张素雅的对象，自己可不能在他们中间说错话。夏连春赶快以调侃的口气调节气氛，说：“那你可得小心点，别让我和你小舅子联手把你对象给拐跑了。”

田光耀听了夏连春的话，很是得意，先是哈哈大笑，继而毫不掩饰又不无神秘地低声说道：“现在不怕了，谁都不怕了，连我们班长，就我那个竞争对手，我都不怕了。她已经是我的人了。”

第二十八章　又见炊烟

六月天，孩儿脸，说变就变。上午还是阳光明媚，晴空万里，这一会儿，正该吃午饭的时间，却突然狂风大作，暴雨倾盆。霎时间，校园里白茫茫一片。

同学们都站在教室的窗前，等待风停雨歇，好去吃饭。

夏连春心里有些着急，昨天约好的，今天下午邵汉飞和弯越要去他家玩，可今天上午伊老师临时通知下午四点钟进行语文教学法考试，这样时间就比较紧张了，如果这雨一直下，必然会误了行程。

鹿川到上水湾不通班车，他们去上水湾要坐一趟过路班车，中途下来再走五六公里的路才能到夏连春的家。过路班车的发车时间是下午五点半，从学校到车站要走二十多分钟，所以他们必须五点以前离开考场赶往车站，否则就可能赶不上班车了。而且这雨还得早早停，否则下太久路会不好走。

好在这雨来得快去得也快，不一会儿就停了，但午饭的时间还是比平常晚了一些。夏连春、邵汉飞和弯越三个人凑在一起，站在饭堂的一角，也不理别人，他们要快快吃了快快走，想趁着中午这点时间再到教室翻翻书。

看着他们三个人风风火火的样子，杨贵丽和她的同桌凑过去问他们急着干什么去，邵汉飞说他们下午要去上水湾，到夏连春家玩。杨贵丽说她们两个也要跟他们一起去，她一直都想去夏连春家玩一趟，但夏连春一直也不邀请，也不知道夏连春让不让她俩去。

夏连春打着哈哈，不好拒绝，也不好允诺，邵汉飞和弯越看出夏连春为难，便顺水推舟地说："好啊，咱们一起去。"于是，他们就成了五人同行，队伍壮大了。

这五人下午考试的时候，不在乎答题质量，掐着时间赶紧答题，不能误点。四点五十，原本两个小时的考试夏连春用了五十分钟就站起来交卷，其他四个人也相继交卷出门。班上的同学都纳闷，这几个人的语文教学法就学得这么好？

伊老师巡考，看到讲台上五个人早早交上来的卷子，也很吃惊，这几个人答题这么快？可当他把五个人的卷子逐一翻看了一遍后，发现好多都是空白，他们根本就没做完，能不能及格都是问题。伊老师心里一下明白了，这几个人肯定是约好了一起到哪儿玩去，为了赶时间，提前交卷了。

天已完全放晴。天空湛蓝，校园如洗。五个人的心情大好，他们以最快的速度往车站赶。到了街上，杨贵丽快速进了一家商店，买了些糖果和点心提在手里，说是给夏连春的弟弟妹妹带的。女生就是心细。

赶到车站，已是五点二十，夏连春冲到售票窗口买了五张票就招呼其他人上车。车上已挤满了人，五个人上了车就被挤散了。杨贵丽一直抓着夏连春的衣服不松手，紧挨着夏连春站在他背后。车子开动，人在车里被摇晃得前倾后仰东倒西歪，好在车里人多，互相倚靠，不会摔倒。夏连春感觉杨贵丽在他后面贴得越来越近，越来越紧，他也紧张起来，怕被其他同学看到。

夏连春不知如何是好。杨贵丽突然趴到他肩膀上，对着他耳朵轻轻地说："我身后有坏人。"

夏连春一下明白是怎么回事了，原来她一直在躲避坏人。

夏连春转过身来，使劲把杨贵丽往自己身前一拉，一伸手就把她护到了胸前。杨贵丽身后那小子还想往杨贵丽身边挤，夏连春瞪了他一眼，他也就不敢造次了。杨贵丽终于有了安全感，小鸟依人般地依偎着夏连春。

三十公里的路程，五十多分钟就到了。一路上，由于车里人多拥挤，五个人被挡得都没看到窗外的景色。邵汉飞说他已经一年多没去过农村了，心里还真有些向往。

从下车的地方往夏连春家的方向走，一路向北，一路上坡。坡的尽头，是横卧天际的赤麓山。赤麓山下，山口处，那片可以看得见的郁郁葱葱的村庄，就是上水湾，就是夏连春的家。

那山，那村，那家，远远望去，村庄似被一缕轻纱围绕，轻纱曼妙地舞动，既像薄雾，又像炊烟，看上去宛若仙境。

"又见炊烟升起，暮色罩大地。"邵汉飞随口哼起了最近才从港台地区流传过来的《又见炊烟》。"诗情画意，虽然美丽，我心中只有你。"

弯越问道："想起谁了？"

邵汉飞自嘲似的说："心里有人了。"

傍晚时分，天已不热，道路两旁高大的白杨树，遮阳蔽日，微风吹过，一阵凉爽。夏连春带着他们不慌不忙地一路悠闲地走着。路上的行人不是很多，人们都在地里干活。夏日的农村是没有闲人的。

快到家门口时，杨贵丽问夏连春："你们家门口的农田呢？"

夏连春指指雅玛河两岸："这就是。"

"远处的草原呢？"

夏连春指指赤麓山："在那儿。"

杨贵丽又问："你们家门前的狗呢？"

夏连春说："放出去了。"

进了家门，杨贵丽又问："你们家的牛呢？"

夏连春说："冬天备战的时候卖了。"

"猪呢？"

"过年宰了。"

邵汉飞对杨贵丽说："他说的这些你都还记着呢？"

杨贵丽一脸认真地说："我现在才明白，原来他说的那些都是自己编的。"

夏连春的父母都在地里干活，家里只有刚刚放学回来的大妹妹和两岁的小弟弟。杨贵丽一进门就把糖果和点心递给了大妹妹，让她拿给小弟弟吃。

邵汉飞问夏连春："你比你小弟弟大多少？"

夏连春翻着眼睛在心里计算了一下，说："二十一岁。"

几个人坐在夏连春的房间里，凳子不够，就坐床上。夏连春把从学校背回来的书倒在地上，再一本一本收拾好放到两张单人床中间的半截柜里。他放好书赶忙去给他们倒茶，可暖瓶里没开水。

夏连春不好意思地说："农村就这样啊，家里也很乱，大家别介意，担待点。"

夏连春到外屋烧开水。在农村，夏天是不生炉子不烧煤的，都是烧柴火，一把草一把草地往灶膛里送，灶前离不开人。杨贵丽和她同桌帮忙收拾房子，邵汉飞和弯越蹲在半截柜前翻看柜子里的书。

夏连春的大妹妹去地里把父母叫了回来。夏连春的同学来家里，他父母可高兴了，忙不迭地招呼这招呼那，总想把家里最好的东西拿出来招待儿子的同学。但农村里，又能有多好的东西呢？也就是一些鸡呀蛋呀萝卜呀白菜呀之类的。

夏连春的父母做饭时，夏连春带几个同学到外面走走转转，去了他曾经工作过的学校，晚上他又把孟祥非、飞老师和"省城女孩"几个人叫过来作陪。

老同事相见，自然分外亲切。孟祥非没空着手来，他带了六十块钱，他说："去年五月份夏老师上学前的五个月的工资最近才补发下来，每月十五块，一共七十五块钱，但这次只按百分之八十补发，共六十块钱，还欠十五块钱下次再补发。"

夏连春接过钱交给母亲，说："孟校长一来就发钱，那你以后可要常来。"

夏连春家里很久没来过这么多人了，晚间的饭桌上非常热闹。孟祥非是个很会营造气氛的人，飞老师和“省城女孩”也极力捧场，夏连春的几个同学也都是见过场面的人，大家聚在一起，你来我往，我逗你乐，气氛融洽。酒喝到高兴处，邵汉飞要唱歌，孟祥非说：“好，我来伴奏。”他随手从夏连春的床头取下挂在墙上的二胡，调弦，定音。

这时候，邵汉飞、杨贵丽、弯越几个人像发现了新大陆似的：夏连春会拉二胡?！他们又在心里感叹，这夏连春还有什么我们不知道的?

邵汉飞和孟祥非几首曲子合作下来，两个人突然有了一种相见恨晚的感觉。孟祥非感慨邵汉飞拥有天籁之音，邵汉飞感叹孟祥非是高手在民间。

就在两人互相夸赞之时，“省城女孩”突然主动要求和邵汉飞合作一首《夫妻双双把家还》，邵汉飞说不会唱黄梅戏，可以另选一首。孟祥非对“省城女孩”说：“要唱黄梅戏就和夏老师家的老爷子一起唱，那味道才叫正宗呢。”

夏连春的父亲天生爱唱，赶着毛驴车唱，种着洋葱唱，晾晒炒烟叶子也唱，但现在让他在孩子们面前唱，他又有点不好意思了。孟祥非鼓励老爷子大声地唱。老爷子一张口就把年轻人镇住了，他声音本就洪亮，音调也高，在《夫妻双双把家还》的男声原调的基础上，又高了一个八度，“省城女孩”听后吓得都不敢开口了。这老爷子不得了，嗓子太好了。

一曲唱完，孟祥非对“省城女孩”说：“现在老爷子和你一样，也是省城人，最近在省城原单位恢复了工作，提前办了退休，还预留了一个子女接班指标呢。老爷子现在虽身在五小队，但已不是五小队的人了，是省城的退休工人。”说完，他举起杯，提议道，“来，今天高兴，老爷子也喝一杯，大家敬您。”

这一趟上水湾之行，邵汉飞等人感慨颇多。回去的路上，邵汉飞提议，除了夏连春他们四个人每人总结一条最撞击心灵的感受或体会。

杨贵丽第一个抢着说：“这样的地方，这样的农村，居然能走出一个夏连春!”

弯越说：“天将降大任于斯人也，必先劳其筋骨。”

杨贵丽的同桌说：“嫁人就要嫁夏连春这样的。”

邵汉飞说他最受震撼的是昨天下午一到夏连春家，夏连春把一包书倒在地上，再一本一本放到柜子里。邵汉飞说：“那一刻我想哭。这个镜头要是当时有个照相机照下来，发到摄影杂志上，一定能获大奖。夏连春这一辈子要是不搞文学，真是可惜了。”

杨贵丽说邵汉飞：“你自己说每个人只说一条的，你现在说了两条，我们也还能说好几条呢。”

邵汉飞说："那我们就都不说了。如果你们还有那种诸如'嫁人就要嫁夏连春'这样的话，私下里和夏连春单独交流得了。"

杨贵丽的同桌一听，说："邵汉飞，你这是抓辫子打棍子戴帽子，嫁人一定不能嫁你这样的！"

邵汉飞说："这就对了，我心里已经有人了。"

邵汉飞已经说了两次他心里有人了，昨天来上水湾的路上他就说了。看来这是真的。夏连春说："邵汉飞心里的这个人是谁？"

弯越说："他很快就会告诉我们的，他应该快憋不住了。"

弯越还真说对了，他们从上水湾回来的第三天晚上，凌晨三点钟，邵汉飞敲开了夏连春和弯越宿舍的门，把他俩叫出去，说有事。班长和宿舍的其他同学都起来了，问邵汉飞："出了什么事？"

邵汉飞说："什么事都没有，我睡不着觉，叫夏连春和弯越出去陪我说说话。"班长心里嘀咕：脑子有病。

邵汉飞拿着教室钥匙，三个人半夜三更去了教室。教室晚上十二点就停电，黎明前的教室黑乎乎的，一点光都没有。农历月初，天上没有月亮，外面也没有光透进来。邵汉飞说这样好，不管他说什么都不怕，就算脸红了他们俩也看不见。

三个人坐到教室左后方他们自己的座位上。刚一坐下，邵汉飞就说，他坠入情网了，他被心里的那个人折磨得看不进书，睡不好觉，什么事也干不成。"你们说，我该怎么办？"

"追呀！找她呀！""说你爱她呀！"夏连春和弯越分别说。

"可是她不认识我，怎么追？怎么找？怎么说？"邵汉飞很无奈地说。

"那你这搞的什么事呀？"两个人不约而同地说。

邵汉飞说："事情的起因是这样的，我从来师范学院上学那天起，就给自己确定了三个目标，一是再参加一次高考，考一所名牌大学；二是到南方工作，离开鹿川；三是搞文学创作。

"这三件事当中的前两件，都得等到毕业后才能实现，唯有第三件现在就可以付诸行动，可我在师范学院上学已经一年多了，什么东西都没写出来。

"今年初，我参照外国文学家的创作经验，给自己设想了一个创作对象，把所有想要写的东西都以向创作对象倾诉的方式记下来，然后稍加整理就是一部作品，但一直没找到一个能让我非说不可欲罢不能的倾诉对象。直到两个月前，这个人突然出现了，我就开始每天在笔记本上向她诉说。

"这一招还真灵，让我有了创作的冲动，有了想说的欲望。可是，说着说着说坏了，开始想她了，想着想着想坏了，开始控制不住自己了。这不，搞得我半夜三更睡不着觉，还把你们两个也给搭了进来。不过，三个臭皮匠顶个诸葛亮，三人行必有我师。你们说，我该怎么办?”

夏连春说：“就是说，你爱上了你自己选定的创作对象?”

邵汉飞说：“是的，爱上她了，但又不能爱她。”

“为什么?”弯越问。

“因为我还要高考，我还要回南方，我不想在这儿找对象。”邵汉飞说。

弯越说：“那你就准备高考，准备回南方，现在不找对象就是了，何必把自己搞得这么难受?”

邵汉飞一下子火了，站起来说：“问题是我现在控制不了我自己，我要是能控制得了，我这半夜三更还找你们两个来干吗?”

弯越说：“这不就对了。明明你心里爱上人家了，嘴上还说不能爱，纯粹自欺欺人。你现在就应该大大方方地说‘我爱上了一个人，但不知道人家爱不爱我，我应该怎么办。’这不就得了?”

邵汉飞一屁股坐在座位上，像泄了气的皮球，刚才那种像好胜的小公鸡的劲头一下子没了。“看来我是恋爱了，爱得很深，还是单相思。我现在满脑子都是她，看着看着书她就出来了，睡着睡着觉她就到眼前了。我气得揪自己头发，骂自己：邵汉飞呀邵汉飞，你再这样下去就完蛋了，你的事业不要了吗?你不考大学了吗?你不回南方了吗?”

夏连春说：“因为你是单相思，心里没底，所以不敢承认，不敢面对。”

邵汉飞说：“有时候我真想跑到她跟前，说一声‘我爱你’，让她抬手给我一巴掌。这样反倒好了，解脱了。”

弯越说：“你跟我们说了半天，这个人是谁呀?”

“苗素馨。”邵汉飞说。

“啊?就是开学典礼上的那个主持人，歌咏比赛时教我们唱歌的那个大眼睛的女孩?你当时不是不喜欢她教唱的那首歌吗?”夏连春吃惊地问。

“其实，我第一次见到她就喜欢上她了，就是那种‘众里寻他千百度。蓦然回首，那人却在，灯火阑珊处’的感觉。”邵汉飞说，“当时，因为她教唱的那首歌确实不好听不好唱，也确实因为我真的不想再见到她，所以我坚决不唱那首歌，结果还搞出个《花儿与少年》的风波。她第二次回来教咱们练歌的时候，我就知道我爱上她了。”

“就因为她教歌的时候往咱们这边多看了那两眼?”弯越说，“你了解人家多少呀?”

“这正是我的痛苦所在。别人恋爱是两个人的事，是你来我往卿卿我我。我这倒好，躲在自己的世界里，她连我是谁都不知道，她的情况我也不知道，她有对象吗？她会理我吗？我只在自己心里和她对话，向她倾诉，为她写诗，我已经写了满满一本了。”说着，邵汉飞就把他的“诗集”拿了出来。

教室里是黑的，看不见。杨贵丽课桌的抽屉里有个小油灯，邵汉飞把它拿过来点上。夏连春和弯越打开“诗集”，第一页上面写道：

献给：

雪中松苗

云间月素

梦里微馨

看得出来，邵汉飞真的是用心了。夏连春说：“好感动哦。”

弯越说：“还是首藏尾诗。”

邵汉飞说他为写这三句小诗，还真是费了心，耗了精力，他是化用了唐诗三百首里的诗句。

雪中松苗，化用了白居易的“不见郁郁松，委质山上苗。”

云间月素，化用了王勃的“尘间狭路黯将暮，云间月色明如素。”

梦里微馨，化用了杜甫的“千秋一拭泪，梦觉有微馨。”

弯越说：“你这三句好是好，但你这只是对‘苗素馨’三个字形式上的解读，人家未必能懂你的意思。我的意思是改为：苗是生长，素是本色，馨是香味。从此落笔，直抒胸臆。”

夏连春说：“别搞得那么复杂，解读，解释，都不如解决。你就写‘献给田中的禾苗，心中的素馨’得了，心意表达了，赞美也有了。素馨本就是大花茉莉，多美呀。”

邵汉飞说：“我不是要和你们商量藏尾诗怎么写，我现在是急着想把诗集送给她，行不行？怎么送？会是什么结果？”

夏连春说：“送，赶快送，自己送，不能找别人代送。送她诗集，就是示爱，不外乎三个结果：一是她很感动，接受你的爱。那就恋爱，享受爱情。不要把事业和爱情对立起来，谁说有了爱情就不能高考、不能回南方、不能有事业了？二是她很抱歉，不能接受你的爱。这不正是你想要的吗？你本来就是‘我爱你，但不能爱你’的心态，现在好了，人家不接受你的爱，你也就不用为难了。三是她很意外，她以前不认识不了解你，想以后慢慢接触接触再说。这可能是最麻烦的结果。其实也没啥，只要把事情说开了就好办了，你就当是感受爱情体验生活呗。”

邵汉飞说他从来没恋爱过，看来他这次真的要做一次他平生以来最伟大的事情了。为了不打无准备之仗，他让夏连春扮演苗素馨，先陪他练习一下。

弯越“扑哧”一下笑了出来：“杨贵丽和张碧林演《于无声处》前需要彩排，你这谈恋爱前也要进行彩排？要是到了现场，两个人谈的时候，突然出现了事先没想到没准备好的情节怎么办？比方说人家要接吻了，你让人家站在那先等一等，你回来做个准备再回去？”

邵汉飞说：“我这可是大姑娘上轿——头一回，不像你和夏连春，一看就是谈过恋爱或者正在恋爱的样子。”

弯越说邵汉飞：“你这连别人恋没恋爱都能看得出来，还说自己没恋爱过？”

夏连春说：“咱不打口水仗了，抓紧时间练练吧，马上天亮了，待会儿教室里该来人了。”

邵汉飞马上进入角色，朝着夏连春扮演的苗素馨说：“苗素馨同学，我是中文二班的邵汉飞。”

夏连春说：“我认识你，上次你要唱《花儿与少年》的时候我就认识你了。”

邵汉飞说：“今天约你出来是有些心里话想对你说，希望你能听我把话说完。”

夏连春说：“没问题，大家都是同学，有什么话都可以说。”

邵汉飞说：“好长时间了，我一天到晚满脑子里都是你，看不进去书，睡不好觉，光是想你。说实话，我真的不想想你，这样太耽误时间了，我还要看书学习，我还要吃饭睡觉。但我控制不了我自己，我不知道我该怎么办。我这里有一本我写给你的诗集，我想送给你看看。”

夏连春说：“谢谢你跟我说这些。你真的不应该想我，你应该好好看书学习，好好吃饭睡觉，别再耽误时间了。你的诗集我就不看了，我们搞音乐的，文学功底差，怕看不懂。”

邵汉飞气得把诗集往桌子上一摔：“连我花了这么多心血写给她的诗集她都不愿看！”

弯越赶紧接过话说：“不是她不愿意看，是夏连春不愿意看。”

“这不还是什么结果都没有啊？”邵汉飞生气地说。

弯越说：“你还想要什么结果呀？我觉得夏连春演绎的这个结果挺合理的。你现在有两个办法：一个是把自己的心火压下去，别烧了，没有结果；另一个是如果实在压不下去，你就按照夏连春说的干脆直接找她，找了她，得到的很可能是你们俩刚才演绎的结果。”

邵汉飞的心结还没打开。感情的问题用理智来解决是荒谬的，用别人的理智来解决自己的感情问题简直就是扯淡。但找人说一说，总比闷在自己心里好受一些。

天亮了。三个人赶快把教室窗户都打开透透气，自从到了教室夏连春和弯越两个人抽了不少烟，教室里烟味挺大，平时是没人在教室抽烟的。早上上课前，同学们陆陆续续到了，女同学都说谁在教室抽烟了，好大的烟味。

班长来到后排问夏连春和弯越：“是不是你们抽的？你俩和邵汉飞昨天晚上是不是到教室来了？”杨贵丽在旁边也听到了，很关心地问他们遇到了什么问题。

上水湾之行，使得他们几个人的关系一下增进了很多。邵汉飞、弯越和杨贵丽之间的话开始多了起来，相互间开始有了互动，不知不觉亲近了很多。杨贵丽和夏连春因为有了长途汽车上那段被动的亲密接触，现在倒有些不好意思起来，好像他们已经有了肌肤之亲，关系暧昧似的。

这几天，班里同学议论最多的就是上周末杨贵丽等几个人去夏连春家玩的事，其他同学听了他们回来后的描述，好几个人都嚷嚷着也要去夏连春家玩一趟，夏连春一一答应了。但明显能看出班长还是一副不屑的样子，付朝龙更是鼻子不是鼻子眼睛不是眼睛的。张碧林倒还好，他现在好像比以前超脱释然了很多。再说，杨贵丽去的是夏连春的家，而且还有好几个人一起，他什么都没多想。

这天下午，语文教学法考试卷发下来了，那天匆匆交卷的五个人的分数齐齐的都是六十分，其中夏连春的考分还是在五十七分的基础上改成了六十分。班长说，这就是玩心大的结果。

这一会儿，可能付朝龙和白文辉在前面也跟同学们说了邵汉飞、弯越和夏连春三个人昨天晚上半夜三更跑出来的事了，好多同学都回过头来看他们三个人。

邵汉飞突然从座位上站起来，大声嚷嚷道：“我们昨天晚上就是来教室了，我恋爱了，失眠了，睡不着觉了，就这么个事。我觉得一个男生爱上了一个他喜欢的女孩子不是什么丢人的事。”

教室里一下子安静了。

同学们知道邵汉飞的“勺”劲上来了。他之前在全班同学面前已经“勺”过三次了。

一次是教室里冬天架炉子生火的事。教室后排的角落位置比较凉，生火的炉子在教室前面，火小了后面冷，后排同学就想着多加些煤；火旺了前面热，前排同学就老爱开窗户。窗户一开，后面更冷。邵汉飞为了抗议前排同学开窗户的行为，跑到前排，打开炉盖子，拎起搁在墙角边上的半桶凉水就泼到了炉子里，教室里瞬间煤灰飞腾，同学们纷纷往教室外面跑。

再有一次是有同学进出教室不关门的事。教室门不关，外面过道里的嘈杂声吵得人没法静下心来学习，楼梯口的过堂风吹到后排让人感觉特别不舒服，邵汉飞气不过，拿起粉笔在教室两扇门内侧竖着写了两行字，右侧门写着："不关门者"，左侧门写着："马户是也"。后排的几个人等着看谁进来不关门。上课了，伊老师进来，关门，看到两行字，凝视，转身，拿起黑板擦把两行字擦了。

还有一次就是《花儿与少年》风波。

这一次邵汉飞的"勺"事，同学们大概也都知道一些。邵汉飞喜欢苗素馨并为她写诗，他宿舍的几个同学前几天就知道了，有的还看了他的那本诗集。上周末邵汉飞和弯越去夏连春家，他就是想利用这个时间好好跟他们两个交流交流，后来因为杨贵丽和她的同桌也去了，他就没说。这段时间班里同学都在议论邵汉飞爱上了音乐班一个女生的事，有的知道是苗素馨，有的不知道，但大家觉得夏连春和弯越应该知道，都想问问情况，但这两个人就是不说，只说不知道。

期末考试最后一门课考完，邵汉飞叫夏连春和弯越到他家吃饭，他晚上有事要说。

邵汉飞家里只有他和他母亲两个人。他的父亲本是个老革命，二十世纪六十年代初，由于给一个老战友捎带过一封信，而这封信牵出了一件历史冤案，邵汉飞的父亲也因此受到牵连，丢掉了公职，返回了原籍。

邵汉飞的父亲参加革命前，在老家结过婚，老家有家，这个家至今还在。没了公职遣送回老家后，也就顺理成章地回到了他那个曾经的家。邵汉飞对父亲一直很记恨，从来不跟人提起他父亲。

邵汉飞是个孝子，家里的粗活细活他都不让母亲干，洗衣做饭，收拾家务，甚至连织毛衣和缝补衣裳这样的话他都会。但他的性子桀骜不驯，甚至刚愎自用，一般别人的话他都不听，但母亲的话他是百分百听的。他母亲常说，她既养了一个心灵手巧的女儿，又养了一个让人操心的儿子。

同学到家，一桌可口的饭菜，也都是邵汉飞亲自做的。一顿饭，了解一个人。其实，每个人都不只有一面，至少两面，甚至多面。

邵汉飞今天的心情特别好，非常轻松。一吃完饭，他就把夏连春和弯越领到自己房间，还亲手用剪刀剪了一个小纸盒，撕了一片报纸，用水打湿放在纸盒子里，给他们两个当烟灰缸用。他自己不抽烟，家里没有烟灰缸。

一切收拾停当，他才坐下来，不慌不忙地说："我给你们讲一个爱情故事。"

他说那天晚上他们三个人在教室里长谈之后，他又憋了好多天，还是没憋住，他就不憋了，前天晚上他去找苗素馨了。夏连春和弯越两个人都很惊愕地看着邵汉飞，显然都很想知道他爱情故事的下文。

但邵汉飞却突然按住他故事的下文不表，而是讲起了他从这个故事当中得出的两个基本结论：

一个是男人找好朋友商量的事，都是想干的事，不想干的事不需要商量。实际上商量之前他就已经有了主意。既然想干，挡也挡不住。

另一个是女人找好朋友商量的事，都是不想干的事，想干的事不需要商量。既然不想干，商量了也不干，只是拿出来说说而已。

所以这男人和女人的是非观往往是不一样的。比如，朋友妻不可欺，这是男人的底线，这事不容商量，绝不能干。而女性之间就不一样了，我们经常可以听到某某的男友被她闺密撬跑了，闺密干的这事，找人商量了吗？

男人商量是分享，女人商量是显摆。男人沉不住气，心里的事喜欢对外说，所谓黄鼠狼没抓着惹了一身骚，屎盆子往往都是自己扣的。女人有心计，自己的那点小心思是不会跟别人讲的。所谓好事不出门，坏事传千里，传出去的坏事都是别人的，而且多数都是女人传出去的。

弯越说："你说了这么一大堆感慨，就是为了给我们讲清一件事，那就是你没听我们的劝说，没给我们打招呼，背着我们去找苗素馨，是有理由的。对不？我们听懂了，我们不介意。"

邵汉飞说："不完全是，我这也是有感而发。你们还记得音乐班那个教唱《花儿与少年》的女生吗？"

他俩说："记得呀，长得很漂亮。"

邵汉飞说："音乐班女生都知道中文二班有个'少年'白文辉，说他向教唱歌的女生'花儿'表达爱意了。那女生跟她几个好朋友商量向她们征求意见时，几个朋友几乎同一个意见：不行，太吓人了！那女生带头笑翻了天。你们说，她和好朋友商量前，她的主意是不是已经定了，觉得白文辉不行？"

邵汉飞说他前天晚上躺在床上看书复习的时候，看着看着思绪又跑了。他一翻身下了床，拿起那本诗集，就往女生宿舍楼去。一路上他信心可足了，劲头可大了。可到了女生宿舍楼下，气泄了一半，又犹豫了。就在他拿不定主意的时候，他碰到了音乐班一个认识的男生，这个男生也要去女生宿舍，并招呼邵汉飞道："进呀！"

邵汉飞说："进！"

那男生问邵汉飞去找谁，邵汉飞犹豫着，突然想着可以让这个男生帮忙叫一下。邵汉飞迟疑了一下，说："找你们班的那个袁，那个叫袁什么的女生。"

邵汉飞看着那男生，那男生也扭头看着邵汉飞："袁？袁？袁慧娟？"

邵汉飞说："对，对对，袁慧娟。麻烦你帮我叫一下。"

那男生又看看邵汉飞，说："好，你等着。"

袁慧娟是苗素馨的闺密，两个人整天在一起，形影不离。邵汉飞那一瞬间突然想，还是跟慧娟说吧，让她给苗素馨带话可能更合适一些。

邵汉飞在楼道里站着，他听到那男生在女生宿舍说："真的，就是有人找你，人家在楼道里等着呢。"

袁慧娟从宿舍探出头来，看到邵汉飞，迟疑了一下，走了过来："你找我？"

"是的。"邵汉飞说，"咱们到楼下说？"

"就在这儿说吧。"袁慧娟显然不想下楼。

"好吧。"邵汉飞先自我介绍说他是中文二班的，然后说他最近心里有个人，搞得他心神不宁，寝食难安，实在没办法了，他今天来找她说说。

说话间，旁边一个宿舍有人开门看了看他俩，又把门关上了。袁慧娟她们宿舍的门一直开着，刚才那个帮邵汉飞传话的男生也伸头出来看了看他们。

看到这情景，听了邵汉飞的话，袁慧娟说："我知道了，你先回去吧。"说着转身就要回宿舍。

邵汉飞急了："哎，等一等，我话还没说完呢。"

袁慧娟很克制地说："不用说了，我已经知道了。"说完又要转身走。

邵汉飞突然明白了，赶紧解释说："对不起，我说的这个人不是你，是你的好朋友，苗素馨。"

袁慧娟一下子哈哈大笑起来："你早说呀！"

袁慧娟这一笑，旁边宿舍的人又开了门，说："你们声音小一点。"

这一次袁慧娟主动说："走，咱们到楼下说。"

到了楼下，邵汉飞敞开心扉，把他对苗素馨的爱讲了个明明白白，心里一下敞亮了。

袁慧娟明白了他的心思，很遗憾地跟邵汉飞说："不过她已经有了。"袁慧娟觉得这句话表达得不够明确似的，紧跟着又加了一句："人家早就有婆家了。"

说完这句话，袁慧娟似乎又觉得这样说对于一个追求者来讲好像太残酷了。随即又补充了一句："不过你们可以见面聊聊，我帮你约一下？"

邵汉飞说："谢谢你，不用了。我这里有一本为她写的诗集，你带给她看看，看完还我。”

袁慧娟说可以，她先替苗素馨拿上。

邵汉飞转身离开的时候，看到去袁慧娟宿舍的那个男生就在他身后。原来那男生是袁慧娟的对象。

夏连春和弯越听完邵汉飞的讲述，觉得这故事还挺跌宕起伏的，可以写成一部小小说了。

第二十九章　情到深处

蔡团长回来了，他的工作也落实了，他父亲已经为他联系了省城的一所高校，虽然单位不是很好，但能留在省城。

夏连春对高庆阳讲了田光耀想在大上坡请蔡团长吃饭的事，高庆阳说："没问题，请大家吃顿饭，不需要你们任何人出钱，我有这个能力。"

夏连春说："不是你有没有这个能力的问题，既然田光耀要请蔡团长，那他就该出钱，咱不能让人家当冤大头耍了。"

高庆阳说："我懂你的意思，就当我请大家吃顿饭，做感情投资了。广东那边，现在流行一种观点——钱是大家挣的，不是一个人挣的，一个人只能挣小钱，大家一起才能挣大钱。假如挣十个钱，你得小头，只得三，别人得大头，得七，看似你一时得到的少，但人家以后再有挣钱的机会就可能还会找你，挣钱的机会多了，挣的钱积累起来也就多了，你会不断有钱赚；假如你挣十个钱都归自己，人家下次有挣钱的机会就不给你了，以后你连小头都得不着了。

"再说了，你们一下子来那么多客人，也算是给我做广告了。广东那边现在学习香港，开始给企业和产品做宣传，叫广告，还要交广告费呢。我招待大家吃顿饭算什么！况且你们这些人里头没准将来还有做大官的呢，提前做点感情投资，拉拉关系也是必要的。像鲁大山，眼前我就用得着人家。干我们餐饮这一行的，没有公安的关系还真不行。"

高庆阳说得头头是道，夏连春半晌接不上一句话。他觉得高庆阳这两年在南方，说不定干了什么更大的事，要不然他不会懂这么多。

周日中午聚餐的时候，夏连春和方小青早早就过来了，他们想来看看凤月琴，但凤月琴不在，高庆阳说她去吉宁县了。估计她是有意回避，不想见这么多人。

还没到吃饭的点，但餐厅里吃饭的人已不少。距夏连春、高庆阳等人上次聚餐才一个多月的时间，餐厅的生意就已经红火起来。高庆阳说他的店里就是缺少一个包厢，他在餐厅的一角用屏风围出一个独立的空间，摆了挺大的一张桌子。来的客人都夸赞高庆阳这家餐厅开得好，鲁大山所长说："高总，以后有用得着的地方尽管吩咐。”

来聚餐的人里，最让夏连春没想到的就是有殷淑玲老师。殷淑玲是蔡团长的中学老师，田光耀应该是通过蔡团长认识的殷老师，殷老师应该是从蔡团长或田光耀那里知道的夏连春。殷老师一出现，夏连春心里的谜底终于揭开了。

田光耀没叫张素雅，也不让夏连春叫张碧林，应该是因为殷老师。不过殷老师倒很乖巧，与众人相聚很自然。

饭桌上，蔡团长很低调，当兵三年，变化不小，成熟稳重了许多，让他喝酒他就举杯，人很谦和，话也不多。方小青心里想，人能变化这么大吗？

田光耀让徐老师讲话，徐老师说他的学生都有出息了，有文的，有武的，现在还有当老板的。“大上坡”这个名字多好啊，餐厅里的饭菜多有特色呀，在一个餐厅就能吃到鹿川的各色小吃，特别是这道不掏钱随便喝的餐前“盒汤”，别出心裁，很有讲究，让人称道。

夏连春第一次见到“盒汤”时就悄悄问过高庆阳：“你这汤盒就是田光耀从你手里一脚踢掉的那个饭盒吧？”

高庆阳说：“就你明白我的心。”

夏连春这一会儿在想，不知道田光耀有没有看懂这个汤盒。

席间，徐老师给田光耀和夏连春传递了一个重要消息，他们这届学生下个学期就不开新课了，要去实习，准备毕业。田光耀和夏连春都觉得这也太快了吧，上学时间还不满两年，他们原本都以为可能要到明年夏季才毕业，因为他们去年入学的时候差不多已是夏季。

回到毛纺厂宿舍，方小青接着刚才饭桌上徐老师的话说：“早点毕业好呀，上学不就是为了毕业吗？”她心里还一直惦记着夏连春他们毕业的事呢。

夏连春当然知道毕业好，毕了业可以工作，可以拿工资，可以养家糊口。方小青说：“最关键的你没说。”夏连春问她什么最关键，方小青说：“你毕业了我们就可以结婚了呀。”

夏连春惊异地看着方小青，她是认真的，不像是临时起意，信口胡说。结婚这个话题他们以前还从没提起过。

“你想结婚了？”

“恋爱不就是为了结婚吗？”

夏连春激动地一把搂过方小青：“我们现在就结婚。”

一阵折腾，方小青从床上坐起来，说：“我早就跟你说过，不到结婚那天你什么都不要想，我是不会给你的。”

毕业前的实习是大事。师范生的本事就得讲台上见。实习成绩的好坏，可能会直接影响分配结果。讲不好课就教不了学，教不了学就当不了老师，当不了老师国家还怎么给你分配工作?

毕业分配是大事。工作分配的好坏，不仅会影响到当下，可能还会影响一辈子，甚至会影响到子孙后代。那些乡村教师，在农村牧区待一辈子的，不是大有人在吗?

“如果毕业分配我留不到市里怎么办?”夏连春问。

“那我跟你去县里。”

方小青回答得很干脆，说明结婚和毕业分配的问题在她脑子里已经想了不是一时半会儿了。女人考虑问题缜密，看似大大咧咧的“青姐”也一样。但就是这样一句大大咧咧的回复，让夏连春心里一下敞亮了，消除了很多困惑。

同学当中，已经有人悄然开始筹划毕业分配的事了。张碧林问夏连春：“师兄对毕业分配是怎么想的?”

夏连春说：“服从分配吧。”

张碧林好心提示：“师兄应该去找找伊老师，争取留校或是分到市里，听说有些同学已经开始找伊老师和校领导了。”

夏连春说他还真没考虑过这个问题。

张碧林说：“应该考虑了，早考虑比晚考虑更能掌握主动权。”张碧林说他不想回团场，他想争取分到县里。

夏连春说：“那咱俩一起分到吉宁县吧。”

张碧林说：“我才不想把师兄拖累到县里去呢。”

夏连春心里明白，如果能留校或是留在市里，那当然是好事，不仅因为城市生活好，工作起点高，还有就是方小青现在生活在这个城市。方小青已经提出了结婚的想法，而他的父母早就盼着他结婚成家。结婚的事很快就会被提上日程，这也是人生大事。结了婚两个人就应该生活在一起，方小青的母亲两年前就希望他们俩将来能在一个地方工作生活。但现在他的脑子里，想得更多的则是他的父母、弟弟和妹妹，他觉得他们都需要他。

他的父母需要他。父母辛苦了一辈子，作为儿子的他虽尚未功成名就，但已成人，他应该接过父母肩上的担子。

他的弟弟和妹妹需要他。弟弟和妹妹现在都在农村，他想自己工作以后，把他们带到自己身边上学，这样对他们的成长无疑是有好处的。

他的家庭需要他。一个在泥土里刨饭吃的农民家庭，终于出了一个吃公家饭的人，他应该成为家庭的支撑。

尽管家里人什么都没说，什么也不会说，但他自己心里明白，这是做长子、做长兄的责任。要想为父母、为弟弟妹妹、为家庭多做一些，同时又不至于影响他和方小青未来的生活，最好的办法就是到吉宁县去。到了吉宁县，离方小青的父母也比较近，还可以照顾她的父母。他觉得他的这个想法是可行的。

在夏连春放假期间，方小青接到通知，厂子安排她去外地学习的事已经定了，纺织学院的录取通知书已到，学习两年，是系统内招的成人班。方小青要去上学，更加坚定了夏连春分回县里的想法，方小青不在，他留在市里干吗？

今年，方小青一家三口人人都有好事。她的母亲按照专业对口，由县小学调到了县卫生局当局长，她的父亲也由县医院调到了县委党校当副校长，校长是由县委副书记兼任的。方小青的父母都是大忙人，送方小青的事自然就归夏连春了。

方小青想借这次上学的机会，提前到省城看看，见见同学什么的。她自打跟随母亲来到县里上学，已经六年没回省城了。

方小青临走的时候，“小花”照例“喵喵”叫了两声，算是给她送行。方小青弯下腰，对着“小花”头顶上的小红帽亲了亲，说：“春节再回来见你哦!”

夏连春和方小青到了市里，买票，寄存行李，在招待所开好房间，然后两个人一起去师范学院，到夏连春的宿舍把自行车骑出来，顺便再把宿舍收拾一下。离开学还有一段时间，夏连春明天就住到宿舍，不回家了。

方小青这一年多再没来过师范学院，她怕来多了对夏连春影响不好。她不想让夏连春的同学在背后议论她，也不想让夏连春烦她。爱情这东西谁知道呢？两个人不见的时候想见，见多了没准就会烦，尤其是在对方不想见你的时候，你的频繁出现或是突然出现，都会打乱他或她的生活节奏，没准就会让对方烦你。

方小青的生活里，几乎是清一色青春靓丽叽叽喳喳的女孩子。纺织女工们在一起，最爱掰活的就是对象和爱情这些事，就怕自己的幸福没人知道。还喜欢对别人的对象评头论足，就怕别人的对象比自己的好。下了班，回到宿舍，就喜欢有男孩子来找，天天有男孩子来找脸上才有光。

方小青不是为了脸上有光才让夏连春每个周末都去她那儿，但他去了她确实觉得有面子。她的空间需要爱情，他的空间需要自由。他给她爱情，她给他自由。这就是两情相悦。

夏连春说：“好好看看我学校吧，你下次回来我就该毕业了。”夏连春的话里有一种他还没上够学的感觉。

假期里的校园很安静。方小青突然深情地看了夏连春一眼：“你寒假毕业，明年暑假我们就结婚吧？”

“你真的想结婚了？”其实，这些日子以来，自打方小青上次提出了结婚的想法后，夏连春也一直在想结婚的事。

“你不想？”方小青问。

“问题是我毕业了你还没毕业呢。”夏连春有些拿不准。

“我们是在职成人班，结婚的事应该不受影响。”方小青成竹在胸，一脸认真。

夏连春又激动了，爱情长跑，终于修成正果，他真想抱抱她。但现在是在校园，他不由自主地加快了脚步，想快快走进宿舍。

到了宿舍楼前，夏连春跟值班大爷打了个招呼，就领着方小青去他的宿舍。宿舍门开着，有人，方平居然躺在宿舍里看书。方平和夏连春两个人都很诧异。

“你怎么在这儿？”

“你怎么来了？”

两个人一阵寒暄之后，夏连春把方小青介绍给方平。

“方小青？”方平若有所思地问，“青草的青？”

方小青说是的。

“你这个‘青’字是名字还是辈分？”方平继续问。

方小青说既是名字也是辈分。

“老家哪里的？”

“冀州。”

“冀州哪里的？”

“方家庄。”方小青直接说出村庄的名字来，把冀州下面的好几个层级都省去了，免得他逐级问，再问多了她还真就答不出来了。

夏连春知道方平也是冀州人，突然意识到什么似的说：“你别说你们俩是一家人啊？”

方平说：“你说对了，我们还真是一家人。我们是一个村子的，还是一个辈分，我也是青字辈。我本来叫方青平，破‘四旧’的时候我把中间的‘青’字去掉了。”

接着，方平又问方小青：“你父亲叫什么名字？”

“我没有父亲。”方小青说，“我跟我妈姓。我妈叫方家云。”

“啊？方家云？那是我堂姑。”方平激动得快喊了起来，“虽然没见过，但我从小就知道我有个姑姑叫方家云，可有出息了。我是在老家长大的，是我大伯把我从老家接来鹿川的。我大伯叫方家祥。我大伯和你母亲是亲堂兄妹，也就是说我爷爷和你姥爷是亲兄弟。”

方平说的这些夏连春听懂了，方小青却是云里雾里的，搞不清楚是怎么回事。

方平一高兴，站起来说：“走，到我们家去。我大伯知道后一定高兴坏了。”两个人不由分说地被方平拽走了。

路上，方平还处在亢奋之中。他说他小时候，他父亲常说老方家在我们这一代出了两个人才：一个是他大伯，武将；一个是他方家云姑姑，女秀才。方平到鹿川之后，也经常听大伯说起方家云姑姑。“大伯说他出来打仗前差点把姑姑搞丢了，也不知道姑姑现在在哪里。”

方小青坐在夏连春车子后面，听方平讲着老方家的故事，心想：我有哥哥了？这个人就是我的哥哥？

夏连春明显感到了方平对方小青的重视，这就是亲情。之前他和方平还只是同学关系，而且是不太融洽的同学关系，可这一刻，看着方平那不能自持的兴奋劲，他们俨然也已成为亲人了。

回到家，方平就给他大伯打电话，把他遇到方小青的事对他大伯说了一遍，不一会儿大伯就回来了。

大伯一进门，没顾得上换便装就急着见方小青。虽然急切，却也有所克制，他还没搞清楚方小青的真实身份呢。他非常关心地询问了一些关于方小青妈妈的情况，其实他的真实意图是在核实她的身份。毕竟他和堂妹失去联系几十年了，现在突然凭空冒出来一个堂妹的女儿，他自然欣喜，但欣喜之余，也有所保留。到底是真是假，他总得问个究竟，但又不能伤了孩子的自尊。所以他问得非常小心，非常自然，非常贴切，以至于方小青一点也没感觉到他问的有什么不合适的地方，反而让她感觉到一个久违了的长者对后辈的关爱和体贴。

方平的大伯威武高大，比方平帅气多了，慈眉善目，不像电影里的首长，给人的感觉凶巴巴的。方小青见到老方家的人还真有种亲切感。当伯父确信眼前的方小青就是他堂妹的女儿，当他知道方家云就在吉宁县的时候，他的眼睛有些湿润了。他有些急不可待，吩咐工作人员马上给吉宁县武装部打电话，叫他们尽快联系县卫生局方家云局长，现在就把方局长接到军分区来。

县武装部部长亲自到县卫生局找到方家云，说是要接她去鹿川军分区。方家云问什么事，部长说不知道，她便不再问了。她估摸着一定有重要的事，这么急，而且武装部部长都不知道，当然，也可能是保密的事，人家不方便说。她赶紧收拾好办公桌上的文件，立即跟着武装部部长一起去了军分区。

从县里到市里，武装部的吉普车半个来小时就到了。他们直接进了军分区，直接到了首长家。方家云进门看到小青和夏连春也在，她有点纳闷了："你们怎么在这里?"

没等方小青和夏连春开口说话，方家祥就站了起来，急切地说："你是小云?"

已经几十年没人叫她小名了，要不是前些年回家探亲时父母还叫她"小云"，她早把自己的小名忘掉了。可眼前这位首长突然叫她"小云"，她很惊异地看着他，没说话，只是下意识地点了点头。

方家祥看出她的惊异，情绪有些激动，声音颤抖地说："我是你大哥，家祥大哥呀!"

方家云好像被吓着了似的，好半天才从惊恐中回过神来，几乎是从嗓子眼里挤出了三个字："我大哥?"

兄妹俩紧紧地拥抱到了一起。屋里的人都被这场景感动得流下了眼泪。

旁边的人，从他们俩的交谈中才明白，他们俩虽是堂兄妹，但比亲兄妹还亲。方家祥在他们方家同代人中排行老大，方家云是他们那代人中唯一的女孩。他比她大七八岁，小时候，她一天到晚跟在他屁股后头到处跑，他走到哪里她就跟到哪里，连他到学校上学她都跟着。家里的人都说，这兄妹俩名字取得好，一个"祥"，一个"云"，"祥云"连在一起分不开，将来他们长大了，一个娶媳妇了，一个找婆家了，看他们怎么办。

可是，没等到将来，没等到他们长大，他们兄妹俩就分开了，而且这一分别就将近四十年，杳无音信。

两个人至今都能清楚地记得他们那年分开时的情景。

晚上，鬼子进村，全村的人都被集中到一个场院里，训话，抓人。他们俩因在村外的一个墙角下捉蛐蛐，躲过了一劫。可两个人生性好奇，鬼子训话时他俩居然就蹲在墙头上看热闹。墙土酥了，方家云脚下一滑，跌落下来。鬼子听到墙外有动静，"八嘎呀路"地大喊一声，如临大敌般地端着枪四处搜寻找人。两个人吓得趴在一处粪坑里，一动也不敢动。等到搜寻找人的鬼子确定墙外没人回到场院以后，两个人赶快爬起来就往村外跑。

这一跑，兄妹俩就再也没回来。方家祥说他要去找打鬼子的队伍，方家云说她也要一起去。方家祥说："你年龄太小，队伍上不要，再过几年，等你长大了，大哥回来接你。"没过几年，小鬼子被打跑了，可方家祥一直没回来接她。

他走的时候她才六七岁，他不放心把她一个人丢在外面，就把她送到了她姥姥家。方家云的姥爷是个私塾先生，她看到姥爷天天在自己家里给几个孩子教书，也嚷着要跟姥爷念书。姥爷看到外孙女爱读书，就开始教她读书认字，教到后来，姥爷舍不得让外孙女回家了，就把她留在了自己身边，一直到有了新学堂，才送她去上新学，便有了老方家第一个女大学生。

方家祥找到了打鬼子的队伍。鬼子投降后，他们去打国民党反动派，国民党反动派打败了他们又去西边剿匪，剿灭了土匪就留在了西边，留在了鹿川。

方家云大学毕业后，因为方小青爸爸的事受到了牵连，为了不给家人带来麻烦，中断了和所有人的联系，谁也不知道她去了哪里。

现在好了，他们兄妹能在这样的大好时光里相逢相聚，真是件可喜可贺的事。

方平看着大伯和姑姑，心里陡然生出几分得意来。是机缘让他见到了方小青，是他的敏锐让他觉得自己和方小青有所联系。但这一切又都归功于夏连春，要不是夏连春他哪能见到方小青？但夏连春这小子也太鬼了，方平第一次在宿舍见到方小青的时候，就觉得夏连春和方小青关系不一般，但夏连春那时不愿承认，介绍方小青的时候只说是他高中同学，连名字都没说，要是当时他介绍了名字，没准方平早就把这个关系对接上了。不过这也可以理解，毕竟那时大家才刚刚相识，初次见面，哪能什么都说？

想到这儿，方平突然想起什么似的问夏连春："你学过我们方氏武功？"

方小青听到了方平的询问，没等夏连春应答，她先问夏连春："你和人家打架了？"

夏连春说，就是去年在学生食堂和付朝龙他们那次。

方平知道方小青这是有意要把话题岔开，不想让他问，他也就不再追问。但他心里已经明白，夏连春这功夫一定是方小青教的，可方小青又是怎么学到的？方氏功夫不是传男不传女、传内不传外吗？

酒到热闹时，人到高兴处，方平大伯亲自给方平、夏连春、方小青三个小辈每人倒了一大杯酒："多亏了你们三个，要不我们老兄妹俩虽近在咫尺，还是不得相见。"

三个小辈赶快站了起来，非常谦恭地举起手中的酒杯。方小青妈妈看着他们一人端着一大杯酒，知道夏连春喝下这杯酒很困难，赶紧出来打圆场："我们连春呀，什么都行，就是不能喝酒，平时喝一点酒就脸红。"说完，她转身对着夏连春道，"今天在舅舅这儿，你就大着胆子陪舅舅喝一杯。"

与其说方家云是劝夏连春喝酒，不如说她是在为夏连春说情，那意思就是说"我们家连春不能喝酒"。这么几近直白的意思，方家祥又怎么会听不懂呢？

方家祥笑笑，说："方平呀，你酒量好，代连春喝一半。你们是同学，现在又是兄弟，也算认个亲。"

夏连春赶快连声说道："谢谢舅舅，谢谢班长。"

方家祥说："家里没有班长，只有大哥。"

夏连春看看方平，很不自然地改口："谢谢大哥。"

夏连春这顿酒喝出了个舅舅，喝出了个哥哥，喝成了老方家的人。尤其是方小青妈妈那句"我们连春"，至少给方家传递了两层意思：一是夏连春和方小青的关系是确定了的，也是得到家人认可的；二是她这个准丈母娘对她的准女婿是满意的，甚至是疼爱有加的。所以，方家祥一家人理所当然地也就把夏连春当成了亲戚当成了家人。

而方平和夏连春的关系，也在顷刻之间发生了根本性的变化，这是他们谁都没有料到的。要是早知道有这层关系，他们俩一定会相处得更好，也就不会有曾经的不愉快了。但现在也为时不晚，还有一个学期的时间，还有毕业后几十年的工作时间，足够他们好好相处的了。

喝完了认亲酒，送走了方小青，夏连春心里有些失落，有些慌乱，甚至有些隐隐的心痛。情到深处人孤独。"青姐"的爱已渗透到了他的血脉里，他离不开她。她还有两年才毕业，一个学期才能回来一次，这对他来讲太漫长了。

第三十章　走上讲台

开学后，学校明确了，各个毕业班次不再开设新的课程，力争用两个月的时间，结束上学期没上完的全部课程，然后就组织学生到市里的各个中学实习，实习时间两个月。

不是冤家不聚首。中文二班三十二个人，按照现有的四个组别，分到四所中学，每所学校八个人。邵汉飞、夏连春、弯越他们这个组被分到九中，九中把他们分到初二年级组，初二年级组又把他们分成四个实习小组，按照一男一女搭配，夏连春和陶艳慧被分在一个小组。

夏连春和陶艳慧的指导老师也是师范学院毕业的，一个非常好的师姐。陶艳慧对夏连春说："你当过老师，多带带我，不要欺负我哦。"看来她心里还是有一种自己被他欺负了的感觉。

这是他们俩那次看电影之后第一次这么近距离地在一起，也是第一次面对面说话，看她那样子也怪楚楚动人的。虽然那次看电影之后，她也曾有过几次和他在教室里单独相处的机会，但夏连春没说话，她也没说话。这一次两个人被分到一个实习小组，还是要好好相处才是。

夏连春看她很诚恳的样子，突然生出一丝愧疚来：那次在电影院里，自己做得是不是太过分了？他有心想弥补一下，说以后他们俩这个组的实习课都由她给学生上，他和她一起备课，给她做一些辅助性的工作。

她灿烂一笑："那就谢谢你喽。不过第一堂课还是由你来上比较好，我先学习学习。"

夏连春也没谦虚，他们俩连听了指导老师的两节示范课，第三节课就由夏连春来上。这一节讲的是诗歌，《周总理，你在哪里》。

按照教学大纲的要求，指导老师对备课、教案、课时、讲授、作业等各个方面都提出了明确的指导意见。夏连春照此要求进行备课。备完课，指导老师审阅教案，提出修改意见。整个过程中，夏连春和陶艳慧都表现得很谦虚。课还没上，指导老师已对他俩给出了很好的评价。

夏连春用了两个课时把这篇课文讲完后，学生们欢腾了，觉得夏连春的课讲得太好了。看到学生的表现，夏连春本来还担心会引起指导老师的不快，没想到指导老师很欣赏地说："比我讲得好。"

夏连春赶紧接过指导老师的话说："向老师学习。"

课后，陶艳慧瞪大了眼睛，看着夏连春说："你太厉害了。"

夏连春看她呆呆萌萌的样子，突然觉得这个人不像是心机很重的人，怀疑自己此前冤枉了她。

弯越说九中的老师都在议论夏连春的课讲得好。夏连春说："你怎么知道的?"弯越说九中教务主任的女儿在夏连春带的班，教务主任听他女儿回家说的，老师们又听教务主任说的。夏连春说："你听王欣琳说的?"

王欣琳在九中当代课老师，教英语。弯越他们到九中实习，王欣琳可高兴了。这么久了，她和弯越的关系还一直停留在眉目传情阶段，没有任何实质性的接触和交往。两个人一直没有机会在一起聊一聊。而且王欣琳锁在深闺十九年，还一直没有品尝过异性情感的滋味，心里好渴望。

弯越来九中实习，是他和王欣琳事先都不曾想到的，对他们来说是一种意外之喜。既然上天这么眷顾他们，他们当然要好好把握这两个月的时光。

王欣琳邀夏连春和弯越吃饭，她要尽地主之谊，夏连春说："你那一点工资怕只够两个人吃的，要是三个人吃，没几顿就吃完了。"夏连春要传达的意思是，以后就你们两个人一起吃吧，我就不打搅了。

弯越邀夏连春和他一起送王欣琳回家，夏连春说他晚上还有事，让弯越自己送，他就不去了。王欣琳说："夏连春很善解人意嘛。"

弯越说："那当然，要不能是好朋友吗?"

晚上，弯越骑着王欣琳的车子回到宿舍的时候，夏连春才想起他忽略了弯越送完王欣琳还要回学校的事，就让弯越明天骑他的车子。弯越说不用了，他就骑王欣琳的车子，每天接送她。夏连春说："这倒是个好办法，一辆自行车解决了你们两个人吃、住、行三大问题。"

弯越说："怎么讲?"

夏连春说："你看呀，两个人骑一辆自行车上下班，首先解决了行的问题；然后你们两个人还可以一起吃饭，解决了吃的问题；这每天接送太辛苦了，她家里人没准哪天突然说，就住这里吧。这不吃、住、行都解决了。"

弯越说："你还别说，刚才她妈还真说让我住他们家了。"

夏连春说："那你为什么不住啊?"

弯越说："学校不是有规定不让在外面住宿嘛。"

的确，学校是有这么个规定。实习期间，学生在外面吃饭，回学校住宿。

师范生的生活费是国家负担的，实习期间，学校给每人每月发二十三块钱伙食补助费。实习的学校都有食堂，但只管一顿午餐，早晚需要在外面吃，开销还是挺大的。加之同学之间又喜欢结伴搭伙，常常会三五成群地凑在一起在外面吃饭，这样一来，花费就更高了。几个人一起吃饭，总不好吃得太节俭，也不好各吃各的，最起码的面子还是要有的。有个别出手大方点的同学，吃饭时总爱抢着付钱，这样花费下来，学校给的那二十三块钱伙食补助是远远不够的，早早就花完了。

同学们凑在一起吃饭，方平给大家讲了两件实习中传出来的可笑事：

一件是付朝龙上课解扣子。付朝龙穿一身崭新的蓝“的卡”青年装，为人师表，样子很像。平时坐在办公室里，衣服领口解开一粒扣子，很自然。上课铃声一响，他从办公桌前站起来，第二粒扣子解了；走出办公室，第三粒扣子解了；走到教室门前，第四粒扣子解了；走上讲台，第五粒扣子解了。讲课的时候，敞胸露怀，满头大汗，口袋里至少装着三块手绢，不停地擦汗。

另一件是有个男同学一吃饭就上厕所，但他没说男同学的名字。几个人一起在外面吃饭，一进餐厅，总会有人主动到服务台交钱开票，甚至会有几个人一起趴到服务台前同时掏出钱来，这样显得大家交情好有面子。一般来说，经常在一起吃饭的总是那么几个人，大家明里不说，但心里有数，今天你交钱开票了，明天就该轮到我了，总不能老是让那一两个人掏钱。但这个男同学不是这样。一开始谁都没注意，后来有人发现每次进餐厅这个男同学总是先去上厕所，等他上完厕所回来票也就开好了，他只管坐下来等着吃就行。有一次几个人进餐厅前商量好了，这个男同学上厕所的时候大家谁都不要去交钱开票，等他回来。男同学上完厕所回来，看大家毫无动静坐在那儿，就问：“怎么还没开票?”大家相视一笑，便有人站起来去交钱开票了。

方平讲完，大家都知道这个男同学是谁了，但谁都没提这个男同学的名字。

实习时间过半，学校要求每个实习小组安排一名实习生讲一堂公开课。九中实习小组的实习活动由学习委员邵汉飞负责，邵汉飞的意见是他们实习小组的公开课由夏连春讲，夏连春当过民办老师，有讲课经验和教学实践。夏连春的意见是由陶艳慧讲，她有积极性。

邵汉飞本身就对实习的事不太上心，他觉得谁讲都行，只要有人讲。他对当老师做教学的事好像也不太上心，他常挂在嘴边的说辞就是他还要参加高考，他要考到南方去。

陶艳慧确实很想讲这个公开课，她对夏连春的推荐和辞让，很是感激。此前她对夏连春的态度一直很矛盾很复杂，特别是那次看完电影之后，她在心里对夏连春一直是怯怯的，她知道夏连春在电影院的举动不是要欺负她占她便宜，而是要报复她教训她，她觉得他心里一定很恨她，至少是气她，但她一点反击的力量都没有。她不是他的对手。好长时间，她心里一直都很害怕他。有几次，他们两个人单独在教室的时候，她特别想听他说点什么，如果他说了，她也会说的。但他什么都不说，她也只好什么都不说。

这次实习两个人分到一个小组，起初她还有点怯，但她没想到，两个人一起合作，他还很照顾她，尤其是一开始他就把实习讲课的机会让给她，现在又把讲公开课的机会让给她，她打心底里有些感动，而且还有些自惭形秽，觉得自己很对不起他。

弯越问夏连春，为什么把讲公开课的机会让给陶艳慧。夏连春说，她想讲，他不想讲，让想讲的人讲吧。

弯越说，真是大丈夫！

夏连春把话题岔开："哎，你现在天天都在当丈夫，感觉怎么样？"

弯越感慨，女人真好，但这冬天的天气不好，外面的天太冷，冻手冻脚的，想伸手爱抚一下都冻得伸不出手。他每天骑车子带着她，他都老老实实的。要是夏天多好。他说王欣琳上初中的时候，暑假里，他去她家玩，当时就他们两个人在家，她不停地嗑瓜子，他也想嗑。他问她，瓜子在哪儿。她把胸一挺，在这儿。原来她的瓜子就装在她短袖衬衣上面的小口袋里。他盯着她那儿看，但不敢动手。她催他："自己掏呀！"那情景，他至今忘不掉。

这一个多月来，两人朝夕相处，沉浸在爱与被爱的幸福当中。弯越说，他为这种感觉发明了一个新词，叫醉情。情到醉时人心暖。虽然冰天雪地里不能伸手触碰对方的身体，却能在心里感受彼此的爱。他真想在一个温暖的空间里感受一次她身体表达出来的爱意。

上个周末，弯越带着王欣琳去清城县，去他家，也算是给两边的大人一个交代，他们俩相爱了。

他在回去的路上就盘算好了，这一次一定要拿下她。谁知道这丫头的小脑袋瓜子太好使了，她好像知道他想要干什么似的，一到他家，她就阿姨长阿姨短地围着他母亲转，不给他留任何可以下手的机会。直到晚饭后，他家里来人串门了，她才不好意思老是围在他母亲身边，不得不跟着他去了他的房间。

进了房间他就把她拉到怀里，用手指着她的鼻子："你怎么不躲了？"她说她躲不掉了。于是他就把手伸进了她衣服里，她闭着眼睛，浑身颤抖得厉害，像打摆子一样，上牙打着下牙，"得得得"地响。

等她慢慢平静了一些之后，他又试探性地把手伸向她的腰间。她一把抓住自己的裤带，不让他有进一步的动作。她的表现反倒唤起了他的欲望，他要强行突击。两个人扭动僵持了一会儿，眼看他就要得手，她突然像一只可怜的小羔羊一样蜷缩在床上，哭喊道："我才十九岁呀！"瞬间，他所有的兴致都没了。

第二天吃完早饭两个人就回鹿川。一路上他很少说话。她依偎着他："心情不好了？"他好不容易挤出来一丝很难看的笑容。

回到家，门锁着，家里没人。王欣琳开门进屋，拿了拖鞋让他换，他说不换了，他要回学校。她怔怔地看着他，突然"哇"的一声大哭："你欺负人！"哭着喊着就把他推到她房间里。

弯越说女人疯狂了真是不得了。疯狂过后，弯越看着小鸟依人的王欣琳说："你昨天不还哭喊着'我才十九岁'吗？"

王欣琳："今天'我都十九岁了'。"

弯越对夏连春说，这女人真是个怪物，你爱她的时候，她扭扭捏捏，她爱你的时候，不顾一切。两个人一旦真的走到一起了，他觉得女人比男人用情深，女人比男人胆子大，瘾头大。他说王欣琳一晚上能用一包卫生纸。

夏连春说："怪不得你最近瘦了呢。人家都忙着备课，你光忙着买卫生纸了。"

弯越说："你别是既忙着备课，又忙着买卫生纸吧。说是在备课，实际上是为了买卫生纸。人家的皮肤可是绵绵的哟。"

"你怎么知道的？"夏连春说。

"你自己告诉我的呀！"弯越说。

没错，陶艳慧的皮肤好，绵绵的，这话确实是他说的，但这都哪儿跟哪儿呀，扯不上边。陶艳慧现在的全部心思都在公开课上，她把这事看得太重了。她想一鸣惊人，她想做最棒的。夏连春感受到了她的雄心，同时也体会到她的压力。她要夏连春帮她一起备课，帮她设计教案。夏连春尽其所能地帮助她，但更多的则是想让她放松下来，保持一颗平常心，不要把神经绷得太紧。但她好像已经把自己架到那儿了，下不来了。他很为她捏把汗。

讲课的前两天，陶艳慧整个人紧张得都不行了，一个人在办公室里半夜半夜地练讲稿。她的讲稿写得非常细，连讲课时的过渡衔接句都写得很精彩。夏连春看着她的状况，有些不放心，他就留下来在办公室里陪着她，等她一起回师范学院。

讲公开课那天，伊老师来得比较早，上课前他专门交代陶艳慧，不要紧张。其实，伊老师自己就有些紧张。这次公开课首先从九中开始讲，陶艳慧又是这次公开课的第一课，第一课当然重要。凡事有个开门红总是好的，好的开头就等于成功了一半。

上课铃声响了，陶艳慧走上讲台。照例，她讲“上课”，班长喊“起立”，同学们齐声喊“老师好”，她应该回应“同学们好，请坐”。但她说完“同学们好”，没说“请坐”，同学们和在教室后排听课的老师都还站着，她就开始讲课了。

“我们现在开始上课，请同学们打开课本……”

课堂里开始骚动起来，同学们和听课老师都面面相觑。指导老师站起来，示意各位老师和同学们坐下。

陶艳慧方寸大乱，她意识到自己的失误，更加紧张和慌乱。她站在讲台上不敢往下面看，一句话也不说，忘词了。同学们和听课老师都紧张地盯着讲台。教室里的气氛紧张到快要爆炸。

指导老师走上讲台：“请同学们先预习课文。”然后把陶艳慧扶下讲台，扶到教室外面的过道里。陶艳慧依然呆若木鸡。指导老师宽慰她不要紧张，一定要坚持下去，讲完两节课就是成功。

夏连春走过来说了三句话，他说：“你就照着讲稿念，你的讲稿就是一堂非常精彩的讲课大纲。讲课时看着我，不要看别人，就像在办公室练习时一样。刚才这个小插曲，正好说明咱没有讲课经验，接下来咱把课讲好了，那才是最出彩的。”

她重新回到讲台上，接着上课。她真的是照着讲稿念，讲稿写得很口语化，她讲得很顺当。虽然呆板，但大家揪着的心还是放松了下来。

第二节课的时候，情况就更好了，她渐渐可以脱离教案，抬起头，眼光看着前方，只有指导老师看出来了，她真的是在看着夏连春讲课。

讲完课回到办公室，陶艳慧不顾一切地扑在夏连春的肩膀上，一顿号啕大哭。指导老师以为他们两个恋爱了。

下午评议公开课的基本结论：这节公开课是失败的。听课老师们认为，讲课人为这节课确实付出了不少心血，做了充分准备，查阅了大量资料。讲课失败的主要原因，不是讲课人的学业不行，而是讲课人的心思太重。一个好老师的基本要求，就是心静如水。而这节课的败笔恰恰在于讲课老师心浮气躁。讲课人不是备课，而是背课；不是给学生讲课，而是给听课老师讲课；不是教授学生，而是在展现自我。如果剔除这些，从讲课人准备的情况来看，这节课一定会很精彩。

评议会快结束的时候，九中教务主任突然提出：“这次实习公开课首先是从我们九中开始的。万事开头难，但我们还是想开个好头。所以我建议，明天上午再给我们一次机会，让我们九中的另外一位实习老师夏连春再讲一次公开课。

但考虑到就今天一晚上的时间，备课怕是来不及了，可以让他重讲他刚来学校实习时讲过的《周总理，你在哪里》，同学们都反映夏老师的那节课讲得特别好。为了不耽误师范学院的总体安排和各位听课老师的时间，我们可以让夏连春同学把原本两个课时的教学内容压缩为一个课时。这样听完课就开始评议，一个上午就可以搞完，不影响各位老师接下来去各个学校听公开课，不知道这样行不行，请师范学院的领导定夺。"

参加听课的师范学院领导上午听完课心里就觉得堵得慌，这一会儿九中教务主任的意见无疑是给师范学院挽回面子提供了一次机会，哪有不同意的道理。"夏连春的情况师范学院领导都是知道的，但公开课的时间安排得这么紧到底行不行？可不能再有闪失。"

师范学院的教务主任小声征求伊老师意见："行不行？"

伊老师说："行。"

师范学院教务主任表态："九中的同志这么重视和支持我们师范学院的工作，重视和支持这次实习教学活动，我们很高兴。咱们九中的教务主任都已经替我们把明天上午的实习工作安排得很周到了，就按照你们的意见办吧。请夏连春同学抓紧时间做准备，可不要辜负了九中领导和老师对你的厚望啊。"

九中对夏连春这堂公开课给予了高度重视，本来师范学院组织的听课老师就很多，中文二班在各个学校实习的学生代表也来听课，九中又把他们的语文老师也都安排来听课。听课的人数已赶上了上课的学生了，原来的教室肯定坐不下，学校重新做了调整，启用了一间可容纳两个班学生的大教室。这阵势，一下子壮观了。

夏连春本来就是人来疯，人越多越觉得热闹，场面越大越有激情。他往讲台上一站，看到台下坐满了人，连师范学院的领导和伊老师都成了讲台下的学生，好不威风。这场面，让他霎时就有了一种沙场点兵的感觉。

他站在讲台上，未曾讲课，开口先问了一句话："同学们知道今天是什么日子吗？"学生们不知道他的真实意图，当然没人回答。

稍做停顿，夏连春自己回答道："今天是个很平常的日子，一九七九年十二月十八日。再过二十一天，新年的一月八日，就是我们敬爱的周总理逝世四周年的日子。"

"现在，请同学们打开课本，翻到《周总理，你在哪里》，让我们提前缅怀敬爱的周总理。"

短短一分多钟的时间，完成了组织教学，导入新课的步骤。接着，他朗诵课文，讲授新课。四十五分钟的时间里，学生的注意力一直跟着他设定好的内在逻辑和程序走。当完成最后一个教学环节，布置完作业的时候，下课铃声响了。

夏连春说：“让我们以百分百的学业成绩，告慰我们敬爱的周总理。下课。”

听课老师首先从后排站了起来，对夏连春的讲课报以热烈的掌声。公开课获得了极大成功。

接下来的评议会上，这堂公开课获得了一致好评，大家都认为这堂课代表了师范生的水平，课堂教学的导入新课、讲授新课、巩固练习、课堂小结、布置作业等基本环节都得到充分体现，讲课前的组织教学，上课时的板书设计，下课时的结尾收篇，都恰到好处。有伊老师“为师之范”的风采。

夏连春注意到，上午听课时陶艳慧没来，开评议会时也没来，中午吃饭的时候也没见到她。自打实习以来，陶艳慧还从来没缺过课。今天这是怎么了，不会出什么事吧？

下午，夏连春和邵汉飞要去别的学校听其他实习小组的公开课，他俩问陶艳慧的室友，她室友说她昨天晚上就没回来。

夏连春说：“这怎么可能呢？昨天晚上是我亲自把她送到女生宿舍楼门口才走的。”

邵汉飞说：“那很有可能你走后她也走了，她根本就没进宿舍。”

夏连春这下真的急了，万一陶艳慧想不开，有个什么三长两短的，那他的责任可就大了，他就是有十八张嘴也说不清了。

夏连春和邵汉飞赶快去找伊老师，问伊老师怎么办。伊老师说：“你们不用管了，陶艳慧病了，请假回家休息几天。”夏连春心里的一块石头终于落地了。

但夏连春纳闷了：这陶艳慧是什么时候向伊老师请的假呢？她昨天晚上没回宿舍，去哪儿了呢？这么个小女子怎么这么鬼？夏连春突然觉得陶艳慧身上有一种谜一样的东西，但他不知道谜底是什么。

年底，实习活动结束的时候，陶艳慧来了趟九中。一个多星期没见，陶艳慧像是换了个人似的，一改前些日心事重重的样子，显得开朗了很多。见到夏连春，她还不忘幽默地调侃说：“对不起啊，没能听到你的精彩一课。”

“你跑到哪儿去了？”夏连春气不打一处来。

“担心了？”她悄悄地说。

“你就是个魔鬼！”夏连春没好气地嘟囔了一句。

“怎么讲？”

“你吓着我了。”

她又嬉皮笑脸地来了一句：“你不会是爱上我了吧？”

夏连春给她翻了个白眼：“你做梦吧！”

第三十一章　彩云追月

夏连春和陶艳慧从九中回到学校，教室里的小喇叭正在播放着经典民乐《彩云追月》，超好听，特温馨。夏连春学二胡时拉过这个曲子，他知道《彩云追月》的寓意是仙人驾五彩祥云奔向月宫，用这首曲子来描绘此时同学们心目中的月宫仙境是再合适不过了。每个人的心中都有一个美好的希望。

教室里已经陆续回来了不少同学，大家都在座位上一边听着音乐一边聊着天，声音都很小，很享受，也很斯文。也许是音乐的力量。

夏连春问邵汉飞和弯越："什么情况？教室里放乐曲了？"

两个人同时回答他："是啊，欢迎你呢。"

照例，毕业前，学校都要对学生进行毕业教育的，不外乎动员学生服从组织分配、听从党的召唤，一颗红心、两种准备，到基层去、到教学一线去、到艰苦的地方去、到祖国最需要的地方去。学校今年想尝试着改变一下毕业教育的形式，寓教于乐，在毕业班开展学跳交谊舞活动，由学校广播室为各个毕业班教室统一放送音乐舞曲，这样既可以联络同学们的感情，又可以缓解大家分离前的复杂情绪，为大家创造一段难忘的日子。

交谊舞是这个年龄段的学生从没经历过的，大家都是舞盲。学校安排音乐班的学生到各个班教授交谊舞，刚开始的那几天，教室里来的人不多，只有几个男生，女生很少有人来。后来学校做出硬性规定，舞会采取考勤制度，不来的算旷课。这样，人才慢慢地多了起来。但学跳舞的人不多，多数都是坐在教室四周靠墙的凳子上，看着为数不多的几个人在教室中间比画着。

学校想出了个新的办法，让音乐班的男女生分开，今天女生集中到这个班，教这个班男生跳舞，明天男生集中到那个班，教那个班女生跳舞，然后同一个班上的男生教女生跳，女生教男生跳，几天下来，各个班的舞会还真就办起来了。

夏连春觉得在《彩云追月》的乐曲声中等待毕业，等待分配，确实是一件让学生们很享受的事情。这个时候的毕业分配，一般而言，是没有多少悬念，也没有多少意外的期待的，学校遵循的是从哪儿来到哪儿去，个人遵循的是服从分配。至于其间有什么特殊情况那也是个别现象，对夏连春来说，这完全不是他该关心的事情。

干部履历表是参加工作当干部之前的一张基础表格，这张表一填，往档案里一装，你就有了国家干部的身份，这张表从此会跟着你一辈子，保你吃穿不愁，旱涝保收。这就是你两年苦读得到的最好彩头。夏连春又想到了他的弟弟妹妹，他一定要让他们也好好上学，让一家人都能扔掉手里的镰刀锄头。

填毕业生分配志愿表时，每个人可以填报三个志愿。有的人拿不准，就去问伊老师志愿该怎么填。伊老师说了句让大家终生难忘的话："想当孙子就留下来，想当爷的就下去。"

当爷当孙子那是后话，谁也把握不住，而填报志愿却是眼前的事，不管三七二十一，第一志愿填上鹿川市再说，第二志愿可以考虑选一个好一点的县保底。反正分好分坏分到哪里都是由学校决定，不可能完全按照学生们填的志愿分配。

毕业班的课桌椅都已贴墙摆放到教室四周，中间地带让出来当作舞池。一开始，众目睽睽之下，男生和女生站在教室中间，抓着手，搂着腰，面对着面，尽管是跳舞，但彼此还是有些不好意思。搭档跳舞的两个人身子僵硬，距离很远，胳膊伸得笔直，做出手握钢枪的架势，互相不敢对视，仿佛不认识一般。几支曲子下来，开始有了感觉，但那动作，还是引人发笑。有人像摔跤，有人像拥抱，踩脚的，碰腿的，撞人的，背口诀的。跳三步的时候，嘴里念着"一、二、三，二、二、三"，跳四步的时候，嘴里念着"一、二、三四一，二、二、三四一"。气氛很是热烈。

夏连春只会慢四步，探戈，一放三步舞曲，他就坐在那儿不动或是到外面抽烟。杨贵丽过去拉他起来教他跳三步，跳着跳着，杨贵丽也跟着夏连春的步子把三步都舞曲跳成了四步舞曲。杨贵丽说夏连春是以不变应万变，能把所有的曲子都跳成慢四步。

三步舞曲跳得好的要数弯越，他个子高，身材好，适合跳三步，女生也都喜欢跟他一起跳三步。陶艳慧几乎把弯越的三步舞曲承包了，只要三步舞曲一响，她就主动跑过去请弯越，不放过任何机会。当然，弯越也能带给她愉悦的享受，使她在轻柔飘逸的旋转中如醉如痴，原来，跳舞也能跳到如此境界。

班长组织大家去照相馆照毕业合影，这是一件比较隆重的事，留给自己，留给将来，留给后人一份"我们也曾年轻过"的念想。夏连春把方小青给他做的毛料西装拿了出来，这身衣服他一直没舍得穿，现在派上了用场。

穿西装必须打领带，但夏连春没有领带，也不会打领带，而且他的同学当中也没有会打领带的。徐佩利老师会。学外语的人接受西方的东西比较快，徐老师早早就开始穿西装打领带了。

夏连春叫上花丽艳，去找徐老师借领带，学打领带。徐老师开玩笑说：“中文系的学生开始穿西装打领带了，说明我们的社会生活变化很快呀。”

可是夏连春学了半天就是学不会，老是打成红领巾的样子。夏连春不好意思地说：“我把徐老师的领带都揉坏了。”

徐老师打趣道：“小学生的事会做，大学生的事不会做，说明人类文明的进步还是要有个过程的。不着急，领带送你了，拿回去慢慢学吧。”

花丽艳问夏连春有没有西装，夏连春说有，方小青老早就给他做了一套毛料西装，只是他一直没舍得穿。

徐老师说：“你看人家方小青对夏连春同学多好！”

花丽艳知道徐老师这话是说给自己听的，她翻眼看看他，说：“花丽艳同学对徐佩利老师还不好吗?”

徐老师赶快说：“好，好，花丽艳同学也很好。”

花丽艳不依不饶，“我只是‘也很好’?”

徐老师说：“不是，是更好，是最好。”

学校离照相馆有一段距离，天冷，人人都穿得很厚，看不出和平时有什么区别，可到了照相馆，外衣一脱，一番别样风情刹那间就呈现了出来。女同学们成了一道亮丽的风景，穿戴都很讲究，她们总想把自己最美好的一面留给学校留给同学。男同学则不同，除了夏连春穿西装打领带外，清一色的平时装束，只是穿得比平时干净了点。

不注重仪式感是时下一种趋势，面对一件本应该重视的事情，却非要表现出不重视来，这也是张扬个性，标新立异。而人人都抱有这种另类思想的时候，标新立异又成了另一种趋同。一种倾向掩盖另一种倾向是种社会病。

夏连春站在男同学当中很扎眼。女同学都惊叹夏连春今天穿这么正式，这一身西装很有品位。邵汉飞和弯越说夏连春像新郎官，班长悄悄对夏连春说：“你今天真像我妹夫。”张碧林则直言不讳地说夏连春将来一定能干大事。当然，也有站在一边表示不屑或是颇有微词的人，但这一会儿并没有发声。

夏连春是这次毕业照里唯一一个穿西装打领带的人。照相的时候，摄影师让夏连春站在中间，说这样合影的画面才不会有失衡感。

交谊舞进入升级阶段。跳着跳着就有人开始注重舞姿了，然后利用一切时间苦练跳舞技术。邵汉飞每天都在宿舍抱着凳子练跳舞。

跳着跳着就有人开始注重形象了，每天跳舞前都要梳洗打扮一番，还要打上发蜡或是抹上发胶。张碧林时时不忘自己生活委员的身份和职责，提醒同学们吃饭时不要吃大蒜、洋葱之类气味重的食品。

跳着跳着就有人开始挑选舞伴了，只想和自己喜欢的人跳。班长开始忙碌起来，看到哪个女生没人请，他就去请人家跳，不让人家坐冷板凳。这班长当得也不容易。

跳着跳着就有人嫌在自己班跳得不过瘾，开始到别的班跳。邵汉飞叫上夏连春："走，到音乐班跳去。"一般人是不敢到音乐班跳舞的，人家专业，你很业余。鲁班门前抡大斧，铁匠铺里耍大刀，谁敢跑到那里去献丑。可邵汉飞就敢，他觉得那也是一种挑战，他连他的小诗集都敢往女生宿舍送，一个音乐班还有什么可怕的？

再说，他不是一个人去，他有伴，夏连春陪他一起去音乐班最合适。一来夏连春是才子，这学校的人都知道，他和夏连春在一起觉得有面子；二来夏连春的舞跳得没他好，可以衬托他；三来夏连春能打架，万一碰到哪个二货出来找事，他俩可以不吃亏。

邵汉飞和夏连春在音乐班都是名人，一个会写诗，一个能作文，不认识他俩的也听说过他俩。特别是邵汉飞自从上学期把他的那本小诗集送出去之后，他在音乐班就赫赫有名了。这一会儿，当他俩随着音乐之声走进音乐班教室的时候，自然受到了音乐班男生的欢迎。

苗素馨和袁慧娟坐在一起，两个人看看邵汉飞和夏连春，窃窃私语着，没什么表示。

一曲终了，就有人过来和他们打招呼。一曲再起，袁慧娟笑吟吟地走了过来，非常友好地请邵汉飞跳一曲，随后就把他介绍给了苗素馨。

舞曲又起的时候，邵汉飞和苗素馨走到了舞池中央，缓缓舞动。看来，邵汉飞为今天晚上这场舞，还真没少下功夫。

袁慧娟邀请了夏连春。

这一晚，邵汉飞一直跳到曲终人散。这一晚，音乐班再没人请苗素馨跳舞。临别时，他说："谢谢你。"她说："谢谢你。"

这一晚，夏连春的舞技大有长进，三步舞曲已能顺顺溜溜地转起来了。夏连春和袁慧娟也相互道别。苗素馨也不忘给夏连春一个意味深长的笑。

私底下传言，学校的分配方案已经出来了。中文二班三十二个人，听说第一志愿填报县里的只有两个人，是夏连春和弯越。大家都说这两个人的脑子出问题了。

听说九中给学校来函要夏连春，听说伊老师主动找了弯越要把弯越留在市里，还听说，这两个人的对象都在市里。

伊老师说，夏连春和弯越本来都有资格也有理由留下来，可偏偏他们两个选择了要到县里去。弯越要到县里的理由是照顾父母，他是家里的独子，父母年纪大了。夏连春要去县里的理由，他家在农村，弟弟妹妹多，家里需要他，他要把弟弟妹妹带到县里上学。这样的第一志愿学校有什么理由不满足他们呢。

最让人大跌眼镜的是，听说付朝龙和陶艳慧被留在市里了，付朝龙被分到了官府衙门，地区行署；陶艳慧留校，被分到了师范学院。

有人问伊老师，付朝龙连中学老师都当不了为什么能被分到行政机关？伊老师妙答，因为他当不了中学老师，所以只能改行。

又有人问，陶艳慧连实习公开课都讲不了，为什么还能留校？伊老师还是妙答，实习公开课都讲不了，被分下去更加误人子弟。

明天就是毕业典礼，每个人的分配去向很快会揭晓。

此刻，《彩云追月》的音乐响起，杨贵丽突然站起来提议说："明天就要各奔东西了，临行前，班长不给我们大家说点什么？"

同学们一片掌声。

其实班长早有准备，但他怕这个时候人心浮躁，没人再把他这个班长的话当回事，所以他也就不想说了。再者，一段时间以来，同学们之间该聚的聚了，该说的说了，班里的散伙饭也已经吃过了，这个时间还是交给同学们自己打发比较好。现在既然还有人想听他说，他也就站起来，走上讲台，从口袋掏出他早已准备好的稿子，但他没有急着念稿子，而是先给大家讲了一个小故事：

"今天上午，我去请伊老师，问他晚上是不是过来见见同学，给大家说点什么。伊老师说他不来了，他无脸再见同学们。我问老师何出此言，伊老师说他知道同学们对他期望值挺高，可他没有能力做到让每一位同学都满意，他害怕看到同学们埋怨甚至是怨恨的眼神。我说老师言重了，我们当中可能个别同学有些想法，但总体上还是平和的。伊老师说他昨天下午来了趟教室，一脚门里一脚门外的时候，听到两个同学在聊天，一个同学说：'师范学院只有半个好人。'另一个同学问：'谁呀？'伊老师心想，这半个好人一定是他，他当了两年班主任，能混成半个好人也不错。可是接下来那个同学的话让伊老师一下无地自容。大家想知道那个同学说的这半个好人是谁吗？"

方平用手指了指教室侧面的窗户，卖了个关子："这两天，我们教室这扇窗户的玻璃坏了，昨天下午学校从外面请了个人来给我们安玻璃。当时我们的那个同学就指了指悬着绳子挂在窗外安玻璃的工人说：'就是他。'伊老师说，那一刻，他真想找个地缝钻进去。

"我现在想和同学们共勉的是，一日为师终身为父，在我们即将告别母校之际，我们每一个人是不是都应该想一想：怎么做，才能使我们的老师脸上有光，任何时候都不让他去想找地缝钻。”

一阵掌声之后，方平展开了他的稿子。

离别的心情是不堪言状的，况且我们是朝夕相处了时近两年的同窗学友。这离别，让人心中油然升起一种难以释怀的情绪。由此，我不禁想起柳郎中的词句：多情自古伤离别，更那堪、冷落清秋节。

回首我们在一起的六百多个日日夜夜，时间就像流水似的从我们身边，从我们指尖，从我们脚下，从我们心头，一点一滴地慢慢流过，转眼就到了执手相别的时候。

也许，时间的流水会洗掉一些过去的印记，但我相信，即使是时间的海洋，也不能淹没我们之间永恒的记忆。

忘不了我们留在校园里的欢歌笑语，忘不了我们留在教室、图书馆、宿舍之间三点一线上的足迹。忘不了《于无声处》给我们带来的荣耀，忘不了《花儿与少年》给我们带来的风波。忘不了我们在严寒的冬天，一大早就跑到新华书店门口去排队等着买书；忘不了我们在炎热的夏天，流着汗水坐在露天电影院里看我们喜欢看的电影。忘不了啊，今夜里，这时刻，我们三十二颗青春激荡的心跳动在一起。

也许，在我们人生的旅途中，会有几个乃至许多个重要的里程碑，但我坚信，今夜，一定会成为我们走向光辉未来的“零公里”。

夏连春同学在九中实习结束时的座谈会上曾说过：这次实习，走上讲台，拉开了我们人生影片的序幕。我想，倘若真的要拍我们从教生涯的影片，恐怕还是应该把最初的镜头推到一九七八年的那个春天。

明天，一定是一个阳光灿烂的日子。再过五年、十年，大家再相聚，我们中文二班这个大家庭，一定不止三十二个，也不止六十四个。那时的你，那时的我，那时的我们，不管在赤麓山下的任何一个地方，我们都一定会毫不犹豫地说：我们的时光没有白白度过。

有人说，人走茶会凉。这说的是自然现象。但我要告诉大家，我们这里有一杯滚烫的永远不会凉的热茶，它是由我们中文二班三十二颗火热的心煮沸的！

班长极煽情的一席话，瞬间把大家的热情点燃，有的人已开始热泪盈眶，一些纠结于毕业分配的同学心绪也开始慢慢舒缓。

人的记忆是有选择性的，高兴的时候选择高兴的记忆，悲伤的时候选择悲伤的记忆。记忆也是有时间性的，据说鱼的记忆是七秒钟，人的记忆是多久？

这是一个释放自我的好时候。相互倾诉衷肠的，娓娓道来讲述心事的，打开心扉小范围交流的，好奇心驱使打听别人消息的，还有念念不忘总想追问夏连春和弯越对象情况的……

邵汉飞说他早就觉察到夏连春和弯越有恋爱经验，却没意识到他们俩有这么丰富的恋爱经验。特别是夏连春，早已是恋爱场上的老江湖了，怪不得无论在班里出现什么情况，他都能处变不惊呢。

张碧林也说："师兄，你藏得太深了。"

杨贵丽主动邀请男生跳舞，当然，她只是请她想请的人跳。

先请班长。大家并没注意两个人跳得怎么样，聊了些什么，只是觉得班长和书记在一起还是很般配的。

再请张碧林。看着两个人的神情和默契，如果说这两个人没恋爱，真的没人相信。张碧林在经历了那段爱不得放不下的折磨之后，他终于明白了杨贵丽曾经告诫他的"等到实在憋不住了的时候再说"，实际上这是叫他最好别说。他终于憋住了没说，所以两人之间才有了今天这样的美好。

再请付朝龙。同学当中已有传言，付朝龙和陶艳慧好上了，实习后期，陶艳慧就住在付朝龙家里。大家由此推测，付朝龙和杨贵丽之间一定发生过什么，付朝龙一定是"到了黄河""见了棺材"之后才改弦易辙的。但跳舞的时候，两个人就像什么都没发生过一样，有说有笑。

杨贵丽和付朝龙跳舞的时候，几次有意无意看看夏连春。夏连春知道按顺序下一曲她该和他跳了。所以，下一曲的音乐一响起，夏连春就主动走过去请杨贵丽跳舞。

杨贵丽说："你就是在这样善解人意中捕获女孩子的心的。"

"我有吗？"夏连春说。

"你太有了。我差一点就上了你的当。"杨贵丽说。

"怎么讲？"夏连春不解地问。

"我差不多已经爱上你了。你一点都没发觉吗？"杨贵丽紧盯着他的眼睛说。

夏连春深情地看着她，把她往自己怀里揽了揽，说了声"谢谢你"。

天快亮了。窗外的月亮还在西天挂着，教室里的《彩云追月》还在响着。赤麓山东面已经泛起白光，窗外传来一阵悦耳的鸟鸣，憋了一个冬天的乌鸫，已经嗅到了春的气息，亮出了嘹亮的歌喉，唱得比百灵还好听。

时间到了一九八〇年二月五日。二月五日立春，是夏连春二十四岁生日，他小名就叫"立春"。但身边没人知道，他在心里祝福自己。

第三十二章　怀揣梦想

八十年代的第一个春天，夏连春心中的三大梦想，工作，结婚，弟弟妹妹上学，像是发了芽般地生长着。落土的种子已经发芽，绿满大地的春天还会远吗？

师范学院的毕业典礼一结束，同学们就纷纷迫不及待地离开学校，大多数同学都没能也不可能按照自己所填志愿被分配到最想去的地方，心里不免有些失落，抑或还有些怨气，好像这里成了伤心之地似的。

夏连春不伤心，他如愿以偿地被分回吉宁县，但他也急匆匆地离开了学校。乱糟糟的氛围，乱糟糟的心境，谁也顾不上谁了，同学们都走了，他还留在这儿干什么。他收拾好心情，收拾好行李，带上方小青给他买的那辆自行车，怀揣着毕业分配报到证，坐上了回吉宁县的班车。

立春时节，还是冰天雪地的季节。夏连春看着窗外，想再看看鹿川，看看这座生活了两年的城市。但车窗上结着厚厚的冰霜，什么也看不见。

车里的人很多。乘车人的体温和气息相互温暖着，车窗上的冰霜开始融化。夏连春在车窗上哈气，写字，描摹图画，一副悠闲的样子。

车出鹿川，城外的视野是开阔的。毕竟节气到了，已能闻到春的气息。路边的农家院落里，已有闲不住的农民开始囤积农家肥，为春耕做准备了。田野的雪地里，有零星的羊在啃食着雪下的草根。夏连春目视前方，赤麓山在午后的斜阳下泛着银色的光。

车到吉宁，夏连春从班车顶上的行李架取下自己的行李和自行车，大包小包的，挂了一自行车。他推着车子，自个儿在心里发笑，这样子哪像一个毕业分配的大学生，不就是走街串巷的货郎嘛。

大街上，冰雪已逐渐融化，街心的柏油马路像一条黑色的带子铺在脚下，往前延伸。

文教局在县委大院东侧，一排长长的平房，淡蓝色的外墙，看起来有些陈旧。大院里，文教局算是一个人多事多花钱多的部门。县里财政支出的百分之七十都用在教育上。文教局虽然对外权力不大，但在内部，它却执掌着系统内的人权财权事权，这是其他部门不能相比的。

文教局负责报到的是人事股的一个小伙子，他手头的事好像很多，伸手接过夏连春的报到证，搁在桌子一边，头也没抬，继续他的工作。

夏连春不知道接下来该怎么办，就一直站在那里，等小伙子发话。可那小伙子好像已经把他忘了似的，只顾埋头做自己的事，不再理他，好一阵才抬起头来问："还有事吗?"

"没有事了吗?"

"没有了呀。"

"那我怎么办?"

"下周再来。"

从人事股出来，夏连春去了周爱兰副局长的办公室。周爱兰去年下半年由太阳升公社文教干事调任为县文教局副局长。老朋友相见，喜悦之情自不必说。

周爱兰前几天就从地区文教局发来的毕业生分配名单里看到了夏连春的名字，她问他为什么没争取留在市里，他说他是主动要求回来的，想回来照顾家，照顾父母，想把上水湾的弟弟妹妹带到县里上学。

周爱兰说："回来容易，将来再想出去就难了。"

他说："那就甘洒热血写春秋呗。"

周爱兰笑笑："春秋也未必那么好写。今年县里分配压力挺大的，这一次被分到县里的学生就有好几十号人。吉宁是离鹿川最近的县，好多留不到市里的学生，都想被分到吉宁来。县里还没研究具体分配方案，可能还要等一段时间，学生报到还要持续几天。但大的原则已经确定：保证县里，充实基层，面向全县。估计能留在县里的不会很多。"

这个情况是夏连春没想到的。他来之前想得可简单了，到县文教局一报到，就可以被分到县中学，到了县中学就可以安排住处，行李一搁，自己就是县中学的人了。现在才知道，远不是这么回事，到了县里还要由文教局进行二次分配，县中学能不能进得去还不知道，还有可能被分到公社学校、大队学校，而且这个概率很大。

夏连春心里一紧，可不能再被分到公社啊，自己费了这么大劲从农村考出来是干吗的？不就是为了离开农村吗？如果真的再被分回农村，分到大队，分到公社，那自己这些年来的努力不都白费了？想把弟弟妹妹带出来上学的愿望不也就无法实现了？甚至他和方小青的事会不会受到影响都在两可之间。他心情不由得沉重起来。

"姐姐可要帮帮我啊。"夏连春立即㞞了。

“帮你的人可多了，就看运气了。”

夏连春七上八下地回到方小青家，方小青妈妈倒还乐观，她说还是回来好，一家人在一起可以有个照应。她一边忙着做饭，一边忙着收拾方小青的房间给夏连春住，她说：“寒假等小青回来，商量一下，今年暑假就把你们的婚事办了。小青毕业以后也调回县里，过两年我就提前退休带孙子。”

听了方小青妈妈的话，夏连春心里又温暖了起来。虽然他一直觉得现在结婚有点早，但她们母女俩都提到了结婚的事，说明她们已经沟通商量过了。可万一他要是留不到县里怎么办？

按照方小青的行程安排，她现在应该正在驶往省城的火车上。到省城她得到同学家住一晚上，第二天就坐班车回来，这个周末就该到家了。

一个学期没见，两个人心里都很想念对方。方小青放假前早早就来信告诉了她的归期，订好火车票又发来电报，就四个字：昨天等我。这是他们两个人表达爱意特有的句式，“现在”“马上”都嫌晚，恨不得“昨天就见”才好。

夏连春的所有心思就是等待，等待分配工作，等待方小青回来。等事等人都是着急的。与其在这儿干等，还不如回趟上水湾，把毕业分配的事也跟父母说说。

回到家里，他的心绪也平静不下来，工作的事定不下来，其他的事都不好说。他很想告诉父母他准备今年七八月份结婚，他想父母听到这个消息一定会高兴坏了，但现在还不能说。他很想告诉弟弟妹妹，下个学年就带他们到县里上学，弟弟妹妹也一定会非常高兴，但现在也不能说。他的工作分配还悬在那儿，方案没定，去向不明，无从说起，还是等到工作落实了再说吧。

这期间，他还跑到他曾经工作过的上水湾分校看了看，万一真的要分到下面来，干脆就回到上水湾算了，就当自己从未离开过上水湾，这里毕竟可以对父母对家里有个照应。当然，要是真的被分回来，估计也回不到上水湾分校，应该会到公社中学，至少也应该在大队学校。

好不容易等到周末，他又赶紧回到县里，他要赶在方小青回来之前在家等着她。“小花”好像也知道姐姐要回来似的，一直陪在夏连春跟前等。

夏连春想象着两个人见面时的样子和画面，有些心跳加速，有些迫不及待，有些胡思乱想，可是直到晚饭后也没等到方小青。方小青妈妈说，看来小青今天是不回来了，可能要到明天了。“小花”一声不吭地蜷缩在床角，动也不动。

第二天是星期天，这天，夏连春没事就往汽车站跑，他想在车站接方小青。可是白跑了一天，白等了一天，方小青还是没回来。他有些急了。不会有什么事吧？

周一上午，夏连春去文教局看分配结果。一进县委大院，意外碰到了班长方平。方平被分回到林业上，留在了赤麓山林业局，下派到山区林场工作锻炼一段时间。山区林场在吉宁县内，业务和行政领导归赤麓山林业局，党务人事和户粮关系属地管理，都在县里，他今天就是来县人事局办理去山区林场相关手续的。

方平还带来了市里其他同学工作分配的最新消息，家里只要有人在教育部门工作，哪怕沾上一点边的，都可以算得上是教育系统子女，原则上都被留在了市里。夏连春最关心的邵汉飞，分配的情况最好，被分到了鹿川报社。夏连春估计，邵汉飞在学校写过的那篇报告文学《戈壁清泉》可能起到了作用。

夏连春叫方平今天不要走了，留下来到他姑姑家去。方平说今天不去了，下一次吧，从县里到山区林场路不好走，进出一趟不容易。他今天和另外一个分配的学生刚好搭乘一辆林场的生活车，办完手续就走了。

方平临走时开玩笑说："你们县里的同志，以后可别忘了山沟里头还有个老同学老班长老大哥啊。"

夏连春笑笑："哪能呢？别人说不准，但至少我一定会记着山区林场有一个上级机关派下来的老同学老班长和我未来的大舅哥。"

文教局办公室外面的过道里挤满了人，都是等待分配的学生，三一群五一伙的。有认识的，也有不认识的，有师范学院的，也有别的学校的。

夏连春他们同班同学就有好几个被分到吉宁县来的。以前是同学，以后是同事。才几天没见，现在见面就有了一种别后重逢的亲切，抑或还有一些不知前路如何的担忧。大家不约而同地都在抱怨："这县里也太不把我们当回事了，文教局的人见了我们都冷冷的，好像我们是来抢他们饭碗的一样。还说现在正需要人呢，人事股对我们跟接待盲道落户的没什么两样，爱理不理的。"

过道里的人群组合很有趣，基本上是按照同地域、同学校、同班级、同性别自然分隔出不同的单元。

夏连春、张碧林和几个同学站在一起说着闲话。张碧林果然被分到了吉宁县，张碧林的姐姐和田光耀也被分到了吉宁县。人群里不时有一些熟悉的面孔，大家相互示意打个招呼。说是熟悉，其实也只是见过。这些面孔，在师范学院上学时，迎面相见也不会打招呼的，但现在，只要是似曾相识，都觉得是老同学，都会给对方一个笑容。

音乐班的苗素馨，就是邵汉飞心中的那个女神，也在人群里。亭亭玉立，端庄大气，一根及腰的大辫子，一甩一甩的，一双忽闪忽闪的大眼睛，水汪汪的。夏连春诧异："她也被分到了吉宁县？怎么没留在市里？"

张碧林说："你不也被分到了吉宁县，怎么没留在市里？"

夏连春隔着好几个人看过去，苗素馨正朝着这边和他隔空对视，两个人的目光交汇到一起的时候，互相点了点头，微笑一下，算是打了招呼。

夏连春突然想起什么似的问张碧林："你和苗素馨不认识吗？"

张碧林说："认识呀，她不是给我们教唱过《问》吗？"

夏连春说："你们两个不是一个团场的吗，怎么像陌生人似的？"

张碧林一脸蒙地说："她是我们团场的？我怎么不知道！师兄听谁说的？"

夏连春说邵汉飞说的。张碧林说邵汉飞那是被爱冲昏了头的时候说的，没几分可信度。

人事股的人把大家带到会议室坐下，说局长要来接见大家，和同学们讲讲分配的事。

局长穆汉，人高马大，五大三粗，他一走进会议室，就大声大气地跟同学们打招呼："欢迎同学们来吉宁县工作。"他说吉宁县一次分来这么多学生还是头一回，说明吉宁县教育事业大有希望。现在全县各个公社和农牧场学校都来县文教局要人，想要同学们到他们那儿工作。县文教局对同学们的工作分配非常重视，本着教学需要的原则，一定把同学们的工作分配好。

同学们都屏住呼吸，静听下文，想听到实质性的安排。但穆汉局长说到这里，却有意停顿了一下，他想捕捉一下同学们的反应。

他的目光在同学们当中扫视了一圈，接着说："马上就春节了，同学们先回家安安心心过个年，年后上班了再过来。"说完，局长还不忘借此机会给同学们拜个早年，然后挥挥手，笑呵呵地走了。留下一会议室的唏嘘、遗憾和失望。

张碧林看着局长一步一晃走出会议室的背影，悄悄对夏连春说："你看局长的两条'哥萨克腿'。"

夏连春说："那叫'罗圈腿'，骑马骑的。这个时候你还有心思观察局长的'哥萨克腿'呢？"

"我现在什么心思都没有了，能分到县里，不回团场，我就已经知足了。"张碧林小声说，"我现在最大的心思就是尽快分配工作吧，不要让我的心老是悬着了。"

"这好像不太符合你的性格和一贯做派呀？"夏连春压低了声音说。

"有心思又能咋样，师范学院的毕业分配还没看明白？刚才局长讲话还没听明白？"张碧林也压低了声音说，"他们的分配原则就一条：教学需要。把你分到县里是教学需要，把你分到公社也是教学需要。哪里的教学不需要？我一个从团场被分配到县里来的学生，还能怎样？怎么分配也就随他了。只是这么早就回家过年，待在家里没事干还是挺着急的。”

夏连春说：“那我就给你找个事干？”

张碧林说：“可别又是让我给你找那个不知道姓名、不知道工作单位、穿着‘9’号运动背心、带你睡过觉的叔叔吧？”

夏连春说：“还真就是这个事，我就是特别想找到他，哪怕只是当面说一声‘谢谢’，我心里也就踏实了。”张碧林说这个事要是好办早办好了，这个人要是好找早找到了。团场那么大，要找的人信息又那么模糊，与其找得失望，还不如就在心里留下祝福，好人自有好报吧。

这个春节注定是不好过的，分配去向和工作单位迟迟定不下来，每个人的心里都是七上八下的。夏连春更是心急如焚，度日如年。他心急的不仅是分配的事，更主要的是方小青迟迟没回来。他住在方小青家里等着，每天都要跑好几趟汽车站，但就是不见人，他已经被一种不祥的预感压得喘不过气来了。

一开始方小青的妈妈还不着急，只是埋怨女儿在省城贪玩，还不赶快回来。后来也开始念叨：“这是怎么回事啊？”

直到年三十中午，方小青的妈妈收到方小青从省城发来的加急电报，“雪大无车同学家过年青”，他们心里的一块石头才算落地。虽说遗憾，但平安就好。

这个年，夏连春过得索然无味，甚至心慌意乱。他老是放心不下方小青，真想跑到省城去看看，但愿方小青不要出什么事才好。

春节过后，县文教局的分配方案还没下来。人事股的人让大家再等等，说局长交代了，同学们愿意回家的可以回家等，不愿意回家的可以住在招待所等，住宿由局里统一安排。

女生基本都回家了，男生大都住进了招待所。张碧林没有回家，他也不让夏连春回家，要他留下来陪自己。一个房间四个人，四张钢丝床，四个人打牌，输了的人钻桌子。房间没桌子，那就钻床。夏连春的柔韧性和协调性都比较差，钻床时老爱撅屁股，床下面有裸露的钢丝，夏连春的裤子被挂烂了。这是方小青给他做的那条毛料裤子，他很心疼。他原来舍不得穿，想等到结婚时候再穿，方小青硬逼着他都没穿，照毕业照时才拿出来穿了。土包子开了次洋荤，还惹得班上的同学一阵议论。已经穿了，那就穿吧。这次到县里，他也想穿得好一点，现在却被挂烂了。

夏连春的行李都在方小青家，招待所里没裤子换，他就脱了外面的裤子，穿着绒裤打牌。几个人正玩得高兴，穆汉局长领着人事股的人来招待所看望他们，几个人慌忙把手里的牌搁下，手足无措地站了起来，像是做错了事的孩子。

穆汉局长笑呵呵地看着他们，说：“别把牌放乱了，待会儿你们接着打。”

局长简单问了问几个人的情况，叫什么名字，家是哪里的。听完夏连春的自我介绍，他问夏连春为什么只穿着绒裤，是不是打牌把裤子输掉了。夏连春说裤子钻床时被挂烂了。局长听后哈哈大笑，手指着夏连春说：“看来学习好的人，玩的方面都要差一些。”

穆汉局长一走，几个人就把牌收了，不打了，分配的事可能已经定了，要不局长怎么知道夏连春学习好。说明夏连春的分配情况应该不会差。

夏连春分得确实不差，被分到了县中学。在好几十号待分配的人群中，他能如愿以偿地被分到县中学，真的是很幸运了。

夏连春问周爱兰：“是姐姐帮的忙吧？”

周爱兰说：“我上次就跟你说了，给你帮忙的人可多了，但你的分配还真不是谁帮忙起的作用。师范学院专门推荐了你，县中学还跑到局里来要你，文教局知道了你的分配志愿，第一志愿吉宁县，第二志愿吉宁县，第三志愿还是吉宁县，局里的人都很感动，姐姐我也被你感动了。”

夏连春不好意思地嘿嘿一笑：“其实我的私心挺重的，就是想照顾家，把弟弟妹妹带到县里来上学。”

相比夏连春，张碧林就没那么幸运了，他被分到了下面的公社中学，夏连春的老家，太阳升公社。但张碧林很知足，他觉得太阳升公社不错，地方好，离县里又不远，现在也通班车了。相对于其他被分到偏远公社或农牧场的同学，他的情况要好多了。知足者常乐。

张碧林说不知怎的，他这次分配前一直有一种预感，会不会被分到夏连春的老家太阳升公社。结果还真灵验。

夏连春说：“没准那里有什么好事等着你呢。”

张碧林说，那就是结婚生子呗。

夏连春说可不能在那里结婚生子，过两年一定要想办法调回来。

张碧林说：“那就靠师兄了。”

夏连春说：“靠自己，你有这个能力。不过过两年你姐姐姐夫可能就能帮上你了。”

张碧林说：“那还是靠自己吧。”他好像还是看不上田光耀。

聊着聊着，张碧林突然就控制不住自己，动了感情，觉得好不容易和夏连春一起分到了县里，现在却又要分开。他突然意识到他和夏连春的友谊和感情已经很深，好像已经分不开了。他难舍难分地拥抱着夏连春，夏连春也难舍难分地拥抱着他，两个人都哭了。

人的一生就是这样在聚聚散散中度过。再好的朋友也会有迎来送往，朋友的交情就是要在分分合合中坚守。不管人在何方，身在何处，只要心在情在就什么都有了。两情若是久长时，又岂在朝朝暮暮。这话用在朋友之间又有何不可呢？

和夏连春一起被分到县中学的有十来个人，其他人都是他上学时学校其他专业或是其他学校的，除了音乐班的苗素馨，夏连春都不认识。歌咏比赛时，苗素馨曾到中文二班教过歌，毕业前夏连春又和邵汉飞去音乐班跳过舞，所以，他们也算是有过交往的了。

有过交往就不陌生，两个人一起结伴去县中学报到。虽然以前没有近距离接触过，但毕竟从一个学校来的，现在又要到一个学校去，关系自然也就近了。而且在外人眼里，他们本就是同学，谁去细分他是这个专业的，她是那个专业的。既然如此，他们自己何必还要生分呢。

夏连春和苗素馨直接去了校长办公室。校长接过两个人的分配手续，笑呵呵地说："欢迎夏老师，欢迎苗老师。"

夏连春赶忙握住校长伸过来的手，非常谦恭地说："老校长好。"苗素馨也很亲切地唤了声"校长好"。

校长还是夏连春在县中学上高中时的老校长。几年没见，校长老了许多，背已经有些驼了，一米八几的大个子，突然之间缩短了很多。但眼神还是那么坚毅，声音也还是那么有磁性。夏连春当年从老家来县中学上学的转学证就是直接交给老校长的，高中毕业时的毕业证也是老校长亲自颁发的。现在，几年之后，当老校长再次接过夏连春参加工作的分配手续，再次握住夏连春手的时候，夏连春突然觉得那么亲切。

学校对他们这批新分来的大学生的工作、生活和教学安排都已经研究过了，夏连春任学校专职团委书记，不带课。苗素馨任团委副书记，教音乐课。老校长问他俩这样安排行不行，有没有什么意见。

这个安排出乎他们两个人的意料。两个人都很谦逊地说，谢谢学校，谢谢校长，就怕自己干不好。校长说："学校已经看了你们两个人的简历，相信你们能够胜任这份工作。"两个人都表示服从学校安排，尽力把工作干好，不辜负校长和学校的信任。

总务处没给苗素馨安排住宿，因为她的家也在县里，这个事太意外了。在师范学院上学的时候，夏连春他们都知道苗素馨是农垦团场的，还是和张碧林一个团场的。现在才知道，原来听说的有关苗素馨的情况与实际大有出入。

说苗素馨家在农垦团场，但她人没在团场上过学，团场人不认识她，所以张碧林都不知道他们是一个团场的。

现在才知道苗素馨的家居然是吉宁县的，农垦系统撤并地方以后，她父亲去年从团场调到吉宁县文化馆当馆长，母亲也随调到县里。一家人才来县里时间不长，苗素馨因为一直在师范学院上学，县里没人知道她。邵汉飞狂恋苗素馨那会儿，苗素馨他们家就已经调到县里了，但大家还以为她是团场的，实际上同学们都没搞清楚她是哪儿的。

夏连春和苗素馨坐进校团委办公室。办公室里摆放着三张办公桌，面对面的两张桌上摆放有办公用品，显然是给夏连春和苗素馨准备的。横在一边的那张办公桌面上是空的，应该是以后还有人要来。

最稀罕的是夏连春的办公桌上居然还有一部电话，总务主任说县中学只有这一部电话。刚才夏连春进办公室的时候看到外面有两块牌子，一块写着团委，一块写着学校办公室，那就是说，夏连春除了是团委书记以外还兼有办公室秘书或是办公室主任的职责？

两个人看看办公室，又互相看看，从现在开始，他们每天就要这样面对面地坐在一起办公了。这种情况，这个结果，是两个人都没想到的。既没想到两个人的工作被安排得这么好，也没想到两个人被安排得这么近。要不是同学，要不是两个人都有对象，这一刻起，两个人的心里没准就会生发出一丝别样的情愫来。两个人坐下来以后又是相视一笑。

夏连春想起了邵汉飞，他想给邵汉飞打个电话，但办公室这个电话打不了，打到鹿川是长途。

上午安顿好学校的事，下午夏连春就带着苗素馨去团县委拜访于善江书记。于善江一见到夏连春就说：“想着你这两天就该来了。”

夏连春说：“我是今天才到县中学报到的，于书记怎么就知道我要来了？”

于善江说：“前两天县中学就报告了你要当学校团委书记的事，我当然知道了。”

夏连春赶忙把苗素馨介绍给于善江。于善江说：“苗老师是第一次见，但苗老师的情况学校也已经报告过了。相信你们两个一定能把县中学共青团工作做好。”

夏连春这才明白，原来这些事在他们进校之前早已经安排好了，只是他们自己不知道而已。

夏连春说他现在也是有组织的人了，在组织内工作，没有组织上的支持是肯定不行的。说着说着就矫情起来：“于书记可不能把我们搁在那里就不管了哟。”

于善江说：“哪能呢？大家都在一个系统工作，本就是同事，更何况你还是我的上水湾老乡、县中学同学，我的连春兄弟呢！”

夏连春当着苗素馨的面一直都没敢叫一声“善江哥”，没想到于善江自己倒一口气把他们俩的三个关系都说完了。

于善江说着就夸奖起夏连春来：“你这一进入共青团系统，就能有这么明确的组织观念和系统意识，真是难能可贵呀。有这样的认知水平，我们一定能齐心协力把共青团工作做好。”于善江坦率地跟他们两个交流了眼下共青团工作的难处：一个是不好做，前些年走了不少弯路，现在要回到正确的轨道上，不是说一两句话，喊一两个口号，搞一两个活动那么简单；另一个是没人做，人才不足，人手有限，许多团干部文化素质不高，仅凭一腔热情是不够的。“所以，团县委希望你们学校共青团的工作能走在全县共青团工作的前头。当然，我们也会全力支持你们的工作。”

谈完工作，于善江问夏连春：“见到你席琳姐了没有？”于善江的爱人席琳也在县中学当老师。

夏连春说他今天上午刚到学校，还没来得及去见，他说他这是先公后私，先书记后姐姐，待会儿回学校就去见。

于善江说：“不着急，她已经知道你被分到县中学了，忙过这两天再说吧。过两天请你们到家里吃饭。”于善江后面这话是对夏连春和苗素馨两个人说的。

夏连春和苗素馨回到学校，没进自己的办公室，直接去看席琳。见到夏连春，席琳照例先给他一个拥抱，再双手扶着他的双肩，上下打量他有没有变化，然后才坐下来说话。

席琳说：“连春，你上午才来，咋这么快就有时间来看姐姐了？”

夏连春说：“因为姐姐重要呀。”嬉笑两句之后，夏连春就把苗素馨介绍给席琳，然后对席琳说他们刚才去团县委见了于善江，现在才来看她，有点晚了。席琳说不晚，以后大家就是同事了，天天都可以见面的。

席琳又看着苗素馨说：“苗老师长得这么漂亮，待会儿下班你和连春一起到我们家吃饭，我们家就住在校园里。”

夏连春赶紧接过话：“今天不去了，刚才善江哥叫我们过两天去你们家，等忙过开学这一阵吧。”

席琳说：“开学的事有什么好忙的，就今天。”说着还不忘把于善江捎带批评一下，“他倒会做人情，他说过两天就过两天？我说就今天，反正他在家也是光动嘴不动手，什么事也不干。”席琳又拉起苗素馨的手，“待会儿苗老师过去帮我一起做饭。送行的饺子接风的面，我给你们做拌面吃。”

夏连春是苗素馨在吉宁县认识的第一个人，在今天还不到一天的时间里，她从老校长对他的器重、团县委书记和他的交情、席琳老师对他的关爱当中，已经看出了夏连春具有与人和善相处的潜在能力。她知道，他是一个有内涵的人。

晚上，坐在席琳老师家里，听着于善江书记和夏连春聊天，苗素馨不由自主地重新打量起眼前这个浓眉大眼、轮廓分明的校友、同事。他个头不高，人很清瘦，浓浓的眉毛，大大的眼睛，高高的鼻梁，厚厚的嘴唇，一脸的忠厚，一脸的善良，眼里透出坚毅，说话透出诚恳，看得出，这是一个讨人喜欢、值得信任、有思想有主见的男人。虽然他略微年长于她，但他好像比音乐班那些长不大的男孩子们成熟很多。

苗素馨庆幸自己遇到了夏连春，觉得和这个人在一起心里是踏实的。在师范学院一起上了两年学，而且相识。现在一参加工作两个人又成了同事，还坐到了一个办公室，这也算是冥冥之中的缘分。

第三十三章　心烦意乱

校园的早晨来得要比别的地方早很多。家里早早出门的一定是上学的孩子。早早到校的学生，早早到校的老师，早早开始的一天。

夏连春走进办公室，苗素馨已经把办公室的炉火架好了，生得很旺。开水也打了，此刻她正在拖地。夏连春赶紧拿起抹布擦桌子。

夏连春边擦桌子边跟苗素馨说，这打扫办公室的事以后就由他来干，她不用来这么早。苗素馨说打扫卫生属于家务活，本就该女同志干。夏连春说这是办公室，是公务活，公务活应该男同志多干一些。苗素馨说他们两个以后可以分分工，男主外，女主内，团委的事，外面的活，夏连春多干一些，她就给他当当助手；内部的事，办公室的事，她多干一些。夏连春说工作上的事两个人商量着做，打扫办公室的事他住在学校方便一些，就由他来干。苗素馨说："不住对象家里了？"

夏连春说："住到学校方便一些。"

夏连春是早上搬到学校来的，和她同一个宿舍的是他的前任——刚卸任的校团委书记涂老师。同事们都叫他"tuzi"，不知道是"涂子""兔子"还是"秃子"。昨天上午，他们交接完工作，夏连春和苗素馨还对上一任团委书记的这些称谓仔细琢磨了一番。"涂子"？爱称，就像姓李的叫"小李子"一样。"兔子"？他眼睛有些发红，像兔子的眼睛，是戏称？"秃子"？但他一头头发挺好的，没准是同事们对他的趣称？他俩觉得，还是叫"秃子"的可能性大，更具诙谐意义。但他俩觉得还是叫他"涂子"或是涂老师合适一些，显得尊重。

涂子是从鹿川下来的知青，前些年从吉宁被推荐上了中师，中师毕业后被分回到吉宁县小学，后又被调到县中学当团委书记，专门做学生工作。由于年龄稍长，今年年初，从团委书记的岗位上调整为政史地教研组任组长，教政治课。

涂子档案里的实际年龄三十三岁，一九七五年参加工作时填表填的是二十八岁，但夏连春看到他今年初卸任团委书记时在教职工团支部登记表上填写的年龄是二十七岁。也就是说，"涂子"从一九七五年参加工作到今年一九八○

年，时间过去了五年，他的年龄不仅没长反而小了一岁。

这个年龄不是写错了，而是他有意写小了。三十三岁的人，至今还没有对象，也是一个愁人的事。涂子为人仗义，人缘好，他瞒年龄的事谁也不会去揭穿。夏连春他们这一批分配来的学生多，没准他还想着想办法从中找一个。

昨天上午交接工作的时候，涂子亲切得像个大哥，亲热得像个前辈，亲和得像个老朋友。他对夏连春和苗素馨说了句非常经典的话：“工作有什么可交接的？情况在柜子里，工作在本子上，办法在脑子里，你们自己干吧。”

方小青的爸爸妈妈对夏连春的分配情况和工作安排很满意，他们都说现在各个单位说是需要人才，但具体工作岗位又不多，工作安排起来很困难，很费劲。这种情况下，他能被分到县中学，还能当上学校团委书记，真是不容易。田光耀和张素雅的工作分配惊动了县委，书记亲自向方小青妈妈交代，让她把田光耀留在卫生局做行政工作，将来可以培养使用。

田光耀毕业时本来是想留校做学生工作的，但由于班主任的极力推荐，班长留下了，田光耀挂了空挡。张素雅本想留在卫校附属医院，但田光耀不想当医生，学校也只同意从他们两个当中留一个，田光耀又落了空。

张碧林早就对夏连春说了，实际上卫校根本就不想要田光耀，所以才变着法子把他排斥在外，才以从哪儿来到哪儿去为借口，一下子把他分回去，叫他有话都说不出来。

田光耀心里明白，既然卫校留不下，分回吉宁也算是上策。但张碧林在心里替姐姐委屈，放着卫校附属医院不去，偏偏要跟着田光耀来到吉宁县。

张碧林不知道，他姐姐跟着田光耀来到吉宁县是不会吃亏的。因为田光耀有县委书记这层关系，工作分配的事不用愁，而且今后的发展可能要比在卫校好。

田光耀原本想回到县委当秘书的，但县委说这样安排跨度太大了，容易引起别人议论，不利于他的成长和发展，还是先到卫生系统干一段时间比较好。

就这样，田光耀被分到了县卫生局，张素雅被分到了县防疫站，两个人都被安排得很好。

方小青的妈妈看着田光耀和张素雅恩恩爱爱的样子，不由得就想起方小青和夏连春来。其实她心里一直在犯嘀咕：这个春节小青在省城到底发生了什么？她私下里给她省城的一个好姐妹发了份电报，让她看看方小青在同学家怎么样，她的好姐妹回电：“平安放心。”

现在，夏连春的工作落实了，方小青的妈妈催促他赶快给方小青写封信，把他的毕业分配和工作情况跟她说一下，免得她操心。也问问她的情况怎么样，不知道她现在回到学校了没有。

夏连春有太多太多的话要对方小青说。他要感谢她这些年来为他所做的一切，他欠她的太多了，他要用一生来补偿她。他还要向她道歉，毕业分配他选择了回县里，这件事他没跟她商量，就自己做主了。

他在信中还提到：不过你自己不也说过要跟我到县里来吗？噢，对了，你妈妈也说，还是分回来好，一家人在一起可以有个照应，还说今年暑假就把我们的婚事办了。她让你明年毕业回来也调到县里来，过两年她就提前退休带孙子。

我已经从家里搬出来住到学校了，你爸爸妈妈都坚决不让我搬，但我觉得还是住到学校方便一些，同时我还有个私心，想提前为咱们结婚申请住房做准备。我打算下学期就把弟弟妹妹接到县里来上学，但弟弟妹妹可以住校，不会影响咱们的婚后生活。

上午，夏连春抽空去了趟邮局，给方小青发信，八分钱邮票，两分钱信封，本来想贴一毛钱邮票，航空的，但仔细一想，吉宁县哪儿来的飞机走航空呀。

寄完信，他又给邵汉飞打了个电话。排了半个小时队才接通电话，只讲了几句话就挂了，长途电话费好贵的。他告诉邵汉飞，苗素馨和他被分到了一个学校，分在一个办公室，面对面坐。邵汉飞让夏连春帮忙替自己爱着。夏连春说：“你的爱，别人替不了。”

发完信，打完电话，心情大好。回到办公室，一起分到县中学的几个同学陆续来团委办公室参观，好羡慕。两个人一个办公室，好清净，好温馨。他们那些人都是好多人一个办公室，有的还是一个教研组齐聚在一个大办公室，就跟在大教室里办公一样。

夏连春心里突然明白，他们办公室里摆放三张办公桌还是挺好的，这样显得办公室满一些，挤一些，不那么空。要不然，两个人，两张办公桌，太奢华了，有人会眼红的。

平时，老校长没事也喜欢到他们团委办公室来坐一坐，有时候一坐就是半天。老校长喜欢抽烟，鹿川炒烟，一根接着一根地抽。有时候夏连春也陪着老校长一起抽。老校长喜欢和夏连春说话，说一些时事政治，说一些当下的政策，但从不说学校的事。

老校长其实话不多，不是很健谈。他不喜欢天南地北地神侃胡聊。有时候他喜欢提起一个话题，听夏连春说。有时候没话说了，他就坐在那里一根接一根地抽烟。

老校长还喜欢和夏连春讲一些吉宁县城皖州人的事。老校长是浙州人，他爱人是皖州人。有人说老校长怕老婆，他把自己也当成了皖州人。吉宁的皖州人多，老乡观念重。有人说吉宁有个皖州帮，这有点夸大皖州人的势力了。但这些皖州人保留着不少皖州老家的生活习惯，在坊间倒确实形成了一定的影响力。

有时候老校长也跟他们两个年聊一些年轻人的事，聊一些找对象的事。老校长还会很关爱地问他们俩想找什么样的对象，他可以帮他们介绍或者牵线搭桥。有时候他还会暗示他们两个人就很合适，甚至还有想撮合的意思。老校长太可爱了。因为两个人知道彼此都有对象，所以也就没往心里去，只是会心一笑了事。

和老校长的说话聊天中，夏连春知道苗素馨也是皖州人，她父母被调到县里来工作还是这些皖州老乡们帮的忙。这又是夏连春没想到的，他一下觉得，和苗素馨的关系又增添了一分浓浓的乡情更亲更近。

苗素馨比较内敛，她不太爱聊自己的事，夏连春对她的情况知之甚少。当然，夏连春也不是个是非之人，不爱打探别人的私事和家事。所以，两个人在一起还算轻松，也有默契，都不觉得累。

苗素馨很懂事，也很乖巧。老校长一来他们办公室，她就会站起来把自己的位子让给老校长坐，这样老校长和夏连春面对面说话方便一些，她自己坐到办公桌另一端听他们说话。夏连春觉得，他们办公室的第三张办公桌也算是给老校长留的。

老校长和夏连春聊天说话的时候，苗素馨一般都是坐在一旁听或是做自己的事。有时候她可能被两个“大烟囱”喷出的烟呛着了，有时候她可能觉得有些话题她应该回避，有时候她也可能坐在那里觉得无聊，偶尔会出去到音体美教研组坐坐。

音体美教研组是个比较散漫的集体，不用刻意备课，玩着玩着就把课上了。一天就是写写画画，说说唱唱，蹦蹦跳跳。不用坐班，一会儿出去跑跑步，一会儿出去打打球，干的就是坐不住的活。

教研组组长是搞体育的，老同志，跑百米出身，精瘦精瘦的，年轻的时候是省城的田径运动员，他觉得音体美三科中体育最重要，他说：“我们的教育方针是德智体全面发展，体育虽然排在第三位，但音乐、美术连号都排不上。”所以他当了教研组的组长后，就一直称“音体美”为“体音美”，同事们背地里也就把他戏称为“体音美”。

“体音美”最喜欢说的一句话就是“我们当年……”，好让人知道他当年有多风光。苗素馨说："您当年肯定是夏连春的老师吧？"

"体音美"难得谦虚地说："我哪有福气给夏书记当老师啊。"

这两年，县中学一直流传着老校长只喜欢年轻人不喜欢老教师的说法，其实持这种观点的人不是真正的老教师，而是几个年龄偏大的教师，就像"体音美"这样的。

夏连春他们在县中学上学时的那些老教师，这两年陆续都被鹿川的大中专院校挖走了，有的还去了省城。有本事的老师调走了，剩下的只能是矮子里面拔将军，把那些优秀的年轻教师选拔出来，给他们压担子，让他们挑大梁。

鹿川是个藏龙卧虎的地方，各种能人都有。在民间，有因为政策而精简下放的；有因为历史而受到不公正对待的；有因为各种外人不知道的情况，在原来的地方待不下去了，自己跑到鹿川来谋生的。有的人甚至改名换姓，隐姓埋名，无声无息地过着自食其力、自给自足的生活。突然有一天，那些曾经朝夕相处的普普通通的人群中，一下子冒出来许多高人，冒出来许多有用之才。真是应了那句话，高人在民间。许多高人都被急速地充实到了正闹人才荒的教师队伍里来。"体音美"就是这个时候被选拔充实到教师队伍里来的。

不拘一格降人才，是社会文明进步的表现。广开才路，通过各种渠道招录人才，是特定历史时期的特殊做法，而且确实发挥了重要作用。但一段时间之后，应急招录的这些高人也暴露出一些问题。

有的人确实是因为当年自身有问题而失去工作流落到社会上的，现在你再把他招录回来，他的老毛病照样还犯。不思自己当年之过，不感组织再用之恩，难当为师重任。

有的人已远离文化环境多年，没有了教书育人的基本素养。有的人给学生上课就像是给农村邻家小孩讲不着边际的故事："南美洲的狗脖子上挂的都是金项链子。"有的人天天要到学生家里家访，就想着要跟学生家长拉关系办私事。

有的老师，家属没工作，孩子一大堆，生活确实有困难。于是他就在学校家属院里养鸡喂猪，没有课就背着杆秤提着个布袋子，走街串巷挨家挨户去换麸皮收饲料，碰到学生家长也不脸红，甚至还想让人家白送他点什么。

像这样所谓的老教师，怎么可能让老校长喜欢得起来？

老校长前两年喜欢涂子他们那一茬年轻人，现在又来了夏连春他们这一茬年轻人，他也喜欢。那些年龄大一些的所谓老教师对此看不惯，他们认为县中学的年轻人已经形成了势力，甚至形成了年轻帮。年轻帮的头儿，前两年是涂子，现在是夏连春。涂子和夏连春整天围在老校长身边，像是老校长的左膀右臂，哼哈二将。县中学的权掌握在年轻人的手里，县中学的家由年轻人当着。

不知不觉中，有人把矛头转向了夏连春，说他年纪轻轻的就不带课，像个领导一样，学校唯一一部电话都放在他的办公桌上。夏连春有一种躺着中枪的感觉。最近以来，他的心情本来就躁，现在更乱。他给方小青的信已经寄出去快两个月了，至今没有回音，也不知道出了什么事情。他认为一定是出事了，否则不会是这样的。他三天两头就去方小青家，想看看方小青妈妈那边有没有方小青的消息。每天收发员送报纸过来，他都要先把报纸翻开，看看有没有信件。

刚开学时间不长，方小青妈妈曾收到过方小青的一封来信，很短，说春节她在同学家过得很好，这个学期学习任务很重，她不能经常给他们写信了。她在信里问夏连春被分到哪儿了，上班了没有，叫他安心工作，不要挂念她。完了，就这么多内容。但就这么几句话也让夏连春激动了很长时间，毕竟他知道她平安，知道她惦记他。

夏连春原本以为她给她妈妈的信短，是因为母女之间没什么话说，她给他的来信一定会很长很长，因为他们之间有太多太多的话要说。但快两个月了，他还没收到她的来信，他急了，坐不住了，开始胡思乱想了。

脑子胡思乱想，可工作上的事还要做好。“六一”期间，县里组织全县各个学校的少年儿童进行体育和歌咏比赛。歌咏比赛由苗素馨负责准备，夏连春和体育老师一起抓体育项目训练。

体育项目训练时，老校长打发学生来叫夏连春去参加一个学校工会组织的座谈会，夏连春过去坐了一会儿，喝了杯茶，嗑了几粒瓜子，然手就打算赶紧回去搞他的体育项目训练。刚从会议室走出来，见音体美教研组的“体音美”组长来找他。“体音美”一看他从会议室出来，就气不打一处来，张口来了句：“我们在忙着训练，你却跑到这儿来吃香的喝辣的。”说完扭头走了。夏连春那个气呀，真想骂上一句，但他忍住了。他看出来体育老师对这项由校团委负责的活动没什么热情，同学们对参加这样的活动也不积极，他自己对体育活动又不在行，所以只能忍气吞声配合体育老师把训练搞下去。

广播体操项目训练，队伍总是不整齐，有些学生总是松松垮垮站不直。夏连春有些急，他看见一个女生做操时不举手，立正时叉着腿，他气得走过去抬腿一脚把她的两脚踢并拢了。这个女生被吓着了，没敢说话。她旁边的一个小男生翻眼瞪着夏连春，很不服气的样子，好像很恼火，咬牙切齿的。

夏连春冷眼看着这个小男生问：“怎么了？”

小男生也冷眼看着夏连春：“你等着！”十分嚣张。

这个小男生是个有名的混混，那个女生是他的女朋友。这两个人经常在教室后面的墙角处用一件外衣蒙着头拥抱在一起，有时上着课两个人都能蒙在外衣下不知道做什么。老师不管，学生装作没看见。有时候，这个小男生还专门在全班同学的面前，把这个小女生拉到身边，蒙在衣服下，就为了让同学们起哄。

这两个人可是班里的活宝。夏连春算是把马蜂窝捅了，这不可真有好戏看了。

夏连春看着那小男生怒视着自己，还出言不逊，一下子火了，他伸手提着那小男生的一只胳膊，把他拽到了队伍的前面，让他面向大家罚站。那小男生哪能任凭他人这么摆布，他一跳老高，张牙舞爪，拳打脚踢，一副要和夏连春鱼死网破的样子。

操场上的学生都不训练了，慢慢聚拢到他们周围看热闹。夏连春知道他遇到了一个难缠的主，不把他收拾服帖是消停不了了。而且如果他这样闹下去，不仅今天的训练没法进行下去，自己今后的学生管理工作也没法做了，谁还听你的？

夏连春叫他站在那儿别动，他却反过来不依不饶要找事，耀武扬威，上蹿下跳。夏连春就势在他胳膊上一捏，他一屁股坐在地上不吭声了。夏连春随即也蹲了下来，告诫他："记着，你是学生，学生就要遵守学校纪律，就要听老师的话。"

他不理夏连春，试了几次想抬屁股站起来，但终因脚下发麻无力站不起来，索性也就不再挣扎，坐在那里，看着夏连春，半天说了一句话："你厉害！"

夏连春站起来对着聚拢在周围的同学们说："继续训练。"大家不知道眼前发生了什么，只知道那小男生不闹了，老实了，想着：这夏老师还真有两下子，能把一个天不怕地不怕爹娘老子都不怕的混世魔王瞬间驯服也真是不易。

这个小男生名叫刘新义，他有个哥哥叫刘新忠。哥哥比弟弟大了十多岁，是吉宁县城里赫赫有名的混混。哥哥在外面混，没人不怕；弟弟在学校里混，没人敢惹。谁要是惹了弟弟，哥哥就会来学校收拾谁。

这个下午，夏连春惹了小男生刘新义，他哪能就此善罢甘休。操场上，他被夏连春一把捏坐在地上，挣扎半天不起来，他知道他搞不过夏连春。当时，他为了在同学面前保住面子，选择了好汉不吃眼前亏的下策。训练结束后，一离开操场，他就赶紧去找他哥哥，说他在学校被人欺负了，被老师欺负了，被一个叫夏连春的年轻老师欺负了。

夏连春收拾小男生刘新义的时候，"体音美"一直站在旁边，不敢近前，他害怕这个小男生接下来实施报复的时候会波及自己，所以他躲得远远的。

刘新义老实了，同学们的广播操训练也认真了，“体音美”心里想：什么叫无知者无畏？夏连春就是。夏连春不知道刘新义有多浑，他要是知道了他还敢那么收拾刘新义吗？没想到刘新义这个天王老子都不怕的小孽障也有人能降得住他。真是一物降一物。

训练结束回到办公室，夏连春看到他的办公桌上放着好几封来信，都放得整整齐齐的，显然是苗素馨帮他收拾过了的。她的大合唱排练已经结束了，可能已经下班走了。

夏连春坐在办公桌前，随手翻看着来信，好多信，都是同学的。送信送报纸的打钟老头说，他现在每天分发的书信基本上都是夏连春这批刚分来的年轻老师的。

老教师们深有感触地说，毕业后的第一年，不管各自分配到哪里，相距有多远，好多同学之间都是书信不断，往复频繁。这种情况一般持续到三年以后就不常见了。同学们都开始忙着谈对象，忙着准备结婚，忙着自己的工作，忙到后来，连写一封信的事情都懒得干了。这一懒就懒到十年八年以后，同学之间音讯全无，各自的情况需要通过各种途径才能重新获悉，等慢慢建立起新的联系的时候，已经人到中年了。这个时候，同学之间的话题又开始多了起来，大多转到了工作、事业、家庭、孩子身上，但书信联系的范围却明显缩小，只与个别关系要好的同学经常保持联系。

夏连春看完了几封同学来信之后，放在最下面的一封信，让他眼前一亮，喜出望外。是方小青的信。这个苗素馨，怎么偏偏把这封信放到最下面了呢？

他迫不及待地把信打开。信不长，可以说是很短。不管长短，来信就好。她说她知道他已被分到县中学工作，还当上了学校团委书记，祝贺他，希望他好好干，争取将来有更好的发展。她说她这个学期学习任务很重，以后可能没时间给他写信了，希望他照顾好自己。她还说暑假学校要组织他们到纺织厂见习，她就不回来了。

一封不长的信，夏连春反复细读了好几遍。一种不祥的预感强烈撞击着他的心。他觉得她这封信与过去相比，有三大变化：

一是来信慢。过去方小青是收信就回信，这一次竟拖了两个多月。

二是写得短。过去方小青的来信上仿佛有说不完的话，光是结尾就要结好几次，中间想起一件事就要写上一段话；而这一次，她三言两语就说完了，好像什么都不想多说。

三是内容简单。她好像有什么心事，吞吞吐吐，躲躲闪闪的，信里的意思好像是她以后再不来信了，和他也再不见面了。过春节没回来的事只字未提，原本打算今年暑假结婚的事只字未提。她是有意回避，有意不说，这里面肯定有什么夏连春不知道的原因。

出事了，一定出什么事了。这个事就是春节期间出的。要不她都到省城了，为什么不回来？夏连春坐不住了。他赶紧去了方小青家，看方小青的妈妈知不知道更多情况。

看完女儿的信，方小青的妈妈也觉得反常，但她不能流露出来。她安慰夏连春先不要着急，等过一阵子再写信问问情况。没准她这一阵子心情不好，不想多说话，过了这一阵子就好了。没准她真的很忙，学习紧张，没时间写信，等忙过这一阵子也就好了。还没准她就是心粗，大大咧咧，丢三落四，我们急着想知道的事，她却没心没肺地给忘了，等到下次想起来她就会主动说的。

夏连春说不行，他要去她学校，去看看她。她一定是遇到什么难事了。

方小青的妈妈说："孩子，你的心情我能理解，但咱们去了能干什么？如果她真的有什么事需要帮助的话，她会主动说的，如果她不说，就是不需要，或者压根就不想告诉咱们，甚至还不想让咱们知道，这个时候咱们去了反而不合适。要沉住气，千万别着急，就算有什么事，也要给她足够的时间和空间，让她自己去处理，咱们应该相信她有这个能力，不去给她添乱。"

夏连春心里本来很乱，经方小青妈妈这么一说，虽没解决根本问题，却被点拨到位，心情平复了很多。其实他心里担心的不仅仅是方小青遇到了什么事，更主要的是方小青是不是因为什么事使他们的感情生变了。方小青妈妈也明白他的心思，但她以另一种思考方式来开导他，让他至少明白了一个最为简单的道理："即使有什么事，你急有什么用？去了又能怎么样？"

他赶紧回到办公室给她回信，他要把他现在的心情、想法、担心和想要说的话，统统毫无保留地写给她。他不能没有她，不能没有她的爱，否则，他觉得自己活着没有意义。

他正沉浸在自己笔下的感情世界里，突然听到有人敲门。进来的是下午广播操训练时被他收拾过的那个小男生刘新义。他突然警觉起来，这小家伙这个时候来他办公室肯定没什么好事，没准外面还有接应他的人呢。不管怎么样，夏连春不能让他在办公室闹事，那样事情就大了。

刘新义一进来就对夏连春嬉皮笑脸地说："夏老师很忙啊，这么晚了还在办公室，一个人不害怕吗？"

夏连春说这里是学校，老师在办公室办公，没什么好害怕的，难道还有人敢半夜三更来学校闹事？

刘新义说："那倒不一定。不过你还是小心一点为好，万一晚上来几个人把你收拾了怎么办?”

夏连春说:“你这么晚了来学校找我有什么事吗?”

刘新义说:“我不是来闹事的，你不要紧张，也不要害怕，我是来请你去我家做客的。”

夏连春说:“你这么晚了来请我去你们家干啥?哪有这么晚请客的?明天再说吧。”

刘新义说:“你害怕了?”

夏连春嘿嘿笑了笑:“我怕什么?”

刘新义说:“既然你不害怕，那就别磨蹭了，赶快跟我走吧。我家里还有人等着你呢。”

夏连春继续笑着说:“我这么大的面子呀?这么晚了，你家里还有人等着我。谁呀?”

刘新义冷笑一声，说:“听说夏老师上高中的时候有一天晚上在电影院门口被人打过，还被打得住院了。你还记得这事吗?那个当年打你的人就是我哥哥，他叫刘新忠。我哥哥听说你到县中学当老师了，他很想见见你，就是他，现在在家里等着你呢。”

夏连春知道他遇到麻烦了。心想，如果不去，今天的事情肯定完不了，反正怎么也要面对，还不如就跟他走一趟，到他家里他们兄弟俩又能拿自己怎么样?家里不会没有大人吧?家里的大人能让他们兄弟俩胡闹?没准他们也就是虚张声势，吓唬吓唬自己，看自己敢不敢去，如果不去，他们就把自己看扁了，如果去了，没准他们也不会干啥。但不管怎么说，今天晚上的事不会是什么好事，去与不去，都是凶多吉少。想到这儿，夏连春拿起笔，给苗素馨留了个字条:我晚上去刘新义家了。他的意思，要是明天早上他没来上班，苗素馨也会知道他的去向，是向校领导报告还是向公安局报案，就由她决定了。

夏连春站起来出门往外走的时候，刘新义突然迟疑了，他没想到夏连春真的会跟着他走。他哥哥说夏连春肯定不敢到他家去，他哥哥给他描述了夏连春当年有多弱，胆子有多小，有多么不经打。他哥哥的策略是，让他晚上把夏连春堵到办公室吓唬吓唬，逼夏连春说几句软话，认错求饶，以后再不敢管他的事就行了。可是现在夏连春却若无其事地站起来要和他一起去他家，他自己倒先怯了三分。这深更半夜的把人搞到家里怎么整啊?

夏连春看着刘新义迟疑的样子，催促道:“赶快走啊，你哥哥还在家里等着呢。”

刘新义在县中学还没遇到过夏连春这样的，那些老师只要一听说他是刘新忠的弟弟，躲都躲不及，哪还有他这样找着要迎上来的。刘新义一下子火了，心里骂道：你想找死，老子今天就让你死个够。他抬起腿就走到前头，三步并作两步领着夏连春往家里走。

刘新义家住在县造纸厂家属院，一排低矮的平房，家里潮湿，有股子霉味。他的父母早已睡了，他哥哥也睡了。进门后他把动静搞得很大，一来为自己壮胆，二来想吓唬夏连春，三来是想把他哥哥吵醒，好让哥哥起来帮他。夏连春自个儿在他家八仙桌前靠墙的位置依着墙坐下，这样即便有什么不测，也好避免腹背受敌，顾前顾不了后。

刘新义一会儿从抽屉里拿出个锤子，把桌子敲得当当响，一会儿又从厨房里拿把菜刀，在案板上剁得叮里咣当的。他是在向夏连春示威。夏连春很自然地把他家八仙桌上的一把铜茶壶握在手里，刘新义要是敢行凶，他就用茶壶自卫。

刘新义的父亲从里屋出来了，一个干瘦的小老头，满脸都是松弛的皮。他看着屋里坐着人，便冲夏连春笑笑，嘴角的皮外扩，眼角的皮内收，像是哭。夏连春突然觉得笑脸一定要是皮肉一起笑才好看，脸上没肉的人笑起来真的不好看，是干笑，脸上有肉的人皮笑肉不笑也不好看。那脸上圆润饱满的人，笑起来就好看，笑得像花一样，多美呀。

就在夏连春瞎琢磨的时候，刘新义的父亲转过脸去说儿子："这么晚了你在闹腾啥?"显然他生气了，他可能有失眠症，但他说话的时候好像是在笑，松弛的脸上皱纹开合着，像是满脸堆笑。刘新义既不看他父亲的脸，也不管他父亲是不是在笑，他依旧照着自己的思维逻辑和平日习惯，怒怼父亲："睡你的觉，没你的事。"父亲眉宇间闪过一丝爹娘老子该有的怒气、怨气，抑或还有男人的锐气，但只是一瞬。显然这个父亲在家里没有权威，他无奈地回身进屋。

刘新义的哥哥刘新忠出来了，一个矮墩墩、胖乎乎，像小钢炮一样的年轻人。刘新义长大以后应该也是这样的。夏连春想不起来就是这个人当年打过他一拳，刘新忠也想不起来眼前的这个人就是当年被他打过一拳的那个高中生。夏连春在心里做好了应对不测的准备，刘新忠在心里盘算着怎么跟夏连春对话。半晌，刘新忠看着夏连春说："你就是夏老师？这么晚了还没休息?"

夏连春心想，开口说话就好办，至少不会二话不说，不问青红皂白上来就动手，连沟通交流的机会都没有。他说："本来早该休息了，但你弟弟一定要叫我过来，说你在家等我，不来不行，不来也不好。"

刘新忠实话实说："是我让他叫你来的，他跟我说你今天下午欺负他了，他要我找你为他出气。但我想你不会来的，没想到你来了，出乎我的意料。你敢来，说明你有胆量，是男人，不是孬包。我佩服真正的男人。上门就是客，我绝不欺客。既然来了，这事就算过去了。”他转而对他弟弟说，“新义，以后要听夏老师的话，不得再找夏老师麻烦。”

这个结果夏连春想到过，但没想到事情会这么顺当。这一晚上折腾得他脑子乱乱的，神经也被这兄弟俩搞得高度紧张，总担心出什么事。现在虽然来了个一百八十度大反转，但一晚上的时间都被耽误了。他给方小青的信还没写完，现在已经下半夜了，只有等到明天了。

第三十四章　瞬息万变

早上，苗素馨一进办公室，就看到了夏连春昨天晚上留给她的那张“我晚上去刘新义家了”的字条子。什么意思？刘新义是谁？为什么晚上要去他家？去他家为什么要告诉她？虽然她不明白他的用意，但她知道他一定是为了给她传递一个讯息——告知他的去向。

为什么要传递这个讯息？那就是他怕今天回不来，大家又找不到他，不知道他到哪儿去了。显然这个刘新义家他是不想去的，但不去又是不行的，说明他昨天晚上遇到什么事了。他是为了告诉其他人，如果他今天不在，就可以到这个刘新义家找他。

想到这儿，苗素馨心里有点慌，她赶紧放下手里的东西，跑去敲夏连春宿舍的门，没人应。涂子老师也不在。

苗素馨赶快去找老校长。老校长一看字条就说：“坏了，刘新义是个小混混，他哥哥是个二流子。”

苗素馨一听，一下子就慌了。她昨天下午就知道，夏连春晚上一定会熬夜，但没想到他会遇到这样的事。她昨天下午帮他收拾归整信件的时候，看到了他对象的来信，她故意把这封信放到了最下面，逗逗他，不让他高兴得太早。凭着女人的直觉和敏感，她能感觉得到。他最近一直在等待对象的来信。

老校长和苗素馨急匆匆赶回办公室，却发现夏连春正坐在办公室吃着烤饼，两个人的心一下子放了下来。

老校长开口就问昨天晚上怎么回事，夏连春这才明白过来老校长和苗素馨急着找他原来是为这个事，心里一下子过意不去，赶忙道歉，说他早上起晚了，匆匆忙忙洗漱完就去食堂，打了烤饼，端了茶水，来了办公室。他把昨天晚上给苗素馨留字条的事忘得一干二净，让老校长和苗素馨担心了。

在老校长的催促下，他把昨天下午怎么收拾刘新义和昨天晚上又为什么去刘新义家的事说了一遍。他讲得很轻松，就像讲别人的事一样。但老校长很吃惊，叫他以后要注意安全，别出什么岔子。苗素馨更是带着些责备的口气说：“你胆子太大了，要是出个什么事怎么办？”

夏连春说他当时也担心去了就回不来了，所以他才给苗素馨留了张字条，以防万一。

不等老校长说话，苗素馨抢着说：“你当时就不应该去，逞那个英雄干吗?”

夏连春说人有时候也是被逼出来的。就像两个人吵架，吵到了该动手的时候，那就得动，你不动就是孬包。人活一口气，没人愿意当孬包，逼上梁山也就上了。

夏连春与刘新忠、刘新义两兄弟的斗智斗勇，是一件让人意想不到的事，也更是有了一个让人意想不到的结果。由此，有人说夏连春是真性情、真男人，为人仗义、敢作敢为。有人说夏连春就是个打手，跟社会上的混混、二流子都敢打。但不管怎么说，这件事情之后，夏连春在县中学的学生工作比以前好做多了，不知道同学们是喜欢他还是怕他，反正比以前听他的话了。尤其是眼前“六一”活动的筹备训练，只要夏连春往那儿一站，整个训练动作几乎到了整齐划一的程度。“体音美”也在心里为他那天给夏连春使性子懊恼着，为此，他给夏连春赔了不少笑脸。

“六一”活动没有八个奖项，县中学捧回来七个第一名，还有一个拔河比赛项目他们发扬了友爱精神，让给了太阳升公社，给夏连春的老同学张碧林让了一份荣誉。张碧林拿上这个第一名，直接跑到夏连春跟前，说了声“谢谢”，夏连春随手给了他一拳，算是回谢。

活动结束，夏连春终于可以松口气了，这两个月忙得连伤感的时间都没有。他计划放假的时候去一趟纺织学院，看看方小青到底怎么了，他的心老是悬在那儿，实在受不了了。他先给她写了封信，把他的想法告诉了她，好让她有个思想准备。

很久没出过远门了，和方小青也已经一年没见了，时间太长，他想象不出这一次两个人相见会是什么样的情景。越到临近出发的日子，他越是急不可待，恨不得“昨天”就放假才好。

方小青突然来信了。他没想到她这个时候会来信，更没想到这封来信彻底摧毁了他心底里的坚定和信念，他瞬间崩溃了。他知道自己坚持不住了，感觉自己整个人被掏空了。在自己彻底完蛋之前，他要按照方小青信上说的，赶快去见见她妈妈，晚了可能就来不及了。可是他刚刚从椅子上站起来，眼前一黑，手扶着办公桌就滑了下去。

也不知道过了多久，他在幻化的世界里，静静地躺在方小青的怀里。虽然周围不停地有人走动，但方小青却旁若无人般地不停呼唤：“孩子，坚强些。”“孩子，一切都会好起来的。”她在呼唤谁？呼唤我？我是她的孩子？

过了很久，周围的世界终于静了下来，就剩下他和方小青两个人了。他调皮地闻了闻她身上的味道，怎么好像有药水的味道？对，就是药水的味道。他胳膊的血管里还扎着针头。他慢慢睁开眼，自己竟然躺在病床上，搂着他的人不是方小青，而是方小青的妈妈。方小青的妈妈看到他睁开了眼，再次把他往怀里搂了搂："孩子，你终于醒了。"

他想起来了，他刚才在办公室看完方小青的来信，是要去方小青家看她妈妈的，怎么这会儿就躺到医院里了呢？

他不知道，就在刚才，他在办公室看完方小青的来信，站起来又滑下去的瞬间，上吐鲜血，下喷黑血，人当即休克了。苗素馨被吓哭了，她喊来老校长，老校长喊来涂子和其他几个年轻老师，赶紧把他送到了医院。

胃出血。急诊科抢救。方小青的爸爸妈妈都来了。急诊科的医生认识夏连春，医生边抢救边让护士去卫生局方局长和医院老院长家里通知了他们。

老校长他们不知道夏连春有这层关系，心里还纳闷，一个年轻老师的急诊怎么把卫生局局长都惊动了。从方局长一进病房就把夏连春搂在怀里，不停地呼唤"孩子"的疼爱声中，老校长知道他们关系不一般。

苗素馨知道夏连春和方局长有这层关系，但她什么都没说。

夏连春的病情和体征稳定之后，方局长让老校长他们回去，说夏连春由她照顾就行了。老校长放心地离开病房，方局长把他们送到门口说了声谢谢。

走出医院，老校长对几个年轻老师说："你看人家夏老师的丈母娘多好。"涂子嘿嘿笑笑，其他几个人也都跟着笑笑。只有苗素馨的眼睛看着别处，没有附和老校长，因为老校长的话是对小伙子们说的。

方小青的妈妈回到病房，把夏连春刚才换下来的染了血的衣服收拾好，想着待会儿拿到家里去洗。护士过来把衣服接过去说她来洗，洗完再消消毒。方小青的妈妈说谢谢她，让她把衣服口袋里的东西都掏出来。

方小青的妈妈接过护士递过来的从夏连春口袋里掏出的东西，其中有一封信，是方小青写的。信没装在信封里，夏连春应该是已经看过了，信纸一角被血染脏了。她拿了张卫生纸来擦拭，擦不掉。信中的一句话引起了她的注意："我们的事不要告诉我妈，她会伤心的。"她想从头到尾看一遍，但又觉得不好，这是女儿的私信，情书，当妈妈的还是不看为好。可是有什么不能告诉自己的事，难道是怕自己伤心？她不自觉地又接着看了下面一句话："在你没有找到新的爱情之前，还能像现在一样，经常去看看我妈吗？让我妈心里也有个安慰。"

她明白了：小青是要和连春分手，看来连春这胃出血休克一定是跟小青这封信有关系。

为什么？小青为什么要这样？她不假思索地一口气把信看完。信看完了，她糊涂了。她没找到任何能令她信服的关于小青与连春分手的理由。所以夏连春气得要死气得吐血是可以理解的。

面对这莫名其妙的变故和突如其来的打击，搁在谁的身上能受得了啊？

方小青信里说她不小心把他们的爱情弄丢了，叫夏连春不要来学校找她了，来了她也不会见他的，她手里已经空空如也，没有了能给予他的爱。她叫他不要等她了，她已经没有爱情让他等了。这是什么意思？怎么就把爱情弄丢了？

方小青说他们俩的爱情是从她自己设定的游戏开始的，现在又在她自己演绎的游戏里结束，命中注定他们俩的爱情就是一场游戏。她叫他对这段感情不要那么爱恨情仇，刻骨铭心。

方小青的妈妈回味着女儿信里的这些话，虽不完全懂，但好像也能悟出点什么，至少她能深切地感受到女儿的痛苦。两个孩子真的不容易，要是这些痛这些苦能让大人替他们分担了多好啊。

她看着病床上的夏连春一脸憔悴地躺在那儿，好像现实生活中的一切纷纷扰扰都跟他无关似的。这种“他在梦中不愿醒”的神态，让她一阵心疼，不自觉地流下了眼泪。为夏连春，也为自己的女儿。

她又坐到床头，把夏连春的头放在自己的腿上，用手抚摸着他的脸颊，恨不得把自己所有的疼爱都给他。

梦总是要醒的。夏连春终于醒了。当他知道自己胃出血休克了，是县中学的老校长找人送他来医院抢救的时候，当方小青的妈妈告诉他她看了小青的来信，知道了他和小青的事情之后，当他听到方小青妈妈亲热地呼唤他“孩子”的时候，他再也忍不住了，忘情地搂住方小青的妈妈，脱口而出喊了一声“妈妈”。

方小青的妈妈说：“对，叫妈妈，叫妈妈好。”自此，方小青的妈妈成了夏连春的“方妈妈”。

方妈妈的疼爱，让他又委屈地“哇”的一声大哭起来，医生和护士都跑了过来，以为出了什么事。

方妈妈像疼爱自己的孩子一样：“哭吧，再不要憋在心里了，哭出来好受一些。”

夏连春在医院躺了几天，身体有所恢复，情绪稍有稳定之后，方妈妈忍不住问了一个难以启齿的问题：“你和小青一直没同过房？”

这是方妈妈憋在心里好几天的话，一直想问，但又不好意思问。今天终于问出来了。

夏连春没听懂似的看着方妈妈：“同什么房？”

方妈妈看着夏连春一脸懵懂的样子，突然好像什么都明白了。“孩子，先不要着急，咱们再等一等，事情应该还会有机会。”她说她要找机会和小青谈谈。

夏连春相信方妈妈的判断，她说还会有机会那就应该还有机会，不知道她是怎么看出来的。她让他再等一等，那就再等一等，不等又能怎样？

夏连春有了死了一回的感觉，虽说心有不甘，但他已回天无力。尽管他对方妈妈非常敬重，他也相信她有解决和处理复杂问题的能力，她说她要找小青谈谈，她好像还心存希望，但感情这个东西可跟一般问题不一样，不是靠权威靠能力可以解决的。他几乎已不抱幻想。

夏连春出院的时候学校已经放假，他到学校跟老校长打了个招呼就回家了。虽然他已身心疲惫，心力交瘁，一刻也不想在县里多待，就想快快回家，但老校长那儿还是要去一趟的。他对老校长的感激也是刻在骨子里的。

这个假期他一直待在家里，一个多月的时间哪儿也没去，什么也没干，就是休息，调养身体，调养精神。尽管家里人对他和方小青的事，对他胃出血住院的事，都一概不知，但从他的精神状态和身体情况还是可以看出他的状况并不好。家里人以为他是累的，叫他多注意休息，吃好一点，不要太克扣自己，年纪轻轻的可不能把身体拖垮了。

人这一辈子真是太难了，当年在凤月琴那儿他就被搞得要死要活的，这一次在方小青这儿他又经历了一回死去活来。人真的太渺小了，太经不住摧残了。如果自己再不把自己当回事，人就太可怜了。

人生一世，时时事事都是未知的。今天好好的，谁知道明天会遇到什么。唐僧西天取经的八十一难算什么？人生来就是受苦受难的，时时都是苦，处处都是难。当男人就要拿得起，放得下，顶天立地。自己才二十多岁，父母需要他，弟弟妹妹需要他，全家人都需要他。他必须勇敢地担起长子的责任，大哥的责任，顶梁柱的责任，可不能这么沉沦下去。年纪轻轻的，总不能老是满脸的倦容和病态，一天到晚要死不活的可不行。

经过一个假期的煎熬和沉淀，夏连春觉得自己又成熟和长大了不少。困难，必须面对；生活，一定要打起精神。他带着上高中的三弟和上初中的大妹妹到县中学上学。二弟已满十八岁，顶替退休的父亲的班到省城上班去了。其他弟弟妹妹都还小，有上小学的，还有没上学的。

安顿好弟弟妹妹的转学和住宿，他立即去了方小青家看她父母。他记着方小青在来信中交代，她这两年没时间回来看父母，希望他还像以前一样，经常去看看他们。虽然他俩的事她父母已经知道了，但他们不愿相信这是事实，他们认为事情还会有转机。那就等待老天爷开眼吧。

“小花”不知道姐姐和姐夫的事，还是忙不迭地跑过来，挠挠他的裤腿，舔舔他的鞋，撒着娇往夏连春身上蹭。平时自己在家憋坏了，见到姐夫来了它高兴得不得了。

开学的时候，夏连春向老校长提出他想兼带几节课，他的理由是带课可以近距离接触学生，方便了解和掌握学生的情况，对开展学生工作有帮助。老校长觉得这样也好，免得那些嘴长的人对他不带课有意见。于是给他安排了高一年级三个班的政治课。每个班每周两节课，这样他每周就带六节课，课业不重。

夏连春的本意是不想丢掉教学专业，就像工人做工、农民种地一样，他觉得教师就应该教书。他也想通过教学，让自己充实起来。他知道，老校长挑选他当团委书记是器重他，给他压担子，他领情了，而且他也在努力做好。上学期他给邵汉飞和弯越他们通信时曾说过，他觉得自己不适合当官，不适合搞政治，团委书记就怕干不好。师范学院班主任伊老师也觉得他不搞教学太可惜了。

这人说来也怪，喜欢你的人，你怎么样都会说你好，不喜欢你的人，你怎么做都说你不好。夏连春不带课的时候，喜欢他的人就说“夏老师的课教得可好了”，他教了政治课的时候，喜欢他的人又说，“夏老师的语文课教得也可好了”。而那些不喜欢他的人，他不带课的时候说他“年轻人不带课，像个领导一样”。现在他带课了，他们又说他“每周只带几节政治课，也就是装装门面，做做样子，糊弄人的”。

但不管别人怎么说，夏连春还是坚持把自己的课上好。都说政治课难教，学生们不喜欢，为了应付考试，只能死记硬背。但夏连春的第一节课就把学生们的注意力吸引了过来。下课以后，同学们纷纷在教室里迫不及待地学着夏连春的样子，走上讲台，重温他讲课的风采：

先向同学们请教一个问题，什么叫政治？我在上课前查了很多资料，但说法各不相同。我又请教了几位伟人，伟人的说法各有侧重：政治是经济的集中表现，政治就是各阶级之间的斗争，政治是不流血的战争，政治就是管理众人之事。

可见，政治不是一个人的事，是很多人的事，是我们大家的事。有人说，一个人讲哲学，两个人讲伦理，三个人讲政治。那我们一个班的人呢？我们还不讲政治？

政治是一门科学，是一门艺术，是一种社会行为。它不是一般人能够讲明白的，是很多人都讲不明白的。如果我们能把这个长期以来莫衷一是，说不清道不明，公说公有理婆说婆有理的事情搞清楚了，那我们就成了政治家。

老校长爱才，他夸夏连春是县中学不可多得的人才。夏连春说他会努力当个好教师。老校长问他准备什么时候结婚，他模棱两可地说了句不着急。老校长说现在学校有几套空置没分配的住房，是县级机关的统建房，放在那儿很长时间了，老是空着也不好，哪天别让县里收回去了。学校已经研究，涂老师是大龄青年了，给他分一套。夏连春有对象了，弟弟妹妹又跟着来县里上学，给他也分一套，就当结婚用房吧。

夏连春怎么也没想到，老校长会想着给他分一套房子，真是天上掉馅饼的大好事。他正犹豫要不要对老校长说他的爱情已经生变的事呢，苗素馨抢先说她家就住在那片统建房小区，独家独院的，可好了。老校长说："夏老师的丈母娘原来也是教育系统的，也算是我们县中学给她女儿女婿办了件好事。"

夏连春从总务主任那儿拿了钥匙去看房子。这片房子是县里这两年统一开发建设的干部住房，县级机关各个单位的都有，规划得非常整齐，大手笔，好气派。文教系统的几十套住房连在一起，都是一家一户的单独小院，家家户户都一样，不经常来的都找不到谁是谁的房子。

统建房小区里本来没有县中学的房子，县中学也不缺房子，但老校长说校园应该供教学使用，教职工住房以后都应该逐步搬迁出去。在他的积极争取下，县中学在校外解决教师住房的通道终于打开。

夏连春分得的这套房子是县中学住房片区把头的一家，拐角处有一棵大杨树，应该是建小区时保留下来的。

小院的围墙不高，干打垒土墙，入院留着豁口，算是院门。小院里很乱，建筑垃圾到处都是，盖房取土时留下一个好大的土坑，这些都需要住进来以后慢慢收拾。

三间崭新的砖瓦房坐北朝南。夏连春站在门前的台阶上打量着这座属于自己的小院，开始在脑子里规划：院门开在东面，东面院墙处盖厨房、储藏间和一间简易住房；西面与邻居隔墙而居，靠南墙角处的大坑就势砌一菜窖，菜窖上搭一煤棚，也可作杂物间；房前一排葡萄架，葡萄架外栽一棵果树。院子就成了。

开门进屋。一明两暗三间房，宽敞明亮，比他在上水湾的家强多了。父母亲辛辛苦苦大半辈子，住的地方还不如他这个刚参加工作半年多的人。怪不得人人都愿意当干部呢。

夏连春突然觉得，这套房子要是当新房多好啊。

下午放学，夏连春把弟弟妹妹叫过来看房子。院外拐角处大杨树上的喜鹊叽叽喳喳地叫了起来，大妹说："喜鹊欢迎我们呢。"

三弟说："喜鹊叫，好事到。"

夏连春说："老家人说，'早叫喜，晚叫财，不中不晌叫祸害。'现在是傍晚，我们要过上好日子了。"

夏连春问他们俩怎么住，三弟说："妹妹住西间，大哥住东间，我住中间。"夏连春说先按这么住，以后再把下面三个小的也接过来。

三弟说："那怎么行，那不成集体宿舍了？这么好的房子应该当大哥的新房才对，我和妹妹可以住校。"

大妹说她不想住校，她就想一家人住在一起。

三弟说："大哥结婚了我们还住在这里的话，人多，不方便。"

大妹说："那有什么不方便的？我住在这里还可以给大哥大嫂做饭干家务，又不是吃白饭的。"

夏连春无奈地笑了笑，说："别争了，大妹说得对，一家人就是应该生活在一起，我绝不会让你们住校的。再说了，结婚还不知道是啥时候的事呢，急什么呀，先把咱们的小家收拾好，住进来再说。"

夏连春用了一周左右的时间把房子收拾好。三间房挂了三幅简易的淡蓝色窗帘，夏连春扯的布，苗素馨用自家的缝纫机帮着扎的。每个房间摆放两张单人床，单人床中间用一张学生课桌隔开，课桌都是学校学生宿舍用旧了淘汰下来的，有的已经坏了，夏连春请学校的木工帮忙修了一下。房间让他收拾打理得跟集体宿舍没什么两样，只是比集体宿舍多了一堆锅碗瓢盆，能做简单的饭食。

苗素馨看着宽宽敞敞的三间房让他布置成这样，忍不住就笑了。夏连春问她笑什么，她说："我咋觉得比咱们在师范学院住的宿舍还拥挤。"

小院还没顾得上收拾，院子里临时安放了一个生铁炉子，做饭用。进院子的豁口处安了一扇用木条钉制的栅栏门，挡君子挡不住小人。平整院子和清理垃圾这些活，搬进来以后再慢慢收拾，没事的时候，弟弟妹妹也可以帮帮忙。

迎中秋，学校要搞一场大型联谊活动，要求每个班设置一个游乐主题，按照诸如猜谜馆、钓鱼馆、套圈馆、书画馆、作品赏析馆等形式自行布置，全校学生游园式地到各个班游玩。所有活动都设奖项，发奖品，奖品由学校统一提供，都是些小文具、小玩具之类的。

活动方案布置下去，各个班都很积极，同学们的热情也都很高，班主任们私底下暗暗地较着劲，每个班都想拿出最好的效果来。有个班在教室门口贴了对联，上联"望子成龙"，下联"盼女成凤"，横批"龙凤呈祥"。有人说这个内容太陈旧了。老校长说，百花齐放各显神通嘛。也有人提出质疑，说："你这是给家长写的?”班主任说:“对呀,我们班的好多家长都要来的。”

活动开始前,夏连春接到刘新义父亲的一封信:

> 夏老师好!听说中秋时学校要组织老师们出去钓鱼,我认为在不影响正常教学工作的情况下,老师们忙里偷闲,娱乐娱乐,无可厚非。但老师们钓鱼让学生提供钓鱼竿,这恐怕就不太合适了。据说这项活动是您在组织实施,所以我以学生家长的名义给您提个建议,还望见谅。
>
> 顺祝,教安!
>
> 刘忠义
>
> 一九八〇年九月十九日

接到信后,夏连春立即去找那几位组织钓鱼活动的班主任,让他们给同学们讲清楚,中秋节的钓鱼活动是同学们在教室里钓纸片鱼或木板鱼的娱乐活动,不是真的去池塘里钓鱼,不要让学生和家长造成误解了。

夏连春向老校长汇报了刘新义父亲“钓鱼信件”的事,不喜言笑的老校长居然忍不住笑得停不下来,好半天,他才用手指着刘新义父亲的信:“你看这个人有多可笑!”

老校长看着夏连春说:“你没见过刘忠义这个人,见了你就知道他有多可笑了。”夏连春说他见过了,他觉得这个人说话时像笑,笑的时候像哭,脸面看起来给人感觉不好。

老校长说:“你什么时候见过他?”夏连春说就上学期那天晚上刘新义胁迫他去他们家那次。老校长再次告诫夏连春,现在的学生工作不好做,有些小混混惹不得,一定要注意安全,要有自我保护意识。

夏连春说:“没想到刘忠义一个造纸厂的工人,却能写得这样一手好字,信也写得文绉绉的。”

老校长惊叹道:“你当刘忠义是谁呀?他可是个大笔杆子,现在已经被安排到县委办公室当主任了。以前,他是省里一个大领导的秘书,却带头给大领导贴大字报,后来领导被打倒了,他这个秘书也出名了。再后来领导平反了,又恢复了工作,而刘忠义被遣送到远离省城的吉宁县造纸厂当了一名工人。刘忠义,不忠不义之人,谁还理他,谁敢用他?”

相传,前几年,刘忠义的老领导来鹿川检查工作,他去找过老领导,但没见着人。在宾馆院子里,他意外见到了正在散步的老领导的夫人,他赶忙迎上去问了声“阿姨好”,领导夫人看看他,问:“你是谁呀?”

“我是小刘,刘忠义啊。”他非常谦卑地说。

“刘忠义？你还在呀?”领导夫人像是见到了一堆臭狗屎般不屑，“我还以为你死了呢。”

自此，刘忠义的心真的就死了，他一心一意在造纸厂干着，什么也不想了。可就在他什么都不想了的时候，今年上半年，他突然被安排到县委办公室当了主任。据说这还是受了他的老领导的关照，老领导说这么多年了，刘忠义年纪也大了，县里可以给他安排点轻松的工作。

现在看来，这个刘忠义还真不是一个让人省心的人。

第三十五章　处变不惊

中秋节那天，学校的联谊活动一搞完，夏连春没顾上回家和他三弟大妹过节，就赶忙和苗素馨一起去了于善江家。县委有几个年轻人，家不在县上，老早就烧火着要到于善江书记家过中秋吃月饼，于善江叫夏连春和苗素馨也一起过去。

夏连春和苗素馨还没走进于善江家的小院，就闻到小院里飘出的烤羊肉串的味道来。肉的味道，孜然的味道，烟熏火燎的味道，三味合一味，天底下的美味。这味道的诱惑，夏连春觉得就像小时候在老家躲在田埂下面烤麦穗、烤蚂蚱、烤芋头一般诱人，就像吃了晚饭追着鼓声去听大鼓书一般挡都挡不住。

院子里的烤炉前，于善江手握两把铁签穿成的烤串，熟练地翻烤着，肉是腌制过的，翻烤中再撒点孜然，撒点辣面子，肉串上的孜然、辣面子掉在煤火里冒出一丝火苗、一缕轻烟，滋滋作响。夏连春伸手就从于善江手里拿过一串，烤一烤，再在烤炉边上敲一敲，肉签往嘴边一横就吃了起来。

于善江笑看夏连春的吃相，说："进屋吧，他们都来了。田光耀和张素雅也来了。"夏连春坐下来和几个人说话聊天，苗素馨到厨房给席琳帮忙。

田光耀看着苗素馨的背影，挑逗夏连春："换人了？"

田光耀最近刚从县卫生局调到县委组织部，据说很快就要当副部长了，正是春风得意的时候。夏连春怕他待会儿再说出什么让苗素馨尴尬的话来，就赶紧把苗素馨喊过来给大家做个介绍："县中学团委副书记苗素馨，苗老师。"

于善江招呼大家落座，苗素馨把烤肉端上来。烤肉分了三个盘子，一盘撒有孜然和辣面子，一盘只放孜然不放辣面子，还有一盘孜然和辣面子都没搁，就是纯纯的烤肉，这是上水湾牧民的烤法，夏连春喜欢吃。田光耀拿眼看了看苗素馨，又看了看夏连春，话里话外地来了一句："烤肉都是烤肉，但味道不一样呀。"夏连春没接他的话。

于善江把酒瓶子交给夏连春，让他倒酒。于善江知道夏连春不能喝酒，今天让他为大家服务最合适。

夏连春刚把酒瓶拿到手里，酒还没倒，田光耀就说："夏连春的面子大呀，坐在团县委书记家里当起了酒司令，那我们今天可要多喝点。”

夏连春说：“我倒酒就是要让你喝个够的。”

田光耀对夏连春这句话不满意，说：“你觉得我没喝过酒吗？”

夏连春说：“哪能呢！组织部的领导哪能没酒喝呢？”

这桌酒就在田光耀和夏连春你一言我一语中喝了起来。苗素馨帮着席琳准备好一桌下酒的凉菜之后，也挨着张素雅一起坐了下来。

酒过三巡，菜过五味。酒司令的三杯酒过后，田光耀站起来敬酒。他说酒司令刚才是面向大家说话，打沙子枪；他现在是点对点说话，单挑。首先他敬了于善江一杯，祝他全家中秋节快乐。然后单独敬酒司令夏连春一杯，祝他幸福美满。夏连春说他一杯喝不了，喝半杯。田光耀不干，他说：“你刚才给大家提议三杯，你自己只喝了一杯，我们没说话。现在我敬你，你只喝半杯，什么意思？”

夏连春说：“没有任何意思，就是酒量不行。”

“酒量不行你还当酒司令？”田光耀不依不饶，“当酒司令就得喝酒。我要是酒司令就往死里喝，喝死了我也喝。”

夏连春说：“那这个酒司令还真不能让你当，你家就你一个独苗苗，要是喝死了你爹就歇菜了。”

田光耀说：“就你话多，你家兄弟姊妹多怎么了？人多未必势众，精品只需一个。”

田光耀喝酒的惯常表现是三部曲：一骂，二闹，三哭。从上高中时他就是这样，而且头一天喝酒的事第二天他就忘了，你跟他说昨天酒桌上的事，他肯定不承认，“有这回事吗？我怎么不知道，我怎么不记得？”夏连春说田光耀酒后无德，十足的无赖。田光耀说：“那喝酒的时候你就不要和我计较。”

田光耀现在已经开始骂人了，待会儿就该闹事了，然后就要找个人哭诉心头之苦了。夏连春要控制着局面，可不能让他在于善江家里闹事，他赶紧端起酒杯站了起来，主动对田光耀说：“来，我再不多话了，咱俩赶快把这杯酒干了，别耽误大家喝酒。”

本来，夏连春是想息事宁人，不想和他继续斗嘴，可没想到夏连春的话刚一说完，却又招来田光耀的不满。他说：“你不仅话多，而且话大，好像这满桌子的人，就你官大架子大一样，你想怎么样就怎么样，你想喝我就得端起杯子，你不想喝我就得把杯子放下，都得听你的？”

夏连春在酒桌旁站着，面子上有点挂不住。他说：“我这话跟官大架子大没任何关系，如果要说官大架子大那也是你的大，你是组织部领导，我是中学教师。我应该向你学习，向你致敬。”

田光耀有点激动地说：“我的官大也不是你丈母娘给的，是我自己努力的结果。我请你给方家云带个话：谢谢她压制了我这半年多。在这半年多的时间里，是她让我成长了，让我经受住了考验。”田光耀说着也站了起来，“来，咱俩把这杯酒喝了，但我不是跟你喝的，是跟方家云喝的。”

夏连春一下明白田光耀今天找他事的原因了。一进来到现在，田光耀一直在找碴，话里带刺，原来是项庄舞剑意在沛公。其他人也突然知道夏连春的对象原来是方家云的女儿，他们还一直以为眼前的这个苗素馨和夏连春是一对呢。

田光耀一仰脖子把酒喝了。夏连春一声没吭坐了下来，把酒杯放在桌子上。

田光耀一看夏连春的酒没喝，酒杯还是满的，他不愿意，说：“你为什么不喝?”

夏连春说：“你没跟我喝呀，你刚才举杯的时候专门给我声明了，你是跟方家云喝的。这个，大家都听见了。”

“你找事呢是吧?”田光耀很是恼火地说。

夏连春说：“千万别找事，咱们是来于善江书记家过节的。人家这么热情地招待我们，我们可不能这么没教养，大过节的，跑到人家家里来闹事。”

田光耀“腾”地一下跳了起来：“你说谁没教养?”

“谁找事谁没教养。你肯定有教养。”夏连春很冷静地说，“如果你心里有什么不痛快的话，我们找个时间再说。”

就在这个时候，外面传来很轻的敲门声。席琳站起来去开门，是个女孩子，找夏连春。

田光耀抢先把话接上了：“夏连春，你行啊，远方有个方小青，身边有个苗素馨，外面还有个敲门的。哪像我，忙到现在只有一个张素雅，还离我远远的。”

张素雅有些挂不住了，就说：“你今天怎么了?”

夏连春出门一看，是个女学生，披头散发的，衣服穿得很凌乱。她说她刚从澡堂洗完澡回宿舍，有几个二流子在她们宿舍，躺在她们床上。她吓得跑出来找夏连春了。

夏老师问她那些二流子是学校的还是校外的。女生说躺在床上的她没看清，可能是校外的。但她看到刘新义和几个男生站在女生宿舍外面，他们应该是一伙的。

夏连春很抱歉地给于善江、席琳和其他几个人说：“对不起，学校有事，就先告辞了。”然后就跟着那个女生去了她们几个的宿舍。

不知是刚才在酒桌上被田光耀惹的，还是被一帮闯入女生宿舍的小流氓气的，夏连春心里有些发紧，特别想打人。走过学校校办工厂门口时，他进去找了一截三十多公分长的细钢管塞到衣服袖子里。

女生宿舍外面的窗台上，刘新义和几个男生正趴在那儿往里面看，猛然间发现夏连春来了，而且就站在身边，刘新义有些慌，也有些紧张。

夏连春问刘新义趴在女生宿舍窗台上干什么，刘新义嬉皮笑脸地看着他说没干什么。夏连春说："没干什么你们这是干什么？"夏连春要发火了。

刘新义闻到夏连春说话时有一股子酒气。喝了酒的人可不好对付。他知道今天遇到麻烦了，估计麻烦大了。他想喊宿舍里的几个哥们赶快走，但他不敢当着夏连春的面这么做。他自己悄悄往后面退，逮着机会赶快溜了。

夏连春敲敲女生宿舍的门，里面没声音。他再敲，还是没人说话。他推开门，走了进去。宿舍里凌乱不堪，一股子发臭的酒味。他一个刚喝了酒的人都能闻到酒臭味，可见这酒味有多大，有多难闻。

宿舍中间的课桌上有没吃完的菜，有没喝完剩下的小半瓶酒，桌子下面有几个空酒瓶子，还有一瓶酒没打开盖。这些人闯到女生宿舍应该不是一时半会儿了，很可能下午学校搞活动之前就闯进来了。

几个女生挤成一团蜷缩在一张床上，一动不敢动的样子。两个小胡子坐在她们两边，像是看守犯人似的。

几个女生看到夏连春进来，像见到了救星一般，一下子哭着跳下了床。两个小胡子坐在那儿没动也没说话。夏连春安慰几个女生说："快把鞋穿上，出去吧。"

现在宿舍里就剩下夏连春和几个不知道哪儿来的小混混了。夏连春打量着宿舍里的情况，三个和衣睡在上铺的还在睡着，有可能是装睡，也有可能是喝多了真睡着了。坐在下铺的两个小胡子，与夏连春对峙着。外面的刘新义几个人已经溜了，不知道去哪儿了。

"你们哪儿来的？"夏连春问两个小胡子。

"鹿川。"两个小胡子答。

"跑到女生宿舍来干什么？"

"睡觉。"

"为什么到女生宿舍来睡觉？"

"没钱住招待所。"

其实，夏连春此刻一直在思考怎么处置这几个不速之客，是打他们一顿消消气解解恨，还是把他们送到派出所去。要是打一顿，就先收拾下面这两个小胡子，估计这两个难对付一些，上面那三个好说，还没等他们反应过来就可以把他们拿下了。问题是打完了怎么办，把他们赶走了事？要是送派出所，他们五个人，他一个人肯定收拾不住。

正在夏连春拿不定主意的时候，涂老师领着几个年轻老师推门进来了，他们是苗素馨叫过来的。刚才夏连春来女生宿舍，苗素馨也跟着就从席琳家出来了，她担心夏连春一个人搞不过这些个二流子，害怕他吃亏，就赶忙去叫涂老师他们过来帮忙。

涂老师一进门，看到宿舍里面乱糟糟的，气得不行，说："夏老师还跟他们啰唆啥。"说着伸手就把睡在上铺的一个二流子提溜下来，趁那二流子还没站稳的时候，一个"瓦尔特保卫萨拉热窝"式的掏心捶直捣他的腹部，那人"哎哟"一声瘫软在地。另外两个睡在上铺的家伙已经吓得坐在上面打摆子了，连床都被他们抖得吱吱响。

坐在下面的两个小胡子也不淡定了，眼睛里透出惊恐，样子很紧张。夏连春他们一顿乱捶之后，几个人吓得哇哇大哭，嘴里不停地念叨："我们干啥来了？"

打完了，夏连春说："你们不是晚上没地方住吗？那就送你们去住的地方。"他们把五个人送到了城镇派出所。

第二天上午，派出所要核实情况，夏连春和两个年轻老师又过去了一趟。从派出所回来，夏连春觉得有好几个不三不四的人一直尾随着他们，好像是要找事的，应该跟被关到派出所的那几个人有关。尾随的人离他们越来越近，夏连春带着两个年轻老师就近拐到县委大院去了。夏连春给老校长打电话，说是有人要拦截他们，他们现在躲在县委大院。不一会儿，老校长亲自带着涂老师和十几个年轻人来县委大院接他们回学校，那些个尾随的人早已没了踪影。

回到学校，老校长利用课间操的时间，在操场上向全校师生通报说："昨天晚上，一伙二流子和我们的在校生勾结，闯入女生宿舍要流氓，我们学校的老师把他们收拾了，送到了派出所。"老校长说，"对于这样的流氓，靠说服教育讲道理行吗？不行。"老校长一激动，举起右手，紧握拳头，"靠的就是这个！"

"哗——"台下一片掌声。

这件事之后，当地盛传着老校长带着一群年轻教师，保卫校园，保护学生，勇斗小流氓的故事。县中学的年轻老师打出了威风，打出了名气，名声大振。很长一段时间，社会上不三不四的人再不敢乱闯校园，学校内部的小混混也不敢再像以前那样张扬了。

年底前的一天，夏连春接到县委办公室的电话通知，告诉他说下午一上班，地区领导要到县中学调研指导工作，要求学校做好准备。下午，老校长提前半个小时到办公室，又提前十分钟到大门口等着，等了很长时间也不见领导来。

等人很着急，等领导更着急。等着等不到，不等又不行。特别是这大冬天的，很冷，在外面站久了受不了。老校长不知道领导什么时候能来，说他到图书馆边看书边等，叫夏连春在传达室看着，领导来了赶快喊他。

半下午，领导们来了，几辆车一辆接一辆地开进了校园，夏连春还没来得及去喊老校长呢，县委办公室主任刘忠义就堵住夏连春，手拄拐杖，用拐杖不停地捣着地说："你们校长呢？为什么不在这儿等着？"

夏连春想绕过刘忠义去图书馆，这时老校长已经从图书馆出来了。

刘忠义见到老校长，还是手拄拐杖，不停地捣着地，说："县委办公室上午就通知你们了，叫你们做好准备，你们准备的什么？为什么不组织学生欢迎？"

明白了，原来他是要学生夹道欢迎呢。

地区领导很客气地说："不用了，咱们看下一个点吧。"

县委书记出来打圆场："县中学已经认真做了准备，领导要不看看情况，听听汇报吧？"

地区领导说："不用了，看下一个点。"

老校长一直站在那里，一句话也没有说。县委书记上车前，走过来握着老校长的手，使劲抖了抖。老校长面带笑容，说了句："谢谢书记。"

老校长和县委书记是老相识，他们当年是同一时期的公社书记。老校长前些年"靠边站"的时间比较长，恢复工作后又一直都在县中学从事教育工作，一直没再起得来。老校长从来不在下属面前摆老资格，也从来不找领导拉关系，但领导们明白，凭着老校长的经验和能力，再给他压压担子，给他一片更大的天地，他也能撑得起来。

夏连春看着寒风中站立的老校长，虽然背有些驼，不像自己上高中时那么挺拔了，但那精神头，一点也看不出苍老来。特别是经历了刚才那一幕莫名的不堪之后，还能神态自若、神闲气定，这境界，可不是三年五载能够练就的，也不是一般人能学得来的。夏连春不由得上前搀扶了一把老校长，说："外面冷，回办公室吧。"

常言道，人无千日好，花无百日红。世事就是这样，前一刻还是英雄，后一刻就成了狗熊的事时有发生。这不，前一阵子老校长带着一群年轻教师，保卫校园，保护学生，勇斗小流氓的故事还在盛传着，这一会儿老校长因为怠慢了地区领导而被骂得狗血淋头的消息已被传得满大街都是。

据说那位地区领导从县中学离开之后，一直从县里讲到地区，说吉宁县中学那个老校长确实老了，不适合当校长了。

据说吉宁县中学有几个平日里对老校长有意见的年龄大一些的老师认为时候到了，机会来了，趁势找文教局，找县委反映，说："都什么时候了，外行还在领导内行，耽误教育，误人子弟，老校长应该赶快被撤换掉。"

据说，这一次不是据说，是正式通知，放寒假前，县委组织部和文教局要组成联合考察组，来县中学考察学校领导班子。这意味着县委可能真的要调整老校长的工作了。

考察组一共七个人，一位副部长带队，三名组织部干部，三名文教局干部。田光耀作为组织干部也来了。

考察组两人一组，分三个组进行干部谈话。田光耀避开了夏连春，不知道是回避还是躲避，或者是碰巧，反正他没和夏连春谈。跟夏连春谈话的两个人，一个是组织部的，一个是文教局的，每个组都是这么搭配的。

夏连春按照考察组的要求，结合县中学的实际情况，针对平日里个别人私底下讲的一些意见，主要围绕老校长谈了五个问题。

第一个是外行不能领导内行的问题。老校长不是外行，县中学的高中班就是老校长办起来的，夏连春和田光耀在县中学上高中时老校长就是校长。县中学的发展倾注了老校长的心血，老校长的背就是这些年在县中学驼下去的。

第二个是老校长不重视老教师的问题。这个问题根本不存在，因为县中学根本就没有老教师。县中学最辉煌时候的老教师，这几年都让鹿川的大中专院校挖走了。县中学现在基本上都是新教师，只是有一个年轻和年老的区别。年纪大的老师不一定就是老教师。

第三个是县中学有个年轻帮的问题。这个问题根本就是胡扯。县中学现在的教师队伍就是以中青年为主，如果不注重培养中青年教师，县中学还怎么办下去？说到这里，夏连春紧接着做了推荐，推荐他的前任涂老师当副校长。

第四个是县中学当前存在的突出问题。县中学的问题不是领导的问题，是老师的问题。一方面，个别年纪大一些的老师不注重为人师表，只强调个人利益，甚至唯恐天下不乱，根本不配当老师。另一方面，教师队伍总体上存在着师资力量不足和素质不高的问题。

第五个是上次地区领导来学校调研的问题。这个问题老校长是冤枉的。当天上午县委办公室通知学校，地区领导下午一上班就来。上班时间是四点钟，老校长提前半个小时到办公室，提前十分钟到大门口等着，结果领导们快六点了才来。总不能让老校长在冰天雪地里站上近两个小时吧？再说，如果需要组织学生夹道欢迎，那县委办公室就该讲清楚呀，只要你不怕给领导造成不好的影响，学校组织学生夹道欢迎还是很容易的。

夏连春是那次事件的见证者和亲历者，至今他对那件事都愤愤不平。他心里一直认为，地区领导也不是什么爱民亲民的好领导，县委办公室主任刘忠义就是为了投领导所好，利用这个机会对老校长伺机报复。他一直对学校、对老校长中秋节时处理小流氓闯入女生宿舍耍流氓的事有意见，心怀不满，因为那件事跟他儿子刘新义有关，而且他儿子刘新义也受到了学校处分。这件事虽然大家都心知肚明，但谁都没说出来。

谈话全部结束，田光耀来找夏连春，他一进办公室就把门从里面反扣上了。夏连春说："你把门扣上干啥？"

田光耀说他有话要对夏连春说。

夏连春说："你别违反组织纪律，向我透露什么内幕情况啊。"

田光耀说："你还真说对了，我真是有情况要对你说，但不是我要对你说，是我们副部长让我过来对你说的。"

田光耀说刚才他们副部长听了三个组考察情况的汇报，好多教职工都没谈出多少实质性的内容，大多都是些表态性的话，谁好谁不好，同意谁不同意谁，但听说夏连春谈的意见特别好，副部长下午要单独再找夏连春谈一次，听听他的意见和想法，让他做个准备。

夏连春说："这有什么好准备的？谈话就是谈自己想说的话，怎么想就怎么说。他要是现在想跟我谈，我现在就可能跟他说。"

副部长和夏连春的谈话时间不长，但效果很好。副部长觉得他们发现了个人才。他问夏连春是不是党员，夏连春说是，但刚入党时间不长。副部长说很好，年轻人，好好干。

县中学的干部考察结束后，假期里就有各种说法传出来。有人说老校长要调走了，可能要降职。有人说现在的教务主任要被提拔当校长了，一个平时跳腾比较厉害的年纪大一些的教师接替教务主任。这两个人都是反老校长队伍中最厉害最起劲的。好像这两个人上来以后县中学的天就要变了，老校长的时代结束了，年轻人的天下终结了，他们终于可以翻身得解放了。

但县中学的老师们不相信这会是真的，县里花了这么大的功夫来学校进行谈话考察，结果就是这样的？

带着这样一些不知是真是假的消息和莫衷一是的说法，县中学进入了新的学期。一切还是老样子，什么变化也没有。天还是那个天，地还是那个地。就在有些人失望有些人欣慰，大家以为一切只是说说，一切又归于平静的时候，县文教局突然通知下午要来学校召开全校教职工大会，宣布重要事项。估计应该是宣布学校领导班子调整的事。

老校长坐在校团委办公室抽烟，夏连春问老校长是不是要调整领导班子了。老校长没回答他，而是问了夏连春一个问题："你这个中文系的高才生，给我解释一下司机的司、司令的司是什么意思?"

夏连春说"司"就是掌管的意思。夏连春问："老校长问这个字干什么？想开车，当司机?"

下午组织部宣布老校长调任县司法局局长时，夏连春才突然明白了老校长上午问他"司"的用意。夏连春问老校长："您事先已经知道要去司法局了，到跟前了咋还不跟我们说一声?"

老校长说："干部任职上有个说法，叫保密到最后一分钟。"

来县中学接替老校长的是县广播站站长裴忠良。裴忠良是师范生出身，但长期在宣传系统工作。这次县委选派他到县中学来，就是考虑他有师范背景，属于内行。为了强化他对县中学的绝对领导，县委同时任命他担任县文教局副局长，县中学党支部书记兼校长。涂老师提任副校长，做他的助手。

这个结果出乎许多人的意料。想当的没当上，白忙了一场。没想当的当上了，年轻人终究是大赢家。真是几家欢喜几家愁。

第三十六章　新官上任

大凡一个单位换了新领导，除了个别急于表现的以外，一般都是等待观望。裴校长知道大家都在看他，他也在看大家，关键是谁最经得住看。

夏连春没时间看，他要抓紧时间把自己分内的工作落实下去。不管谁当校长，他都需要干事，你都需要把事干好。干好工作是自己的本分。

学校正在开展“五讲”“四美”文明礼貌活动。夏连春把县中学的活动方案呈报给了裴校长，裴校长迟迟没有发话，夏连春有些沉不住气了。像这样的事情，要是放在以前，他只要当面向老校长报告一声，老校长说：“行，你就抓紧干吧。”这事就可以落实下去了。现在情况不一样了，行还是不行，校长不发话，他就得等着，急也没用。

裴校长知道夏连春着急，从夏连春报来的活动方案就能看出来他是个有思想想干事的年轻人，怪不得老校长那么信任他赏识他呢。

但这个方案犯了一个致命的错误，按照时间安排，今天报上来方案，明天就要组织实施，那领导的审批时间呢？领导的工作节奏必须跟着你走？所以他就是要磨磨这个年轻人的急性子。

按照他这些年在宣传系统工作的经验，对于务实性的事情，要说干就干，不用多想，干了就好。对于搞运动搞活动之类的事情，等一等、看一看没有什么不好。早一天晚一天没有多少区别。有时候晚一点可能还要比早一点好，因为有别人的经验可供学习借鉴，搞起来可以一起步就做得很好。

裴校长自上任以来，已经听到了不少情况，有些情况他还要沉淀消化一下。比如有几位老教师反映县中学是年轻人的天下，学校里有个年轻帮的问题；比如他们说涂子副校长和夏连春几个年轻人过于强势，谁也不敢惹的问题……这些问题不管是真是假，有还是没有，只要有人反映，他就应该加以关注。年轻人的积极性要爱护，老同志的诉求也要满足，否则，反映问题的人就会失望。所以他就想借这次“五讲”“四美”文明礼貌活动，先行调整一下老同志和年轻人之间的关系。这个关系如果能调整到位，既可以调动老同志的积极性，也可以爱护年轻人。

裴校长先和涂副校长就学校工作、教学工作和团的工作、学生工作进行了沟通，然后正式找夏连春谈了他的想法和意见。三个问题：

第一个是学校工作的中心任务是教书育人，培养德智体全面发展的有用人才。教书育人的事还是以教务处为主比较好。

第二个是学校的共青团工作主要是学生工作，学生工作还是要围绕教书育人和为教学服务这个中心来进行比较好。

第三个就是这次“五讲”“四美”活动第一牵头单位是总工会，活动主体是全体人民。而县中学的教育工会设在教务处，这项活动由教务处来统筹比较好，校团委配合。教务主任是学校教育工会主席，这件事就由他来主抓，校团委协助。

裴校长说，这样调整和安排，有利于年轻人把主要精力放到教学上，也有利于年轻骨干教师更好地成长。

裴校长还说，现在正是学校缺少教学力量的时候，为了多发挥年轻教师在教学一线的积极作用，学校研究决定，让夏连春接替涂副校长担任政史地教研组组长，希望夏连春多为学校的教学工作做些事。

夏连春算是听明白了。裴校长的办学理念就是要强化教务处，弱化校团委；管理县中学的理念就是要安抚老教师，弱化年轻人；对夏连春的使用就是弱化学生工作，强化教学工作。这也算是先拿夏连春开刀。

夏连春去找涂子，向涂副校长问策，他该怎么办。涂副校长说，裴校长想要做什么，怎么做，已经很清楚了，他现在势头很猛，他从文教局一竿子插下来，县中学他一个人大权在握，谁也撼动不了他，还是避一避比较好。

涂副校长说他准备下学期找个机会出去进修，他也要避避。夏连春说：“你走了我怎么办?”

涂子说：“你已经是正牌大学生了，你怕啥？不像我，只是中师毕业，还是工农兵学员，腰杆子不硬。”

夏连春困惑了。刚分到县中学的时候，老校长让他当校团委书记，他当时的内心是矛盾的，一方面觉得自己搞政治不在行，不是当官的料，另一方面又充满了对老校长的感激，他要以最好的工作状态对待工作，报答老校长的知遇之恩。有人说干工作，要“跟线不跟人”，但在实际工作中，哪个当下属的不紧跟领导？除非你不想干了。

现在情况不一样了，人家当领导的不需要你跟得那么紧，离得那么近，不需要你时时一马当先，事事冲在前面，现在需要你保持距离，学会当配角。你怎么又不适应了？这不是你一直以来都想要的吗？你也是新版的叶公好龙？

夏连春没有这样的心理准备。他的心情是沉重的，他怎么想也想不通。干得好好的，突然被人叫停了。这就是一朝天子一朝臣？

夏连春开始低调沉默，把主要精力放到教学上。每天上班下班，一日三餐，两点一线。像林黛玉进了大观园，不多说一句话，不多走一步路。

夏连春的状态，带动和影响着县中学的年轻人。夏连春此前真的没意识到自己在年轻人当中还有这么大的影响力。过去大家每天都是朝气蓬勃地在一起，下班了还待在办公室不想走，看书备课改作业。现在，放学铃声一响，纷纷下班走人。晚上没事干，要么凑到某个人的宿舍打牌，要么跑到夏连春的小家聊天。

突然有一天，吉宁县城悄然兴起了舞会热。单位舞会，家庭舞会，只要想跳，天天都有舞会。县中学的年轻人开始赶场子跳舞，老师们到哪个舞会上都受欢迎。时间长了，跳舞的人慢慢形成了相对固定的群体，有了相对固定的舞场，相对固定的舞伴。

和夏连春一起赶场子跳舞的人是他们几个师范学院的老同学，别人不繎。几个人都说要感谢师范学院毕业前那段时间的班级舞会，夏连春说他还要感谢苗素馨的闺密袁慧娟，是她在毕业前教他跳了一个晚上，让他现在三步四步都能跳，当然更要感谢他现在的搭档苗素馨，是她每天陪着他，不管到哪儿跳舞自己都能有一个优美的舞伴，还被带出一种优美的舞姿，真让人眼热。同学们开玩笑说，苗素馨成了夏连春的御用舞伴，别人谁也轮不上。

苗素馨在县里没有什么熟人，别人知道她，她不知道别人的情况比较多。除了同学同事以外，别的不熟悉的场合和舞会她都不去，连她父母带她去她也不去。能把她叫出去的人只有一个，那就是夏连春。

夏连春住得离苗素馨家不远，几步路的距离。文化和教育是一个系统，文教系统的房子都在一个片区单元。只要夏连春一过去，苗素馨的爸爸就会喊："叶子，夏连春来了，赶快走吧！"在她爸眼里，夏连春一来就是叫他女儿去跳舞的。

苗素馨的小名叫叶子，夏连春是从她爸爸的喊声里知道的。他觉得苗素馨的爸爸太可爱了，有一种似曾相识的感觉，女儿这么大了还叫她小名，尤其是在外人跟前。时间久了，夏连春私底下偶尔也大哥哥般地叫一声"叶子"，苗素馨很高兴。夏连春突然反应过来，叶子爸爸是个文化人，"叶子"可能不是小名，是爱称。

弯越见到夏连春时说，听清城县音乐班一个女同学讲，苗素馨和夏连春两个人好像谈着呢。弯越问那女同学是怎么知道的。女同学说她来吉宁县看苗素馨，在苗素馨家住了几天，看苗素馨和夏连春两个人非常有默契，别的同学来叫苗素馨出去她都不去，夏连春一来她就出去了。弯越说不可能，他们俩都有对象。

那女同学说，这可不一定，有些事说不准。而且苗素馨的爸爸妈妈也很喜欢夏连春。

苗素馨的爸爸妈妈喜欢夏连春是可以让人感觉得到的，冲着那句“叶子，夏连春来了，赶快走吧”就知道苗素馨的爸爸喜欢夏连春，只有面对信任的人他才可能这么亲近随意。苗素馨的爸爸问夏连春，他有没有合适的同学，让他推荐一个到他们文化馆工作，就连问这样正式的话题，苗素馨的爸爸也没客气地让让夏连春坐下说。夏连春说：“叔叔，你就把我调过去算了呗？”

她爸爸说：“你不行。”

夏连春问为什么。

“以你和我女儿的关系，不合适，要回避。”

夏连春是真的想去文化馆，尤其是最近的情况更促使他有了急流勇退的想法。他觉得文化馆很适合他，在那里可以潜下心来搞搞创作，写写东西，没准还能出成果呢。但苗素馨的爸爸说不行，他想让苗素馨帮着跟她爸爸说说情，苗素馨头摇得跟拨浪鼓似的连声说：“不行不行，肯定不行。你到家里他都不给你让座，还能让你到他单位工作？”

夏连春向苗素馨的爸爸推荐了张碧林。他听说张碧林演过话剧《于无声处》，而且还演得很好，他觉得可以，文化馆就缺少一个搞群众文化工作的人。夏连春随即又补充一句：“这个张碧林以前和叔叔是一个团场的。”

苗素馨的爸爸说：“一个团场的有什么问题，举贤不避亲嘛。哪天你把他叫过来我看看。”

夏连春心里一直惦记着张碧林，他早就向老校长推荐过，老校长也同意把他调来，但去年因为他还没转正，不能调。今年转正了，老校长却被调走了，裴校长能要他吗？现在裴校长正联系外面的几个老教师，准备把他们调过来呢。

夏连春给张碧林带话叫他哪天下午有时间过来一趟，这家伙得到消息后大中午就跑来了。现在太阳升公社通班车了，不想骑车子的话，坐班车也就十几二十分钟的工夫，来回很方便。

张碧林一见夏连春就问：“师兄召见有什么好事？是不是给我介绍对象？”

夏连春说：“你就这么想找对象吗？”

张碧林说：“当然想呀！你这是饱汉子不知饿汉子饥，你都谈了将近八年恋爱，交过两任女友了，我到现在还一次都没谈过呢。能不想嘛？”

“你跟杨贵丽还有联系吗?”夏连春问。

“自从分到你们太阳升公社，我跟谁都没联系过。”张碧林说，“我只害怕写信寄不出，回信收不到。”

夏连春说这个可能性还真有。他说他一九七三年从老家来上水湾的时候，从省城出发前他给父亲发电报到鹿川接他，可他到上水湾十几天后，电报才到。县里到上水湾的电报是按照平信走的，农村的信件又比别的地方走得慢。那年要不是碰到了那个好心的团场叔叔，他还一直守在鹿川的群众饭店傻等呢，结果也不知道会是什么样子。

听了夏连春的话，张碧林急切地问：“师兄不会是真的要给我介绍对象吧?”

夏连春说：“我才不管你找对象的事呢，找对象是你自己的事。你还是抓紧把工作稳定下来再说吧。”

张碧林一听是工作的事，兴奋了：“师兄有路子了？我已经转正了，可以调动工作了。”他以为夏连春还是给他联系的县中学呢。

夏连春给他讲了文化馆的事。张碧林说要是能改行到文化馆那就太好了，这中小学老师真是当不得，连干坏事都干不了。

夏连春问他想干什么坏事，他说他有一次参加一个家庭舞会，碰到一个很放得开的女孩子，举止和言语都很大胆，两个人聊到深入时，那女孩子问他做什么工作的，他说是当老师的。那女孩立即正经起来。

夏连春说：“这不正说明中小学老师受人尊敬吗?”

张碧林说：“可现实情况是，现在中小学老师都想改行。”

夏连春说：“所以政策规定中小学老师不能改行。好在文化馆也是文教局系统内的，要不然也麻烦。不过，接收单位要提前联系好，你可以找你姐夫田光耀帮忙，他现在已经当上县委组织部副部长了，是大领导。”

田光耀现在正是春风得意的时候，春节期间结的婚，新婚宴尔。春节后又被提拔当了副部长，新官上任。红运当头，好事连连，人生得意之时。

田光耀和张碧林之间的关系比以前改善缓和了一些。田光耀现在看小舅子有一种居高临下的感觉，也有了一种大人不记小人过的涵养。站在高处往下看的视野就是要开阔一些，他心里美滋滋的。但张碧林不这么看，他做的一切都因为姐姐。因为姐姐，他才是姐夫。如果没有姐姐，他俩一分钱的关系都没有。所以就连现在，他到县里来一般也都是到夏连春这儿来，很少去姐姐家。张碧林到现在都还爱对夏连春说：“要是师兄当我姐夫就好了。”

夏连春中午给张碧林做揪面片吃。这是夏连春兄妹三人惯常的饭食。兄妹三人围在饭锅旁同时往锅里揪面，面片飞落在滚开的汤锅里，已然成了一道风景。有时候一连几顿、一连几天都是揪面片。揪面片好做，不占地方，不用炒菜。要是在揪面片里再泡上几片烤饼，那真是美味。

天热了，夏连春的饭锅已经支到了院子里。刚才因为和张碧林聊天，饭做得有点晚。弟弟上午放学回来看到饭还没做好，有些着急。夏连春说还有些时间，来得及。弟弟说他们下午有物理考试，提前半个小时开考，他要早一点到校。

夏连春就赶紧先给弟弟盛了一碗揪在锅里已经煮好了的面片，让他泡着烤饼吃了先走。

弟弟正吃着，夏连春突然想起来，说："你们下午第一节课不是我的政治课吗？怎么是物理考试?"

弟弟说，刚才放学时物理老师通知的。夏连春"噢"了一声，没再说什么。

吃完饭，夏连春让张碧林在他这儿睡觉休息，他要去学校，晚上再带张碧林去苗素馨家见她爸爸。

夏连春提前二十分钟进了办公室，他确认了下午的课程表，没错，下午第一节课就是他的政治课。

今天下午要利用他的政治课时间进行考试的物理老师，就是那个放了学就爱背着个秤走街串巷收麸皮收饲料的年纪大的教师，平时在学校喜欢跟在教务主任屁股后头转。夏连春做好了充分的思想准备，今天一定要以一个痛快淋漓的姿态，把他无懈可击的教态展现给教务处，展现给学校，展现给校领导。

其实，平常任课老师之间互相对调个课时进行辅导、考试或是做别的什么教学安排，都是可以的。可以通过教务处协调安排，也可以老师之间协商调整。但不管哪种做法，不给任课老师本人打招呼那是绝对不行的。今天这节课，就没有任何一个人，以任何一种方式给他夏连春打招呼。这怎么能行?

下午的上课铃声拉响，夏连春准时走进课堂。学生们正在答卷做题，物理老师坐在后排自带的椅子上监考。夏连春健步走上讲台，目视着台下，喊了声"上课"，同学们本能地站了起来，可刚站起来一半，突然反应过来似的，大家弓着腰，参差不齐不知如何是好地说着："我们正在考试。"

"今天不考试。"夏连春接过同学们的话说，"请同学们打开课本……"

夏连春的话还没说完，物理老师从后排走到讲台前："夏老师，我用一下你的课时进行单元考试……"

夏连春没等他把话说完，打断他的话："请你出去，我要上课了。"

物理老师从后排搬起自己的椅子，走了。

这一节课，夏连春讲得非常卖力，同学们听得非常专注，课堂里一丝杂音都没有。下课铃声响起，夏连春离开教室好一会儿了，同学们才长长地舒了一口气，好像已经被憋坏了似的。不知道哪个同学突然感慨了一句：“夏老师真厉害。”

裴校长也说：“夏老师真的很厉害。”他这句话是在教务主任汇报夏连春把物理老师从课堂上赶出去了的时候说的。他知道夏连春这个做法是做给别人看的，很可能就是做给他裴忠良看的，但他挑不出夏连春的毛病来。他对教务主任说：“课程表就是老师的宪法。你们调课为什么事先不给夏老师本人打招呼呢？”

夏连春上完课，觉得很痛快，心里爽极了。一走进办公室，他就跟苗素馨说：“今天这节课太过瘾了。”苗素馨问他为什么，他答非所问地说了句：“今天晚上去你家。”随后，他急匆匆地走了，他害怕走晚了，会有人来找他说刚才这节课的事。

接连好几天，学校里都在议论夏连春把物理老师从课堂里赶出去的事。大家都知道夏连春心里是怎么想的，也都能理解他为什么要这么做。但没有人当面和夏连春谈起这件事。

几天之后，裴校长叫夏连春去他办公室。夏连春做好了充分的思想准备，今天可能要发生激烈的正面冲突了。但出乎夏连春意料的是，裴校长只字未提物理老师的事，说的是另外的事。

裴校长说：“学校最近要从外地调一个数学老师过来，人家就一个要求，解决一套住房。现在学校已经没有多余的房子了，有人提出来要把你和涂副校长的房子收回来，因为你们两个还没结婚。”但裴校长说他没同意，他了解了涂副校长和夏连春这两套房子的分配情况，当时也是经过学校研究的，现在不能动。

夏连春本来想说，“房子你想收回就收回，无所谓。”但他没说。他要沉住气，看裴校长到底想要表达什么意思。

裴校长接下来说：“这两天刚好有两个前两年调走的老师要搬家，可以腾出两套房子，真是太救急了。今天叫夏老师过来，主要是提前打个招呼，学校想把其中一套房子分给这个新调来的数学老师，这两天要开校务会议研究，希望到时候能得到大家的支持。”

噢，原来是这么个事。夏连春非常痛快地说，没问题。人家当领导的把自己的想法和真实意图都已经跟你说了，你还能去跟领导较真？那真是没事找事。

领导开会研究的事项，会前没跟你打招呼，会上也没亮明态度，这个时候你有什么想法，就应该明明白白讲清楚，既不需要看谁的脸色，也没必要揣摩谁的意图，哪怕你的意见和领导完全背离又有何妨？但领导现在很明确地给夏连春讲了他的想法，他的意图，就是要夏连春同意他的意见，支持他的工作，那当然应该与领导保持一致了。

在过后一段时间的另一次会议上，也是研究另一套住房分配问题。学校又要调来一个老教师，说是很有本事。学校可能想把这套房子分给这个拟调任的老教师，但参加分房会议的人不知道领导意图。结果在会议上就发生了大家的意见和领导的意见不一致的情况，最终导致夏连春和裴校长之间发生了正面冲突，矛盾开始公开化。

这次会议是由学校主管后勤工作的副校长主持。为了发扬民主精神，会前，他让各个教研组征求大家的意见，开会时，他让各个教研组组长先汇报征求意见的情况。学校八个教研组，有七个教研组的意见都是把这套房子分给一对刚结婚的年轻教师。还有一个教研组的意见是这套房子如果能给年轻人，那就分给这对刚结婚的年轻教师，如果不能给年轻人，就给一个打钟的老头，这个老头家里人多，也应该改善一下住房条件。

前半截会议裴校长没参加，各个教研组的意见他没听到。大家汇报完各个教研组的意见后他才过来。一般来说，会议开到这个时候，就该领导决策了，再不用教研组组长们发表意见了。如果考虑到大家的意见裴校长没听到，会议主持人综合汇报一下也就可以了。但会议主持人为了发扬民主精神，坚持要大家再发表一下个人意见。

也怪夏连春年轻，没经验，城府不深，这个时候他完全可以不说话，或者是等一会儿再说话。但他为了支持领导的工作，响应领导的要求，第一个说了话，发了言，讲了意见，实际上也就是表了个态：“同意教研组意见，这套房子就分给这对年轻教师。理由：他们是双职工。”

万万没想到的是，夏连春的话刚讲完，裴校长就发火了，开口就说：“我就是想不通一个问题，为什么在我们县中学，年轻人的利益总是高于一切？有些人，一事当前，首先想到的就是年轻人。为什么我们马上就要调进来的老教师就不能分到这套房子？当然，这也反映了我们学校党支部思想政治工作是失败的。”

裴校长的话还没说完，夏连春“腾”地一下跳了起来，他心中的火药桶已被点燃。可他刚要开口说话，裴校长就说：“你等一等，先听我把话说完。”旁边的几个老师也都劝夏连春冷静点。夏连春无声地坐了下去。

经过这么一个插曲，裴校长的讲话开始有所缓和，夏连春的冲动也有所克制，但会议室的气氛还是很沉闷。会议的方向已经完全改变，接下来谁也不敢再说把这套房子分给那对年轻教师了，各个教研组带上来的意见也都被教研组组长贪污了。房子既没分给那对年轻教师，也没分给新调来的老教师。而是分给了那个打钟的老头。

会议结束的时候，裴校长问大家还有没有意见，夏连春说："有，我要对裴校长说几点意见。"

裴校长说："你的意见，咱俩下来再说。"

夏连春说："不行，咱俩单独说没人听，会上的事情就应该会上说，又没什么见不得人的。"

此刻，夏连春的情绪已经平复了很多，经过刚才的深思熟虑，他有条不紊地向裴校长讲了五条意见：

第一个是强奸民意。你既然想把房子分给新调来的老教师，你可以直接决定呀，何必还要开会研究呢？看似你要发扬民主，听取大家意见，实则还是要个人说了算。既然这样，何必还要玩这种把个人意志变成群众意志的花子呢？

第二个是方法失当。你既想把房子分给新调来的老教师，又想通过会议决定，那你要么会前给大家打个招呼，要么你就开会时讲清意图，这个房子就给谁谁谁了，要不然，谁知道你葫芦里卖的什么药？

第三个是有失风度。你会前让大家征求意见，会上让大家把意见带上来。既然是开会，就会有各种不同意见，你有你的意见，我有我的意见，而且我说的还是教研组征求来的意见。

第四个是民意不可欺。你可以树立权威，但不要以权威压人。尽管你采用打压我的方式，阻止了民意的正常表达，但你的分房意图还是没能实现。当然，这一对本来应该分到房子的年轻人，在你的阻挠下最终没能拿到房子。但作为一校之长，难道不给年轻人分房子就是你追求的目标吗？

第五个是年轻不是错。你作为党支部书记，可以加强年轻人的思想政治工作，但就因为一次分房会议的发言不合你的心意，就说是党支部的思想政治工作失败，有点耸人听闻。至于你是带着什么样的意图和偏见来看县中学的年轻人的，我不清楚，也不是我所关心的事。但我只想说，年轻不是错，不要把年轻人对立起来，总想着打压年轻人。年轻人是进步的力量，进步的力量是阻挡不了的。

说完了，夏连春痛快了。听完了，裴校长没说话。散会了，大家都没吭声。这件事后来成为人们不愿提及，但又会时时想起的一件事。

这次会后没几天，县文教局周爱兰副局长受穆汉局长的委托，找夏连春了解县中学那天分房会议的情况。夏连春纳闷："你们怎么知道了？"

其实，裴校长自主政县中学以来，他的一举一动都牵动着文教局的视线和神经，因为他在不经意之间已经触动了别人的蛋糕，引起了别人的警觉。权力过于集中，容易招人忌恨。

县中学是文教局治下的半壁江山，现在成了他裴忠良的私人领地，外人免进。裴忠良的作风本就硬朗，新官上任，总想做出一些业绩来。想干事的人一般都是有主见的人。现在县中学成了裴忠良的独立王国，别人针扎不进，水泼不进。文教局怎能容他？

而且裴忠良主政县中学以来所做的几件事，也都是有瑕疵的。尤其是上一次从外地调来的那个数学老师，是县中学教务主任的同学，仅凭教务主任一人之言，也没派人考察了解，就让文教局人事股直接发调令调过来。本来文教局人事工作是由穆汉局长直接管的，但这件事穆汉局长根本就不知道。为此，穆汉局长一气之下，把人事股长给换了。

更为关键的问题是，调来的这个数学老师是个大酒鬼，不喝酒手抖，喝了酒更抖，根本上不了课，连粉笔都拿不住。而且他是单亲家庭，一个人带一个五六岁的小男孩，小男孩经常没人管，吃不上饭。

这一次又要调老师进来，文教局还没研究呢，他裴忠良就在学校开会要给人家分房子了。这样下去怎么得了！

同时，裴忠良对县中学年轻教师的打压，对校团委工作的弱化，对“五讲”“四美”活动的不重视，都已引起有关方面的注意。

这些事基本上都涉及夏连春的工作，县文教局想认真地听听夏连春的意见。

夏连春可不想介入到这些矛盾和是非当中。过去，学校里对老校长有微词，是那几个年龄大的教师干的。现在，学校里对裴校长的不满难道是年轻教师干的？不可能。夏连春觉得年轻人没那么无聊。

学校不是真空地带。它联系着家庭，联系着社会，每个人都是联系外界的渠道。文教局的人想了解学校的情况，不缺这样的渠道。

比方说，县中学的校医，她那个小小的医务室，就是学校里的小社会，一天到晚什么人都往里面进，她什么样的话都能听得到。而校医又是穆汉局长调过来的，她有什么话不对穆汉局长说？穆汉局长什么话听不到？

校医是老校长调进县中学的，她肯定不会说老校长的坏话。夏连春是她弟弟孟祥非的朋友，她肯定也不会说夏连春的坏话。而现在的裴校长是穆汉局长一直提防着的人，她肯定也会替穆汉局长盯着点。当然，这也只是一种分析和猜想，她也未必就会这样做。

在这种错综复杂的人际关系里，夏连春告诫自己，任何时候都别去蹚这样的浑水。男人，当不了伟人，但绝不能当小人，干不成大事，但绝不能干小人之事。所以，他不能成为别人的消息来源和信息渠道，更不能成为别人枪膛里的子弹。

这一会儿，他突然生发出一种对不住裴校长的感觉来，真不该因为自己的一时冲动而给裴校长的工作，带来不利影响。那房子分给谁不是分，自己干吗非要跟领导较那个真？现在想来，他和裴校长那天的冲突没准还是一场误会，问题就出在那个主管副校长身上。以裴校长的行事风格，他当时应该有明确的意见，但主管副校长没有采取任何方式把裴校长的意见传递给大家，而他自作主张在各个教研组征求意见的做法也没向裴校长汇报，造成了裴校长的意见群众不知道，群众的意见裴校长不知道，这就是裴校长一听夏连春的话就火了，夏连春一听裴校长的话也火了的真正原因。

夏连春好久没有这样静下心来，像没事人一样和周爱兰坐在一起说话聊天了。人家现在是领导，平时还是少打搅为好。难得她今天有时间专门招呼他，而他现在也很清净，手头的事不多，他就胡乱说一些东扯葫芦西扯瓢的事，想着法子把她想问的事情岔开，聊着聊着不知怎么就扯到了各自的个人问题上。

因为办公室里没有外人，夏连春就很亲热地说：“姐姐，该找姐夫了。”

周爱兰说：“到哪儿找？你又不关心姐姐，不帮姐姐介绍一个。”

夏连春说：“姐姐现在是要风得风要雨得雨，手下有众多的美男子可挑，还需要别人介绍？”

周爱兰说：“那些男人跟我有什么关系？我有机会和他们在一起吗？即使有机会在一起，我能和他们像咱们俩这样坐下来轻轻松松说说笑笑吗？”说着，周爱兰不自觉地叹了口气，“唉，姐姐恐怕是要剩下喽。”

周爱兰这口气叹得，让夏连春有所触动，同时也让他突然眼前一亮：“哎，别说，还真有一个比较合适的。”

周爱兰问：“谁呀？我认识吗？”

夏连春说：“你认识，远在天边近在眼前。”

周爱兰一听，两边脸蛋一红，“你少跟姐姐胡扯，你可不要说是你啊？”

夏连春突然觉得，周爱兰其实挺可爱的，而且一直都很可爱，这两年又变得比以前漂亮了，更可爱了。心想，这两个人都是大龄青年，又都是鹿川的，还真的挺合适的。就说：“哪能是我呀，我哪能配得上姐姐？我只能靠姐姐罩着。我说的是我们学校的涂副校长。”

“啊？涂子？那个五大三粗的大男子主义？”周爱兰连续蹦出来三个大大的问号。然后停了一会儿，不知道是问夏连春还是问自己：“行吗？”

夏连春调皮地反问一句：“不行吗？”

周爱兰略带掩饰地哈哈一笑：“你这个坏家伙！”

第三十七章　丢失的爱

涂子下学期真的要去外地进修了，放假的时候他邀请几个好朋友一起吃了顿饭，算是告别。夏连春把周爱兰也叫了去。因为夏连春事先已经分别对两个人把事情说开了，彼此也都挺有感觉的。

其实两个人此前已有接触，涂子好像也有想法，但周爱兰那时对涂子不太了解，而且听到别人喊他涂子，她也不知道这“涂子”是什么意思，是名字？是外号？反正不好听，这个人一定不咋样。再加上自己毕竟是文教局副局长，万一让别人产生了不好的印象，那收都收不回来。后来她才知道，涂子原来是大家对他的爱称，现在他又当了副校长，两个人年龄都大了，还算般配。所以那天夏连春一说介绍涂子，她表现出来的态度还是比较积极的。夏连春回过头来跟涂子说的时候，涂子也说“行吗？”夏连春也同样说：“不行吗？”

于是，这就有戏了。

这个假期夏连春不回上水湾了，他要留下来收拾他现在的小院子。要不是方小青和他的感情生变，他们去年暑假就该结婚了，小院也早该收拾好了。后来因为没心情，小院也就一直这么扔着没动。

上次裴校长说有人提出想收走他和涂子的房子的时候，他就想着这个假期要把院子收拾好。老这样放着也不是事，反正是要住下去的，迟早都要收拾，早收拾了还可以早些把三个小一点的弟弟妹妹接过来上学。院子搞好了，房子谁想收也收不走了。

父母一听夏连春要收拾院子，甭提多高兴了。他们以为这一回儿子可能是要结婚了。他们已经快两年没见到方小青了，每次问夏连春，他都以她还在上学为由搪塞了过去。父母想着，这个假期方小青上学就满两年，该毕业了，两个人也都老大不小的，该把婚事办了。

放假前，父亲从上水湾把盖房子用的木料拉过来，席子、苇子和麦草等过一阵要用的时候再拉。

小院的工程不大，花了几百块钱，找了两个干活的，一个假期就能搞完。但就是家里离不开人，得有人盯着，挺耗人的。

张碧林调到文化馆的事已经成了，正在办理调动手续和户粮关系，假期里他就住在夏连春这儿陪着他搞院子。两个人正在小院里大兴土木的时候，突然来了一个不速之客。老班长方平从山区林场来县里办事，过来看看夏连春。

老同学相见，自不必说有多高兴了。方平看到夏连春在这县城里有这样一个独家独院的住处，实在是眼热。哪像他，独处深山老林之中，何时是个头啊。

中午，夏连春在家里做了一桌饭菜，叫了几个同学来陪喝酒。苗素馨也来了，还帮了厨。吃饭间，方平问夏连春："收拾院子准备结婚了？"

夏连春说："老班长还没结婚，我们怎么能先结婚呢？"

方平说："你们可不要跟我比，我在林场一年下不了两趟山，谁愿意跟着我往那深山老林里跑？找对象结婚的事恐怕是驴年马月的事了。"

方平的兴致好像不高，话里头有些伤感。夏连春说："你们不是到下面工作锻炼一段时间就回局里的吗，怎么到现在还在林场呢？"

方平说他们去年一起下去的那几个人，到现在没有一个回去的，关键是赤麓山林业局的领导换了，前任定下来的事现任不认，他们现在要无限期地在林场待下去了。他已经被任命为山区林场的办公室主任，哪里还能回得去？

张碧林说："那好呀，老班长现在大小也是个领导了，那就好好干呗。"

方平说："不干又能怎样？"

张碧林冷不丁来了一句："老班长要是实在不想在林场干的话，还不如想办法调到县里来算了。"

没想到张碧林这么一句普普通通的话，竟然一下子戳到了方平的痛处。方平突然眼泪吧唧地说道："实不相瞒，我今天来县里就是来办调动手续的。前一阵，好不容易在市里联系了一个接收单位，办了很长时间，最近才把调令发过来。可我上午到县委组织部办手续的时候，田光耀副部长不给我办，说是森工企业的干部很紧缺，外流现象严重，现在一律不准外调。"

夏连春说："你不是应该到人事局办手续吗？怎么去了组织部？"

方平说，他们去年下去的时候是学生，是人事局办手续，现在回来他是林场办公室主任，归组织部管，要到组织部办手续。

夏连春又说："田光耀应该认识你呀。"

"认识呀，他那个时候不是经常到师范学院去找你嘛。可认识有什么用？"方平无可奈何地说，"人家还给我上了堂政治课，说我是党员，是老班长，应该带头热爱林业工作，树立扎根深山、多为祖国献木材的雄心壮志。"

方平苦笑了一下说："早上我从林场出来的时候，行李都已经带下来了，就是不打算回去了。没想到，现在走不了了，又要背着行李上山。"

说着，方平有些激动，站了起来，朝着大家举起酒杯："我发誓，这一次回去之后，我就铁下心来在林场好好干一场，不混出个人样不下山！"

方平一昂头，自顾自地把酒喝了。放下酒杯，又随手从口袋里掏出调令，当着大家的面，"唰唰"把调令撕了。

这场面好沉重，饭桌上的气氛一下凝固了。大家不知道说什么才好。是应该安慰，还是应该鼓励？应该喝酒！夏连春、张碧林、苗素馨和其他几个同学都慢慢站起来给方平敬酒："祝老班长好运。祝老班长早日下山。"

方平领情了。他站起来说他下午还要跟车返回林场，然后连喝了三杯，以表谢意。

第一杯谢谢夏连春和各位同学的热情相待，后会有期。大家都让方平多保重，说有机会他们会上山看他。

第二杯请夏连春给他姑姑带个好，他下次下山的时候一定专程去看望姑姑。夏连春说这次他姑姑刚好不在，去省城了。他姑姑要是在，一定不让他走。

第三杯为夏连春和他妹妹的婚事："你们结婚的时候估计我也来不了，这次回去，我就想办法给你们拉两根木头下来，给你们结婚时做家具用。"

夏连春说："那我结婚时就不请你了。"

方平走后，张碧林问夏连春："老班长什么时候成了师兄的大舅哥了？"

夏连春说："这事说来凑巧，是毕业前一个偶然的机会才知道的，老班长和方小青是堂兄妹。"张碧林说这世界真的很小。

张碧林转而又说："还好老班长不知道田光耀是我姐夫，要不然老班长会把我也恨死的。"

说到这儿，张碧林气得咬牙切齿地说："你说这浑蛋怎么能当上组织部副部长呢？他既然当上了就给人家办点好事呀，他卡人家干什么呢？"

夏连春说："他可能也是按规定办。"

张碧林义愤填膺地说："什么破规定，他这不是害人吗？人家好容易联系个单位要调出来，他把人家卡到那儿不让出来，人家不恨他一辈子才怪。搞得人家下不了山，找不了对象，成不了家，他于心何忍？这些被他卡了的人，哪天一旦混得比他好，若再成了他的上司，还能有他的好果子吃？出来混，迟早是要还的。"

夏连春说："你怎么一下子成了菩萨心肠？"

张碧林说："我本善良。就像你总想给每个人办好事一样，我也总喜欢给别人帮帮忙。"

"哎，对了，"张碧林突然想起一件事，"我有一个同学让我陪他到一个女同学家里去。这也是帮人办好事，但我一个人陪他有点心慌，要不师兄你和我们一起去怎样?”

夏连春问：“合适吗?”

张碧林说：“太合适了。我同学都是和凤月琴一个班的，他们都知道你。”夏连春笑笑，他也想出去走走，就问哪天去。张碧林说第二天下午。

张碧林的这个女同学的家在下面的一个农场，路还挺远的。半下午，院子里的活干得差不多的时候，他们三个人骑车子往那女同学家里去。走到半路，夏连春的自行车飞轮打滑，车轱辘转不起来了。可能是飞轮里的弹簧老化，跳不起来。遇到这种情况，一般都是用煤油洗一洗，可这半路上到哪儿去找煤油?

他们试了两种简单的应急办法：一是把自行车支撑起来，使劲摇转链条，顺转起来后突然把链条倒转，希望以此方法让飞轮里的弹簧跳起来。二是使劲敲打飞轮，让弹簧自己弹跳起来。可这两种办法都没有用。张碧林说对着飞轮撒尿，可以起到清洗飞轮的作用。可最后也没成功。

张碧林问：“师兄的车子还是在师范学院买的那辆吗?”夏连春说是的。张碧林说时间长了，车子该换了。

他们推着车子，在路边就近找了个人家，把自行车寄放在人家家里，待第二天回来时再从这里推走。

现在三个人骑两辆自行车。夏连春两腿叉开骑坐在张碧林自行车的后捎架上。一路下坡，车速很快，风驰电掣般的感觉。张碧林突然一声惊叫：“不好!师兄，跳车!”

前面是一段低洼地，水毁路段。张碧林的车子刹车不好，停不住。

张碧林连人带车就势摔倒，人和车都没问题。夏连春跳下了车，但他的裤子内侧被自行车后捎架刮得开缝了，从大腿处一直扯到小腿肚的位置，光光的半截腿露在外面。这怎么办?

三个人继续往前走。夏连春侧身横坐在自行车后面。天渐渐黑了。天黑了就好办，没人能看到夏连春刮开了的裤缝。

到农场的时候，刮起了大风，尘土飞扬。张碧林那女同学家还在农场下面的队上，三个人好不容易摸黑找到她家。停电了，她家里是黑的，只有一盏小煤油灯亮着。夏连春进屋就坐在八仙桌侧面避光的位置，再没站起来。

女同学不在家，去场部看电影了。她爸爸也去了，家里只有她妈妈一个人。女同学的妈妈知道他们是女儿的同学，很热情地招呼他们，问他们吃饭了没，他们实话实说，说下午从县里过来的，还没吃饭。

女同学的妈妈给他们做饭。他们三个人坐在那儿自我调侃说着话。不一会儿那女同学就回来了。电影没放成，停电。

夏连春一见那女同学，忍不住就乐了。原来她就是好几年前的那个冬天里，在雅玛河桥上喊他叔叔的那个小女生。夏连春知道她叫梁美心，是凤月琴的闺密。梁美心也知道夏连春，凤月琴给她讲过这件事，而且当时凤月琴还让梁美心喊她姨。梁美心说不行，要喊也得喊婶。凤月琴说她坏死了。

现在夏连春和梁美心见了面，两个人都忍不住发笑。夏连春坚持要让梁美心喊他叔，梁美心真的就戏称他为大叔。

张碧林和他同学不知道这中间有什么故事，急切地想知道。但夏连春和梁美心就是不说，气氛一下热闹起来。

吃完饭，说会儿话，梁美心安排他们三个人睡在西间卧室的大床上。夏连春和张碧林迫不及待地上床，一来是因为夏连春的裤子得赶紧让梁美心帮他缝好，第二天还要穿。二来他俩得给那两个人留下点时间，让人家说说话，要不这么老远跑来干啥了?

夏连春和张碧林在里间床上聊天，那男同学和梁美心在外间说话。不一会儿，梁美心的爸爸从外面回来了，回来就喊“美心”，没人应，他又到外面，“美心”“美心”不停地喊。

估计刚才她爸爸进屋时听说了家里来人的事。梁美心的爸爸没见着女儿，也没见着三个男同学，不放心。就喊，就找。

那两个人可能到外面去了。可外面还刮着风呢，好像还下雨了。夏连春担心地对张碧林说，别出什么事才好。

说着，张碧林的那个男同学就进屋来了。他一进来就把门扣上了，扣好门就站在床前脱衣服准备上床睡觉。他好像有点害怕了。

外屋，梁美心的爸爸在嚷嚷，她和她妈妈在劝解。三个人好像拉扯推搡着，纠缠在他们睡觉那屋的房门口。突然她爸爸一拳把房门砸开。床上的三个人都坐了起来。

梁美心的爸爸冲着三个小伙子发飙：“你们干啥来了？滚!”

梁美心哭喊着：“爸爸你干啥？你干啥?”母女两人连拉带搡地把梁美心的爸爸弄了出去。

那个男同学无助地看着夏连春和张碧林，那意思好像是说委屈他们了。夏连春说睡觉。张碧林说：“咱们走吧?”

夏连春说：“这三更半夜、黑灯瞎火的，外面还风雨交加、泥泞湿滑，往哪儿走？走与不走有什么关系，反正没人认识我们，也不丢人。再说，现在走了，梁美心该多难堪。反正骂也骂过了，还是睡咱们的觉吧，明早赶在她爸爸起床之前早早地走。”

一夜没话。早上天没亮三个人就起来了。梁美心坐在外屋的锅灶前，烧着火，哭着，看样子她一夜没睡。她给他们三个人每人打了三个荷包蛋，让他们吃了再走。

临走时，她非常抱歉地对夏连春说：“不好意思，大叔的裤子我是手工缝的，晚上太晚了，我怕踩缝纫机声音大，吵到你们睡觉。我的针线活不好，针脚有点大，你穿回去以后拆了再重新缝。”

回去的路上，三个人去路边的人家推上夏连春的自行车，到集上去修。修车的空当，张碧林的同学要请他们两个好好撮一顿，给他们压压惊。张碧林说农村的集上有什么好吃的，不过吃点东西垫垫肚子倒是可以的。

吃饭喝茶的嬉笑中，张碧林说他同学：“我和师兄昨晚上倒没受什么惊，只是你别紧要关头被吓着了。”

他同学说：“你胡说什么呢，我们俩什么都没做。”

张碧林说：“那你那么晚了把人家领出去干吗?”

他说他俩只是到外面的林带边走了走，说了说话。

夏连春相信张碧林同学的话是真的。他觉得他同学和梁美心之间没事，也没戏。他们两个不来电。

夏连春和张碧林回家后，院子里干活的人说，昨天他们刚走，就有一个姓方的阿姨来找夏连春，让夏连春回来就到她家去一趟，她有事。

夏连春知道方妈妈从省城出差回来了，她可能有了方小青的新消息。

这一年多以来，方妈妈一直在做着努力，既为了修复夏连春和方小青之间的感情，也为了抚慰女儿受伤的心灵。她一直试图做方小青的工作，不管方小青遇到了什么事，她都希望她能把有些事看得淡一些，但方小青好像还是在她的天地里走不出来。凭她的直觉，女儿一定是受到了什么突如其来的伤害。而这个伤害，不仅足以摧毁她和夏连春的爱情，也足以摧毁女儿一生的幸福。

七月份，方小青毕业，说是要留在省城，留在省棉纺厂工作，方妈妈觉得这对女儿来说是好事。女儿从小在省城长大，她喜欢省城。以方小青现在的情况，不回鹿川应该是最好的选择。人挪活，树挪死。换个环境，换个活法。

方妈妈从省城回来的时候，方小青交代，让夏连春去一趟省城，并且他去省城的事一定不要给任何人说，让他买好车票就给她发电报，她去车站接他。

方小青让夏连春去一趟省城，这是夏连春万万没想到的。一直以来，他都想要去见见她，看看她怎么了，到底发生了什么事。他也知道，他们的爱情可能是无法挽留了。可现在她主动要他去趟省城，她要见他，但又不让别人知道。

这是什么意思？

他去省城怎么了？他去见她又怎么了？她为什么害怕别人知道？害怕谁知道？她到底是想见他还是不想见？他到底是见好还是不见好？去还是不去？去了又能怎样？

夏连春满脑子都是问号，不知如何是好。方妈妈看出了夏连春的犹疑，非常坚定地说："去吧孩子，这可能是你们最后一次机会了。不管结果怎样，都要勇敢地面对。"

夏连春终于鼓足了勇气，第二天就去了。

夏连春把小院干活的事委托给了张碧林。他说他要去鹿川给方小青办理调动手续和其他一些事，没说要去省城。

张碧林说："那师兄以后是不是也要调到省城去了？"

夏连春说："以后的事谁知道呢。"

八月天，说夏不是夏说秋不是秋的尴尬日子。夏连春，说悲不是悲说喜不是喜的尴尬心情。他和方小青有两年没见了，这次相见也会是尴尬的吗？

车到省城，进了长途汽车站，车还没停稳，车窗外，一个经典的张瑜式飘逸的身影晃过，接着就是敲击车窗的声音。

啊？方小青？她看到他了。她一直在车站进口等他？就这样一辆车接着一辆车地盯着找他？

门开后，夏连春立即冲了下去。两个人泪眼相对，紧紧地抱在一起。仿佛这个世界没有了别人，只剩他们两个。

中午时分，正是太阳直射的时候，两个人从车站走出来，方小青左手打着遮阳伞，右手提着手提袋。夏连春什么也没拿，空着手，连换洗衣服也没带，显然是做了今天来明天回的准备。

夏连春伸手接过方小青的手提袋，帮她拿着。方小青举着遮阳伞，往夏连春身边靠了靠。夏连春觉得，下雨天，男女共撑一把伞还有点诗意，这大热天的，男人也躲在伞下，肯定会被别人笑话。男人不怕晒。

方小青说，吃饭去。他们去了鸿春园饭店。

吃完饭，方小青说，洗澡去。他们去了龙盛泉浴池。

洗完澡，夏连春换了一身方小青为他准备的新衣服。她还是那么细心。

从浴池出来，方小青说，回家去。

"回家去？"夏连春心里想：她有家了？不会已经结婚了吧？

夏连春跟着方小青挤上公共汽车。公共汽车"呼哧""呼哧"一路爬坡往省城东北角上的棉纺厂爬行。车上人很多，很挤，没座位，两个人站着。路不平，车晃悠晃悠地颠簸着。人随着车的晃动，前倾后仰，左右摇摆。方小青面对面搂着他的腰，靠得很近，搂得很紧。要命，好热，他有反应了。他想把她推开一点，可车上的人太多，一点空都没有。

好不容易到了地方，挤下了车，衣服都贴在身上了。方小青松了口气，看着夏连春说："省城人多吧？"

夏连春咧了咧嘴："把你丢在省城的人群里就找不见了。"方小青说，丢了就别找了。

棉纺厂是一个老厂子，厂区很大，绿树成荫，像个公园。傍晚时分，太阳已经不那么晒了，林带里，人行道上，树荫下，到处都是人。这哪像是工厂，就是一个小社会。

工厂的生活区与市区没有明显的分界线。方小青说的家，就在一排老旧的平房里。单身宿舍，面积不大。外面不怎么样，里面收拾得很温馨。

夏连春没猜错，她真的结婚了。房间是婚房的布置，满眼喜庆的中国红。两个单人床合并成一张大床。床上是大红的床单，大红的被套，大红的枕头。床下两双红色拖鞋，一大一小。门背后贴着红色的"囍"字。窗户上挂着大红的窗帘。床头柜上摆放一盆盛开着的"洋葱花"，床头上方墙上挂着一个翻扣着的相框，估计她怕那相框里的人刺激了他，所以把它翻过去了。

方妈妈为什么不对他说实话呢？都这样了，方小青为什么还要叫他过来呢？还要把他带到这新房里来？就是为了让他眼见为实，从此死心，不要再抱有幻想？

他直直地杵在房间里，一言不发，一动不动。方小青把房门插上，把窗帘拉上，然后走到他跟前，伸出手在他眼前晃动，看他眼睛是不是直了。她又开始调皮了。

她知道他此刻最想看的就是那个翻扣过去的相框，他想知道那相框里的男人是谁。她满足他的好奇心，轻轻地把那相框翻正过来。

啊？怎么回事？他揉了揉眼睛，怎么是这样？

她慢慢地靠在他胸前，嗅着他身上散发出的男人的味道。两年了，两年没这么亲近了。她真的很想她！

他被眼前的景象搞蒙了，好像一时还反应不过来似的。他还是那么直直地杵在那里，不知道接下来该做什么。

她抬起头来，小女人一样地看着他。他突然一下子把自己的唇印到她的唇上，狠狠地吻她……

这正是她想要的，也正是她想给的。她极力地迎合着……她轻轻地在他耳边说："你弄疼我了。"

他有些歉意，放缓了动作。

"今天是我们新婚。"她又在他耳边说。她之所以要花费这么多的精力，营造这样一个新婚的氛围，就是为了两个人能有一个真正新婚的感觉。

他听懂了她的意思，心里痒痒的。他要像新婚的丈夫对待新婚的妻子一样，慢慢揭开洞房花烛夜的帷幕。

还是在太阳升公社学农的时候，她就说过，他是她心中的男朋友，她什么都可以给他，但贞操不行，贞操是留给她丈夫的，他只有当了她丈夫她才能给。她还说，她一定会给他留着，留到他当她丈夫的那一天。

这一天到了吗？这一切都是真的吗？

两个人终于赤裸裸地毫无保留地把自己交给了对方。不管未来怎么样，今天，此刻，两个人终于结合了。死而无憾了。

两个人从疯狂的缠绵中清醒过来，天已经完全黑了。外面，路灯投射过来的树影在窗帘上摇曳，就像是一群偷听新人洞房的调皮鬼晃动的影子。

她依偎在他怀里，轻轻地问道："累吗？"

"我是学过功夫的人，这么一点小活就累了？"夏连春嬉皮笑脸地说。

"吹牛。"方小青嘟囔了一句，"又不是打架。"

"哎，你别说，这和打架的套路还真是一样的。"夏连春不无认真地描述着两个人刚才的过程和感受，"你看现在，我不已一招制胜，把你打趴在床上了吗？"

"流氓！我让你一招制胜。"方小青翻身把他压倒在床上，"别忘了，你的武功还是我教的呢。"

一阵乱战之后，方小青心疼似的问："还嘴硬吗？"

"不敢了，师父。"夏连春赶快认㞞。

两个人懒散地躺在床上。夏连春看着床头上方相框里他和方小青的照片，问："这张照片你是从哪儿搞的？"

方小青说："从哪儿也搞不到，咱们俩这么些年居然连一张合影都没有。高中毕业时，我问你要不要照一张合影，你说留在心里吧，其实你是不敢照。这张照片是咱们高中毕业时照的两张单人照放到一起翻拍再放大的，所以看起来粗糙得很。"

夏连春想起上高中那两年的一些事，免不了就生发出许多感慨来。人这一辈子，谁知道呢，都是命。不过这张照片还不错，有高中生的样子，反正又不是真的结婚照，挂两天还是可以的。

方小青说："谁说不是真的结婚照？我费了这么大的功夫，才做成了我心中的结婚照，挂两天怎么能够？三天！"

夏连春听明白了，她是要留他在这里待三天。只有三天。三天之后就是第四天了。他知道他和方小青的恋情已经无可挽回地逝去了。她今天所做的这些都是在以一种特殊的方式祭奠他们俩的感情。她之所以急着叫他过来，就是要给他一个交代。尽管悲哀，却满是深情。难为她了。

她是在以自己的方式和他告别。她要以三天的热烈，挥手告别昨天的爱。她能做的可能就是这些了。他不能再为难她了。

方小青说："这三天，我们哪儿也不去。三天不出门，三天不下床。我们要把这三天当成三年，三十年，三百年过。一辈子有这三天也就够了。"

夏连春能够感到方小青似有万般苦楚在心头，而且触碰不得。不管她有多么坚强，毕竟还是弱女子一个。看着她独自在痛苦中挣扎，他心疼了。他爱怜地把她搂在怀里："为什么要这样？"

她的身子不经意地颤抖了一下，轻轻地。但夏连春还是感觉到了。她马上又恢复了平静，平静得有些残酷。她轻轻地笑笑，似有一丝淡淡的哀愁浮上心头："我把留给你的爱弄丢了。"

夏连春哭了，急切地说："爱还在，不会丢的。"他害怕自己的话表达得不准确，赶快又加了一句，"即使丢了，也能找回来的。只要我们用心。"

方小青说："小傻瓜，相信我的话，如果有办法，青姐一定不会放弃的。"

放手吧，她已经很苦了。如果"放弃"能使她解脱，何必还要用"坚守"去伤害她？

三天之后，方小青毅然决然地说："回去吧，以后不要再找我。"

夏连春说他想过两天再走，他想去看看他二弟，他二弟已年满十八岁，现在接替父亲在省化工医院上班。方小青说不行，让他明天一早就走，返程的车票她接站那天就给他买好了。她还叮嘱他，来省城的事不要告诉任何人，以后也不要说。

夏连春一直不明白，方小青为什么对他这次来省城这么谨慎，谁都不让说，谁都不让知道。现在连他弟弟也不让见，不让说，不让知道。她肯定不是害怕家里人知道，而是害怕另外的什么人知道。会是什么人呢？当然，她自有她的道理。

早上，天还没亮两个人就开始起床，可起了几次都没起得来。起来了，又躺下了，都舍不得。他不想走，她不想让他走。就这样反反复复好几次，方小青终于一狠心："赶快起来，再不走就来不及了。"

临出门时，她告诉他："我过些日子就要结婚了。"

"和谁?"夏连春并不吃惊，他有预感。

"以后你就知道了。"方小青淡淡地说。

"这就是你们结婚的新房?"夏连春又环视了一遍这间自己已经享用了三天的婚房。

"不是的。这是我专门为你准备的新房，别的任何人都不会进到这间房子来的。我也不会在这间房子里出嫁。"方小青说，"这个房间是单位分给我的宿舍，是我的私人空间。如果我想你了、闷了、烦了、累了，我就一个人到这里待一待。"

其实，这个时候的方小青，心里还深藏着三句话，但她不能说出来，她怕说出来会影响夏连春的一生。

第一句话：你就是我的新郎。我已经嫁给你了。我可以和别人结婚，但心绝不会嫁给任何人。我之所以这么快要和别人结婚，就是为了让你死了等我的心。我害怕耽误了你。

第二句话：你就是我一生的婚姻。我之所以在结婚前把你叫过来，就是为了要在和别人结婚之前，先做你的新娘。这三天就是我的新婚，我的蜜月。

第三句话：你是我一生的男人。跟我结婚的人，只是我法律上的配偶，而你是藏在我心里头的丈夫。如果可能，我会给你生儿育女的。

到了车站，夏连春上车的时候，方小青递给他一个手提袋，手提袋里装的是一套藏蓝色毛料西装。这是她三年前答应他结婚时要给他做的，现在给他做好了，让她带回去，留着结婚时穿。

夏连春突然不想走了。一回头，方小青已经消失在车站的人群里。

第三十八章　落地的靴子

夏连春带着满脑子的想法离开了省城。用方小青的话说，他们的爱丢了，但他们人还在，心还在，情还在。所有的一切都表明，他们不是失恋了，而是要和其他人结婚了。人已经分开了，而且是永久地分开了。但他们的心已经合体，只有他们自己知道，外人无法猜度。有些相爱的人可能一生一世也走不到一起，但相爱的故事却能让人三生三世也忘不掉。谁能说梁祝的故事不是永生的？

在夏连春虚幻的空间里，永驻着一间真实的婚房和一个飘逸的新娘。他知足了。人生虽不完美，但已无憾。所以回到吉宁后，当方妈妈问他怎么样了的时候，他只回答了一句："您多了一个儿子。"

夏连春小院里的活干完了。小院东侧的厨房、储藏间、简易住房三间小房子盖得很精致，厨房外靠着院门前盖了个棚子，夏天可以在棚子下面做饭吃饭。菜窖和煤棚也很规整，小院的地面也已收拾干净，像个居家院落了。夏连春谢谢张碧林一个暑假的陪伴帮忙。张碧林说他以后要常来混饭。

开学前，夏连春回去把两个小妹妹也接到县里来上小学，最小的妹妹开学上一年级。现在就剩最小的弟弟在家跟着父母。小弟弟才四岁，看着两个小姐姐跟着大哥上学走了，他也嚷着要跟大哥上学去。夏连春说："你太小，再过三年就可以过去了。"小弟弟问三年是几年。

看着小弟弟的可爱劲，夏连春真想把他带到县里来上幼儿园。母亲说："那怎么行？那几个在那儿就够你搞的了，再搞个小不点去，你还怎么工作？"

父母亲一起送弟弟妹妹来县里上学，坛坛罐罐的带了很多东西。夏连春说："你们把半个家都搬过来了。"

母亲说："就是呀，你快把一家人都带走了。"

看到现在的小院收拾得这么好，母亲随口就说："真可以把家都搬过来了。"

夏连春说那就搬过来。

父亲说："乱说，都搬过来这么一大家人吃什么？你一个人的工资养活一家人？"

夏连春说："不还有你的退休工资吗？"

父亲说，他那点退休工资在农村还是个钱，到了城里根本不顶事。

母亲说得最直接："这么一大家人搞到这儿来，你还结不结婚了？别把人家小青吓跑了。"夏连春真想告诉他们，方小青已经跑了，她马上就要做别人家的媳妇了。但他没说，他对谁也不想说。他觉得方小青不管嫁给谁，都还是他的人。

弟弟妹妹看着院子东侧的三间小房子收拾得干净漂亮，各自都嚷着要住那三间房。夏连春说："那怎么行，这几间小房子还没干透，干透了也不能让你们住在这儿，你们必须跟大哥住正房。"

母亲说："等你大哥结婚的时候你们就住到这三间小房子里来。"

还结婚吗？跟谁结呢？自己不是已经跟方小青结过婚了吗？

大杨树上的喜鹊又叽叽喳喳地胡乱叫了一气。夏连春嘀咕："早叫喜，晚叫财，不中不晌叫祸害，这个时候叫肯定没什么好事。"

父亲"呸呸"吐了两口吐沫，嘴里念叨："好事留下，坏事带走。"

北方的大雁又南飞了，大雁们的家究竟在哪里，飞到哪儿是个头？小燕三月三，大雁九月九，每年都这么南方北方地飞，就是为了生存，为了活下去？

十月渐冷的时候，方小青结婚了。悬着的靴子终于落地了。夏连春听到这个消息心里很平静，因为不平静的狂乱期已经过去了。鹿川和吉宁几乎没人知道方小青结婚的消息。因为方小青没办婚礼，没请宾客，也没搞什么仪式，方小青也没通知她爸妈，她爸妈不知道，也没去。

但让夏连春震惊的是，跟方小青结婚的人居然是蔡团长。怪不得方小青一直不肯告诉他她要和谁结婚，坚决不让他在省城多待呢。她害怕夏连春和蔡团长两个人闹事。

夏连春又躺倒了，几近崩溃。他脑子里翻来覆去就想一个问题：她为什么要这样，为什么要和蔡团长结婚，这里面到底有什么不能让人知道的秘密？

因为爱？蔡团长一直爱着她，一直对她紧追不舍，穷追猛打，终于打动了她？

因为利用？她想调到省城去，想利用蔡团长这个跳板，等到省城以后再说？

因为报复？蔡团长一直记恨着当年被方小青羞辱，一直在寻找机会报复方小青，而只有把她骗娶到手才能更好地实施报复？

因为阴谋？方小青疏忽大意了，被蔡团长下了黑手，遭到蔡团长强暴，生米煮成了熟饭，她不得不嫁？

这里头一定有问题，一定有个天大的阴谋。来硬的，蔡团长不是方小青的对手；来软的，蔡团长斗不过方小青。无论硬的软的，他都收拾不了方小青。那就明的不行来暗的，阳的不行来阴的？方小青丢失的爱就是被蔡团长盗走了？

这里头一定有隐情，方小青难道又像当年赴蔡团长看电影之约那样，明知山有虎偏向虎山行？明知是火坑偏要往里跳？上虎山，下火坑，就是为了讨回被人盗取的爱？

夏连春突然可怜起方小青来。何苦呢？剑走偏锋，这就是“青姐”的风格。

成全她吧，她这一辈子还不知道会做出什么让他意想不到的事来呢。

方小青的婚事对方妈妈冲击挺大的。事先她不知道，事后方小青也没告诉她。方妈妈很难受，她不放心方小青，心里闷得慌。夏连春没事就去陪她说说话。她也快五十岁的人了，她也需要子女的爱。

方妈妈猜测，方小青的婚事夏连春应该是知道的，她叫他去省城，应该就是说这件事的。怪不得夏连春从省城回来就说她多了一个儿子呢，他这是想好了要孝敬她的。也真是难为了夏连春。

蔡团长是个什么样的人，方妈妈过去从没听方小青说过，方小青在家里只说夏连春，不说别人。

方妈妈问夏连春，蔡团长人怎么样。夏连春也不多说，只说了两句，一句是，蔡团长上高中时第一次见到小青就喜欢她了，还追过她，但小青不喜欢蔡团长。另一句话是，蔡团长和田光耀关系好。

但方妈妈是何等人，就凭这两句话，她就能基本判定蔡团长不是什么好鸟。“你听这名字，蔡团长，这是人名吗？他和小青之间一定发生了什么不为人所知的事情。既然小青连结婚大事都不通知我们，我们也就没必要去认下这个女婿了。作为田光耀的好朋友，这个蔡团长又能比田光耀好到哪里去？”

去年初，田光耀刚被分到县卫生局的时候，方家云听说他是小青和夏连春的同学，她还觉得挺亲切，也挺关照，平常，她都以长者的身份去关注他。但工作一段时间以后，她发现田光耀这个年轻人和一般人不一样。他仗着自己有县委领导罩着，说话办事没有规矩，不讲分寸，搞得下面有人反映，局里有人不满，因此县委对田光耀不得不控制着使用。

现在，田光耀当上了县委组织部副部长，县里的干部们都把他当回事，他也更把自己当成了大领导，有些摆不住，更加膨胀了。见到方家云，也不叫“方局长”了，而叫“老方”；方家云反倒称他为“田部长”，连“副”字也没有，他很受用。

事情总是千变万化的。有时候有些事情的变化真让人捉摸不透，意想不到。

突然有一天，方家云成了县委副书记，分管组织工作，成了田光耀的直接领导。这事整的。

方家云一上任就忙着筹备县人代会，恢复组建县人民政府。会议筹备是件非常细致的事，不能出现任何疏漏和差错，像田光耀这样喜欢想当然和自作主张的人，一定要把控好。不过田光耀也比以前聪明多了，他知道现在的方家云跟以前不一样了，她掌握着他的前程命运，他必须好自为之。

去年，县里召开党代会的时候，曾交给县中学一项政治任务——组织少先队搞一个大型的献词活动。后来，活动的训练彩排都已经搞完，县委也很满意。但在会议召开之前，学校突然接到通知，献词活动不搞了，会议的贺信贺词也不宣读了，一切从简。

接受去年党代会经验，今年的人代会就没有安排祝贺、献词之类的活动。但在会议即将召开的前几天，县委突然下发通知——说恢复组建各级人民政府是社会政治生活中的一件大事，会议要组织得隆重热烈，可以组织献词祝贺活动。筹备会议的人懂得，“可以组织”就是“要求组织”，献词活动再次交给了县中学。

裴校长领受了人代会献词任务，觉得脸上很有光。他曾长期从事宣传工作，他知道，每当举行一项重大活动，都会有无数双眼睛同时在盯着。这个时候，若是能在这项活动中露个脸，哪怕只是个背影，也是无上荣光的事。现在，县委把人代会献词活动这样重要的政治任务交给县中学来，显然是对县中学的重视，也是对他工作的支持，他必须当成大事来办。

上个学期，他因为从外面调进来一个酒鬼老师，造成了不少负面影响，又因为要给一个还没办理调入手续的老师提前分房，在分房会议上和夏连春发生了激烈冲突，因此引起了许多不必要的议论，还引起了文教局的不满。这些，都使得他的工作变得很被动。

为此，他在上个学期结束以后的暑假里，还专门去了趟司法局，找老校长聊了聊学校的事，受益匪浅。

他觉得出现这些问题的原因是多方面的，但主要责任还是在他自己。客观原因：他长期在宣传战线工作，局限了自己的视野。主观原因：新官上任，认为自己什么都行，急于求成。他也得到了一些经验教训。

一是前任不用的人，后任也不要用，弄不好自受其害。相信前任也是出于工作。调进来那个酒鬼教师，虽然主要是教务主任的过，但责任得自己担，而且事情的不良后果已经造成。

二是个人的力量总是有限的，已经形成的工作格局轻易不要打破，弄不好会把自己搞成孤家寡人。教务处与校团委的职责调整，教务主任与团委书记的工作调整，老教师和年轻人之间的关系调整，虽然其间有偏听偏信的因素，但终究还是自己一意孤行造成的。

三是权力是把双刃剑，任何时候都必须摆正自己的位置，弄不好，领导优势就会变成工作劣势，处处形成制约。对上和文教局领导的关系不和，对下和学校同事的关系不顺，都是自己没把控和处理好造成的。

这一次承担人代会献词活动，对外，是展现县中学的风采；对内，是重新调整充实校团委工作的好机会。裴校长了解到，去年党代会献词活动的准备工作是夏连春主抓的，这一次县委也是决定由夏连春负责组织排练。借此机会，也可以重新理顺校团委与文教局、团县委的关系。这两个部门，此前已经对县中学调整校团委的工作提出了意见。

裴校长找夏连春来办公室谈人代会献词活动的时候，夏连春二话没说，立即领受任务。裴校长问时间来不来得及，夏连春回答没问题。谈话前，裴校长还有些担心，夏连春负责人代会献词活动的组织排练是县委做出的决定，夏连春会不会借机拿他一把，故意让他下不来台。如果那样的话，他还真要费点口舌，如果夏连春要求他为以前的事做些自我批评他也得做。他已经做好了思想准备。但年轻人哪有那么复杂，他以前还真是想多了。

其实，裴校长刚来县中学的时候就看好夏连春，后来他们之间虽有过不和谐甚至是不愉快，但他在私底下从没听说夏连春对他有过什么过激言辞，或者说三道四。而且裴校长听说上学期文教局找夏连春了解分房会议情况时，夏连春居然只说会议上存在不同意见，其他只字未提。对于这件事，裴校长对夏连春是心存感激的。

人代会后，县中学相继传出两件事来。

一件是说夏连春要当团县委书记了。原来的团县委书记于善江在这次人代会上当选为副县长了，说是于善江副县长和县委组织部都极力推荐夏连春接任团县委书记。

有人说，夏连春是方家云的女婿，虽然夏连春和方家云的女儿还没结婚，但他们已经相爱很多年，夏连春平时基本上就住在方家。这次突然要搞一个人代会献词活动，就是方家云专门为夏连春量身定做的，以此来提升夏连春的知名度。裴校长突然对夏连春好了，就是因为想攀附夏连春背后的方家云。

这件事传着传着就不是真的了，真的就变成了传说。团县委书记另有人选。

另一件事是苗素馨要被调到县委给方家云当秘书了。方家云不仅对这次县中学组织的人代会献词活动满意，对夏连春和苗素馨的工作满意，对苗素馨的个人印象也很好。亭亭玉立，端庄大气，一根及腰的大辫子，一甩一甩的，一双忽闪忽闪的大眼睛，水汪汪的。

这件事情传着传着就传成了真的。人代会后，方妈妈问夏连春："苗素馨人怎么样？我想把她调到县委办公室来做秘书工作，合适不？"

夏连春说："合适，她大气，心细，嘴严，不搬弄是非，人长得也好看，给您当秘书合适。"

方妈妈笑笑："不是给我当秘书，是到县委办公室做文书，同时给我做些服务性工作。我们这一级干部没有秘书。"

夏连春也笑笑："反正就那么个意思呗。"

方妈妈说："看来你对苗素馨的印象也很好嘛。"

夏连春赶快加了一句："当年在学校的时候，我们那些同学对苗素馨的印象都很好，她可是女神级的人物，音乐班的大牌主持，好多男生都对她动过心思呢。"

方妈妈说："那些男生都没能打动她？她的眼光那么高？"

夏连春说："不是，她早就有对象了。我们班有个男生追求她，她闺密对我同学说，苗素馨早就有婆家了。"

方妈妈说："还婆家，封建婚姻？"

这之后不久，县中学又传出了一个更大的新闻，说方家云的女儿早就和夏连春分手了，去年秋天人家就已经在省城和别人结婚了。夏连春这次没当上团县委书记，就是因为他已经在方家失宠，方家云看不上他了。

本来，他与方小青的事情已经了了。了了就是了了，这是不需要隐瞒的，他也没打算要隐瞒下去。但好像也不需要宣扬，在别人谁也没有说起、问起、或注意你的事情的时候，你自己很突兀地去主动跟别人说起这件事有什么意义呢？

现在既然有人知道了，他觉得也是好事，迟早都要面对的。但他没想到这么很平常的一段男女恋情，居然能引起这么高的关注度。不知道从哪里汇集来的源流，犹如潮水，汹涌澎湃，扑面而来，稍不留神，就能把人淹死。就因为这事涉及方家云副书记的家事。现在不管任何事，只要涉及干部，特别是领导干部，就一定能被推波助澜，不愁吸引不了别人的眼球。

夏连春不在乎别人知道他和方小青分手这件事，他在乎的是谁公开了这件事。他和方小青的事，吉宁县没几个人知道，同学之间也不常联系，怎么突然一下子就传开来了呢？而且传得好像还很知道底细似的。

春节的时候，蔡团长的父母来吉宁认亲家，给方小青的父母拜年，是田光耀领着的。这个时候，基本上就知道是谁说出去的了。一定是田光耀，没准他很早就知道，而且很有可能还知道一些连夏连春这个当事人都不知道的事。他的内心再一次受到了冲击。

方妈妈好像也觉察出一些什么来，她对夏连春说，这件事别人愿意说就让他们说去，说一阵也就不说了，不必在意。这样也好，说开了，他也就坦然了，好面对了，不用再遮遮掩掩的了。

其实，方妈妈的话多半都是说给她自己听的。在这之前，方妈妈一直都很顾及方小青和夏连春的关系，总希望他们两个还能和好如初。可既然人算不如天算，那也就随他去吧。

夏连春叫方妈妈放心，他和方小青已经这样了，谁也没有回天之力，他们能处理好自己的事，虽然人已不在一起，但他们心里都有数，都会好自为之的。

方妈妈说："你们同学差不多都该结婚了，你也赶快重新考虑自己的事吧。家里人可能都已经急坏了，再不能拖了，碰到合适的，满意的，尽快把个人问题解决了。这样对自己、对父母、对小青、对我、对大家，都是一个交代，那时我们才能真的放心。"

夏连春本来想说他现在年龄还不算大，不用着急，再等两年没关系，但他心里明白，父母亲一旦知道他和方小青分手的事，可能会接受不了这个现实，这么好的媳妇，怎么突然就嫁给别人了呢？在五小队，在上水湾，在皖州老乡当中，他们可能连头都抬不起来了，这是让夏连春最着急最担心的事。

夏连春突然觉得心里好空，连一点念想都没有了。身边也好空，连一个人都没有了。原本两个人的办公室现在就他一个人，以前还有老校长串门子，现在串门子的人也没有。夏连春面前只有一部可以传达声音的电话，但它静静地待在那里，不发出一点声响。

苗素馨现在的办公室会是什么样子？大机关，人多，事也多，没时间寂寞，连想心事的时间可能都没有。办公室里肯定有电话，方便的话，没准他俩还能通通电话。

苗素馨的办公室一共三个人，两个男的面对面，她的办公桌横在他俩桌子的侧面，背门面窗，和夏连春办公室的第三张办公桌的位置一样。办公桌上有一部电话，在那两个男的中间，离她远一些，她伸手够不着，找她的电话都是那两个人谁先接起来再递给她。

三个人的办公室比两个人的还安静，平时大家各忙各的，都不说话，尽量不打扰或少打扰对方。走路尽量不发出响声，说话尽量把声音压到最低，连翻书看文件都努力把翻动纸张的声音控制到最小。这个时候要是突然电话响起，苗素馨一准会震颤一下，她还不太适应这种频繁响起的振铃声，她和夏连春办公室的那部电话好几天都不会响一次。

这会儿夏连春桌上的电话还真的就响了，找学校的一位数学老师的，夏连春放下电话去数学教研组叫人，不在。数学老师们问起苗素馨的情况，大家对人民教师能改行到县委当秘书还是很羡慕的，说着说着就扯得远了。

夏连春也觉得苗素馨能去给方家云当秘书是件大好事。他感叹方家云真厉害，就一个人代会献词活动，居然就把苗素馨选中了。

“喂，喂”，办公桌上电话筒里的人在呼喊，夏连春心里一紧，咋把叫人接电话的事给忘了？他赶紧拿起电话，说人不在，找了半天没找着。

夏连春觉得办公室里还是两个人好，要不然会误事的。苗素馨没调走的时候，两个人天天在一起，也没什么特别的感觉，现在她突然走了，他还真的就特别有感觉，好像一下子少了什么似的。

办公室里每天开门三件事：擦桌子、扫地、打开水，以前基本上都是苗素馨负责，不用他插手，她说这些家务事本就该女孩子做。现在真正是扫帚不到，灰尘照例不会自己跑掉，事事都得夏连春亲自动手。而且最为重要的是，两个人在一个办公室里坐了两年，一天到晚在一起，两年的时间里，两个人该说掉了多少话呀，现在居然连个说话的人都没有。两个人在同一个办公室里做同事，和几十个人在同一间教室里当同学可不一样，相比之下，前者的关系亲密多了。也不知道苗素馨那边现在是什么样子，也会偶尔想起这边吗？

会，肯定会，不是偶尔，是经常，甚至可以说她现在满脑子都想着夏连春这边，真正是身在曹营心在汉。她很留恋他们两个人在一起的日子，宽松自在的空间里就他和她，而且一参加工作他们两个人就天天在一起，彼此之间已经有了许许多多的默契、信任甚至是依赖，一个眼神，一个动作，相互间都能读得懂。

她习惯了他每天坐在她对面的感觉。以前上学的时候，从小到大，她的同桌都是女同学，从没和哪个男孩子这么近距离地接触过。这两年，她喜欢没事的时候，静静地或者是偷偷地，看他在对面沉思的样子，读书的样子，写字的样子，也喜欢看他偶尔出神的样子。即使他们俩偶尔四目相对，彼此也不会觉得尴尬，只是略显羞涩地遮掩一下也就过去了。

现在，她的面前换成了两张不熟悉的面孔。她在办公桌前抬起头时的目光都没处搁，只有看着窗外，偶尔不经意地发现那两个人中谁的目光在瞄着她，她会觉得好不自在，好像她的心思都被别人偷偷看走了似的。

她想他的时候，脑子里总爱浮现同一个问题：夏连春那边也不知道什么样子，他会想我吗？

她现在不光想他，还在心里怯怯地担心着他。以前，她知道他是有对象的人，而且听说他对象特别优秀，他们已经好了很多年了，也特别恩爱。他胃出血休克那次，她意识到他是被对象的来信刺激的，感觉到他们之间好像出了什么状况，但她在医院里看到他对象的妈妈待他那么好，她知道他们之间即使出了什么问题也是可以解决的。后来这一年多，虽然他和对象之间几乎没有多少书信往来，但他和对象父母的关系还是那么好，她觉得他们之间是不会出什么大问题的。

这一次，就在一切都风平浪静一点征兆都没有的情况下，突然传出他和对象早已分手，他对象去年秋天就在省城和别人结婚了的消息。她一开始还不相信，这怎么可能呢？从夏连春这儿一点也看不出来呀？方书记待夏连春还是像待自己的孩子一样好。而且方书记之所以选她来当秘书，多半也是因为他。她真想亲口问问他和对象的真实情况。

电话响了，方书记叫苗素馨去她办公室，苗素馨急忙站起来，先把藏在身后衣服里的大辫子收拾好再走出办公室。苗素馨现在最愁的就是她的这根辫子到底怎么办。她妈妈说，外面有人讲，自从苗素馨走进了县委大院，一些好事的男孩子上下班的时候就喜欢跑到县委大门口闲逛，等着看“苗秘书”的风采。一根及腰的大辫子，一甩一甩的，一双忽闪忽闪的大眼睛，水汪汪的。她妈妈说，还是剪了吧，这辫子跟你秘书的身份不合。

方书记交代完工作上的事，突然问：“小苗，你把那么好看的一根大辫子掖到衣服里是什么意思？”苗素馨实话实说，她妈妈说她在机关工作留这么长一根辫子不合适，让她剪了，她有些舍不得，还没来得及剪。

方书记说：“没来得及剪就对了，回去跟你妈说，我不让你剪，在我这里，不仅可以留大辫子，还可以谈对象。你有对象了没有啊？”她说没有。方书记说：“我怎么听连春说你有对象了？”

“夏连春？他怎么知道我有对象了？”苗素馨不解地问。

方书记说：“我听连春说，当年他们班有个男生追求你，你的闺密跟人家说你有对象了。”

“哎呀，这个夏连春，怎么连这个也跟您说呀？我那闺密当时是瞎编个理由给我挡驾的。我当年是从学校到学校，不像夏连春他们接受过再教育，接触过社会，我连谈恋爱找对象的机会都没有。”

方书记说："那我知道了。你现在年龄也不小了，可以找对象了，我当年就是你这个年龄的时候有了我女儿的。你也知道，我女儿本来是和连春谈的，两个人可好了，她要是不去外地上那两年学，他们俩早该结婚了。可现在两个人阴差阳错地分手了，我女儿已经在省城结婚了。不过两个人的感情还是很好，结婚前我女儿还叫连春到省城去了一趟，也不知道两个人都说了些啥。但可以肯定的是，连春现在心里很苦。这孩子有大格局，心里有苦也不说。你们是同学，他对你印象又特别好，你可以多帮帮他。他从上段感情中一时还走不出来，不想找对象，可这怎么行呢？你们年轻人在一起有共同语言，好沟通，你没事的时候多和他聊聊。有时间也可以和他一起到我家坐坐。我们家就我们两个大人，也比较清静。"

方书记的一席话，苗素馨听懂了，她是有意要撮合她和夏连春呢。她心里不由得想：这当领导的和一般人就是不一样，我的心思您是怎么知道的呢？

第三十九章　蓦然回首

春姑娘来了。赤麓山下，雅玛河畔，吉宁县城的大街上，街道旁的果园里，一家一户的庭院中，到处都是春天的色彩和味道。

燕子飞进了夏连春的小院，忙忙碌碌，呢呢喃喃。燕子不进苦寒家。弟弟妹妹喊："大哥快来看，两只燕子在咱们家的棚子下面做窝了。"夏连春在想：这燕子从南边过来的时候都去过哪里？到过我的老家皖东农村吗？

夏连春在他的小院里栽了两株葡萄，一棵苹果树，虽然还没长成，但已承载了他们兄弟姐妹的期待。特别是两个妹妹，每天放学回来都要挤到跟前看看它们发芽了没，幻想着葡萄上架、苹果挂枝的景象。

苗素馨现在是小院的常客，她还从家里拿了几粒花种子，和夏连春的大妹妹一起种到小院的葡萄架前面。大妹妹问她种的是什么花，她说这个花有好多名字，学名蜀葵，别名大麦熟，鹿川人叫麻秆花、一丈红、大红花。大妹妹说她知道这个花，他们老家叫麦秸花，麦子熟了的时候开花，也叫麦子花。苗素馨说："对，就是麦子花。"

苗素馨和夏连春家相隔几家院子，她晚上没事就往夏连春这儿跑，而且没事的时候居多。夏连春没事也不出门，而且基本上没事。他知道苗素馨会来，来了他不在家让人家白跑一趟不好。要是哪天苗素馨没来，弟弟妹妹都会问："今天苗老师咋没来？"

夏连春喜欢把自己的房子叫家，他认为兄弟姐妹在一起就是家，而且是五口人的大家。苗素馨喜欢把他的房子叫宿舍，她认为房子里没有父母或是女主人，不管有多少人，都是宿舍。

家和宿舍到底有什么区别？夏连春说家好，安定，温馨。苗素馨说宿舍方便，想来就来，想走就走，想什么时候来就什么时候来，想什么时候走就什么时候走。但"家"就不一样了，比方说她家，因为有父母在，他天天去就不是很方便。比方说他这个家，要是有了女主人，她天天来也不方便。

夏连春觉得她的话好像有些道理。为什么结婚叫成家，就是结了婚才有家。长了学问了。于是对她说："那为了你能自由方便，常来常往，我这儿就一直是宿舍吧。”

“你这是什么意思？”苗素馨问，“是为了欢迎我们来，还是想让我们陪你耍单？”

夏连春不假思索地说：“就是为了你能来去自由，想来就来，想走就走。”

苗素馨说：“那还是算了，你赶快给我们找个嫂子吧。等你成了家，有了嫂子，就不用我们来陪你了，我们也就不会这样天天来骚扰你了。”

夏连春不无感慨地说：“找什么找，到哪儿找啊？好的都让别人找走了，剩下的都是没人要的了，就这样剩着吧。”

“哎，我说夏连春，你这话什么意思啊？你是说自己剩下没人要，还是别人剩下没人要？”苗素馨的言辞突然变得激烈起来。

夏连春说：“我肯定是在说自己，还能说别人？只有我这样让人家一遍一遍挑剩下的才会撂到那儿没人要。哪像你这样早已名花有主的人，光鲜亮丽，还能剩得下？”

苗素馨心里想：还认为我名花有主？我没对象的事方书记还没顾得上跟你说，还是说了你不信？她心里这么想着，嘴上就顺着他的话往下说：“你原来是这种思想，怪不得方书记替你着急呢，看来还是你的方妈妈了解你啊。”

“方书记？她着急什么？”夏连春不解地问。

“她关心你呀。”苗素馨说，“她担心你从和她女儿的感情里走不出来，还说我们是同学，叫我们多帮帮你，没事多陪你聊聊。所以你可不能不找对象啊，你不找对象我们的日子也不好过。”

苗素馨说“我”的时候一直加个“们”，其实这里跟“们”一点关系也没有。

夏连春若有所思地问：“方妈妈跟你说这个干吗？”

“关心你呗。还能干吗？”苗素馨干脆利落地说，“方书记还让你没事的时候带我一起去她家呢。哎，哪天一起去方书记家看看？”

夏连春终于明白方妈妈的良苦用心了。前几天方妈妈突然毫无由头地跟他说苗素馨没有对象的时候，他却坚持说：“不对，她有对象，她闺密亲口说的，不会错，可能是她在您面前不好意思承认。”

方妈妈轻松一笑：“这是女孩子们的小把戏，她那闺密是给你同学亮红牌‘免打搅’呢，你们还当真了。”

听方妈妈这么一说，她像还真是。夏连春和苗素馨在一起工作也两年了，他还真没感觉到她像在和谁谈恋爱，也从没看到她和哪个男孩子来往密切，也没见到她有频繁的书信往来，好像在男女恋情方面还真没什么特别的表现。

端午节，夏连春领着苗素馨去了方家云家。夏连春逢年过节都要去看望方小青的父母，平日里也会去。但这一次不同，他是领着苗素馨一起去的，是苗素馨主动要求一起去的，也是方家云邀请他们两个人一起去的。

方家云看到夏连春领着苗素馨过来，心里高兴，就像看到了夏连春和方小青在一起一样，多好的一对呀。苗素馨的心思她懂，能看明白。可夏连春怎么想，她还不完全清楚。她觉得这孩子太重情义，就怕他走不出来。

坐了好半天，一直没见到“小花”夏连春站起身到方小青的房间找，也没有。方家云说“小花”不见了，已经丢了好多天了，也不知道到哪儿去了。夏连春有些失落，他每次来“小花”都会忙不迭地跑过来，挠挠裤腿，舔舔鞋，撒着娇往他身上蹭，怎么就丢了呢？

方家云告诉夏连春，她已经当姥姥了，方小青生了个大胖小子，母子平安。从方家云的喜悦之情就可看出这隔代亲的感情，尽管对这个“大胖小子”的父亲是个什么样的人她还不知道，但她对外孙的爱已经溢于言表。

夏连春在心头一算，日子过得真快，一转眼方小青孩子都有了。心里多少有些凄然。

方家云注意到夏连春眉宇间的微妙变化，顺势就说：“连春，你也该抓紧时间了，碰到合适的就别错过。婚姻讲究缘分，缘分到了就是婚姻。我还等着吃你们的喜糖呢。”

你们？谁是“你”的们？口误？随口说的还是有所暗示？

回到家，夏连春突然有意问苗素馨：“我的‘们’是谁？”苗素馨也正在回味刚才方家云的话，没想到夏连春冷不丁会突然问她这个问题，她略显慌乱地说：“你的‘们’是谁我咋知道？”

夏连春并不傻，他明白方家云的意思，也知道苗素馨的心思，但他觉得自己配不上她。她是那么优秀，无论走到哪里，她都是众人仰视的女神。她至今还纯洁得跟白纸一样，而他已经死去活来地爱过两个人了，那两个人在他爱得死去活来的时候，都选择了弃他而去。别人不要的留给苗素馨，他觉得对不住人家，对她不公。

苗素馨不知道夏连春的真实想法。她只当是他对旧爱用情至深，不能自拔，或是一朝被蛇咬十年怕井绳，爱伤了，爱怕了，不敢再爱了。她若是知道自己在他心中如女神般，知道他现在的迟疑是为她着想，她就不用费那么多功夫，直接告诉他，“我爱你”就是了。

但她不敢这么莽撞。上天给了她这次机会，她可不能因为把控不好把事情搞砸了，还是按照方书记指引的路子，顺着“你该找对象了”的话往下说，逮着机会，质问他："作为老同学，你不找对象还不让我找对象？你什么意思？我这么如花似玉的大姑娘，可不想锁在深闺人不识，不想陪着你耍单。"

夏连春一头雾水地反问："谁不让你找对象了？你不是早就有婆家了吗？"

"我有没有婆家我自己清楚，至少比你清楚。"苗素馨很少这么咄咄逼人地说话，"方书记上次询问我的个人情况，好像是想给我介绍对象。可方书记说，是你对她讲，说我有对象了，你什么意思呀？你不想找对象，还想把我拉上陪着你呀？"

夏连春嘿嘿一笑："她跟你说这些干吗？"

"关心我呀！"苗素馨理直气壮地说，"可你凭什么背地里无中生有地说我有对象了？你这样弄不好要耽误我一辈子的。"

夏连春也理直气壮地说："我哪儿无中生有了？那是你闺密袁慧娟说的，不然我哪能知道那么多，要怪只能怪袁慧娟。"

苗素馨毫不退让地说："你怎么不说袁慧娟是在什么情况下说的？你那个同学邵汉飞，光光头，喇叭裤，翠兰翠兰的羽绒服，把我们小姑娘吓得都不会说话了。为了保护我，她能想到说我有对象了，她就已经够大胆、够临危不惧的了，你还要人家怎么样？"

夏连春一副事不关己高高挂起的姿态，两条腿盘坐到床上，两只手十指紧扣地放在脑后，整个人往叠起的被子上一靠，漫不经心地说："所以，要是因为别人说你有对象而耽误了你嫁人的话，责任一定在袁慧娟。"

苗素馨也学着他的样，斜靠在对面的单人床头，但她的腿没好意思拿到床上。两个人的这个样子，分明摆出了要舒舒服服好好聊聊的架势。

"当时袁慧娟不仅说你有了，好像还特意加重了一句，说你早就'有婆家了'"，夏连春说，"就这一句'有婆家了'还让我们哥几个纳闷了好长时间，为什么不叫有对象，却说有婆家？就是比对象更进一步，未婚夫？是两家人都认可的亲事，就等明媒正娶了？"

苗素馨被夏连春说得心里"咯噔"一下，随即就说："你们还学文的呢，那叫'强调'，加重语气，就是让你哥们彻底死心的意思。典型的咬文嚼字瞎琢磨。"

夏连春欠起身子，侧面看着苗素馨："如果没有咬文嚼字瞎琢磨，哪有我哥们对你的爱。"于是他开始给她讲当年邵汉飞是怎么爱上她的；是怎么半夜三更跑去敲他们宿舍门，把他和弯越从宿舍里拽到教室，叙说爱的痛苦的；他和弯越是怎么给邵汉飞出点子当参谋的；邵汉飞又是怎么几进几出她们女生宿舍楼，最后才鼓起勇气找了袁慧娟的。

苗素馨像听别人的故事一样听得津津有味，半晌才说了句：“还这么惊心动魄呢？”

夏连春叹息：“大凡惊心动魄的开场，终酿不出摄人心魄的大戏。爱过以后才明白，爱情不用瞎忙活，有缘千里来相会，无缘见面不相识。爱情不是追来的，是等来的，是自己找来的。清代文学家王国维的‘读书三境界’，本意就该用在爱情上，而且完全可以对号入座。”

“怎样的境界？说来听听。”苗素馨很感兴趣。

“‘昨夜西风凋碧树，独上高楼，望尽天涯路。’这是第一境界，爱的寻找。

“‘衣带渐宽终不悔，为伊消得人憔悴。’这是第二境界，爱的艰辛。

“‘众里寻他千百度。蓦然回首，那人却在，灯火阑珊处。’这是第三境界，爱的发现。

“转了一大圈，原来那人就在身后，瞎忙活有用吗？”

苗素馨突然茅塞顿开，恍然大悟：“转了一大圈，原来那人就在身后，瞎忙活有用吗？”

这王国维太有境界了。她心里所有的困惑都解了。她只想告诉夏连春：“这么些年，你转了一大圈，‘众里寻他千百度。蓦然回首，那人却在，灯火阑珊处。’这就是姻缘。”

但此刻，她还不能高兴得太早。革命尚未成功，同志仍需努力。不管王国维有几多境界，最终还是要落到爱的发现。如果人人都站在那里傻等，哪还有爱的发现？苗素馨突然把话题引到自己身上，说是最近她父亲的一个老朋友来家里给她介绍对象，是个团长的儿子，现在在鹿川电厂工作，比她大三岁，也是皖州老乡。她父母对这个人很感兴趣，让她找个时间去一趟鹿川，两个人见个面。她问夏连春：“怎么样？见还是不见？给拿个主意。”

夏连春觉得介绍对象这事，虽然实际，但不太靠谱。两个人面对面，看看行还是不行。两个人说说话，听听行还是不行。两个人看完了，说完了，回去的时候再想想行还是不行。行，继续见面，直奔主题；不行，不再见了，给中间人回个话。说来也倒简单，但就是有点做买卖谈生意的感觉。

他想了想，不答反问：“那你是怎么想的？”

她笑了笑：“就是想听听你的意见。”

夏连春觉得这事真说不好，见，两个人根本就不了解；不见，怕错过一桩姻缘。这个主意不好拿。

苗素馨说：“那你们当年是怎么给邵汉飞出主意的？”

夏连春哈哈一笑：“让他赶快去找你呀。那时候师范学院的男生，有几个不喜欢你？给邵汉飞出主意，就是给自己出主意。爱，就要大胆地告诉她，去找她！我们还专门为你们两个见面进行了一次彩排呢，我扮演你。”

苗素馨一下坐直了身子，笑着说：“你学给我看看，我倒要看看我在你心中是个什么样的人。”

夏连春也坐正了身子，学着邵汉飞和他的对话过程，最后他以苗素馨的口吻说：“谢谢你跟我说这些。你真的不应该想我，你应该好好看书学习，好好吃饭睡觉，别再耽误时间了。你的诗集我就不看了，我们搞音乐的，文学功底差，怕看不懂。”

“哎呀！我的个天呀，你咋这么厉害？”苗素馨不禁说道，我当时就是这个态度。袁慧娟给我看那个小本子诗集的时候，我就是说的不看，看不懂。我们班好多人都看了，他们也都说连一上来的三句藏尾诗都没看懂。”

夏连春说：“邵汉飞当时要是把我提议的两句放在扉页上你们就看懂了。”

苗素馨问：“你提议的两句是什么？”

夏连春说：“献给田中的禾苗，心中的素馨。”

苗素馨说：“那你为什么没写给我？”

夏连春说：“你搞清楚，那是邵汉飞的诗集，可不是我的。”

苗素馨抛了个媚眼：“那你说说我现在心里的想法。”

夏连春又靠到了床头的被子上，漫不经心地说：“我哪有那本事，但我知道一个简单而又浅显的道理，人们最喜欢做的事就是舍近求远。爱情也是一样的。远看山有色，近听水无声。为什么会是这样的呢？因为身边的人你看得太清楚了，差的你不找，嫌人家配不上；好的你不敢找，怕自己配不上。远的，不熟悉的，谁也不知道谁怎么样，反正每个人都可以伪装，都可以拿出自己最好的一面示人。这就是好多夫妻婚前很恩爱，婚后就翻脸的原因。”

苗素馨嘟囔道，“你说得这么可怕，到底是想让我去见还是不让我去见？”

“见不见由你，反正我把话说了。”夏连春心里想：谁知道你说的是真的还是假的？是真有人给你介绍对象还是假有人给你介绍对象？反正我不上你的套。

就在两个人拉锯式的对“团长的儿子”见还是不见莫衷一是的时候，苗素馨突然抛出了一个让夏连春意想不到的话题：“要是搁在过去多好啊，小小的时候家里大人就给定个娃娃亲，长大了该过门过门，该圆房圆房，也不用瞎折腾了。”

夏连春一下来了精神：“你还喜欢包办婚姻呢？怪不得当年袁慧娟的借口是你‘早就有婆家了’呢。”

苗素馨也来了精神：“包办的好呀，不用自己操心了。”

夏连春说："你别说，搁在我们老家，还真有不少娃娃亲。我爷爷奶奶是娃娃亲，我父母是娃娃亲，我这一代差不多也都是包办婚姻，有娃娃亲的，还有指腹为婚、箩窝结亲的呢。"

苗素馨问："箩窝结亲是什么意思？"

夏连春很在行地对她说："箩窝结亲的双方比指腹为婚的大一点。'箩窝'是婴儿睡的摇床，我们小时候都睡过箩窝，我就是睡在箩窝里听着奶奶的童谣长大的。"

苗素馨很自然地就问了句："那你有过箩窝结亲吗？"

夏连春嘿嘿一笑："我有过娃娃亲。"

"啊？"苗素馨惊愕地说，"你还真有过娃娃亲？说来听听？"

夏连春突然羞涩起来："都是儿时的事了，没啥好说的。"

苗素馨两只大眼睛忽闪忽闪地："儿时的事多珍贵呀。"

夏连春心想，这女人怎么都对娃娃亲这样的事感兴趣？仅仅是好奇？当年凤月琴也是这样，好像娃娃亲的事不处理好就会影响爱情、影响婚姻一样。

夏连春说他对娃娃亲只记得两件事。一个是那女孩叫麦姐，夏天生人，比他小三岁。另一个是订婚时母亲给了麦姐一块银圆，洋钱，站洋，英国造的。这块站洋是母亲从娘家带过来的，外婆传给母亲，母亲又传给了麦姐。母亲说，老辈人讲，站洋辟邪，可以保佑人平安，也不知道麦姐现在在哪儿，那块站洋还在不在她身边。

苗素馨说："你母亲真善良。"

娃娃亲的事终究还是没能解决见还是不见"团长的儿子"的问题。突然院子里传来几声"喵喵喵"的猫叫声，接着，弟弟妹妹喊："大哥，院子里来了只花猫，还自己窝在煤棚里了。"

夏连春说："就让它窝在那儿吧，老家人说'狗来穷，猫来富，猪来头上顶白布'。猫跑到家里来是好事。"

苗素馨说："你怎么老家的什么事都知道呀？你的乡情还挺重的呀。"

夏连春说："我在老家长大的呀，老家的一草一木都在我的记忆里。'儿不嫌母丑，狗不嫌家穷'，谁不爱自己的家乡呢？"

苗素馨回家，夏连春送她出门，煤棚里的猫突然跑到夏连春跟前，挠挠他的裤腿，舔舔他的鞋，撒着娇往夏连春身上蹭。

"'小花'？怎么是你？"夏连春把"小花"抱回屋，心中疑惑："小花"是不是病了，肚子咋这么大？他把"小花"放到了屋里，"小花"又跑了出去，还是跑到了煤棚里窝着。夏连春懂得"小花"的心思，他在煤棚里给"小花"

做了个软和的窝。

第二天早上，大妹妹起来做饭的时候，看到“小花”生了一窝小猫娃子。原来是这样。夏连春赶快给“小花”拿了些吃的。

苗素馨晚上过来，夏连春给她讲“小花”的故事。苗素馨要看看“小花”和刚出生的猫娃子，可“小花”把猫娃子紧紧护在怀里，她根本看不见。

第三天早上，大妹妹再起来做饭的时候，发现“小花”不见了，几个猫娃子也不见了，“小花”把它的几个孩子都带走了。夏连春找了好几天都没找见，估计它带着它的孩子们去了它自认为更加安全的地方。

夏连春在家等苗素馨，吃过晚饭好一会儿了她还没来。夏连春心里有些着急，就去了她家。苗素馨正在里屋赶写一个材料，刚听到外屋有人进来，随即就听到她爸爸喊：“叶子，夏连春来了，赶快走吧！”

苗素馨从里屋出来说：“到哪儿去？人家到你家来，也不给人家让座，就喊着叫人家走。”

她爸爸看着她手上拿着材料就是一副往外走的架势，便说：“那你别走呀。”

苗素馨边走边对她爸爸说：“哪天我就不回来了。”

她爸爸说：“那我就不给你留门了。”

父女俩的对话夏连春都听到了。她那话是说给她爸爸听的，还是说给他听的，他不知道。

他突然想结婚了。

按照他父亲的说法，要是在老家不来鹿川，他和麦姐肯定早就拜堂成亲、结婚生子了。可是现在，这么些年过去了，男大当婚女大当嫁，麦姐肯定已经嫁人了，而他还一个人耍单。从小就定好了媳妇的人，长大了却在为找对象发愁。

想想自己，也怪可笑的，几岁的时候就订婚了，上高中的时候就恋爱了，结果到现在却被剩下了。真是“起了个大早，赶了个晚集”。该结婚的一个一个都结婚了，难道剩下的他是不该结婚的？

放暑假的日子，团县委要在县中学举办全县团干部培训班，夏连春把弟弟妹妹送回上水湾后又回到县里。

夏日的夜是透明的。好晚了，天还亮着。往日灯火通明的小院一下暗淡了下来，只有夏连春房间的灯光亮着。小院里静静的。

“人呢？”苗素馨问。

“回家了。”夏连春答。

“你咋没回？”

“回去又回来了。”

“咋不在家多待两天?”

“怕没人和你说话。”

苗素馨突然腼腆起来，觉得今天和平时不大一样，两个人的空间，有些暧昧，有些不自然。

两个人移步到院子。天很高，星星很多。明天又是个好天气。农村人说，晚上星星多，明天会很热。

门前的葡萄已经顺着杆子往架上爬，虽然还没覆盖到顶上，但已经有了葡萄架的模样。葡萄架前的麦子花含苞待放，一朵挨着一朵，苗素馨站在花茎前侍弄着，夏连春在一旁看得入了神。渐渐地，眼前竟浮现出这样一幅画面：大花朵朵的麦子花说开就开了，苗素馨的脸颊说红就红了，人和花映衬在一起，花映人，人如花，花好人好，两者皆好。

满天的星星闪烁着，一个挤着一个。苗素馨抬起头，仰望天空，像是自言自语，又像是在问夏连春：“老辈人说凡间的每个人在天上都有一颗属于自己的星星，你和我的星星在哪里？是哪颗？能找得到吗?”

夏连春站在她身后，轻轻地扶着她的肩，轻轻地说了句：“能找到，就在你的身边。”

她轻轻地颤抖了一下，慢慢往后仰了仰。两个人第一次靠得这么近，近到能够听到对方的呼吸。他试探着用自己的脸颊厮磨着她的脸颊，她没有躲。他想吻她，她闭上了眼睛。他也闭上了眼睛。两个唇往一起靠着，也不知道花了多长时间。

世上最远的距离，是近在眼前的唇，却迟迟贴不到一起。就像“瞬间”到底有多久一样，“眼前”到底有多远？漫长的等待。跑了千米万米之后，这个唇终于找到了那个唇，贴在了一起。

没有声音是最大的声音，因为听见了心声。

没有动静是最大的动静，因为拥抱了整个世界。

为了这一刻，她等得太久，一生一世的感觉。为了这一刻，他找得好苦，用尽了毕生的精力。

今夜真好。夜是有生命有灵性的。

早上，夏连春还在延续着昨夜流动的梦。早起惯了，突然有了时间睡懒觉，他又睡不着，只能是赖赖床，享受享受“枕上思”的美妙。

年轻人晚上爱想心事，早上爱想性事，夜深人静的时候爱想情事。夏连春在这个百无聊赖无所事事的早上，一气把这三件事全想了，翻过来倒过去想了好几遍，脑子里全是苗素馨。从此，他叫起了她的小名，叶子。

昨天晚上两个人亲热时一句话也没说，此时无声胜有声。今天他要对她说很多很多话，要跟她说凤月琴，要跟她说方小青，要跟她说现在的他们俩。

去年暑假他和方小青在省城的那三天说不说？不说，不能说。人这一辈子，有时候要光明磊落，有什么说什么话，不要保留；有时候要守口如瓶，不能说的就不说，一定要有所保留。有时候保留也是一种尊重。省城那三天是方小青的隐私。隐私有时候比命还重要。什么都不说是对方小青的尊重。也是对苗素馨的尊重。说了就是欺负人。

夏连春躺在床上放飞思想，屋外的喜鹊叽叽喳喳地叫着。早叫喜，晚叫财，不中不晌叫祸害。还有什么好事？

院外有人敲门，这么早，会是谁？他翻身下床，光着膀子去开门。

苗素馨？一袭红色的连衣裙，花蝴蝶般地飘然而至。他环手把她抱起，屁股往后一顶，把院门关上。进得房间，他把她放到床上，塞进他的被窝。好半天，她才透过气来："把我裙子揉坏了。"

他说把裙子解了吧，她说"不"。她催他赶快起来，洗漱，收拾，到她家吃早饭，然后去鹿川。

他这才想起来今天要去鹿川参加涂子和周爱兰的婚礼。他作为他们两个人的介绍人，是他们婚礼上的贵宾。

"去你家吃早饭？"他问。

"我已经跟我爸妈说了，你弟弟妹妹回去了，就你一个人在。他们说让你过去吃饭。"她说。

他说："那你不早说？"她说："你给我说话的机会了吗？"她说她已经收拾好了，现在又让他给搞乱了。

至此，两个人的事已经明了。虽然两个人什么都还没说，但她已经开始把他当成家里人了，而且她父母应该也已认可，要不怎么会这么早让她来喊他去家里吃饭？以前可都是"叶子，夏连春来了，赶快走吧！"

其实她父亲早就看出来了女儿的心思，但因为那时候方小青和夏连春还没有明确分手。尽管苗素馨早就觉察到夏连春和方小青出了状况，但当事人不言语，她也不好多猜测。苗素馨告诉她父亲："夏连春已经有对象了。"她父亲说，没结婚的女孩都是天上飞的鸟，谁知道会落到哪个林子？没结婚的男孩都是林子里的树，谁知道哪只鸟会落下来？

苗素馨家里还是延续着团场人的生活习惯，男人洗衣做饭。苗素馨领着夏连春一进门，父亲就把稀饭、油条、煎鸡蛋摆在桌子上了。

苗素馨父亲在家干活的装束是一身洗旧发白了的黄军装，黄上衣里面是白色的二六背心，二六背心前面印有“农垦团场”四个红字，四个红字下面是个“9”。

这情景怎么这么眼熟？特别是这件“9”号运动背心，在夏连春的记忆里曾无数次地出现过。夏连春瞬间想起了群众饭店的那个团场叔叔，他不能自持地冲到苗素馨父亲跟前，一把抓住苗素馨父亲的胳膊：“叔叔是你吗？”

一家人都被夏连春突然的异常举动惊着了，还没来得及做出任何反应，夏连春接着又来了一句：“我是九年前在鹿川群众饭店跟你睡过一张床的那个娃娃呀。”

苗素馨父亲好像反应过来了，看了好半天，将信将疑地问：“你就是那个从皖州老家来的要去上水湾投奔父母亲的娃娃？”

“叔叔，真的是你！”夏连春像孩子似的哭了起来。

激动的心情慢慢平复之后，苗素馨父亲给母女俩讲了九年前群众饭店的故事，这么久了，他怎么就一点都没看出来夏连春就是那个娃娃呢？夏连春说他这些年一直在找那个好心的“团场叔叔”，怎么就没发现苗素馨的父亲就是那个叔叔呢？苗素馨妈妈说：“都怪你叔叔，你每次来他都不让你坐下说话，都是‘叶子，夏连春来了，赶快走吧。’要不你们早就认出彼此了。”

四个人感叹一番之后，夏连春和苗素馨该走了，参加人家的婚礼迟到了不好。因为有了昨夜的温馨，因为有了今早见到恩人的兴奋，夏连春觉得一下子缩短了与苗素馨一家人的距离，两个人出门的时候，已经有了成双成对的感觉。看着夏连春一脸的幸福，苗素馨在想，这人世间的事真是太奇妙了。

涂子和周爱兰的婚礼在高庆阳的餐厅举行。高庆阳的餐饮业这两年发展得很快，陆续新开的几家餐厅都叫“大上坡餐厅”，“大上坡”已经成了系列餐饮品牌。今天婚礼所在的大上坡餐厅是由地区运输公司一处废弃荒芜的厂房改建的，高庆阳的本意是想搞成一个宽敞明亮的礼堂式餐厅，但餐厅改造好以后，歪打正着的是，这里居然成了鹿川结婚待客的好去处。

夏连春跟高庆阳开玩笑说，他结婚的时候也到大上坡餐厅来。高庆阳说：“你结婚的时候我给你免费。”

夏连春说：“那有一个问题要搞清楚，账记在谁头上？算你的还是月琴的？”

高庆阳说：“这是我们内部核算的事情，你不用管。现在是你有两个问题要跟我讲清楚，一个是你跟谁结？再一个是什么时候结？”

夏连春把苗素馨介绍给高庆阳：“跟她结，明年结。”

高庆阳赶快站起来，很绅士地握了握苗素馨的指尖，说了声“苗老师好”。

夏连春又把高庆阳介绍给苗素馨："高庆阳，我同学，朋友，兄弟，挑担。"

"挑担？什么意思？"苗素馨丈二和尚摸不着头脑。

高庆阳接过话："苗老师，你别听他胡说八道。"

夏连春继续说："我一点也没胡说，他是我的初恋的爱人。"

苗素馨对夏连春的高中同学和过去谈恋爱的事只知其一，不知其二，夏连春把话说得这么清楚了她还是不明白，搞不清这里面的人物关系，特别是那句"我的初恋的爱人"，十分拗口，让人不明就里。夏连春看苗素馨一脸蒙，拉着她站起来，对高庆阳说："走，看看你老婆去。"

凤月琴正在财务室忙着。她是前年秋天和高庆阳结的婚，两人已经有了一个儿子。高庆阳领着夏连春和苗素馨进来，她没反应过来。等她看清了夏连春，瞬间泛过一抹红晕，忙不迭地喊了声："大哥？"

夏连春随即把苗素馨介绍给她："苗素馨，你嫂子。"

凤月琴甜甜地叫了声"嫂子好"。

高庆阳赶快阻挡："不能叫，苗老师没你大，她应该叫你姐。"

夏连春立即搅局："这要看怎么论，如果纯粹论年龄，月琴比叶子大，叶子理应叫月琴姐；如果从亲缘关系上论，月琴叫我哥，当然就该把叶子叫嫂子。"

高庆阳发现新大陆似的，问："苗老师叫什么？叫叶子？"

夏连春说："那是我叫的，不是你叫的。"

苗素馨和夏连春之间没来得及对对方表达的情和爱，都在夏连春和老同学的谈笑风生中流露了出来。苗素馨的心里是敞亮的。下午回吉宁的时候，夏连春突然问她："你不去电厂见见那个'团长的儿子'？"

她说了声"你讨厌"，再不理他。

第四十章　麦子花开

假期里，袁慧娟来县里看苗素馨，苗素馨直接把她带到夏连春这边来。看着两个人的黏糊劲，袁慧娟在心里感叹，有情人终成眷属。感叹之余，也不忘打趣夏连春：“小院里有燕子相伴，有苗姑娘相守，早把红娘忘到一边了吧？”

夏连春笑问：“此话怎讲？”

袁慧娟随口就说：“这么好懂的话你不明白啥意思？”随即看着苗素馨，“你太能摆得住了吧，都好成这样了，还什么都不跟人家说？”

苗素馨瞪了她一眼：“说什么说！”

夏连春不解地看着两个人，觉得她们俩好像有什么秘密瞒着他。袁慧娟看着夏连春说：“你好好款待我两天，我告诉你一个天大的秘密。”

什么叫好好款待，就是多做点好吃的呗。什么叫好吃的，就是萝卜白菜，白菜萝卜，多变几个花样；桌子上多摆两碟酱油醋和辣面子，再买份椒麻鸡、凉皮子，这算是好好款待了吧。

袁慧娟看着一桌子的碗盘碟子，虽不是大餐，但看得出夏连春还算尽心。尤其是这椒麻鸡和凉皮子，算得上是善待红娘的态度，“嗯，不错，是个好男人了，说明我们当年的判断是对的。”袁慧娟说。

“你们？当年？你们当年判断了什么？”夏连春好奇地问。

“不知道了吧？还记得师范学院毕业前那个晚上，你和邵汉飞去我们班跳舞吗？”夏连春说记得，那正是邵汉飞最疯狂的时候。

“那天你们两个一进来，我和苗姑娘的第一反应是心里一惊，邵汉飞怎么来了？我问苗姑娘，要不要躲一躲，她说不用。我说邵汉飞旁边那个是谁？她说是夏连春。苗姑娘一边应答着我，一边毫无由头地羞怯起来，一缕红晕掠过脸颊。我当时就纳闷，莫不是我们苗姑娘一直暗恋的人就是你？她一直珍藏着那份入校不久的学报，就是为了珍藏学报上那篇《手捧入学通知书》。”

夏连春不可思议地看着袁慧娟：“叶子在学校的时候暗恋过我？”

袁慧娟嘿嘿一笑：“又不知道了吧？看来我们苗姑娘什么都没跟你说。”

袁慧娟接着说：“其实当时我只知道她暗恋一个人，但真的不知道是谁。每一个花季少女都有怀春的时刻，有时候也就是个春心荡漾的梦，未必有什么结果，我也就没当真。所以那个时候邵汉飞找我的时候，我也只是含糊地告诉他我们苗姑娘早就有婆家了。”

夏连春说：“你那句‘人家早就有婆家了’太厉害了，不仅当时给了我哥们一闷棍，还把后来多少人都挡到大门外了。”

“有婆家了那句话也不是我说的，是我们苗姑娘自己告诉我的。不曾恋爱，心已嫁人，原来她心里的那个人就是你。那天晚上，你和邵汉飞一进来，我看到我们苗姑娘眼睛一亮的那个瞬间，我立马就猜到了，她暗恋的人就是你。”

“那时候的邵汉飞那么狂野，我担心他那天晚上惹出什么事来。当时我们班男生正是吃不到葡萄嫌葡萄酸的时候，他们好像都被邵汉飞策反收买了似的，把邵汉飞当成了英雄，支持英雄追美。要是跳舞的时候，他搞出什么出格的事来咋办？我这边担心着，苗姑娘那边却慌乱起来。”原来，邵汉飞暗恋她，她暗恋的却是夏连春。

“我当时就问苗姑娘，心慌吗？她点点头，‘嗯’了一声。随即又不好意思地嘟囔了一句：你套我话。

“我当时自说自话：你们俩真像。她说像吗？我说像，像一家人，尤其是眉毛，眼睛，眼神，太像了。那一刻我就知道，我们的苗姑娘会是你的人。怪不得她自认为有婆家了呢。

“你和邵汉飞坐下以后，我问她要不要和你跳舞去。她说不，让我和你跳。现在知道那天晚上我为什么一直和你跳舞，还在跳舞的时候问了你那么多的问题了吧。”

夏连春说：“我当时还纳闷，你怎么像查户口的一样。”

两个人聊了这么半天，苗素馨一直没接话，任由袁慧娟在说。袁慧娟说比她自己说要好，有些话她张不开口。

这个时候，苗素馨才接了一句：“你问了那么多，就一句有用的，他没对象。结果这句话还是骗人的，他那时正和方小青爱得难舍难分呢。”

袁慧娟不服气：“谁说就一句有用的？你当时说还有两句有用。一句是夏连春说自己是吉宁的，对你有用，你们以后可能会被分到一起；还有一句是夏连春是皖州人，可能在你父母那儿有用，他们的老乡观念重。”

苗素馨对袁慧娟说：“傻丫头，我那是哄你开心呢。师范学院上学都两年了，我连他是哪儿人，家在哪儿，有没有对象这样最简单的事能不知道？不过你当时能问出这几句话来也确实很重要。”

夏连春忍不住就问：“那你是从什么时候开始暗恋我的？”

“老早了，打小。”苗素馨调皮地莞尔一笑，“你臭美吧，我才没有暗恋你呢，只是对你有点感觉而已。师范学院的人第一次知道你，肯定都是因为你登在学报上的那篇作文《手捧入学通知书》。我就是那个时候知道了你，觉得你是个可爱的小男孩。后来又听说你的现代汉语免修，让人觉得你可能是个老学究。再后来就是那次你在餐厅撒野打架，觉得你很男人。不过毕业前的那场舞会之后，我脑子里开始老想着你倒是真的。”

袁慧娟赶快帮腔：“毕业分配时，我们苗姑娘已经确定留校了，听说你被分到了吉宁县，人家不顾一切地追随着你来到了吉宁县，陪着你在一个办公室待了两年。人家天天和你在一起，天天关心你，你居然全然不知，搞得我这个隐身红娘暗中陪了你们这么久。”

袁慧娟轻轻松松的几句话，像是横空爆出的一枚炸弹，差点把夏连春炸晕在饭桌上，他真没想到叶子对自己竟这么一往情深。他夏连春何能何德，值得她这样默默坚守？

夏连春感激苗素馨，感激袁慧娟，感激缘分，“这么荡气回肠的故事为什么不早点告诉我？”

苗素馨说：“你臭美去吧，我心里的故事多着呢，为什么要告诉你？”

袁慧娟还是帮腔：“哪个女人心里没有自己的小心思，自己的小心思为什么非要说给男人听？说了，幸福感就没了。”

夏连春无奈地摇摇头：“闺密难待，女人难养。”

袁慧娟说：“知道女人难养就对女人好点。你知道你找上我们苗姑娘要面临多大风险吗？你差不多把你们那些男同学都得罪完了，你要是再不把我们这些女同学哄好，我们人前人后随便说你两句坏话，那你的日子可就难过喽。”

夏连春问怎么哄，袁慧娟说：“很简单呀，带上你老婆去一趟市里，把我们班和你们班在市里的同学请到‘大上坡’撮一顿，人也不是很多，就十几个人，油油我们的嘴，让我们多给你唱些赞歌，说些好话。”

夏连春说：“你饶了我吧，还是别去了，光我们班邵汉飞那些人就能把我吃了，要是再把你们班的男生加上，我还不成了过街老鼠？人还没见，我就可以想象出酒桌上的情景来。”

袁慧娟好奇地看着他：“那你说说你想象出的情景是什么样的。”

想象中，夏连春端起酒杯敬袁慧娟，对她说道：“你们苗姑娘要跟你说什么我不知道，这个酒桌上还有什么人要跟你说什么我也不知道，但我今天至少要表达两层意思。第一层意思是谢红娘。”

夏连春的话刚开头，邵汉飞上来就打断了："什么意思？谢红娘？"

夏连春说："对呀，谢红娘。千年姻缘暗线牵，谢谢袁慧娟这位暗线红娘。"

邵汉飞说："这个世界真让人搞不懂了，我一直都把袁慧娟当成我的红娘，现在怎么又成了你的红娘？"

袁慧娟说："一手托两家这是常有的事。"

邵汉飞说："这事复杂了。"

"第二层意思是谢谢红娘的那个他，谢谢他毕业前那个晚上那么大度地让袁慧娟陪我跳了一晚上舞，好男人呀。"

邵汉飞更沉不住气了："你们这里面到底有什么我们不知道的情况？今天你们得讲清楚才行，别把我们蒙在鼓里，憋得难受。"

几个人这边一碰完杯，邵汉飞和弯越那边就迫不及待地端着杯子站了起来，嚷嚷着："现在我们一要喝酒，二要听故事。夏连春，你这次好好喝一杯，好好讲一讲我们至今都不知道的故事。"

苗素馨主动说："都这么大的人了，哪还有那么多故事？来，我敬你们一杯。"

邵汉飞说："不行，这个马虎眼打不过去。"

袁慧娟出马："这件事对于故事中的人来说很复杂，但对于我这个红娘来说很简单，一句话就能说清楚，邵汉飞暗恋苗素馨，苗素馨暗恋夏连春。明白了？"

邵汉飞一屁股坐在凳子上，一巴掌拍在自己的脑门上，"我的个老天爷呀！"

这顿酒喝的最值当的就是邵汉飞，他终于搞明白了自己当年最勺料子的疯狂之恋竟是为了成全别人的百年好合，他趴在桌子上狂笑不止。笑够了，拉上弯越说："跟夏连春喝，往死里喝。在学校那一阵，我一夜一夜地不睡觉，拉上他一起研究对策，到头到追的竟然是他未来的老婆，真是让人笑掉大牙了。"

袁慧娟说夏连春："你到底是在想象，还是在编故事，咋那么像？"

夏连春说："这事还用编吗？想想就知道会是个什么样子，所以你一定要有耐心，等到我和叶子结婚的时候再请大家。"

袁慧娟好奇地追问："那要等多久？"

夏连春说："明年暑假吧。"这事他和苗素馨还没商量过，他却一口咬定明年暑假结婚，上次在市里他跟高庆阳也是这么说的。

苗素馨私下里问他："那我们今年这一年干吗？"

夏连春说："这一年准备结婚。"

苗素馨再问："做什么准备需要一年？"

夏连春瞪大了眼睛，问："什么意思？你嫌一年时间太长？"

苗素馨说她就是好奇，结婚需要做什么准备。夏连春说需要准备的事多了：攒钱，做家具，买东西，布置新房，置办喜酒，新郎和新娘的穿戴打扮。夏连春突然做了个鬼脸说："不过我结婚的服装已经有了，还是毛料子的，是方小青做的，能穿吗？"

苗素馨脸一横："为什么不能穿？你前任为你结婚准备的新婚服装为什么不能穿？"

夏连春不好意思似的说："她当时送我这套衣服的时候就是这样说的，留着结婚时穿。"

苗素馨知道他忘不了方小青。凤月琴他也忘不了，但凤月琴现在生活得很好，过去的事慢慢也就淡了。方小青则不一样，他不仅有对她的爱，还有对她的牵挂。有牵挂就不容易放下。从方家云对他的态度也能看出，她对夏连春和她女儿的那段情是多么难舍。过往之事，由过往之人自己处理吧，苗素馨也不想干预。

结婚前，亲家见面的时候，方家云两口子、于善江两口子、老校长两口子都来了。方家云主动给夏连春父母敬酒碰杯，直言不讳地说："因为缘分没到，我们没做成亲家。"夏连春父母不知如何应答，只是举杯喝酒。

老校长说："三年前我从夏连春和苗素馨手中接过他们的报到证的时候，就觉得他俩有点像，至于像什么我当时也说不好。现在才明白过来他俩像什么，像夫妻，有夫妻相，你们看是不是？"

苗素馨父母感谢方家云和各位领导对两个年轻人的栽培，方家云快人快语地说："这句话还真不对，我对他们一点都没栽培。这个于善江副县长是知道的，我对他们俩的要求要比对别人的更严更高。"

于善江赶快接一句："你那也是对他们的爱护，为了他们的成长。"

老校长从方家云和于善江的对话中听出，当时盛传夏连春要接任团县委书记的事可能是真的，而且可能是于善江推荐的，方家云没让他当。看来方家云对夏连春是有长远打算的。这件事别人不知道，夏连春自己知道，方家云侧面跟他讲过，她觉得年轻人多沉淀两年比较好。

酒到高兴处，方家云提议："小苗助助兴，给大家唱首歌。"苗素馨站起来，清唱一首当时正流行的电影插曲《大海啊故乡》。苗素馨的父母起身跳舞助兴，于善江也拉着席琳起来跳舞，同时邀请方家云两口子也起来跳。

家里地方小，这三组人跳舞就觉得很挤，但大家兴致还是很高。苗素馨反复把这首歌唱了好几遍，好让他们多跳一会儿。

唱完跳完，夏连春的父亲说他是农村人不会跳舞，他给大家唱一段皖州老家的地方戏，俗称“小倒戏”。

夏连春的父亲年轻时在老家唱过庐剧，唱过黄梅戏，嗓子好，音高，洪亮。他手拿一根筷子，边唱边敲桌边，给自己打板子。一曲下来，桌子边被他敲出好几道打痕，油漆都脱落了。

大家听了都说好，但都没听懂唱的是什么，只有老校长夫人和苗素馨父母听出了乡音，感受到了乡情。

苗素馨又站了起来，说她要给公公婆婆献唱一段小倒戏《休丁香》。夏连春的父母惊得目瞪口呆，儿媳妇居然会唱《休丁香》？会唱家乡戏？《休丁香》是庐剧里的经典曲目，不是一般人能唱得了的。待到苗素馨一曲唱罢，夏连春的父母都已泪流满面，叶子也是两行晶莹的泪珠挂在脸上。

夏连春的父亲说他自己唱了一辈子《休丁香》，看了一辈子《休丁香》，今天才第一次听到了真正的《休丁香》。苗素馨毕竟是专业的，刚才唱到丁香在岔路口被休，悲恸欲绝离开张家庄的那几句，情感拿捏把握得真好。

含悲忍泪出村庄，
伤心的人事欲断肠。
天涯茫茫何处去，
孤身弱女奔何方？

庐剧本来就是个苦戏，拿捏的就是个哭腔。台上唱的人哭，台下看的人哭。再看夏连春的母亲被苗素馨唱得哭成什么样子了？

饭桌上的人都被苗素馨的一曲《休丁香》带到了戏曲的境界里。虽然大家都没听懂是什么意思，但经夏连春父亲这么一点拨，好像也就懂了不少。

夏连春还是没怎么懂。他在老家时，不喜欢看小戏，喜欢听大鼓书。喜欢看戏的人，只要村里来了戏班子，都跑去看，甚至有些人就跟着戏班子走，戏班子唱到哪儿，看戏的人跟到哪儿，但夏连春不去，从来不去。如果哪里来了说大鼓书的，他一定要去，多远都去，只要能听到大鼓声的地方，他都追着去。大鼓声晚上传播得特别远，但给人的方向感距离感不是很强，寻声追去，有时候会追错方向，追一晚上白追了，什么也没追到；有时候追到了，大鼓书说完了，追书的人就会自嘲：听了一段“英雄跑白路”。

但今天的感觉不一样，夏连春从这出家乡戏里听出了乡音乡情和感动。苗素馨的一曲家乡戏，拉近了她与夏连春父母的关系。她一个鹿川长大的女孩子，竟能把他的家乡戏唱得这么好，特别是那些方言土话，唱得非常地道，看来她还是做了一番准备，下了一番功夫的。真是难为她了。要是在老家，叶子没准也会是那种追着戏班子跑的人，但兴许也会是别人追着听她唱戏。

按照老家的规矩，两家大人认了亲之后，这门亲事就做成了，该要准备男婚女嫁的事了。

百年修得同船渡，千年修得共枕眠。麦子花开的日子，夏连春和苗素馨请了一天假，各自从单位开了证明，带上户口本，去县民政局领证。从家里出门的时候，苗素馨的父亲交代她：“顺手把户口也迁出去吧。”听了父亲的话，苗素馨突然转过身，一把抱住父亲，先是泣不成声，继而放声大哭，哭得稀里哗啦，一塌糊涂，迁户口好像要生离死别了似的。“户口我不迁，一辈子都不迁，我一辈子都是你们的女儿。”

夏连春见过小孩子离开爹娘时的号啕，也见过女孩子离开爸爸妈妈时的抽泣，却没见过苗素馨结婚迁户时这样的要死要活。他眼里的苗素馨从没有过这样的状态，这样的不顾一切。他不知道她这是为什么，是爱，还是怕失去爱？

夏连春突然觉得苗素馨的心里需要爱。他的爱还不够？他太大意了，从两个人在一起工作到现在已经三四年了，难道她的心里还有他不曾触碰到的东西？

苗素馨察觉到夏连春的心思，她自己也有话要说。领证回来，苗素馨说：“现在我就是你的人了，娶了我你不后悔吧？”

夏连春脱口而出：“我爱死你了。”

苗素馨的眼泪流过脸颊：“你终于说出这句话来了。”

夏连春仔细想了想，两个人还真的没浪漫过，连一句“我爱你”都没说过，搞得就像旧时的婚姻似的。夏连春突然无由头地笑了起来。今天晚上得好好聊聊，解剖解剖自己，说说心里话。

苗素馨没让他等到晚上，现在就有话要说。她问他，是不是很想知道早上她父亲让她迁户口的时候她为什么要哭，而且哭得那么厉害。他说想知道。

苗素馨很平静地说出了一个让他十分震撼的秘密：她不是她现在父母的亲生女儿。

困难时期，苗素馨出生不久，亲生父母就先后去世了，她从小跟着她大伯大妈长大。大伯大妈对她视若己出，她也把大伯大妈当成亲生父母。

上初二那年，家乡天旱歉收，生活无着，好多人都外出谋生，大伯大妈带着她去了大妈的老家皖西山区。

世事天注定，半点不由人。到皖西山区的第二年，她大伯大妈双双染病，不久便先后撒手西去。她一个身处异乡的孤儿，如何受得了这样的打击。就在她走投无路不知如何是好的时候，大妈远在鹿川的弟弟弟妹回去料理后事，他们把她带到了鹿川，她成了他们的女儿。

她现在的父母实际上是她的养父母，他们当时就说好的，对外不能讲他们是她的养父母，就说她是他们寄养在老家的女儿，因为如果说她是养女，她在农垦团场就落不上户口。他们说好了的事情后来就成了双方的约定，他们就是她的亲生父母，她就是他们的亲生女儿。

她的养父是个文化人，为她取名素馨，爱称叶子。鹿川古时盛产素馨花，养父希望她在鹿川的土地上，能像素馨花一样，顽强生长，枝繁叶茂，淡雅绽放。

她没有让她的养父母失望。她给她的养父母带来莫大的安慰，她的养父母把所有希望都寄托在她身上。她的一切都是她的养父母给的，如果需要，她的生命都可以给他们。

苗素馨讲完，两个人都已经哭成了泪人。夏连春没有想到他深爱着的人儿，居然有着这样离奇曲折的身世和经历。

她满怀歉意地对夏连春说："这么久了，一直没跟你讲这些，不是刻意要瞒着你，而是没有一个合适的时机。"夏连春能理解她的心，理解她的坚守。亲情是她和父母之间的无字约定和承诺。他紧紧地搂抱着她，心里突然生出怜悯，生出自责，是自己的敏感打破了她的平静，使她又旧事重提，伤心一回。他很内疚。

人这一辈子，谁知道谁会遇到谁，谁知道谁会经历什么。有些人，走着走着就散了，有些事，看着看着就淡了。留下来的，沉淀在生命里的，必定是一生的财富。

夏连春如同经历了一场生死洗礼，他感激她的养父母，他们与她没有任何血缘关系，却胜似父母，是他们为他养育了一个这样光鲜靓丽的老婆。他要和她一起，好好照顾他们一辈子。

傍晚时分，叶子的心情逐渐好了起来，她想去雅玛河看看晚霞。

夏日的鹿川，天堂般的季节。置身吉宁县城南边的雅玛河大桥上看晚霞，那可真是别样的风情。桥下的河面上，层层波浪一路奔腾向西，夕阳下跳跃着霞光。霞光里，一群浮在水面上的叼鱼郎和野鸭子，随着波浪起伏，活像五线谱上律动的音符。

远处，赤麓山龙卧天际，既像是横亘在鹿川大地上的伟岸之躯，又像是垂挂在天地之间的泼墨画卷。画卷里，飞来飞去的沙燕和野鸽子，仿佛马戏团里的空中飞人，上下翻滚，嬉戏盘旋。

远山近水，此情此景，夏连春突然想起苏东坡“水光潋滟晴方好，山色空蒙雨亦奇”的诗句。

雅玛河南岸的麦子熟了，微风吹过，麦田里波澜起伏，一浪一浪的。河北岸的一丈红开了，一片片、一丛丛、一枝枝，红的、粉的、白的、紫的。桥头处，一丛挺拔茂密的大红花，满脸堆笑地绽放着，蝴蝶、蜜蜂，花间飞舞。

夏连春发出感叹：“麦子花开了。”

苗素馨突然呼唤：“立春!”

夏连春不由得颤动了一下，随即又恢复了平静。随口回应了一句：“现在才是夏天，到立春还差秋冬两个季节呢。”

苗素馨突然紧紧抓住夏连春的双手，两眼衔着泪花，盯着眼前的男人，几近呼喊般地大声说道：“立春，我是麦姐!”

夏连春眼睛瞪得圆圆的：“你说什么?”

“我就是你打小定了娃娃亲的麦姐。”苗素馨急切地说。

夏连春整个人都惊呆了。这怎么可能？世上哪有这等不可思议的事?

苗素馨从随身携带的小手包里掏出一个红绸布包裹着的东西递给夏连春。夏连春轻轻打开，银圆！就是那块外婆传给母亲，母亲又传给了麦姐的银圆！洋钱，站洋，英国造的!

苗素馨说：“婆婆讲得没错，站洋辟邪，可以保佑人平安。它是我婆家留给我的唯一信物，比我的命都重要。二十年了，它一直都在我的身边，我觉得它就是你留在我身边的影子，一直引领我跟随着你。要不，我怎么还能遇见你？怎么还能进得我婆家的门?

“那年，我跟着养父母来鹿川之前，专门回了趟皖东老家，一来是为了给我亲生父母上个坟，跟他们告个别。再来就是为了回去找你，想跟你们家说一声我要去西边，去鹿川了。可到了老家才听人说，你们一家人头年就去了西边，上了鹿川。那次听了你和我养父在群众饭店邂逅的事，我才知道，其实你比我还早一年见到我养父。

“到了鹿川我才知道，鹿川这么大，到哪儿去找你？我想方设法从老家那边打听你们家的情况，最终却拐弯抹角得到你们家要悔婚的消息，老家人说你在鹿川已经谈了对象，不要我了。

“到了师范学院，我在学报上看到了那篇《手捧入学通知书》，看到了署名‘夏连春’。但这个夏连春是不是那个夏连春，是不是我的‘立春’，我并不能确定。

“真是老天有眼，我们居然来到同一个学校上学。我感激高考，如果没有高考，我们怎么能再相见？兴奋之余，我又很生气，接着就开始和你赌气：放着这么好的媳妇你不要，定了亲的人就是未过门的媳妇，你见都没见过就把我休了，我倒要看看你到底能找个什么样的。

“赌气归赌气，心里总还是放不下。娃娃亲在你心里可能没什么，并不重要，我却视它为上天赐予的缘分。小时候在老家玩过家家，我都是当妈妈，小伙伴们说我是有婆家的人，是人家的老马子。在这个世界上，所有跟我有亲缘关系的人，我的亲生父母、我的大伯大妈，都一一离我而去，只剩下一个从小和我定下终身的人，那就是你。我不能再没有你。

“那次，我大着胆子试探着问你娃娃亲的事，你说你只记得两件事：一个是那女孩叫麦姐，夏天生人，比你小三岁；再一个是订婚时你母亲给麦姐一块银圆，洋钱，站洋，英国造的。就这两个记忆，已经够温暖我的了。”

夏连春把苗素馨紧紧搂在怀里，两个人又一次泪人一样地抱在一起。

苗素馨趴在夏连春的怀里，哽咽着，叙说着。夏连春的脑子就像过电影一样，快速闪现出他和苗素馨这些年来一起经历过的岁月和记忆。

师范学院开学典礼上的报幕女生，中文二班教唱练歌时落在教室左后方的目光，袁慧娟回绝邵汉飞“人家早就有婆家了”的真实含义，毕业前音乐班跳舞结束时那个意味深长的微笑，县文教局等待分配时的隔空对视，弯越听两个人好像谈恋爱的传言，县中学团委办公室里“男主外女主内”的默契，“打小”就暗恋时的戏语，讨论娃娃亲时的暗示，家宴时一曲《休丁香》的家乡戏……

所有这些，夏连春都只怪自己反应太慢，脑子太迟钝。明示不明，暗示不懂，错过了多少次机会。要不是苗素馨的坚守，他可能真就错过了一生的“麦姐”。

他惊叹人生无常、世事难料。经过了岁月，走过了四季，终究没有错过一个人。从南走到北，从东走到西，好像又回到了来路的原点，又好像一直都没走出那个原点。

走了这么久，放眼望去，路还在脚下，人还站在原点。

找了这么久，回头看看，最美好的东西就在眼前，你要的东西就在身边。

人啊！